THiNKr

新思

新 一 代 人 的 思 想

Andrea Elliott

[美] 安德里亚·埃利奥特 著

林华 译

看不见的孩子

一座美国城市中的贫困、生存与希望

Poverty, Survival & Hope
in an American City

中信出版集团 | 北京

图书在版编目（CIP）数据

看不见的孩子：一座美国城市中的贫困、生存与希
望 /（美）安德里亚·埃利奥特著；林华译 . -- 北京：
中信出版社，2023.4（2024.8重印）
ISBN 978-7-5217-5378-3

I. ①看… II. ①安… ②林… III. ①纪实文学－美
国－现代 IV. ① I712.55

中国国家版本馆 CIP 数据核字（2023）第 046598 号

看不见的孩子
著者： [美]安德里亚·埃利奥特
译者： 林 华
出版发行：中信出版集团股份有限公司
（北京市朝阳区东三环北路 27 号嘉铭中心 邮编 100020）
承印者： 三河市中晟雅豪印务有限公司

开本：880mm×1230mm 1/32 印张：20 字数：536 千字
版次：2023 年 3 月第 1 版 印次：2024 年 8 月第 4 次印刷
京权图字：01-2023-1552 书号：ISBN 978-7-5217-5378-3
定价：88.00 元

献给阿瓦和克拉拉

这些都是我们的孩子。

他们长大成人后

我们都会受益，或付出代价。

——詹姆斯·鲍德温[1]

推荐与赞誉

一部感人至深的深度报道，讲述了纽约市无家可归危机中一个女孩的成长经历，成功地融合了文学叙事与政策分析，描绘出失败的制度下的坚韧。

普利策奖授奖词

一部沉浸式报道的力作，对美国贫困的代际传递做了细致入微、直面现实的描述。整整 8 年，安德里亚·埃利奥特跟随书的主角 11 岁的达萨尼，以及她的父母和 7 个弟弟妹妹在纽约市无家可归者收容所、法院、学校、福利办事处进进出出，最后到了宾夕法尼亚州给达萨尼带来第一线希望的一所寄宿学校。埃利奥特以深切的共情呈现了这个家庭日常生活的细微纹理，展示了物质匮乏那令人疲竭的千篇一律。在此过程中，她徐徐展开当今美国的生活百态，让读者看到过去的偏见与不公至今犹存。美国无家可归者的人数仍在不断增加，这本书应该也必须得到我们的关注。

安东尼·卢卡斯图书奖授奖词

《看不见的孩子》深切聚焦一名普通女孩的成长史，令人惊讶地呈现了美国社会贫困阶层的代际传承，文学品质和社会情怀兼具，是非虚构写作的典范之作。

张莉
北京师范大学文学院教授

作者持续八年追踪美国女孩达萨尼和她的父母以及七个弟弟妹妹进出纽约的法院、学校、收容所、儿童保护所、心理治疗机构的赤贫人生，既让我们看到贫困和种族的关联，看到达萨尼故事中的祖先苦难，也让我们深刻意识到被监视的穷就是政治的穷、人类的穷。不管达萨尼拥有多少个瞬息宇宙，家庭小爱也永难填平她和她的家人所处的深渊。作为迄今唯一一位获得过普利策图书奖和普利策新闻报道奖的女性，埃利奥特的这本书比狄更斯更彻底，比奥威尔更绝望。

毛尖

华东师范大学教授

一部翔实客观的深度调查报道，一部历时八年的人类学田野笔记，一部融合了个人史、家庭史、族裔史、城市史的非虚构作品，必将以深厚的人道主义情怀成为美国经典。本书锐利地指出，美国福利制度，特别是儿童寄养制度，在以空前的速度摧毁家庭，剥夺有色人种的亲权，无效而又靡费，弊病丛生。与此同时，家庭成员间的血缘亲情，师生之间的诚挚信赖，以及陌生人的善意，是暗影之上的烟花，弥足珍贵，分外感人。

马凌

复旦大学新闻学院教授，书评人

这本书可以为你打开个人叙事的视角：不再把个体的不幸只看成一个人的问题，同时也看到它背后的一个家族，一座城市，一段历史与一种制度。个人的奋斗在那些结构性的困境中极尽微渺，艰难地传递出希望之光。摆脱不幸的第一步，就是不再对困境的深沉与森严视而不见。

李松蔚

心理学博士，心理咨询师

为了撰写此书，埃利奥特耗时 8 年，跟着达萨尼和她的家人从收容所到学校、法院、福利办事处、心理治疗课、派对，几乎如影随形。跟随着埃利奥特，读者无缝地穿行在这些空间中，很容易忘记埃利奥特在进入每一个机构时都需要克服其特有的壁垒。书中的报道细致入微，似乎无所不包，全部来自作者的第一手观察以及作为依据的大约 1.4 万份官方文件，从学校成绩单到毒品检测报告，到根据《信息自由法》获得的市政府的记录，不一而足……埃利奥特记下了代际的回声，"同一个"这个词在书中贯穿始终。香奈儿和无上与儿童保护服务机构会面时，去的是无上小时候到过的同一个办事处。达萨尼异父异母的兄弟因袭击一名中年妇女被捕时，是在无上曾经被捕的同一个警察分局……这种直截了当、不遗余力的报道风格造就了一部罕见并且动人心弦的作品。在读过这本书很久之后，它讲述的故事仍然会被人铭记在心。

《纽约时报》

埃利奥特是一名出色的调查记者，不仅与她笔下的这个家庭始终保持着联系，而且与这家人接触到的许多其他人也经常联系，从老师、朋友到福利工作者，不一而足。在《看不见的孩子》中，她还呈现了丰富的历史和社会背景……让公众注意到贫困者的困苦挣扎是记者的最高使命之一，在这一点上，《看不见的孩子》可以比肩《这里没有孩子》(*There Are No Children Here*) 和《普通家庭》(*Random Family*)。

《华盛顿邮报》

作者对美国的贫困和种族主义问题做了深入的探讨，也描绘了一名年轻人的顽强与韧性。

《时代》周刊

对一个家庭的温情描绘，对美国残缺的福利制度和种族主义政治的全面呈现。

《大西洋月刊》

记述美国贫困和阶层固化的里程碑级著作。

《洛杉矶时报》

这本书必将成为同类作品中的经典。

《新闻周刊》

8 年来，埃利奥特追踪着达萨尼和她家人生活的起伏转折。翻开书的第一页，读者就会被深深地吸引住。她经常被枪声惊醒。在去公共卫生间时，她知道自己要冒着被强奸或者被袭击的风险……埃利奥特的调查报道曾获得过包括普利策奖在内的一系列奖项，从《看不见的孩子》中不难看出原因。她讲故事的本领一流，令读者欲罢不能。她笔下的人物如此生动，几乎要从纸上跃然而出……书中自始至终显示出的一种特质使这部作品比新闻报道更上一层楼，这种特质便是街头活动必需的关键品质：尊重……这不是一个悲剧最终被改写的故事，悲剧太多了。但还是有一些胜利，最大的胜利或许是历经起伏、分离、监禁、痛苦、饥饿后依然维持不坠的家庭纽带……当然，这是我们都需要的，但道德宇宙的弧线终将"弯向正义"这句马丁·路德·金的名言在这个社会中似乎并不适用。在这样一个社会，单靠爱是无法克服各种障碍的。这部恢宏的作品必将成为一部经典，比肩斯特兹·特克和乔治·奥威尔等巨匠的经典之作。

《星期日泰晤士报》

《看不见的孩子》讲述了达萨尼·科茨 8 年的生活，故事令人难过，有时让人痛心。科茨一家无家可归，靠福利生活。埃利奥特跟随他们见证了社会住房的不足和他们每天都在经历的贫困、官僚作风、饥饿和暴力等困境。这部及时的作品既揭露了制度的缺失，也展现了达萨尼一家的绝望处境，有理由令人愤怒，也有理由令人感动。

《卫报》

《看不见的孩子》以一个家庭为切入点，阐释了根深蒂固的制度性种族主义和美国黑人代代相传的贫困的残酷后果……是对当代美国的精湛描绘，令人难以忘怀。

《金融时报》

从令人难以忘怀的开篇到意涵丰富、令人吃惊的结尾，《看不见的孩子》让我震惊、振奋、愤怒、醒悟、流泪，难以抑制地沉浸于这本书狄更斯式的深度中。这本书一身多能，是一项惊人的报道壮举，体现了深切的公民之爱，关于家人间强烈的爱的故事感人至深，最重要的是，它将成为一部美国经典。

阿亚德·阿赫塔尔（Ayad Akhtar）
小说家、剧作家、普利策奖获得者

埃利奥特的报道取得了杰出的成就，一层一层地描绘出一个孩子、一个家庭、一个城市和造就他们的国家的独特形象。自始至终，她都以无尽的好奇心和深切的共情，关注着许多人或许是无意识地努力无视的社会状况。

霍华德·W. 弗伦奇（Howard W. French）
哥伦比亚大学新闻学院教授

目　录

达萨尼和她的家人

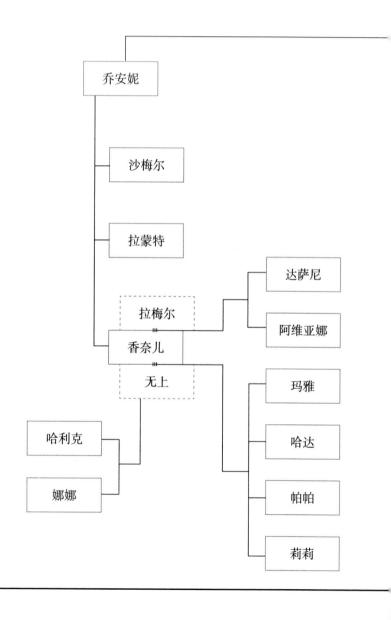

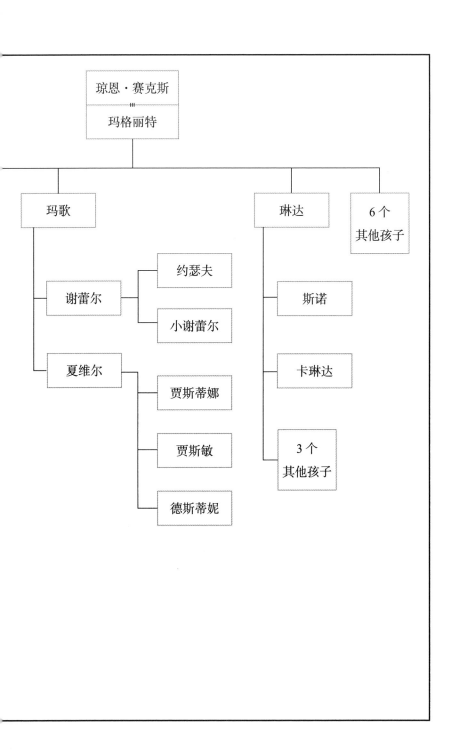

达萨尼的格林堡

布鲁克林-皇后高速公路

英格索尔公房区

圣爱德华街

北波特兰大道

卡尔顿大道

奥本收容所

惠特曼公房区

奥本广场

桃金娘大道

阿什兰广场

威洛比街

布鲁克林医院中心

格林堡公园

迪卡尔布大道

斯塔滕岛高速公路

北岸

斯塔滕岛

1. 赛克斯家的住处，1952—1968 年
2. 乔安妮的出生地，1953 年
3. 达萨尼的出生地，2001 年
4. 查尔斯·A. 多尔西学校
5. 沃尔特·惠特曼图书馆
6. 苏珊·S. 麦金尼医生学校
7. 监狱船烈士纪念碑
8. 布鲁克林第一所黑人公立学校，1845 年
9. 费丝·赫斯特的出生地，1964 年
10. 香奈儿的出生地，1978 年
11. 谢丽的房子
12. 无上童年的住处
13. 香奈儿和无上第一次租住的房屋，2006—2008 年
14. 乔安妮最后的家
15. 达萨尼住的收容院，2017—2019 年
16. DHS 家庭接收站
17. 达萨尼一家住的收容所，2014 年
18. Bartendaz 基地
19. 香奈儿和无上住的第一处收容所，2003—2004 年
20. 法蒂玛的发廊
21. 达萨尼一家住的收容所，2013—2014 年
22. ACS 儿童中心
23. HRA 办事处
24. 斯塔滕岛家事法院
25. 第 120 分局
26. 香奈儿和无上最后租住的房子，2014—2017 年
27. 纽约弃儿所
28. 香奈儿和无上最后住的收容所，2017—2018 年

范科特兰公园

纽约植物园

佩勒姆湾公园

乔治·华盛顿大桥

布朗克斯

21
19 18 16

17

20

哈得孙河

中央公园

瑰西园

赖克斯岛

曼哈顿

帝国大厦

23

22

法拉盛草地，科罗娜公园

皇后区

华尔街

森林公园

自由女神像

格林堡 9

贝德福德-斯代文森

布鲁克林市中心 14

布朗斯维尔 13 11
15 12
10

东纽约

斯塔滕岛轮渡

上纽约湾

展望公园

24
25

鲁尔顿

27
26

布鲁克林

托特小丘

韦拉札诺海峡大桥

28

下纽约湾

北大西洋

作者说明

这是一部非虚构作品。没有改动任何事实，也没有使用假名。书中使用了 10 个孩子的昵称和几个大人的诨号。本书描写的大部分场景都是我亲眼所见。为撰写本书，我记了数千份记录，进行了数百次采访，录制了许多小时的视频和音频。更多详细情况见后记和注释。

序 言

2015 年 10 月 6 日

他们先来接帕帕（Papa）。[1]

8 岁的帕帕什么也没问。他知道在陌生人面前不要说话。两个女人把他带到一辆银色面包车上。车子发动时，帕帕看着车窗外面。那是他的学校。车子开远，学校长方形的砖房变得越来越小。

往南 11 英里[①]处，另一辆面包车来到帕帕哥哥上学的学校将他带走。帕帕的 4 个姐姐也被从学校带走了。所有 6 个兄弟姐妹都被送到同一个地方：纽约市儿童保护机构的斯塔滕岛办事处。

只剩了最小的孩子。

面包车向东拐，沿月桂大道开到一座装着白色护墙板的两层房子前，房子的一扇窗子上钉着木板。房子前面的人行道上站着家里最小的孩子莉莉和她的父亲。刚会走的莉莉躲在爸爸腿后。

面包车减速停下，父亲擦了擦脸。女儿太小，不懂发生了什么事——面包车里的人是儿童保护工作者，她们奉法院之命来把莉莉和她的哥哥姐姐带走。孩子们的父母被指控"忽视"，被忽视的包括家中房屋的状况。

过了一刻，车门打开。一个社工从车上下来，在人行道上站定等待。

---

① 1 英里 ≈ 1.61 千米。——编者注

父亲把莉莉抱起来放进车里，哄她说明天会来接她。

那天晚上，几个兄弟姐妹被送到曼哈顿下城的一处儿童保护机构，那个地方原来是贝尔维尤医院的太平间[2]。他们走过一个金属探测门，换下原来的衣服，穿上了一模一样的褐红色连衫裤。

父亲的话萦绕在他们耳边。

无论发生什么，都要在一起。

孩子们在自己短短的生命里尽力做到这一点。全家 8 个孩子 16 只手紧紧拉在一起，形成一条链子。他们就这样一起冲过高速公路，一起玩"玫瑰花环"（Ring Around the Rosie）转圈游戏，跳起来，蹲下去，始终不松手。这是父母教给他们的，而父母是从自己的父母那里学到的。

现在这条链子就要断了。最强的一环已经没了。

她的名字是达萨尼（Dasani）。

第一部

"房子并不是家"

2012—2013

第1章

达萨尼是听着呼吸声醒来的。

弟弟妹妹们裹着外套和毛毯，黑暗中看得到他们的胸膛在起伏。他们还没醒。大姐总是第一个醒来。

达萨尼环顾房间，只能看到其他人模糊的侧影——借着下面的街灯隐约能看出下巴或额头的线条。老鼠在地板上跑来跑去，蟑螂在天花板上爬。一个小水槽滴滴答答地漏水，生锈的水管里满是霉菌。

几码①开外是他们用来当马桶的黄色水桶，还有一个床垫，妈妈和爸爸在上面紧抱着睡在一起。以他们为中心，8 个孩子向着各个方向躺得横七竖八：2 个男孩和 5 个女孩的床交错着把最小孩子的婴儿床围在中间，一个电吹风架在牛奶箱上权当婴儿的取暖器。

孩子们练出了什么都吵不醒的本事。他们在墙上一个不断掉落锯末的破洞旁边打着鼾，像哮喘病人一样深深地吸气。他们有时咳嗽，有时说梦话。只有他们的姐姐达萨尼是醒着的。

11 岁的达萨尼个子很小，胆子也不大。她长着一张精致的鹅蛋脸，明亮的眼睛像猫头鹰一样观察着一切。她的表情会从淘气突然转为惊异。别人常说她的高颧骨和栗色皮肤长得美，但她似乎从不在意那些评论。她知道自己有一口整齐无瑕的好牙是很幸运的事。矫正牙齿对她来

---

① 1 码 ≈ 0.91 米。——编者注

说是做梦，因此牙齿整齐等于中了彩票。

达萨尼悄悄掀开被子，走到窗边。在这样的清晨，她的视线能越过房顶、公房区和波光粼粼的东河，穿过布鲁克林区，一直看到曼哈顿。达萨尼能看到帝国大厦的尖顶，那是纽约市第一座百层以上的摩天大楼。达萨尼会用炫耀的语气抑扬顿挫地背出这类事实。她凝视着那座遥远的建筑，它顶上的尖塔直入云霄，它闪亮的表面令人遐想。

"它让我觉得那里好像有什么事在发生，"达萨尼说，"我有好多可能性。**我真的有**。我有好多可说的事。"[1]

达萨尼说的第一件事是她还没学会走就开始跑了。她最喜欢当第一：第一个出生，第一个上学，第一个打赢架，第一个上优秀学生榜。她是纽约市的孩子。

就连达萨尼的名字都显示了一种向上的精神。就在她出生前，这个牌子的瓶装水出现在布鲁克林的杂货店里，吸引了她妈妈的注意，不过她妈妈没钱买这种奢侈品。谁会买装在瓶子里的水呢？光是这种瓶装水品牌的声音——**达萨尼**——听起来就让人想到另一种生活。它标志着进入新世纪时出现了一类新人，这些人刚刚开始发现布鲁克林。

2001 年 5 月 26 日达萨尼来到这个世上的时候，过去的布鲁克林正在逐渐消失[2]。整片整片的街区被改造，原来的居民被迫迁走，商店纷纷关门，当地历史被绅士化大潮冲刷殆尽。大潮之迅猛，完全不是区区一个瓶装水品牌能够预示得了的。随着一群人财富的增加，另一群人的贫困在进一步加深，[3] 达萨尼也进入了一个如同她的名字一样新颖的成长环境。

达萨尼抬头望去，天际线满是豪华高楼，它们是新镀金时代的灯塔。城市的财富向外流淌，把手冲咖啡和手制甜甜圈带到了原来被认为粗陋的地方。达萨尼的出生地——布鲁克林的格林堡（Fort Greene）——就是这样一个地方。这里的连栋房屋装修一新，屋外花园经过专业打理，屋内大理石铺地，装了地暖。仅仅几步开外是两个公共住房区①，两个公房区中间夹着一处市立无家可归者收容所，里面没有暖气，食物经常是馊坏的。

现在，达萨尼就坐在这座收容所 4 楼一扇朝北的窗户边向外眺望。她的童年近四分之一的时间都是在奥本家庭收容所（Auburn Family Residence）度过的，一家 10 口人挤在一个房间里。达萨尼属于一个看不见的人群——无家可归的儿童。2012 年秋，在奥本收容所所在的纽约市这个不平等现象最严重的美国大都市里，⁴ 无家可归儿童的人数超过了 2.2 万，⁵ 是有记录以来的最高数字。纽约市 830 万居民中，将近一半人的生活接近贫困线或在贫困线以下。⁶

达萨尼看向窗外能忘记一切，直到奥本收容所的声音让她回过神来。不同的声音有不同的意义，达萨尼像整理洗过的衣服一样把各种声音分门别类。一般的声音没有问题——楼道另一头一个婴儿的哭闹，那位波多黎各女士养的几只吉娃娃饿了的吠叫，吸了毒飘飘欲仙的瘾君子在公房区游荡的动静。这些声音有时尖厉刺耳，像是野猫的叫声，但没有人注意。

需要注意的是另外一类声音。这些声音又响又急，节奏短促。那是枪声。是拳头打人的声音。是保安敲门的声音。每当听到这类声音，达萨尼就开始点数。

达萨尼按照妈妈教的，一对一对地数弟弟妹妹的数目。先数小的：6 岁的哈达（Hada）和 7 岁的玛雅（Maya），她俩一起睡在一个小床垫上。然后是两个 10 岁的妹妹：鼾声最大的阿维亚娜（Avianna）和快要失明的娜娜（Nana）。最后是两个弟弟：5 岁的帕帕和 11 岁的哈利克（Khaliq），他俩把他们的铁架床变成了只准男孩进入的堡垒。

他们都在，6 个熟睡的孩子呼吸着同样的沉滞空气。如果有危险，达萨尼知道该怎么做。她会把他们踢醒，告诉他们别出声。他们会安静

---

① 政府为低收入居民建造的楼房，设施条件和治安都比较差。——译者注

地趴在地上。

但这不包括哭起来惊天动地的莉莉宝宝（Baby Lee-Lee）。达萨尼总是忘记数这个最小的孩子。莉莉是4月出生的，她的哭声简直震耳欲聋。在那之前，达萨尼认为自己是照顾婴儿的专家。她会换尿布，会拍奶嗝，也会查看婴儿是否发烧。她甚至知道什么样的哭声表示饿了，什么样的哭声表示困了。

然而莉莉的哭声完全是另一种存在，只有做母亲的才能哄好，但母亲不在。

近一年前，34岁的香奈儿·赛克斯（Chanel Sykes）被查出阿片类药物成瘾，于是纽约市儿童保护机构把她和孩子们分开。香奈儿的丈夫也有吸毒史。不过在法院的监督下，他留在了孩子们身边，没有再碰毒品。他妻子则参加了一个戒毒治疗项目。

现在香奈儿回来了，恢复了对孩子们的监护权。可是小婴儿号哭依旧。达萨尼一般都是从神游中被莉莉的哭声惊醒，起身离开窗户去拿莉莉的奶瓶。

达萨尼摸索着走过这个她称为"房子"的房间——520平方英尺①的面积装着她全家人和他们所有的财产。牙刷、情书、一本字典、几辆自行车、一个Xbox游戏机、出生证、四季宝（Skippy）花生酱、内衣裤。达萨尼养的一只宠物乌龟藏在一个盒子里，平常喂它吃熏肠渣，偶尔也喂点多力多滋（Doritos）脆玉米片。墙上贴着孩子们最自豪的艺术作品：用彩笔画的一个明亮的太阳、一片花海、一条蜿蜒的小路。房间的每一寸都有主。

"我们每个人都有自己的一块地方。"达萨尼说。

每块地方都经常打扫，喷洒漂白剂，安放捕鼠器。达萨尼过去非常害怕老鼠，它们到处留下粪便和啮痕。现在，449室成了战场。战斗的

---

① 约48平方米。——译者注

一边是孩子们，另一边是老鼠。一周能打死十来只老鼠。打死一只老鼠就是一场胜利。

"我们用火烧它们！"达萨尼的语气里完全没有说到她的小乌龟时的温柔，"我们拿棍子把它们的眼珠打出来！我们打断它们的脖子，我们用盐闷死它们！"

在光线幽暗、乱七八糟的449室，达萨尼好不容易才找到莉莉喝的婴儿配方奶粉，那是收容所捐赠的，不过经常已经过期。她眯着眼睛细看罐上标的过期日。奶瓶里的奶需要加热。达萨尼为此需要到房间外面去，可离开房间是危险的。接下来的一年里，911紧急呼救接线员接到了从奥本收容所打来的约350通呼救电话，记录下24份袭击报告、4份虐待儿童报告和一份强奸报告。[7]

达萨尼打开沉重的金属门，跨入黑黢黢的走廊。她敢肯定这个地方有鬼魂出没。奥本收容所过去是医院，那时候护士在开放的病房里照顾将死的病人。[8]达萨尼说，她住的房间是"他们关疯子的地方"，墙上坏了的对讲装置就是证据。出了房间门就是一个公共浴室，里面有个巨大的工业用浴缸。一个给婴儿换尿布用的桌板合页脱落了，歪歪斜斜地挂在墙上。妈妈们洗淋浴时速战速决，让自己的孩子在外面把风，以防楼里的流氓闯进来。

达萨尼跑下三段楼梯，经过一个防火梯，那是偷运毒品和武器的通道。她小跑着来到食堂。很快就会有100多个家庭来排队加热预制包装的早餐。[9]食堂里只有两个微波炉，所以排队时间可能长达一小时。人们等得火冒三丈。有时甚至发生持刀互殴事件。

幸运的是，在黎明前这个时候，食堂还空无一人。达萨尼把奶瓶放进微波炉按下按钮。莉莉宝宝还不懂什么是饥饿以及随之而来的各种问题。只要她一哭，别人就来照顾她。她那小小的身体用一个吹风机就能暖和起来。达萨尼最不用为她操心。

达萨尼喜欢说"我盘子上有许多东西"[①]。她把她的麻烦比作一顿饭的内容，将其分门别类。"我有一把叉子和一把勺子。我有米饭、鸡肉、意大利通心粉。"叉子和勺子是她的父母，通心粉是她的弟弟妹妹——莉莉宝宝除外，她是一块胖胖的鸡胸肉。

"所以我盘子上有许多东西——**外加**一些玉米面包。我盘子上真的有很多东西。"

达萨尼赶快跑回楼上，把奶瓶交给妈妈。然后她开始做家务：倒马桶、整理衣柜、擦拭小冰箱。弟弟妹妹们很快就会忙着穿衣服、整理床铺，然后赶在排起长龙之前冲去食堂。

然后他们走出奥本收容所，踏入清晨的灿烂阳光。

达萨尼注意着周围的人，那些是住在公房区的女孩，她们知道她住在哪里。在这个街区，无家可归者是最低阶层，是外人，是"收容所鼻涕虫"。

也许有些女孩比较心善，不会说破达萨尼的来处。其他女孩被别的事分了神：今天是六年级开学第一天，大家穿着笔挺的校服，手上是新做的指甲。达萨尼希望没人注意她，让她悄悄溜过去。

梳得光溜溜的辫子垂在达萨尼脸旁，辫梢扣着黄色发卡。她的 polo 衫[②]和卡其布裤子是用直发器熨平的，因为奥本收容所不准用熨斗。这类事情不能让任何人知道。

她用直发器熨衣服。

2012 年 9 月 6 日，达萨尼走进新学校时心里怦怦跳。她回家一定要绕路走，要慢慢地多走两条街，这样别人就不会知道她住在哪里。她上课会专心听讲，在操场上守规矩。她只需要走上台阶进入学校。

---

① 这是一句英语俗语，意思是有许多难对付的事情。——译者注
② 带领短袖衫。——译者注

"没事，"达萨尼的妈妈香奈儿说，"没什么可怕的。"

达萨尼心情好的时候，走路昂头挺胸好像自己个子很高。但通常她总是在跑——跑向供儿童攀爬玩耍的攀爬架，跑向图书馆，跑向 A 线地铁，她祖母是 A 线地铁车厢的清洁工。这条街上谁也不如达萨尼跑得快。她总是在动，在公交车站做后空翻，在福利办事处跳舞。

达萨尼凑合使用自己所有的，掩藏自己所缺的。在一个富裕城市里做穷人会遇到各种讽刺的现象。最大的讽刺也许是捐赠给穷人的衣物都是一流品牌。二手的紫色 Ugg 靴子和 Patagonia 绒衣盖住了磨薄的袜子和破烂的牛仔裤。莉莉那嘎吱作响的婴儿车上盖着一个从垃圾箱里捡来的 Phil & Teds 雨罩。①

达萨尼告诉自己，牌子不重要。她知道自己想要名牌也是白想。不过每当她奇迹般地得到一双乔丹牌运动鞋时，她都忍不住像过去类似的情况中那样舍不得穿，只在室内穿，希望不会把鞋弄脏。这个办法从来没有管用过。

最好的办法是混在人群里不起眼，万一被注意到也不在乎。达萨尼喜欢长得矮，因为"我能溜过去不被发现"。她想象自己有女超人的超能力。

达萨尼希望能够眨眨眼就隐起身形。

有时她连眨眼都不必。在城市的繁忙街道上，达萨尼不过是又一张脸而已。陌生人不知道她母亲对阿片类药物上瘾，不知道她有几个舅舅在坐牢，不知道她有几个表亲死于帮派枪战和艾滋病。

"我不会那样，"她说，"不，不会的。"

陌生人也看不到达萨尼的住处。

孩子不是纽约市无家可归者的代表。在这个对比鲜明的城市中，总能看到乞丐、流浪女、退伍老兵和得不到治疗的精神分裂病人，但这些

---

① 这些都是名牌产品。——译者注

人中间很少看得到孩子。孩子们白天上学，晚上住在收容所。即使能看到他们，也仅是匆匆一瞥——他们跟在疲惫的大人身后，拖着塞得鼓鼓囊囊的衣箱，看起来像是旅游者，而不是没有家的当地人。

达萨尼来到奥本广场 39 号已经两年多了。收容所没有标牌。它如同一个堡垒，俯瞰着附近的公共住房区，显得那么格格不入。这座外观庄严的新乔治式建筑是近一个世纪之前建造的，当时它是为穷人服务的一家公立医院。[10]

大门口的两棵梧桐树枝繁叶茂，砖砌的拱形门下有人站在那里吸烟。一条混凝土路通往大厅，达萨尼说那里像监狱。奥本收容所里住着 432 名无家可归的孩子和他们的父母，[11] 达萨尼是其中一员。住客们每天都要走过金属探测门，背包要经过保安人员检查，任何可以用作武器的东西都会被没收，如一瓶漂白剂或一个金宝牌（Campbell）汤罐头。

这种严厉的日常程序令人感觉自己在奥本收容所只是身如飘蓬的过客。但是对达萨尼来说，这里远不只是她被随意分配来的地方。奥本收容所是达萨尼心中的一个地标——她深爱的外祖母乔安妮·赛克斯（Joanie Sykes）是在这里出生的，那时这里还是坎伯兰医院。

每天早上，达萨尼离开外祖母的出生地，走在乔安妮长大时走过的街道上，在乔安妮玩过的公园里玩跳双绳，到乔安妮去过的图书馆乘凉。

今天，在这个明亮的 9 月的早晨，达萨尼再次沿着外祖母走过的路，进入两条街以外那所充满希望的中学。

要了解达萨尼·乔安妮-拉尚·科茨（Dasani Joanie-Lashawn Coates）——从这个孩子在布鲁克林一家医院降生到她长大成人——就要审视纽约市的故事，以及更大的美国故事。这个故事始于 21 世纪的黎明，发生在一个不平等现象触目惊心的全球金融中心。这也是一个回溯往昔的故事，讲述一个黑人家庭的历史变迁，从奴隶制到推行吉姆·克劳法[①]的南方，然后是去往北方的大迁徙（Great Migration）。

达萨尼的童年与她的外祖母乔安妮和母亲香奈儿的童年密不可分。用达萨尼自己的话说，乔安妮和香奈儿短暂的胜利和最刻骨铭心的悲痛是"我心里的感受"。达萨尼脚下的土地曾经是她们的地方。达萨尼的城市建在她们的城市之上。香奈儿也出生在布鲁克林，名字源自乔安妮 1978 年在一份杂志上看到的高级香水瓶。那时，在贫民区的偏僻角落里，香水广告代表着通往更美好世界的门户。今天，达萨尼无论是在收容所附近透过波希米亚式时髦商店的窗户往里看，还是用奥本收容所的公共电脑上网，眼中所见尽是财富的体现，但她看见的世界很少看得见她。

要看见达萨尼，就要看她在生活中的所到之处，从学校走廊到医院急诊室，再到家事法院和福利办事处那拥挤的门厅。有些处所看不见，却感觉得到，如无家可归、姐妹情谊、牢不可破的母女纽带。不管到哪里，它们都深藏于达萨尼的心中。

要跟踪达萨尼长大的过程，就要跟踪她的 7 个弟弟妹妹。他们坐公交，换地铁，上楼梯，跳水洼，无论做什么都一致行动。正因为在一起，他们才学会了穷人面对的各种系统的门道，这些系统的名字表明它们可以提供帮助：儿童保护、公共援助、刑事司法、无家可归者服务。

观察这些系统对达萨尼生活的影响能够瞥见它们的权力、它们的缺陷以及它们对达萨尼自身的生存系统构成的威胁。达萨尼的弟弟妹妹是她最大的安慰，与他们分开是她最大的恐惧。此外，还有许多力量是达萨尼控制不了的，如饥饿、暴力、种族主义、无家可归、父母的毒瘾、

---

① 1876—1965 年美国南部各州与边境各州对有色人种实行种族隔离的法律。——译者注

污染、种族隔离的学校。这些苦难中的任何一个都可能让一个本来前程似锦的孩子坠入迷途。

在成长期间，达萨尼必须面对所有这些问题。

第 2 章

"快点！"香奈儿开始对女儿不耐烦起来。

达萨尼站在新学校的台阶上一动不动。别的孩子从她身边走过，保安在人行道上巡逻，打量着新生们的面孔。苏珊·S.麦金尼医生艺术中学共有从六年级到十二年级的 500 多名学生。[1] 每个班都有班霸和受霸凌的学生。

达萨尼和她妈妈一样，打起架来谁也不怕，但是她也容易成为被针对的靶子。没有什么能像"收容所鼻涕虫"这个称呼更扎她的心。糊满鼻涕的鼻子是潦倒的表现——不光是没有纸巾，而且没有父母愿意给孩子擦鼻涕；或者是家里肮脏不堪，流鼻涕算不得事。达萨尼和弟弟妹妹们有时饿得精神无法集中，但他们的鼻子总是擦得干干净净的。

听到"收容所鼻涕虫"这个称呼时，达萨尼能够想到的回答是她母亲总爱说的：奥本收容所只是个"歇脚站"。达萨尼不过是暂时的过客，公房却永远在那里。在走过沃尔特·惠特曼公房区（Walt Whitman Houses）时，达萨尼会说出声来："**你们会永远住在公房里，还有你们孩子的孩子，和你们孩子的孩子的孩子。**"

达萨尼知道自己胳膊拧不过大腿。人们住在公房区的原因和目前公房候补名单上的 25 万纽约人等待的原因一样[2]：政府给予低收入家庭高额房租补贴。达萨尼的父母上过 6 次候补名单。即使他们运气不错，在奥本收容所旁边的惠特曼公房区或达萨尼的外祖母长大的英格索尔

（Ingersoll）公房区分得了住房，每个月也仍旧得付租金。

公共住房也许痼疾难解，但住进奥本收容所等于承认彻底失败，说明自己没有能力给孩子提供片瓦遮头。当了"收容所鼻涕虫"就再也没有翻身的机会。达萨尼能做的顶多是不让人看出自己的来处。

今天，她的脸蛋用润肤霜擦得发亮。这是香奈儿的杰作，她天还没亮就起来打扮几个孩子了。在香奈儿看来，在学校吃得开有3个办法。

穿得飒。学习好。能打架。

香奈儿知道达萨尼能打架，但是为什么不试试头两个办法呢？上新学校正好是个全新的出场机会。达萨尼必须打扮得时髦新潮。让学生穿校服的本意是不让学生把心思放在打扮上，而且精心打扮反而突出了达萨尼缺少的东西——美甲、手机、耳环，但香奈儿不管这些。

香奈儿挺起胸膛。

达萨尼小声说："妈妈，我不想进去。"

香奈儿没有办法，只能一把将女儿推上台阶，看着她消失在学校里。

走廊里学生们叽叽喳喳地吵闹着，聊着传言，互相拥抱。许多学生的家长也是从这个学校毕业的。在他们口中，学校只有一个名字：麦金尼。

麦金尼坐落在布鲁克林-皇后高速公路的路桥旁边，是一大片砖结构建筑。这个学校是那一带怀有明星梦的人的聚集地，和拉瓜迪亚艺术高中一样，不过没有那么光鲜。拉瓜迪亚艺术高中位于曼哈顿，是一所精英公立学校，1980年上映的电影《名扬四海》（*Fame*）的灵感就来自这所学校。

麦金尼学校剧场的幕布已经有些破旧，道具是从学校附近的垃圾箱里捡来的。学校的仪仗队用的是捐赠的乐器，舞蹈班拥挤不堪，学生们只能轮班练习。麦金尼的每个人似乎都在奋斗。保安贾米恩·安德鲁斯（Jamion Andrews）业余时间是说唱歌曲的词作者，舞蹈老师扎基亚·哈里斯（Zakiya Harris）另外管理着一家舞蹈学校，戏剧老师戴尔·史密斯（Dale Smith）出版过剧本，英语老师费丝·赫斯特（Faith Hester）写过一本题为《创造你热爱的生活》（*Create a Life You Love Living*）的励志书。

麦金尼的学生们也很努力。有个学生是花腔女高音，时常在学校唱响歌剧《蝴蝶夫人》的某一首咏叹调。每当她的歌声响起，大家都知道是这个名叫茉莉（Jasmine）的高二学生在校长保拉·霍姆斯（Paula Holmes）的办公室里清唱。女校长闭上眼睛，这也许是她一天中唯一安宁的时刻。

60 岁的霍姆斯小姐身材高大，有时严厉，有时温柔。她喜欢穿西服套装，耳朵上总是挂着蓝牙耳机，好似永远不会摘下的耳环。她在麦金尼当校长已有 15 年，像指挥军舰一样管理着学校。她目光炯炯地扫视着学校的走廊，仿佛在搜寻海面上敌船的踪迹。

学生们见到霍姆斯小姐时，紧张得话都说不利落。她办公室的门总是大敞着，如同一只一眨不眨的巨大眼睛。优秀学生榜就贴在她的办公室外，挨着一张海报，海报上一个穿着松松垮垮的牛仔裤的男人站在白宫前面，对面是时任总统巴拉克·奥巴马。海报上写着："要住在这个地方，你得像那个样子。"霍姆斯小姐不容忍松垮，无论是在服装上、态度上，还是其他方面。她只接受"百分之百"。

麦金尼校史悠久。20 世纪 60 年代，达萨尼的外祖母乔安妮就在这里上学。这所中学的大部分学生和她一样是黑人，住在公房区，家境贫穷，符合吃免费餐或降费餐的标准。[3] 学生们在学校地下室的食堂里轮班吃饭，负责维持秩序的是慈祥的弗兰克·海沃德（Frank Heyward）。他用一架手提录音机播放老歌，对学生们说："我的鞋都比你们岁数大。"

麦金尼虽然生机勃勃，却也负担沉重。过去 6 年里，市政府把学校的预算砍了四分之一，入校学生人数也不断下降。[4] 学校的课外资源大为收缩，学生的需求却并未减少。学生们经常要面对枪支暴力、家庭虐待和谋杀事件，老师们一直在努力争取在学校安排一位帮学生化解悲痛的辅导员。

现在，一所特许学校（charter school）①想要搬进来。计划成立的格林堡成功学院（Success Academy Fort Greene）想占据麦金尼的宝地——校舍顶层，那里是学校戏剧班、舞蹈教室和艺术实验室的所在地。这可以是好消息，也可以是坏消息，全看你从哪个角度来看。

公校私办运动的指导理念是"选择"——给人选择学校的权利，而不必受制于缺陷比比皆是的教育制度和力量强大的教师工会。（由公共出资、私人经营的）特许学校的倡导者认为，特许学校是穷人孩子的救星，是缩小成就差距的办法，这是许多公立学校无法做到的。

但在麦金尼这样的地方，特许学校与公立学校"共处一地"感觉像是与选择恰恰相反。众所周知，特许学校不接受有学习障碍或行为问题的孩子，[5] 可麦金尼一半以上的学生都属于这两种类型。

如果成功学院落户麦金尼，它的学生会走另外的门，吃不同的饭，校服也比麦金尼的好。这所计划成立的学校的网站上说，家长"不必到布鲁克林的其他地区或花费超过3万美元送孩子上私立学校，就能让孩子获得卓越严谨的教育"[6]。

麦金尼准备打一场硬仗。它分发传单，警告说会出现"种族隔离"和白人"入侵"。半个世纪之前，达萨尼的外祖母在麦金尼上学时，白人"入侵"听起来像是天方夜谭。当时的情况正好相反。白人都在忙着逃离。[7]

纽约市的学校体系现在是全美最庞大的[8]，种族隔离也最严重[9]。麦金尼的学生中只有1%是白人。的确，成功学院的大多数学生（它的14所学校招收了7000名学生[10]）是黑人或拉美裔，来自低收入家庭。

---

① 指政府出资、私人运营的学校。——译者注

但与达萨尼相比，他们有一个优势：他们是靠抽签赢得入学机会的，而抽签需要大人的帮助，这个大人需要有一个可靠的电子邮件账户，或至少有一部不会关掉的手机。达萨尼没有这个条件。

她属于另一边。

达萨尼走在麦金尼的走廊里，上课铃马上就要响了。她想找到舞蹈教室。达萨尼从来没穿过舞蹈紧身衣，也从来没在舞场上跳跃过。她要亲眼看到才会相信。

不过，达萨尼首先必须向班主任报到。她幸运地分到了费丝·赫斯特的班上。

形容赫斯特小姐最合适的词是"通电"。她在教室里不停地走来走去，手臂在空中挥舞，声音响彻麦金尼的走廊。在很早以前放弃了演员梦之后，教室就成了她的舞台，学生是全神贯注的观众。[11]

有时，赫斯特小姐顶着艾瑞莎·弗兰克林（Aretha Franklin）[①] 式的蜂窝头，戴着长长的假睫毛来上课。有时，她身穿塞内加尔色彩鲜艳的印花衣服，那是她在"了解我祖国的真相"的旅行中买的。赫斯特小姐说的话学生们毕业后很久都还记得，比如"哦我的天哪天哪！"（Oh my gooney goo hoo!），还有"好嘞嘞嘞！"（Okey dokey pokey shmokey!）。

如果哪个孩子听不懂，赫斯特就会唱起临时现编的歌，很快全班都会跟着唱起来："我知道你知道！"——拍手，拍手——"我知道你知道！"——拍手，拍手。

48岁的赫斯特小姐知道，学生们兴奋的时候学东西最容易。她自己就是这样。她在布鲁克林的马西公房区（Marcy projects）长大，那是由27栋砖楼组成的一片单调乏味的住宅区，说唱歌手Jay-Z小时候也

---

① 美国著名流行音乐歌手，有"灵魂歌后"之称。——译者注

住在那里。赫斯特小姐永远做不到对自己看到的暴力习以为常。Jay-Z 在歌曲《我的来处》（Where I'm From）里这样描述这个地方：

> 我们叫警察天龙特攻队 ①
> 因为他们跳出警车就放喷雾
> 预期寿命低到我们 18 岁就立遗嘱 12

　　即使在今天，赫斯特小姐的许多学生过了 20 岁后也不指望能再活多久。在她以前的学生中，已经有两人被杀。其中一人是个叫安吉尔（Angel）的男孩，他过去每年夏天都会回到麦金尼帮赫斯特小姐为新学期布置教室。13

　　最近，赫斯特小姐在试一个冒险的法子：她要学生们写自己的讣告。在选择自己的寿命时，学生们多数都选择了以 70 岁为目标。然后，他们必须想象自己在一生中取得的成就。

　　"我想让他们看到，他们能够决定自己的生活。"她说。

　　赫斯特小姐自己在教堂和学校里获得了救赎。1977 年，她和第一批黑人学生一起乘校车从公房区到布鲁克林一所主要由白人学生组成的学校上学。一群当地的男孩追着她喊："滚出我们的地方！"赫斯特提前从高中毕业，上了纽约州立大学科特兰分校。31 年（其间她获得了两个硕士学位）过去了，如今赫斯特小姐回到了自己的出生地，离麦金尼开车仅有很短的距离。哪里都比不上家好。

　　赫斯特小姐环顾教室，看到的是年轻的自己。她希望她的学生能反过来在她身上看到他们自己的未来。

---

① 此处的英语原文为 A-Team，这个词的本义是第一流的团队，因为同名电影和连续剧进入流行文化，指特种部队中的精英团队。在中国，这些电影和连续剧的名字被译为天龙特攻队，此处采用这种译法。——编者注

达萨尼仔细观察着赫斯特小姐。她的睫毛是达萨尼见过的最长的，像精致的扇子一样伸展着，表现着她的情绪。赫斯特耍宝的时候，睫毛忽闪忽闪的。她着恼的时候，睫毛半垂下来。

达萨尼觉得这个老师既"奇怪"又熟悉。赫斯特小姐出生在贝德福德–斯代文森（Bedford-Stuyvesant）。达萨尼对那里的每一条街都了如指掌，达萨尼自己的母亲香奈儿就是在那里长大的。然而，香奈儿与赫斯特小姐截然不同，赫斯特小姐文雅的谈吐让达萨尼心生敬佩。赫斯特把每个辅音都发得清清楚楚，偶尔说一个 ain't[①]——几乎像是对学生们致意。赫斯特小姐用这种方式告诉他们，**如果我能和你们一样讲话，反过来你们也能和我一样讲话**。

在讲"背景线索"的那堂课上，赫斯特小姐开始时平铺直叙。

"你看到一个不熟悉的字，"赫斯特小姐在课上说，"你看看上下文的字句和意思，就解开了那个字。"

然后表演开始了。

"目瞪口呆（flabbergasted），"赫斯特小姐说，"当我发现钱包里有 100 万美元时，我**目瞪口呆**。"

达萨尼笑出声来。

"100 万美元啊！"赫斯特小姐大笑。"我知道那是很多钱。可它在我的钱包里，而我应该是**一文不名**，"她长长的睫毛忽闪着，"'目瞪口呆'的意思是'又惊又喜'。"

老师是达萨尼所认识的最快乐的大人。被问到"你长大后想干什么"的时候，她和弟弟妹妹们会异口同声地说："当老师。"

在班上，达萨尼高高举手，大声回答问题。她似乎完全不在乎自己个子矮，全身散发出强大的信心，这种信心也表现在操场上。

学校里吃得开的那些女孩特别喜欢达萨尼，叫她"矮子"。不过，

---

① "不是"的俚语。——译者注

谁要是说错了话，达萨尼马上就会翻脸不认人。不出几天的工夫，达萨尼就在学校四处宣扬自己是"终结者"。

9月还没过完，达萨尼就被叫到了校长办公室。

"这里没有终结者。"霍姆斯小姐说。

"求您别给我妈妈打电话。"达萨尼嗫嚅着说。

霍姆斯小姐坐的带轮人造革椅子是用胶条绑在一起的。她细细打量着达萨尼。每次听到一个孩子说"求您别给我妈妈打电话"时，霍姆斯小姐就会马上进入"雷达模式"。她在麦金尼待的时间足够长，知道学生若是在学校犯了错，回家可能会挨一顿打。

校长慢慢地转动着椅子来到达萨尼面前，凑到离达萨尼的脸只有几英寸①的地方。

"好吧，"她柔声说，"咱们做个交易。"从这天起，达萨尼同意好好表现。不能再骂人，不能再在洗手间恶作剧，也不能再自称终结者。

校长这边不把发生在学校的事情告诉她的家长。

达萨尼的表情轻松起来。

说好了以后，霍姆斯小姐挥手让达萨尼离开，尽量不露出微笑。她忍不住对这个小女孩生出了喜爱之情。

在10个人当中睡觉好比一门艺术。你得学会听不到某些声音，闻不到某些气味。

但还有别的东西影响着达萨尼的睡眠。锈蚀的水槽不停地滴水，老鼠跑来跑去。家里安了捕鼠器，把食物装在塑料袋里挂在天花板上，全都无济于事。奥本收容所的老鼠总是卷土重来，和公房区那些寻觅中式炸鸡残渣的松鼠一样顽强，香奈儿叫它们"贫民窟松鼠"。

达萨尼和她最亲密的妹妹阿维亚娜同睡一个单人床垫。阿维亚娜名

---

① 1英寸 = 2.54厘米。——编者注

字的灵感来自价格更贵的依云牌（Evian）矿泉水。她们的房间乱得插不下脚：一堆堆的脏衣服、塞在床垫下的鞋子、堆得高高的自行车和外套。窗户上钉着金属栅栏，像监狱的窗栏一样阻挡着视线。头上吊着一张黏黏的捕蝇纸，上面粘满了死掉的昆虫。

开灯后，房间被日光灯照得一片惨白。达萨尼和弟弟妹妹们想尽办法试图解决这个问题。他们爬上衣柜把顶灯的塑料灯罩拿下来，用蜡笔涂成彩虹的颜色。做作业是最难的。没有桌椅，只有横七竖八的床垫，孩子们只能蹲在印着"无家可归者服务局所有"字样的床单上做作业。

"你的床就是你的地方，"达萨尼说，"你进了门，放下东西，整理一下，从冰箱里拿一包零食，然后就在床上做作业。或者做别的需要做的事。你就待在那个地方——坐下就不起来。"

关了灯后，449室呈现出一种灰色的光晕。有时孩子们会听到声音，5岁的帕帕认为自己看到过一个鬼。天黑后谁也不肯出去上厕所，大家都在达萨尼口中的"尿桶"里解决。

保护隐私是件奢侈的事。达萨尼给自己划了一些小小的圣地：窗户旁一个底朝上的木箱、吃饭时地板上一块特定的地方、吓人的公共卫生间里的一个隔间。达萨尼在隔间里独自坐在马桶盖上，有时看书，或者干脆闭着眼睛。在别的地方她觉得心里堵得慌。

"就好像10个人在同一个房间里呼吸，但只有5个窗户。"达萨尼说。

孩子们在长大，但房间没有变大。什么都乱糟糟的。什么都瞒不住人——夫妻吵架、破了的内裤、青春期的到来。"无上"（Supreme）踱来踱去，香奈儿压不住火。多年来一直是这个样子。

达萨尼太小了，不记得9年前她母亲在哈勒姆区一个无家可归者收容所初遇无上的时候。那时，香奈儿正在戒除"快克"[①]（crack）毒瘾，

———————————

[①]　一种高纯度可卡因。——译者注

带着两个小女孩——蹒跚学步的达萨尼和还是婴儿的阿维亚娜。无上是一名理发师，他的第一个妻子死于心脏病，留下了两个小孩：有语言障碍的哈利克和有视力障碍的娜娜。

这两个单身家长和他们的 4 个孩子组成了一个家庭。香奈儿和无上结婚后又生了 4 个孩子，这样他们就有了 8 个孩子。光是这么一大家子就足以让陌生人侧目而视了。

香奈儿想象得到他们心中的念头：她是"福利妈妈"，生孩子是为了占制度的便宜；她不知检点，滥交还不避孕；她没有财务头脑，生得起养不起。[14] 对所有这些评判，香奈儿都有话顶回去。她倒是想看看有哪个母亲愿意忍受 6 次生产的痛苦，只是为了多得几张食品券，"勉强才够一个月使用"。她可不是"管生不管养的妈妈"。她是一个一心一意的好妻子，对和她一起养活一家人的男人忠贞不渝——不像许多地位高、皮肤白的女人。

香奈儿生这些孩子不是意外，而是有意怀孕的。她计划生一大堆孩子，认为孩子们之间的纽带是他们的力量。"这是个残酷的世界，"香奈儿对我说，"我不想他们受到伤害。我想让他们互相依靠。这样，他们就不需要依靠家人以外的人。那些外人口口声声'姐妹''兄弟'，其实不是真正的姐妹和兄弟。"

无论是香奈儿自己还是无上，童年时都有很长时间与生身父母及兄弟姐妹分开。她说："我们没有家人。"虽然香奈儿有个疼爱她的教母，但是她在成长期间一直渴望和生母在一起，"渴望得到爱"。

"所以我们把街头当成家，"香奈儿说，"我不想让街头也成为孩子们的家。"

达萨尼有时可以看出，街头仍然是家，至少对她父母来说，他们借以谋生的网络依然在街头。无上叫卖 DVD 光盘，有时在收容所里给人理发。香奈儿从商店里偷衣服，然后拿到街上去卖。

他们的生活也依靠公共援助，每个月数额都不一样。[15] 2012 年

10 月，达萨尼一家每个月能领 182 美元福利现金、1 103 美元的食品券，还有给无上自己两个孩子的 724 美元幸存者福利金（因为他们的妈妈、无上的第一个妻子去世了）。这些钱分到每一天大约 65 美元，等于家里 10 口人每人 6.5 美元——够买 1 张地铁票和 1 加仑^① 牛奶。

不过这已经比很多人拿到的多了。所有无家可归者家庭中，领取幸存者福利金的不到 2%。[16] 在一些人看来，达萨尼的父母是"在钻制度的空子"。另一些人则认为他们不过是"努力把日子过下去"。无论如何，在他们居住的这个城市里，一个 8 个孩子的贫穷家庭靠没有大学文凭的父母来养，日子很是艰难。

香奈儿经常觉得纽约不是穷人待的地方。她一家人能活下来，是因为他们住在收容所里，不用交房租，还有一日三餐。

"我是巧妇难为无米之炊。"她说。

过去几年，香奈儿和无上偶尔进过监狱，大多是轻罪，或者是偷食品，或者是在地铁站逃票。[17] 最严重的指控是打架或者与毒品相关的行为。每一次，他们都信誓旦旦地要改过自新。他们说要找真正的工作，但障碍重重：他们有犯罪前科；他们不时会故态复萌；他们必须每天去戒毒所接受治疗，只有这样才能保住对子女的监护权。[18]

香奈儿曾在一家杜安里德（Duane Reade）^② 店里当保安，但那是 6 个月前的事了。[19] 几年前，她在斯塔滕岛当过公园清洁工，那时无上也在斯塔滕岛的一家理发店工作。他们只要觉得别人对自己有丝毫不敬就会勃然大怒。香奈儿听治疗师说，受轻视的感觉通常是引爆像她这样的人的"扳机"，使他们回忆起童年时期的创痛，那些靠吸毒来麻痹的创痛。

"别人不能支使她，"达萨尼在谈到她母亲时说，"她要自己说了算。"

---

① 1 加仑 ≈ 3.79 升。——编者注
② 药品杂货连锁店。——译者注

无上近来对家里的福利收入把得很严，现在连洗衣服的钱都不给香奈儿，两人因此时常吵架。

这种时候，达萨尼对无上感到说不出来的愤怒。她狠狠地瞪着他，心里揪成一团。她的继父从来都喜怒无常，刚刚还是慈爱的父亲，下一刻就是暴君。家人永远不知道无上会以什么面目出现。有时他干脆不见踪影。

如果香奈儿因为洗衣钱的事逼得太紧，无上完全可能一走了之。于是香奈儿只能息事宁人。很快，达萨尼的校服带了污渍。她的头发也不再编成辫子，被别人嘲笑为"尿布"。达萨尼最怕人家这么说她。

在学校，关于达萨尼住处的流言开始传播。在中学部的 157 名学生中，只有 6 人住在收容所里。最终，达萨尼无家可归的身份还是暴露了，她索性做到名副其实。她是个骄傲的女孩。对于自己无家可归的真相——正如对其他意想不到的灾难那样——她必须想办法把它变得对自己有利。

达萨尼开始自称"街头"①。她挑战男孩，和他们比赛掰手腕。看着达萨尼在攀爬架上做引体向上练出来的发达的肱二头肌，男孩们都傻眼了。

老师们百思不得其解。他们看到达萨尼不再穿校服了，以为她是为了显得强横。其实恰恰相反：达萨尼显得强横，因为她已经无法穿得飒了。

达萨尼认识的白人用 4 根手指就数得过来：一个法院指定的律师、一个在人行道上布道的传教士、一个做社工的修女和一个电脑科学老师。除了他们之外，偶尔还能遇到白人社工、白人片警或白人市级检

---

① 英文是 ghetto，原意为贫民窟，用于表示有意显得邋遢的服饰风格以及凶横的行为方式。——译者注

查员。

白人分两类。一类人的工作是监督达萨尼一家的情况，另一类是被派来提供帮助的。有时，同样的人身兼这两类职能。达萨尼一家并不信任他们。这些人进入达萨尼的生活，因为这是他们的工作。2012 年 10 月 4 日下午，这一小群白人中又加上了身为《纽约时报》记者的我。

我站在奥本收容所前面，试图和无家可归的母亲们交谈。我已经花了几天的时间想办法进入这个严格规定公众与媒体不得入内的收容所。据说里面的条件很差。当地一位大名鼎鼎的修女乔治亚娜·格罗斯（Georgianna Glose）告诉我，一个 10 口之家挤在一个房间里。

那些无家可归的母亲上下打量着我。我穿的是所有街头新闻记者都穿的旧牛仔裤。后来我发现，社工也穿这类服装。更糟糕的是，密探也这么穿。外面的每个人都努力显得和这里的人一样。

"你该去和她谈。"一位母亲指向朝这边走来的一个满脸雀斑的高大女人。那女人步伐坚定，像个操练教官，身后跟着 7 个孩子。

香奈儿停下脚步，眼睛一眨不眨地盯着我（她后来解释说，这是为了显示力量）。我做了自我介绍，把我的名片递给她。香奈儿后来承认，她看得出我不是密探，因为我戴着一顶软塌塌的不合适的毛线帽，而且经常把笔掉到地上。我太引人注意了，不可能是缉毒队的。

很快，我们开始在附近的公园会面，我的笔记本记满了香奈儿的生活经历。然而，我每写下几行字，就被另一个声音打断。声音来自香奈儿身边那个胆大淘气的 11 岁女孩。

达萨尼一次又一次地吸引着我的注意力。有时她给我表演侧手翻和后下腰，有时她给我讲述她和奥本收容所内杀不完的老鼠的最新战况。达萨尼虽然活泼好动，但也是个细心的聆听者。她像是有一台录音机一样，记住了我生活中的各种事实：我 39 岁，有两个小女儿；我是《纽约时报》的调查记者；我从曼哈顿上西区坐 2 号地铁上班，喝那种让达萨尼伸出舌头做出作呕状的绿色果蔬汁。

关于我的每一件事都会引出达萨尼的一串新问题。她想知道我打电话为什么说西班牙语（我母亲是智利移民）。她想知道我的星座（人马座）和我最喜欢的歌手（"王子"[①]）。她想知道我旅行到过什么地方（我给她看了杂志上刊登的我从摩洛哥北部的贫民窟写的一篇报道）。

达萨尼和香奈儿没有理由信任我。最终，香奈儿实话告诉我，假如我不是个母亲，她决不会让我接近她的孩子。另一个对我有利的因素是——用她的话说——我并非"全白"，而是"拉美裔"。达萨尼知道我的族裔后非常开心，因为她的亲生父亲有一半多米尼加血统。但是对香奈儿来说，种族的意义不止于此。我不过是个有研究生学位的白皮肤拉美裔，但我却因此能够享受某种特权。后来几年中，香奈儿一直在观察并仔细研究这种特权。

除此之外，我能引起她们好感的唯一因素是我使用的数码录音笔，达萨尼说那是我的"间谍笔"。事实上，她们一家想让我刺探奥本收容所的情况，而我做这件事需要她们一家人的帮助。收容所防范严密，我只能从外面报道，于是我请达萨尼的家人用《纽约时报》提供的摄影机记录他们房间的状况。我们还给了香奈儿一部手机以确保我们与她联系畅通，因为无上总是把他的"生命线"手机（由联邦政府免费提供）[20]每月的分钟数用光。

很快我就看到了他们录下的老鼠、蟑螂和墙上霉斑的影像。奥本收容所的衰败对市级和州级检查员来说不是什么秘密。[21]自从达萨尼一家住进他们的房间后，检查员发现了那个房间有 13 处违规，包括使用了含铅油漆。[22]在任的官员和市政府行政人员多年前就知道这个收容所的问题，乔治亚娜修女主持的当地非营利组织"格林堡 SNAP"一直就此对他们紧追不舍。

每次奥本收容所的工作人员来到 449 室时，似乎都不是来提供帮

---

① 指歌手普林斯·尼尔森，艺名"王子"。——编者注

助，而是来斥责的。他们专挑达萨尼家的刺，说房间"太乱"，不够干净。对于没有隔断来保护隐私，老鼠蟑螂到处都是这些奥本收容所自身的明显失职，他们却视若无睹。

最近达萨尼家的水槽出了毛病，但奥本收容所没有派人来修。水槽整夜滴滴答答地漏水，吵得达萨尼睡不着觉。她知道她妈妈恳求过工作人员，让他们来修水槽。

最后，达萨尼实在受不了了。她蹲低身子，检查水管。

"谁也没想过把它推进去拧紧。"她说。她很快地拉扯了几下就修好了。弟弟妹妹们高兴得尖叫起来。

没人注意到这个收容所的预算是 900 万美元，[23] 它的上级机构掌管的资金更是收容所预算的百倍以上。而在这个收容所里，修水管要靠一个 11 岁的女孩。

第 3 章

达萨尼闭上眼睛，向着教室的天花板仰起头。她又错过了吃早餐的时间。奥本的早餐是免费的，但队排得很长。麦金尼的早餐也是免费的，但过时不候。

达萨尼试着去想别的事。她看到了佛罗里达。对从未去过海滩的她来说，电视广告让她心驰神往。达萨尼想象自己走在沙子上，扑进海浪中。

"达萨——尼！"老师拖长了声音叫道。

达萨尼睁开眼睛。

赫斯特小姐站在那里，扑闪着睫毛。

老师仍然不知道达萨尼住在哪里，也不知道她肚子有多饿。大部分时间，达萨尼上学都会迟到，但她从不说原因。她看起来还没醒，好像刚刚起床。其实她好几个小时之前就起床了。别的孩子刚刚醒来，达萨尼就已经做完了家务事，忙着带弟弟妹妹去赶校车。任何老师如果知道这些，都会大为吃惊，会给她家打电话，可能还会找政府机构。所以达萨尼谁也不说。

每天早上悄悄溜进教室前，达萨尼会先把外套和书包塞进储物柜。这对一个没有别的储物柜的女孩来说是个珍贵的仪式。达萨尼的六年级主班教室真的成了她的另一个家。① 在这个舒适的避难所里，靠墙摆着

---

① 主班教室的英文是 homeroom，含有 home（家）这个单词。——译者注

装满书的书架，墙上用粉笔写着励志的句子。

达萨尼喜欢大声背诵那些句子。在课桌边坐好后，她读道："没有牺牲和奋斗，就没有成功。"

赫斯特小姐看得出来，达萨尼没有合适的衣服，没有零食，就连基本的学习用品都暂付阙如。但达萨尼在班上学习并不落后，她用不错的学习成绩掩盖了自己的窘境。赫斯特小姐认为，达萨尼的学习方法出于"本能"，是那种聪慧与极端环境相结合产生的罕见方法。

麦金尼的其他人同样注意到了达萨尼的潜力。学校的一位辅导员写道，达萨尼具有"不可思议"的聪慧，她的"思想内容远超同年龄的孩子"。霍姆斯校长也看到了这一点，她称达萨尼为"早熟的小豆丁"，说她是那种能做成任何事的女孩——如果及时利用好自己的天赋，她甚至能当最高法院的大法官。

"达萨尼有些潜能还没有释放，"校长说，"还在培养中。"

目前，达萨尼最大的技能也许是装糊涂。老师问她为什么迟到，她只是耸耸肩。同学中有人穿了新的乔丹牌运动鞋，她佯作不注意。同学们炫耀去朋友家过夜，她一声不吭。达萨尼永远不能接受去别人家过夜的邀请，更无法请人来她家过夜。达萨尼上舞蹈课没有紧身衣，自己坐在角落里，在宽大的木地板上抻腿。

但每当音乐声响起，达萨尼的身体就仿佛摆脱了束缚。"我高兴的时候跳舞跳得快，"她说，"我难过的时候跳舞跳得慢。我生气的时候，跳得有时快有时慢。"

达萨尼从记事起就在跳舞。她小的时候跳起舞来自信满满，妈妈甚至把她带去时代广场跳舞。达萨尼记得，她有一次为围观的旅游者跳霹雳舞，家里的手提录音机在旁边放着震耳欲聋的音乐。一个男人走上前来递给了她一张 1 美元的纸币，她用这钱买了薯条。

达萨尼和弟弟妹妹们经常在地铁车厢里跳舞挣钱。弟弟妹妹们站在她身后，组成钻石队形，达萨尼站在钻石尖的位置。她是编舞者——她第一次听到这个词是在麦金尼,虽然她已经这么做很多年了。"我不听节奏,"达萨尼说,"我听的是歌词,歌词会告诉你做什么。"

现在是舞蹈老师哈里斯小姐告诉达萨尼做什么。她必须学会像芭蕾舞者那样绷紧脚尖,还要向后下腰形成优雅的弧度。每天晚上,达萨尼都在奥本收容所的公共浴室里练习,弟弟妹妹们轮流淋浴的时候,她在地板上跳跃、滑行。

达萨尼开始明白,舞蹈并不只是自然的动作。它是一种纪律严格的艺术,是一种组织身心的方法。达萨尼家里一片混乱——该去福利办事处却失约,混在一起的袜子堆积如山,但在麦金尼的舞蹈教室里,时间得到遵守,动作都有规范。

练舞的学生们非常努力,她们在为冬季表演做排练。达萨尼记住了每一个女孩的动作。她在边上学着其他女孩的动作,舞动着手臂和腿。领舞的女孩让达萨尼着迷,她名叫萨海(Sahai),人缘很好。

萨海高高的个子,身体柔韧,像是专业芭蕾舞者,似乎没有她做不到的事。她是整个中学部的全优生,走在走廊里像女王一样仪态万方。她丝绸般光滑的头发上别着一个巨大的蝴蝶结。

要想吃得开,可以用 3 种方法中的一种。妈妈的话在达萨尼耳边响起。

达萨尼破烂的球鞋没法和其他学生炫耀的时髦马丁靴相比,于是她把力气用在了学习上。

10 月,达萨尼登上了优秀学生榜。

达萨尼一开口,经常先说"妈妈说",然后逐字背出新学到的某个知识,比如"薄荷茶能治腹泻",或"那位女士有毒瘾"。她很少动摇或者显出迟疑,尽管她的生活中充满了不确定性。

达萨尼绝口不提自己出生后就消失了的亲生父亲。她唯一叫爸爸的人是她能看到的那个人——她两岁时就成为她继父的 35 岁的无上。

达萨尼喜欢解谜。她喜欢不折不扣的事实，所以她特别喜欢看的电视剧是《犯罪心理》（*Criminal Minds*），然后是《法律与秩序》（*Law & Order*）、《寻人密探组》（*Without a Trace*）、《铁证悬案》（*Cold Case*）和《罪案现场之 48 小时》（*The First 48*）（严格按照这个顺序）。

达萨尼用来看电视剧的电视摆在两个牛奶箱上。随着犯罪情节的展开，达萨尼叫弟弟妹妹们不要吵闹，自己模仿侦探猜测剧情的发展。她想象自己是电视剧里精明顽强的检察官，穿着剪裁合体的西装来回踱步。她会像电视剧里的检察官一样，稳准狠地讯问证人。她的陪审团会充满敬畏地看着她把"所有那些人渣"绳之以法。

别的时候，达萨尼想象自己是新闻记者，给自己起名叫科茨博士。她手持话筒，假装在做电视直播，说道："大家好，我是科茨博士，我在这里要向大家报告，巴拉克·奥巴马赢得了选举。他是**赢得**选举的第一位黑人总统。"

达萨尼不厌其烦地说她和总统的肤色一样。

"是啊，但他住在白宫，"香奈儿说，"那是白人住的。不是给我们这些人的。"

谁都认识达萨尼的母亲。

香奈儿体重 215 磅 ①，满脸雀斑，笑起来露出龅牙。街上是她的属地。她走过来的时候，人们一般都退避一旁，因为她膀大腰圆，也因为她霸气外露。

香奈儿有 3 个名字，来自她生活中的不同阶段。年纪大的人叫她出生时的名字香奈儿。她在街上活动的时候人称"红夫人"，因为香奈儿遗传了自己母亲的红铜色头发，而她母亲又是从自己的父亲那里遗传了这种发色。香奈儿认为这个遗传特征可以追溯到奴役她祖先的白人。香

---

① 1 磅 ≈ 0.45 千克。——译者注

奈儿的右臂上文着**红夫人**三个字，那是她为"血帮"（Bloods）管理一处快克窝点的时候留下的。

在向新认识的人做自我介绍时，香奈儿用自己的第三个名字梅克巴（Makeba）。这个名字是她离开血帮和一个男人结婚时取的。那个男人自己的3个名字也循着同样的轨迹：他父母给他取的"奴隶名"埃里克（Eric）、青少年帮派给他选的"街头名""阴险鬼"（Rat Face）和他自己选的"正义名"——"无上的神"（Godsupreme，简称"无上"）。

无上奉承妻子，叫她"大地""女王"。但当香奈儿说到自己的名字时，她最先想到的就是"香奈儿"。她认为没有因为有了新名字就不用旧名字的道理。这些名字在她万花筒般的自我中都有一席之地。在高兴的时候，香奈儿会用一条长围巾把头发包起来，以表示对自己非洲祖裔的敬意。在情绪低落的时候，她会戴上她在布鲁克林街上叫卖的那种毛线帽。香奈儿懒得理会女性的各种打扮，如烫头发或贴假指甲。她总是脚蹬一双9码[①]男式运动鞋，身穿她丈夫的加大号外套。

香奈儿经常找碴儿和人打架，她打架是出了名的。香奈儿第一次被关进赖克斯岛（Rikers Island）监狱时才19岁（在贝德福德-斯代文森的一个街角商店里，一个警察用对讲机打了她的脸，她抄起一个瓶子把那个警察的头打开了花）。

穿过布鲁克林的富尔顿购物中心只需要5分钟，香奈儿却能走上几个小时，因为有无数的人和她打招呼，聊天，对她诉苦，和她一起忆旧。她对谁的事都插一脚：她观察是否有密探，建议人试一试顺势疗法，悄悄告诉别人某个女孩有了初吻。"今年夏天我会盯着你！"她警告一个名叫茜茜（Cici）的十几岁瘦高女孩。

香奈儿永远停不下来，不是计划下一笔生意，就是给她欠了10美元的债主说好话。有的人羡慕说唱歌手Jay-Z那种光鲜亮丽的生活，香

[①] 相当于中国的42.5码。——译者注

奈儿却只要能当他的宠物就满足了。"让我当他的狗就行。妈的，我不在乎把我放在哪儿。"她仰天大笑，声如洪钟。

这些夸张的表演是一种障眼法。它们掩盖了香奈儿最脆弱的部分，恰似汽车闪亮的前盖下面盖着复杂的发动机。香奈儿的脑子总是在转，回忆过去，猜测未来，从目前的各种麻烦中汲取智慧。她有无尽的回忆和渴望供她沉思默想，比如去年她的新生婴儿莉莉被社工抱走之前的奶娃气味，还有她已故母亲的笑声。

有时，香奈儿在熙熙攘攘的人行道上走着走着会突然停住脚步，挡住别人的路，盯着一个陌生人看。一个女人噘着嘴，说明她性生活欲求不满。一个男孩走路大摇大摆，说明家里没有父亲。香奈儿说自己有个"猎狗的鼻子"，几秒钟内就能揭开假象。因为这个习惯，人家都说她爱管闲事，她也不否认。

"我想过别人的生活，"香奈儿说，"所以我总是在观察。"她能花上几个小时分析自己与任何白人的互动：那个社工的声音有些紧绷，说明内心怀有轻蔑；地铁上一个西装革履的男人挤了她，好像他自己的身体更重要。

一个人的脸就是一张地图。说话时眼睛瞟向左边说明在撒谎。总在微笑是"颠倒过来的苦脸"。香奈儿总是像嘻哈说唱中那样说一件事，却暗喻另一件事。她不是引用某段歌词，就是自编说唱歌词。她脑子里总是在放唱片。她从一首歌转到另一首歌，好似收音机换台——唱一段路德·范德鲁斯（Luther Vandross）的歌，又唱几句蕾哈娜（Rihanna）的歌。她会哼 Mercy, Mercy Me 这样的温柔曲调，但很快会停止哼唱，不让自己陷入歌曲的情绪。

香奈儿不准任何人看到她哭。她宁肯暴跳如雷或沉默不语，把最糟心的事埋在心底。她总是回想自己生活中的桩桩件件，想象如果自己当时另有选择会是什么样子。

"我不爱我自己，"她说，"这是我最大的弱点。"

11月的寒风呼啸着刮过奥本广场，吹得垃圾桶里一个脏床垫上包的塑料布簌簌作响。

香奈儿和无上站在附近，等着他们的孩子放学回来。他们的现金见底了。孩子们也努力帮忙，在周末出去捡饮料罐和瓶子，换了5.05美元。

香奈儿仔细看着那个床垫。如果干净的话，它能卖10美元。可是它上面有血迹和粪便。几个清洁工戴着口罩和手套从奥本收容所一个污秽的房间里把它抬到了这里，那个房间是一个带着3个小孩的母亲空出来的。那个母亲很少给孩子们洗澡。那天她匆匆带着孩子们离开时，他们连鞋都没有。

"你闻得到吗？"香奈儿问无上。

"不，我看得到。"他勾起唇角说。

香奈儿皱起鼻子。

"讨厌的女人。"她说。

几分钟后，达萨尼出现了，还拿着一袋学校的一个保安捐赠的衣物。达萨尼翻看着袋子里的衣服，抽出一件白色诺帝卡（Nautica）滑雪服。她拿到自己肩膀那儿比了比。太大，而且有点脏，不过达萨尼知道自己的父母没钱了。

"妈妈，看！"达萨尼穿上她新得的外套展示着。

"你穿着正合适。"香奈儿柔声说。

达萨尼的妹妹们也开始在袋子里翻找。一辆灰色雷克萨斯运动型多用途汽车转过街角时，阿维亚娜停住了手。开车的是他们外祖母乔安妮的弟弟威弗利（Waverly）舅公。

10岁的阿维亚娜微笑着挥手。威弗利看到了她，却没有停车。随着车子开远，阿维亚娜又向他挥手。威弗利住在奥本收容所对面的公共住房区，在纽约市公园管理局工作。孩子们从未去过他的公寓。

"家人让人恶心。"香奈儿说。

阿维亚娜呆呆地看着雷克萨斯消失的方向。就在此时，无上高兴地跳了起来。他的预付费手机收到通知，说他的福利金到账了。他立刻出发，去当铺赎回——要付 50% 的利息——他的金牙。之后，他会去富尔顿购物中心的折扣店 Cookie's 给孩子们买新靴子。到账的钱到周末就会全部花光。

在与相关机构的无数次会面中，无上和香奈儿多次因为花钱缺乏自律受到批评。但是只要钱一到账，无上和香奈儿立马把"个人责任"和"自力更生"这样的抽象概念全部抛到脑后。他们冲昏了头，如同吃了冰激凌。他们感到一股突如其来的狂喜，因为又能戴金牙了——显得像有钱人而不是穷困的人。

第二天，达萨尼上学时穿上了在 Cookie's 买的新靴子。她得意忘形，上体育课时和几个男孩吵了一架，在赫斯特小姐的课上也不好好听讲。结果她在午饭时间被叫进了校长办公室。

在霍姆斯小姐的怒视下，达萨尼企图转换话题，炫耀自己上了优秀学生榜。校长不为所动，达萨尼的平均分只达到了 B。

"我要你到达优秀榜的**最上面**，"霍姆斯小姐说，"我想要更多，你也必须想要更多。"

毕竟，霍姆斯小姐自己也要达到高标准。她在附近的克林顿小丘（Clinton Hill）长大，她母亲安娜·V. 杰斐逊（Anna V. Jefferson）是当选纽约州参议员的第二位黑人女性。[1]

达萨尼看向别处。

"我们关心你，但我们不容忍胡闹，"霍姆斯小姐说，"你明白吗？"

达萨尼忍住眼泪，看着眼前的饭：一片芝士比萨、一盒巧克力奶、一个红苹果。她皱起鼻子。霍姆斯小姐见过她这样的孩子：过于骄傲，不肯露出饥饿的样子。

"能快一点吗？"霍姆斯小姐说，"跟比萨较劲对我不起作用。"

沉默。

"我来喂你，"霍姆斯小姐说，"我会喂你的。你以为我不会吗？把托盘端过来。"

达萨尼慢慢地把比萨拿到嘴边，露出笑容。

霍姆斯小姐见过许多家境困难的孩子，但没有几个像达萨尼这样面临如此深的困难，又拥有如此大的潜力。霍姆斯小姐对达萨尼的校外生活无能为力。她知道这个孩子需要开阔眼界，"需要看《胡桃夹子》"，需要一台自己的电脑。这样的孩子太多了。

在校内，霍姆斯小姐只能尽力而为。

"苹果对你很有好处，"她微笑着说，"香蕉也是。"

"我不喜欢这些。"达萨尼说。

"假装喜欢它们。"

达萨尼吃完了，把空托盘拿给霍姆斯小姐检查。校长指了指达萨尼沾了奶渍的嘴唇。

"擦干净，"她说，"去吧。"

2012 年 12 月 7 日，达萨尼在舞蹈室里来回走着。她看了看钟，还有不到两个小时她就要上台表演了，可妈妈答应带给她的紧身衣还没到。

其他女孩穿着颜色相配的紧身衣和紧身裤，在为冬季演出这个一年中最大的活动热身。达萨尼却只能穿一件褪色的吊带背心和一条紧身牛仔裤。即便是紧身的，牛仔裤还是显得松松垮垮。达萨尼知道自己穿着这一身没法上台。为了转移心思，她看着两个女孩比赛跳舞。落地镜里，她们互相碰撞、摩擦。很快，她们把达萨尼拉到了舞蹈室中央。

达萨尼试着挑逗性地扭动胯部，引得女孩们又是拍手又是哄笑。同学们大都表现得比实际年龄大，达萨尼却正好相反。她仍然跑到游乐场去荡秋千，说"妈妈"而不是"妈"。在舞蹈室里，她表演挑逗性舞蹈完全比不上别人。

天黑下来，家长们走进学校礼堂，经过墙上镶在镜框里的各种海报，有迪兹·吉莱斯皮（Dizzy Gillespie）、比莉·哈乐黛（Billie Holiday）、约翰·克特兰（John Coltrane）和约瑟芬·贝克（Josephine Baker）[①]。观众在嘎吱作响的座位上就座，一位老师在分发关于想搬进来的那所特许学校的传单，教育局官员很快就要就此事投票了。成功学院的代表同意在今晚演出结束后上台回答问题，观众都在嗡嗡地议论这件日益逼近的大事。

楼上，跳舞的人准备好了。达萨尼已经对母亲不抱希望。她跟着舞蹈队来到一楼，离演出开始只有几分钟了。

突然，香奈儿冲进学校大门，后面跟着她的孩子们。

"你以为我不会把东西给你送来，对吧！"香奈儿说着递过来一包炸薯条和一件紧身衣。

"是的。"达萨尼一边说，一边狼吞虎咽地吃炸薯条，这是香奈儿用剩下的最后几美元买的。紧身衣是香奈儿从塔吉特百货商店偷的。

"你瞧，你对我没有信心，"香奈儿边说边迅速地把达萨尼的头发编成辫子，"我要是做不到，谁能做得到？"

达萨尼赶紧穿上新紧身衣，跑去追上舞蹈队的其他成员。她的弟弟妹妹们在礼堂落座，学生们在那里举着标语牌抗议特许学校。

学生们给了香奈儿一块标语牌，上面写着：**把不想要的东西强塞进来……听起来像强奸，不是吗？**

香奈儿摇摇头说："是谁让孩子们写这些东西的？"

香奈儿从未见过抗议活动有什么用处。她们这样的人总是吃亏的一方。这次抗议的结果又怎么会不同呢？她把标语牌放到地上。

随着克里斯·布朗（Chris Brown）的 Trumpet Lights 歌声响起，大幕缓缓拉开，人群安静了下来。

---

① 均为非裔音乐家。——译者注

香奈儿寻找着自己的女儿，她看见萨海在舞台上轻盈起舞。最后，达萨尼跳跃出来，却满面恐惧。达萨尼争强好胜，但有怯场的毛病。

"鼓起劲来！**鼓起劲来！**"香奈儿大喊。

达萨尼又露了几面，目光投向观众，搜寻着弟弟妹妹们。阿维亚娜大声欢呼。舞蹈结束时，观众席爆发出热烈的掌声，正如几十年来回响在这个礼堂的掌声。

"**太好了！**"香奈儿叫着，使劲鼓掌，但她已经像个星妈一样在剖析达萨尼的表演了。几分钟后，满面笑容的达萨尼气喘吁吁地跑了过来。

"听着，伙计，"香奈儿说，"你有两三处没跳好。"

"我就是应该那么跳。"

"不，我看到你旋转着绕到后面踢腿的时候，不该蹦跳的时候蹦了一下。"

"我们**就该**那么跳！"

"听我说，"香奈儿放软了语气，"听我说。你跳得很好，可是你在台上要集中精力做你该做的，不要看我们。"

达萨尼转过身去，伸手去抱莉莉。

"可别摔了她。"香奈儿打趣说。

达萨尼不再理会妈妈。她亲着怀里的婴儿，四下看着，看有没有人来表扬她。

"海沃德先生！"达萨尼尖声大叫，招呼着负责与家长联络的校方协调员。

达萨尼像举奖杯一样把莉莉举起来。

"这是我的宝宝！"

"不是**你的**宝宝。"阿维亚娜出言纠正。

"闭嘴。"达萨尼说，再次转向海沃德先生。"宝宝拉了屁屁，"她指了指阿维亚娜，"**她**连换尿布都不管。"

天越来越晚了，特许学校的代表没出现。香奈儿示意孩子们离开。他们在大门口被一个十几岁的男孩拦住了。

男孩说："他们在等他们的人，所以才晚了。"

香奈儿答道："时间不等人。"

外面在下雨。孩子们跑到布鲁克林-皇后高速公路的路桥下，推着莉莉的婴儿车往前走，他们的母亲落在后面。香奈儿的右腿膝盖肿了，心情也很糟糕。还有几个星期就是圣诞节了，她必须给 8 个孩子每人准备一份礼物，可时间不巧，正是家里钱花光的时候。香奈儿沉默地走着，孩子们的速度慢下来，在人行道上挤在她身边。香奈儿终于炸了。

"谁再走到我后面我就打死谁。"她大吼。孩子们一窝蜂往前跑去。香奈儿知道自己太凶，因此情绪更加低落。

等他们走到奥本收容所时，风雨已经过去了。孩子们在雨后湿滑的街上跑来跑去，头上的街灯发出黄色的光。香奈儿说，别的街区路灯更亮。"如果这个地方老是黑乎乎的，人就会变笨。"她说。

香奈儿的情绪好了起来。她看着周围熟悉的环境，又进入了观察者模式，忘记了自己的麻烦。这是香奈儿自我麻醉的手段，能让她摆脱任何忧愁。她可以评判女儿的冬季表演，观察一对情侣的争吵，或像导游一样历数她所在的那条街上的建筑物。重要的是，做这些事能让她不再想自己的心事。现在，香奈儿转向收容所南边的格林堡公园。

"你们知道这是什么吗？"她挥手指向公园，"这里原来是战场。"

香奈儿是从母亲乔安妮那里听到这个故事的。格林堡恰如其名，在美国独立战争中曾经是一座堡垒。这是一块圣地。美国 1776 年宣布脱离英国王权的统治实现独立后，这里是第一场大型战役的战场。[2] 除了安放在一座 149 英尺① 高的塔下的一块古旧的牌子外，从格林堡的地形中完全看不出它的这段历史。[3] 历史很快远去，只留下最明显的事实像

---

① 1 英尺 =30.48 厘米。——编者注

那座塔的塔尖一样引人注目。流传下来的奇特故事把北方塑造为废除奴隶制和捍卫自由的象征，南方则被说成是压迫奴隶的地方。

有一个事实比较鲜为人知：布鲁克林是奴隶劳动建成的。[4] 1626年，荷兰人把奴隶带到这里清理土地，建造道路，在烟草种植园里劳作。近40年后，英国人获得了这块殖民地，用约克公爵的名字为它重新命名，[①] 奴隶输入从此大肆展开。[5] 这块殖民地的奴隶人数猛增到1.35万，[6] 成为北方奴隶最多的地方[7]。在纽约，奴隶最集中的地方就是布鲁克林，这里的奴隶人数占纽约奴隶总数的三分之一。[8]

独立战争期间，数千名黑人奴隶拿起了武器。有些人为英国人作战，因为英国人答应给他们自由；有些人加入了大陆军（在乔治·华盛顿勉强准许他们作战之后）。[9] 在英国人控制了纽约的港口后，最大的一场战役在布鲁克林打响。[10] 英军俘虏了成千上万的大陆军，其中估计有3 000名黑人士兵。关押这些黑人士兵的监狱船停泊在纽约的沃林湾（Wallabout Bay）——他们的非洲祖先就是装在奴隶船里经过这片海面来到美洲的。俘虏——无论白人、黑人——要想活命的最好办法就是谴责大陆军，加入英国人那一边。多达1.15万名俘虏病馁而亡，他们的尸体被扔进海里，他们的骨头冲到了布鲁克林岸边。[11]

现在，这些俘虏的遗骨埋葬在格林堡公园，在花岗岩制的监狱船烈士纪念碑底下，上面是一个8吨重的骨灰罐。一块砂岩石碑纪念着这些"为自由事业献身"的人，说他们是"离世的自由人的精灵"。[12]

香奈儿从小就听过这些精灵的故事，说他们会让门猛地关上，让窗户自动打开。她叫他们"老能量"。这些鬼魂游荡的医院是香奈儿母亲的出生地，也是莉莉宝宝生命开始的地方。

"就连在收容所里，孩子们都会告诉你他们不喜欢用公共厕所，因为能听到开门的声音，"香奈儿说，"真的！"

---

① 纽约的英文 New York 意译为"新约克"。——译者注

现在，她站在奥本收容所大门边，招呼孩子们进去。

"这些公房是盖在死人头上的。"香奈儿说。

毛毛雨飘洒下来，街道蒙在雨雾中。

被照明灯照亮的纪念碑犹如一枚火箭。

第4章

盘绕在树上的圣诞灯一闪一闪，让人注意不到树上没有任何装饰。礼物很少：几本填色簿、一套火车玩具、文身贴纸，还有给每个女孩各一个娃娃。

2012 年 12 月 24 日，孩子们聚集在香奈儿 65 岁的教母谢丽·亨伯特（Sherry Humbert）的排屋里。这所位于布鲁克林最东边的房子对达萨尼来说最像真正的家。

地毯开裂的台阶通往谢丽家餐厅的桌子，桌上铺着雏菊印花桌布，散落着待付的账单。包着塑料布的沙发上方挂着带有罗马数字的钟，指针永远停在 2 点 47 分。银行威胁要收回谢丽的房子。房子的供电被关停了，但圣诞树上的灯仍然亮着，房间也仍然能够取暖，因为谢丽从邻居家的电线那里非法接过来一根线。

无上站在炉子前往蜜汁烤鸡翅上面抹酱，甘蓝菜也蒸上了。这是他们家最安宁的时候——父亲在做饭，母亲在编头发，孩子们在玩新玩具。

夜里，他们睡在折叠床上。楼下原来是谢丽办的托儿中心，现在已经空了，只剩褪色的小鹿斑比贴纸，还有达萨尼两个舅舅留下的空酒瓶。两个舅舅一个是 22 岁的乔希（Josh），一个是 39 岁的拉蒙特（Lamont）。两人都没有工作，住在谢丽的地下室里。

圣诞节几天后的夜里，孩子们被一声巨响惊醒。

乔希舅舅一拳打碎了一扇窗子，威胁说要杀了拉蒙特舅舅。[1]乔希掏出一把刀子冲向拉蒙特。两人扭打着摔在地上，香奈儿拼力把他们分开。在楼上，达萨尼命令大家不要乱："谁也不许动！让大人去管！"

警笛声响起。警察到了。孩子们从窗户里看着乔希舅舅被逮捕，被戴上手铐带走。一辆救护车把一只眼睛被打得乌青的拉蒙特送去了医院。

他们打架是为了争夺一个十几岁的女孩。

1月，好日子要来了。

这是"税季"的开始，香奈儿认识的每一个人都赶着报税，好得到"退款"——给低收入家庭的特殊减税。最大的一笔是"工作收入所得税抵免"（Earned Income Tax Credit），像达萨尼家这样的家庭能得到数千美元的现金补贴。[2]这个项目由国税局管理，是美国最大的扶贫项目，受惠家庭超过 2 700 万。

香奈儿好几年没有申请报税退款了，因为她主要做黑市生意，不过奥本收容所的管理人员今年想出了一个新办法。

收容所分发的传单上写着，**报税时间到了：去拿退款吧**。香奈儿和无上必须与奥本收容所签一份"10 日合同"，同意在此期间报税，并出示报税的证据。他们若是违反这份合同，就可能被赶走。按照纽约州的法律，他们要想在收容所住下去，就必须达到收容所的要求，包括在外面寻找公寓和积攒足够的钱以便搬走。这些规定的目的是鼓励收容所的住客找到永久性住房，因为市收容所原本是"临时"住所（"临时"这个词在纽约州关于入住收容所资格的 3 页长的细则中出现了 34 次）。[3]

达萨尼一家要想离开奥本收容所去租公寓住，至少需要 4 800 美元才够支付经纪人的佣金、押金，[4]还有第一个月和最后一个月的租金（三卧公寓租金的中位价在 2013 年年初是 1 000 美元）。这还不包括搬家费和买家具的钱，另外还要说服房主相信他们会继续付租金。

香奈儿计划去找做穷人生意的临街会计所，争取得到尽可能多的退款。1月7日，全家人乘坐Q线地铁经过横跨东河的大桥疾驰进入曼哈顿。

城市闪烁的灯光令香奈儿生出梦想。他们的退税款也许够付一套公寓的押金，甚至能在宾夕法尼亚州起伏的丘陵地带租一处房子。香奈儿告诉孩子们，他们要开始找地方安家了。

达萨尼说："我想去安静的地方。"

"我想去有树的地方，"香奈儿说，"我想看到好多树和草。"

"爸爸说他要买一所房子，有一大片草地，"达萨尼说，"给我们每个人都分一块地，在那块地上自己想怎么样就怎么样。"

无上坐得远远的，头上戴着耳机。莉莉宝宝在大声哭叫。

突然，香奈儿看到了中国城（唐人街）。孩子们尖叫起来。达萨尼提到她看过一本关于中国长城的书。

香奈儿说："那不是这个中国城。"

达萨尼说："可它是一堵大墙。"

"那是真正的中国城，"香奈儿说，"这是纽约的中国城，大力水手炸鸡店里有中国人。"

达萨尼把额头紧紧贴在车窗上。她用手围在眼睛周围，好像要把外面的景色全留给自己。

给一个城市画地图有许多方法。地理学家靠的是指示东南西北的标准罗盘。

达萨尼给她的城市画地图另有办法。她的地图是另一种地图，只有某些人看得到。纽约市的每个区都由某个密码代表。布朗克斯区是DHS（无家可归者服务局，Department of Homeless Services）。皇后区是HRA（人力资源管理局，Human Resources Administration）。布鲁克林区是ACS（儿童服务管理局，Administration for Children's Services）。

这三个机构组成了达萨尼生活中的"三巨头"。它们是穷人再熟悉不过的庞大社会服务体系的一部分。达萨尼还在学拼写的时候，这些机构的缩写就进入了她的语汇。她说到 ACS（儿童保护）或 DHS（无家可归者服务）时就像一个移民孩子说到 ICE（移民执法）时一样熟悉。

每个机构都代表着一个权力支柱，有自己的办事处、工作人员和迷宫般的路线，还有自己特有的日光灯色调。但对达萨尼的母亲来说，它们都是一样的。它们是一个叫作"政府"的庞然大物的肢体。香奈儿说，这个体系靠穷人赚钱，却又因为穷人穷而惩罚穷人。这个体系也是国家最慷慨的体系之一。[5] 这是因为在大萧条时代，纽约州宪法加上了一条修正案，宣布"对穷人的帮助、照顾和支持是公共问题，应由州政府提供"。

无论用什么标准衡量，这个体系都十分庞大。

它最大的机构是人力资源管理局，通常称为"福利"，负责给穷人提供公共援助。[6] 人力资源管理局的年度预算高达 94 亿美元，来自联邦政府、州政府和市政府的拨款。它提供的援助从现金、食品券到政府给穷人的医疗保险计划 Medicaid，不一而足。2012 年秋天，纽约有 300多万人（约占纽约市总人口的 38%[7]）享受 Medicaid，[8] 180 万人领取食品券，35.7 万人接受现金福利[9]。

然后是住房。纽约市有 334 个公房区，包括奥本收容所旁边的惠特曼和英格索尔公房区。超过 50 万纽约人住在公房区，或者用联邦补贴金租住私人公寓。廉价住房远远供不应求。2012 年，8 万多学童在某段时间中处于无家可归的状态（这个数字到 2016 年超过了 10 万）。[10] 很多孩子寄居在亲戚家。其他的和达萨尼一样，住在收容所里。

无家可归者服务局——达萨尼只知道它叫 DHS——每年的预算接近 10 亿美元，管理着包括奥本收容所在内的 9 家市立收容所，还有200 多个非营利收容所。这些收容所每天夜里一共给 4.3 万名无家可归者提供住宿。还有数千人睡在街上，或住在接收家暴受害者、无家可归青年和其他群体的收容所里。

最后是儿童保护，通称 ACS。这是达萨尼生活中最重要的机构。它负责调查虐待或忽视儿童的报案，每年约 5.5 万起。[11] 仅 2012 年一年，ACS 就把 4 072 个孩子从家里带走，交由照顾着 1.3 万名儿童的寄养系统照护。被寄养的儿童绝大多数是非裔或拉美裔。[12] 近一半纽约市居民（和四分之一的儿童）是白人，[13] 纽约市的寄养儿童却几乎全部是有色人种。

达萨尼经常听到的一句话是：**不要变成统计数字**。从麦金尼的老师到街头布道的传教士，大家都这么说。可是不管是变成还是不变成标志着她生活的统计数字，都由不得达萨尼决定。她是她的学校里达到吃免费午餐标准的 83% 的学生中的一员。她也是全国在贫困状态中长大的 1 600 万儿童[14] 和领取食品券的 4 700 万美国人[15] 中的一员。

达萨尼不需要抽象的研究成果作为证据。她能亲眼看到这些数字会把她带向何方。"我想有一份工作，不像别人那样待在街上。'能给点零钱吗？'我不懂他们为什么那样。那样的话我就会喝醉，被抓起来送进监狱，在那儿待上一年等着保释。我才不肯。"达萨尼边说边摇头。

达萨尼和其他穷孩子一样，知道家里食品券到账的精确日期：每月 9 号。她外祖母乔安妮刚开始领食品券的时候，食品券还是票证的形式。今天，香奈儿有一张电子福利卡，使用原理和借记卡一样。香奈儿可以用这张卡在大部分杂货店里买食品杂货（但不能买香烟、酒、热食或尿布，虽然收银员经常破例）。

她家享受的非现金福利包括 Medicaid 医疗保险、无上用的预付费手机和在奥本收容所的免费餐食。在联邦政府的免费校餐计划下，[16] 达萨尼和弟弟妹妹们在学校吃饭免费，暑期也有免费餐食。

如果家里能得到补充保障收入（Supplemental Security Income），会领到更多的钱。这是一种残障人士福利，称为 SSI。香奈儿家里有两个孩子有学习障碍的症状。[17] 很多人领取 SSI 支票，但香奈儿拒绝申请这项福利，有她的记录为证。

一个经常偷东西的女人这样做似乎不合常理，但香奈儿的道德指南神秘而复杂。香奈儿相信，孩子一旦被打上"特殊需要"的标签，就会真正变成那类人，在学校的表现会"决定他们的一生"。她以奥本收容所的另一家人为例，说那家的孩子们能拿到"4 张支票，他们都笨得让人着急"。

香奈儿宁肯出去做非法生意。

达萨尼乘地铁经过中国城那次旅行的几周后，赫斯特小姐打开了ACS 的一封信函。

她沉默地读着信，信是关于她的一个学生的。

"好，没事，"赫斯特小姐看完信后对我说，并未告诉我信的内容，"有时他们做得过火，去盯不该盯的人。但这次不是……意思是：'注意观察。此人值得注意。**注意观察。**'"

自从 2004 年起，儿童保护工作者就时断时续地观察着达萨尼一家。[18]那年他们接到了一份匿名举报，说无上和香奈儿打孩子。ACS 调查后没有发现孩子们身上有任何淤青或伤痕。

虐待儿童分两类：虐待和忽视。按照纽约州的法律，当一个家长对孩子造成或允许对孩子造成严重的"身体损伤"时，就是虐待。[19]最极端的案例会成为头条新闻，令公众义愤填膺，导致儿童服务管理局做出调整。2006 年，ACS 开始观察达萨尼家的两年后，住在 Bed-Stuy①的 7 岁女孩尼克斯玛丽·布朗（Nixzmary Brown）被继父活活打死。[20]此后，关于虐待儿童的举报骤然激增，政府通过了一项以尼克斯玛丽的名字命名的新法律。[21]

然而，ACS 的调查只有 7% 发现存在虐待。[22] 对包括达萨尼家在内

---

① 贝德福德-斯代文森的简称，下文的"the Stuy"也是如此。——译者注

的绝大多数家庭提出的指控都是"忽视"。"忽视"其实是一种缺失。法律规定，如果孩子的家长未能提供"最起码的照顾"——例如没有给孩子提供食物、衣服、教育、监管或住所——那么就构成了忽视。不出意料，这样的父母绝大多数都是穷人。[23] 很多家长酗酒或吸毒，这是另一种形式的缺失：他们的酒瘾或毒瘾令他们失去对自己"行动"的"自我控制"。

过去 10 年间——从 2004 年 5 月到 2013 年 1 月——ACS 对达萨尼的父母开展了 16 次调查，其中 6 次调查结束后宣布指控"查无实据"。剩下的 10 次涉及吸毒、缺乏监管或忽视教育。只有在 2011 年的一次调查后，香奈儿因为把孩子们留在奥本收容所没人管而暂时失去了监护权。与受 ACS 监督的其他家庭一样，达萨尼、她的弟弟妹妹和她的父母要定期与负责监督他们的社工会面。有时，那位社工会不打招呼突然来访，和孩子们一个一个地单独谈话，还会检查他们的身体，看有没有被虐待的痕迹。

达萨尼的班主任赫斯特小姐认识很多被 ACS 监督的家庭。她也知道观察不等于帮助。对达萨尼这样的孩子可以观察好几年，坐视她的贫困不断加深，她的前途越来越窄。达萨尼 11 岁了，马上要进入青春发育期。她现在就需要帮助。

然而，麦金尼的辅导老师根本忙不过来。学校的心理医生要在 3 所学校之间穿梭往返。他们从一个危机跳转到另一个危机，如同给患者分类的急诊室医生，先处理严重的或不可逆转的问题。

预防是件奢侈的事，只有拥有多名辅导员的学校才做得到。没有辅导员，赫斯特小姐只有一个选择：一个名叫"与儿童成为伙伴"（Partnership with Children，简称"伙伴"）的非营利组织。这个组织给纽约市各地的穷孩子提供辅导。最近，"伙伴"的预算遭到削减，这导致它在麦金尼的办公室少了两名社工，只能用实习生来填补空缺。

就这样，达萨尼坐到了罗克珊（Roxanne）对面。这个金发姑娘是福特汉姆大学（Fordham University）社会服务研究生院的学生。达萨尼过去从未有过辅导员，但她本能地知道这一安排的规则——罗克珊是"有任务的报告员"，有法律义务向当局报告虐待或忽视的情况。罗克珊脸上和煦的微笑改变不了这个事实。光是听她问"你今天过得怎么样？"就足以令达萨尼保持沉默。

只需一个电话，就能使一个孩子进入儿童保护系统。这样的电话谁都能打，罗克珊这样的专业人员可以，一个被甩的情人也可以，而且不必披露自己的姓名。只需拨一个免费号码，接通纽约州虐待儿童热线的接线员即可。打来的电话经过甄别，如果认为可信，调查就开始了。

达萨尼非常紧张。她在收容所的公用电脑上用谷歌搜索了"ACS常问的问题"。"就是想知道他们会问什么和我该怎么回答。"

一旦说错了话，就会大难临头。达萨尼说："他们可以在法庭上用你说的话来指控家长。"达萨尼听无上讲过，无上自己小时候没有事先警告就被强行与弟弟们分开。达萨尼想，如果遇到这种情况，她自己能活下来，但最小的妹妹莉莉却不行。只有达萨尼听得懂宝宝的话，知道她什么样的哭声表示要换尿布了。莉莉在陌生人手中会怎么样？达萨尼说："有些人不知道怎么照顾婴儿。"社工问她问题的时候，她马上就会想到这些。

"我很好。"达萨尼对罗克珊说。

辅导员对详细情况了解得不多。根据她手中的登记表，达萨尼是因为"在教室表现出侵略性，扰乱秩序"而被转给"伙伴"的。

罗克珊拿出了一套播棋（Mancala）。在这个游戏中，玩家需要在木头棋盘上移动玻璃球，谁得的玻璃球最多，谁就赢了。达萨尼很快喜欢上了这个游戏，急切地想打败辅导员。"学生沉默寡言。"罗克珊在笔记中这样写道。她还提到达萨尼"举止自信"。

达萨尼从未遇见过像来自明尼苏达州的罗克珊这样的人。罗克珊每说完一句话都会说"宝贝儿"，笑起来头往后仰，声音像银铃一般。如果不是穿着皱巴巴的衬衫和磨损的靴子，她简直像个电影明星。罗克珊的衣装似乎没有一套是搭配的，显示出一种达萨尼熟悉的混乱。达萨尼知道遍寻一只袜子而不得的那种感觉。

但罗克珊的衣服上没有污渍，这说明她能使用洗衣机。和罗克珊接触了几周后，达萨尼断定辅导员衣服不搭配是有意为之。她一定住在郊区一座干净的房子里，就像电视剧《犯罪心理》里面侦探搜查线索的那种房子。电视剧里让达萨尼最感兴趣的不是谋杀案，而是犯罪现场那井井有条的衣帽间——那种衣帽间大得可以住人。

"头几次会面后，学生打开了心扉，"罗克珊写道，"她在玩游戏的时候会释放感情上的所有压力。"[24]

关于辅导课是否有用，赫斯特小姐心存怀疑。罗克珊对工作全心投入，这一点毫无疑问。问题在于她的经验。照赫斯特小姐看来，这些实习生谁都没受过足够的训练，应付不了承载着几代人创痛的孩子构成的挑战。罗克珊待人友好，如今达萨尼在走廊里看见罗克珊时就会跑过去拥抱她，但这些并不重要。罗克珊讨人喜欢这一点无可否认。

"我不需要'讨人喜欢'，"赫斯特小姐说，"我需要博士生。"

在香奈儿这边，她觉得达萨尼不需要帮助。

香奈儿一听到"辅导"这个词就觉得反感。她受够了外人的指手画脚，他们谁也不用在无家可归的情况下带大 8 个孩子。让孩子听话的唯一办法就是严格。

香奈儿认为，偶尔抽孩子一皮带或者让孩子站墙角是一种管教。她认识的每个人都是"被皮带抽大的"，因为"那能救孩子的命"。恰当的管教是一种形式的控制。难以管教的孩子长大后会加入帮派或被抓进监狱，那是去受别人的控制。香奈儿说："我丈夫告诉我，如果不趁他们还小给他们灌输对上帝的敬畏，等他们长到某个年龄，你就无能为力了。"

香奈儿1月17日去学校的时候主意已定。她要把达萨尼撤出辅导课。香奈儿走进"伙伴"的办公室，发现那里除了罗克珊，还有罗克珊的上司，孩子们叫她莫亚（Moya）小姐。莫亚小姐颀长优雅，是香奈儿认为浑身散发着居高临下气息的那种黑人女性。

"我来解释一下我们的工作，"莫亚小姐直视着香奈儿的眼睛说，"我们是社工，被派驻在学校里帮助孩子们。"

香奈儿最大的担心得到了证实。

她问："这么说你们是社工？"

"是的，我们是社工。"

接下来的几分钟里，莫亚小姐和香奈儿小心地交锋，前者必须兼顾学生的需要和家长的担忧，后者是儿童保护系统中身经百战的老兵。

"那么，这种见面中说的一切——她说的一切——会上报到哪里去？"香奈儿问。

"什么意思？"

"我的意思是，如果她对什么事不满意，会上报到哪里去？是留在学校里吗？还是说如果你们听到让你们警觉的东西，你们必须告诉别人？"

罗克珊一言不发。

"那么你是指 ACS 了。"莫亚小姐说，点出了大家心照不宣的事实。

"不，其实不是 **ACS**，"香奈儿说，语调难以令人相信，"就算你们不给 ACS 打电话，可是你把这个问题告诉了学校的辅导老师——"

"是这样，有 3 种情况我们必须报告，因为这是我们的任务。"莫亚小姐说。

"我就是想说这个——"

"有 3 种情况——"

香奈儿又要插嘴。

"听着！"莫亚小姐说，"我是在让你不要害怕。"

"我没有**害怕**，"香奈儿反驳，"你说。"

莫亚小姐停了一刻。

"如果她计划伤害她自己，我必须报告，"莫亚小姐说，"如果别人伤害她，我必须报告。再就是如果她计划伤害别人，我也必须报告。"

香奈儿听后提出了一个假想性的问题：如果她女儿说，"哦，我妈妈打我屁股，因为我做错了事"，那怎么办？

莫亚小姐解释说，她的工作是"评判"每一种情况。毕竟法律允许一定范围内的体罚。"如果她对我说这种话，"莫亚小姐说，"那么就需要一个评估过程。我要对她说明，我在她身上没看到淤青，我没看到她的嘴唇被打破，我没看到她的头被打出了大窟窿。"

香奈儿不信。莫亚小姐似乎感觉到了她的怀疑，决定冒险一试。

"我也打我的孩子，"莫亚小姐说，"我不在乎说出来。我不**虐待**我的孩子，但——"

"对呀！"香奈儿说，"你不**虐待**他们，但——"

"但我要**管教**我的孩子，"莫亚小姐接着说，"这是不同的。"

香奈儿紧咬的牙关放松了。

"我看得出一个孩子是被虐待了还是没有被虐待，"莫亚小姐说，"你明白吗？两者是不一样的……你不能光是怀疑就打电话举报，你必须确定才行。"

"人们每天都这么做。"香奈儿指的是打匿名电话的人。

"人们每天都这么做，"莫亚小姐说，"我同意。人们每天都这么做。但是我想让你知道，要有相关的过程。"

这位社工的办法看来奏效了。香奈儿做出了让步，同意让达萨尼继续接受辅导。"我不会不让她来这儿，"香奈儿爽朗地说，"因为我不想让她感觉自己受了限制。我想让她觉得任何机会、任何大门都向她敞开。如果她愿意，如果她应付得了，知道吗？"

香奈儿收拾起自己的东西。

罗克珊和莫亚小姐交换了一个释然的眼神。

"我没意见，"香奈儿边说边走向门口，"我明白是怎么回事。有什么问题就打电话给我，知道吗？和男人谈之前先和我谈，因为男人不是我们的朋友。"

第 5 章

奥本收容所的暖气又没有了。

外面的温度是 25 华氏度①，但达萨尼浑身是劲。再过几个小时，她就要在科尔盖特女子运动会上一试身手了。谁都知道这个田径比赛曾选拔出不少出身公房区的运动人才。

达萨尼从来没遇到过运动员星探，甚至连跑道都没上过。她是从妈妈那里听说科尔盖特比赛的。她妈妈总在吹嘘她的各种才能。如果街头传言足以为凭，达萨尼一定能赢。在布鲁克林她住的那一片地方，从交通管理员到传教士，人人都知道达萨尼跑得快。

达萨尼的妹妹阿维亚娜就不一样了。阿维亚娜遗传了香奈儿的肥胖体型，不愿意向终点冲刺，而是喜欢放松休息，看电视节目《美国达人秀》（*America's Got Talent*）。两个更小的妹妹玛雅和哈达喜欢运动，她们决定在 2013 年 1 月的这个早晨跟达萨尼一起去运动会。

"黑色美丽。那就是我。"达萨尼和两个妹妹以及香奈儿在外面一边走着，一边低声唱着。

走过 3 条街，她们进入了另一个纽约：绿树成荫、优雅大方的褐砂石住宅区。这是在格林堡的一块飞地。达萨尼停了片刻，研究着人行道。桃金娘大道的这一边显然更高级。

---

① 约为零下 3.9 摄氏度。——译者注

"世界变得真快，对吧？"香奈儿说。

她们走了一英里，来到普瑞特艺术学院的校园，那里的草地修剪得十分整齐。业余系列田径赛就在校园中的一个体育馆举行。

"她有运动短裤吗？"比赛组织方的一个工作人员问。

达萨尼拿出紧身裤，光脚穿上一双仿制匡威球鞋。

"就穿这样的运动鞋吗？"那个女人嘟起嘴唇。

达萨尼系好彩虹色鞋带，走到跑道上。她要参加 200 米短跑比赛。她的号被叫到时，她和其他 4 个女孩一起排好，她们都比她高。

信号枪一响，达萨尼马上就冲了出去，跑到了其他人前面。

一定要赢，达萨尼告诉自己。

在第一个拐弯处，她滑了一下，落后了。

在第二个拐弯处，达萨尼赶上了跑在最前面的那个女孩。

"跑啊，达萨尼！"香奈儿大声叫喊，"**使劲跑**！"

格林堡在布鲁克林区占地不到 1 平方英里[1]。

在地图上看，它的形状如同一个向西倾斜的罐子。从阿什兰广场到范德比尔特大道被桃金娘大道一分为二。

桃金娘大道以北，格林堡最贫穷的黑人居民集中住在达萨尼的收容所两旁的两个公房区。[1]桃金娘大道以南则是另一片天地：占地 30 英亩[2]，林木葱郁的格林堡公园、布鲁克林音乐学院、大名鼎鼎的沃尔特·惠特曼（Walt Whitman）建造的具有历史意义的安妮女王[3]风格和第二帝国[4]风格的连栋房屋（惠特曼的诗名遮盖了他做木匠的名声）。[2]也是在桃金娘大道以南，居住着格林堡的大多数白人。[3]

---

[1]　1 平方英里 ≈ 2.59 平方千米。——编者注
[2]　1 英亩 ≈ 4 047 平方米。——编者注
[3]　18 世纪英国斯图亚特王朝女王。——编者注
[4]　指法兰西第二帝国。——编者注

如果说达萨尼的出生地与她先辈的布鲁克林有什么不同的话，那就是与财富的异常接近。达萨尼常常路过拉斐特大道上的一家精品服饰店，那里的一双小牛皮靴子定价 845 美元。往北走，能看到拴着狗绳的法国斗牛犬，婴儿坐在装有减震轮的高架婴儿车上。再往前走 3 条街，一家冰激凌店里两勺加盐焦糖冰激凌卖 6 美元。

　　达萨尼和大部分孩子一样，对这些奢侈品的价格并不注意。她只知道这些东西她买不起。在桃金娘大道她最喜欢的那一段上，一家高级酒庄的广告写着"该来的总会来，喝西拉葡萄酒吧"（Que sera, Syrah）①。旁边的地毯店贴着"先买后付钱"的招牌，对面的自行车修理店卖羽衣甘蓝脆片，旁边的中式炸鸡店给饥肠辘辘的孩子分发薯条。

　　格林堡并存的两个经济是一场绅士化实验。绅士化（gentrification）一词来自 gentry，意思是"绅士、贵族"。⁴ 说某地实现了"绅士化"是具有种族暗示的说法，意思是那个街区的抢劫案减少了，做浓缩咖啡的咖啡豆是现烤的，那地方成为一个被"发现"的街区了，好像过去那里没人住似的。

　　达萨尼的格林堡历史悠久。

　　拿格林堡公园以东两条街的阿德尔菲街 81 号来说，这处地产经过了重新整修（2017 年以 210 万美元的价格出售），⁵ 但在很久以前的 19 世纪，它曾是查尔斯·A. 多尔西（Charles A. Dorsey）的住宅。⁶ 多尔西是格林堡消失已久的黑人精英中的传奇人物，他的名字刻在达萨尼上过的小学的大门上。达萨尼会告诉你，这所小学非同小可，因为它是布鲁克林第一所黑人小学。

　　小学原名"非洲人自由学校"，创立于 1827 年。同年，纽约州按照"逐渐废除"奴隶制的法律结束了奴隶制。⁷ 这并不说明北方白人有

---

① 这是对一句歌词的改动，原歌词是 Que sera, sera，意思是"该来的总要来"。——译者注

多宽容。纽约市虽然号称"进步的灯塔",但出生在曼哈顿的说唱演员托马斯·达特茅斯·赖斯（Thomas Dartmouth Rice）在 19 世纪 30 年代发明了代表奴隶的吉姆·克劳（Jim Crow）——一个嘲讽性的滑稽人物,由把脸涂黑的演员表演。吉姆·克劳因此成为种族隔离的象征。

布鲁克林的黑人孩子要想接受教育,只能上非洲人自由学校。又过了 18 年——整整一个童年的时间——教育局才在 1845 年接纳自由学校进入公共教育体系,[8] 将其改名为有色人种第一小学,并迁至今天的格林堡公园对面的威洛比街[9]。

种族间的紧张关系一直暗潮汹涌。[10] 1863 年,曼哈顿的爱尔兰移民发动了美国历史上针对黑人最激烈的暴乱。当时颁布了征兵法,要征兵入伍参加南北战争。战争表面上是为了解放奴隶,但奴隶得到解放后就会来抢工作。暴民因此心生怒火,他们涌上街头,对黑人施以私刑,还来到第五大道上的有色人种孤儿院,将其付之一炬,好在里面的 233 个孩子从后门逃脱了。

相比之下,布鲁克林成了避难之地。[11] 数千个黑人家庭为逃离征兵暴乱,离开曼哈顿来到布鲁克林。[12] 格林堡的这所学校成了他们漂泊中的锚。这次非裔难民潮中人才济济,包括学者、企业家、医生,还有一位发明家。[13] 他们做生意,创办报纸,组建文学俱乐部,还组织政治活动,把这个地区变成了所谓的"黑人带"。[14] 1895 年,《纽约时报》称他们为**富有的黑人公民**,指出"大部分富有的黑人"住在布鲁克林,有些人家甚至有白人仆人和马车。[15] 71 个非裔美国人买了房子,[16] 构成了格林堡黑人知识分子、宗教领袖[17] 和民权先锋[18] 的基础。[19]

这一切汇总起来产生了令人惊叹的结果。1883 年 11 月 23 日,有色人种学校搬进了北埃利奥特广场的一栋新楼。[20] 学校启用那天,举行了 6 小时的剪彩仪式。外面街上挤得水泄不通,人人都想聆听仪式的进行情况。布鲁克林的白人市长塞思·洛（Seth Low）在学校里面落座,和他一起的还有学校的黑人校长查尔斯·A. 多尔西以及其他要人（布克·T. 华盛顿①后来也访问了这所学校）²¹。最令人振奋的话语出自主旨发言人理查德·T. 格林纳（Richard T. Greener）之口，他是哈佛大学第一位黑人毕业生。

"为什么要保留'有色人种'这个词？"格林纳——他是一名法律学者——问道。他对听众说，如果可以，他会把这个词从学校的外墙上"凿掉"。

"会把它凿掉的！"人群中有人大喊，引起掌声雷动。到洛市长起身讲话时，事情已成定局。市长通过任命首位非裔教育局官员菲利普·A. 怀特（Philip A. White），²²已经赢得了布鲁克林黑人的好感。现在，怀特就坐在下面。洛市长表示支持把"有色人种"一词从学校外墙上拿掉。几周后，怀特提出一项动议，要在布鲁克林的学校中取消种族隔离。²³ 1883 年 12 月，动议通过，这确立了格林堡和达萨尼未来的学校民权运动发源地的地位。

又过了 4 年，学校的名字里才去除了"有色人种"一词，改为 P. S. 67②，后来又改名为查尔斯·A. 多尔西学校。学校创立近两个世纪后，达萨尼的外祖母乔安妮在 P. S. 67 上学的 50 年后，达萨尼于 2010 年入校，跨进了同一个石灰石大门。此时，楼里的天花板已是霉迹斑斑，饮水机全部不能用。²⁴一家叫作"社区之根"的特许学校搬了进来。它的学生 41% 是白人，而多尔西的学生 95% 是有色人种。²⁵

"社区之根"进驻布鲁克林第一所黑人学校后，达萨尼经常在校内看到白人孩子。她在走廊里与他们擦肩而过，从来不和他们说话。达萨尼从多尔西毕业，去麦金尼上学时，教育局已经在考虑关闭 P. S. 67。²⁶对外人来说，这可能是一所失败的学校必然的结局。对当地人来说，它却是一种抹杀历史的行为。

---

① 黑人政治家、教育家、作家。——译者注
② P. S. 是英文 public school 的缩写，代表公立学校。——译者注

达萨尼的新学校和多尔西一样，是以一位当地传奇人物——苏珊·S. 麦金尼（Susan S. McKinney）医生——的名字命名的。麦金尼医生在 1870 年成为纽约州首位非裔女医生，在全国是第三位。[27] 要明白这个成就是多么了不起，需要知道麦金尼医生在《解放黑人奴隶宣言》（Emancipation Proclamation）发表 4 年后就上了医学院，是那所女子学院唯一的黑人学生，并以全优成绩毕业。麦金尼医生 1918 年逝世时，W. E. B. 杜波依斯（W. E. B. Du Bois）[①] 在她的葬礼上致了悼词。

今天，必须认真寻找才能发现格林堡的黑人历史。那些筚路蓝缕的开创者的事迹有可能已经被完全湮没。麦金尼医生原来住过的迪卡尔布大道 205 号那座褐砂石住宅——她业务兴旺的诊所所在地——在 2016 年以近 270 万美元的价格被挂牌出售。[28] 售房广告对房子的历史只字未提。

与此相反的是，布鲁克林奴隶主家族的名字却随处可见。博鲁姆小丘（以 3 个奴隶的主人西蒙·博鲁姆的名字命名）。[29, 30] 威科夫街（彼得·威科夫，有 7 个奴隶）。[31] 迪特马斯公园（4 个奴隶）。[32] 卢克尔街（13 个奴隶）。[33] 范布伦特街（7 个奴隶）。[34] 科特柳路（2 个奴隶）。[35]

范达姆街和贝亚德街以奴隶船船主的名字命名。[36] 斯代文森高地（Stuyvesant Heights）用了荷兰西印度公司建立的新荷兰殖民地的总督的名字，而西印度公司运送了成千上万的奴隶。就连麦金尼学校起初用的也是奴隶主的名字。[37] 达萨尼的外祖母在这里上学时，它还叫桑兹初级中学，以乔舒亚·桑兹（6 个奴隶）和弟弟康福特·桑兹（3 个奴隶）的家族名命名。

达萨尼对这些一概不知，她父母只谈论他们在南方的祖先受到的奴役。他们来到北方是为了获得自由。

---

① 著名黑人学者。——译者注

"**使劲跑，达萨尼！**"香奈儿看着女儿在科尔盖特竞赛中向终点线冲刺，大声喊着。5个参赛者彼此咬得很紧。

达萨尼跑了第二。她的成绩不够好，没通过初选。不过她离开体育馆时仍然兴高采烈。

她们沿着威洛比街走着，香奈儿扬扬得意地说："我的宝宝要去奥运会。"她们谈到该找个教练。在这样的时候，香奈儿总会想到自己的母亲——她该多么骄傲，她总是能看到达萨尼的天赋。母女们一同唱起了乔安妮最喜欢的路德·范德鲁斯的歌《房子并不是家》(A House Is Not a Home)。

> 椅子仍然是椅子
> 即使没人坐在那
> 但椅子不是房子
> 而房子并不是家
> 如果没人住的话[38]

她们向北拐上卡尔顿大道，经过一座装修一新、带金属窗框的连栋砖房。一位年轻的白人母亲正从她的大众牌汽车里卸东西。看到达萨尼一家，她停住了。她紧张地微笑了一下，慢慢地走向汽车，解开保护婴儿的安全带。

香奈儿一行的情绪变了。

"她以为我们要抢她，"香奈儿说，"他们为什么觉得那么高高在上？她离我们只有两步远。你要是在这里被抢，一个黑人男人会最先来救你。我真想这么告诉她，一个黑人男人会**最先**来救你。"

她们到了桃金娘大道后，香奈儿去她最喜欢的街角商店买啤酒。达萨尼紧跟在后面。进了商店后，快餐厨师——一名墨西哥女孩——多看了香奈儿几眼。

"别看我。"香奈儿说。

那个女孩的脸色沉了下来。

她回嘴说："你真**有礼貌**，所以我才看你。"

"你最好看好你的烧烤架，"香奈儿说，"我不想吓坏了你。"

"你以为我会害怕你？"

"那现在就打一架！"

"出去等着我！"

香奈儿伸手去抓拖把。

"妈妈！"达萨尼尖叫道。

店主萨利姆（Salim）赶快跑向香奈儿。

被萨利姆挡住的香奈儿大吼："我要用棍子把她的脑袋打开花！"

达萨尼一动不动。

"我等着你出来。"香奈儿对那个女孩说。"她什么时候下班？"

"你说起来就没完。"萨利姆说，像过去一样温和地把香奈儿拉走。

她们转身准备离去时，达萨尼回头看了一眼那个厨师。她们的眼神对上了。

达萨尼说："她会把你打傻，中国女人。"

"不要用那样的字眼，"萨利姆说，"你不应该变得和你母亲一样。"

达萨尼和阿维亚娜长得一点也不像，但她俩内心简直与双胞胎无异。

两人的出生时间相隔 11 个月，是"全血缘"姐妹。达萨尼和阿维亚娜是同一个父亲生的。她们还不记事的时候，亲生父亲拉梅尔（Ramel）就消失无踪了。她们和继父无上的联系同样脆弱。家里的孩子除了她们两个，都是无上的：先是他的第一个妻子生的哈利克和娜娜，然后是他和香奈儿生的玛雅、哈达、帕帕和莉莉。

只有达萨尼和阿维亚娜的名字和他们的母亲一样，令人想起装瓶出售的液体。两姐妹做什么都在一起。她们用同一个衣柜、同一个床垫，甚至同一个枕头。她们号称能读懂彼此的内心。两人有时互相传递沉默的玩笑，一起爆发出笑声。

达萨尼和阿维亚娜都讨厌意外，但方式不同。"我不喜欢**悲伤**的意外，"达萨尼说，"我可以接受好的意外，像生日惊喜，但我接受不了悲伤的意外，我会难过。阿维亚娜两种意外都受得了。我的感觉是，'真的吗？'，她能受得了悲伤的意外。"

几周前的1月初，两姐妹正走在回奥本收容所的路上，阿维亚娜开始气喘。她和纽约市近7万名15岁以下公立学校的学生一样，有哮喘病。[39] 阿维亚娜很少叫苦，所以她发病时兄弟姐妹们都注意不到。但这一次，达萨尼感觉得到。

"阿维亚娜，你最好慢点走，"达萨尼说，"会出事的，我跟你说。你知道我看得到会出事。"

"闭嘴，"阿维亚娜说，"你什么都没看到。"

她们走进奥本收容所的大门时，阿维亚娜开始大口喘气。她抓着胸口，眼神开始涣散。得赶快上楼找妈妈。

奥本收容所禁止孩子在没有大人陪伴的情况下乘坐电梯，达萨尼苦苦哀求保安："我们必须坐电梯！"

保安拒绝了。

达萨尼看一眼妹妹，又看一眼楼梯。她试图抱起腰比她粗一倍的阿维亚娜。她们跌跌撞撞地爬上第一段楼梯。最后，达萨尼好不容易把阿维亚娜背到背上，心里对自己说，**我背得动这个丑丫头**。

达萨尼说，她力气大是基因决定的。她已故的外祖母乔安妮从来不坐电梯。每次乔安妮去看她最亲的妹妹，都会爬14段楼梯。那时达萨尼刚会走路，跟着妈妈坐电梯。香奈儿在每一层都停下来看看乔安妮怎么样了。

香奈儿会大声问："你肯定吗，妈？"

乔安妮会怒冲冲地答道："我不坐该死的电梯。"

在达萨尼眼中，这显示了外祖母的力量。没人告诉她乔安妮有电梯恐惧症。也没人告诉她乔安妮的恐惧症是半个世纪前十几岁时开始的。更没人告诉她造成乔安妮电梯恐惧症的事件就发生在奥本收容所。当时乔安妮被困了电梯里，就是保安不准乔安妮的外孙女乘坐的那部电梯。

对自己的曾外祖父母——乔安妮的母亲玛格丽特（Margaret）和父亲琼恩（June）——达萨尼知道得更少。据说他们是从南方来到布鲁克林的。他们已经去世，乔安妮也去世了，把他们的故事一并带走了。

达萨尼最喜欢英语课。她读到一本好小说时能沉迷进去，忘记一切。

班上正在读沃尔特·迪安·迈尔斯（Walter Dean Myers）的《荣耀之地》（*The Glory Field*）[40]。这本小说讲述了一个黑人家族 5 代人从西非到南卡罗来纳的种植园，再向北到哈勒姆区迁移的故事。

达萨尼的家庭作业是写一首"拾得诗"（found poem），把书中的字句和她自己写的混在一起。她写的诗是这样的：

从我们家中被带走

"打死他们"

想要还击

太无力

伤痛难忍

他们不关心

我们黑人祈祷

"他祈祷了"

被打得伤痕累累

像街上的坑洼

船底臭气熏天

像腐烂的食物

他们像身处金鱼缸里

眼中充满悲伤

    达萨尼这首诗的标题是《痛苦》。老师把她的诗贴在走廊里展示给大家。

第 6 章

2 月一个滴水成冰的早晨，达萨尼拉上白色滑雪衫的拉链，把辫子塞进一顶廉价的紫红色帽子。她妈妈坚持要求孩子们戴颜色鲜艳的帽子，好让她从远处就能看到。

功能高于时尚。上小学时这不重要，但达萨尼现在六年级了。她的球鞋牌子不对，她没有耳环，她的额头开始冒出青春痘。达萨尼对青少年时期的到来惴惴不安。有钱的女孩不用为卫生棉条的价格苦恼，她们把月经初潮看作生命中值得庆祝的里程碑。而公共住房里的女孩却成天害怕牛仔裤染上血迹。月经是又一个需要战胜的挑战。

"我不准备有月经，"达萨尼说，"我宁肯杀了我自己。"

如果达萨尼能设计自己的电子游戏，她会给游戏取名为"生或死"。游戏的主角将是一个为自己的救赎而战的 11 岁女孩。达萨尼说，在第一关中，这个女孩面对的恶棍容易对付，是她要做的家务——给弟弟妹妹们洗澡、穿衣、喂饭。她找不到莉莉宝宝，宝宝在那里哭啊哭，眼泪变作能砸死人的石头从天上落下。

如果达萨尼躲得过那些石头，她就进入了下一关。

在这一关里，达萨尼会看到以发怒的海盗面目出现的社工，他们在和达萨尼的爸爸妈妈打斗。香奈儿把魔力扔给达萨尼，达萨尼把海盗熔化在地板上，打败了他们。在第三关，达萨尼去了学校，在那里遇到了危险，也得到了解救。数学老师是"超级恶棍"，用的武器是数字。数字 10 变成了 10 只直冲过来的刺猬。现在，达萨尼必须从翻滚而来的巨大罐子前面救出她最喜欢的老师赫斯特小姐。

"如果她死了，所有的孩子也会死。"

最后，达萨尼对上了她的终极对手"斯塔尔"。在电子游戏里，斯塔尔是个庞大的"紫巨人"，随意抓起汽车四处乱扔。如果达萨尼能绕过这个巨人，她就能到达决定她未来的"女王"——霍姆斯校长——身边。

赢了能得到一座新房子作为奖品，输了就得回奥本收容所，"那就是死亡"。

"我的目标是坚持到底，但我总是死。"达萨尼说。

她觉得，把奥本收容所看作最糟糕的结果还算容易，因为她无法想象另一个结局——流落街头。

那天早上达萨尼到学校的时候，手已经冻僵了，嘴唇被风吹到皲裂，引起了校长霍姆斯小姐的注意。此时离达萨尼上次登上优秀学生榜已经过了 4 个月。

校长坐在办公室里，周围是带香气的蜡烛和几台不太好用的电脑。疗养院用的轻柔音乐从便携式扬声器中流淌而出，吸引着学生们来到门边。他们永远不知道霍姆斯小姐是在对他们还是在对她的蓝牙设备说话。校长有意让他们摸不着头脑，保持紧张状态。学生们看着校长操纵着带轮的椅子发号施令，用一声震耳欲聋的"嘿！"阻止学生们打架。如果校长看到学生谈恋爱，马上一个电话就打到学生家里。

"这里是学校，不是约会服务所。"

然而，麦金尼远远不只是学校。

校长办公室成了临时的慈善机构。眼下，达萨尼需要帮助。这个孩子从来赶不上学校的免费早餐。今天，达萨尼要参加一场大型校外活动。她妈妈有可能给她带零食吗？

霍姆斯小姐不想明知故问。她开始在办公桌上到处翻找，就像一位祖母在找好吃的。

如果达萨尼的外祖母乔安妮还活着，应该和霍姆斯小姐是同代人，都住在布鲁克林。她们两人只差两岁，住的地方相隔不到两英里，母亲都是从卡罗来纳北上的非裔美国人。但是，在所有其他方面，霍姆斯小姐都比乔安妮的境遇好。霍姆斯小姐是家中唯一的孩子，家人亲戚都对她疼爱有加。她住在克林顿小丘她外祖父母家一座舒适的 3 层楼房里。

每个人都为支付家中的各种账单出一份力，所以霍姆斯小姐能够上天主教学校，上钢琴课。[1]"家人就是家人——大家真的抱成一团。"霍姆斯小姐的表亲本杰明·贝利（Benjamin Bailey）说。他还说，他们的外祖父母没上过大学，但"总是催着我们努力"。外祖父母的女儿安娜·V. 杰斐逊在纽约大学获得硕士学位，后来成为当选州参议员的第二位黑人女性。安娜自己的女儿霍姆斯小姐也很成功。

今天，这位校长住在泽西市（Jersey City）一座高层住宅楼里，开一辆皮座椅的尼桑牌小汽车去布鲁克林上班。格林堡的学校是她生活的全部，学生们就是她的孩子。放学后很久，霍姆斯小姐还留在办公室里，或是撰写项目申请书，或是给已经毕业但她仍在关心指点的学生打电话了解情况。

霍姆斯小姐有时夜深后会在学校的钢琴上弹奏传统的黑人灵歌，这类歌曲诞生于奴隶的孩子被从父母身边抢走卖掉的时代。霍姆斯小姐的副手迈克尔·沃克（Michael Walker）也工作到很晚。他站在钢琴旁，洪亮的男中音响彻空无一人的学校。

> 有时我感觉像没娘的孩子
> 离家很远很远……[2]

现在，霍姆斯小姐看着达萨尼的手。这个孩子因为总在洗衣服和用漂白剂擦地板，手指已经满是皱痕，像老妇人的手指。霍姆斯小姐小的时候，从来不会不戴手套、不吃早饭就出门。

霍姆斯小姐递给达萨尼一副白色毛线手套，挑这个颜色是为了与达萨尼的滑雪衫相配。然后，霍姆斯小姐从钱包里拿出 2 美元塞到达萨尼手里。应该够买一份零食了。

达萨尼蹦跳着从霍姆斯校长这个家长处跑到另一个家长那里。

"好嘞嘞！"赫斯特小姐唱歌似的喊道。她反复这样喊，教室就会慢慢安静下来。有时为了加强效果，她会再加上一个"嘞"："好嘞嘞**嘞！**"老师的声音就像一剂护肤软膏，和暖气这类为人提供舒适的日常设施一样，只有在缺乏的时候才被注意到。

孩子们在阅读一份传单，为他们去纽约市市长官邸瑰西园（Gracie Mansion）参观做准备。

"我们能见到市长吗？"一个学生问。

在达萨尼一生中的大部分时间里，纽约市只有一个市长：身家亿万的媒体大亨迈克尔·R. 布隆伯格（Michael R. Bloomberg）。

"你们**想**见到市长吗？"赫斯特小姐扑闪着长长的睫毛回问道。

教室里响起一片笑声。老师们对布隆伯格多有怨言。他对纽约市庞大的公立学校体系实行"市长控制"，说纽约的公立学校是"耻辱"。[3]

的确，在布隆伯格的长期执掌下，纽约市旧貌换新颜。新建了 300 多英里的自行车道，[4] 供通勤者骑车去高科技公司上班，途中会经过升级改造过的公园和高架公园（High Line）这类未来主义风格的市政项目。房地产一片兴旺。[5] 随着凿岩机的轰鸣，一座座玻璃屋顶的摩天大楼拔地而起。

布隆伯格的得意之作还包括特许学校运动。他的政府最终关闭了157 所公立学校，同时大力发展特许学校（同期开办了 174 所特许学校）。[6] 在麦金尼，人们提起特许学校就愤怒不已。家长和老师对格林堡成功学院发起抗议，将拟议成立的这所特许学校比作"种族隔离设施"。

他们的反对徒劳无功。

成功学院将于2013年夏迁入麦金尼。与此同时，由于预算减少，每年都有教师的岗位被砍。[7]谁的工作都没有保障。孩子们还在因为赫斯特小姐对市长脱口而出的讥刺笑个不停，赫斯特小姐让他们安静下来。

"请原谅，"她说，"我不该那么说。"

不管喜欢不喜欢，市长都是学校的大老板。说这样的话是不安全的。用"**你们想见到市长吗？**"这种话刺激学生也没有好处。他们为什么不能要求和市长见面呢？

赫斯特小姐环顾教室，看着下面的一张张小脸。这些学生和乘坐包租大巴的私立学校学生一样有权参观瑰西园。权利感来自自尊。有些孩子天生自尊。别的孩子必须顶着生活中的反面证据建立自尊。

麦金尼的学生们不太可能见到市长，但这并不重要。不能剥夺他们的信念，要让他们确信自己能够见到市长，确信世界属于他们。不能让他们觉得自己不行。

赫斯特小姐想让他们和她一样懂得这一点。学生们看得越多，眼界就越宽。她已经在计划带他们去参观白宫了。

每次旅行都是向前迈出的一步。

今天出游没有大巴。孩子们必须走一英里的路去乘地铁，边走边扭着头躲避迎面吹来的凛冽寒风。

到达曼哈顿上东区时，达萨尼和班上一个男生吵了起来。那个男生说他祖母的眼镜都比达萨尼的鞋贵。达萨尼张口骂出一串脏话，直到助教詹金斯（Jenkins）先生前来阻止。

"他说蠢话！"达萨尼恨恨地说，"所以我骂他！"

"那你是忍不住吗？"

"有的时候忍得住，有的时候忍不住。"

"你控制不住吗？"詹金斯先生问。

达萨尼的胸口在剧烈起伏。

"我尽量不说那些话，可就是说出来了。"

"原来如此，"詹金斯先生说，"也许你在这方面需要帮助。"

"我一直不想说出口，但每次我不想说的时候，就有人来说一些话，然后我的话就出来了，"达萨尼说，"因为我个子小，他们以为我不会还嘴。**我有的是话说。**"

学生们到达了目的地：东河边上一座淡黄色的 18 世纪建筑。[8] "我还以为是大豪宅呢，"达萨尼说，"那不是豪宅，是座房子，是人住的房子。"

瑰西园是个异数。在一个房屋空缺率为 2%，[9] 公共住房短缺的城市里，坐落在上东区 11 英亩未经开发的土地[10]上的市长官邸却无人居住。布隆伯格与历届市长不同，他 10 多年来一直住在自己的联排别墅里，把瑰西园变成了博物馆。

达萨尼想就近见到市长，看看这个在权力之幕后面做决定的神秘的奥兹国巫师①。她万万没有想到市长不住在这里。谁会放着豪宅不住呢？

"瞧瞧那个壁炉！"达萨尼走进布隆伯格市长召开记者会的厅堂时赞叹地说。

一位戴着金耳夹，涂着橘色口红的女子自我介绍说是他们的导游。她一边带着孩子们向前走，一边提醒他们不要触摸任何物品。队伍踢踢踏踏地走进图书馆。还是没有市长的踪影。达萨尼像她最喜欢的电视剧《犯罪心理》里面的侦探一样四下寻找线索。她仔细看着一部电话。

"他打的最后一个电话是在 11 点 15 分。"她悄声说。

---

① 奥兹国巫师是美国著名儿童文学作品《绿野仙踪》中的人物。——译者注

导游打开一对法式落地窗，外面是纽约市历届市长款待世界各地要人的游廊。"这是一种非常优雅的生活方式，"导游说，"非常高贵。"达萨尼印象深刻的不是建筑风格的细节，也不是烫金装订的乔叟和托尔斯泰的著作，而是没有灰尘这一惊人现象。达萨尼用手轻轻抹过一架施坦威钢琴。

"我跟你说，"她说，"这房子真干净。"

达萨尼对纽约市的政治非常熟悉，不是因为她关心新闻，而是因为她不得不注意到被其他孩子忽略的事情。

布隆伯格市长试图禁止出售大包装含糖饮料时，[11] 达萨尼得算一算买两罐汽水要花多少钱，因为现在买不到她家通常 8 张小嘴分着喝的超大杯汽水了。不久前，全市校车司机罢工引起了达萨尼的注意，因为她必须走着送 3 个弟弟妹妹去上学。

"亿万富翁"一词在达萨尼的想象中意味着天上地下全是美元，多得数不清。除了布隆伯格，达萨尼一生中没有别的市长，而布隆伯格正在推动改写法律，好连任第三个任期。[12]

哪怕在细小的地方，布隆伯格也与历届前任不同。首先是他不肯搬到瑰西园去住。他以优雅的方式绕过了这个传统，宣布瑰西园为"人民之家"，[13] 用了 700 万美元的私人捐款（大部分是他自己出的）来翻修这座宅邸 [14]。下水道系统、地板、照明和通风设备都换了新的，还配了一些精致的物品作为装饰，如一盏 19 世纪 20 年代的吊灯和一张桃花心木四柱床。[15]

《建筑文摘》(*Architectural Digest*)用两页合并的版面刊登了翻修后瑰西园的华丽照片。[16] 旅游者乘大巴络绎不绝地前来参观。而仅仅 6 英里以外，另一处同样是市管的住宅却得不到这样的注意。基本没有迹象显示奥本收容所里住着孩子。院门紧锁，孩子们无法到草坪上去。纽约市投资数百万美元发展"绿色空间"，[17] 奥本收容所的院子里却杂草丛生。

布隆伯格上任以来，无家可归的家庭数目增加了80%，[18] 这些家庭在收容所里居住的时间也是有记录以来最久的[19]。当在2012年8月被问到这个问题时，布隆伯格回答说，市立收容所使"他们获得了从未有过的愉快经历"。[20]

几年后，布隆伯格的一位高级顾问霍华德·沃尔夫森（Howard Wolfson）告诉我，他和其他助手没能讲清楚"迈克①是多么关心减贫和无家可归的问题。回想过去，我真希望我们能做得更好些。可以把问题分成3个方面：我们的意图、我们的表现和我们的表达。我们的意图是好的，我们的表现比人们认为的好，但我们的表达太差了"。

就在市长说收容所的条件让无家可归者感到"从未有过的愉快"3天前，一位检查员来到奥本收容所达萨尼住的房间，注意到一只老鼠"跑来跑去，钻进了墙里"，墙上有"很多窟窿"。[21]

"请提供帮助，"那位检查员写道，"房间里有个婴儿。"

过去10年间，市级和州级检查员列举了奥本收容所的400多条违规，包括电梯不能运行、厕所出故障、火灾报警器有毛病、供暖不足、食物变质、工作人员性行为不端、对儿童照管不够，以及老鼠、蟑螂、霉菌、臭虫、铅和石棉的问题。[22] 在采访中，市长手下的工作人员告诉我，奥本收容所那些问题的主要原因是基础设施老旧，市里已经在这个收容所的修理和翻新上花了将近1 000万美元。他们拒绝评论关于性侵的报道。

就在达萨尼参观瑰西园的3个月前，奥本收容所一个12岁男孩提出书面投诉，说收容所的一个女人猥亵了他，[23] 但警方从未接到通知。[24] 一个15岁女孩说自己遭到一名保安性侵，警方也没听说。就在同一个月，一个男性住客在厕所向另一个女孩暴露生殖器。那个女孩在投诉中

---

① 迈克是迈克尔的昵称。——编者注

写道："我现在仍然害怕会有人进来。"

　　成人的警告都得不到重视，可想而知孩子的投诉更是无人理会。一个家长要求清洁工把一只死老鼠弄出食堂。第二天，死老鼠还在那里。"可能会有孩子接触到它。"那位家长说。那个清洁工笑了起来。

　　他回答说："哦，那样的话你早该把它清理掉。"

第 7 章

快中午了。在瑰西园的参观接近尾声,正如市长的任期。

做了 12 年市长后,布隆伯格终于要卸任了。赫斯特小姐给学生们讲了市长的 3 届"连任",她把这个词的每个音节分开,念得派头十足。

连–任。

赫斯特小姐每次说一个新词,达萨尼都注意看老师的嘴唇。达萨尼无声地动着嘴唇重复那个词,存在"我的记忆里"。事后,她会试着说出那个词,一般是对弟弟妹妹们说。有时达萨尼可能会把词的发音搞错,但最后总会弄对。赫斯特小姐就这样一点一点地努力缩小不同阶层孩子之间的"词汇差距"。因为这个差距,最穷的孩子接触到的字词比别人少。[1]

贫富差距的扩大刺激了纽约市的政治。就在上周,纽约市公益维护人(public advocate)①白思豪(Bill de Blasio)宣布参加市长竞选,发誓"不让一个纽约人掉队"。[2]

如果说布隆伯格是新镀金时代的化身,那么白思豪就自认为能解决一切难题,是新进步时代的现代城市领导人。白思豪在马萨诸塞州的剑桥(Cambridge)长大,父母是左派知识分子。他 7 岁时,父母的婚

---

① 又称公共议政员,负责缓和公众与政府关系,调查对市政府机关的投诉,调解市政府机关与市民之间的争端,并就社区关系向市长提供建议。——编者注

姻破裂。[3] 白思豪的父亲是哈佛毕业的经济学家，参加过第二次世界大战。离婚后，他父亲开始酗酒，在白思豪18岁那年自杀身亡。[4] 白思豪二十四五岁就成为激进左翼分子，支持尼加拉瓜的桑地诺阵线。[5] 1990年，他进入纽约市政界，担任第一位胜选的非裔市长丁勤时（David Dinkins）[6]的助手。

20多年后，白思豪依然显得像个圈外人。这位51岁的政客参加市长竞选时，谁都觉得他成功的可能性不大。白思豪是在自家门外宣布参选的。他在布鲁克林公园坡（Park Slope）的家与布隆伯格在曼哈顿的豪华联排别墅形成了鲜明的对比。

"让我们诚实地面对我们今天的处境，"白思豪说，身边站着他的非裔妻子和他们十几岁的儿子丹蒂（Dante），"这个城市在太多方面变成了一出双城记。市政厅只顾迎合精英的利益，却忽视了普通纽约人的需求。"[7]

2013年后来的几个月里，就在白思豪动员民众支持之时，无家可归危机对现任市长紧追不舍。在市立收容所栖身的人数超过了5.5万。[8]

布隆伯格近来被问及这场危机时，每每显出恼怒之意，回答问题时经常语带讽刺。不久后，这位72岁的市长在他的周五电台谈话中告诉听众，放眼全美，只有在纽约市"你可以乘你的私人飞机到达肯尼迪国际机场，然后坐私人豪华轿车直奔收容所，走进去，我们就会收容你"[9]。

达萨尼从未坐过飞机或豪华轿车，甚至连灰狗长途汽车都没坐过。她肯定从未见过（她所知的）亿万富翁或市长。学生们走向瑰西园的出口时，达萨尼仍在寻找布隆伯格。她只想看他一眼。他是什么样子？

全班在瑰西园的台阶上照了一张集体照。孩子们冷得发抖。赫斯特小姐挥手带他们走向出口。他们回布鲁克林还要长途跋涉。

达萨尼把鲜艳的粉色雪帽戴好，再戴上新手套。她摸着她的2美元。她有些饿了。达萨尼不再期望能见到市长。

"他住在别的地方。"达萨尼说，挥手指向东端大道（East End Avenue）。

一个寒风凛冽的冬日早晨，达萨尼追着弟弟妹妹们冲出奥本收容所。把帕帕、哈达和玛雅聚拢到一起不是件容易的事。这几个吵吵闹闹的孩子鞋带没系，嘴唇上还染着糖的颜色。

"他们又讨厌又顽固，"达萨尼说，"他们不听话。我不懂为什么！"

"因为我在**学校里**听话。"玛雅说。

达萨尼翻了个白眼。她必须带他们走到他们的小学，因为校车司机仍在罢工。为了安抚达萨尼，香奈儿在司机罢工期间每天给达萨尼3美元。

迄今为止，布隆伯格拒绝与校车司机工会谈判，这次罢工因此而成为他担任市长期间最激烈的战斗之一。[10]达萨尼不明白司机为什么寸步不让，不过她想象任何校车司机都会很高兴能暂时摆脱她这3个捣乱的弟弟妹妹。

达萨尼坚信沃尔特·惠特曼图书馆出的事一定是她弟弟妹妹们闹的。那座小小的砖房是他们的避难所，是他们从放学到夜幕降临时消磨时间的地方。可是上个月，达萨尼和弟弟妹妹们来到图书馆，却发现门是锁着的。

门上的牌子写着："关门维修。"

达萨尼猜想工作人员一定是受够了，"因为所有那些孩子在那里都不看书，也不做作业"。达萨尼的作业进度已经落后了。她需要查找有关柏拉图、苏格拉底和亚里士多德的材料，好决定"你同意谁的观点"。可是她没有电脑。现在图书馆关了门，达萨尼唯一的办法是去奥本收容所的娱乐室，那里挤满了孩子，由一个叫罗杰斯先生的人看管着（据说他在互联网上浏览刀具和枪支的信息）。

"老师说如果我没法打印，就写下来，要写得特别整齐，前所未有的整齐。我得把他们的历史全写下来，他们怎么结婚的，在哪儿出生，还有他们的全部生活，"达萨尼在谈到那几位古希腊哲学家时说，"他们一生的故事**真长呀**。"

几个小的孩子往人行道边上走去。

"我告诉你们多少次了，要靠里边走。"达萨尼大吼。

孩子们像悠悠球一样，马上回到达萨尼身边。这种纽带是自动的。

"排好了！"达萨尼大声命令。

孩子们安静下来，手拉着手。他们等着车流停下来，然后像精灵一样冲过布鲁克林-皇后高速公路下面的6条车道。

达萨尼在各种食品中挑选着，最后决定买一个糖霜蜂蜜面包、一袋干酪味葵瓜子和一些红色的小熊软糖——这是一顿难得的早餐，花掉了她挣来的3美元。

2月22日，达萨尼跑进教室时只晚了几分钟。全班正在准备即将到来的全州考试。麦金尼没有其他公立学校那样的先进设备，赫斯特小姐为此很伤脑筋。她自己拿出1 000多美元给教室添置了一架投影机和摄影机。考试那几天，她带来了贝果圈（bagel）①、水煮蛋和酸奶，让学生不致因肚子饿而影响发挥。

赫斯特小姐说："高分反映的是父母，不是孩子。"她的意思是有的学生家里食物充足，学习不是奢侈品。

达萨尼的分数在直线下降。她手腕上有一个被咬伤的疤痕，是她和一个女同学打架留下的，因为那个女孩说达萨尼"有霉味"。那次打架两天后，达萨尼在体育课上又冲向另一个女孩，想打对方。

赫斯特小姐不再容忍。"我对你伤害别人非常不高兴，"她严厉地说，"必须马上停止。懂不懂？"

达萨尼垂着眼睛，对赫斯特小姐点点头。对达萨尼来说，学校和生

---

① 圆圈状面包，比一般面包密实柔韧。——译者注

活相互交织。若是在学校过得好，她就是完整的。若是在学校不顺，她就无法就事论事。达萨尼对学校要么热爱，要么厌弃。

赫斯特小姐想让达萨尼在学校里健康成长，但赫斯特小姐要管几十个学生，达萨尼只是其中之一。"达萨尼觉得她的生活不该是这样，"这位老师说，"她这么想没错，她错在认为其他人应该为此付出代价。"

几分钟后，达萨尼坐在麦金尼的礼堂里。礼堂坐满了人，在开会纪念黑人历史月。达萨尼讨厌黑人历史月："总是同样的那些诗。"

台上正在宣读新一榜的优秀学生名单。没有达萨尼的名字。她对自己说，**一定是搞错了**。她瘫坐在椅子上，盯着地面。

就在此时，一群男孩走上台，开始背诵兰斯顿·休斯（Langston Hughes）[①]的诗作。

> 什么会发生假如梦被迟延？
> 难道它会枯萎？
> 就像阳光下的一粒葡萄干？[11]

达萨尼知道这首诗。他们每年都读。她呆呆地望着台上。

> 也许它会凹陷，
> 就像一个沉重的负担。
> 还是会因爆炸而改变？[②]

---

① 著名美国黑人诗人。——译者注
② 译文查自"诗词吾爱网"，译者孙蕴春（子梅）。——译者注

第 8 章

香奈儿把现金在床上摊开，这是她的全部退税款，共 2 800 美元。孩子们看呆了。

"我不知道为什么这么高兴。"阿维亚娜说。

新票子有一种新鲜的气味。达萨尼说那闻起来很像青草，也像她父母许诺要搬去的波科诺山区。等收到无上的退税款后，他们就有足够的钱搬离奥本收容所了。

孩子们高兴得要飘起来了。突然，香奈儿把钞票拢到一起收了起来。

"这些钱只要一破开就完了，就会花光。"

第二天，2 月 14 日早上，香奈儿向公房区走去，兜里是揣得鼓鼓的钞票。她想不出该把钱放在哪里。她没有银行账户，奥本收容所又是个贼窝，所以她眼下只能把钱带在身上。

香奈儿用儿童车推着莉莉走向英格索尔公房区，那是她自己的母亲乔安妮长大的地方。香奈儿穿过公房区走向市中心，那里的街道光是名字就让人想到财富：黄金街、蒂拉里街（Tillary）①、债券街。

香奈儿最喜欢债券街的名字。她常说，**话就是债券**（word is bond）②。

---

① 这使人想到英文中的 till，意思是收银机里放钱的抽屉。——译者注
② 来自 1994 年的一首歌。——译者注

任何期票都比不上说出的话值钱。

香奈儿列了一个单子，是她花得起钱但绝不会花钱的东西：一辆新儿童车、新运动鞋，以及带几个女孩去发廊编辫子。香奈儿和自己约定，绝不像别人那样抵不住诱惑，把钱挥霍在几双乔丹牌运动鞋上。"这是资产和负债的问题，"香奈儿告诉我，"你想要能使你有所得的东西，而不是让你有损失的东西。"

花起钱来毫无节制，"好像没有明天"，这种事谁都会干。但在公房区，香奈儿说，有时真的没有明天。明天带来的是失望。香奈儿有时想，最好有容易的办法。也许她会被松动的脚手架砸中，或被起重机压倒——让她伤得足够重，能得到一大笔赔款，但不要伤到她的脑子。为了100万美元，她可以缺根胳膊或断条腿。

香奈儿不时摸摸鼓鼓囊囊的口袋，确认钱还在。她说，如果她还在吸毒，这些钱早就已经花光了。另一个诱惑是糖果，它能让人用最少的钱获得最大的快乐。香奈儿也许不肯给她的孩子买添柏岚（Timberland）牌的靴子，但她给他们买各种糖果，如糖果戒指（Ring Pops）和扭扭糖（Twizzlers），泡泡糖和好时牌巧克力。糖果能变戏法，它让人不再注意自己缺少的一切。"它让人看不到别的东西。"香奈儿说。

真要让孩子们尽情享受，香奈儿就带他们去第三大道上的"迪伦的糖果吧"，希望保安不会注意到他们没付钱就离开。有时香奈儿想，糖果如同毒品，短期让人快乐，但长期会造成破坏。香奈儿开始吸快克很久之前，就已经满口蛀牙了。最近孩子们也开始抱怨牙疼。

香奈儿来到富尔顿购物中心，路过一家珠宝店。几年前，她和无上在这里买过俗称 fronts 或 grills 的金牙套。要盖住龋齿的洞其实有更便宜的方法，而金牙套的价格可以高达1 000美元。他们的钱就是这样花光的。只顾眼下，不管以后。

香奈儿摇摇头。牙套是负债，她现在想要资产。香奈儿回头往奥本收容所走，没有破开兜里的钱。

生活要是像无上最喜欢玩的图版游戏"强手"一样就好了。

他在房间里的床垫上和孩子们一边玩"强手"一边说："我喜欢建房子，收租金。"

无上知道，当真正的承租人比在硬纸板上的一个方块里拥有 Park Place[①] 难得多。这个道理无上每个月都会得到两次提醒——他和香奈儿必须每月两次与奥本收容所签署"独立生活计划"[1]并写下日期。这项计划要求他们存钱、找工作、找房子。

3 月上旬，无上得知纽约州扣留了他的退税款。无上遇到香奈儿之前就已经有了两个孩子，欠了抚养费。"退税抵消计划"（Tax Refund Offset Program）会把无上的退税款交给那两个孩子各自的妈妈，或者还给州政府，归还政府以前给那两个妈妈的现金援助。[2]

香奈儿还没开口，达萨尼就知道了。

他们无法搬离奥本收容所了。

达萨尼学会了在沉默中逐渐平复失望的心情，反正闹腾改变不了现实，但是她问的问题暴露了她的心情。

"妈妈，如果你只能选择这些公房，你会去住吗？"她们经过惠特曼公房区时达萨尼问道。香奈儿勉强点了点头。

春天到了，这是展示新装的季节。在达萨尼家里，春天是吃力应付的时候。冬天的外套可以遮盖一切，维持体面比较容易。在街上，人们看到衣着肮脏的孩子，可能会打电话报告儿童服务管理局。

同学们一直在嘲笑达萨尼最喜欢的粉色运动服，说那是"睡衣"。达萨尼的妈妈常说，要想吃得开，有 3 个办法。

穿得飒。学习好。能打架。

3 月 19 日，达萨尼同意和一个叫埃琳娜（Elena）的女孩打架。一

---

① "强手"中的街区地产。——编者注

群人聚在巴里海军准将公园（Commodore Barry Park），说好了规矩：不准拍摄打架过程、不准告诉家长。两个女孩扎紧头发。达萨尼先挥出一拳，两人滚到地上打成一团。一个遛狗的男人把她们分开了。

那天晚上，在奥本收容所的公共卫生间里，香奈儿检查着女儿被打破的嘴唇。香奈儿说这点伤很快就会好，还说她们打的是"小猫架"。香奈儿上学的时候，女孩打架都是用瓶子开瓢。

达萨尼担心，她的老对手——一个叫斯塔尔（Star）的女孩，会是下一个挑战她的人。自从学年开始以来，斯塔尔一直在找达萨尼的碴儿，还告诉麦金尼的每一个人达萨尼住在奥本收容所。

"你不能坏了名头，"香奈儿告诉女儿，"你先拿下最大、最坏的，剩下的人就会躲着你走。就是这么回事。"

第二天，香奈儿和达萨尼走在桃金娘大道她们最喜欢的那一段路上，经过查纳的理发店、高级酒店、卖蔬菜饼干的自行车修理店。她们在一家果汁店停住脚，香奈儿看到了一个老情人。那人身穿一件皮革长外套，戴着墨镜。

"最近怎么样，红？"那个男人问，用的是香奈儿曾经的街头名。

"我现在好了，看到了吗？"香奈儿用手在身上从上到下一挥，好似拿着一根魔棒：不吸毒，结了婚，是8个孩子的母亲。她骄傲地向她的孩子们点点头。达萨尼认为，她和弟弟妹妹们是妈妈倒霉的原因。她从未想过，对香奈儿来说，孩子是自己唯一的成就。

放学了。外面的人行道上熙熙攘攘。达萨尼和弟弟妹妹们跟着妈妈沿桃金娘大道走着。

"妈妈！"达萨尼大声叫道，"那边那些小孩子在破口骂人！"

"别管闲事，"香奈儿的声音响遍整条街，"他们就住在这儿。"

达萨尼不说话了。

"你为什么告发别人？"香奈儿继续说，"人们不喜欢告发别人的人。学会听和看，但也要学会别管闲事。"

香奈儿认为，达萨尼必须学会在街头生存，直到能够逃离街头。至于怎么逃离，香奈儿还想不出来。也许能靠学校，虽然香奈儿对学校没有信心。也许天降好运。一个星探也许能注意到在地铁上跳舞的达萨尼，一个田径教练也许能看到她在公园里飞跑。地铁、公园、学校、收容所，这些是达萨尼生活的基石，但是在这些地方之间活动必须经过街头。香奈儿必须教会达萨尼街头的门道。

第二天早上，香奈儿陪女儿去上学。她要确定达萨尼不会遭到偷袭。如果其他女孩看到达萨尼和妈妈在一起，她们会说她是"弱鸡"，那是与勇敢相反的意思。香奈儿已经想好了。埃琳娜出现在学校走廊里的时候，香奈儿正在那儿等着她。

"你可以和我的孩子打架，"香奈儿坚定地说，"我同意。"

她们站的地方离校长办公室不远。埃琳娜吃了一惊，赶快跑开。这是香奈儿版的反向心理学。准许一个孩子做被禁止的事，她反而要三思。

这可不是校长的办法。几分钟后，达萨尼坐在了霍姆斯小姐的办公室里。

霍姆斯小姐说："我相信你能改变，但我现在看不出来。"

达萨尼似乎非常兴奋，精神不能集中。校长说的话她一个字也听不进去。推动着达萨尼的不是霍姆斯小姐的禁令，而是妈妈的许可。她回到班上，对另一个女孩说："我要和你打架。我妈说她让我打架。"

于是，达萨尼被停学了。

霍姆斯小姐知道这么做有风险，但别的办法都不奏效。达萨尼需要当头棒喝，令她改变行为。否则达萨尼就会失败，在校内校外都会失败。

"拿着你的东西离开。"霍姆斯小姐告诉达萨尼。

达萨尼有两个星期回不了学校，[3] 因为她停学的时间刚好和春假接上了。

达萨尼说不出话。

被停学的她真的无家可归了。

第二部

赛克斯一家

1835—2003

吉姆·克劳法在那儿
挡着他们的路
日复一日
让他们痛苦

这些人与之战斗的
是笼罩在这片土地上的邪恶
他们为自由而战
却有一只手被绑着

——伊万·J. 休斯敦（Ivan J. Houston），二战老兵

第9章

达萨尼刚出生就对这个世界充满好奇。[1]

她眼睛滴溜溜地在房间里看来看去，急切地想探索各处。她小小的四肢傲然舞动着，似乎想挣扎着离开摇篮。达萨尼和她47岁的外祖母一模一样——有力的小手、焦糖色的皮肤，甚至她的名字中也有外祖母的痕迹：达萨尼·乔安妮-拉尚·科茨。

在赛克斯家族，精力旺盛的婴儿一直被视为力量的象征。

半个世纪前的1953年11月14日下午5点30分，坎伯兰医院的产科病房里降生了一个女孩。[2] 这个女孩长大后调皮捣蛋，是路德·范德鲁斯的歌迷。再后来，她成了达萨尼的外祖母。琼·乔安妮·赛克斯（Joan Joanne Sykes）第一次呼吸到这个世界的空气是在三楼育儿室的无菌环境中，里面一个个包得严严实实的新生儿哭声不绝。30年后，医院关门，变成了纽约市经营的无家可归者收容所，也就是达萨尼住的奥本收容所。[3]

1953年，奥本广场39号的医院仍然是个井然有序的地方。护士们穿着浆得笔挺的护士服，走廊打扫得一尘不染。住在附近的新晋母亲们抱着自己的新生儿走出坎伯兰医院的前门，步行走回不远处的公房区。[4]

她们周围的布鲁克林在变化。黑人人口近来翻了一番，达到20.8万人，因为南方黑人络绎不绝地前来寻找工作。[5] 乔安妮的父母，琼恩和玛格丽特·赛克斯，就是 7 年前从北卡罗来纳州的戈尔兹伯勒（Goldsboro）来到布鲁克林的。[6]

布鲁克林是希望之地。它当时仍然是工业中心，乔安妮的父亲作为受过训练的机械师，肯定能在这里找到工作。但纽约市的建筑大师罗伯特·摩西（Robert Moses）另有想法。他想把布鲁克林变为文化中心和市民活动中心，这就需要清出土地。[7]为此，摩西瞄准了制造业。从 1945 年到 1955 年，数百家工厂车间关闭，8 200 个工作岗位随之消失。[8]

这一切发生在乔安妮两岁时。关闭的工厂离她家住的公房区可以徒步走到。那个公房区共有 35 座砖制楼房，于 1942 年建成开放。[9]就在那一年，摩西加入了纽约市规划委员会，进一步扩大了他已经非常牢固的权力范围。[10]摩西的传记作家罗伯特·卡罗（Robert Caro）做的访谈表明，摩西对穷人没有好感，对黑人尤其憎恶，认为他们"天生'肮脏'"。[11] 20 世纪 30 年代，摩西在纽约市建造了 255 个游乐场，只有两个建在黑人居住区。[12]

乔安妮在市区的一个贫困孤岛上长大。她 3 岁时，邻居中只有四分之一是白人。[13]格林堡公共住房年久失修，又因故意破坏和犯罪而更加破败。1957 年，《每日新闻报》（Daily News）引用格林堡公房区的维修费用，称其为"一个腐烂的 2 000 万美元贫民窟"[14]。市里加紧了控制，把这个公房区一分为二：圣爱德华街以东取名为沃尔特·惠特曼公房区，以西成了雷蒙德·V. 英格索尔公房区。[15]

赛克斯一家住在英格索尔公房区，在舰队路 29 号 5 层一处把角的公寓。[16]琼恩·赛克斯还保留着南方传统，喜欢大家庭。他自己长大时，家里每个人都出力帮忙。孩子多能确保一个家庭的生存。

他女儿乔安妮是 9 个孩子中的老五，兄弟姐妹间关系十分紧密。[17]孩子们没有像样的游乐场，就去"楼下院子"玩——那是一片柏油地面，设有长凳和两个篮球架。[18]没有秋千，孩子们就玩拍手和蹦跳的游戏。

Hot Peas and Butter. Johnny on the Pony. Cocoa Livia.[①]

他们喜欢在公房区后面的一座土山包上游荡，在篝火上烤土豆吃。乔安妮的妹妹玛歌（Margo）回忆说，他们渴望呼吸新鲜空气，乘渡轮去斯塔滕岛的丁香湖游玩。孩子们在那里"一片巨大的森林中"跑来跑去，父母带着炸鸡和土豆沙拉当野餐。

但赛克斯一家大部分时间都待在家里。周五晚上，琼恩和邻居——都是已婚有孩子的工人——会聚在一起喝甜得发腻的雷鸟牌葡萄酒，欢迎周末的到来。他们玩扑克牌，随着诱惑合唱团（The Temptations）和史摩基·罗宾逊（Smokey Robinson）的音乐带着妻子跳舞，孩子们在一旁有样学样。

几杯酒下肚，琼恩有时会谈到"战争"。他讲得活灵活现。玛歌记得，琼恩说他眼看着一个战友踩到一颗炸弹，被炸成"碎片"。

孩子们不再相信他的话。

"我觉得他是在说醉话，"乔安妮的妹妹琳达（Linda）说，"有句话是怎么说的？醉鬼表达的是清醒的内心？他表达了他清醒的内心，但我不想听。"

1944 年 7 月 15 日清晨，在离第一批奴隶下船的弗吉尼亚海边几英里的地方，[19] 达萨尼的曾外祖父摇摇晃晃地走上一艘即将驶往非洲的军舰的登船踏板。[20]

23 岁的小韦斯利·尤尼奥尔·赛克斯（Wesley Junior Sykes）[21] 是第 92 步兵师的新兵。这个师全部由黑人组成，[22] 此次集结是准备参加第二次世界大战。韦斯利背着背包走上"马里波萨号"军舰（SS Mariposa），成为这支 3 500 人的非裔部队的一部分。[23] 他们所属的第 370 步兵团是该师最先应召上战场的。[24] 后来他们作为二战中在欧洲作

---

① 均为儿童游戏名。——编者注

战的唯一黑人师的一部分而青史留名。[25]

士兵们一言不发，面色憔悴。[26] 他们中间很多人从未坐过船。大部分人来自南方农村。[27] 在那里，一个黑人如果贸然进入不熟悉的地方有可能会丢掉性命。非裔美国人参军——接受战斗训练并携带武器——这个主意遭到百般抵制。黑人士兵若是在公开场合穿军装可能被施以私刑。[28]

在北卡罗来纳州的戈尔兹伯勒，人们都叫韦斯利"琼恩"，那是尤尼奥尔的简称。他出生 3 年前，他父亲老韦斯利·赛克斯不顾黑人士兵遭遇的种族虐待，在第一次世界大战时应征入伍。[29] 1919 年 12 月 27 日，在仅仅 70 英里以外靠近罗利（Raleigh）的地方，一群愤怒的暴民袭击了一个名叫鲍威尔·格林（Powell Green）的黑人退伍军人。[30] 他们把他从警车里拉出来，用绳子捆着拖拽了半英里，然后把他吊死在一棵小松树上。这位死去的退伍军人布满弹孔的尸体引来了"纪念品猎人"。[31] 据《新闻与观察者报》（The News and Observer）的报道，那些人扯下格林衣服上的扣子，拿走他的"廉价手表和项链"，甚至从吊死他的那棵树上削走木片。

琼恩还是幼儿的时候，当地的《戈尔兹伯勒每日警醒报》（Goldsboro Daily Argus）发表社论说，私刑和给黑人身上涂满沥青、粘上羽毛的做法为南方的生活"打破了单调"，因为它"给人们提供了谈资"。[32]

赛克斯这个姓来自一个白人奴隶主。[33] 此人的祖先也许是英国人，18 世纪初来到美洲的弗吉尼亚。一个世纪后的 1813 年，这个名叫凯达尔·赛克斯（Kedar Sykes）的人在北卡罗来纳的达普林县（Duplin County）买了一个奴隶，这也许是达萨尼祖先的第一份记录。到 1835 年，赛克斯庄园记录的"财产"包括 6 个奴隶。其中有一个名叫戴维（David）的 5 岁左右的小男孩。他的身价是 100 美元。

戴维是达萨尼上 6 代的外祖父。

戴维儿时的情况已经无法查证，只知道他和另外 3 个奴隶孩子住在一起，应该是他的姐妹，包括一个名叫夏丽蒂（Charity）的女孩。他们在一起住了一段时间。在 19 世纪 30 年代的北卡罗来纳，奴隶主拆散黑人家庭是常有的事，他们把孩子从父母兄弟身边拉走，卖到南方的种植园去。[34] 戴维才 5 岁就经历了这种事，11 岁的夏丽蒂——很可能是他的姐姐——被卖给了另一个奴隶主。7 年后，戴维（此时身价涨到了 450 美元）成了凯达尔·赛克斯的儿子霍洛韦（Holloway）的财产。

戴维的一生经历了从奴隶制到重建[①]的历史时期。1870 年，40 岁的他脱离奴籍，成为农夫，与他原来的主人霍洛韦·赛克斯成了邻居。同年，戴维参加了第一次把美国黑人计算在内的联邦人口普查，登记的名字是戴维·赛克斯，已婚，有 7 个子女。7 个孩子中有个叫阿尔伯特（Albert）的男孩后来成了琼恩·赛克斯的祖父。

1920 年琼恩出生时，他的祖父已经被杀害，是在戈尔兹伯勒附近一个种植园劳作时遭枪杀的。[35] 当地的一家报纸说，嫌犯是"一个臭名昭著的黑人"，但"未能逮捕归案"。[36]

小琼恩 12 岁就从小学辍学，去地里干活。[37] 但与戴维、阿尔伯特和韦斯利这些祖辈不同的是，达萨尼的曾外祖父后来摆脱了这种生活。琼恩 20 岁时，机会来了。[38] 他加入了"民间资源保护队"（Civilian Conservation Corps）。这个新政项目雇用了数百万人植树、修路、建造其他户外工程。琼恩每个月给妈妈寄 15 美元，自己另外在储蓄账户里存 7 美元。[39] 1942 年 11 月，第二次世界大战如火如荼之时，琼恩在北卡罗来纳州布拉格堡（Fort Bragg）参军入伍。

12 个月后，他登上了"马里波萨号"军舰。

军舰起锚时下起了小雨。[40] 士兵们挤在船栏边，望着弗吉尼亚海岸在视线中逐渐消失，只剩下茫茫大海。在那之前，美国在第二次世界大

---

① 指南北战争之后为解决遗留问题做出的尝试。——译者注

战中不准黑人步兵去欧洲参战。美国军队在国外与纳粹和法西斯极权主义作战，在国内却依然遵守白人至上的吉姆·克劳法。

二战期间，超过120万非裔美国人在军中服役，[41] 但军事基地、军车，甚至血库仍实行种族隔离。[42] 黑人士兵的战斗口号是"双胜利"（Double V），这是早期民权运动的口号，号召取得"对国内敌人的胜利和对国外战场上敌人的胜利"。[43] 入伍黑人新兵的指挥官都是南方白人。[44] 乔治·C.马歇尔（George C. Marshall）将军为此给出的理由是，军官必须显示出"管控黑人的能力"。[45] 大部分黑人士兵被安排在服务岗位上，[46] 包括琼恩，他是第370团的一名汽车机械师。[47]

黑人士兵自独立战争以来一直在为美国而战，[48] 但这对黑人并无帮助。南北战争后，他们被与白人隔离开来，成立了黑人自己的团级编制。[49] 1867年，他们被派往西部去收服美洲土著人。[50] 土著人把黑人部队称为水牛兵，因为——根据不同的说法——黑人卷曲的头发像水牛皮，或者是因为黑人的勇猛和力量恰似水牛这种强壮的动物。[51] 这个绰号保留了下来，成为黑人步兵的象征——琼恩的军装上缝着一个水牛臂章作为吉祥物。随着二战伤亡的增加（在不久前的诺曼底登陆行动中，美军第一天就损兵折将2 501人[52]），琼恩和其他的水牛兵终于投入了作战。

航行了8天后，"马里波萨号"抵达阿尔及利亚海岸，这是前往欧洲的临时落脚点。[53] 那天船上有个来自加利福尼亚，名叫伊万·J.休斯敦的19岁一等兵。他仍然记得听到有人喊出"陆地！"的那一刻。

大家放下手中的书和乐器，纷纷往外看。"大家都在找丛林，因为我们对那个大陆唯一的了解来自电影《人猿泰山》，"伊万后来写道，"所有人都知道，我们的祖先是从这里被锁链锁着强行带到美国的，也知道因为奴隶制，我们仍然是二等公民。然而，尽管有这段苦难的历史，我们仍决心为美国而战，打败邪恶的纳粹德国。"

上一年9月，盟军登陆意大利，在遭受惨重损失后终于在1944年

6月4日解放了罗马。纳粹军队撤向北方，进入崎岖的亚平宁山区。他们强迫1.5万名战俘在那里修建了一道"哥特防线"（Gothic Line），从利古里亚海（Ligurian Sea）到亚得里亚海绵延200英里。[54]这是纳粹的最后一道重要防线。琼恩所属的团接到命令，盟军的目标是突破哥特防线。

6月30日，琼恩和战友们在被炮火炸得满目疮痍的那不勒斯港下了船。

"我总是说，从列队开始，直至战争结束，我们一直都处在火力打击之下。"94岁的伊万在电话上告诉我。他父亲也当过水牛兵，曾在第一次世界大战中作为第92步兵师的一员在法国服役。大炮的轰鸣正如他父亲描述的那样："像货运列车的声音。"

琼恩和水牛兵战友们穿过雷区向北挺进，一路上绕过意大利境内被摧毁的一座座桥梁。他们途经托斯卡纳（Tuscan）时路过一座被弃的别墅，在那里抓住无主的鸡，用十人份兵粮包（Ten-in-One ration pack）里熏肉的油来炸鸡吃。

接下来的一年里，琼恩、伊万和他们团里的大部分人打了3场大战役并幸存了下来。[55]琼恩一直是维修人员，负责车队的机械维修。但是他和所有军人一样，也带着步枪，而敌人的攻击无休无止。[56]后来，他告诉孙辈说他看到"死伤惨重"。[57]他有500多个战友阵亡，另有54人失踪，高达2 280人负伤。[58]

战争结束时，琼恩所属的步兵团从纳粹手中解放了两个城市。[59]"意大利人知道我们要去和可怕的德国人作战，有些人再也无法回来，"伊万写道，"他们向我们的军车扔鲜花。他们把鲜花美酒送到车上我们这些人的手中。他们向我们抛飞吻。"后来几十年里，水牛兵的英勇事迹都被载入意大利的小学课本，[60]被意大利老百姓挂在嘴边，在美国却基本上无人理会。

水牛兵回国没有受到英雄式的欢迎。其实，返回美国反而令他们惝惴不安。兰斯顿·休斯的诗作《胜利日也属于我吗？》（Will V-Day Be Me-Day Too?）明白地表述了这种不安：

> 当我脱下军装，
> 能不能安全无虞——
> 还是说你们会对我犯下
> 德国人对犹太人的暴行？ [61]

近 75 年后，伊万从一家大公司首席执行官的位子上退下来，住在加利福尼亚。他告诉我，是意大利人令他因为自己是水牛兵而感到自豪，而不是他的美国同胞。

达萨尼的近亲中没人知道琼恩·赛克斯在这个青史留名的步兵师里服役过。达萨尼听我讲到此事时，唯一让她联想到水牛兵的是一首牙买加雷鬼（reggae）[①]歌曲。

鲍勃·马利（Bob Marley）[②]那首歌的歌词有了新的含义[③]。

"有个水牛兵，在美国中心，"达萨尼摇头晃脑地跟着唱，"来到就作战，为活着而战。" [62]

盟军得胜，战争结束后，达萨尼的曾外祖父回到了布拉格堡。1945年 11 月 14 日，琼恩光荣退伍，带着 3 枚铜星勋章、1 枚美国战役奖章和 1 枚胜利奖章离开了军队。[63]

这些奖章在国内没给琼恩带来任何好处。国会刚刚通过了意义深远的《退伍军人权利法案》（GI Bill），数百万退伍军人因此得以靠奖学

---

① 雷鬼乐是牙买加的一种音乐类型，常和新闻、社会八卦以及政治评论有关。——编者注
② 著名牙买加歌手。——译者注
③ 鲍勃·马利有一首歌的名字是《水牛兵》。——译者注

金和津贴上大学，靠慷慨的贷款和职业训练自己创业，靠政府担保的房贷买房。[64]《退伍军人权利法案》推动了美国中产阶级的形成，同时推动了郊区的兴盛——两者的主角都是白人。[65]

对琼恩这样的黑人退伍军人来说，等待他们的是另一种生活。白人退伍军人在《退伍军人权利法案》的资助下步入了中产阶级行列，黑人退伍军人却基本上未能获益。[66]职业培训项目主要以白人的需求为准，大学和金融机构也是如此。[67]奖学金和房贷对非裔退伍军人没有意义，因为大学和银行不会接受他们的入学和贷款申请。《退伍军人权利法案》和军方一样，在南方谨遵吉姆·克劳法。[68]

但是北方却机会满满。

琼恩决定去布鲁克林，成为 55 年中离开南方前往西部和北部工业城市的 600 万非裔美国人中的一员[69]。

1946 年夏，琼恩与同乡一个寡妇洗衣工的女儿玛格丽特·麦基弗（Margaret McIver）结了婚。夫妇二人一起离开戈尔兹伯勒，在布鲁克林最大的黑人飞地贝德福德-斯代文森[70]安下了家。他们的孩子即将降生，所以琼恩对能找到的任何工作都来者不拒。工会一般不接受黑人会员。[71]对受过高技能训练的退伍军人来说，这特别令人不忿。木匠只能去洗盘子，助理电工干搬运工的活，机械师成了清洁工。

达萨尼的曾外祖父在军队当兵时曾顶着纳粹的炮火修理军车，赢得了 3 枚铜星勋章，按照任何标准都是熟练的机械师。但在琼恩来布鲁克林定居的那个时代，94% 的机械师是白人。[72]为了谋生，琼恩同时干好几份活——扫地板、挖水渠、换机油。搬到布鲁克林后，琼恩 7 年内为 17 家公司工作过，包括一家保龄球馆、一家肉食加工厂和一家高速公路服务站。[73]

他女儿乔安妮出生的 1953 年，琼恩打了 5 份工，总共挣了 2 900 美元（约等于 2021 年的 2.9 万美元）。[74]最后，他找到了一份比较稳定的工作，在一家残疾儿童的私立学校当清洁工，负责拖地板、扫厕所。

这个工作需要上夜班。

琼恩不仅荒废了专业，也遭受了经济损失。黑人清洁工的收入比白人机械师少41%。[75] 用琼恩后来20年的工作时间来算，两者之间的差距加起来用今天的美元价值来算等于损失了19.2万美元。

琼恩若是想买房子，比其他非裔美国人有一点优势。作为退伍军人，他有资格得到《退伍军人权利法案》担保的房屋贷款。但他居住的Bed-Stuy正在推行种族排斥政策。1904年，《纽约时报》的一篇社论警告说，把房子租给或卖给黑人会"压低房地产的价值"。[76] 随着排外主义的兴起，1929年，一些三K党——在纽约市有15万成员[77]——党徒来到Bed-Stuy的一座教堂，支持那里的一名把黑人教徒排除在外的牧师。[78]

越来越多的黑人搬到Bed-Stuy，市里却不提供足够的警力和其他服务。[79] 1935年，联邦房主贷款公司（Home Owners' Loan Corporation）开始给美国城市做颜色编码，用种族作为标准在地图上标出投资有风险的地区。[80] 此举注定了Bed-Stuy的命运。像Bed-Stuy这样的非裔聚集区被标成代表"危险"的红色。如果你住在画红线的区，几乎不可能获得房贷。

随着白人搬去新开发的郊区，布鲁克林陷入了衰落。[81] 琼恩即使能得到退伍军人贷款，也不可能搬去郊区。在莱维敦（Levittown）这种地方，限制性的邻里公约不准黑人买房。[82] 1950年，《退伍军人权利法案》在纽约和新泽西东北部给近7.1万笔房屋贷款提供了担保，其中给非白人退伍军人的不到1%。[83]

然而，拥有住房是积聚财富的关键。美国白人家庭最终积聚的中位净资产是黑人家庭的10倍。[84] 换言之，把非裔美国人排除在房地产市场之外，外加剥夺他们上大学、获得白领工作和投票的权利——这一切打下了达萨尼所继承的持久贫困的基础。

达萨尼的曾外祖父别无选择，只能租房住。在这方面，琼恩还算走运。1952 年，他和玛格丽特在格林堡公共住房区租到了一处有补贴的公寓。[85] 格林堡公房区占地庞大，启用时举行了盛大的仪式。它是全国最大的所谓"公房项目"。[86] 建造公共住房是为了达到新政的目的，帮助"位于经济金字塔底部被遗忘的人"[87]。最初，被遗忘的人通常是白人。格林堡公共住房在 1942 年刚建成时，大部分租户都是附近布鲁克林海军造船厂的白人防务工人。[88]

但造船厂和格林堡的一部分一样，也被标红了。[89] 琼恩一家搬进来时，布鲁克林正逐渐沦为美国最大的贫民窟。[90]

琼恩用酒精来麻痹自己在战争中受到的心灵创伤。1954 年，他在布鲁克林一个名叫彼得·柳佐（Peter Liuzzo）的承包商手下工作，负责砌砖、铺混凝土。

老板对琼恩的印象很好，认为这个上过战场的老兵勤劳肯干。柳佐的儿子约翰记得，琼恩是公司"最好的工人之一"。[91] 琼恩在这里干了 8 年，但他的工资不够养活一大家子，他妻子不得不申请福利。[92] 琼恩告诉老板，他必须离开家，因为政府不给"家里有男人"的家庭提供公共援助[93]。

然而，消失不见的是琼恩的妻子。传言说玛格丽特在外面有个男朋友。她不在，琼恩就待在家里，晚上喝酒，白天上班。孩子们彼此互相照顾。

"我从小到大只记得自己管自己，"乔安妮的妹妹玛歌说，"我不记得有妈妈在。"

玛歌和乔安妮总是在一起。乔安妮因为头发发红，带雀斑的皮肤颜色浅，所以比紫檀色皮肤、辫子漆黑的玛歌地位更高。她俩的性格也南辕北辙。乔安妮是孩子头，是全家的黏合剂——这是她的外孙女达萨尼继承的另一个特点。"她就是全家。"玛歌对姐姐的魅力赞叹不止。乔安妮走到哪里，玛歌就跟到哪里，无论是翻栅栏、跳绳，还是一路小跑去布鲁克林的第一所全黑人学校 P. S. 67。

乔安妮 10 岁时，父亲上夜班去拖地板。她和玛歌跟着他去上班，在琼恩打扫干净的学校走廊里滑来滑去。家里的食品柜空空如也。为了填饱肚子，姐妹俩会去附近公寓楼的门廊处偷面包和瓶装奶，不等送货的意大利人抓住她们就一溜烟跑掉。晚饭她们临时凑合，有时还有风险。一次，她们把生鸡肉裹上了水泥粉，以为那是面粉。

夏天热得透不过气来。离得最近的公共游泳池在 40 条街以外的红钩区（Red Hook）。[94] 乔安妮和玛歌把她们楼附近的一个消防栓打开冲凉，和警察玩起了猫捉老鼠的游戏。警察把消防栓关上，姐妹俩又把它打开。

乔安妮青少年时代正值民权运动兴起，布鲁克林成了民权运动在北方的一个基地。[95] 当地的民权运动积极分子就学校隔离、福利及就业歧视、种族主义的住房规定和警察野蛮执法等问题发起了激烈抗争。1964年，一个不当班的白人警察在曼哈顿开枪打死了 15 岁的黑人男孩詹姆斯·鲍威尔（James Powell），引发了民权运动时代的第一场重大抗议。[96] 4 年后，马丁·路德·金被暗杀，暴乱席卷布鲁克林和美国各地城市，造成 43 人死亡。[97]

用马丁·路德·金的话说，"暴乱是不被倾听的人的语言"[98]。

乔安妮仇恨当局。一天下午，她从过街天桥上向一辆消防车扔砖头，被当场发现。一个警官追过来，她拼命地跑，裙子都跑掉了。又一天，她从一家"开门教堂"（Church of the Open Door）得到了一辆自行车。教堂对面是一条危险的高速公路，玛歌惊恐万分地看着乔安妮骑上缺了一个脚踏板的自行车，穿过疾驰而来的卡车和汽车，飞速骑回家。

乔安妮最大胆的一次是从 5 楼家里的窗户跳到地上的一个床垫上。"她是飘落到床垫上的，"玛歌说，她认为公房区到处是鬼魂，"一定有什么东西在托着她，因为她不是直直地掉下来的……她像卫生纸一样从床垫上弹了起来。"

乔安妮似乎什么都不怕。正因为如此,当她有一天在坎伯兰医院的电梯里突然开始尖叫时就尤其令人奇怪了。那时乔安妮大约 14 岁,她和玛歌一起乘电梯时,电梯突然不动了。

乔安妮用拳头砸着电梯的金属门。

玛歌开玩笑说:"我们要**死**在这里了。"等了大约 20 分钟,电梯门才打开。两姐妹突然被放了出来,正如刚才突然被关住。

从那天起,乔安妮开始对狭小黑暗的空间避之不及。如果房间里太拥挤,她就出去。她宁肯爬 10 段楼梯,也不愿意在电梯里待一秒钟。

乔安妮能够控制楼梯,即使爬楼梯比较慢,或者根本爬不上去。

第 10 章

乔安妮的肚子大了起来。时值 1977 年，乔安妮已经和一个叫"桑尼小子"（Sonny Boy）的男人生了两个孩子。她需要给第三个孩子取个名字。[1]

一个 24 岁的未婚妈妈只能自己为孩子取名。乔安妮翻着一本杂志，突然注意到一种法国香水的广告。

香奈儿。

这个名字显得很优雅。不知道这种香水是什么气味，也不知道价钱是多少。这种细节得到曼哈顿的百货商店去了解。在东布鲁克林这里，杂货店里卖的都是 Baby Soft 和 Charlie 这类大路货。

处于叛逆的青少年时期的乔安妮在格林堡公房区到处游荡，扔石头砸汽车，被警察追着跑。自那后，10 年过去了。然后轮到她弟弟尤尼奥尔进入叛逆期。1968 年，尤尼奥尔在墙壁和屋顶上攀爬被抓住后，房屋局把赛克斯一家赶出了舰队街 29 号。[2] 他们搬去了布朗斯维尔（Brownsville），那是衰落中的纽约市最穷的地方。[3]

在这里以及全国各地，一家家工厂相继关闭，为服务业经济让路。这个巨大的转变对非裔美国人的打击尤其沉重。[4] 600 万南方黑人迁到了北方和西部的城市，在汽车、橡胶和钢铁产业找到了低技能的工作。[5] 现在关门的正是这些工厂。美国各个城市的内城区失业率飙升，[6] 同时还发生了另一个巨变：民权立法通过后，拥有大学文凭的黑人得以获得体面的工作，入住条件良好的社区。[7]在民权立法的支持下，黑人中产阶级家庭开始迁往郊区。[8]留在布朗斯维尔这种地方的是赤贫的黑人。社会学家威廉·朱利叶斯·威尔逊（William Julius Wilson）称他们为"底层阶级"，[9]这个称呼引起了争议。

稳定规矩的黑人家庭的外流，加上他们走后剩下的人长期失业，导致出现了社会孤立和威尔逊所谓的"适应不良行为"（maladaptive behaviors）。[10]到20世纪70年代中期，青少年怀孕、单身母亲家庭、福利依赖、毒品走私和暴力犯罪达到了惊人的新高度。[11]批评威尔逊的人对贫民窟"文化"的概念提出了质疑，但威尔逊——他也是非裔——写道："文化是对社会结构带来的限制与机会的回应。"[12]

1975年，纽约市濒临破产，联邦政府却不肯出手相救（《每日新闻报》著名的头条新闻的标题是：**福特对我市说：去死吧**）。[13]危机持续期间，新市长郭德华（Ed Koch）大量砍削市政服务，最终关闭了多家公立医院，包括乔安妮的出生地坎伯兰医院。[14]现在，乔安妮家住的地方成了一片荒地，到处是烧毁的楼房和没人收的垃圾。

乔安妮在寻找爱。她十几岁的时候爱上了塞缪尔·亨伯特（Samuel Humbert）。这个能言善道的建筑工人有个绰号叫"桑尼小子"。[15]他年纪比乔安妮大一倍，是个花花公子。他不仅与南卡罗来纳州的一个女人保持着婚姻关系，还在布鲁克林有一个同居10年以上的伴侣谢丽。[16]乔安妮成了桑尼小子的秘密女友。

"她爱他爱得发疯，"妹妹玛歌说，"桑尼小子想干什么乔安妮都随他。"

包括生孩子。乔安妮知道谢丽没有生孩子，于是在17岁时从高中辍学，生了个儿子。她妹妹玛歌有样学样，上到十一年级的时候也辍学生了个孩子（也是和一个老男人，是她父亲的朋友）。此时，两姐妹和父母一起住在塔普斯科特街一座破败的房子里。乔安妮和玛歌是少女母亲，有资格领取福利，所以她们的母亲玛格丽特开始对她俩每人收50

美元的房租。[17] 供电和供水被切断后，玛格丽特和琼恩搬了出去，扔下两个十几岁的女儿和两个还是婴儿的外孙自生自灭。

乔安妮和玛歌也曾有过工作，在布鲁克林的都德游戏工厂组装美式橄榄球员小人像。[18] 玛歌还在布朗斯维尔的一家夜总会找到了一份酒保的工作，她在那里看到过桑尼小子带着别的女人离开夜总会。乔安妮从来听不进这些话。她 19 岁时已经和桑尼小子生了两个孩子。桑尼小子对乔安妮和孩子们百依百顺，给他们母子买衣服，买食物，给他们租了一处公寓，还每周提供 75 美元现金。他甚至带乔安妮去南方度了两个星期的假。

但桑尼小子拒绝离开谢丽。

两个女人争夺桑尼小子。乔安妮的办法是为他生孩子，谢丽的办法是原谅他。"我很伤心，"谢丽后来告诉我，"可是，你知道……各有所好。"

谢丽与乔安妮恰好相反。她冷静持重、诚心信教、有抱负、有章法。谢丽在自家房子的地下室办了一个托儿中心，利润颇丰。她认真负责到古板的程度，或者像玛歌说的，"自以为是"。受南方父母教育长大的谢丽拒绝给人当情人。她自称是桑尼小子的"习惯法妻子"。

谢丽的衣柜里有很多顶样式复杂的帽子，是去教室时戴的，都装在闪亮的帽盒里。每个星期日，谢丽都会换一顶新帽子——帽檐上插着一根羽毛，前面垂着蕾丝面纱。在林肯大道的房子里，谢丽是家长，照顾着别人的孩子，心里渴望有个自己的孩子。

乔安妮 23 岁时怀了第三个孩子，就是她后来取名为香奈儿的女孩。乔安妮知道桑尼小子想要个女儿。她也看出来桑尼小子绝不会离开谢丽。桑尼小子和谢丽在附近一个叫东纽约的布鲁克林街区有个舒适的家，那个地方更适合孩子。

乔安妮因此做了一件不可想象的事。她把自己出生不久的女儿给了桑尼小子。[19] 这意味着她的女儿香奈儿将由她长期的竞争者——那个霸占着她男人的女人——养大。

谢丽永远忘不了桑尼小子把那个 6 个月大的婴儿交到她手里的时刻。香奈儿没穿袜子，她的小脚摸起来很凉。谢丽马上给香奈儿买了新衣服，在香奈儿的卧室里摆满填充动物玩具。天花板上垂挂着一盏旋转木马转盘形状的吊灯，上面的瓷马和玻璃立柱射出道道光线。谢丽仔细地给宝宝理头发、穿衣服。桑尼小子也很爱宝宝。

香奈儿获得了稳定的童年生活的一切条件。但她两岁时，1980 年 12 月 5 日那天，发生了意外。那一天，她父亲照常出门上班。桑尼小子在布鲁克林一家建筑公司操作拆除机，每周工资大约 400 美元。[20] 桑尼小子有恐高的毛病，所以这次的任务更加令他生畏：他要拆除贝尔维尤医院 F 座的 7 层楼。[21] 上午 10 点钟左右，碎块掉落的声音震动了工地。[22]

接下来发生的事情并不清楚。桑尼小子可能被碎块击中，跌下了 5 层楼高的竖井，用诉状中的话说，"神经系统、心脏和肺部遭受了无法挽救的损伤"。45 岁的桑尼小子死了。提起的诉状中开列的靠他养活的人有他的 5 个孩子和孩子的两个妈妈，谢丽和乔安妮。

桑尼小子死后，两个女人和解了。他的小女儿仍然由谢丽抚养。谢丽现在成了香奈儿的正式教母，还有几个其他孩子住在谢丽在林肯大道上的家里。那些孩子都是被遗弃的，他们的妈妈太年轻，或者麻烦太多，无法照料他们。香奈儿说："我们都是孩子的孩子。"

谢丽确保孩子们的生活应有尽有，为此一心扑在生意上，把自己的一群孩子交给别人照顾。多丽丝（Doris）小姐来打扫卫生、熨衣服，玛丽（Mary）小姐来做饭。每隔两周，发廊的弗朗辛（Francine）小姐给香奈儿的头发做洗、压、烫。

"我们穿得很时髦，"香奈儿说，"丝绒和蕾丝裙子。我是最时髦的那个。"

香奈儿的红头发吸引了邻居的注意。然后她的雀斑开始显现，开始只有几颗。到她上幼儿园时，雀斑已经盖满了全脸。附近几乎没有人长得像香奈儿那样，尤其是被她叫作妈妈的谢丽，但谢丽不在乎。她细心照料香奈儿，按时送她去学校。香奈儿那巴斯特·布朗[1]式的小皮鞋擦得锃亮，衬衫熨得笔挺。谢丽说这样才能成功。你想要什么生活，就得有那个样子。看外表，香奈儿的生活堪称完美。

除了雀斑。香奈儿照镜子时，那些雀斑好似在对她眨眼。除了她以外，只有一个人有这样的雀斑。

"我内心深处总在想，"香奈儿说，"我妈妈在哪儿？"

此时，乔安妮住在3英里以西，布朗斯维尔一条破烂街道上的一套乱七八糟的两卧公寓里。[23] 30岁的她没有工作，一个人带着两个男孩（香奈儿的哥哥）——10岁的拉蒙特和12岁的沙梅尔（Shamell）。公寓浴室的地板塌了，但房东不肯修理。[24] 乔安妮的生活靠福利支票和一个意想不到的人——谢丽——给的现金。[25]

可能谢丽觉得有责任帮助桑尼小子留下的家人。谢丽总是在救人，可是连长期以来与她争夺桑尼小子的女人也要救？"我搞不懂，"乔安妮的妹妹琳达说，"但她俩的关系就是这样。"

谢丽开始把香奈儿送到亲生母亲那儿过周末。香奈儿对那段时间最早的记忆如同两部截然不同的电影里的场景：乔安妮的公寓里音乐声震耳欲聋，谢丽的房子井然有序。乔安妮在普通电视台上看综艺节目《灵魂列车》(Soul Train)，谢丽在有线电视上看吉米·斯图尔特（Jimmy Stewart）[2] 演的西部片。

在国际煎饼屋餐厅和红龙虾餐厅吃饭时，谢丽教香奈儿要在盘子上留一点食物。"不显露饥饿"的白人就餐者都这么做。谢丽费了些力气让香奈儿上了邻近的霍华德海滩（Howard Beach）一所绝大多数学生是

---

① 美国漫画人物。——译者注
② 美国著名影星、二战英雄，代表作《后窗》《迷魂记》《生活多美好》等。——编者注

白人的学校。[26] 在后来谈到谢丽时，香奈儿说，"她以为她是白人"。

圣诞节时，孩子们会收到各种心仪的玩具，从卷心菜娃娃到闪亮的自行车。没人给香奈儿讲过她母亲乔安妮过去骑的那辆别人捐赠的自行车，但香奈儿猜得到，自己比大部分孩子都幸运。

就在她居住的街区被绝望的贫困压得摇摇欲坠时，一种致命的新毒品在街上流行开了。

* * *

香奈儿8岁时有一次打开她母亲的首饰盒，发现了一个棕色的玻璃物体。她举起来对着亮光看着。

她从未见过吸快克的烟斗。

"咱们得把它扔了。"已经进入少年时期的哥哥沙梅尔说。

他们把身子探出乔安妮5楼公寓的窗子，看着那个烟斗从空中落下，掉在人行道上摔得粉碎。当时乔安妮吸毒还瞒着人。到了后来，香奈儿才听到她母亲的烟斗噼啪作响的声音。这种毒品就是因为这噼啪声得名的。

快克是穷人的可卡因，用烟斗吸食，不是直接吸入鼻孔，价钱只有可卡因的一个零头。快克呈半透明颗粒状，通过把可卡因粉末溶化在加了小苏打的热水中制成。吸的时候用烟斗把这些颗粒加热后吸入。快克初次现身美国是在20世纪80年代早期，先是在迈阿密和洛杉矶，后来传到纽约。[27] 快克与可卡因粉同源，价钱却便宜很多，而且吸入后立即感觉飘飘欲仙。可卡因从来都自带光环，每克价钱高达100美元，快克则以3美元一粒的低价在贫民窟中流传。[28]

到1985年，快克市场迅猛发展。一些瘾君子完全丧失自我意识，游荡在街头，根本不管自己的孩子在挨饿。乔安妮的自控力较强。[29] 她每次吸毒都计划好，如同准备风暴来临：洗好衣服，整理好账单，确保冰箱里有吃的。

乔安妮的妹妹玛歌不像她这么有条理。[30] 作为单身母亲的玛歌住在离乔安妮几条街的地方，带着两个女儿，一个 11 岁，一个 13 岁。玛歌一向都是听令于人的那一类人，而快克这个"老板"严厉无情。

"我整天想的只有快克。"她后来说。

快克能令人立即得到极大的快感，价钱又很低。两者结合危害巨大。快克会造成多巴胺这种与大脑奖赏系统相关的神经递质的水平骤然猛增。[31] 快感 20 分钟后就会结束，接着吸毒者的情绪会一落千丈，令他（她）渴望再次获得快感。慢慢地，玛歌不吸快克就感觉不正常。

政府对快克的回应可以用 3 个字来概括："就说不"（Just Say No）。南希·里根（Nancy Reagan）① 提出的这个口号和禁毒战一样，重点在威慑，而非治疗。[32] 几十年后阿片类药物危机来袭，喜剧演员戴夫·查普尔（Dave Chappelle）对这种做法做了辛辣的嘲讽："白人，坚持啊。就说不！有什么难的？"[33]

1986 年，就是香奈儿发现母亲的快克烟斗的那一年，国会批准了一项新法律，规定若藏有快克（在穷人中很普遍），遭到的惩罚将比藏有可卡因粉（在富人中很普遍）严厉 100 倍。[34] 哪怕初次吸用快克也必须判处 5 年到 10 年有期徒刑。[35] 这是造成美国监狱人口爆炸的一个重要因素。因犯中黑人和拉美裔的比例超出了他们在全国人口中的占比。[36] 香奈儿的两个兄弟、一个舅舅和 4 个表亲后来都进了监狱。不出 10 年，监狱中的人数超过了 100 万。[37] 美国成为世界上监禁率最高的国家。[38]

乔安妮在塔普斯科特街的公寓成了活动大本营。

所有孩子——香奈儿和她两个哥哥，玛歌的两个女儿和一个名叫乔·罗宾逊（Joe Robinson）的 15 岁男孩——看着他们的母亲到乔安妮的地下室参加迪斯科舞会，在闪动的灯光中一直玩到黎明。乔安妮从未显出失去控制的样子。"你看得出她吸了毒，因为她的嘴发干，但她的

---

① 美国时任总统罗纳德·里根的夫人。——译者注

表现不像别的瘾君子那么激烈，"乔回忆说，"她看起来非常沉着……像是老大的样子。"然而，一旦快感过去，乔安妮就变得冷漠易怒，对女儿说话的口气令香奈儿畏缩。

骚货，打开我的电视。

这段时间，9 岁的香奈儿周末在乔安妮这边，其余时间和谢丽住在一起，而谢丽从不碰毒品，甚至滴酒不沾。

香奈儿说："就像两个完全不同的人要养大同一个孩子。"

香奈儿每周和谢丽在一起时感觉愁闷，周末和乔安妮在一起时感觉饥饿。两个母亲都无法满足她的所有需要。香奈儿总觉得缺了点什么，好似汽车没有方向盘，或厨房没有水槽。

香奈儿学会了适应环境，发生什么可怕的事都保持沉默。香奈儿在谢丽的房子里遭受了自己最大的创伤。她还在上小学时，一个男表亲引诱她进了地下室的厕所。那人有 20 来岁。[39]

"他把灯全关了，屋里黑漆漆的，我看不到他。我猜想那正是他想要的，好像他不在那儿似的。"

那个表哥脱下香奈儿的裤子，用阴茎摩擦她的臀部。这种事发生了四五次。香奈儿学会了什么都不想。那个男人离开之前告诉她，"你要是说出来，你就会有大麻烦"。

香奈儿谁也没告诉。

关于她母亲吸毒的事，香奈儿也守口如瓶。但是谢丽察觉到了，并且开始担忧。她下了决心，拯救香奈儿的唯一办法是送她离开。"我想她看到了我会变成什么样，"香奈儿谈到谢丽时说，"她看到我会头脑发昏、不分是非。"

香奈儿 10 岁时被送到匹兹堡，住在谢丽妹妹家里。谢丽的妹妹是注册护士，结了婚，自己有孩子。她把香奈儿送到一所私立教会学校上学。香奈儿也努力适应新环境。可是随着时间一天天过去，香奈儿感到越来越孤独。

香奈儿开始闹事，最后甚至偷了一位老师的钱包。学校再也不能容忍，开除了她。谢丽的妹妹不管了，把香奈儿送回了纽约谢丽那里。这是 11 岁的香奈儿第三次被送走：第一次被乔安妮送走，第二次被谢丽送走，现在是被谢丽的妹妹送走。

自那以后，情况迅速恶化。

香奈儿回到纽约，引起了乔安妮和谢丽的新一轮竞争。

乔安妮对女儿说："她为你做的一切我也能做。"

香奈儿知道此言不实，但她想信以为真。

香奈儿一直想象有一天亲生母亲会接她回去。她脑海里像魔法一样不断放映着这样一幕：乔安妮张开双臂，香奈儿扑进她怀里。香奈儿无视一切现有的证据，选择相信母亲的承诺。之后，香奈儿做了她父亲永远做不到的事。

她离开谢丽，去了乔安妮那里。

这个举动如此大胆，后续的强烈反差似乎都没那么重要了。香奈儿原来住在一个干净整洁、食物充足的家中，现在却根本没有了家。乔安妮拖欠房租，被赶了出来。1990 年 4 月 30 日，乔安妮带着女儿来到紧急援助处（Emergency Assistance Unit），[40] 这是纽约市家庭收容所系统阴森森的入口。香奈儿和乔安妮正式成了无家可归者。

一个世纪前的第一个镀金时代，无家可归的儿童在街上流浪，卖报纸、偷钱包、擦皮靴、捡垃圾。20 世纪 20 年代末至 30 年代初的大萧条造成了又一波无家可归浪潮。那时的纽约市处处是棚户区和等待领取救济食品的长队。就在那时，菲奥雷洛·拉瓜迪亚（Fiorello La Guardia）市长推动通过了 1938 年对纽约州宪法的历史性修正案，宣布对穷人的援助"将由州政府提供"[41]。最终，在经过法庭上的斗争后，这条修正案为纽约人获得住房的权利提供了保障。

从 20 世纪 70 年代中期开始，纽约街头出现了一种新的流浪者——

所谓的"无业游民"、"乞丐"和"流浪女"（郭德华市长的助手们称
其为 SBL[①]）。[42] 根据有些估计，这些人中有三分之一曾是州立精神病院
的病人，出院后没地方去。[43] 当时，纽约市最廉价的住房——众人皆知
的单人房酒店——正在纷纷关闭，为豪华大厦腾地方。[44]

　　无家可归者像人们说的那样，"露宿街头"。他们睡在公园长凳上
和人行道地面的栅格上。最出名的是睡在曼哈顿下东区一英里长的包
厘街上的那些人。他们中有个人叫罗伯特·卡拉汉（Robert Callahan）。
此人是爱尔兰裔，原来是厨师，失业后成了酒鬼。[45] 为无家可归者权益
奔走的人们以他的名义提出群体诉讼，确立了在纽约获得住所的宪法权
利。[46] 1980 年，这项里程碑式的法院令生效一年前，卡拉汉死在下东
区的街头。[47]

　　那段时期标志着"现代无家可归现象"的开始。[48] 促成这一现象
的因素有里根时代对福利的削减，有工资的停滞不前，还有房屋价格的
飙升。对美国人来说，拥有房子象征着成功。因此"无家可归"就代
表着最大的失败。"无家可归"一词在 20 世纪 80 年代进入了公共讨论
的范畴。[49] 受此现象影响的非裔美国人的比例超出了非裔美国人占美国
总人口的比例。[50] 歌手特蕾西·查普曼（Tracy Chapman）1988 年的爆
红歌曲《快车》（Fast Car）提到了这个问题，她唱道："我们会搬出收
容所。"[51]

　　1990 年，香奈儿和乔安妮成为无家可归者后的头几夜睡在布鲁克
林市中心市立接收站的椅子上。最后，她们被分配到阿莱顿酒店（Hotel
Allerton）的副楼，那是曼哈顿切尔西（Chelsea）区众人皆知的廉价旅
馆。1969 年，帕蒂·史密斯（Patti Smith）和罗伯特·梅普尔索普（Robert

---

① 英文流浪女（shopping bag lady）的首字母缩写。——译者注

Mapplethorpe)曾在那里住过。① 那里常常能看到半裸的瘾君子。房间的墙纸如史密斯后来写的那样，"像夏天的死皮一样剥落"[52]。

乔安妮在阿莱顿酒店忍了两个星期，然后带着香奈儿回到布鲁克林寻求帮助。乔安妮的父亲琼恩已经在 3 年前去世，终年 66 岁。部队为他举行了军人葬礼，他被葬在长岛的卡尔弗顿国家公墓（Calverton National Cemetery）。[53] 琼恩的妻子玛格丽特现在住在卡纳西（Canarsie）。[54] 乔安妮最亲密的妹妹玛歌住的布罗伊克伦公房区（Breukelen Houses，以 1645 年在这个后来叫作布鲁克林的地区落户的荷兰奴隶主的名字命名 [55]）也在这个街区。

乔安妮去了玛歌那儿。那个两卧公寓已经挤了 5 个人：玛歌自己、她的两个十几岁的女儿、她新生的外孙和婴儿的父亲乔（就是那个他妈妈曾经在塔普斯科特街和乔安妮以及玛歌一起吸毒的男孩）。乔爱上了玛歌的大女儿谢蕾尔（Sherelle）。为了养活他们的男婴，乔从社区学院辍学，干起了贩卖快克的行当。[56]

乔安妮和此时已经 12 岁的香奈儿睡在地板上，用装满衣服的洗衣袋当床垫。香奈儿的早餐是清水泡麦片。她后来意识到，自己住的这个地方是个贩卖快克的窝点。

每隔几周，香奈儿口中的尤尼奥尔舅舅，也就是乔安妮的小弟弟，都会带来一批货。[57] 他开着一辆没有标识的汽车，用一枚偷来的警徽冒充便衣警察，抢夺毒贩手中的毒品。尤尼奥尔舅舅行动的时间通常在凌晨 3 点左右。每次得手后，他都会来玛歌家，一边砸门一边大声嚷着："哈！哈！**哈哈哈！**"

香奈儿说："他们跳舞、喝酒，直到太阳升起。我们没法上学，因为他们一闹就是一整夜。"香奈儿现在是 P. S. 260 的六年级学生。那个

---

① 帕蒂·史密斯是美国著名摇滚乐手、朋克音乐先锋人物之一。梅普尔索普是著名摄影师，他那时和史密斯是一对情侣。——译者注

学校乱哄哄的，和她在匹兹堡上的私立教会学校天差地别。大人们的派对一开就是好几天。

香奈儿和玛歌 15 岁的女儿夏维尔（Sharvelle）好得分不开。夏维尔和她那不露面的父亲"飞快"（Speedy）一样精力充沛，就连动作也和"飞快"一样又快又急，如同下水道清理公司 Roto-Rooter 的清洁车。那种车一开动，就会惊得蟑螂四处逃窜。大家都叫夏维尔 Roto-Rooter，这个绰号最后变成了"劳奇"（Roach）①。

玛歌付给香奈儿和劳奇每人 3 美元，让她们在派对后打扫卫生。她俩把装快克的小瓶捡起来重新配对，把红、黄、绿色的瓶盖盖在同样颜色的小瓶上。玛歌拿这些小瓶去卖给毒贩，赚点小钱。

快克改变了当地的经济。[58] 有些人发了横财，有些人一生被毁。仅1990 年一年，就有 2 200 多人被杀，包括 75 名儿童，在这些儿童中，有 39 人是被枪杀。[59]那是纽约市现代史上最血腥的一年，近乎空前绝后，直至 2001 年发生的"9·11"恐怖袭击。[60]

香奈儿学会了小心翼翼。她即将进入青少年时期时，卷了第一支假充的大麻烟。她吸的其实是立顿茶袋里的茶叶末，但假装是大麻烟卷。乔安妮叫她把香烟拿过来点着的时候，香奈儿偶尔会吸几口妈妈的Kool 牌香烟。

骚货，在炉子上给我把烟点着。

香奈儿知道乔安妮对她爱的女人才这么说。骚货是姐妹的意思，但是香奈儿想要的是一个母亲。时间越久，她这个希望实现的可能性就越是渺茫。

乔说："我总感觉香奈儿不知道自己在家里该是什么位置。"

香奈儿几次来到谢丽的家，想回来住。但谢丽又收容了 3 个新来的孩子，包括一个快克吸毒者的婴儿。而且香奈儿离开谢丽去找乔安妮这

---

① Roach 也有"蟑螂"的意思。——编者注

件事伤了谢丽的心。

"谁也没有我给她的机会多，"谢丽后来说，"香奈儿本来会成为一个很好的学生，但她母亲毁掉了这种可能。她自己吸毒，不想让香奈儿走正道。"

谢丽抚养香奈儿期间，教她说"请"和"谢谢"，教她与人分享，不要拿别人的东西。乔安妮和玛歌却完全不同。

"因为她们从未有过任何东西，所以她们是……自私的人。我不能接受。我也不能理解，"香奈儿谈到自己的母亲和小姨时这样说，"我和她们像是陌生人。我就是这样接触到街头生活的。"

* * *

香奈儿和劳奇开始旷课。她们去坐地铁，等地铁进站时从小贩那里抢过糖果跳上列车。这令香奈儿感到兴奋，好像自己赢了一场秘密游戏。

两个表姐妹形影不离，她们的妈妈却时常争吵。1991 年 4 月，乔安妮一把抓过香奈儿，带着她离开了玛歌的家。接下来的两年里，她们有时有住处，有时没有。两人住在皇后区一家收容所期间患上了肺结核。她们还住过其他 3 个收容所，包括当年乔安妮出生的医院，也就是后来的奥本收容所。香奈儿到 15 岁时，已经上过 7 所不同的学校。[61]

她们实在太缺钱了。1994 年，香奈儿同意拔几颗牙。在东纽约的一个牙医那里，拔一颗牙能换一个值 1.25 美元的地铁代用币。这个牙医在宾夕法尼亚大道上开着一家脏兮兮的诊所，用这个办法从 Medicaid 骗保。香奈儿、劳奇、玛歌和乔安妮都在那里拔过牙，他们都不在乎。香奈儿记得拔牙时被陌生人按在椅子上，疼得使劲挣扎。牙医诊所给香奈儿拔了 4 颗牙，向 Medicaid 报价 235 美元。[62]而香奈儿只得到了几个地铁代用币。

香奈儿总是同劳奇和她的姐姐谢蕾尔在一起。谢蕾尔现在带着 3 岁的儿子住在布朗克斯一处无家可归者收容所。她儿子的父亲乔进了监狱，因为他在上州①的尤蒂卡（Utica）杀了一个人。[63]

大约这个时候，香奈儿注意到表姐谢蕾尔脸上出现了奇怪的葡萄色印记。

"我对巧克力过敏。"谢蕾尔说。

谢蕾尔新交了一个男朋友，怀了他的孩子。几个月后，那个男人登记参军，体检时查血查出了艾滋病病毒。[64]

"妈妈，我得了艾滋病。"谢蕾尔在电话上告诉母亲玛歌。

"不，你没有艾滋病。"

"我有。等你埋葬我的时候你就知道了。"

玛歌飞速赶往布朗克斯，女儿给她看了化验结果。谢蕾尔的身体机能开始衰竭，但她想活到把孩子生下来。她生命的最后几周是在曼哈顿上城的长老会医院度过的。[65]香奈儿坐在表姐床边，病房里挤满了家人——谢蕾尔的姨母乔安妮、表哥拉蒙特、母亲玛歌、姨母琳达和谢蕾尔唯一的妹妹劳奇。

"不要因为我哭，"谢蕾尔告诉他们，"你们来这儿，我想看你们笑，看你们开玩笑。"

大家心情悲痛。不久前他们刚失去了尤尼奥尔，就是香奈儿那个拿着偷来的警徽从毒贩手里抢货的舅舅。他死于车祸。[66]之后，乔安妮梦到了这个弟弟。梦中的尤尼奥尔开着出车祸的那辆车。乔安妮想上车，尤尼奥尔却厉声说："你的时候还不到！下去！"

赛克斯家的人经常梦到死者。在梦中，死者带来了安慰或告诫的信息。另一天夜里，尤尼奥尔舅舅出现在外甥女谢蕾尔的梦中。尤尼奥尔说他是来接她的。

医生用呼吸机维持着谢蕾尔的生命，直到她剖宫产生下一个女婴。

---

① 泛指纽约州除了纽约市和长岛以外的其他地区。——编者注

同一天，1994年4月12日，谢蕾尔死了。5个月前，艾滋病已经成为美国年轻黑人男性最主要的致死原因。[67]

谢蕾尔的婴儿活了下来，而且由于使用了一种抗逆转录病毒药物，并未感染艾滋病病毒。[68]大家都把这个婴儿叫小谢蕾尔。小谢蕾尔需要一个家。谢蕾尔的另一个孩子，以他父亲的名字命名的男孩乔也是。

还在坐牢的乔从电话中听说了这一切——谢蕾尔的病、她的死、她和另一个男人生的孩子。乔要谢蕾尔的妹妹劳奇照顾他的儿子。劳奇同意了，尽管她自己的负担已经很沉重了。劳奇也刚生了孩子，孩子的父亲是传染了她姐姐的那个男人最好的朋友。整个街区似乎都感染了艾滋病。

香奈儿在听说劳奇也得了艾滋病之前就已经发誓不沾男人了。性只能带来不幸。香奈儿不再穿连衣裙，也不再化妆。她躲着男人的办法是和他们一样当"侵略者"。她训练自己尽量不表露感情。看着劳奇逐渐衰弱，她淡然以对。劳奇走向死亡期间比她姐姐更需要别人的关爱。

"到我这儿来，帮我照看孩子们。"劳奇在电话上恳求她。劳奇现在管着4个孩子——她自己的3个女儿和她死去的姐姐的儿子（叫小谢蕾尔的婴儿被她祖母接走了）。

劳奇的下巴上出现了一个脓疱。

19岁的香奈儿说："你没毛病。"她后来告诉自己，她不知道劳奇会"死得那么痛苦恐怖"，甚至不知道她会死。她们的生活才刚开始。

幽灵们仍在活动。一天夜里，劳奇在睡梦中看到死去的姐姐谢蕾尔来了，说劳奇大限将至。

1998年夏天，劳奇已经憔悴不堪，乔说她"几乎像鬼一样"。乔在狱中见了劳奇最后一面。她那次去监狱是为了让乔看看他的儿子。那年9月，劳奇死了。

几个月后，香奈儿在梦中见到了劳奇。她们回到了小时候，在一起玩秋千。劳奇穿着一件白色连衣裙，裙摆飘上飘下。香奈儿在她旁边荡着秋千。

"对不起，我没来，"香奈儿对她说，"我不知道。"

她们仍在荡秋千。

"我原谅你。"劳奇说。然后她消失了，留下香奈儿一个人坐在秋千上。

第 11 章

香奈儿的母亲戒了毒。

她戒得干净利落，别人都说简直是奇迹。乔安妮头一天还在吸快克，第二天就停止了。香奈儿看到了实际原因："艾滋病造成的死亡唤醒了她。"

没有工夫耽搁。乔安妮两个死去的外甥女留下了 5 个没娘的孩子。两个孩子住在自己祖母那里。其他 3 个——5 岁的贾斯敏（Jazmen）、7 岁的贾斯蒂娜（Justina）和 8 岁的乔——没地方去。他们的外祖母玛歌仍在吸快克，这意味着孩子们可能会落入寄养系统。

20 世纪 50 年代乔安妮和玛歌还是孩子的时候，从未听说过"寄养"这种事。穷人家，无论是黑人、棕色人种还是白人，都依靠家里的亲戚帮助养大孩子，要不就求助于按肤色隔离的儿童福利系统。[1] 这个系统源自孤儿列车时代。那时，穷孩子主要靠慈善组织照顾。那些组织把持着整个系统，用着纳税人的钱，却按照宗教把孩子们分为三六九等。犹太教徒和天主教徒的孩子大多数是白人，被送去兴办抚育院的宗教机构。黑人孩子大多来自新教家庭，一般被送进市里的青少年教养院、管教机构和其他破旧的地方。

对乔安妮和玛歌来说，那个系统离她们很远，是最倒霉的孩子去的地方。穷人家庭尚未被置于儿童保护工作者的监视之下。没有家事法院，儿童服务管理局也尚未成立。玛歌说："那时候要是有 ACS，我们就会是它处理的案子。""虐待儿童"一词出现于 20 世纪 60 年代。[2] 当时，科罗拉多州的一位儿科医生 C. 亨利·坎普（C. Henry Kempe）对住院儿童身上莫名其妙的伤痕开展了研究。根据研究结果，他和其他学者共同发表了一篇题为《受虐儿童综合征》的论文。这篇论文在全国引起大哗，催生了报告虐待儿童行为的强制性法律。[3] 联邦当局也拨款对虐待儿童案件开展调查。

玛歌和乔安妮初次注意到儿童保护工作者是在 20 世纪 70 年代，那时她们的孩子还小。但儿童保护系统公然歧视深色皮肤的人，把黑人孩子送去最糟糕的机构，令玛歌和乔安妮生出了对这个系统的不信任。因遭到虐待而离家出走的雪莉·怀尔德（Shirley Wilder）就是这样一个孩子。1973 年，她成为一项里程碑式群体诉讼的原告，代表信仰新教的黑人家庭的孩子寻求改革寄养系统。[4] 这个案子拖了 15 年，到 1988 年才最终定谳。而就在那时，快克泛滥又带来了新问题。

大批孩子涌入纽约市的寄养系统，包括数千名从吸毒的母亲那里带走的婴儿。[5] 新闻媒体发出了关于美国"快克宝宝"的警报。[6] 据说这样的孩子长大后会有严重的身体和行为缺陷。这些新闻报道源自相同的信源：一份根据对 23 个婴儿的观察提出的医学研究报告，这份研究后来被推翻了。[7] 长期研究显示，一个人出生前接触到快克对成年后的行为即使有影响，也不明显。[8]

不过在 20 世纪 80 年代，吸毒孕妇成了执法目标。[9] 随着越来越多的母亲被收监，1992 年纽约市寄养儿童的人数达到创纪录的近 5 万人，令已经力不从心的儿童保护系统疲于奔命。[10]

随后又发生了令人毛骨悚然的 6 岁女童埃莉莎·伊斯基耶多（Elisa Izquierdo）谋杀案。这个孩子的根在奥本收容所。[11] 她父亲在那里工作，负责分食物、发床单，就这样认识了埃莉莎的母亲。当时她 22 岁，吸毒成瘾，是收容所的住客。他们生了埃莉莎，做母亲的怀着埃莉莎的时候照旧吸毒。父亲得到了孩子的监护权，从奥本收容所的同事们那里学会了给埃莉莎换尿布、梳头发。4年后，埃莉莎的父亲死于肺癌，埃莉莎只能去曼哈顿下东区和母亲同住。

接下来的一年半里，埃莉莎在母亲手里受尽折磨，而当局对提出的多次警告置之不理。[12] 1995年感恩节前夕，紧急救助人员发现埃莉莎死在家里，她的尸体被殴打摧残得惨不忍睹。当局称之为他们见到的最严重的虐待儿童案件。[13]

《时代》周刊的封面刊登了埃莉莎的照片，那张精致的小脸下方是**可耻的死亡**几个大字。[14] "被系统辜负，被母亲谋杀，一个小女孩象征着美国在保护儿童方面的失败。"

市长鲁道夫·朱利安尼（Rudolph Giuliani）发誓要改革现有体系，成立了一个由他亲自监督的独立机构来负责儿童保护，机构的名称是"儿童服务管理局"（就是乔安妮的后代称为ACS的机构）。[15] 儿童依旧川流不息地进入寄养系统，仅1997年一年就有13 207人。[16] 次年劳奇去世时，大家都以为她的孩子们会被ACS带走。

这时乔安妮出手了。

玛歌回忆说，乔安妮"一夜之间"就戒掉了快克。那时，乔安妮和19岁的香奈儿住在Bed-Stuy的盖茨大道上一套一卧公寓里。她们657美元的房租由纽约市房屋局和福利机构的拨款承担，福利机构还为乔安妮支付水电费，并每月给她277.82美元的现金和340美元的食品券。[17] 不过这些仍不敷使用，因为家里多了3个孩子。乔安妮只能申请更多补助。福利机构接到申请后对乔安妮提了个要求：她需要学习一门工作技能。

3年前的1996年，比尔·克林顿总统的福利改革法案获得通过，将全美各地数十万单身母亲送回了工作场所。[18] "福利有时间限制，"乔安妮1999年3月18日收到的一封信说，"工作才有未来！"[19]

乔安妮参加了一个工作训练班，在2000年秋天被雇用为纽约市地铁系统的清洁员。[20] 她上夜班打扫A线地铁，起薪是22 816美元。[21]

这个收入远超她领的福利金，而且福利金次年春天就要到期停发了。

11月14日，乔安妮照了雇员证上的照片，笑得合不拢嘴。她马上要有一份真正的工作了。那天正好是她的47岁生日。

乔安妮告诉香奈儿："这是我一生中最快乐的一天。"

盖茨大道的公寓挤得满满的。

乔安妮、香奈儿、她哥哥拉蒙特以及香奈儿两个死去的表姐劳奇和谢蕾尔留下的3个没娘的孩子，还有两只鬣蜥、一窝仓鼠、一条巨蟒、一只名叫布鲁诺的比特犬和布鲁诺的妈妈雅茨。

那条大蟒在长到几英尺长后突然消失了。这个消息在这座6层楼的建筑中传开后，租户们都吓得要命。"简直是发疯。"克拉伦斯·格林伍德（Clarence Greenwood）说。[22] 他是个有着一头淡黄色头发的音乐家，艺名是"公民克普"。

克普是楼里唯一的白人租户。他坐在楼前台阶上弹吉他。乔安妮只是看到这个满头脏辫、皮肤白皙的人就会倒抽一口气。

"你吓着我了！"一天乔安妮对克普说，手里紧紧牵着她的比特犬的狗绳。

"我吓着你了？"克普问，指指那只愤怒的狗。

在这个人称"Bed-Stuy，不干就死"的地方，仍很少看到白人。[23] 根据香奈儿的经验，白人来的时候总没好事。他们开着消防车，他们推着急救的轮床，他们对十几岁的男孩搜身，他们拿着带夹子的写字板来敲门检查漏水的管道。他们带来法律文件，有时会令人失声痛哭。一个租户要被逐出，一个孩子要被送去寄养。几乎只要是白人出现，都意味着麻烦。

就连天气也是如此。一天，暴风雪刮过街道，令车辆无法通行。突然，两个白人踩着越野滑雪板出现在盖茨大道上，用香奈儿的话说，"像两个外星人一样"滑行。香奈儿从未见过滑雪的人。她看着他们滑过去，在无人踩过的雪上留下长长的痕迹。

香奈儿20岁时，生活似乎失去了目的。她从高中辍学，卖大麻给克普。她经常在楼外盘桓，那里来来往往的尽是些穿着红色衣服的青少年。香奈儿叫他们"小血帮"，好像他们在接受培养，准备加入臭名昭著的血帮。

克普觉得很有趣。他说："这对我来说是新闻，因为我是从华盛顿特区来的，我以为那种货色在加州。"

香奈儿加入血帮之路始于一年前的1998年，[24] 当时她在Bed-Stuy一家麦当劳店当收银员。[25] 一天夜里，一群男人聚在餐厅后部。他们说话的样子让其他顾客恐慌不安。一向爱管闲事的香奈儿走向那群人。

"安静点儿，"她记得自己对他们说，"我会给你们吃的。"

那时，香奈儿对血帮的了解全都来自流行文化。这个帮派之所以出名是因为它的成员头缠红色头巾，也因为血帮与穿蓝色服饰的"癞帮"（Crips）互相竞争，甚至出了人命。这两个帮派在洛杉矶中南区的街头争夺地盘。香奈儿小时候看过的1991年上映的电影《街区男孩》（Boyz N the Hood）讲的就是这个故事。[26] 到了后来，香奈儿才知道血帮是怎么来到美国东部的：一个叫奥马尔·波蒂（Omar Portee）的纽约人在洛杉矶和血帮混过一阵，学会了他们的仪式、黑话和复杂的手势。他于1993年回到纽约，因为被指控谋杀未遂而进了赖克斯岛监狱。波蒂在狱中和另一个囚犯一起创办了"联合血族"（United Blood Nation），要与在监狱中称霸的拉美裔帮派一争高下。[27]

香奈儿在Bed-Stuy与血帮相遇时，血帮已成为纽约市最暴力的帮派，它的成员贩卖毒品、持枪抢劫，无恶不作。[28] 为了多挣点钱，香奈儿同意把偷来的麦当劳食品送到血帮的陷阱屋去。那都是些空置的危房，据说会让人迅速"陷入"沉沦，因此得名陷阱屋。

香奈儿的外祖父琼恩从北卡罗来纳来到这里的半个世纪后，Bed-Stuy一片衰败景象，处处是房门钉死、窗户破碎的房子。香奈儿不敢逗留，把汉堡包和薯条放在每座房子前的台阶上，换得现金。一天晚上，一个男人请她进屋去喝一杯。他俩聊了起来。那个男人的朋友们都是小时候被抛弃的，经历过他们口中的美国控制系统——寄养、监狱、假释。现在，他们有了自己的系统，而且是建立在黑人团结和抵制白人权威基础之上的。他们告诉香奈儿，他们组织的名字代表着"兄弟情战胜压迫和破坏"。

"就像一个家庭一样。"香奈儿说。

血帮在街头残酷无情。男性成员加入时要靠"割"——划破别人的脸。[29] 女性成员大多靠"性"，不过香奈儿男孩般的做派使她逃脱了这个规矩。香奈儿穿着松垮垮的衬衫和 Kris Kross 式牛仔裤[1]，梳着背头，狠狠地吐痰。"我像是住在一个女孩身体里的男人。"

香奈儿学会了波蒂从监狱里带出来的黑话。波蒂的追随者叫他 O.G. 麦克（O. G. 是 original gangsta 的首字母缩写，意思是开山老大）。波蒂建立了一个由 14 个称为"组"的分支组成的网络。其中有一个组管钱，还有一个组负责教课。香奈儿属于一个叫 Gangsta Killa Bloods 的追债组。他们的任务是追踪任何欠血帮钱或毒品的人，他们逼人还债的法子香奈儿不肯说。香奈儿先是记账员，然后当会计，最后当上了陷阱屋的管理人。她步步高升，波蒂送给她一个"风筝"（密信），感谢她在"丛林"（布鲁克林）做的工作，并任命她为第一个对男人施以"入帮式"的女性（香奈儿有权用一个狗爪形状的烙铁在新成员身上烙下烙印）。

香奈儿说自己从未杀过人，虽然"我们都有暴力的时候"。她对自己的帮派生活尽量保密，但乔安妮能感觉到香奈儿陷入了麻烦，谢丽也感觉得到。这两个女人重归于好了，在电话上一起痛斥香奈儿的堕落。一天，乔安妮和谢丽都接到了一个可怕的电话。香奈儿在电话上说一个

---

① 指反穿裤子，这种时尚由歌手组合 Kris Kross 发起。——译者注

男人要 200 美元，不然他就要杀了她。男人接过电话重复了香奈儿说过的话。

"求求你不要伤害她。"谢丽恳求说。她开车和乔安妮一起去了那个男人提供的地址，用钱换出了香奈儿。

此时，香奈儿也在业余时间给附近的一些妓女拉皮条。"你靠侮辱另一个女人赚钱，"她后来说，"但是我的应付办法是让她们拿的份子足够多……她们尊重这个，因为她们没有别的可以尊重。"

这让香奈儿得到了"红夫人"的绰号。她因为偷窃和斗殴在赖克斯岛监狱服刑期间，把这个绰号用刺青文在了胳臂上。

香奈儿时不时地会在 Bed-Stuy 的夜总会里拿起麦克风唱上一曲。

> 红夫人在巡游
> 我在用枪打母狗
> 枪声砰–砰–砰

香奈儿永远成不了说唱明星，这一点她心中有数。她看到几辆豪华轿车开到她住的楼前，接那个叫克普的白人音乐家去录音。克普不久后和梦工厂（DreamWorks）公司签了约，永远离开了 Bed-Stuy。[30]

香奈儿最终坠入了爱河，从而找到了逃脱的路径。

后来成为达萨尼父亲的那个男人自称"天生热爱真主的拉梅尔王子"（Prince Ramel Natural Born Great Love Allah），但人们都叫他拉梅尔。[31] 他 32 岁，是布鲁克林人，英俊的面部线条如同刀砍斧凿而成的一般。他有一半多米尼加血统，是完完全全的血帮成员，与香奈儿同属一个组。他有快克毒瘾。为了有钱吸毒，他 3 个月内抢劫了两家便利店和 27 个人，在 1997 年被判重罪。两年后，1999 年 3 月 1 日，拉梅尔获得假释，并在第二天遇到了香奈儿。

拉梅尔做的那些事吓不倒香奈儿，她的块头比拉梅尔大。要说害怕，是拉梅尔害怕厉害的红夫人。拉梅尔后来告诉我，"她真能吵架"。香奈儿的雀斑和"火红的"头发吸引了拉梅尔。他俩尽管年龄相差12岁，却生活在同样的世界里。拉梅尔出生在格林堡公房区，和香奈儿的妈妈在同一家医院出生。他和香奈儿已故的父亲桑尼小子一样，能言善道、讨人喜欢。一个更有经验的女孩会一眼看出拉梅尔是个花心大萝卜。但香奈儿看不到拉梅尔的缺点，正如乔安妮盲目爱恋桑尼小子。

香奈儿后来说，是拉梅尔拉她吸上快克的。香奈儿才20出头，和拉梅尔联手管理位于乔安妮家两条街开外的麦迪逊街上的一所陷阱屋。生意好的时候，他们一天能挣1 000多美元的佣金来吸毒（香奈儿一天就要花300美元买毒品）。[32]

在盖茨大道的公寓里，乔安妮白天照顾她死去的两个外甥女的孩子，晚上去打扫A线地铁车厢，擦掉车厢壁上的涂鸦，铲去座位上的口香糖。[33]她回家时浑身都是氨水的气味，手泡得起皱，一脸疲惫。

在听说了香奈儿干的事后，乔安妮火冒三丈地冲到那座陷阱屋。她砰砰地砸着门上的有机玻璃，在街上叫着香奈儿的名字。

"你为什么要这样生活！"乔安妮大吼，"你为什么要加入犯罪团伙？"

香奈儿不回答。

"我不想对她说：'因为你从来都不在。'"

达萨尼出生时一点点大，体重刚过5磅。

第一次强烈阵痛袭来时，香奈儿去了格林堡布鲁克林医院中心的急诊室。17个小时后，护士在2001年5月26日的日志中写道："接生了一个活的女婴。"[34]香奈儿当时23岁。她怀孕期间从未看过医生。

香奈儿能给她的婴儿的只有名字。她是在当地一家杂货店的货架上发现这个名字的，标签上写着**纯净水，添加了矿物质，令味道纯净**

甘甜。

护士说达萨尼"意识清醒""哭声有力"。医生在保温灯下检查了这个婴儿。之后，她被包在毯子里"给她妈妈看，以启动母婴亲情"。达萨尼因为出生时体重过轻，在新生儿重症监护室里待了两天。

香奈儿满心愁闷。她孩子的父亲还在街头混，那可不是新生儿待的地方。于是香奈儿把达萨尼带到了她母亲的公寓。

没有人觉得乔安妮是个母性很强的人，但从看到达萨尼的第一眼起，她就变得慈爱宠溺、温柔无比。香奈儿从来没有见过这样的乔安妮。

婴儿能给生活带来光明。他们是一剂疗伤软膏，照顾婴儿让人有机会运用从以往的错误中学到的智慧。也许自己活不到他们长大，所以最好现在就宠着他们。从乔安妮伸手抱过外孙女达萨尼的那天起，所有其他人都不再重要了。

"那是她的女孩，"乔安妮的妹妹玛歌说，"那是她的小宝宝。"

几天后，香奈儿失踪了。

第 12 章

乔安妮叫达萨尼"穆卡"。

她白天在盖茨大道的公寓里照料达萨尼,晚上去上班,由她 28 岁的儿子拉蒙特接手。拉蒙特在试图远离街头,远离监狱。他哥哥沙梅尔因为贩卖快克正在监狱服刑。[1]

达萨尼的父母"一天到晚在街头活动"。这是后来达萨尼的父亲拉梅尔自己告诉我的。他和香奈儿试图通过进入收容所系统来摆脱街头生活,还带上了达萨尼。香奈儿说:"那是任何有孩子的年轻单身黑人离开自己妈妈家最快的办法。"

3 个月大的达萨尼跟着父母正式成为无家可归者,在布朗克斯的广场收容所(Concourse House)分得一个房间。[2] 2001 年 9 月 11 日,第一架飞机撞入世界贸易中心大楼时,他们正在房间里。

香奈儿抱起还穿着睡衣的达萨尼跑到街上。她们望向天空,看到"空中有一大团灰尘在移动"。

9 天后,拉梅尔离开了。孤独伤心的香奈儿把自己的东西打好包,把达萨尼放进婴儿车,回到了乔安妮家。不出所料,香奈儿重返了街头生活。

乔安妮责骂前来看望她的女儿:"你不能说来就来,说走就走。"

香奈儿从快克带来的快感顶峰坠入了深度抑郁。一天早上,在麦迪逊大道的陷阱屋里,她刚从吸毒后飘飘欲仙的感觉中清醒过来就听到收音机在播放着马克斯韦尔（Maxwell）关于分娩的歌。

我知道你体内还有个小生命。[3]

马克斯韦尔的声音拔得像女声那么高，然后又降低为低沉的男声。这种声音里有种东西把香奈儿带回了盖茨大道。她想要她的宝宝。

香奈儿的哥哥正站在达萨尼的摇篮边。他让香奈儿先去洗手。稍过了一会儿，香奈儿把达萨尼抱起来，凑到自己脸上深吸了一口气，心中又是嫉妒又是释然——她的女儿找到了乔安妮做"妈妈"，她的妈妈也终于得到了一个能留得住的"女儿"。

达萨尼9个月时学会了走路。"她不是走——她是在跑。"表姐斯诺（Snow）回忆说。当时斯诺经常带着自己的妹妹卡琳达（Kalinda）来玩。受到万千宠爱的达萨尼像杂技演员一样翻着跟斗滚来滚去。她刚会说话，就叫外祖母"Nana"。

此时，香奈儿和拉梅尔重归于好，怀上了第二个孩子，又是个女孩。他俩再次试图摆脱毒品，进了戒毒所。2002年4月阿维亚娜出生后，香奈儿带着她住在曼哈顿一家接收戒毒的新妈妈的机构奥德赛收容所（Odyssey House）。[4]但香奈儿6月就退出了戒毒计划，把阿维亚娜交给母亲照料。

乔安妮带着两个小孩，心力交瘁。她把其他3个孩子（他们的母亲死于艾滋病）送到了他们的外祖母玛歌那里。玛歌已经戒毒成功，参加了一个以工代赈的项目。香奈儿总说自己也会"振作起来"，这样的空口许诺乔安妮过去也做过。

乔安妮没有资格批评女儿，反而对女儿感到愧疚。她自己的迷途知返来得太晚。现在乔安妮有工作，负责打扫A线地铁的车厢，年薪超过3.4万美元，[5]还在积攒养老金。乔安妮表现不错，可以不上夜班了。但是她有严重的偏头痛、胃痉挛和背痛。她的工作日志上记着："脚肿，穿不上鞋。"

乔安妮十几岁时曾被困在坎伯兰医院的电梯里，从此拒绝乘坐电梯。哪怕带着一身的病，乔安妮下班回家仍坚持爬三段楼梯。到 2003 年 9 月底，乔安妮已经临时请过 24 次病假。10 月，乔安妮和香奈儿爆发了一次激烈争吵，连警察都叫来了。乔安妮告诉警察，香奈儿经常对她"无礼"。[6]

几天后，香奈儿走进乔安妮的公寓，发现两个小女儿穿得整整齐齐，好像要出门。她们的东西打好了包，就连玩具也收起来了。

"你不能再住在这儿了，"乔安妮告诉香奈儿，"我受够了。"

被市立无家可归者服务机构定为"合格"意味着在自己最亲的家人眼中不合格。只有当家人对你关上了门，收容所才可能对你敞开大门。

香奈儿告诉自己，"上帝关上一扇门，必然打开一扇窗"。

香奈儿带着两个蹒跚学步的女儿来到接收无家可归家庭的南布朗克斯接收所排队。尽管纽约人有得到住房的法律权利，但香奈儿依然需要通过"资格审查"。[7]她需要证明自己无处可去。提供证明的责任由申请人承担。在最理想的情况下，申请人只需出示一纸文件——例如驱逐通知或限制令——就能说明自己为什么无家可归。

可是香奈儿从来没租过房子，她也不是因为和拉梅尔打架而逃离的。香奈儿来到接收所是因为她的孩子需要住处，她们的父亲不见了。香奈儿和其他有毒瘾的单亲妈妈一样，情况乱得一塌糊涂。没有可以追溯她们情况的文件。香奈儿一边跟着排队的人一点点往前挪，一边到处跑着追她的两个孩子。只有乔安妮知道怎么抓住达萨尼。没一会儿，达萨尼就开始号哭着要找 Nana 了。

这座楼里白天黑夜都响彻着孩子的哭声，和香奈儿小时无家可归的情景几无二致。那是 13 年前的 1990 年，当时纽约市收容了超过 6 700 名无家可归的儿童。[8]现在这个数字多了一倍以上，达萨尼和妹妹也加入了纽约市收容所中 1.67 万名儿童的行列。[9]

新市长迈克尔·布隆伯格承诺要迎战这个危机。他是一年前的2002年上任的。为无家可归者权益奔走的人们对布隆伯格这个跻身世界最大富豪之列[10]的人心存怀疑。一个亿万富翁对穷人能知道什么？但必须找到解决办法，而布隆伯格就是因为有点子，有办法才发财的。

1966年，刚从哈佛商学院毕业的布隆伯格来到纽约，在所罗门兄弟公司谋到一份低级工作。[11]在波士顿出生长大的他租了一间统舱公寓，用帘子隔开，称其为一卧公寓。布隆伯格在公司步步高升，成了公司合伙人，但后来被解雇。他充分利用公司给他的1 000万美元离职费，建起了一个全球媒体帝国。他发明的数字信息系统成为债券买卖人不可缺少的工具，他也因此而声名远扬。布隆伯格（在退出民主党后）作为共和党候选人参加了市长竞选。在"9·11"事件造成的四分五裂的政治环境中，他以微弱多数当选，继承了一个创伤深重的城市。

这位声音有些刺耳的市长上任后带来了雷厉风行的公司效率。他打破市政厅一条条各自为政的神秘权威线，确立了华尔街那种敞开式办公室模式。每个人，包括领取1美元年薪的市长本人，都只有一个规制隔间。布隆伯格有时粗暴，有时务实。他创立的311市民热线一经落实，立即赢得一片掌声。[12]纽约人什么事都可以打311，从投诉马路坑洼不平，到询问税务代码。

在上任初期，因为收容所系统达到满员，布隆伯格曾考虑把无家可归家庭安置到退役的邮轮上面。[13]他派助手乘他的私人飞机去巴哈马群岛检查挂牌出售的3艘邮轮。无家可归事务专员琳达·I.吉布斯（Linda I. Gibbs）当时说："我们必须拆掉船上不适合用作收容所的酒吧和迪斯科舞厅。"[14]布隆伯格另一桩登上头条新闻的举动是把无家可归家庭送到已经空置的布朗克斯男子拘留所去住，但那里有铅污染。[15]

这些短命的实验引起了嘲笑，不过邮轮象征了布隆伯格的立场：收容所应该是通往自食其力目标的临时渡船，而非目的地。"我们自己的政策毫无必要地鼓励人们进入收容所，还延长了他们对收容所的依赖。"[16]

市长在 2004 年谈及一项具体政策时说。几十年来，市政府一直帮助无家可归的家庭在公共住房申请名单上获得优先资格。[17] 这样的家庭中仅有很小一部分后来重返收容所。[18] 但在布隆伯格看来，这项政策是在鼓励家庭进入收容所系统。他们成为无家可归者，是为了住进公共住房，或者得到联邦政府的房租补贴券——"8 条券"（Section-8 voucher）[①]。

随着经济的增长，布隆伯格采取了一套新政策，意图使无家可归者更加自立。[19] 不再给无家可归者公共住房方面的优先待遇，而是给他们发放短期房租补贴。

布隆伯格承诺要"消灭无家可归的痼疾"。[20] 他彻底改造了收容制度，使用先进的数据库来追踪无家可归者群体，并启动了一个项目，为无家可归者提供就业培训、法律援助和其他扶助。[21] 布隆伯格还创建了经济机会中心（Center for Economic Opportunity），这个市立"创新实验室"将耗资 6.62 亿美元来执行注重就业和教育的减贫计划。[22] 市长告诉助手们，穷人的力量会增强，无家可归的现象会减少。

在接收所排队的时候，香奈儿心里准备着将被问到的问题。她会被问到她在纽约所有亲戚的名字和电话号码，以及过去两年中她住过的所有地方的地址，哪怕只住过一夜。然后，这个单子将交给"舞弊调查员"来确定她是否符合住进收容所的条件。[23]

接收所开展调查是为了确定申请人是否已经山穷水尽，是否耗尽了在每一个表亲的沙发上过夜的机会和每一个祖母或外祖母最后的耐心。调查员会上门家访。[24] 如果所有卧室都住满了，他们会建议做出新的"睡觉安排"。在非营利律所法律援助协会（Legal Aid Society）办理的一个案子里，调查员说申请人可以睡在亲戚的浴缸里。[25]

在此过程中，市里要求申请家庭的所有成员必须等在接收所，结果孩子只能缺课，家长只能误工，或者错过福利约谈，甚至无法出席法院

---

① 这种补贴券源自美国《住房法》第 8 条，本书据此译作"8 条券"。——编者注

听证。香奈儿等待决定等了 3 天，每天带着两个女儿在一家仅供过夜的收容所和接收所之间奔波。

2003 年 10 月 27 日，香奈儿的名字终于被叫到了。她和两个小女儿通过了检查。她们被安排在哈勒姆区的一家收容所。

香奈儿带着 18 个月的阿维亚娜和两岁半的达萨尼走进汉密尔顿广场 30 号那座 6 层楼的收容所时，已经过了午夜时分。她们被带到一个整洁的小房间，里面有一张大号双人床、一个婴儿床和一个小厨房。

外面传来了炸芭蕉的味道，还有香奈儿听不懂的西班牙语。这个街区的居民都是多米尼加人，香奈儿不懂他们的语言。达萨尼不停地哭着要外祖母乔安妮。

即使在这个自己的房间里，香奈儿也觉得自己是外人。

第三部

根部休克

2003—2013

第 13 章

香奈儿尽量不碰毒品。拉梅尔不在，香奈儿在哈勒姆区的收容所备感孤独。凑巧的是，乔安妮工作的地方离得不远，她打扫 A 线地铁车厢的地点就在 207 街。每周一次，乔安妮下班后会给香奈儿带来香烟，给孩子们带来螺旋芝士条。

有时，香奈儿会把两个孩子塞进婴儿车，前往哈勒姆中心地区。她会沿 125 街走，途经宏伟的阿波罗剧院，走过几条街后又经过马尔科姆·艾克斯（Malcolm X）[①] 曾经布道的清真寺。香奈儿喜欢在人行道上闲逛，浏览不同非洲国家的国旗和轻烟袅袅的熏香，还有一瓶瓶的大麻油和没药油。这种气味沾染在她衣服上几个小时经久不散。"它令我想起我的祖先。最早的那些人。"

香奈儿在收容所也闻到了同样的香味，那香味来自一个名叫无上的 26 岁理发师的房间。他自己带着两个小孩：两岁的哈利克和被叫作娜娜的女婴。[1, 2] 娜娜有遗传性眼疾，这种病会慢慢造成她的视网膜脱落，导致眼盲。[3]

人们说无上是鳐夫。有人同情他，也有人去撩拨他。香奈儿连续几天都在观察他——他坐在那里低头看书，头随着看书的动作一点一点的。他温柔的大眼睛慢慢地眨动，好像很疲惫的样子。无上在和香奈儿

[①] 黑人民权运动领袖。——译者注

一起乘电梯时终于注意到了她。他凑近香奈儿说："我有大麻。"那天晚上，香奈儿来到无上的房间，他俩卷了一根大麻烟，一起看无上录在录像带上的艾斯·库珀（Ice Cube）[①]的《星期五》三部曲。

无上名字的意思是至高无上，他本人却低调退缩。他寡言少语，一般最有故事的人都是这样。香奈儿花了几个星期才从他口中获取到他的基本情况。无上是和香奈儿在同一个街区长大的，离谢丽在东纽约的房子只有几条街。他俩曾在同一个游乐场玩耍，去同一个杂货店，可就是从未碰面过。无上对此很确定。他若见过她，决不会忘记她的雀斑。最大的巧合是他俩的孩子：达萨尼和哈利克是 2001 年 5 月的同一周在同一家医院出生的。

不过，他俩故事的相同之处到此为止。香奈儿越听无上说，心里那种奇怪的感觉就越强烈。自己现在沦落到无家可归者收容所里，但与无上相比还是幸运的。从笼罩在他俩各自童年头上的毒品阴影开始，在几乎每个方面，香奈儿的运气都比无上好。香奈儿的母亲乔安妮选择的是快克，无上的父母迷上的是海洛因。两种毒品都害人不浅，但若只能二选其一，快克略胜一筹。有快克毒瘾的人能够学会在快感退去后正常活动，海洛因却令人完全躺平。

被问到他童年的情形时，无上陷入了沉默。

他起初被寄养，然后进了教养院，从高中辍学后干起了贩卖快克的行当。17 岁时，无上因毒品罪被判刑，去马萨诸塞州的一处最高安全级别的监狱服刑。1997 年，他带着高中同等学力文凭出狱，却难以适应假释后的生活。他很快和两个女人有了孩子，却不肯担起父亲的责任。直到爱上了 20 岁的基莉亚（Kylia），无上才想要结婚安定下来。

无上和基莉亚搬到了华盛顿特区，希望在一个新城市开始新的生

[①] 美国黑人演员、说唱歌手。——译者注

活。无上找到了一份理发师的工作。2003 年 8 月 26 日，他们住在一处无家可归者收容所时，无上的妻子从楼梯上摔了下来，气绝身亡。当时她还怀着他们的第三个孩子。区副验尸官通过尸检发现，25 岁的基莉亚心脏肥大，死于高血压性心血管疾病。[4]成了鳏夫的无上带着两个孩子回到了纽约。

他没有家，只能靠收容所系统。

达萨尼好奇地看着她母亲的新爱人。

达萨尼观察着每一个人。她会把身子探出婴儿车，看路过的行人。她的目光如此专注，香奈儿叫她"蝙蝠侠眼"。达萨尼最喜欢去的地方是从哈勒姆收容所往北走一条街的亚历山大·汉密尔顿游乐场。

无上和他的两个孩子开始跟着一起去。香奈儿找到了一辆四人儿童车，这样，她和无上的所有 4 个孩子都能坐进去。无上骄傲地在前面带路，他的手提录音机放得震天响，香奈儿推着儿童车跟在他后面。能看到游乐场时，达萨尼就尖叫着向那里冲去，哈利克则沉默地跟着跑。

哈利克的妈妈从楼梯上摔下来时，把哈利克压在了她了无生气的身体下面。谁也不知道他被压了多长时间。从那天起，哈利克就有了语言障碍。

在香奈儿眼中，哈利克的父亲无上是个被压垮的男人。他的孩子们头发乱七八糟地结成一团，但香奈儿几分钟就能梳好。香奈儿还能想办法弄来衣服，很快做出饭菜，甚至和借酒撒疯的酒鬼硬碰硬。她具有无上缺少的亲和力，能够用从容的闲聊掩盖无上的拙嘴笨腮。香奈儿从来没有感到过如此被一个男人需要。

她说："我噘一下牙花子，他就担心我。"

在无上眼中，香奈儿的灵魂处于茫然的迷失状态。香奈儿喋喋不休的时候，无上会想象自己进入她的内心，那是一片未开垦的土壤。香奈儿思想开放、生性好奇。她的头脑像一片沃土，但她受到了各种错误的影响，从血帮的虚伪到白人和他们这个"名叫美国的希腊-罗马式欧洲建制"的"欺诈"。

无上告诉香奈儿，这个国家的教育制度、政府、警察和就业市场把有色人种陷在了"美国梦的虚假希望"之中。

"那都是骗人的，不是真的，"无上说，"这一切都是为了在各个层面上有系统地毁掉我们……让别人强大，却压迫黑人男子、父亲和丈夫——让他虚弱无力，无法发展。"

一天，无上来到香奈儿的房间，发现她在做猪肉。"你知道，我不想失礼，可我是'百分之五国'的成员，"无上说，"你听说过吗？"

无上在狱中加入了"百分之五国"（Five Percent Nation）。这个组织的创始人克拉伦斯·史密斯（Clarence Smith）参加过朝鲜战争，叛离了马尔科姆·艾克斯推动的黑人分离团体"伊斯兰国度"（Nation of Islam）。[5] 20世纪60年代早期，史密斯——他此时自称"安拉"——创办了一个运动，参加者自认为属于人类受到启蒙的那"百分之五"。他们努力做到行为公正，遵从神的"真理"，并且努力传播这一真理。他们相信上帝以人的形态存在，喊出了"黑人是上帝"的口号。这个理念如同燎原之火，在美国的监狱里蔓延。

无上试过参加教堂礼拜，但感觉不满足。他说："你不能让我相信某个东西，却说那个东西我看不见、摸不着、感觉不到。"但他能摸到自己的手。而按照"百分之五国"的说法，上帝就在他的双手中。这使他油然产生了一种力量感。

无上弃用了自己的原名"埃里克"，改名为"无上的神"。这样，他加入了"众神"（the Gods）文化，据说巴斯达韵（Busta Rhymes）、暴党二人组（Mobb Deep）、武当帮（Wu-Tang Clan）的成员、拉基姆（Rakim）、艾瑞卡·巴度（Erykah Badu）和 Jay-Z 都是其中一员 ①。⁶ "百分之五国"重塑了城市文化和说唱乐，产生了一些名句，如 break it down、word is bond 和 drop knowledge（这个短语后来被林-曼努尔·米兰达 ② 用在音乐剧《汉密尔顿》里，成为不朽名句 ⁷）。

无上开始学习"百分之五国"取自伊斯兰经文和基督教《圣经》的教义。他在哈勒姆遇到香奈儿时，已经可以用阿拉伯语背诵《古兰经》里的段落了。

"我爱上了他的大脑。"香奈儿说。

* * *

为了跟得上无上，香奈儿开始读书。

通过读书，香奈儿知道了她做的一切都不对，从吃的食物和穿的衣服到教育孩子的方式。就连她女儿的名字都是对白人物欲横流的世界的屈服。

在"百分之五国"的信徒中，女子是"大地"和"女王"，像"骚货""婊子"这类字眼是不允许使用的。香奈儿感觉自己又成了纯洁的人。她儿时原本鄙视"骚货"这个词，成年后却把它用到自己女儿身上。她是怎么变成这个样子的？

香奈儿说："有些东西成了遗传性的。也许不是遗传，是系统性的。你知道，就像有那么一套系统。"

香奈儿多年来一直在寻找新系统。为此她进了血帮，却失望了。血帮那些人大谈"兄弟情"，但他们在毒品和金钱上的行为与他们的说教截然相反。要离开血帮，只能死掉或皈依"另一个宗教"。现在，香奈儿找到了另一个宗教。这足以驱走她偶尔对无上产生的疑惑，哪怕他还

---

① 均为美国说唱歌手。——译者注
② 美国剧作家、电影人、演员。——编者注

会在游乐场吸大麻、喝啤酒。人无完人。至少他在努力。可能他有了香奈儿才能发挥养家的潜力。他们畅想生很多孩子，生"一大家子"来治愈他们自己家庭的破碎给他们留下的创伤。

无上给香奈儿取了个新名字：梅克巴（Makeba），意思是"宝宝制造者"（maker of babies）。这个事业首先从已有的4个孩子开始：达萨尼、阿维亚娜、哈利克和娜娜。无上认为每个孩子都自带某种"气场"：哈利克圣洁，阿维亚娜狂野，娜娜是个小魔鬼，达萨尼是天使。

做天使要意志坚定，要"自主思考"，而不是受他人影响。无上预言，达萨尼长大后会成为领袖人物。与此同时，香奈儿说，她和无上作为达萨尼的父母"要打碎奴隶制的锁链"，"我们要改变他们吃的食物，我们要改变他们的思维方式，因为你吸收什么就会产生什么"。

香奈儿开始用头巾包头，不再吃猪肉。她保证不碰毒品。接下来的一年里，两个不完整的家庭合而为一。他们乘地铁去 Bed-Stuy，让无上和乔安妮见面。乔安妮看起来对香奈儿痛改前非感到高兴，并且对无上表示了审慎的认可。

2月4日，香奈儿和无上带着他们的4个孩子去市办事处办理了结婚手续。[8] 没有婚礼，也没有婚纱和蛋糕。香奈儿对这些都不在乎，因为仅仅结婚这个举动就是胜利。

她认识的人里已经没有人结婚了。

第 14 章

达萨尼还记得小时候坐地铁的情形。

她太小了，脚够不到地板。她坐在塑料座位上，两条小腿摇来荡去。她外祖母的工作就是清洁这些座位。有些地铁开得飞快，达萨尼觉得自己要飞起来了。尖锐刺耳的刹车声响起时，她会捂住耳朵。达萨尼看着车厢门像一张张大嘴一样张开，吐出十几个人，又吞进新一批人。之后，列车又钻进了隧道。

达萨尼把这称为"和妈妈旅行"。或者干脆就是"旅行"。她们好像总是在旅行，永远到不了目的地。她们从哈勒姆搬到布鲁克林，从一个收容所搬到另一个收容所，家里的人数越来越多。离达萨尼 4 岁生日还有几天的时候，她母亲和无上有了他们的第一个孩子，取名叫玛雅。一年后的 2006 年 6 月，又生了一个女儿，叫哈达。

达萨尼是母亲的主要帮手，是继父的明星学生，能够像小大人一样背诵"百分之五国"的"超级数学"密码。数字 1 代表"知识"，数字 2 代表"智慧"，两个加起来是 3——"理解"。

根据这套密码，任何东西都能神圣化。如果某一天早晨达萨尼想知道那天会发生什么，她就查看一下日期，做"今天的数学"运算。例如 2 月 23 日是 2+3。

2（智慧）+3（理解）=5（力量）

是个去福利办事处的好日子。

达萨尼上幼儿园的时候已经记住了"最高字母表",学会了如何解开字词隐藏的含义。她继父说,这是另一种形式的知识,是对付白人建制机构的方法。图书馆(library)是"埋藏谎言"(lies are buried)的地方,电视(television)是"说谎的幻景"(telling a lie vision)。[①] 有时两个密码协同发力。数字 7 代表"上帝",和字母 A 的意思"安拉"一样。这意味着,达萨尼的外祖母乔安妮打扫的是安拉地铁、上帝的地铁。

5 岁的达萨尼和乔安妮很亲,乔安妮在 Bed-Stuy 的公寓成了达萨尼周末的避难所。她俩在一起一坐就是几个小时,达萨尼坐在外祖母腿上,让乔安妮梳理"我乱糟糟的头发"。她们去教堂,还去富尔顿购物中心。乔安妮在那里给达萨尼买玩具娃娃和考究的衣服,一点都不心疼钱。乔安妮知道达萨尼喜欢什么,不喜欢什么。她做达萨尼最喜欢的熏肉-生菜-番茄三明治(尽管香奈儿禁止达萨尼吃熏肉)。她还带达萨尼去列文斯敦街上的国际煎饼屋餐厅吃双份的巧克力片薄饼。

"别跟你妈妈和我一样,"乔安妮告诉达萨尼,"你要上学,上到毕业。"夜里,她们盖着乔安妮的毯子睡去,电视上播放着碧昂斯的演出。

香奈儿和无上的爱情变化无常,孩子们像看天气一样注意着他们的脾气。一旦无上不再说话,他们就知道风暴要来了。无上会故意对香奈儿视而不见。香奈儿当然会生气,而且越来越气,直到大发雷霆。无上会畏缩地躲开,至少开头几年是如此。

慢慢地,无上丢掉了一切风度,像对男人一样和香奈儿打架。在这种时候,他们什么都不顾了,彼此破口大骂,拳脚相加。达萨尼学会了赶快把孩子们拉到一个角落里。有的时候,无上打完架后会把衣服打包,带着他第一次婚姻的两个孩子——4 岁的娜娜和 5 岁的哈利克——

---

① 这两个例子都是利用英文发音的相似。——译者注

夺门而出。

"妈妈!"两个孩子对香奈儿尖叫,他们的父亲拉着他们一边走一边咆哮说香奈儿不是他们"真正的"母亲。香奈儿则反唇相讥,说哈利克和娜娜是"他的收入"。没有他们,无上就拿不到幸存者福利金这笔每月现金津贴,那是用于抚养娜娜和哈利克的。

这种时候,孩子们被明显地按血缘分开。香奈儿的两个继子女,哈利克和娜娜,留在父亲身边;无上的两个继女,达萨尼和阿维亚娜,和母亲在一起。玛雅和哈达不用说。她们毕竟还是婴儿,需要母亲。

无上和香奈儿的分离从来不会长久。"要和平,女王。"无上会使用"百分之五国"的方式和香奈儿打招呼。香奈儿也不含糊,答道:"要和平,上帝。"这是他俩的互动模式,打了架又和好。

2006 年夏天,重新开始的机会出现了。[1] 香奈儿加入了布隆伯格政府实施的一个新项目,这个项目在有限的时间内提供房租补助。香奈儿一家搬入了东纽约的一处两卧公寓,这是他们第一套真正的公寓。接下来的 12 个月里,纽约市负责全额支付这个公寓每月 1 176 美元的租金,给了香奈儿和无上一个脱离困境的机会。

然而,他们总是失败——保不住工作,忍不住吸毒。第二年,2007年,香奈儿又怀孕了。她已经连续生了 4 个女儿,先是达萨尼,然后是阿维亚娜,再后是她们同母异父的妹妹玛雅和哈达。这次香奈儿希望生个男孩。6 月初,她的愿望成真了。

在布鲁克林大学医院与医学中心的产房里,香奈儿凝视着她刚出生的儿子——她给他取了个小名,叫帕帕。帕帕胖乎乎的,看上去很健康。但是医院在给帕帕验血时检出了微量的大麻。[2] 这说明香奈儿怀孕时吸过大麻。

对新生儿及其母亲做毒品筛查——往往并不会事先征得同意——在公立医院已经司空见惯。[3] 工作人员拿到帕帕的验血结果后通知了市儿童保护机构。

香奈儿和无上被召到儿童保护机构在贝德福德-斯代文森的办事处——无上小时候也曾被带到这座砖楼。无上站在大厅里，记忆如潮水般涌来。那时他 9 岁，妹妹刚死掉，父母在接受调查。他与 3 个弟弟即将被拆散——无上一直以来怕的就是这个。

20 年后，无上和香奈儿的孩子感受到了同样的恐惧。6 岁的达萨尼习惯了有人敲门。门开后，走进来的往往是一个叫 ACS 的机构的工作人员。他们会问一些问题，还会检查冰箱。他们是在寻找忽视（食物不足）或虐待（淤青或肿痕）的蛛丝马迹。他们会从头到脚细细地检查每一个孩子。

达萨尼从中学会了反过来研究社工。她看一眼一位女士的挎包就知道她是不是社工——挎包必须足够大，装得下案件卷宗。达萨尼学会了用算命先生的本领来对付陌生人，知道何时该说什么话，并且不说不该说的话。她学会了读懂面部表情和说话语调的含义。这些技能没有一项能反映在达萨尼在东纽约 P. S. 158 小学的成绩单里。[4]

在达萨尼一年级的成绩单上，读和写都是最高的 E，代表"优"。"个人-社会发展"这一栏评价的是她尊重他人、履行责任、自我控制和遵守规则的能力。在所有这些项下，学校给她的评分都是"满意"，只一项除外。

在"与他人友好相处"这一项下，达萨尼得了个 N，意思是"需要改进"。

第 15 章

2007 年 12 月 2 日，天上飘着雪花。气温降到了冰点以下。

这种天气让乔安妮浑身发疼，但她从不对别人说。时候还早，还不到她的工间休息时间。

上午 9 点过后几分钟，乔安妮放下水桶，去工作人员休息室喝口热茶。一个主管注意到她不在岗位上，便写了一份违规报告，说乔安妮有 20 分钟"擅离职守，在午餐室休息"。[1] 具体来说，乔安妮违反了交通规则及细则 2A、2B、4A、4B、10A 和 11E——喝一杯茶违反了 6 条规定。

乔安妮必须做出解释。

她给出的书面解释是："我太冷了。"

圣诞节快到了。乔安妮的公寓仍然是全家聚会的中心。乔安妮表面上一如既往，戴上圣诞老人的帽子，放着节奏蓝调的节日乐曲。她对自己的病绝口不提，尽管她的腿看上去很不利索。[2]

香奈儿和她一起走过布鲁克林市中心的时候问她："妈，你为什么走得这么慢？"

"你要快走吗，骚货？"乔安妮怒冲冲地说，"那你先走。"

从乔安妮的工作档案中看得出她病况的蛛丝马迹。2008 年 2 月 7 日，乔安妮请了 3 天病假，说自己腰疼。上司警告说要把她放在"病假管制名单"上。被加入这个名单后，乔安妮不再去上班了。

乔安妮没有把这些告诉香奈儿，香奈儿自己的麻烦都理不清。过去

18个月，香奈儿付房租用的是市里的限时补贴。³这个项目的目的是鼓励财务独立。随着补贴的减少，房客需要自己补上房租的缺口。到2月时，香奈儿欠租违约了。

一家人又成了无家可归者，搬入了弗拉特布什（Flatbush）的一家收容所，达萨尼和弟弟妹妹们学期还没结束就得转学。新学校需要颜色不同的校服。和往常一样，香奈儿没有钱。

2月29日，香奈儿来到母亲的公寓。乔安妮正坐在椅子上看电视。她指了指卧室，香奈儿在那里发现了给每个孩子的新校服，大小一点不错。

在这种时候，香奈儿永远不知道该说什么好。她为自己感到羞愧，为乔安妮感到骄傲。香奈儿吻了吻母亲的前额，拿起装着校服的袋子离开了。

第二天晚上，乔安妮感到呼吸困难，打了911。

紧急救助人员用担架把她抬了出来。急救人员的记录显示，她"拼命呼吸，说不了完整的句子"⁴。乔安妮被紧急送到布鲁克林医院中心，医生对她展开了抢救。

40分钟后，乔安妮没有了脉搏。

一个工作人员在记录中写道，"启动急救"。

凌晨1点15分，乔安妮被宣布死亡，⁵终年54岁。

她在达萨尼6年前来到这个世界的同一所医院里咽下了最后一口气。

达萨尼凝视着敞开的棺材。

外祖母的样子变了。乔安妮的眼睛闭着，头枕在一个缎面枕头上。她的头发用一个奶油色发夹拢着，发夹的颜色和她身上穿的裤装颜色相配。乔安妮两颊抹的腮红太深了点，就连她的嘴唇都和以前不同。上下唇紧紧闭着，好似在使劲呼吸。

乔安妮的死对全家的打击如同一场车祸。谁都没来得及说再见，就连一听到消息就赶往医院的香奈儿也没有。香奈儿记得医生说她母亲"过去了"，好像在说"一块肉坏了一样"。

乔安妮死于动脉粥样硬化导致的心搏骤停。[6]她吸了好几年快克，容易得这种心脏病，[7]但不清楚乔安妮是否知道自己的状况。乔安妮没有留下遗嘱，也没给直系亲属留下什么指示。她的雇主纽约大都会运输署需要乔安妮的死亡证明和代理文件，然后才能发放她未领的工资和养老金，而办这些文件需要时间。没有这些钱，香奈儿付不起葬礼的花费。

谢丽出手帮了忙。

一家人能够在东纽约的胡安-约翰殡仪馆办葬礼，多亏乔安妮曾经的竞争对手承担了全部费用（算是借给香奈儿的钱）。从摆放的花到给达萨尼挑的裙子，每一个细节都是谢丽亲自安排的。达萨尼裙子的颜色是和她外祖母的裤装同样的奶油色。

6岁的达萨尼从来没参加过葬礼。她看着进到房间里的亲戚越来越多。她妈妈看到有些人时觉得讨厌，看到另外一些人时则泪如雨下，如同打开了水龙头。香奈儿把头埋在玛歌姨母的胸前，想起自己母亲身上的味道。大家沉浸在悲伤中，谁也没有注意达萨尼接下来的动作。

香奈儿抬起头，看到女儿正跑向棺材。

关于下面一幕的记忆是片断性的：达萨尼向前冲去。她的小手摸到了棺材。她的腿努力往里面爬。有人抓住达萨尼，她两腿乱踢，尖声大叫着外祖母的名字，好像这样就能把她唤醒。[8]

Nana！

乔安妮被火化后，骨灰装在一个黑色加银色的骨灰坛里。没有人讨论过埋葬她的事情。乔安妮一辈子都不肯进入黑暗封闭的空间，香奈儿不会违逆她的意思。她把母亲的骨灰坛带回家，放在架子上。

孩子们习惯了骨灰坛。他们带着它去野餐或者参加迎接宝宝出生的派对，偶尔会引起别人的惊诧。香奈儿不在乎别人怎么想，她知道乔安妮和家人一起旅行时最高兴。

2008年6月，香奈儿准备好了领取她母亲的养老金所需的全部文件。

表格上最后一个问题是："你认识死者多久了？"[9]

香奈儿工工整整地写下3个字。

"一辈子。"

乔安妮的死带来了新生。

她干了8年清扫地铁车厢的工作，一共挣了280 752美元，[10]从中存了相当一笔钱。乔安妮的养老金、抚恤金和未领的工资由她留下的3个孩子——香奈儿、拉蒙特和沙梅尔——平分。

香奈儿分得了4.9万美元。[11]她从来没摸过这么多钱。她脑子里各种主意开始有如泉涌。她和无上要开办一个"百分之五国"青年中心，或者可以开一家理发店。他们终于能够离开收容所系统了。

很凑巧，市里这时开始给无家可归的家庭提供一项新的补贴。这个项目名为"优势"（Advantage），与香奈儿上次参加的项目一样，提供临时房租补助。不过这一次，香奈儿有了自己的优势：她的遗产。

他们可以离开布鲁克林，住到纽约市的任何地方。但每个地方都有过去的幽灵，只剩一个区他们没待过了。

从斯塔滕岛的名字就看得出来，去那里不容易。在地图上，它与布鲁克林西岸隔海相望，看起来像是很不情愿当纽约市的第五个区。斯塔滕岛方圆60平方英里，没有地铁线与它相连，去那里只能坐渡轮过海，或开车经韦拉札诺海峡大桥（Verrazzano-Narrows Bridge）到达。大桥于1964年开通后，房地产中介把非裔美国人引到了经济不发达的北岸，那里的公共住房俯瞰着废弃的工厂和贫穷的街道。[12]

斯塔滕岛一直是纽约市种族隔离最厉害的区。[13]在纽约市这座民主党占优势的大都会中，斯塔滕岛是郊区的一个共和党阵地。1993年，斯塔滕岛居民以65%的高票赞成脱离纽约市。[14] 一条高速公路将岛上不同种族的居住区严格分开，当地人叫它梅森-狄克逊线（Mason-Dixon Line）[①]。[15] 高速公路南边是白人的飞地，这个地区在2016年和2020年两次总统大选中都坚定地支持唐纳德·J. 特朗普。[16] 北边的6个公共住房区构成了当地黑人社区的基础。这个小小的中心产生了斯塔滕岛最出名的产品：轰动一时的说唱团体武当帮。那是达萨尼童年的音乐。

达萨尼家里总是响着武当帮那节奏强烈的音乐，警告着革命和世界末日的到来。达萨尼多次在"百分之五国"叫作"议会"的会议上看到无上和武当帮成员亲密互动。武当帮的领头人是罗伯特·迪格斯（Robert Diggs），人称RZA。他十几岁时离开布鲁克林住到了斯塔滕岛，在岛上与世隔绝正合他意。说到斯塔滕岛，迪格斯说："你有呼吸的空间。"[17] 他们采用一种古老的中国功夫的名字，给斯塔滕岛取名"少林境"。[18]

达萨尼家现在要去少林境了。

---

① 美国内战期间自由州（北方）和蓄奴州（南方）的分界线。——译者注

第 16 章

达萨尼从来没坐过船，更没坐过渡轮。她跑到船尾，趴在船栏上看着螺旋桨开始转动，卷起一片带咸味的水雾。达萨尼伸出舌头去尝水的味道。她看着曼哈顿逐渐远去，摩天大楼越来越小，直到像玩具一样可以放进她手里。20 分钟后，渡轮在斯塔滕岛泊岸。

这里的一切都与别处不同。草多噪声少。全家人开始步行，拉着装在袋子里的衣服和食物。很快，他们就到达了他们第一个真正的家——北公民大道（North Burgher Avenue）上的一座两层两家庭砖房。他们有自己的门铃、自己的阳台，甚至还有一个后院。接下来的一年里，由于市政府新提供的房租补贴，家里每月 1 481 美元的租金完全由公家承担。[1]

孩子们在草地上跑来跑去，无上和香奈儿在自家住的那一层到处看，说着话，高兴得如在云端。达萨尼从未见过父母如此高兴。

"他们高兴，我就高兴。他们悲伤，我就悲伤。就像我和他们是连着的，就像我是用胶水粘在他们身上一样。"

达萨尼和弟弟妹妹们在铺满整个地板的地毯上滚来滚去。夜幕降临后，他们躺在那里，累瘫了。孩子们睡不着觉，四周太安静了。他们不习惯有这么多空间。

无上在武当帮成员经常光顾的一家理发店"天堂之剪"找到了一份工作。香奈儿动用储蓄买了一辆樱桃红的道奇杜兰戈（Durango）二手车，还去家得宝（Home Depot）买了一个带轮子的厨房工作台。她给女孩们的房间安上了印着芭比娃娃图案的粉色窗帘和相配的电视。她还买了一张跳跳床放在院子里，孩子们赤着脚在上面滑来滑去。无上在一旁烤牛肉饼，准备做汉堡包。

在起居室里，乔安妮的骨灰坛摆在最显眼的位置。毫无疑问，这是他们生活中最好的一段时间。过了好几年，香奈儿才明白这样的生活后来为什么会土崩瓦解。

当时的他们被狂喜冲昏了头，不明白只有知道该如何花时钱才算有用。认为钱能带来救赎就像认为一串钥匙能开车一样。金钱无法抹掉过去。顾客们来到理发店，坐在无上的理发椅上，看到的是无上那动作娴熟的双手。他们看不到那个在父母沉浸在毒瘾中时通过给弟弟们理发学会这一技能的 11 岁男孩。

金钱带来的是从过去这一切中逃离。

香奈儿第一次吃对乙酰氨基酚片时，能感觉得到自己的身体在平静下来。

香奈儿那次是在斯塔滕岛大学医院住院。2009 年 5 月 9 日，她因为喘不上气被急救车送到了这里。[2] 肺部活检显示香奈儿有肺结核，很可能是她小时候在皇后区一家无家可归者收容所感染的肺结核又复发了。在斯塔滕岛，一位医生给香奈儿开了对乙酰氨基酚片，说能缓解她的疼痛。住院 3 周后，香奈儿出院了，带着一张奥施康定（OxyContin）的处方——每月 120 片。

香奈儿吃奥施康定开始上瘾，但她不断告诉自己，这是医生开的。这是"药"，怎么可能"不健康"呢？很快，无上也开始对阿片类药物成瘾，加入了落得同样命运的美国白人的行列。[3] 后来，达萨尼的父母在街上买不到药片了，于是转向海洛因，同时谨慎地不让 ACS 发现他们在吸毒。

无上和香奈儿整日在毒瘾的迷雾中浮沉。他们在最清醒的时候都有工作。无上是理发师。香奈儿是公园保洁员，2009 年她一共挣了 3 038 美元。[4] 可是哪个工作都不长久，香奈儿继承的遗产很快就花光了。

　　已经 8 岁的达萨尼学习成绩开始下降。她三年级了，成绩却不及格。即使在她最喜欢的阅读和写作课上，她也集中不了精力。在一篇关于画家乔治娅·欧姬芙（Georgia O'Keeffe）的作文里，达萨尼写道："她望向天空深处。她拿起画笔和颜料开始作画，画她看到的东西。可以看到，乔治娅·欧姬芙看世界的方式——"[5]

　　作文到此戛然而止。

　　到 2010 年夏天，家里成了臭虫窝，房租补贴也到期了。布隆伯格市长解决无家可归问题的宏伟计划惨淡收场。2011 年，州政府撤回了对"优势"项目的注资后，布隆伯格宣布项目终止。[6] 参加这个项目的家庭中有四分之一以上再次失去住所，回到了收容所系统。[7] 收容所系统每个月花在每个家庭身上的钱大约 3 000 美元——比无上和香奈儿的房租补贴高出一倍有余。

　　8 月底，达萨尼一家登上渡轮离开斯塔滕岛，穿越水面到达曼哈顿金融区的南端。孩子们下了船，因为背着背包走不了很快。他们要去布朗克斯的无家可归家庭接收所。

　　自香奈儿带着两个女儿离开乔安妮家初次进入收容所系统以来，已经过了 7 年。这次，乔安妮的骨灰坛也跟着全家人一起来了，塞在他们的背包里。

　　他们乘了大约一个小时地铁，在南布朗克斯下车。他们在寻找新的家庭接收所，那是布隆伯格市长解决无家可归问题的项目的标志。这是一座现代化 7 层大楼，名为预防援助与临时住房办事处（Prevention Assistance and Temporary Housing），简称 PATH。建造这栋楼耗资 6 550 万美元。[8] 它面对着一条破败街道的街角，如同二手车停车场上的一辆特斯拉轿车一样鹤立鸡群。

孩子们拉着行李箱，抱着玩具，蹒跚走上斜坡。被禁的物品被留在了外面的人行道上，包括被遗弃在一个纸盒里的两只小乌龟。香奈儿特别喜欢爬行动物。她趁人不注意，悄悄把乌龟放进口袋，经过了安检。

连续6天，一家人来回穿梭：晚上在紧急收容所睡觉，白天来接收所排队，那里的平板电视上总是播放着动画片。

达萨尼讨厌干等。

终于，屏幕上显现出她家的号码。布鲁克林北部格林堡的奥本收容所有了一间空房。

全市各地有152个家庭收容所，[9]达萨尼偏偏被送到了她外祖母出生的地方。

奥本收容所的孩子走在街上一眼就能被看出来。他们神情萎靡，犹如刚移植到新土壤的植物——那是经历了长期流离失所的人遭受的所谓"根部休克"（root shock）[10]。

在达萨尼住过的9个地方当中，奥本感觉最像监狱。没人叫这个收容所的全名，正如没人说"赖克斯岛监狱"。两个地方都经常发生持刀斗殴，都是鼠粪遍地，饭菜冰凉，没有取暖。两个地方都给人提供住处，却又令人感觉如处炼狱，住的是循环往复的同一批人。

奥本收容所住客的罪过是长期无家可归。犯了这种罪过的人里有数百名儿童，他们的家庭是"逗留时间最长的"，需要通过"密集案情管理"帮他们找到工作和公寓。[11]雪上加霜的是，奥本收容所唯一的住房专家一年前去世后，这个位置再也没有补上。[12]同时，布鲁克林正在成为美国最昂贵的租房市场之一。[13]

达萨尼适应了奥本收容所有辱人格的程序。

她学会了排队领取收容所预制的"瑞典肉丸"，对饮水机里的蟑螂和地上的老鼠屎熟视无睹。她学会了注意时间，催促妈妈赶在收容所晚10点的宵禁之前回去。如果香奈儿错过了宵禁，他们全家就会被"除名"，必须回到布朗克斯接收中心去"重新登录"，孩子们因此也就无法上学。

达萨尼沉默地看着奥本收容所的保安人员翻查她家的箱包，以"安全"为由把玻璃瓶和罐头食品扔出去——然而毒品、枪支和情人能通过消防通道畅通无阻地进入收容所。[14] 达萨尼找到了用词语自我欺骗的办法，把自己的住处称作"房子"，尽管她们一家人全挤在一个房间里。

达萨尼想出了保护隐私的办法，在需要脱衣服时，弟弟妹妹们轮流脱，一个人脱的时候其他人都看向别处。他们还设法绕过收容所的规定。收容所禁止住客带进来漂白剂，但清洁工又拒绝打扫公共厕所。于是，孩子们偷来清洁工的漂白剂，自己清洁厕所的地板。

达萨尼表面上冷静自持。她面无表情地看着工作人员责骂她 33 岁的母亲，像是责骂一个不听话的孩子。但是这种事情在她心里留下了印记。

"有时我想说：'你们为什么找我妈的碴儿？'"

找香奈儿的碴儿就是找达萨尼的碴儿。母亲和女儿是分不开的。她们感到同样的愤怒、同样的屈辱。感受在她们之间像氧气一样流通。

不过香奈儿仍然试图保护达萨尼，不让她知道最恶劣的事情。

收容所给每个家庭都制订了一份"独立生活计划"，目的是让他们将来搬出去。收容所的社工监督计划的执行。"不遵守计划将导致强制搬离"，负责香奈儿的社工 2011 年 7 月签字的一张表格上这样写着。就在同一个夏天，这个人摸了香奈儿的胸部。[15] 香奈儿向奥本的工作人员投诉了这件事后，那人被换掉了。但他没有丢掉工作，不久后还升了职。[16]

小一点的屈辱是家常便饭。收容所禁止使用熨斗，导致住客只能穿着皱巴巴的衣服去参加求职面试。

41 岁的家庭健康护理员杰内德拉·宾亚德（Jenedra Binyard）说：

"他们想让我去工作，但我看上去像一包冷冻干燥的咖啡豆。"

2010 年 9 月，达萨尼进入多尔西学校上学，她外祖母也曾在这所具有历史意义的小学上过学。但萨尼和乔安妮不一样，她是外来的。这是她 5 年内上的第五所学校。达萨尼现在是"收容所鼻涕虫"，是最底层的人，是别人的笑柄。

对"收容所鼻涕虫"耀武扬威的是 9 岁的斯塔莱莎（Staraisa），同学们叫她斯塔尔。她住在学校附近两个公房区中的一个——惠特曼公房区。

斯塔尔各方面条件都比达萨尼好。她的童年是在同一个公寓中度过的，住在一个地方没有动过。家里算上她一共只有两个孩子。虽然她父亲是酒鬼，但她母亲博妮塔（Bonita）做好几份工，保证家里 619 美元的房租能够按时支付。[17]

博妮塔对两个孩子的毕业典礼非常重视，从幼儿园开始就是如此。她相信，这些小小的仪式铺平了今后的道路。他们家有时需要食品券。不过他们有冰箱和炉子，因此能够计划每顿的饭食，设法让家里的食物撑到月底。而达萨尼家去店里买几次炸鸡就把食品券用光了。

斯塔尔和达萨尼相遇的时候，这些小差别根本不必说。事情很简单：斯塔尔有家，所以她赢了。这也许能说明达萨尼最初为何会做出那种侵略性的举动：她抢过斯塔尔的公寓钥匙，挑衅地摇晃着。

斯塔尔难以置信地看着达萨尼把她家的钥匙扔进了下水道。任何孩子做出这种事都是骄横无理的，更何况一个无家可归的孩子。斯塔尔回家后，把这个新来的女孩干的事告诉了母亲。

"你知道该怎么做，"博妮塔说，"她打你，你就打回去。"

在收容所，达萨尼尽量把注意力集中在她能控制的事上。她的一只宠物乌龟死了，但另一只长得不错。孩子们就叫它"乌龟"。检查员来检查时，达萨尼把乌龟藏在床下，等他们走了再拿出来。孩子们对食物也有一套相似的办法：他们把装着外卖食物的盒子轮流放进小冰箱冷藏，以防变质。

用香奈儿的话说，他们"变成了这个地方"。香奈儿甚至发明了一个动词来形容他们的情况：**收容所化**。去除**收容所化**的唯一办法是有真正的家。唯一对他们开放的家是谢丽在东纽约的房子，香奈儿在那里度过了生命的头12年，然后才离开去了自己的母亲乔安妮那里。

谢丽现在64岁了，脸颊柔软松弛，嘴唇布满皱纹。糖尿病夺走了她的健康，她走起路来拄着拐杖，像是比实际年龄大好几十岁。谢丽曾经在地下室办过托儿中心，生意兴隆，挣的钱足够送她收养的几个孩子上私立学校。不过那是多年前的事了。

谢丽的房子和她的健康一样，也每况愈下。无家可归者服务部门的调查员来看过，认为房子太拥挤，不适合儿童居住。但达萨尼和弟弟妹妹们周末仍然可以来访。

乔安妮死后，孩子们与谢丽亲近起来。他们注意到香奈儿叫谢丽"妈"，所以他们开始叫谢丽"外婆"。他们跟她要糖果吃，过生日跟她要钱，因为他们知道，香奈儿小的时候谢丽非常宠她。

谢丽的手时常发抖，但她的眼睛仍然生气勃勃，她的声音仍然震耳欲聋。她喜欢说她没时间理会"犹犹豫豫、瞻前顾后的人"，那是吉米·斯图尔特演的西部片里的台词。谢丽对这类电影百看不厌。

谢丽经常长篇大论地讲酒精和毒品会给人造成怎样的伤害。她对一个人说教，但声如洪钟，显然是要所有其他人都听到。她教训的对象通常是香奈儿。

在儿童服务管理局的催促下，香奈儿加入了一个新的戒毒项目。她在吃美沙酮，这是一种合法的合成阿片类药物，纽约市从20世纪60年代开始用它来治疗海洛因成瘾者。[18] 每天吃美沙酮能够阻断海洛因、羟考酮和其他阿片类药物给人造成的狂喜的效果。但香奈儿觉得用一种药品替代另一种药品似乎不合逻辑。美沙酮真的更好吗？她吃了美沙酮后感到头晕乏力。似乎没有人能成功戒毒，离开这个戒毒项目。

"这是一辈子的事。"香奈儿说。

香奈儿和无上正陷于又一个下滑的螺旋。食品券用光了他们就去偷，几乎无缘无故就彼此大打出手。在 2011 年 3 月 14 日那次最厉害的打架中，无上一拳打在妻子脸上。[19] 8 月末，他们分居了。

劳工节① 那个周末，香奈儿带孩子们去了谢丽家。他们忘了时间，错过了收容所的宵禁。香奈儿和孩子们跑到布朗克斯去重新登录，次日晚上才回到奥本收容所。

9 月 7 日他们走进 449 室时，发现屋里的东西大部分都没有了，包括他们的衣服、鞋子、照片、书、一台电视机、杂志——这些是他们生存的踪迹。[20] 香奈儿慌了，到处找她母亲的骨灰坛。她跑到楼下去找保安，达萨尼紧随其后。

"我母亲的骨灰在哪儿？"香奈儿尖叫。

事情的始末一点点清晰起来。一个工作人员付给一个住客 10 美元，叫他把房间清空，可能那个工作人员以为香奈儿他们不会回来了。有些家庭从记录上除名后再也没有回来。几小时内，其他住客就把这个房间劫掠一空，偷走了值钱的东西和其他物品。剩下的差不多全部扔进了垃圾箱。

香奈儿冲出收容所后门，引得火警警铃大作。后门那里有个巨大的金属焚化炉，里面装着奥本收容所的腐烂垃圾。香奈儿爬进去站在齐腰的垃圾中。她在脏尿布和腐烂的食物中摸索着，寻找她母亲的骨灰坛那光滑的弧线。

香奈儿觉得她母亲陷在了里面，被从四面八方压着。香奈儿告诉自己，这里不能是乔安妮最后的去处。恶臭熏得香奈儿作呕。她的脚深陷

---

① 每年 9 月的第一个星期一。——译者注

在垃圾堆里。香奈儿不知道，这个垃圾箱离坎伯兰医院原来的太平间只有几米远。

香奈儿一边咒骂一边哭泣。她听到有人在叫喊。她乱舞着双臂，把垃圾扔得到处都是。

最后，她住手了。

香奈儿站在黑暗中。她母亲是在这座楼里出生的。57 年后，她的骨灰在垃圾堆里再也找不回来了，而她无法改变这个事实。

第 17 章

奥本收容所楼上那个房间似乎受到了诅咒。

乔安妮生前死后都一直保护着他们一家。即使她留下的遗产都花光了以后，她的骨灰也是护身符，能击退邪祟。孩子们相信这一点。

香奈儿在房间里踱步。她又没钱了，可孩子们明天就要开学了。无上是指望不上的，他现在住在斯塔滕岛他表亲那里。

香奈儿认为奥本的工作人员也不会关心。不过她还是提出了投诉，在投诉表上方的一栏，她把自己的抱怨总结为："我所有的一切都被扔进了垃圾箱。"[1]之后，香奈儿用潦草的印刷字体写道："我不知道该怎么办我的孩子明天开学我什么都没有。"① 香奈儿几乎是顺带提到，负责她案子的社工不久前"摸"了她——这个问题太普遍了，香奈儿从未想过单独就此提出投诉。她在这段结尾处表示了和解："和平。"

第二天，9月8日，香奈儿把孩子们留在房间里，自己上街找钱。在桃金娘大道上，一个男人走近她，问哪里可以买毒品。此人看起来不像密探，于是香奈儿带他去了公房区一个毒贩那里。很快，香奈儿被戴上了手铐，并被指控藏毒。[2]她说那是没有的事。既没有毒品也没有钱作为证据。后来法院也撤销了对香奈儿最严重的指控。

---

① 香奈儿的原句中就没有使用断句的逗号。下文中香奈儿和其他一些人的文字还有类似情况，不再一一注释。——编者注

那天夜里香奈儿没回来，达萨尼感觉出事了。有人敲门。达萨尼告诉孩子们别出声，但敲门声一直不停，最后门被大力推开。奥本收容所的一个主管和无家可归者服务局的一个工作人员告诉孩子们穿上衣服，然后把他们带到一个办公室，等他们的父亲来。晚上 10 点 20 分，无上回到了奥本收容所。

至此，儿童服务管理局断断续续地监视达萨尼一家已有 7 年的时间。香奈儿被捕后，ACS 命令对她做更多的毒品筛查。香奈儿和无上拒绝配合，于是 ACS 向法院要求把孩子们与他们的父母分开。

当纽约市家事法院审理虐待儿童案件时，穷人有权得到免费律师服务。[3] 法官给每个当事方都分配了一位律师：香奈儿一位，无上一位，7 个孩子一位。案件于 2011 年 9 月 20 日开庭审理，孩子们的律师马蒂·法因曼（Marty Feinman）反对把孩子们送走。他对法官说，"把这 7 个孩子从他们共同生活的环境中剥离……送到城里不知何处的寄养家庭去，让他们去不知何处上学或上托儿所或得到援助"，他"不相信这符合孩子们的最大利益"。[4]

法因曼还说，把达萨尼和弟弟妹妹们分开"比让他们留在原处风险更大"。

法官做了折中：孩子们留在无上身边，由 ACS 实施监督，但香奈儿必须离开，允许她在有人监督的情况下与孩子们见面。如果香奈儿达到了法院的要求，最终她会重获作为母亲的权利。

在格林堡公园的一条长凳上，香奈儿把消息告诉了孩子们。"要互相照顾。"她告诉孩子中的老大。

达萨尼一直保持沉默。

她不知道详细的情况：她妈妈毒瘾复发；ACS 现在正监督着无上；再出一次错，这个家就要被拆散；最重要的是，香奈儿又怀孕了。达萨尼只听到妈妈要离开。妈妈的临别之言在她脑子里回响了好几天：

要互相照顾。

这句话有很多含义。它意味着别找麻烦，因为无上是个凶狠的家长。如果孩子们笑的声音太大，他会大吼"闭嘴！"，把孩子们吓得噤若寒蝉。如果孩子们不听话，肯定会被皮带抽。香奈儿软化了无上，正如乔安妮的骨灰坛让香奈儿变得温和。家里没有了这些女主人，一个新秩序即将出现。无上将其总结为3个字——"我是王！"并用黑色记号笔写在达萨尼的床头。

香奈儿进了西奈山医院在布朗克斯的一家戒毒所，住在一个无菌房间里。一切都感觉空荡荡的。她无法想象生活中没有她孩子的吵闹声，没有他们乱糟糟的声音和气味。

孩子们来看她时，必须有社工在场。孩子们把脸贴在香奈儿肚子上，一个新宝宝正在里面成长。

"你想再把一个孩子带到这个世界上来吗？"无上问他妻子。

完成28天的戒毒后，香奈儿回到了她生活开始的地方。谢丽仍然随时欢迎她回来。大多数晚上，她俩沉默地坐在一起，分吃中式炒面和炸鸡。

香奈儿决定留下这个孩子。她找到了一份在杜安里德连锁药店当保安的工作，几年来第一次有了收入——每月1 098美元。[5] 随着孕期的进展，香奈儿不想再吃美沙酮，觉得对宝宝有害。但社工和毒品顾问这些靠监督香奈儿的生活领工资的人似乎都不担心：美沙酮宝宝出生后，可以"切断"对他们身体的美沙酮输入，他们会慢慢适应。

莉莉出生后，在金斯县医院中心的新生儿重症监护室待了两个半星期。[6] 一个护士教无上如何"减少美沙酮"——逐渐减少莉莉的美沙酮用量，直到彻底断绝。[7] 莉莉表现出了很多症状：颤抖、腹泻、发烧、"皮肤上起斑"、睡眠不好、食欲不振。一名医院的工作人员写道，莉莉常常"发脾气，尖声哭叫"。

4月3日，无上带着莉莉离开医院，回到449室。小婴儿白天黑夜地哭，达萨尼忙着跑到食堂去热奶瓶里的奶。周末时，孩子们去看妈妈，由谢丽在旁监督。他们大叫着"妈妈！"冲上楼梯。达萨尼总是第一个跑到，把头扎到香奈儿怀里。她俩这样能站好几分钟。

达萨尼从妈妈的腰围大小上就能知道她过得如何。如果达萨尼双手能环绕香奈儿的腰，就说明香奈儿没有食欲。如果香奈儿吃饭吃得好，达萨尼根本搂不住她的腰。

"嗨，穆卡。"香奈儿柔声说。达萨尼闭上眼睛，深深吸入妈妈身上薄荷香皂的气味。

孩子们每人都有奇怪的昵称。

穆卡、玛玛、帕帕、上帝、娜娜、哈达、玛雅、莉莉。

孩子们不知道这些名字从何而来，它们来得很快，就像香奈儿给他们编头发一样。香奈儿从早上就开始编，好赶在日落前完成。香奈儿把女孩们的头发梳通，分成一小块一小块的，疼得她们龇牙咧嘴。她的手指上下翻飞，编出一行行整齐完美的辫子。谁也不能说她的孩子"邋遢"，尤其是当她不在旁边为孩子们说话的时候。香奈儿给最后一个女孩编完头发后，手都是麻的。

谢丽以自己的方式照料孩子，主要管着他们守规矩。他们做作业了吗？学习成绩如何？谢丽认为谁也不如达萨尼潜力大。达萨尼天生既聪明又顽强。但达萨尼也继承了她母亲的暴脾气，一点就着。这样的脾气可能会毁了她。

"达萨尼很能打架，"谢丽一天下午告诉我，"好家伙。她敢和任何人……和外面的任何人干仗。达萨尼会撕了他们。你也看到了达萨尼个子多小，她不管你块头多大都敢和你干。你要是得罪了她，可要小心。"

斯塔尔就是这样。学生们在学校礼堂看电影《戴帽子的猫》（The Cat in the Hat）时，她扯了达萨尼的头发，达萨尼回手一拳打在斯塔尔脸上。现在她俩成了死敌。

不过，谢丽认为这些不过是中学时期的杂音，达萨尼还有时间。她和她母亲不同，她能摆脱过早怀孕和吸毒成瘾的陷阱。事实上，达萨尼远不止有救而已。她会继续向上，不仅能上大学，还能上研究生院。

谢丽的依据是达萨尼的表姐希娜（Sheena），她是谢丽养大的众多孩子中的一个。希娜的学习成绩不错，被缅因州中部的肯特山寄宿学校（Kents Hill School）录取。[8] 从那里毕业后，希娜靠奖学金上了贝茨学院（Bates College）。现在她正在攻读教育学硕士学位。

希娜出头了。

为了激励达萨尼，谢丽找出了希娜上的寄宿学校的一份闪着光泽的小册子。达萨尼也可以享受那起伏的草坪、网球场和图书馆。她只需要上课集中精力，别惹麻烦。

上课集中精力。别惹麻烦。

达萨尼回到奥本收容所后，把小册子塞进了她的衣柜抽屉。

2012 年的夏天要到了，达萨尼因成绩不及格，五年级毕不了业。[9]

她的学校也不及格。纽约市教育局给多尔西评了个"差"。[10] 布鲁克林第一所为黑人孩子开办的学校面临关门的危险。[11]

毕业典礼上，同学们一个个拿到了毕业证书，达萨尼却只能拿着一面小国旗。她必须上暑期班。如果她在暑期班学习及格，她可以从多尔西毕业，去两条街开外的麦金尼上学。

这个挑战令达萨尼兴奋。一个夏天很快就能过去。这好比赛跑看到了终点线。"我会成功的，妈妈。"她说。

香奈儿自己也要接受考验：由 ACS 实施的检测。负责香奈儿的社工注意到了她最近的进步：香奈儿每天都去参加美沙酮戒毒项目，也出席家庭团队会议，就连她的尿检都是正常的。

8 月 2 日，离开 10 个月后，香奈儿终于获准在 ACS 的监督下回到奥本收容所与家人团聚。

香奈儿离开了谢丽家，达萨尼也从多尔西毕业了。

母女二人一起回到了闷热难耐的 449 室。

第 18 章

2013 年 4 月 3 日早晨，还有不到两个月就是达萨尼的 12 岁生日了。上一年 9 月，达萨尼开始在麦金尼上学，但她最近被校长霍姆斯小姐停学了。

达萨尼穿着自己最好的开襟毛衣走上学校的台阶，她急切地想试试妈妈教给她的那些话。

您的春假过得怎么样，霍姆斯小姐？

（停顿片刻，等待霍姆斯小姐问同样的问题。）

哦，过得好。我没惹事！

（等待霍姆斯小姐笑出声来，然后走开，表示出自新的决心。）

得去上课了！

达萨尼在校长办公室门前徘徊。来找霍姆斯小姐的学生太多了，达萨尼只得去了自己的教室。接下来的几天里，她上课注意听讲，在走廊里不吵不闹。

"达萨尼换了一个人。"学校的保安安德鲁斯说，满脸疑惑地扬起眉毛。达萨尼的老师赫斯特小姐同样心里没底。仅仅两周前，这个女孩还在挑战别的学生，要和人家打架。赫斯特小姐不知道达萨尼的改过自新能否持续。

达萨尼自己也有怀疑。打架令她感到强大，她打起架来会忘了其他的感觉。多年后她才知道，那种感觉叫"脆弱"。

"因为我不喜欢善良，因为别的孩子会利用这一点欺负我。"达萨尼在一次午饭期间对我说。她的有些感情只表露在诗句中。最近她写了一首诗，题目是《独自一人》：

> 我整天哭泣
> 找不到陆地
> 没有立足之地
> 在没有朋友的船上
> 鲨鱼想把我吞掉
> 我再次死去

达萨尼仍然去见学校的辅导员罗克珊。她们一起玩播棋，讨论"愤怒管理"。达萨尼觉得这是个奇怪的概念。她不认为自己的愤怒需要"管理"，尤其是如果愤怒管理会影响她打架的时候。打架要打赢，愤怒很重要。达萨尼只有打赢了架才能保全自己的名声和身体。

按照这个公式，愤怒＋打架＝胜利＝生存。

没有一个麦金尼的大人会告诉达萨尼不要生存。他们要做的是引导她转向另一种自我保全的形式：避免和人打架。

罗克珊让达萨尼叙述一次典型的打架，让她细细描述每一个动作。这事不难：打架总是因为嘲弄引起的。一听到别人的嘲弄，达萨尼就心跳加速、呼吸急促，就不再受理智的控制。

"我的身体好像一下子就兴奋起来了。然后我就拳打脚踢了。"

罗克珊提供了一个办法：达萨尼听到第一声嘲弄时，必须用鼻子吸气 10 秒钟，然后用嘴呼气 10 秒钟。

达萨尼试了一次。后来的一个星期里，她不断地练习。

"首先要闭上眼。然后吸气，然后呼气，"达萨尼给我示范着说，"你用鼻子吸气，然后用嘴呼气。"

这给了她看不见的力量。

"我想伤害谁的时候，我想打架的时候，或者我特别悲伤的时候，我就深呼吸，"达萨尼告诉我，"真的管用。"

达萨尼的学校和她住的收容所相隔两条街，这段路如同雷区，到处是醉鬼、娼妓、毒贩和警察。到那年夏末，已经发生了 6 件谋杀案需要当地警方调查。[1]

达萨尼知道必须快走。她可以溜过大人身边，但她躲不开同龄人，特别是她的老对头。

斯塔尔现在比达萨尼高了一英尺，体重比 70 磅的达萨尼多一倍有余。斯塔尔走起路来虎虎生风，向前探着头，好像随时准备战斗。她的眼镜盖住了她浅棕色的眼睛和长长的睫毛，影响了她的美貌。大部分时间里，斯塔尔都板着脸，紧抿着嘴唇，像是憋着一肚子火。

斯塔尔和达萨尼之间的紧张关系长期以来一直在酝酿翻滚，如今几乎到了沸点。她俩要打一架的传言满天飞。接下来那个星期二放学时，达萨尼被一群女孩团团围住。

"你要和她打架吗？"一个女孩问。

斯塔尔在旁边转悠。

"不！"达萨尼说，"霍姆斯小姐说我要是再打架就让我停学。"

听了这话，斯塔尔走上前来一巴掌狠狠地扇在达萨尼的左脸上。

人群安静了下来。

吸气 10 秒钟。

"你以为打疼我了吗？"达萨尼说，"这不过是在给我挠痒痒。"

斯塔尔狠狠瞪着达萨尼。

突然，阿维亚娜出现了，冲到二人当中。

"你最好离我姐姐远点，"阿维亚娜对斯塔尔大吼，"不然我就对你不客气。"

人群散去，两姐妹也赶快跑开。她们去教堂要迟到了。她们的父母是"百分之五国"的信徒，但她俩仍然去教堂。她们的外祖母乔安妮小时候去的也是这家流动教堂。因为充当教堂的面包车上贴的卡通人物，乔安妮把这家流动教堂叫作"瑜伽熊"（Yogi Bear）。牧师仍然把面包车停在老地方，就在沃尔特·惠特曼图书馆对面。

牧师们就像精神上的花衣魔笛手（Pied Piper），用糖果换取教众的灵魂。这样的交易有时有些勉强。白人牧师笨拙地跳着霹雳舞，孩子们则假装祈祷。稍微像样一点的团体也许不会闹这些花样，但没有其他人来传教。只有瑜伽熊。这也是达萨尼喜欢他们的原因，就像她喜欢赫斯特小姐和霍姆斯小姐一样。能来是最重要的。

达萨尼和阿维亚娜跟着牧师重复着："耶稣为我而死！"

第二天早上，两姐妹被吼叫声吵醒。

无上对着香奈儿的后背猛推了一把。孩子们看到他们的父亲开始打包，哭了起来。

发生这种事情时，达萨尼没有血缘关系的弟弟和妹妹——娜娜和哈利克——一声不吭，好像他们不出声别人就看不到他们似的。他们知道，无上如果离开就会把他们带走。上次他们离去时，娜娜才 5 岁，哈利克 6 岁。

无上停止了打包的动作。

"我不走。"他说。

在布鲁克林达萨尼常去的那条街，你可以在闷不透气的熟食店买 3 美元一瓶的麦芽啤酒，用食品券换香烟，也可以穿过马路到现代艺术装饰风格的时髦的工厂式酒庄买 740 美元一瓶的超大瓶霞多丽白葡萄酒。

4 月的一个下午，那个挂着"虬曲藤蔓"招牌的酒庄外的一张招贴广告引起了达萨尼的注意：**品酒，今晚 5 点至 8 点**。

达萨尼对酒几乎一无所知，但她知道她妈妈喝了酒会变得温和起来。达萨尼指向那个广告，香奈儿二话不说就带着 4 个孩子走进了桃金娘大道上的这家酒庄。他们拿着两个装着比萨的油腻的大盒子，还有从塔吉特百货商店买的超大包装的尿布。

收银员愣住了。侍酒师露出微笑。

"想试一点玫瑰红酒吗？"她开朗地问道，从一瓶 2012 年份的 Mas de Gourgonnier 葡萄酒里倒出来一些。"我得说这种酒入口绝对有水果味道。"

香奈儿一饮而尽。

"但非常爽口、干、别有风味——"

"不是别有风味，"香奈儿说，"我只是觉得……干。"

"不，是**非常**干。"侍酒师说。她是个活泼的金发女郎，戴着金属边框的眼镜。"这是高酸度的酒，有一点柑橘味。"

香奈儿吐出舌头。她觉得这个女人用的字眼不合她的口味。侍酒师似乎感受到了香奈儿的冷淡，放柔了语气。

"你想尝哪一种都可以，"她说，"我只是要让你知道。"

"我都要尝！"香奈儿答道。

"这是一种希腊白葡萄酒。"侍酒师说。

陈列的各种酒旁边有一个银色大坛子，很像他们丢失的乔安妮的骨灰坛。哈利克盯着那个坛子。"这是放人用的吧？"他问侍酒师。

香奈儿翻了个白眼。"那不是骨灰坛。"她嗤之以鼻。

"哦，天哪，火化后的骨灰吗？"侍酒师问道，然后摇摇头，"我们用它吐酒。"

"吐？"香奈儿大吃一惊。

"是啊，那里面是被拒绝的酒。"侍酒师说。

香奈儿冷笑一声。她也许不喜欢这种酒，但她认为没理由"拒绝"它。她走到一瓶托斯卡纳桑娇维塞（Sangiovese）酒前面。

达萨尼不注意这些。她扫视着酒庄各处。看到墙上的"利口酒"

（liqueur）标志时，她皱起了眉头。

"他们把'烈酒'（liquor）拼错了！"达萨尼得意地大叫。

其实，侍酒师插嘴说，那是个法语单词，意思是用石榴和覆盆子等水果酿造的精致的液体酒精。"不过你说得很对，"她补充说，"'烈酒'的拼法不是这样的。"

"不是穷人喝的烈酒。"香奈儿说。

有时，达萨尼会信步走到格林堡公园的另一边。那里是一大片草坪，阳光好的时候能看到浅色皮肤的女人在那里做日光浴，或者在一个改造后的狗用饮水机附近打网球。

达萨尼在桃金娘大道往北几步之遥的 Bravo 廉价超市里从来见不到那些女士。Bravo 超市有一面"耻辱墙"，贴满了用拍立得即时成像相机拍的窃贼的照片。那些人被迫拿着他们偷窃的 Goya 牌豆子和卡夫（Kraft）芝士等货品拍照，照片上他们的内心感受表露无遗。在一张题为"当日捕获"的照片里，一个名叫玛丽的女人举着一个金枪鱼罐头。

达萨尼推断，财富属于"白人"是因为"他们把钱存起来，而不是花在抽烟喝酒上"。格林堡的人群组成可能加强了她的这个看法：这里最顶层 5% 的居民挣得的收入是最底层 20% 的 76 倍，格林堡因此成为纽约市最不平等的地区之一。[2]

有钱阶级的到来有好的一面。税基的扩大能够改善公立学校和公园，也能加强垃圾收集等市政服务。[3] 在理想情况下，绅士化也能改变学者所谓的"机遇地理"，可以扩大穷人的社交网络，增加一些孩子上大学的可能性。[4]

"我们难道愿意让市里的富人和穷人生活在完全相互隔离的地区，不想让他们比邻而居吗？"纽约大学城市规划教授英格丽德·古尔德·埃伦（Ingrid Gould Ellen）说。[5]

其实，格林堡绅士化最早的先驱是非裔美国人。[6] 这个地区曾经被画过红线，银行拒绝在这里投资。多年后的 20 世纪 60 年代，黑人中产阶级家庭开始买下格林堡的褐砂石住宅。

20 世纪八九十年代，出现了一股文化复兴风潮，常常被拿来与哈勒姆文艺复兴（Harlem Renaissance）[①] 相提并论。黑人作家、音乐家和演员纷纷来到格林堡安家，包括克里斯·洛克（Chris Rock）、艾瑞卡·巴度和布兰福德·马萨利斯（Branford Marsalis）。[7, 8] 他们的实际首脑是斯派克·李（Spike Lee）[②]，他 1986 年执导的关于纽约市的电影《稳操胜券》（*She's Gotta Have It*）所讲的故事就发生在格林堡。[9]

2001 年达萨尼在这里出生的时候，黑人家庭在格林堡占主导地位已经长达半个世纪。此地是被《本质》（*Essence*）杂志称为布鲁克林的"黑人麦加"的心脏地带。[10] 理查德·赖特（Richard Wright）[③] 1940 年发表的具有里程碑意义的小说《土生子》（*Native Son*）的有些段落就是在格林堡公园的长凳上写成的。[11]

然后巨变来临。

很多变化始于 2003 年，那年布隆伯格市长制订了改造布鲁克林市中心的计划。[12] 在大刀阔斧的重新分区和丰厚补贴的推动下，短短 3 年内，开发商在格林堡破土动工了 19 栋豪华大楼。[13] 没出 10 年，格林堡的房地产价格翻了一番，[14] 白人居民所占比例猛增了 80%。[15] 同时，黑人在格林堡拥有的店铺据估计有四分之三关了门。[16]

发生在布鲁克林的是白人逃离的反面——某种白人登陆。[17] 这个情况隐晦地体现在"阶级语言"当中："受过教育的"专业人员的到来提振了"低收入"租户社区。但肤色界线挥之不去：曾经用红线勾勒出来，

---

① 20 世纪二三十年代纽约黑人聚居区哈勒姆的黑人作家发起的文学运动。——译者注

② 美国著名黑人导演，曾获奥斯卡奖，代表作《为所应为》《黑潮》《黑色党徒》等。——编者注

③ 美国黑人小说家、评论家。——译者注

黑人无法买房的街区后来成了房地产市场最火的街区。[18, 19]

2014 年，达萨尼在普瑞特艺术学院参加赛跑的一年后，斯派克·李站在普瑞特的舞台上发表了纪念黑人历史月的讲话，痛斥绅士化。

"然后是操他妈的克里斯托弗·哥伦布综合征，"李愤怒地说，"你不可能发现这里！我们一直在这里。"李把格林堡公园比作威斯敏斯特犬展（Westminster Dog Show），"两万条狗跑来跑去"。他痛心地讲到他的爵士乐手父亲在 1968 年就在这里买了房子，却在 2013 年因弹奏原声贝斯被新邻居打电话报了警。"你来到人家几代人的文化扎了根的地方，你不能一来就他妈要改，难道就是因为你来了？"[20]

同样的力量也在重塑 Bed-Stuy 这个历史悠久的街区。[21] 达萨尼的曾外祖父琼恩初到纽约时就住在这里。达萨尼的老师赫斯特小姐仍然住在此地。赫斯特小姐租住在一栋楼的地下室里。那栋楼拐角处有一个新潮咖啡馆，里面的浓缩咖啡一杯就要 4 美元。赫斯特小姐对附近新来的白人居民非常不满。他们走来走去，"好像我倒成了外人，我心想：'拜托，我是生在这里的好不好！'"。

达萨尼的母亲有时会想，若是让新来布鲁克林的这些人花些时间见识体验一下这个区的原貌，他们会怎么样。桃金娘大道上那个酒庄的对面有家理发店，理发师叫查纳，他店里的人总是满满的。理发店里，顾客闹哄哄地聊着天，窗台上放着一个鱼缸，几只乌龟在里面游来游去。达萨尼喜欢看那些乌龟滑过水面。她最喜欢的那只乌龟没有脚趾。

查纳的剪刀在顾客头上上下翻飞。当年桃金娘大道被称为"谋杀大道"的时候，这些人都还是孩子。香奈儿最喜欢的马文·盖伊（Marvin Gaye）唱的那曲 Inner City Blues (Make Me Wanna Holler) 在 1971 年首次播出的时候，他们中间有些人刚刚成年。达萨尼的外祖母乔安妮就是在那一年爱上桑尼小子的。

三代人后，达萨尼所在的"内城区"变成了被拦在外面的地方。

新布鲁克林一片喧闹嘈杂，手提钻声、推土机的轰鸣声和卡车倒车的哔哔声响彻四面八方。两年后，查纳的理发店连同没了脚趾的乌龟都将消失无踪。

仅仅几条街外，达萨尼住的收容所旁边的英格索尔和惠特曼两个公房区破败失修。对势利眼的投资者来说，这些公共住房难看碍眼，很不方便。他们得绕着走，但决不肯穿过。

对达萨尼和弟弟妹妹们来说，公房区是布鲁克林的最后一片天。这里没有叉车（尽管房屋亟待修缮）。这些楼房是 20 世纪 40 年代盖的，有些最高只有 6 层，所以仍能看得到月亮。"不会长久。"香奈儿说。一栋崭新的高楼俯视着乔安妮出生的地方，好似夺走了天空。

格林堡现在成了标志。对一种人来说，来到这里象征着成功。对另一种人来说，留在这里意味着失败。达萨尼暗下决心，自己要争气。

她说："在布鲁克林不会有出头之日。"

2013 年 3 月 9 日，达萨尼对妹妹们大叫："我是编舞的，你们必须练这些动作！"

她们正在谢丽家的地下室排练她们一年中最大的演出——一场极其重要的家庭活动。

香奈儿的表姐劳奇死于艾滋病近 15 年后，她的女儿贾斯蒂娜要生孩子了。贾斯蒂娜和另外两个没娘的孩子都是被达萨尼的外祖母乔安妮收养的。他们住在乔安妮那里，直到他们的外祖母玛歌戒毒后找到一份诊所接待员的工作。

现在玛歌要当曾外祖母了。她的女儿谢蕾尔和劳奇得病的时候，玛歌从未想到能有今天。大家还记得，谢蕾尔死后，医生尽力抢救她那未出生的孩子。得知婴儿的艾滋病病毒检测结果是阴性后，全家人欣喜若狂。那个婴儿现在 18 岁了。

今天晚上的庆祝与其说是为了迎接即将出生的婴儿，不如说是对这个家庭的韧性的证明。这是乔安妮的葬礼后赛克斯家族第一次举行这么大的聚会。香奈儿从自己的退税款中拿出 107 美元作为贡献。她丈夫的任务是做足够 80 个人吃的鸡翅。无上在谢丽的厨房里转来转去，绕过炉子和水槽之间的洗衣机。在歌手史努比·狗狗（Snoop Dogg）震耳欲聋的 Sensual Seduction 歌曲声中，烟雾报警器哔哔哔地响个不停。

家里人都知道，香奈儿会烘焙（玉米面包她最拿手），无上会做菜——他喜欢自称"主厨"。今天，无上在做他的"秘密酱汁"。他闭上眼睛，深深地吸进气味。只有业余厨师才动口尝。主厨一闻就知道菜做好了没有。

有一个电视节目叫《舌尖上的美国》（*Diners, Drive-Ins and Dives*），是漂白了头发的明星厨师盖伊·费里（Guy Fieri）主持的。[22] 无上一看就是几个小时。在节目中，费里遍访全美各地的餐馆，赞扬能够即兴发挥的主厨。无上 7 岁就被迫学会了这个技能，能用随便什么食材做出饭来。他最得意的发明是"但愿三明治"，意思是"但愿里面有我喜欢吃的东西"。他把白糖夹在两片面包中间，想象它有另一种味道。

人们说，真正的主厨能用冰箱里的任何食材做成一顿饭，无上对此不能苟同。果真如此的话，公房区里就到处都是明星主厨了。人因为饿而不得不做饭，但主厨必须有天赋。天赋表现在选择当中，要能选出店里最新鲜的食材，将其结合产生完美的结果。

"你得集中心神，"无上说，"做菜是有秩序的，知道吗？一切都有秩序……我喜欢法律和秩序。我不喜欢乱无章法。"

听这个连钱包都没有的人说这些话也许有些奇怪。但无上做菜时，一切都是按部就班的。

在这天晚上迎接新生儿的派对上，赛克斯家族将享受无上的招牌菜："蜜汁烤鸡翅加菠萝碎"。他特别强调"碎"这个字——不是片或块。无上还加上了"一点点"香草和"一小撮"肉豆蔻来"挑逗人们的味蕾"。

那是他酱汁的秘密所在。

楼下，达萨尼在谢丽的地下室里播放碧昂斯的音乐。她已经练习了好几天了，在奥本收容所公共卫生间的地板上滑来滑去，香奈儿在一旁嘟囔着说："你神经病。"

这天晚上，达萨尼的几个妹妹同意当她的伴舞。阿维亚娜随着音乐倒腾着步子，大口喘着气。相比之下，娜娜个子高，也比较灵活，但她没有节奏感。她跌跌撞撞地试图跟上达萨尼的舞步，却常常和阿维亚娜撞到一起。

她们越练，达萨尼就越丧气。她厉声呵斥，她们畏缩害怕。达萨尼命令她们从头来，妹妹们翻着白眼。

在兄弟姐妹的尊卑秩序中，达萨尼的最高地位无人质疑。就连她自己都忘了，严格来说，哈利克比她大。哈利克和达萨尼在同一家医院出生，哈利克早 4 天。那时香奈儿和无上还不认识。刚巧，无上当时的妻子基莉亚和未来的妻子香奈儿都是生头胎。她俩也许曾穿着同样的产妇袍在走廊里擦肩而过。

香奈儿能想象那样的情景——她们两人站在同一面窗户前看着自己新生的宝宝，达萨尼的哭声和哈利克的哭声混在一起。谁能想得到这两个毫无关系的孩子日后能到一个家里，在一个母亲去世后共享同一个母亲？

楼上谢丽的厨房里，11 岁的哈利克在扫地。他已经不记得亲生母亲的相貌了，但他还是会梦见她。几天前的一个夜里，母亲又出现在哈利克的梦中，对哈利克说："是我。"

哈利克现在在科尼岛（Coney Island）一家为有行为问题或有残疾的儿童办的公立学校上学。他早上 5 点起床去赶公交车，中间还要倒一次车，经常在学校还没开门的时候就到了。上一年 12 月，康涅狄格州纽敦镇（Newtown）发生校园屠杀案 3 天后，哈利克在学校说："我想像枪击案的那些孩子一样被杀死。"警察把他送去了路德医疗中心的急诊室。[23]

在大部分时间里，哈利克都沉默寡言。最让他受不了的是奥本收容所那个房间。他四面八方都是女孩，完全被她们包围了——她们的闲话、辫子、打架、虚荣。他最讨厌女孩们的打探。"我想有我自己的房子和我自己的房间，因为我需要有自己的隐私。"

哈利克退缩进了电子游戏中，想象自己是个武士。他想当警察"保护我自己"同时也"救别人"。他父亲建议他设立一个更高的目标：哈利克可以加入海军的海豹突击队。哈利克如果参军，就可以躲开他那些讨厌的妹妹，代之以他自己选择的兄弟情谊。

目前，他只有弟弟——5 岁的帕帕。哈利克的弟弟经常受到呵斥（"帕帕，下来！帕帕，放回去！"），但帕帕总是不听话地嘎嘎笑。帕帕爬墙头，追野猫，把姐姐们推进水洼，一刻也不消停。就连老师也拿他没办法。帕帕的幼儿园老师在给家长的信中写道，帕帕"做出各种响声扰乱全班。他在地板上打滚，躺在椅子上"，"怎么吓唬他也不管用！"。

谢丽被学校列为帕帕的紧急联系人，学校成天打电话让她不胜其烦。帕帕什么时候能学会守规矩？因为"我不能容忍你这样，小伙子"。谢丽责骂的话还没说完，帕帕就一溜烟跑走了。他在房子周边四处探寻，偷偷跑到房子后面。在那里，在生锈的汽车和丢弃的垃圾之中，野草蜿蜒爬上一面灰色的水泥墙。

帕帕不觉得这些东西不好或丑陋。他的童年就是在这些东西中度过的。他看到一个空啤酒罐，把它踩扁踢着玩，直到另有东西引起他的注意。帕帕喜欢自己会动的东西，比如蜘蛛、猫、蟑螂和蚯蚓。等到他鞋上沾满烂泥、兜里装着石子再次出现在众人眼前时，大家叫他的名字都叫厌了。

如果说每个孩子都有自己的角色，那么 7 岁的玛雅是家里的天后，6 岁的哈达是书虫，莉莉宝宝是小丑。莉莉刚开始学走路。她挥舞着胳膊，小腿一软向前栽去。她爬起来，高兴得咯咯大笑。路人看到莉莉的小胖脸和软软的卷毛都喜爱得不得了。莉莉和她父亲一样，看人的时候眼神专注，好似知道他们的秘密。莉莉使劲盯着人看，连眉头都皱了起来。达萨尼因此叫她"凶宝宝"。

但香奈儿认为莉莉皱眉表示她聪明。她开始教莉莉背字母表。现在，莉莉能说家里宠物的名字"乌龟"，叫达萨尼"萨尼"。莉莉也叫达萨尼"妈妈"。没有别人像达萨尼那样记得经常给她换尿布，还能对脏尿布里的东西泰然处之。

下午 5 点，达萨尼把弟弟妹妹们召集在一起。该离开谢丽家去参加迎接新宝宝的派对了。

"走得带劲点儿！"香奈儿喊道，手里推着一辆装满鸡翅的小车。

太阳要落山了。大约一个小时后，他们来到了 Bed-Stuy 的宴会厅。香奈儿把孩子们聚拢到身边。

"我告诉你们，"她说，"如果你们进了这个地方之后开始像疯了一样乱跑，我就把你们带到那个厕所去，**我会扒了你们的皮**。听懂了吗？"

第 19 章

香奈儿知道该怎么亮相。孩子们打头阵，像闪电一样冲进大厅。她自己踩着优雅的步子跟在后面，头高高昂起，似乎在说："我在养大 8 个孩子，你最近做了什么？"

玛歌姨妈向她张开双臂。玛歌无疑是香奈儿最喜欢的姨妈。她 56 岁了，看起来依然像个娃娃。她长着浓密的睫毛，涂着樱桃红色的口红，长长的卷发披散着。过去是乔安妮用一声洪亮的"你好啊！"来欢迎客人。她去世后，玛歌担起了这个任务。

玛歌怀孕的外孙女贾斯蒂娜穿着红色平跟鞋和一件漂亮的西装外套在房间里四处走。她妹妹德斯蒂妮（Destiny）和表妹小谢蕾尔跟她在一起。她们的母亲都被艾滋病夺去了生命。她们拥抱着达萨尼，扩音器里大声播放着大个小子（Biggie Smalls）和吹牛老爹（Puff Daddy）[1]的歌：

> 我总想要你
> 哪怕没人要你
> 如果我现在死去
> 我的爱仍然跟着你 [1]

---

[1]　两人都是美国著名说唱歌手。——译者注

大个小子是在 Bed-Stuy 长大的。这首歌在他被谋杀一年前的 1996 年发行，[2] 那年贾斯蒂娜 5 岁，她妈妈劳奇还活着。今天晚上，音乐播放师放的歌很多都是那个年代的。

一大片红色、黑色和白色的气球飘浮在房间上方，气球下方是一张藤编的双人椅。贾斯蒂娜和孩子的父亲一会儿要在那里开礼物，然后会切开一个长方形蛋糕。从贾斯蒂娜身上的白色新娘裙到莫斯卡托玫瑰红起泡酒（Moscato Rosé），再到派对小礼物，这个派对的一切都令人想起婚礼。现在几乎没有人结婚了。迎接新生儿的派对是仅次于婚礼的大事。

达萨尼脱掉外套，后悔穿了这身粉色运动服。不过莉莉的儿童车里塞着达萨尼的秘密武器：一双一尘不染的乔丹牌运动鞋。香奈儿最后还是屈服了，用她迅速减少的退税款给达萨尼和阿维亚娜各买了一双乔丹牌运动鞋，还给无上买了一身衣服。今天晚上，无上尽义务露了个面，把他的鸡翅摆出来，然后径自离开。

"什么样的男人会就这么走了，让他的家人自己回家？"香奈儿说。

不远处站着玛歌的前夫"飞快"。他们的两个女儿死后很久，"飞快"和玛歌仍然一起参加家庭活动。他们悲伤地看向他们外孙女的肚子。贾斯蒂娜试图保持轻松的气氛，开玩笑说孩子最好别遗传曾外祖父琼恩的红头发。

"外祖父的基因好，""飞快"说，"他上了高中。参过军。"

几分钟后，香奈儿示意贾斯蒂娜坐下，因为达萨尼要"向你致敬"。人群安静下来。人们举起手机开始录像。达萨尼鞠了一躬，她的头发编成莫霍克发型。她决定自己表演，不用笨手笨脚的妹妹们伴舞。她盯着自己的脚等待音乐开始。她仍然穿着旧鞋，决定留着那双乔丹牌运动鞋上学穿。

达萨尼开始时跳得比较小心，好像她仍然在奥本收容所的公共卫生间练习。她一个劈叉坐下去，差点摔倒。但她的身体很快进入了状态，投入了霹雳舞。她后空翻，然后单手侧翻，随着维罗·史密斯（Willow Smith）唱的 Whip My Hair 的节奏甩着头。

达萨尼跳起了一种叫 broke 的霹雳舞，用头倒立在地上，交叉踢腿。大家热烈鼓掌。达萨尼跳完后绕场一周，气喘吁吁地听着家人的赞扬。"我跳得真好。"她一边说一边看向贾斯蒂娜。

香奈儿微笑着走过来。

"跳得好，"她说，"可是你该穿你的运动鞋——换上你的新运动鞋——那样你就不会打滑。"

派对的气氛热烈起来。玛歌姨妈跳起了滑步舞，年轻人和上一代人隐然打起了跳舞的擂台。贾斯蒂娜的妹妹拿起麦克风对大家抱怨说她的手机找不到了。

"不用担心！"一个男人叫道，"都是家里人！"

那天夜里，孩子们回家时带了 20 个气球。他们沿着富尔顿街蹦蹦跳跳地走向地铁站。他们下到地铁站里，跳上地铁。突然，一个腹语艺人像变戏法一样出现了。

"看他！"玛雅尖叫。那个艺人和他的木偶开始表演，逗得孩子们笑声阵阵。香奈儿已经不记得他们上次这样开心是什么时候了。她摸遍口袋，把仅剩的 2 美元给了那个腹语艺人，然后带着孩子们在谢丽家那站下了车。

孩子们走出地铁站，寒意扑面而来。达萨尼抢过娜娜的气球。

"不要！"娜娜叫，"还给我！"

达萨尼逗她说："你应该许个愿，让它飞上天去。"

孩子们朝谢丽家走去，手里拉着的气球在街灯下一跳一跳的。帕帕一时兴起放开了手里的红气球。

孩子们抬头看着。

"它去天堂了。"帕帕说。

他们站在一起，看着天空吞没帕帕的气球。

几周后，赫斯特小姐站在全班面前，决定冒险一试。

"我和别人不一样，但我不后悔。"

赫斯特小姐很少讲自己的童年。她喜欢展望未来。但她的学生们成长的地方正是她逃离的地方，她想让学生们知道她的故事。"我知道我不想待在原来的地方，"赫斯特小姐接着说，"我没有为留下来做牺牲。我做出牺牲是为了**离开**。逃走，懂吗？"

教室里一片安静。

听老师谈论 Bed-Stuy 对达萨尼来说有些奇怪。the Stuy 是她妈妈长大的地方、她外祖母安息的地方、她自己仍然要去 ACS 约见的地方——9 岁的无上就是在那座建筑物里与弟弟们分开的。

老师本应来自别的地方。赫斯特小姐的话就像听说交通安全员曾经是达萨尼的母亲参加高中毕业舞会的舞伴一样令人意外。赫斯特小姐是在 **the Stuy** 长大的。

赫斯特小姐从自己的母亲玛丽讲起。[3] 玛丽和达萨尼的曾外祖父琼恩一样，原来住在北卡罗来纳州，还没上完小学就离开南方来到布鲁克林的 Bed-Stuy。玛丽在这里找到了一份裁缝的工作，爱上了一个不能同她结婚的男人。玛丽凭一己之力养大了 6 个孩子，其中一个是奥尔西娅·费丝·赫斯特（Althea Faith Hester）。

妈妈一直告诉赫斯特小姐她会有出息。她会念完高中，过上白人的生活。**你必须比他们好**，妈妈坚持说。**你必须比他们更努力。**

玛丽的家处处显现出自尊。她家在马西公房区的三卧公寓收拾得一尘不染。孩子们的衣服都是玛丽自己动手做，最开始是用床单改的。谁也不敢坐家里的金色沙发，所以它一直像新的一样。玛丽只要出门，必然先把头发梳整齐，在脸上化好妆。

赫斯特小姐没有朋友。她说："别人都以为我们家有钱。"她大部分时间都待在家里，远离所在街区的暴力。星期天，赫斯特小姐看着父亲在一个临街教堂的讲坛上布道。他口才出众，玛丽称他为"大 B"，

B 的意思是"主教"（bishop）。玛丽被他抛弃了，却仍然十分尊重他。那个人声如洪钟地宣讲着道德，浑身散发的魅力掩盖了他的虚伪。

赫斯特小姐 11 岁时，布鲁克林的学校开始解除种族隔离。[4] 她参加了第一批校车项目，每天早上乘校车离开 Bed-Stuy 去布鲁克林一个叫密德伍德（Midwood）的地方上学。那里的白人男孩追着她向她吐口水，叫嚣个不停。

滚出我们的地方！

赫斯特小姐埋头学习，以此屏蔽外部世界的纷争。她在高中最喜欢的课是高级文学，教这门课的老师是学校的传奇人物菲莉丝·贾菲（Phyllis Jaffe）。"我特别喜欢她用的词汇，"赫斯特小姐说，"她对你写的任何东西都那么**恼火**。什么都不够好……我觉得自己永远达不到她的标准。但那不是因为我是黑人，而是因为她是位出色的老师。"

赫斯特小姐 16 岁时，学习成绩足够出色，能够申请大学，还获得了纽约州立大学科特兰分校的奖学金。[5] 如果赫斯特小姐是男孩，这是个好消息。她的兄弟们就是证明：一个后来成了律师，另一个是心理学家。但赫斯特小姐的母亲说女孩不该离开家去上大学，而是应该"嫁出"公房区。

赫斯特小姐不听劝，自己用一个橙色大行李箱装好了行李。妈妈拒绝送她去汽车站，她就自己拉着行李箱沿公园大道离开了家。在大学，她靠给别人家打扫卫生挣生活费，获得了英语专业的学士学位后，又在2004 年获得了杜鲁学院（Touro College）的两个硕士学位。[6]

公房区的人们嘲笑赫斯特小姐想"当白人"。她对那些闲话毫不在乎。赫斯特小姐在任何地方都潇洒自如。她的词汇范围很广，从俚语 ain't 到标准的 isn't 任意变换，不理会任何视其为背叛的人。

"与众不同需要很大的勇气。"赫斯特小姐告诉她在麦金尼的学生们。

达萨尼认真听着。

"有些时候你必须孤独。"赫斯特小姐环顾着教室说。

"我一秒钟也没有后悔过,"她一巴掌拍在课桌上,"那是我的**道路**!"

全班一动不动。

"你们明白我的话吗?"赫斯特小姐颤抖着声音问道,"你们在生活中有时会觉得怪异,你会觉得自己与众不同。这样很好,就这样保持自己的本相不要变。"

达萨尼紧紧盯着老师。

"永远不要因为你的本相而道歉,"赫斯特小姐说,"永远不要!"

* * *

达萨尼想到未来时,知道自己不会是什么样。她不会辍学。她不会吸毒,也不会抽烟喝酒。她不会加入帮派。

几条街开外,就在达萨尼搬进奥本收容所的同一个月,她隔了一代的表亲凯克斯(Cakes)被枪杀。[7] 7年前,凯克斯的姐姐莎克莎(Shakesha)被男朋友强奸后闷死了。[8]

达萨尼不会结婚,除非她能找到一个"温和的人,一个不凶狠的男人"。她不会生孩子,除非她能养得起。她不会流落街头。

至于她以后会是什么样,达萨尼不太能够想象。人们总说她若想生活中有选择,就必须争取上大学,但谁给她付学费呢?"没人出钱让你上大学。"达萨尼模仿着妈妈的声调说。谢丽每次炫耀从贝茨学院毕业的希娜的时候,香奈儿都会这么说。[9]

达萨尼的同学们说以后想当说唱明星或运动员,靠着一次好运逃离他们的世界。达萨尼也这样想。她的生活充满了极端。要摆脱极端贫困,她当然必须变得极端富有或极端如何如何。至于到底如何,达萨尼不确定。怀有梦想意味着对未来抱有信心。

"我从来不做梦,"达萨尼说,"哪怕我想做梦也做不了。"

达萨尼只相信自己看得到的，赫斯特小姐正是真实的存在。赫斯特小姐离开公房区，去了一个达萨尼只能想象的地方。赫斯特小姐能做到这一点，是因为她努力学习，获得了上大学的奖学金。

但是就连赫斯特小姐自己也知道，做到她这样很不容易，尤其是对达萨尼这样的女孩来说。"她有的我没有——所有那些弟弟妹妹，"这位老师说，"她对他们有一种忠诚，如果他们中间有某个人觉得达萨尼不需要离开，那问题就来了。"

达萨尼是典型的"家长化儿童"，而且她的自我牺牲倾向特别强烈。赫斯特小姐说，达萨尼是那种"在氧气耗尽的时候给所有其他人戴上氧气面具"的女孩。

才 11 岁的达萨尼对男孩没有兴趣。但她的老师一次又一次地看到像达萨尼这样的女孩为了得到自由蓄意怀孕。毕竟，照顾一个婴儿比照顾 7 个孩子更容易。赫斯特小姐说："怀孕是为了逃离。"

目前，赫斯特小姐只把这些想法埋在心底。

赫斯特小姐的行李箱的故事提振了达萨尼的精神。那天下午，她和同班的唐（Dawn）一起走回家。她们边走边讨论历史课上要做的一个关于古埃及的项目。达萨尼没看到迎面走来的斯塔尔。

"我要和你干一架！"斯塔尔在路桥下喊着，并且脱掉了运动衫。

达萨尼马上转过身去，沿着蒂拉里街逆行的方向走。这次没有妹妹来救她。**回学校去**，她在心里对自己说。她穿过马路走向麦金尼。

斯塔尔从背后冲过来。

"趁我没揍你赶快走！"达萨尼说，"你敢动我一下，我就揍你！"

斯塔尔抓住达萨尼的衬衫，达萨尼抢圆了拳头打过去。她们在地上打作一团，又咬又抓。另一个女孩也加入了斗殴，她趁斯塔尔按住达萨尼的时候踢达萨尼的脸，边踢边笑。达萨尼猛地推得斯塔尔失去了平衡，翻身骑到斯塔尔身上，拳头雨点般落在她脸上，直到被人拉开。两人都流了血，都在哭。

"我现在就当着你的面告诉你，"达萨尼喊道，胸脯剧烈起伏着，"你还想和我打——"

"我随时能和你打！"斯塔尔喊道。

"我要踢烂你的脸！"

"来啊！你来啊！"

斯塔尔的哥哥牵着他家的比特犬"蜜糖"出现了。"滚回家去！"他大喊。斯塔尔转身走向惠特曼公房区，达萨尼跑去奥本收容所找香奈儿。

孩子们打架经常变为母亲之间的战斗。几分钟后，香奈儿气势汹汹地冲出收容所，到公房区去找斯塔尔的母亲。"我告诉过你，她们结伙打你，你就抓住一个人狠咬。"香奈儿说。

达萨尼的弟弟妹妹们围在她旁边，看着香奈儿。香奈儿对整个院子大声宣布说，如果需要，她可以等一整夜。在来来往往的行人当中，香奈儿来回踱着步，后来终于冷静下来。她说："肾上腺素消退后，脑子就开始思考了。"

第二天早晨，香奈儿陪着达萨尼来到麦金尼。在那里，她们在办公室看到了斯塔尔和她妈妈博妮塔。两个女人互相点点头，跟着助理校长卡伦·贝斯特（Karen Best）走进一个会议室。贝斯特小姐开门见山。

"达萨尼如果受了重伤，我们就不会坐在这里谈话了，"贝斯特小姐说，"像你这么小的孩子照样要坐牢。懂吗？就这么简单。"

香奈儿打量着博妮塔。真奇怪，她们的女儿是死对头，她俩却从未见过面。41岁的博妮塔和香奈儿想象的完全不一样。她瘦小枯干、一脸疲惫，好像睡眠不足。她眼睛里没有好战的眼神。香奈儿想象不出该怎么和这么一个小个子女人打架。她可能会打得博妮塔进医院，给自己落一个殴打的罪名。

达萨尼和斯塔尔在座位上不自在地扭动。在街上，斯塔尔散发着优越感，牵着她的比特犬像是在展示战利品。没人见过她家里的生活。斯塔尔的酒鬼父亲瘫在床上，已经离死不远。

在街上，达萨尼浑身洋溢着力量。在公园里，她做引体向上连男孩子都不是对手。没人见过她在莉莉的哭声中醒来时是多么疲惫，也没人知道达萨尼多么渴望自己有条狗。这些事两个女孩都不敢透露。脆弱是"弱鸡"的表现。

"她可能会脑震荡，"贝斯特小姐看着达萨尼说，"你想干点什么吗？那就证明你有多**聪明**吧。"

"就是这话。"香奈儿赞同地点点头。

"谁都知道这样不好，"贝斯特小姐说，"你们心知肚明。用用脑子。"

第 20 章

夏天很快就要到了。

纽约上州有一个湖畔夏令营，无家可归的孩子可以免费参加，在夏令营能睡在帐篷里，在篝火上烤棉花软糖吃。[1]申请的最后时限马上就要到了。

2013 年 5 月 3 日，达萨尼手里拿着夏令营的申请表格，眼巴巴地想得到妈妈的注意。她们站在奥本收容所的大门口。香奈儿在吸烟。无上怒冲冲地离开，埋怨他的以工代赈项目"要求太多"。

就在此时，达萨尼抬头看到一条小巴哥犬，脖子上套着狗绳颠颠地走着。狗主人同样精神抖擞，是住在街对面惠特曼公房区的一位 65 岁的退休会计。香奈儿常常指出，现在巴哥犬在公房区变得时髦起来，而被救助的比特犬则在白人当中开始流行，这是绅士化带来的各种讽刺现象中的一个。

狗主人解释说，这只精致的小狗有两个身份：贝尔公主（它的正式名字）和吉拉（它的街头名）。

达萨尼有点紧张地蹲下身。她怕狗咬她。狗主人像是感觉到了她的紧张，要达萨尼伸出手来。狗需要先闻闻气味才能建立对人的信任。

达萨尼把手掌伸向吉拉。夏令营报名表被她放到了地上。

"你住在这儿吗？"那个女人向奥本收容所侧了侧头。

达萨尼点点头。

"我每天都会带它来，"女人说，她的耳机里传出路德·范德鲁斯的音乐，"你想遛它吗？"

达萨尼睁大了眼睛。

"你什么时候放学？"女人问。

一个无家可归的孩子就这样和一个街区紧紧连在了一起。达萨尼笑成了一朵花。她没有注意到那个女人满嘴酒气。

"她这辈子都没遛过狗。"香奈儿摇着头说。

达萨尼不理妈妈，把自己从周一到周五的上课时间背了出来。看到达萨尼的认真劲儿，那个女人轻笑了起来。她们说好了见面的时间。达萨尼和吉拉说了再见，跑去把这个消息告诉弟弟妹妹们。

那女人戴上耳机，被小狗拉得趔趔趄趄地走了。当这个女人几天后再次出现时，她看起来头脑清醒。她径自走过达萨尼身边，好似两人从未交谈过。

那时，达萨尼已经错过了申请夏令营的最后时限。

达萨尼学着隐藏自己的感情。她耸耸肩将内心的感受挥开，好似赶苍蝇一样。她的脸上全无表情，眼神飘忽不定。

有时达萨尼能完全避开悲伤，像侦探预防犯罪一样先采取行动。例如，她知道学年结束是向很多人告别的时候。她不得不与她生活中最可靠的大人——老师、保安、食堂人员、学校护士——分别。因此她会或是故作冷淡，或是假装有事自己先离开。

今年的损失更大。达萨尼的辅导员罗克珊以后不会回麦金尼了。"你是我唯一能谈话的人。"达萨尼对罗克珊说。

5月上旬，罗克珊的上司请达萨尼在学校的"职业发展日"活动中担任主持人。这场正式活动有专门的着装要求，而且要求按时到达。

那天早上，达萨尼离开收容所时面貌一新。她穿着海军蓝百褶裙、黑色平跟鞋和白色棉布衬衫，衬衫领口的扣子扣得严严的。达萨尼没有连裤袜，就穿了一条凯蒂猫图案的紧身裤，露着脚踝。她的刘海拉直了，还抹了发蜡，用两个耳环状的湖绿色发夹别住。她手里拿着一把梳子。

达萨尼缓步走进麦金尼，好似头上顶了个盘子。

"真漂亮！"赫斯特小姐赞叹道。

罗克珊对达萨尼露出大大的笑容。达萨尼的第一个任务是登记来宾，他们都是各个领域的专业人士。学校的舞蹈明星萨海登上了舞台。萨海下个学年不会回麦金尼上学了。她已经被著名的拉瓜迪亚艺术高中录取。

达萨尼面露疲惫地凝视着萨海。罗克珊凑近她。

"我觉得**你**很有才能。"她悄声说。

4 天后，罗克珊走了。

香奈儿的借记卡上只剩下 190 美元，这是 2 800 美元退税款所剩的最后一点，退税款原来是要救全家脱离无家可归苦海的。在这种时候，香奈儿觉得可以去商店偷东西。

"你偷东西！" 5 岁的帕帕看到香奈儿从塔吉特百货商店偷走两盒预制汉堡包时尖声大叫，"你疯了！"

"你闭嘴！"香奈儿说。

"听着，"香奈儿放缓语气，"偷东西不对。但上帝知道有时候偷东西是有理由的。"

孩子们的生日都挤在春天：莉莉是 3 月，阿维亚娜是 4 月，剩下 6 个孩子的生日集中在 3 个半星期的时间里。孩子的期望取决于自己的生日在每个月现金流中所处的位置。生日在月初的孩子期望较高，生日在月底的就倒霉。阿维亚娜就是这样。

无上给了阿维亚娜 11 美元，她生命中的每一年算 1 美元。第二天，无上又要回去 5 美元。阿维亚娜希望有个生日蛋糕，却没有等到。最后，孩子们点燃两根小蜡烛，像唱圣诞颂歌一样，把蜡烛举在阿维亚娜面前唱歌。一周后，阿维亚娜拿出自己最后的1美元细心地折成折扇的样子。她把它放进一个手工制作的贺卡中，准备母亲节那天送给香奈儿。

这年的生日季恰值4个孩子的毕业典礼。他们需要新衣服，需要交钱照班级照。"你知道这些事多费时间和脑子吗？"香奈儿对我说，"必须把什么事都想到。"

达萨尼的12岁生日到来时，她尽量不去想它。她因为要参加学校去华盛顿的旅行已经向妈妈要过钱了。她只有这个要求，生日的事就不提了。

周末，全家人去谢丽家。孩子们跑来跑去，无上在炉子旁做鸡翅。这时，从贝茨学院毕业的表姐希娜走了进来。她递给达萨尼一个"老海军"品牌店的购物袋，里面有新短裤、一条裙子、两件吊带背心和一双人字拖。这是达萨尼收到的第一份，可能也是最后一份礼物。达萨尼又笑又叫，那高兴劲儿说明她没指望会收到任何礼物。她母亲说过，"做了计划一定会失败"。

然而，香奈儿今天是有计划的。她把孩子们叫到一起，轻轻地把一个长方形香草蛋糕从塑料盒子里拿出来。达萨尼惊异地看着。蛋糕表面什么都没写。香奈儿插上蜡烛，调暗了灯光。

该唱生日歌了。

达萨尼闭上眼睛。

如果我能让你实现3个愿望，你想要哪些愿望？ 辅导员罗克珊曾经问过她。

达萨尼的回答是，**一座我们自己的房子、很多的钱和另外3个愿望**。

达萨尼在孩子们的掌声中吹灭了蜡烛。香奈儿拿来一把长长的锯齿刀。"我来教你怎么切蛋糕。"她说着，小心翼翼地把手放在达萨尼手上。她俩一起用刀切开蛋糕的奶油表面。

"不用切得一点不差。"香奈儿说。

达萨尼先照顾弟弟妹妹们，在他们每个人的盘子里放上一块带奶油花边的蛋糕。她自己拿了一块没有奶油花的。

孩子们跑到地下室，他们的两个舅舅正在放黑眼豆豆合唱团（Black Eyed Peas）的歌曲。达萨尼和妹妹们高兴得尖声大叫，跳上一个摇摇晃晃的木头平台，在一个迪斯科灯球下随着 I Gotta Feeling 的歌曲节奏跳舞。帕帕在她们旁边蹦蹦跳跳。他们几乎没注意到地下室里有一些面容严厉的男人走来走去，低着头用复杂的方式握手。有些人在玩电子游戏。有的人在和一些浓妆艳抹、衣不蔽体的十几岁女孩厮混。

这些女孩中有个长着一张娃娃脸的多米尼加女孩。她在街对面的超市工作。她紧傍着乔希舅舅，笑的时候露出矫正牙齿的牙箍。为了讨好乔希，那女孩给了达萨尼 20 美元作为生日礼物。这占了她工资的一大块。达萨尼怎么也没想到有这么好的运气。她高兴得晕晕乎乎，却不知那个女孩因为乔希的怠慢生了气，一怒之下早离开了。

乔希走到房子外面的台阶上。太阳马上要下山了。一辆警车转入这条街，在谢丽的房子前面降低了速度。两个白人警察恶狠狠地瞪着乔希。乔希瞪回去，一脸的冷峻和愤恨。

"嗨，警察！"他怒声叫道，"你们身为美国人骄傲吗？"

警车开走了。天色已晚。孩子们瘫坐在一个凹陷的沙发上，达萨尼却仍在跳舞。

> 她住在起火的世界里
> 到处是灾难
> 但她知道她能飞走[2]

达萨尼向上伸手，她的手臂沐浴在灯光里，好似在对艾丽西亚·凯斯（Alicia Keys）^①的听众致敬。

> 哦，她的头触到了云端
> 她不会后退
> 这个女孩满怀激情

达萨尼从来没有像今天这样快乐地庆祝过生日。感觉简直完美。蛋糕是从路玛（Pathmark）超市偷来的，但这没关系。

几天后，孩子们离开谢丽的房子，走下被雨淋湿的阶梯。他们又饿又困。

明面上，他们这是去寻求他们事实上最需要的东西：心理治疗。香奈儿听说，如果带孩子去布鲁克林肯辛顿（Kensington）的一家诊所，可以从医疗保险 Medicaid 那里领到每个孩子 10 美元的车费，³ 于是替孩子们报了名。

香奈儿需要钱。她仍在设法让达萨尼参加学校组织的去华盛顿的旅行。75 美元的押金明天就该交了。所以，虽然大雨倾盆，香奈儿还是让孩子们在地铁站和她会合。

只有哈达穿了雨衣。帕帕仰起头用舌尖接雨水，连帽衫的帽子从头上滑落。孩子们牵着手穿过林肯大道。达萨尼的情绪很糟。说不准她的愤怒会以什么形式表现出来。有时她的愤怒表现得比较安静。她会盯着空中某个点，眨着眼睛，嘴唇紧闭。有的时候，她会大发雷霆。

"走啊！"她对她 10 岁的继妹厉声喝道。

娜娜落在后面，眼镜上全是雾气。她如同一片雏菊中的一朵兰花，是最纤弱、最敏感的孩子。娜娜的视力一年比一年差，尽管她仍能辨认

---

① 美国著名创作歌手。——译者注

出模糊的形状和颜色。她的应付方法是"躲入奇妙的世界"，香奈儿说，"她经常一个人待着"。

娜娜玩娃娃一玩就是几个小时。她特别喜欢奇幻故事，比如克里斯·范·奥尔斯伯格（Chris Van Allsburg）的《驾驶西风号的少年》（*The Wreck of the Zephyr*）。娜娜说起这位作家的名字时，带着与年龄不符的恭敬。她努力与家里其他孩子打成一片。她叫继母"妈妈"。她尽力掩盖自己的视力问题，走路时一只手扶着莉莉的儿童车好不致绊倒。可是今天，莉莉留在了谢丽那里。

"我说了走啊！"达萨尼对娜娜大吼。

达萨尼揉了一把娜娜，推得她撞在了金属栅栏上。然后达萨尼一拳打在娜娜的胳膊上。"你个蠢货！"达萨尼吼道，"你以为你聪明，其实你是个蠢货！接着走！"

娜娜啜泣起来。就在此时，12 岁的哈利克喊道："两个两个走！"

孩子们两人一排冲过一条 6 车道的高速公路，跑进格兰特大道的地铁站，从进站的旋转栅下钻进去，和他们的母亲会合。他们登上 A 线地铁车厢后，香奈儿给了他们一袋半温不凉的大力水手炸鸡块，那是一个陌生人给她的。

他们到达杰伊街地铁站时，肚子填饱了，情绪也好了起来。达萨尼看到地上扔着一把雨伞。雨伞还能用，打开后伞面上是复杂的黑白两色的斑点图案。达萨尼转着雨伞，等 103 路公交车靠站时，小心地把伞收起来。

达萨尼和娜娜跑到公交车后面，那里的座位暖和，因为下面是发动机。刚刚和好的姐妹俩紧挨着坐在一起。达萨尼很快坠入梦乡。小孩子们吮吸着大拇指到处看，他们的母亲也合上了眼。公交车每次减速，香奈儿都猛地醒来。在地铁上，香奈儿能完全睡着，却不会错过该下车的那一站。不知道她是如何做到的。香奈儿完全生活在当下。她没有手表，也不看日历。

然而，香奈儿对重要的事记得很清楚，例如下一次福利约谈的日期，或者她母亲的忌日。每到这种时候，香奈儿心中会有铃声响起，打断她原本漫无计划的生活。其余的时间她过一分钟算一分钟。肚子饿说明该吃饭了，眼皮打架意味着该上床睡觉了。只有发生紧急情况才能打破这种生活模式。几天前，无上忽然狂咳不止。香奈儿第一次想："他死了我怎么办？我们连火葬他的钱都没有。"

公交车在教堂大道停了下来。孩子们争先恐后地下了车，香奈儿向四周看了看，想确定方位。

"我们下错站了。"达萨尼说。话一出口她就后悔了。香奈儿现在心情不好，听不得不同意见。她狠狠地瞪着达萨尼。

"闭上你的臭嘴，"香奈儿说，"你知道吗，我最不喜欢你这样，你这种负面态度。你总是说有问题。你有解决办法吗？"

达萨尼不敢吭声。她妈妈一旦生了气，尖刻的詈骂就滔滔不绝。最令香奈儿不能忍受的就是来自大女儿的挑衅。香奈儿给了达萨尼巨大的权威，让她成了家里的二把手。这既是特权，也是负担。力量、能干和敏捷——达萨尼的这些素质可能帮她过上更好的日子，却也使家里离不开她，可能会让她陷在香奈儿独自应付不了的各种困难里无法脱身。

最近，香奈儿似乎因为自己处处依赖达萨尼而深受刺激。女儿好似一面镜子，照出了香奈儿自己的失败。

孩子们一个跟着一个向科尼岛大道走去。达萨尼试图缓和气氛。

"妈妈，往这儿走。"她赔着笑指向一个花店。他们向那个方向走了几步，然后香奈儿转过身选了另一条路。

"你们要去哪儿都别听达萨尼的。"香奈儿冷哼一声。

达萨尼缩在她的新雨伞下。她能感觉到妈妈马上要发火了。

"我烦透了你的态度，"香奈儿爆发了，"也就只有 15 个孩子要去这次旅行，因为别的家长没钱。我呢，我**什么**都没有，还要想办法送你去，你还给我要态度？"

达萨尼在母亲的骂声中继续走。香奈儿每次都说同样的话。那些话会在达萨尼耳中回响好几天。

达萨尼总是要自己说了算。

达萨尼以为她与众不同。

她以为她是他妈的什么人物。

她什么也不是。

达萨尼浑身僵硬。眼泪滑下她的脸颊,如同雕塑上的雨水。

"我才不管她哭不哭。"香奈儿说,带着孩子们走向一座小房子。房子上钉着一个金字浮雕牌子:**先进心理治疗及行为健康服务**。

"只有一个他妈的老大,"香奈儿说,"我是唯一的老大。"

在房子里面,孩子们鱼贯进入诊室,参加第四次"群体治疗"会。一个女人问他们一些含义模糊的问题,比如"你们有什么爱好?"。她不像心理辅导师,更像个冷漠的阿姨。

哈利克知道其中的分别。同年早些时候,ACS 送他去看一个治疗师,那个治疗师问的问题都是些"你想杀死你自己吗?"之类的。[4] 那样的治疗感觉没完没了。这样的群体治疗才 20 分钟——大约每个孩子两分半钟。出门时,香奈儿拿到了给她的 80 美元,走入雨中。拿到现金,一家人马上就平静了下来。孩子们不再吵闹,香奈儿陷入了沉思。

走到公交车站时,香奈儿灰色的 T 恤衫已经湿透。她在担心无上,今天早上他连床都起不了。

"责任太大,简直承受不了,"香奈儿说,"孩子们有鞋穿,但没有袜子。我冒着雨坐公交车大老远跑到这里来挣这点钱,就是为了她能参加学校旅行。"

香奈儿冻得发抖。

"这些应该是你管的事,"她责骂她不在场的丈夫,"你是男人。你生了这一窝孩子,可是你不养。"

帕帕在水洼里跳。小一些的孩子们尖叫着,把妈妈的话置之脑后。

"你们要是不马上听话，我要精神崩溃了。"香奈儿说。

"我不懂那是什么意思。"达萨尼说。

"我一直在想，我要离开这一切。"香奈儿说。

"不行。"达萨尼说。

"我是认真的。我要加入一个项目。"

"我也是认真的，"达萨尼说，"不行。"

"我要离开 18 个月，把你们都留给爸爸。你们周末来看我。你们还想那样吗？"

孩子们不说话。他们摇摇头。

达萨尼觉得心里发空。这一天，先是她视力有问题的妹妹难过，然后是她自己伤心，现在又轮到妈妈在雨中哭泣。

第 21 章

心理治疗结束后，香奈儿带孩子们蹚着雨回到奥本收容所。他们回来得太晚了。晚 10 点的宵禁时间已过。值班的保安克里斯先生拒绝放他们进去。孩子们求他让他们上厕所，但那也不行。

他们在雨中被赶走。

香奈儿思考着他们的选择。他们可以在地铁上过夜。那里暖和，也不会淋雨。或者他们可以去布朗克斯的家庭接收中心，被分配去一个临时过夜的紧急收容所。不管用哪个办法，他们明天都得花上一天的时间"重新登录"到奥本收容所。

所幸他们还有第三个选择：谢丽。5 月 28 日，他们在谢丽家过了夜之后，孩子们没有上学（这是无家可归者服务局的要求），跟妈妈一起去了接收办事处。[1]那里的一个工作人员分给他们一个案件号——A05——作为他们排队位置的标志。达萨尼看着屏幕上的号码一个个闪过，每个号码都代表着一个看不见的世界。对达萨尼来说，A05 是她的乌龟、她看到的帝国大厦、她藏在五斗柜第二个抽屉里的日记。

纽约市各处，从无家可归者服务部门到福利部门，都能看到母亲带着孩子在排队。各处都有同样的标志，警告说袭击工作人员"是重罪"。香奈儿不止一次和工作人员起过冲突。她觉得他们不尊重她。

达萨尼觉得那些工作人员好像机器人一样，用单调的声音宣布判决，说她家的"公共援助案件"被"否决了"或"恢复了"，说他们

"违反了"他们最新的"独立生活计划"或"没有遵守"工作要求。

这些判决是达萨尼语汇的一部分。她知道它们在物质上的含义。它们意味着冰箱又能装满或者只能空着。今天在无家可归者服务局，他们终于等来了判决：她家的案子——A05——被"延长"了，意思是他们可以重返奥本收容所。

然而，别的时候判决会比较严厉。家里的福利收入有起有落。有时会增加，包括发放车费；有时会缩减，食品券也给得少；有时干脆一切停发。每当发生这种情形，香奈儿就得乘地铁去皇后区的福利办事处。考虑到"福利皇后"这个称号，福利办事处的地点实在是一大讽刺。

香奈儿是"受害者"还是"皇后"，全看观察者的态度。在保守主义者看来，福利损害工作伦理，令人们对政府产生依赖。对进步主义者来说，福利没有满足穷人的需要，还将他们推到了社会边缘。

关于"福利"展开了各种讨论，但没人记得"福利"一词本身的来历。该词载于 1787 年《美国宪法》的序言，要求"我们合众国人民""促进公共福利，并使我们自己及后代得享自由之赐福"[1]。

美国的宪法将福利与后代相联系并非偶然，这里的后代指未来所有后代。后代当然是孩子，正是孩子催生了美国的现代福利制度。[2]

那些可不是普通的孩子。他们是早期版的达萨尼，是 130 多年前第一个镀金时代高峰时期纽约市的流浪儿。

美国的福利和美国这个国家一样，开始时采用的是宗主国英国的模式。

在 17 世纪初英国济贫法的指导下，美洲殖民者把受压迫的人分为两类："配得上的"和"配不上的"。[3]配得上的人包括寡妇、盲人、老人。这些人的困境不是他们自己造成的，因此应该得到公共援助。另

---

① 引自《美利坚合众国宪法》官方中文版。——译者注

一方面，配不上的穷人被认为是咎由自取。这些人包括乞丐、醉鬼和其他被赶到济贫院的不良分子。

美国的儿童在这两类人之间流动。有的落入管理严苛的济贫院，用劳力换取住所和食物。有的被交给陌生人，卖身成为仆人或跟着工匠当学徒。然而，他们的命运无论多么凄惨，都好过被奴役的黑人儿童的恐怖遭遇。19世纪，美国政府建立了一套新制度来救援白人儿童——黑人儿童后来也被纳入其中——把他们送入孤儿院、少管所和其他机构。[4]

纽约市是这一切的发源地。1820年到1860年间，涌入这座城市的移民人数达到令人瞠目的360万，大多是爱尔兰人和德国人。[5]许多人加入了工业化经济的劳动大军。他们在非人的条件中劳动，薪酬微薄得可怜，只能住在市里的"出租房"（tenant house）里——这个词后来变身为"廉租公寓"（tenement）。[6]出租房光线暗淡，满是煤灰，空气滞闷，里面挤着忍饥挨饿的一个又一个家庭。

曼哈顿廉租公寓的恶劣条件恰似狄更斯小说里描绘的情景，恶劣程度与达萨尼在奥本收容所的生活条件非常相像。"一个年轻的移民描述了他一家8口是如何挤在一个房间里的，"学者卡伦·M.斯塔勒（Karen M. Staller）写道，"5个孩子——2个男孩，3个女孩——睡在一个床垫上，床垫里塞的是'谷壳'。3个人'睡床头，2个人睡床尾'。"[7]

街头活动着数千名男女儿童。他们沿街叫卖、当报童、偷钱包、捡垃圾、擦皮鞋、做乞丐、当雏妓，形成了他们自己的世界。[8]1870年，游荡在市内的无家可归儿童多达3万人。[9]他们被称为"街头阿拉伯人"、"流浪儿"和"贫民窟孩子"。[10]这群不服管教的孩子属于所谓的"危险阶层"。

那是第一个镀金时代的黎明。"镀金时代"一词来自马克·吐温1873年和朋友查尔斯·达德利·沃纳（Charles Dudley Warner）合著的一本书。[11]该书出版后大受欢迎，书中讽刺了南北战争之后美国的贪婪和腐败。工业发展蒸蒸日上，国家财富的一半掌握在 1% 的人手中。[12] 美国的大亨在"帝国之所在"过着纸醉金迷的生活。"帝国之所在"是乔治·华盛顿总统对纽约的描述，纽约州也因此而得名"帝国州"（达萨尼最喜欢的大厦也以此为名）。[13]

纽约街头的流浪儿引起了查尔斯·洛林·布雷斯（Charles Loring Brace）的注意。这个耶鲁大学毕业的 26 岁新教牧师后来被称为美国寄养制度之父。[14] 布雷斯相信，哪怕是住进乡村地区一个临时的家也比流浪街头强。他在曼哈顿创办了儿童援助协会（Children's Aid Society），发起了一场运动，用"孤儿列车"把纽约街头的流浪儿童"送出去"，到中西部的家庭寄住。[15] 20 万名儿童登上"孤儿列车"，投奔新生活。[16]

美国第一批寄养儿童离开布雷斯所说的"愚昧的罗马天主教教徒"白人家庭[17]，住到新教徒农夫家中，那些是"西部的好人家"[18]。然而，许多这样的儿童在寄养家庭要劳动，这种安排与契约奴役制几无二致。[19] 在布雷斯看来，孤儿列车运动是"用对外移民的办法来解决赤贫问题"。[20] 那些孩子大部分甚至不是孤儿。有的是从父母那里带走的，有的是父母主动送来的，因为他们太穷了，养不起孩子。[21]

社会一次又一次地把孩子与他们的家人分开，以此作为解决贫困的办法。20 世纪早期，孤儿院里大约有 9.3 万个孩子，另外还有多达 7.5 万个孩子住在寄养家庭或少年犯管教所里。[22] 西奥多·罗斯福总统认为这是一场危机，为此召开了一次会议，为美国的现代福利制度奠定了基础。1909 年 1 月 25 日，约 200 名慈善工作者、学界人士、青少年法庭的法官和其他儿童福利专家齐聚第一次关爱未成年儿童白宫会议（White House Conference on the Care of Dependent Children）。[23]

"从国家的角度来看，没有比这更重要的问题了，"罗斯福总统对来宾说，"因为关爱儿童就是关爱我们国家的明天。"[24]

美国的大部分黑人儿童仍住在南方。[25] 与会者中仅有的两位非裔美国人之一布克·T. 华盛顿指出了这个事实。[26] 他对白人听众说，黑人家庭长期以来一直在践行罗斯福总统这次会议倡导的理想。

"在某种意义上,黑人继承了照顾自己孩子的思想,将其牢牢记在心里,也许比任何其他种族做得都好。"华盛顿说。他希望美国黑人能留在南方乡村地区。在那里,强韧的家庭纽带保护着儿童的安全,把孩子送到福利机构去被视为一种"耻辱"。[27]

听众爆发出热烈掌声。

无论是哪个种族,都面临着童工问题。几个世纪以来,儿童一直被当作小型的成人,社会期望他们能自己养活自己。[28] 不过,当时有一种新思想开始流传。这种思想是儿童心理学这个萌芽领域的先驱 G. 斯坦利·霍尔(G. Stanley Hall)提出的。霍尔论称,童年在人生中自成一个阶段,也就是说,孩子要成长为健康的成人,必须做孩子该做的事。不能逼迫孩子去工作,而是要给他提供营养和教育。小孩子的"工作"就是玩。[29]

儿童成了美国未来的驱动力。20 世纪也因此得名"儿童的世纪"。[30] 进步时代①将此作为自己的事业,其间改革者力倡停用童工并解决儿童贫困问题。丧夫或"被遗弃"的单身母亲独自带着孩子的家庭最为贫困。母亲不得不出去做工,丢下孩子没人管。

在罗斯福总统召开的那次会议上,与会者认为这些孩子的家"不应因为贫穷而遭到破坏"。[31] 罗斯福的会议催生了一场全国性运动,要创立"母亲抚恤金",分发给各州被认为"配得上"或"应得"的妇女。[32] 美国第一批福利母亲绝大多数是白人。[33]1931 年,接受现金津贴的 9.3 万个家庭中只有 3% 是黑人家庭。

1971 年,达萨尼的外祖母乔安妮走进布鲁克林的一个福利办事处时,情况已大为改变。[34] 之前几十年间,母亲抚恤金运动开启了第一个联邦福利项目"未成年子女援助"(Aid to Dependent Children)。该项

---

① 通常指 19 世纪 90 年代到 20 世纪 20 年代这段时期。——译者注

目由富兰克林·D. 罗斯福总统于 1935 年创立，是新政的一部分。[35] 30 年后，林登·B. 约翰逊总统的"伟大的社会"施政纲领大幅扩大了这个项目。[36] 美国的公共安全网于是包括了给穷人的医疗保险 Medicaid、食品券、残疾援助和新的住房补贴。

黑人妇女享受福利经过了一番斗争。[37] 在向北方的大迁徙中，数百万非裔美国人来到纽约市安身，纽约市也成为全国福利权利运动的大本营。[38] 到 1975 年，接受现金福利的美国人已达到 1 100 万，大部分是儿童和单身母亲。[39] 黑人家庭占其中的 44%，而黑人在全国人口中的占比只有 10%。[40]

第二年——1976 年——"福利皇后"一词火遍全国，起因是竞选总统的罗纳德·里根在一次竞选大会上的讲话。"在芝加哥发现有个女人创了纪录，"里根宣称，"她用 80 个名字、30 个地址、15 个电话号码来领取食品券、社会保障金、4 个根本不存在的已故退伍军人丈夫的退伍军人福利，还有福利金。单是免税现金收入这一项，她一年就有 15 万美元进账。"[41]

人们并不在意里根选了一个极端的例子来代表一个广大的群体（里根说的女人是琳达·泰勒。[42] 她是芝加哥的一个骗子，曾因杀人、贩卖婴儿和绑架而接受调查）。这个女人与乔安妮这样的女人没有丝毫相似之处。乔安妮的福利金每月最多 650 美元。[43] 这点钱用来负担她两个未成年孩子的穿衣、吃饭、上学和其他需求堪称捉襟见肘。

儿童不再是全国讨论的中心。公众视线落到了他们的母亲身上。随着快克和艾滋病等祸害的流行，这些母亲在贫困中越陷越深。1991 年，纽约市领取福利的人数接近 100 万，[44] 其中包括达萨尼的母亲香奈儿。

同年，一位名不见经传的阿肯色州州长宣布竞选总统。据估计，比尔·克林顿开始竞选活动时，每年仅联邦政府一家在福利上花的纳税人的钱就有 130 亿美元。[45]

克林顿发誓要"结束目前这种形式的福利"。[46] 他真的做到了。

* * *

达萨尼所知的福利不是某个项目，更多的是一种经历。

首先要排队。然后是等待。在达萨尼的字典里，福利的意思是"不耐烦地等待很长时间，等着被接见"。

有些美国人有办法躲过在官僚机构排队的麻烦。他们花钱雇人去申请新护照或领取结婚证明。穷人没有钱，只有时间。

当达萨尼的母亲排着队一点一点地往前挪时，她的孩子们会玩"我宣战"（I Declare War）和"去钓鱼！"（Go Fish!）之类的纸牌游戏以免无聊。有时他们忘了带纸牌，就玩拍手的游戏，如"做蛋糕"（Pat-a-Cake）和"玛丽·梅克小姐"（Miss Mary Mack），或者用脚跳的游戏——"红灯，绿灯，1-2-3"（Red Light, Green Light, 1-2-3）。只要能消磨时间就行。

达萨尼听说过去不是这样的。那时工作的妇女不多，她外祖母乔安妮也不工作，靠福利过活。之后，克林顿总统于1996年签署了《个人责任与工作机会协调法案》（Personal Responsibility and Work Opportunity Reconciliation Act）。[47] 20世纪初由儿童权益倡导者发起的旧制度被废除。确立的新方案把重点放在了成人身上。目标是让他们脱离福利制度，加入劳动大军。如果你需要钱，就要申请贫困家庭临时援助（Temporary Assistance for Needy Families）。发放现金有期限，而且申请人必须找工作。[48]

新制度中，"工作"成了流行词。朱利安尼市长把市福利办事处的名字从"收入扶助中心"（Income Support Centers）改为了"工作中心"（Job Centers）。[49] 他急切地希望减少领取福利的人数，宣称福利制度过于"便利用户"了。[50] 在纽约市乃至全国，新的惩罚措施营造了一种威慑文化，有些福利工作者因为某个家庭错过了一两次约见就会切断援助。[51]

2001年达萨尼出生时，超过600万美国人——大部分是妇女和儿童——已经从福利名单上被除名。[52] 许多单身母亲找到了工作，其他人仍处于无业状态。纽约市靠福利生活的人减少了一半以上（1995 年吃福利的人数是 110 万。到 2001 年，这个数字降到了 50 万以下）。[53] 这群人中包括达萨尼和她 23 岁的母亲香奈儿。

纽约州对穷人算是比较慷慨，是美国典型的"安全网"州之一。[54] 纽约人比较容易获得公共保健服务、食品券和州政府发放的福利金。[55] 领取福利金的限制不像联邦福利制度那么多规定，也没有时间限制。在美国各个大都会中，唯独纽约市保证所有家庭和单身成人——包括未怀孕的妇女——都享有全年获得住所的法律权利。[56] 但在实践中，各届市政府规定不同，拒绝让人进入收容所或停发食品券这种事时有发生。

2013 年 5 月底，香奈儿的钱又花完了。也许这解释了为什么——用达萨尼的话说——妈妈"火气大"。

有人敲门。香奈儿开门让检查员进来。检查员马上要求香奈儿交出收容所禁用的微波炉。香奈儿不肯。她买不起新微波炉，也无法想象每天晚上排队用收容所两台微波炉中的一台给 10 份晚餐加热。检查员离开了，当两个保安前来没收微波炉的时候，香奈儿已经把微波炉藏到了一个朋友的房间里。

至于那个检查员，香奈儿说要"打扁那个骚货的脸"。[57]

达萨尼觉得她妈妈最大的问题是她那张嘴。赫斯特小姐开始讲个人责任的课时，达萨尼就在考虑这个问题。

"别跟我说'嗯，我妈妈叫我这么做的'，除非你知道那是正确的事。"赫斯特小姐对全班说。

老师一扭身坐到达萨尼旁边的一张空课桌后。

"我像我坐在这里一样肯定地告诉你，"赫斯特小姐把手臂放在达萨尼的课桌上，"你做的选择，你必须负责。"

赫斯特小姐让大家提问。学生们争先恐后地举手。

"达萨尼小姐，你说。"

达萨尼决定说一说她的老对头。她讲了那天斯塔尔扇她耳光挑衅的事。她对全班说，自己的母亲"容易采取暴力，所以你不能告诉她打架的事，因为她会拿起一根棍子让你把对手打晕"。

赫斯特小姐的两条眉毛高高扬起。

"好吧，"她说，"现在我来问你，你觉得那样做对吗？"

教室里响起叽叽喳喳的议论声。

"好了，好了！"赫斯特小姐喊道，"我来告诉你我会对我的孩子怎么说。"

孩子们安静下来。

"不是所有人都害怕失去。"赫斯特小姐说。

"你在乎自己的生命，"赫斯特小姐继续说，"但有些人被伤透了，不在乎离开这个世界……他们在找机会做疯狂和荒唐的事。他们没有任何值得活下去的理由。"

达萨尼细细想着。

"我要你们倾听自己内心的声音，"赫斯特小姐说，"先想再做。"

第二天早晨，达萨尼还在睡觉，她妈妈就从不安的睡眠中醒来，起了床。香奈儿带着阿维亚娜去了街角的商店。周围都是离开公房区去上班的男人。香奈儿站在冷风里看着他们。

"你父亲应该和他们一样去上班。"她说。

就在这个星期，香奈儿在一个建筑工地叫住了一个摇旗子的人。看来这个活香奈儿完全可以胜任。那个女人告诉他，有一个组织能帮助有高中同等学力文凭的人找到工作。

香奈儿一听"高中同等学力"就没了谈话的兴致。她上高中已经是 20 年前的事了。香奈儿感觉在自己的国家像个外国人。她读不懂银行账户和贷款申请表上的文字。填医疗表格的时候，香奈儿在工作场所电话号码那一栏停住笔，愣愣地看着那个空格。

那天下午，香奈儿告诉我："我想让我的孩子们看到我在工作，在领工资。"她正和达萨尼一起站在 Au Bon Pain 糕点面包店外面，再过一会儿当日的糕点就要打折了。"我想用自己挣的钱，你明白我的意思吗？"

达萨尼焦虑地看着她妈妈。

"我不想让孩子们老看着我这副晦暗的样子，"香奈儿说，"到我闪亮的时候了。"

"我不觉得你晦暗，"达萨尼说，"我看到的你是闪亮的。"

第四部

"被火烧到会疼!"

2013—2015

第 22 章

达萨尼无法入睡。

这天是2013年6月9日。达萨尼有生以来第一次能够看到另一条路。人们说，春天和秋天是改变的季节。但对达萨尼来说，改变总是发生在夏天。她生活中的每一次标志性事件都发生在夏天——她被外祖母乔安妮照顾的头几个月，她家搬进第一个真正的家那天，两年后他们失去那个家后来到奥本收容所的时候。

直到今天早些时候，达萨尼还不知道她12岁的夏天除了天气热还会发生什么。六年级还没结业，达萨尼就和家人去哈勒姆参加了"百分之五国"的年会。

哈丽雅特·塔布曼① 学习中心（Harriet Tubman Learning Center）的大门口人头攒动，人流涌过保安和一个叫卖"我❤当上帝"徽章的小贩。无上转来转去，见到认识的朋友就紧紧拥抱。香奈儿跟在他身后，头昂得高高的，她几个女儿的头发刚刚编过。

这是无根漂泊的一年中难得有归属感的时刻。哈勒姆是香奈儿和无上相遇的地方，他们一次又一次地回到哈勒姆重温他们的诺言。

黄昏时分，达萨尼和家人来到外面透口气。一个男人走过，脸藏在连帽衫的帽子下。

---

① 美国黑人废奴主义者、政治活动家。——编者注

"我看过你的视频。"香奈儿挡住了那个人的去路。

几年来，达萨尼一家都在看这个人的健身 DVD。此人自称"巨人"，原来是罪犯，后来变身为健身导师。

巨人的团队 Bartendaz 做杂技式的引体向上和其他"健美操"——依靠人自己的体重的锻炼方式。你只需要一个监狱的院子或一个安装着金属架的游乐场，也能练得像巨人一样肌肉发达。巨人以绝不容忍毒品和酒精而知名，他引导追随者练"健康单杠"。

巨人上下打量着香奈儿，注意到她手中纸袋里开了罐的百威啤酒。

"百威不会给你智慧。"他说话间露出一口完美的白牙。

香奈儿好似没有听见。她后来告诉我，当时她已经在想象这次偶遇带来的可能性了。香奈儿赶快把达萨尼拉到街对面一个游乐场的单杠前。

"给他表演一个！"香奈儿叫道。

巨人同意观看这次即兴的试演，就像马丁·斯科塞斯（Martin Scorsese）[①]收下一个餐馆服务员最新写好的剧本。总是有人要求巨人看看他们孩子的表演。

达萨尼一跃抓住杠子，开始了一套令人惊叹的引体向上动作。她肩膀上肌肉隆起，如同动作明星的肩膀。巨人还在和香奈儿聊天，不经意转头一看，愣住了。

"嗬。"他说。

香奈儿一看有戏，就继续推荐，说达萨尼在格林堡公园做引体向上已经好几年了。达萨尼还能跳舞、做体操、赛跑。她只是缺乏训练。

现在轮到巨人脑子里闪过各种可能性了。他看得出这个 12 岁女孩出奇地强壮。她的微笑很上镜。她劲头十足。巨人咧开嘴，笑着对香奈儿说："我们团队正好用得上她这样的女孩。"香奈儿也笑逐颜开。

---

① 美国著名电影导演。——译者注

巨人解释了他的团队的运作方式：他们与耐克公司建立了有限的伙伴关系，[1] 希望以后能有更大发展。目前他们靠举办健身训练班和在活动上表演来挣取不多的收入。巨人决定，至少达萨尼值得有一次像样的试演机会。

"下周六公园见。"巨人说，留下电话号码后径自离去。

达萨尼不知道能不能被巨人的团队接受，但她忍不住要憧憬一下。

"我要把所有的钱都攒起来，咱们好买房子。"达萨尼对妈妈说。

"你的钱你自己用，"香奈儿说，"我们没事。"

"不，"达萨尼坚持说，"我会把所有的钱攒起来。"

接下来的一周，达萨尼投入全副精力为试演做准备，在格林堡公园篮球场旁边的单杠上训练。晚上，她一遍又一遍地看巨人团队的 DVD，仔细研究每一个成员。她最大的挑战是按时赶到哈勒姆。

在达萨尼家，准时是奇迹。

星期六早上，巨人的团队开始热身，达萨尼仍不见踪影。他们的基地是马尔科姆·艾克斯大道和 144 街交叉处以查尔斯·扬上校（Colonel Charles Young）的名字命名的一个游乐场。查尔斯·扬是一名传奇的水牛兵，也是第一个晋级上校的非裔美国人。

经过的车子看到 Bartendaz 团队都不禁会放慢速度。团队成员一个接一个地翻到单杠上，做的那些动作似乎不受地球引力的束缚。他们团队的标识是一个男人正在扭弯一根金属杠，他的脑部亮着一个灯泡。"向思想致敬！"巨人对团队的成员喊道。他们是："煤渣砖"（Cinderblock）、"蜜蜂"（Honey Bee）、"天空"（Sky）、"大地"（Earth）、"布拉克忍者"（Blaq Ninja）、"水"（Water）、"健康"（Salubrious）和梅尔·梅特里克斯（Mel Matrix）。巨人的副手"好身体医生"（Dr. Good Body）自称为运动炼金士（"图书馆是我的母校"），能把一个人性格中的"低等金属"变为"黄金"。

巨人绕着团队成员们走着，用一种外人听不懂的热情密语发号施令。他尤其喜欢用缩写。他最喜欢的是CAP，代表"品格（character）、态度（attitude）和个性（personality）"。他给自己取的名字巨人（Giant）也是缩写，全句是"成长是一件高尚的事"（Growing Is a Noble Thing）。

这对一个身高只有5英尺7英寸①的男人来说是个大胆的名字。巨人出生时的名字是沃伦·哈桑·布拉德利（Warren Hassan Bradley），他在曼哈顿下东区的巴鲁克（Baruch）公房区长大。到十几岁时，他已经因为当音乐播放人和在街头斗殴小有名气了。他会把刀片藏在嘴里，打架的时候吐出来。快克买卖兴隆时，巨人在1989年因贩毒和窝赃两项重罪被判入狱。他4年后获释时，获得了一纸高中同等学力文凭，也有了一个打算：他要利用自己在监狱院子里自创的引体向上的成套动作来赚钱。²

练习接近尾声时，达萨尼才在母亲、娜娜和莉莉的陪同下姗姗来迟。

"你叫什么来着？"巨人问。

"达萨尼。"

"带D的达萨尼吗？"

"和瓶装水一样。"香奈儿说。

巨人转向自己的团队成员。

"大家一起说：'和平，女王。'"

"和平，女王！"他们齐声喊道。"百分之五国"的这个问候语即使在不信教的人当中现在也非常普遍了（巨人憎恨"百分之五国"的教义）。

身穿亮粉色短裤和人字拖的达萨尼是这群人当中的小矮子。试演开始了，先由"布拉克忍者"和"天空"示范一套引体向上动作。达萨

---

① 约1.7米。——译者注

尼毫不费力地做了下来。"天哪！"一个团队成员说，其他人惊奇地吹起了口哨。

"保持别动，呼吸。"巨人指示达萨尼，她正把头保持在和单杠相同的高度，两脚上下踏动着。

下一个测试是双杠。达萨尼轻松地做了一套起降的动作，再次撑着双杠两脚踏动，巨人给她数着数。他难以置信地摇着头。

达萨尼开始做俯卧撑。香奈儿喊道："做几个钻石！"[①] 达萨尼跳起了霹雳舞，做到俯卧撑动作时还会腾空在背后拍手。"蜜蜂"趁达萨尼摔到地上之前把这一情景用团队的苹果平板电脑拍摄了下来。达萨尼马上跳起来把身上的土掸掉。此时她全家人都到了，连无上也来了。

"看看这个！看看这个！"巨人说着跑过来给达萨尼看那张照片，"谁敢说我这张海报卖不了 100 美元？"

巨人转向香奈儿："她被接受了。"

全家人欣喜若狂。巨人请他们在当地一家酒馆吃午饭，马尔科姆·艾克斯的孙子马利克（Malik）也在场。[3] 他走过来对达萨尼表示祝贺，递给她一瓶芒果口味的 Snapple 饮料。达萨尼生怕摔了，两只手捧着瓶子一直到家。

回到奥本收容所后，达萨尼在饮料瓶的标签上写下"马尔科姆·艾克斯的孙子"的字样，然后把它藏进了她的五斗柜。

香奈儿对巨人有些吃不准。她觉得这个人有魅力，但在付钱这种细节问题上模糊敷衍。巨人也看得出香奈儿精于算计，对她心存防备。

达萨尼来练习的时候，弟弟妹妹们也跟着一起来。巨人觉得香奈儿这是想逼他请他们所有人吃饭。这次巨人没有表示要带他们吃饭，但他告诉香奈儿，她女儿和团队其他成员一样，参加活动才能得到报酬。第

---

① 指做钻石俯卧撑。——译者注

一场活动是一个健身训练班。香奈儿只需要带达萨尼过来。其余的是达萨尼的事。

"这就是'责任'（responsibility）这个词的出处。"巨人当着香奈儿的面告诉达萨尼。他举起右手——"回应"（Response），又举起左手——"能力"（Ability）。"回应什么？**你的**能力。不是你妈妈的能力。"

训练班举行那天，达萨尼问妈妈有没有接到巨人的电话。巨人给香奈儿打了多次电话。

可能香奈儿嫉妒自己的女儿。达萨尼有时有这样的怀疑，虽然她母亲永远不会承认。

"他没打电话。"香奈儿撒谎说。（香奈儿后来告诉我，巨人拒绝给她的孩子们买饭，使她感觉受了屈辱。）

达萨尼垂头丧气地去睡觉了。

达萨尼早上 5 点钟就起床了。今天是她盼望已久的去华盛顿的学校旅行。仍然心情郁闷的她没吃早饭就登上了大巴，抱着一条薄毯一个人坐在那里。5 个小时后，大巴接近国会大厦时，达萨尼把脸贴在车窗上向外看着。

这里的景色不一样。到处都是空间，还有树木、纪念碑、水。达萨尼能看到很远的地方，没有摩天大楼阻挡她的视线。她仔细地看着这一切，这是 11 岁的娜娜要求的。

"记住每一个细节。"娜娜叮嘱说，好似那是她的生命所寄。娜娜的视力越来越差，这意味着她要靠兄弟姐妹当她的眼睛。娜娜特别想看看华盛顿特区，那是她 2002 年出生的城市。当时无上还是她母亲基莉亚的丈夫，而基莉亚就是死在那里的。

达萨尼的眼睛是娜娜与华盛顿的唯一联系。

每一个细节。

在白宫附近，达萨尼下了大巴，跑向高高的盘花铁栅栏。她一直想摸摸奥巴马总统的头发。她把脸贴到两根栅条之间，就这样待了几分钟，然后转过头去，看到了一群穿着橙色连身衣、戴着黑头套的抗议者。

"奥巴马，关闭关塔那摩！"

达萨尼从未听说过关塔那摩监狱，但她知道囚服的样子。她断定，抗议者在假装自己是在押犯，他们想让奥巴马总统关闭他们的监狱。他们举着的各种标语牌中有一个写着：**我到死仍在等待正义**。

达萨尼摇摇头。

"我不懂他们为什么在奥巴马的房子前面抗议，好像他在里面一样。"达萨尼说。她仍然记得她参观瑰西园时的失望。

达萨尼走向她的朋友唐，唐正脸色苍白地盯着那些抗议者。

"那是**假装**的，"达萨尼说着伸手去拉唐的耳机，"他们是在装。"

达萨尼等待着巨人的消息。

"没关系，"她最后对妈妈说，"我没有特别在意。"

离别——正如公园里太阳暴晒的下午——是夏天的仪式。达萨尼很快要与赫斯特小姐和霍姆斯小姐告别了。但至少她可以多去谢丽那里。学校放假后，孩子们每天都能去香奈儿的教母家，在林肯大道上谢丽住的那一段街上来回骑自行车。

他们还没听到消息：谢丽的房子被银行收回了。如果她到 7 月底还不搬走，市里就会派法警来监督她离开。谢丽可以进入市收容所系统，加入达萨尼一家和 5 万多其他无家可归者的行列——这是有史以来最高的数字。她也可以回匹兹堡，和曾经照顾过香奈儿的那个妹妹同住。谢丽选择了后者，打电话告诉了香奈儿。

"主会照看你们的。"谢丽说。

香奈儿不再接谢丽的电话。她这是为了在自己被抛下之前先行离开。香奈儿不想说再见，更不想告诉孩子们他们马上要失去他们唯一真正的家了。

与此同时，达萨尼仍盼着巨人能来找她。过了一个月，达萨尼决定去参加练习，准备装得好似什么都没发生过一样。她刚想走却被无上拦下了。"不打扫完不能走。"无上说。

等达萨尼打扫完毕，练习已经结束了。

第二天早上，达萨尼醒来时满心的不甘。她看着仍在睡梦中的无上，心想，**你怎么能夺走我的命运?** 达萨尼转头看向香奈儿，香奈儿挥挥手让她离开。

达萨尼跳过地铁检票口的旋转栅，跳上开往哈勒姆的地铁。

"好久不见!"巨人微笑着说，然后严肃起来，"如果你知道你坚持不下来，就告诉我，我好另外培养别人。"

达萨尼糊涂了。妈妈说巨人从未打过电话，可巨人说的恰恰相反。达萨尼不知道该信谁，于是巨人决定不再深究。他说:"一定是沟通有误。"就这样，达萨尼重新加入了团队。她开始每个周末参加训练，和她形影不离的妹妹阿维亚娜始终陪在她身边。

7月21日，她俩还在哈勒姆时，一辆搬家卡车停到了林肯大道上谢丽的家门口。香奈儿带着最小的几个女儿刚刚赶到。孩子们紧紧抱着谢丽。8岁的玛雅说:"我要藏在卡车里。"

香奈儿走在她自儿时起就熟悉的房子里。电已经掐断了，很快窗户就会用木板钉死。

香奈儿停在浴室的木门边，那扇门令香奈儿想起了自己的父亲桑尼小子。她隐约记得父亲站在门边的样子。这些记忆会随着家的失去而丧失。

在外面的台阶上，谢丽和香奈儿拥抱着，身子在颤抖。

达萨尼没来得及与谢丽告别。

* * *

说唱明星们围成一圈。摄影机开动了。人群呼喊着她的名字。

达-萨-尼!

达萨尼的心在狂跳。她仰起头来，伸出双臂。她太矮了，够不到金属杠，需要巨人抱着她的腰把她举起来。达萨尼在空中如同耍杂技一样翻飞扭转，观众看得惊叹连连。

达萨尼眨眨眼。

"我以为自己在做梦——假装——好像这不是真的，"她后来说，"你知道，像电影里演的那样，掐自己一把，说：'这不是真的。'"

今天的表演是达萨尼加入 Bartendaz 后的首次公开演出，拍摄的影片要用作巨人即将发布的录影光盘的开头。

"这是达萨尼！"巨人手持喇叭筒喊道，"她是**明星**。"

达萨尼跳来跳去，与说唱歌手贾达基斯（Jadakiss）和风格 P 先生（Styles P）一起扮鬼脸合影。活动结束后，巨人给了达萨尼 70 美元，这是她自己挣到的第一笔钱。达萨尼兴奋极了。无上说要借走这笔钱时，她想也不想就答应了。无上花了 8 美元给孩子们买比萨，带着剩下的钱不知去了哪里。（后来无上否认有借钱这回事。）

巨人对借钱的事一无所知。几天后他给无上打了个电话，问无上要不要和达萨尼一起训练。毕竟，"运动是一剂良药"。

巨人在电话上告诉无上，不要表现得像个"无所不知的上帝"，要像达萨尼那样谦卑地当"学生"。他们谈话期间，香奈儿在小睡。她醒来时听到无上说"和平"，然后挂断了电话。

无上在家里脾气很大，甚至可以算残暴。他的怒气大部分发泄在 6 岁的帕帕这个最不听话的孩子身上。无上最新的办法是让帕帕捧着一本书在房间角落里站好几个小时。按照无上的逻辑，这比打他好。但达萨尼觉得这是不对的。[4]

"如果爸爸这么眼里容不得沙子，他怎么注意不到他自己的错？"达萨尼对我说，"他说他要戒烟。他做了保证。但他做了什么？他还在抽烟。他要我们改变习惯，因为他说我们要负责任，他说'你们都得改变你们的习惯'。大家都改了习惯，可他自己的习惯却不改。"

习惯是巨人团队的生命线。第二天，巨人把达萨尼叫到一个为男孩办的篮球训练班去。他要达萨尼"辅导"他们，尽管达萨尼暑假前被停过学。达萨尼完全没有思想准备，但她必须做辅导员该做的事。

达萨尼喜欢这个任务。比她高好几英寸的男孩们费力地做引体向上的时候，她在一旁指导。达萨尼命令他们排队时，一个男孩不屑地嗤笑说："你又不是工作人员。"

"**我是**。"达萨尼怼回去。

达萨尼与队友天空和大地成了朋友。天空在学护理，大地刚在皇后学院拿到心理学的学士学位。"我要把天空的所有动作都学会。"达萨尼说着攀上低杠。他们笑啊笑，非常喜欢团队里的这个最新成员。但当香奈儿走上前来自说自话、指手画脚的时候，大家都闭上了嘴。

训练班结束后，巨人把达萨尼拉到一边没人的地方和她谈话。达萨尼把自己借钱给无上的事告诉了巨人。

巨人脸色铁青。他愤怒地走到香奈儿面前说，从今往后，他会用别的办法给达萨尼报酬。可能他会给达萨尼买运动鞋和衣服，但"再也不会"给现金了。

她们离去后很久，巨人仍怒气不消。这样做到底管不管用？

"你教好一个孩子，却把她送回不良父母身边去。"巨人对我说。

第 23 章

无上最初的记忆是黑暗的空间，比如他父母打架时他藏身的凹处。[1] 他记得家里地板上散落着针头和快克药瓶，厨房台面上堆满了酒瓶。

无上的童年如果能够重演，舞台应该是单色调的：灰暗的房间角落里堆着衣服。主角都是孩子。偶尔有大人出现，比如有一次无上的父亲摔倒在浴室的地上，因吸毒过量而口吐白沫。

"我能记得的全是暴力，"无上说，"暴力、挨饿和偷东西吃。"

1977 年 8 月无上出生时，他的父母都还只有十几岁。他们住在皇冠高地（Crown Heights）的一套公寓里。无上的父亲有精神分裂症，父母二人都不工作。他们成了无上口中"接受福利救济的冠军"，把食品券换成现金去买海洛因。

无上小时候会到附近东纽约的公房区看望祖母。他 5 岁那年，一个枪手破门进入他祖母家，连开了 7 枪。[2] 无上的祖母死的时候还坐在摇椅里。她 1983 年 2 月被打死的消息引得谣言四起，有人说她放高利贷，说她的死是有人雇凶杀人。还有人说她的儿子、无上的父亲偷了一个毒品贩子的货，无上的祖母死于毒贩报复。警方一直没有找到凶手。光是那一年，布鲁克林就有 514 人被杀。[3]

因为无上祖母的死，一房难求的柏树山（Cypress Hills）公房区空出了一套公寓。房屋局优先照顾直系亲属，于是无上的父母拿到了那套公寓，保留了所有家具——连那把摇椅也留下了。那时，无上已经有了一个弟弟，第二个弟弟也快出生了。无上上了东纽约 P. S. 202 的学前班，那里的一位辅导老师用几个字总结了这个男孩的情况："有时脾气大。"

家里没有收音机，也没有电视机。无上无聊时就在公房区各处游荡。"我一向喜欢独来独往，"他后来说，"我可以一个人待上好几天，可以自娱自乐。我的想象力很丰富。"

孤独比和大人在一起更好。在家里，无上学会了收拾起地上的针头，扔进垃圾箱。他看着来开派对的人们拿着闪亮的瓶子痛饮，然后就手舞足蹈，欢声笑语。这引起了他的好奇心。

有时，无上走进浴室，会发现有人在里面吸毒。"回你的房间去！"大人们怒喝。最好躲开，于是无上和他最大的弟弟待在外面，睡在长凳上。一天中任何时候他们都在那儿，深夜时在那里打盹儿，正午的阳光下在那里小睡。

"时间不重要。"无上说。

如果无上回家发现家里没人，就说明他父母的毒品用光了，正在"街头活动"。父母一走就是几天，任由冰箱空着。无上 7 岁时，已经学会用偷来的生鲜食材做饭，给弟弟们剪头发。那年，他缺了 56 天课，几乎是二年级三分之一的在校时间。

无上知道每个月初得赶紧去领他母亲的食品券，否则他母亲会把食品券换成现金，把钱浪费在毒品上。无上也担起了采买的责任，包括在公房区的社区中心外面排队领取"免费食物"。每个家庭领到的食物都一样，无上至今还能流利地背出来：一块黄油、一块奶酪、大米、玉米糁、燕麦和一罐花生酱（但没有果酱）。

其他的食物太稀罕了，即使坏了也舍不得扔。有一次，无上吃了变质的蛋黄酱后大病了一场，从此不碰任何软的白色食物，连比萨也不吃。多年后，这个恐惧由无上传给了他女儿娜娜。娜娜拒绝一切"白色食物"。

无上不记得小时候看过牙医。他有哮喘，却很少看医生。当时，这样的生活似乎无甚不妥。

"对一个孩子来说,你心里有点怀疑,但你只能顺其自然。只能随波逐流。"

无上的父亲经常打孩子,对妻子也十分凶暴。一次,他把妻子推到他们6层楼公寓的窗外,抓着她的腿,任她挂在窗外尖叫。无上抓起扫帚冲向他,他才把妻子拉进屋里。

无上9岁时,他家第一次引起了儿童保护工作者的注意。那时,无上已经有了4个弟弟妹妹,包括一个出生不久的小妹妹。给她取的名字是她出生的月份,四月(April),但大家都叫她宝贝。1987年3月1日,市里的儿童特别服务局(Office of Special Services for Children)——ACS的前身——依据一位匿名人士向服务局的举报,对无上的父母涉嫌忽视子女启动了调查。

"白天孩子们时常一连4个小时无人照管,"报告说,"孩子们看起来非常肮脏。家长可能吸毒。"

3个多星期过去了。一位社工几次试图登门家访,均无功而返。"调查仍在进行中。"那位社工写道。接下来那个月的5月9日,宝贝的周岁生日才过了几个星期,无上出门散步。他经常去散步,好保持头脑清醒。大约傍晚5点30分,他回到自己家住的那栋楼。

楼门口躺着一个小女孩。她眼睛紧闭,包在一块毯子里,像是睡着了。

无上走近些,是他的妹妹宝贝。她身体还是温的,但脸上血色全无。无上轻轻地抱起妹妹,抱了大约20秒钟。他亲吻着她的头,叫着她的名字。

"她已经没了生机。"

突然,无上的母亲冲出楼门。

"滚到楼上去!"她嘶叫着抢过宝贝。此时消防车和一辆救护车已经赶到。

无上跑上 6 层楼，跑到窗子那里，忘记了窗子是朝向另一面的。他想再看一眼妹妹。这时，救护车已经开走了。

宝贝到达医院后被宣布已经死亡。她母亲告诉调查人员，那天下午她把孩子留给了她丈夫。根据案情记录，宝贝的母亲 15 分钟后回来时，她丈夫不见了，宝贝"躺在地上，脸色发紫，不省人事，身旁是打开的"一小瓶"药"。案情记录显示那瓶药是安眠药。宝贝的母亲慌了手脚，把宝贝带到楼下，放在那里等待帮助。

警官把 9 岁的无上和他 2 岁、3 岁和 6 岁的弟弟从家中带走。兄弟四人被带到 Bed-Stuy 的儿童保护办事处。此时天色已晚。

他们想尽量在一起。

无上已经不记得后来发生的事了。他不记得自己被从弟弟们身边拉开，眼看着他们被分配到不同的寄养家庭。工作人员不得不把他死死按住。凌晨 2 点零 8 分，一位社工更新了档案。

"所有孩子都安置了，"报告说，"父亲被逮捕，现由警方监管。"

尸检显示宝贝没有吃药，她的死因是婴儿猝死综合征。尽管如此，两个家长都失去了对孩子们的监护权。

整整一年，无上一句话没说。

他从一个集体住所转到另一个，先是在曼哈顿北边 30 英里处一个叫纳纽埃特（Nanuet）的小村庄，然后是斯塔滕岛。"我只记得从一个地方到另一个地方再到另一个地方再到另一个地方。"无上很少见到母亲。母亲不在，无上开始变得暴力。有一次他试图割腕自杀。

教过无上的几位老师认为这个孩子备受困扰，但脑子聪明。11 岁的他"学习热情高，愿意当好学生，但他缺乏自制力，常常因此受挫"，一位辅导老师这样写道。无上的母亲重获对孩子们的监护权时，无上正在布鲁克林和一个姑姑住在一起。一家人终于要团聚了，这次是在马西公房区——就是达萨尼的老师赫斯特小姐逃离的位于 Bed-Stuy

的那个公房区。

1990年，无上住进了马西公房区。在这里，枪击是家常便饭，毒品无处不在。无上第一次尝试吸大麻是他13岁那年。大麻的作用让他无法动弹，而就在此时，响起了枪声。"好多人在我身边跑过，我脑子里是空的，只是纳闷我怎么会站不起来。"

无上的弟弟们像是陌生人，他们的样貌与他记忆中的已经不一样了。4年的分别使他们彼此间永远拉开了距离。无上开始与家人疏远，不回家，在地铁上过夜。九年级时，他加入了一个叫Face Heads的帮派。17岁时，他卷入了快克贸易。他跳进在马西公房区遇到的一个毒贩的红色宝马车，车开到了北卡罗来纳州的夏洛特（Charlotte）。在那里，无上在一家麦当劳对面的汽车旅馆的房间里卖快克。

6个月后的1994年12月，无上因贩运可卡因被捕，被判4年监禁。

"你知道，我没有一个像样的行为榜样，"无上说，"你知道，你总是告诉孩子：'别把手放到火里，火会烧疼你。'没人告诉我：'被火烧到会疼！'"

2013年7月27日，无上和一群人站在一起，看着达萨尼的新导师巨人。

"我是特雷文！"巨人用喇叭筒呼喊。

"我是特雷文！"人群呼应着。

两周前，一个陪审团判决佛罗里达州那个开枪打死手无寸铁的非裔少年特雷文·马丁（Trayvon Martin）的人无罪。[4]自那以来，特雷文穿的连帽衫成为全国性抗议的标志性服装，特雷文的死引发了"黑人的命也是命"（Black Lives Matter）运动。[5]

无上动着嘴唇，做出**我是特雷文**的口形。

多年来，无上与纽约市警方打交道时有过多次种族含义明显的遭遇。警方重点针对黑人和拉美裔的做法成为布隆伯格市长的标志性遗产之一。之前的 12 年里，警察叫停并搜身的人数超过 500 万，[6] 其中大部分是住在纽约市最穷街区的有色人种[7]。多数搜身没有找到武器或导致逮捕。

几周后的 8 月 12 日，一家联邦法院判定纽约市叫停并搜身的做法有针对特定种族的倾向，因此违背了宪法。[8] 布隆伯格发誓要提起上诉。[9] 白思豪加紧了竞选市长的活动。他拍摄了一个视频，主角是他的黑白混血儿子——顶着现在已经出名的巨大黑人发型——丹蒂。在这段网上疯传的视频里，15 岁的丹蒂重复着他父亲的许诺，要"结束针对有色人种的不公平的叫停并搜身时代"。[10]

回到收容所后，无上告诉香奈儿他会离开一段时间。他要再次进入戒毒所。此时恰逢他们一家来到奥本广场 39 号 3 周年。

3 年是达萨尼生命四分之一的时间，她这段时间大部分是在一个房间里度过的。达萨尼知道无上要走，松了一口气。她怀疑他又开始吸毒了。

"你注意看，他的眼睛是红的。"达萨尼说。

达萨尼的直觉在皇后区戒毒中心得到了确认：无上的可卡因、阿片类药物和大麻检测结果均为阳性。他自己还承认吸食过海洛因并酗酒。一个护士注意到，他"衣着整洁"，思维过程"连贯、合逻辑、有条理"。他看起来情绪激动，好像"有人要害他"。[11]

12 天后，一辆面包车拉着无上开过布鲁克林北边 60 英里处帕特南（Putnam）县起伏的山丘。他要去 Arms Acres，那是一家住宿型治疗机构，费用由 Medicaid 承担。这是无上第一次离开家人去戒毒。

护士问他对什么东西过敏。

无上很清楚这个系统是如何运作的。他知道，即使他说他一辈子都害怕蛋黄酱，或者说他由于"宗教原因"不能吃猪肉，给他的午饭仍然可能是一个涂满蛋黄酱的火腿三明治。那些官僚才不关心他在食物方面的喜好，但谁也不想吃官司。

在过敏物质一栏，护士写下了蛋黄酱和猪肉。接下来，无上去见接收人员。

接收人员问他："你如果不喝酒，不吸毒，会感觉如何？"

"无聊。"无上答道。

无上知道，人们听到一个无家、无业、吸毒上瘾的父亲抱怨说无聊会感到恼火。他们也想不到无上会产生灵感，埋头苦读，或奋笔疾书。"最糟糕的死亡不是肉体的死亡，"无上说，"而是精神的死亡。"他成天应付福利约见和工作培训项目这些烦琐乏味的事情，直到他忍无可忍，断然抛弃无聊去追求心灵的启迪。他读书，他写作，他吸毒。有厨房可用时，他喜欢做菜。他可以一连几个小时宣讲"百分之五国"的教义。

但这通常不会给人留下好印象，特别是当负责帮助无上的人从来没听说过"百分之五国"的时候。

今天，接收人员观察到，"病人"发表了"浮夸"的言论，"如'我是上帝'，还自称'无上的神'，他说这是他文化信仰的一部分，正如他相信'黑人是上帝'"。

工作人员得出结论，需要对无上做精神病评估。

"请评估。"接收人员写道。

第 24 章

一声尖叫震动了整个奥本收容所,把达萨尼从睡梦中惊醒。

"我的宝宝没呼吸了!"一个妈妈在走廊里喊。此时是 2013 年 8 月 27 日清晨。那个女人的婴儿几个月前被诊断患有呼吸窘综合征。孩子病得很重,一个社工甚至要求无家可归者服务部门将这家人转到专门照顾有医疗需要的人的收容所去。[1]

没有把他们转走。奥本收容所的工作人员只是给那个婴儿找了张破烂的婴儿床,外带一条床单,并给这家人分配了一个室温可达 102 华氏度①的房间。[2]

达萨尼听着那个母亲号啕大哭。几小时后,她的宝宝被宣布死亡。很快,州调查员对收容所展开了细致的调查。他们发现奥本的防火系统基本上不能运作。[3] 奥本没有按法律要求提供托儿服务,也没有开办收容所的合格证书。收容所的卫生间里长满了黑色的霉菌。

调查员发布了一份令人震惊的内部报告:有慢性呼吸病或严重疾病的小孩子不应该住在这里,所有两岁以下的幼儿都不应该住在这里。[4] 换言之,达萨尼一家——有 1 岁大的婴儿(莉莉)、两个有哮喘病的孩子(帕帕和阿维亚娜)和一个法律上算盲人的孩子(娜娜)——根本就不该来奥本收容所住。

---

① 约 38.9 摄氏度。——译者注

2013年10月，奥本收容所的住户开始外迁。

香奈儿被召到奥本收容所办公室。工作人员告诉她，另一个收容所有了一个空缺，是一套带厨房的公寓。工作人员不肯告诉香奈儿具体地址，连在哪个区都不说。数十家住户正乘坐无家可归者服务局提供的面包车离开奥本。他们只有几个小时的打包时间。

香奈儿一直盼着这个时刻到来，可是现在真的来了，她却措手不及。无上还在戒毒所。香奈儿手里的食品券已经所剩无几，只余9美元现金。她拿什么给8个孩子提供一日三餐？煎锅、盘子、炊具、厕纸，这些她都没有。香奈儿回到449室把这个消息告诉了孩子们。

他们得赶快去心理治疗，因为香奈儿需要现金。外面下着毛毛雨。孩子们晕晕乎乎地走着。达萨尼能想到的只是她不得不离开她喜爱的学校。

他们回到奥本收容所时，太阳已经落山了。

几个小时后就要告别他们长久以来的家，前往一个他们不知道的地址了，这种感觉很奇怪。他们把能装下的所有东西装进20个透明塑料袋。2013年10月17日晚9点26分，香奈儿和孩子们登上最后一辆面包车，离开了住了3年多的奥本收容所。乌龟还留在房间里。

一个小时后，车子停在新家门前。市里这么多收容所，达萨尼一家偏偏来到了哈勒姆西145街——和Bartendaz的大本营一街之隔。

"我就在公园旁边，"达萨尼在电话上告诉巨人，把每个字咬得清清楚楚，"我在这儿！我在哈勒姆！"

香奈儿抓过电话，急切地想听到巨人的反应。

"你瞧？"巨人对香奈儿说，"主把你送到了我身旁。"

这是一套真正的公寓，有着干净的淡黄色墙壁和硬木地板。有两个卧室、一个带浴缸的浴室和一个与起居室相连的厨房。

孩子们在公寓里到处跑着。达萨尼想，**又能吃到新鲜的自家做的饭**

了。香奈儿打开冰箱门，看看炉子和水槽，然后转向起居室，双手合拢做祈祷状。

"我为这些感谢上帝，"香奈儿说，眼睛亮晶晶的，"谢谢主。"

第二天，无上离开戒毒所回家了。他们没钱了，于是香奈儿带着娜娜、阿维亚娜和莉莉宝宝去了梅西百货商店。在店里，香奈儿想偷一叠Polo牌男用内裤和汗衫，准备拿到街上去卖。

"不要！"阿维亚娜悄声对母亲说，"放回去，我们会被抓住的。"

一个保安过来，把香奈儿和孩子们带到了商店的私牢。阿维亚娜害怕极了，莉莉在小小的囚室里歪歪倒倒地走着，嘴里说着："出去，出去。"[5]

保安只准许香奈儿打一个电话。

无上接了电话，很快带着达萨尼和其他几个孩子往梅西百货商店赶去。他们到了以后，梅西百货商店才会把莉莉、娜娜和阿维亚娜从私牢里放出来——但不会放她们的母亲。

警察拘押了香奈儿，把她从梅西百货商店转到市拘留所。[6]第二天香奈儿获释回家后，无上告诉她不能再偷东西了。实在不行可以乞讨。

"乞讨也比偷窃强。"无上说。

达萨尼感觉这不太像"乞讨"，不像她在电影里看到的那些伸着手乞讨的农民。无上站在当地的路玛超市附近，孩子们在他身边站成一排，这样好像更有尊严一点。

顾客进入超市时，无上请他们多买一点食物"好让我能给我的孩子们饭吃"。达萨尼跑着跟随一个女人进了超市，那个女人给他们买了Froot Loops 和 Corn Flakes 这两种早餐麦片。就这样又过了一会儿，直到一个特别慷慨的男人告诉他们"需要什么就拿"。他们拿了满满一推车。

当时达萨尼觉得这样很正常。她不怀疑父母的判断。"你还是孩子的时候，"她后来说，"所有那些问题——这么做是错的吗？我应该乞讨吗？别的孩子也这么做吗？——那些问题我从来没想过。"

然而，妈妈在梅西百货商店被捕这件事从发生的那一刻起就令达萨尼心中不安。她知道香奈儿有在店里偷东西的习惯，但这次事件"让我睁开了眼"，达萨尼后来告诉我。"那一刻我忽然意识到，我知道这是不对的。"

回到他们的新公寓后，全家人的情绪开始好转。无上在炉子旁忙碌，做爆米花虾球和蜜汁火鸡熏肉。他加入了设在哈勒姆的一个新的美沙酮戒毒项目。香奈儿在烤玉米面包。乌龟在浴缸里，香奈儿专程回奥本把它带了回来。

这也许能是个新开始。

霍姆斯小姐有些担心。

理论上，联邦法律规定，无家可归的儿童即使搬家，也有权留在同一所学校。[7] 不过在实践中，这一点无法保证。达萨尼和她的妹妹们已经好几天没来麦金尼上学了。从哈勒姆到麦金尼坐地铁至少要一个小时，而且这几个女孩还不到能自己坐地铁的年龄。香奈儿要求校车来接她们，但只有身带残疾的娜娜得到了准许。

香奈儿把小一点的孩子们转到了哈勒姆的学校。她觉得达萨尼和两个妹妹最好也来哈勒姆上学。

"不要，妈妈。"达萨尼说。

在麦金尼，达萨尼的两个妹妹正在学习乐器。如果她们学得好，阿维亚娜吹的长号和娜娜吹的单簧管就能归她们自己。虽然娜娜几乎到了眼盲的地步，但她仍然在练习学校行进乐队的步法。娜娜表演着步法，假装握着单簧管高高举起，踏着步。

最后，11 月 4 日早晨，香奈儿让步了。她带着几个女儿坐上了前往布鲁克林的 2 号地铁。她们沿着北波特兰大道走，经过了奥本收容所和公房区，那里的人曾经叫达萨尼"收容所鼻涕虫"。

看到了吗？ 达萨尼心想。**我离开了，可你们还在公房区。**

几分钟后，她们走进了麦金尼暖和的走廊。达萨尼冲到霍姆斯小姐的办公室，一把抱住她。

"嗨，霍姆斯小姐。"香奈儿柔声说。

校长震惊了。她没想到这几个姐妹没有校车也能来上学。她提醒香奈儿必须每天下午来接她们，直到能给她们提供校车接送。

在霍姆斯小姐面前，香奈儿总觉得自己没长大。她又变成了那个表现不好的学生——别人也这样看。霍姆斯小姐想不出麦金尼有哪个学生家长比香奈儿更不成熟、更莽撞。

尽管如此，霍姆斯小姐还是决定帮香奈儿一把：香奈儿可以在女儿们上课时在学校当义工。这样，香奈儿从送孩子到学校到接她们回家这段时间就不至于百无聊赖，也有了容身的地方。

"我们总是需要很多帮助。"校长微笑着说，还说香奈儿可以带着莉莉宝宝一起来。

香奈儿的脸兴奋得发光。

霍姆斯小姐接着说："但你不能吵闹。"

一天过得很快。不久，放学的铃声响起。达萨尼、阿维亚娜和娜娜三姐妹回到校长办公室等妈妈。

"你们来这里就是回家了，"霍姆斯小姐对这几个姐妹说，"这里的每一个人都在尽力让你们回来。有些事情是你们必须做的，比如**家庭作业**。"

没一会儿香奈儿也来了，在一旁帮腔。她告诉几个女儿不能再表现不好。"我们不允许，懂吗？"她说，"因为我很快就要在这里当义工了。"

女孩们不作声。

几条街开外，投票站工作人员正在为次日的市长选举做准备。在这次选举中，白思豪以压倒性多数当选，[8] 民主党20年后首次重掌纽约市大权。[9] 他发誓要对富人征税，帮助穷人脱贫，解决公共教育问题。这些都令霍姆斯小姐高兴。

她微笑着对达萨尼姐妹挥手告别。下一刻，达萨尼又跑回来拥抱她。

"再见，达萨尼，"霍姆斯小姐对她的背影叫道，"记得做作业！"

"知道了！"达萨尼回头喊道。

达萨尼在走廊里蹦蹦跳跳地跑向妈妈和妹妹。前门打开，一股冷风吹了进来。她们一起走入寒冷之中。

＊ ＊ ＊

4 周后的 2013 年 12 月 9 日，《纽约时报》刊登了由我撰写、露丝·弗雷姆森（Ruth Fremson）摄影的关于达萨尼的 5 部分系列报道的第一部分。[10]

头条标题是**暗影中的女孩：达萨尼无家可归的生活**。连续 5 天，达萨尼的故事一直刊登在头版。

这个系列报道引起了激烈的反响。当选市长白思豪在一次记者会上痛批纽约市对无家可归者的待遇，许诺"立即着手处理这个问题"，因为"我们不能让这个城市里像达萨尼这样的孩子失望"。[11] 相比之下，布隆伯格市长没怎么公开露面，但他私下里因为《纽约时报》玷污了他的政治遗产而怒不可遏。[12] 12 月 17 日，布隆伯格在记者会上终于讲到了达萨尼。

"这个孩子很不幸，"布隆伯格说，"我不太知道是怎么回事。上帝就是这样运作的。有时，我们有些人幸运，有些人没那么幸运。"[13]

同日，他的两位副市长在《华尔街日报》上发表了对我的系列报道的反驳，声称在布隆伯格担任市长的 12 年里，纽约市的贫困率保持未变[14]（事实上，贫困率先是下跌，2008 年后又上升了[15]），还说 90 万纽约人不再领取福利补助，却不提同期有 100 万人加入了领食品券的

行列 [16]。

这些政治争斗离达萨尼很远。她在街上看着人们读她的故事，特别兴奋。任何孩子都会有这样的感觉。达萨尼很享受成为注意力的中心。每天早上，她都跑到最近的星巴克去读报。她可以在无上的手机上读到这部系列报道，但她手中捧着报纸才觉得是真的。

有些陌生人认出了达萨尼和她母亲，香奈儿的雀斑是极易辨认的特征。在地铁上，一个男人走过来给了香奈儿一张 100 美元的钞票。读者表示要捐款。为避免利益冲突，《纽约时报》把所有关于捐款的问题都转给了法律援助协会的一位律师。法律援助协会为达萨尼家的孩子们建立了一个信托基金。[17] 达萨尼的学校也接到了大量捐助电话，提出要捐赠苹果平板电脑、紧身舞衣、手提电脑。贝特·米德勒（Bette Midler）① 的基金会和其他捐助者还表示愿意出资为麦金尼翻修剧场。

即使达萨尼感到压力很大，她也并未表现出来。即使同学们叫她"年度无家可归儿童"，她也只一笑置之。然而她不喜欢这个绰号。别人每次这么叫她，都是在提醒她，她过去秘不示人的生活现在被详细披露了出来，而且恰恰是在她害怕被视作"收容所鼻涕虫"的学校。

"把它当好话听。"霍姆斯校长说。她好像母熊保护熊崽般护着达萨尼。学校受到了教育局官员的斥责，因为《纽约时报》在麦金尼调查了一年，那些官员却一直被蒙在鼓里。[18] 无家可归者服务局也是一样。直到达萨尼一家离开奥本收容所，他们才知道我在报道这家人的生活。

在电视上，新当选的公益维护人利蒂希娅·詹姆斯（Letitia James）宣布，她在这篇系列报道中发挥了关键作用，帮助将"贫困的面目"放到了"《纽约时报》头版"上。[19] 我从未与詹姆斯交谈过，达萨尼此前也没有。系列报道刊出后，詹姆斯才给她打电话发出邀请：达萨尼愿不愿意参加市长就职典礼？

---

① 美国歌手、演员。——译者注

系列报道刊出后仅仅 19 天，达萨尼再次出现在公众视线中，而且是电视直播。她将与比尔和希拉里·克林顿、哈里·贝拉方特（Harry Belafonte）①和安德鲁·M. 科莫（Andrew M. Cuomo）州长等名人同台。一想到这个，达萨尼的心就发紧。她上了台仍然怯场。她只需要在公益维护人宣誓就职的时候捧着《圣经》，但万一她没拿稳，《圣经》掉到地上了怎么办？她努力不去想它。

2014 年 1 月 1 日那个滴水成冰的早晨，达萨尼穿着詹姆斯送给她的新的白色大衣和银色平跟鞋蹦蹦跳跳地跑上市政厅的台阶。香奈儿带头走到他们的座位上，就在当选市长白思豪后面一排。直到此时，达萨尼的完整身份依然是个秘密。《纽约时报》的报道从未提到她的姓。但詹姆斯自有打算。第一个迹象是达萨尼的椅子，上面有个让媒体看得清清楚楚的名牌，上面大书：**达萨尼·科茨**。

仪式开始了。达萨尼坐在椅子上，下面是一片人脸和摄影机的海洋。

别看那些人，达萨尼告诉自己。

为了保持镇静，达萨尼嚼着一块箭牌"冬清"（Wrigley's Winterfresh）口香糖。她每嚼一下，就数一次。数数让她心定。然而，达萨尼每次看向台上的 70 位来宾，都能看到名人，包括坐在第一排的布隆伯格。

喇叭齐鸣，人群向新市长欢呼。很快，达萨尼被叫到主席台边和纽约市第一位非裔市长丁勤时站在一起。丁勤时说："嗨，达萨尼。"詹姆斯拍拍她的马尾辫。一位牧师介绍了他们，说他想"赞扬这位年轻女士达萨尼·科茨做出的巨大贡献。她引起了纽约公民的注意，赢得了他们的尊敬。现在捧着《圣经》的就是她"。

达萨尼把口香糖嚼得啪啪响。一架媒体直升机在上空盘旋。达萨尼用戴着粉红色手套的双手稳稳地捧着《圣经》。她数着自己咀嚼口香糖

---

① 美国歌手、演员、社会活动家。——译者注

的次数。**别看那些人。**

在宣誓就职成为公益维护人后，詹姆斯请达萨尼一家起立。香奈儿高高地昂着头，身旁站着阿维亚娜、娜娜和哈利克。他们都在嚼口香糖。

"这是达萨尼·科茨，"詹姆斯说，紧抓着达萨尼的手，"你们都在《纽约时报》上读过她的故事。她是我的新 BFF。" [①,20]

达萨尼睁大了眼睛。

"我们的政府答应纽约人要推行改革。如果政府言而无信，你们可以放心，达萨尼和我会站出来的。"詹姆斯说着把达萨尼的右臂高高举起。她和达萨尼碰了一下拳，然后挽着她的胳膊在夏卡·康（Chaka Khan）I'm Every Woman 的歌声中退场。

此时，达萨尼的全名传遍了互联网。她在后台游荡的时候，所有人都想见她。不久后宣布竞选总统的希拉里·克林顿与达萨尼握了手，并说："我如果进了白宫，会单独给你一个办公室！" [21]

突然，布隆伯格出现了，温和地向达萨尼伸出了手。达萨尼终于见到了她在瑰西园遍寻不见的这个人。布隆伯格露出亲切的微笑，对她说："很高兴见到你，达萨尼。"

对房间里的每一个政客来说，达萨尼都代表着某种胜利或失败。达萨尼得到了《纽约时报》的认可，也获得了新政府的祝福。怀疑者认为她只是颗棋子，会被用来达到什么不可告人的目的，但达萨尼不这么看。几年过后，她仍然对发生在这一天的事看得比较简单："我是对人们的激励。"

达萨尼激发起来的决心维持了一段时间。

白思豪市长宣布，市政府将把 400 多名儿童移出奥本收容所和另一个破烂的市立收容所——凯瑟琳街收容所，永久禁止这两处设施接收儿

---

① BFF 是英文 Best Friend Forever 的缩写，意思是永远最好的朋友。——译者注

童。[22] 这两座楼房要重新翻修，改为成人收容所。随着纽约市无家可归者人数接近创纪录的 6 万，白思豪还将重新启动与布隆伯格叫停的项目类似的房租补贴项目。[23] 紧急收容所不能在严寒之中拒不接收无家可归的家庭。如果一个家庭被收容所"除名"，孩子们不会再被迫缺课，跟家长一起去布朗克斯的接收办事处。

达萨尼的生活恢复到了常态。她家仍然住在哈勒姆收容所，他们的钱又不够了。

香奈儿因为不能动用孩子们的信托基金而颇有怨言，但捐助者曾对法律援助协会表示过关切，他们不想让现金落入吸毒成瘾者手中。就算香奈儿的开支处于监督之下，她拿到的钱仍然会被算作收入。有了收入，她家就会失去食品券和其他公共援助。基金的钱是应该存着用于大学学费这种大笔开支，还是应该花在诸如购买家具或衣服这些眼前所需上？这些问题要由信托基金的受托人决定。

1 月 19 日，孩子们只能吃华夫松饼抹花生酱当晚餐。脏衣服也越堆越多。《纽约时报》的读者们要求了解达萨尼的最新情况，他们想象她一定得救了——好像贫困问题通过一个女孩就能解决似的。

第 25 章

4 个月后，帕帕跟着妈妈走下楼前的台阶。

时值 2014 年春天，达萨尼 6 岁的弟弟刚刚被 P. S. 200 停学。[1] 帕帕不久前才转到哈勒姆的这所学校。校长在给家长的信中抱怨帕帕的"行为极具侵略性"。

帕帕若要回去上学，香奈儿必须先与校长见面。然而，香奈儿今天有更急的事要办。福利办事处拒绝了香奈儿最新提出的现金援助申请，理由是她错过了一次"与就业有关的约见"[2]，虽然从来没人告诉过她有这样的要求[3]。因此，香奈儿带着帕帕和莉莉去了福利办事处。

帕帕在帽子里藏着他的宝贝，包括一张 A 牌——"这是所有牌里最大的"——和两张从达萨尼的日记本里撕下来的纸。谁都不知道他到哪里都随身带着这些宝贝。

"家里东西太多，"帕帕告诉我，"什么东西都会丢。我把我秘密的东西放在帽子里。"

在 R 线地铁上，帕帕摘下帽子，仔细地展开达萨尼的日记。他不肯说自己为什么从她日记里拿走这两页，但他不是兄弟姐妹中唯一偷看达萨尼日记的人。在被帕帕偷走的日记中，达萨尼抱怨说哈达企图"打探"，想看她写了什么。达萨尼担忧自己以后与 Bartendaz 团队及其领头人巨人该如何相处。

"我希望巨人不会因为星期四的事生气，因为我给他打电话他没接，我就没去。"达萨尼用蜡笔写道。这篇日记的日期是 1 月 3 日，3 个多月之前。

一个包着头巾的高个子男人站在附近自言自语。

"我一生气，就要**砸东西**。"那人大声说。

香奈儿面无表情地看着那个人。他是最底层的人，香奈儿永远也不会让自己落到他那种地步，她宁肯挨饿也不肯去施食处。她决不会在地铁上放开嗓门说："女士们先生们，抱歉打扰你们。"① 这个人连这也干不了。他完全沉浸在吸毒后的快感中，顾不得乞讨。在香奈儿看来，他就是个"无业懒汉"。

地铁开进了 36 街地铁站，走几步路就到了皇后区被称为"福利"的 8 层砖制楼房。香奈儿、帕帕和莉莉排上队，那队半天也没动一下。帕帕来过这里许多次了，对接下来要做的事了如指掌：他家会拿到一张票，去另一层楼。每次排队排到了，都有个陌生人告诉他妈妈接下来去哪里，或者告诉她什么地方做错了。

新市长信誓旦旦要推动巨变。白思豪为普及学前班之前的托儿服务扫清了道路，正在制订计划，准备建造更多的平价住房，增加低技能工作的工资，并遏制住不断扩大的无家可归人潮。[4] 市长甚至把原来的政敌史蒂文·班克斯（Steven Banks）招入麾下。[5] 班克斯是法律援助协会的首席律师，也是纽约市无家可归政策的最著名的批评者。（班克斯在 2001 年曾与白思豪竞争纽约市议员的位子。）班克斯同意就在这个月——2014 年 4 月——执掌纽约市人力资源管理局，就是帕帕和香奈儿排队的这个办事处的上级机关。班克斯最终还担起了管理市收容所系统的责任。[6] 他发誓要"使我们的政府为需要帮助的纽约人服务，而不是针对他们"。[7]

与此同时，福利办事处排的长龙以极慢的速度一点点往前挪。

---

① 这是在纽约地铁上乞讨要钱的标准开场白。——译者注

"哎，嘿，姑娘！"香奈儿招呼着一个她认识的单身母亲。

每次到一个市机构都能意外遇到熟人。香奈儿有时为此觉得郁闷。同一批人一辈子在同几座大楼里打转。不过，至少她们有彼此作为安慰。

香奈儿和这位朋友马上开始互通消息。香奈儿的重大消息是无上上周离开了，因为他俩大打了一架。无上砸了电视，还拿出了刀子。[8]他们吵架是因为钱。如果香奈儿不去做非法买卖，他们就要挨饿。香奈儿开始质疑"百分之五国"对无上的影响。

"他读的那些书把他变成了种族主义者，"香奈儿后来说，"他什么都做不了，因为他老是担心白人要干什么。**你**要干什么？"

香奈儿又在对不在场的男人说话。

警察收到了两份报警。一份是香奈儿报的（说自己是受害者），一份是无上报的（说自己是受害者）。

娜娜跟着哈利克和无上离开之前哭着说："我不想走，妈妈。"

在福利大楼，帕帕呆呆地望着窗外。他的哥哥和父亲不知在市里的什么地方。他真希望他们能带他走。现在家里一屋子女的，他是唯一的男性。

达萨尼每天黎明就起床，坐上一辆在市里兜来转去的黄色校车去麦金尼上学。

"你必须为了受教育而战斗，"霍姆斯校长多次对她说，"别的孩子不用。"

钩织能让达萨尼静下心来。她带着娜娜留下的一团线和一个钩针，校车监督员教了她怎么钩织围脖和手镯。达萨尼的另一个避难所是哈勒姆一家拥挤的公共图书馆，她在那里快速读完了《怪诞少女日记》（*Dork Diaries*）系列。家里的电视机坏了。孩子们老是问娜娜和哈利克去哪儿了。谁也不知道他们俩在哪儿，直到 4 月 28 日他们来到哈勒姆收容所。

孩子们高兴得尖声大叫,又蹦又跳。莉莉扑进娜娜怀里。无上让娜娜和哈利克带来了一罐没开封的果汁表达示好之意。他们三人现在住在布朗克斯一家叫"创世记"(Genesis)的收容所。

香奈儿没有被果汁打动。她想要一个能养家的男人。既然没有这么一个人,香奈儿就只能靠自己——至少巨人是这样说的。这位健身导师又出现了,他认为无上离开是个机会。巨人现在每天早上都给香奈儿打电话。

"起床了!"巨人说,"起床了!去挣钱!"

香奈儿听了这话不禁泛起了微笑。她离开血帮快10年了,但她仍然怀念帮里成员之间那种亲密关系。巨人也是兄弟。和姐妹比起来,香奈儿更喜欢兄弟,因为男人"直截了当",没有那么多的装腔作势、大惊小怪。

像巨人这样的黑人男子是香奈儿的首选,但即使是白人男子(警察除外)偶尔也会受她青睐。这样的人通常是被分配来代表香奈儿的律师,是那种放弃高薪职业,献身于公益事业的律师,虽然香奈儿觉得所有律师都想高人一等。不过,只要是站在她这一边她就喜欢,46岁的乔舒亚·戈德法因(Joshua Goldfein)也不例外。

戈德法因面色苍白,头发卷曲,身材瘦小。他是美国最早为穷人提供服务的律师事务所法律援助协会的一名公职律师。[9]他在普林斯顿大学本科毕业,然后上了纽约大学法学院,25岁刚毕业就被法律援助协会录用。戈德法因在为无家可归者争取权利方面大名鼎鼎,参与了向市政府提起的10项群体诉讼。他把全部业余时间花在死刑犯德里克·德布鲁斯(Derrick DeBruce)的案子上。这个亚拉巴马州的黑人囚犯在1991年发生在塔拉迪加(Talladega)一家汽车零部件商店的枪击致死案中被定罪,[10]但戈德法因说判错了。整整17年,戈德法因和其他律师一道为撤销德布鲁斯的死刑判决而努力。距此时6周后的2014年7月,他们将取得阶段性的胜利：亚特兰大的美国第十一巡回上诉法院判决将德布鲁斯的案子发回重审。[11]

2013年夏，我就奥本收容所的情况采访了戈德法因之后，香奈儿成为他的委托人。《纽约时报》的系列报道登出之前，法律援助协会已经发话要就奥本收容所的恶劣条件状告纽约市，并且如果奥本收容所要以达萨尼一家让我们进入他们的房间为由驱逐他们的话，还会准备代理达萨尼一家的案子。如今，戈德法因成了香奈儿在所有问题上的顾问，无论是住房、公共福利，还是刑事问题。每当香奈儿因斗殴或偷窃被捕，她第一个打电话找的人就是戈德法因。最近的一次发生在2月5日，香奈儿在收容所用拳头打了负责她案子的社工的脸。据警方说，殴打"造成疼痛和浮肿"。香奈儿被指控犯了三级袭击罪。[12]

如果香奈儿在街上与戈德法因擦身而过，会认为戈德法因是新近搬来布鲁克林的那群白人中的一个。戈德法因住在公园坡，每天骑自行车上班。他戴着罗伯特·马克（Robert Marc）牌眼镜①，穿着皱巴巴的西装，耳机里放的既有独立摇滚，又有爵士乐和说唱乐（他曾在业余时间担任报纸《村声》的音乐评论家[13]）。虽然香奈儿当着戈德法因的面说他是她"另一个母亲生的兄弟"，但这并不意味着他们一直都处得很好。

是戈德法因为孩子们的信托基金打下了基础。他找到了负责建立信托基金的律师，还就基金的钱该如何花提出建议。戈德法因和香奈儿为此经常发生争执：香奈儿想拿到钱，但信托基金不允许。只有孩子们才是受益人。另外，戈德法因提醒香奈儿，捐款永远不可能满足她家的所有需求，也不能用来支付公共援助已经包括的任何东西。

眼下，香奈儿推着一辆小车卖糖果，同时在打听若想获得高中同等学力该学哪些课程。她听说可以向一个天主教组织邮购高中文凭，只需要付100美元，参加一次考试，"写一篇关于耶稣的论文"。

---

① 纽约著名眼镜品牌。——译者注

巨人的归来令达萨尼心情振奋，她决心回到巨人的团队中去。可是达萨尼没能去参加练习，原因与她旷课的原因一样。"照顾孩子，给妈妈干活。"霍姆斯小姐在 6 月 18 日不满地咕哝着。

校长在看达萨尼的成绩单。达萨尼的数学和科学恐怕要不及格，她最强的课目也仅仅勉强过关。最令人不解的是她的体育课分数。达萨尼是麦金尼体育最好的学生之一，但她体育课的平均分才 65 分。她本来应该在这门课上轻松拿高分的。

"看看这个！"霍姆斯小姐对辅导老师说，"她怎么会从 100 分掉到了 65 分？"

校长像侦探一样展开了调查。她查阅了达萨尼的出勤记录。单是这一年，达萨尼就有 52 天没来上课——几乎是学期的三分之一。阿维亚娜缺课 41 天，两门课不及格。霍姆斯小姐知道无家可归的学生旷课率很高。在住在市立收容所的所有孩子中，有三分之二的人经常缺课。[14]不过，校长怀疑是香奈儿不让孩子上学的。今天，一位老师听到两姐妹中的一个抱怨自己老得带孩子。

可以说霍姆斯小姐最厌恶母亲只是一部"生孩子机器"，管生不管养，将带孩子的重任落在最大的女孩肩上。

"她脾气很大，"霍姆斯小姐谈到达萨尼时说，"但她的愤怒并非针对这里的任何人。她是因为自己被无端强加了这个负担而愤怒。她不是保姆。每次我听她说'我得去接谁谁谁'，我总是说，不，他们不是你生的。懂吗？"

成年人必须为自己的选择"负责"，校长说。"我是受这样的教育长大的，我也是这样认为的。你想生两个孩子？那你就管两个。你想生10 个？你就得管 10 个，知道吗？学校只能做这么多。"

麦金尼的工作人员每年都要给虐待儿童热线打几次电话，报告虐待儿童的情况。打这种电话事先经过仔细斟酌。霍姆斯小姐看完了两个女孩的成绩单，把成绩单交给辅导员。"让她们说实话，你要如实报告。"

霍姆斯小姐指示说。辅导员严肃地点点头，丝毫不觉得意外。

几分钟后，达萨尼和阿维亚娜走进办公室。

"嗨，霍姆斯小姐。"她们欢快地叫道，在桌旁落座。

校长问了个简单的问题：她们为什么不来上学？

阿维亚娜看看达萨尼。

"你说。"阿维亚娜说。

"为什么要我说？你说，因为她喜欢你。"

"好吧，"阿维亚娜说，"我们没来上学，因为睡过头了。"

"你是说**你自己**。"达萨尼说。

"我们都是！"

两姐妹吵了起来。"我们睡过头了，"阿维亚娜坚持说，"还跟着妈妈出去了。"

"你们去哪儿了？"霍姆斯小姐问。

两个女孩交换了一下眼神。

"去看医生。"达萨尼低声说。

"对，她去看医生，"阿维亚娜说，"我们还跟她去了哪儿？我们去了两个地方。"

阿维亚娜越说声越小。

"别编了，"霍姆斯小姐说着转向达萨尼，"你为什么不来上学？"

达萨尼戒备起来。阿维亚娜开始笑，达萨尼跟着笑得更大声。她俩一阵一阵地笑，好似在看一场别人听不见的相声单口秀。根据校长的经验，夸张的大笑是"眼泪的伪装，掩盖着受到的忽视"。

"我看不出有什么好笑的，"霍姆斯小姐说，"你们要为旷课付出沉重的代价。"

情况很严重。霍姆斯小姐说，她们经常缺勤，学习不及格，这意味着她们可能会留级。两个女孩沉默了下来。有时，一个孩子必须愤怒极了才会说实话。

霍姆斯小姐接着说，她们不来上学不是她们的错。但她们一旦来上学，就要"百分之百"投入。

"之后，她们回家也要努力。"霍姆斯小姐继续说，辅导员在一旁观察着。"我不是跟你说过吗，达萨尼？你要努力完成在校作业，也要努力完成家庭作业。这一点也不好笑。"

达萨尼像是被狠狠打了一记耳光。

"我现在再问一遍，你们俩为什么没来上学？"

真相一点点流露出来：达萨尼和阿维亚娜在帮她们的母亲跑腿做事，还去学校接弟弟妹妹，甚至带他们去做夏令营要求的体检。

"这种事你们做了多少次？"霍姆斯小姐问，"一周一次？一周两次？有时甚至更多？"

达萨尼点点头。

"哦，更多，"霍姆斯小姐说，"谁帮你们做作业？"

片刻的沉默。

"没人。"阿维亚娜耳语似的悄声说。

她们离开后，霍姆斯小姐看向辅导员。

"材料够了吗？"

辅导员回到自己的办公室，拿起电话拨了虐待儿童热线的号码。

第 26 章

达萨尼跑上哈勒姆收容所的台阶，紧跟在小孩子们后面。

突然，他们停住了脚步。家门口站着一个 ACS 的工作人员。这是达萨尼的学校打热线电话的 3 天后。

"你们的妈妈呢？"那人问道。

"不知道，"达萨尼说，"是她让我们去公园的。"

那位社工拨了香奈儿的电话。

"你不能让 4 个孩子自己回家，"那人说，"每隔一个星期，我都会接到学校的电话，说阿维亚娜和达萨尼没来上学。"

那人把电话交给达萨尼。

"赶快到公园去。"香奈儿说。

孩子们跑走了。

霍姆斯校长在自己的职业生涯中一度对儿童保护系统寄予很大希望。那时的她还年轻，满怀理想。现在她明白了。她向儿童服务管理局举报父母忽视孩子，因为那是法律规定，不是因为她觉得孩子们在寄养家庭里会过得更好。通常恰恰相反。留在自己家里对孩子更好，哪怕时时处于 ACS 的监视之下。

霍姆斯说，要帮助一个孩子真正充分发展，只监督父母是不够的。要给他们物质帮助，帮他们应对居无定所、没有工作、食物不足、学校的种族隔离以及穷人遇到的其他常见问题。但父母很少得到这样的帮助。像达萨尼这样的孩子要么在 ACS 的监视下住在家里，要么落入错综复杂的寄养系统。

可是，有没有第三个选择呢？

霍姆斯校长坐在办公桌前，思考着这个问题。

突然，她的脑海中跳出了一个名字。

"赫尔希。"

大多数人听到赫尔希，就想到好时牌巧克力，或是以这个牌子的巧克力命名、坐落在宾夕法尼亚州赫尔希镇的主题公园。巧克力、主题公园、小镇——三者的缘起都是糖果大亨米尔顿·赫尔希（Milton Hershey）。赫尔希于 1945 年去世，留下了第四个同样以他的名字命名的机构。好时牌巧克力包装纸上印的小字透露了关于这个机构的线索，说出售的每块巧克力都"通过米尔顿·赫尔希学校来帮助贫穷儿童"。

霍姆斯小姐在 20 世纪 80 年代早期到过赫尔希主题公园。那时她对赫尔希学校一无所知。当时她在布鲁克林的 P. S. 307 当老师。她的学生大多来自穷人家庭，从未离开过纽约市。因此，霍姆斯小姐会带他们出去旅行，让他们见识新的地形地貌和陌生的环境。例如，她想让学生们知道走在大学校园里是什么感觉。

"让他们开阔眼界。孩子们若是从来没有见过盒子外的东西，怎么能跳出盒子想问题呢？"霍姆斯小姐说，"那几乎像是带他们走出了纽约市几个区的高墙。我不是说他们因此就能上大学。我是说他们**看到了**大学是什么样子。"

在赫尔希主题公园，学生们坐了过山车，还参观了巧克力工厂，嘴唇上沾着好时心形巧克力的糖浆。一天，霍姆斯小姐站在公园里，忽然看到远方有一座宏伟的建筑坐落在大片的草坪上。"我很好奇，"她说，"我想知道那座建筑是什么。"霍姆斯小姐带着学生们来到那块地方的边缘。学生们站在那里看着修剪整齐的草坪，谁也不敢碰一下。

霍姆斯小姐回到纽约后做了查询。她了解到赫尔希学校是为穷孩子办的寄宿学校。孩子们从 4 岁起可以免费寄宿上学，一切都免费——医疗、食物、衣服，甚至是钢琴课。如果成绩足够好，毕业时还能得到 8 万美元的大学奖学金。[1]

"赫尔希是独一无二的。"6 月的一个下午，霍姆斯小姐这样对我说。关于达萨尼的系列报道已经刊出 6 个月了，我作为记者仍在跟踪达萨尼的生活。我从未听说过赫尔希学校。我问霍姆斯小姐是否认识上过那所学校的人。她说她曾试图把学生送进去，但都没有被录取。她上次推荐的学生最终离开纽约市去了南方的一家寄宿学校。

校长说，达萨尼也许机会更大一些，因为她体育好，又聪明，而且已经得到了公众的注意。她妹妹阿维亚娜被录取就比较困难。阿维亚娜没能通过不久前举行的六年级全州统考。

但霍姆斯小姐决定让这两姐妹都申请。她们两个决不能分开。她俩要么一起去，要么都不去。

6 月 23 日，校长把达萨尼和阿维亚娜叫到了办公室。

"我们发现了一个学校，可以给你们一个机会……这样的机会……我觉得纽约市给不了你们。"霍姆斯小姐这样对她们说。

霍姆斯小姐为自己的话感到难过，但她在麦金尼工作了 17 年，知道公立学校系统条件不好。可以说今年是最难的一年。麦金尼的顶楼被特许学校成功学院占了。成功学院的创始人兼首席执行官伊娃·莫斯科维茨（Eva Moskowitz）正在和新市长针尖对麦芒。[2]

3 月，莫斯科维茨的 22 所特许学校——包括麦金尼顶层的那一家——全部停课，用大巴车把 1.1 万名学生外加老师和家长送到州府去抗议白思豪的政策。[3] 白思豪的竞争对手科莫州长支持莫斯科维茨。几周后，科莫宣布就州预算达成交易，给了白思豪 3 亿美元用于普及学前班之前的托儿服务，但要求纽约市为特许学校找地方，或者承担特许学校的房租。[4]

这是莫斯科维茨的一大胜利。6 年后，她的第一批高中毕业生全部进入了四年制大学，包括耶鲁、哥伦比亚、达特茅斯、杜克、塔夫茨和康奈尔这些名校。⁵

现已 63 岁的霍姆斯小姐怀着沉重的心情注视着在奥尔巴尼（Albany）①展开的较量。她确信最终还是钱的问题。莫斯科维茨有对冲基金的投资者作为靠山。

这是霍姆斯小姐做校长的最后一年。为公立学校系统服务了 34 年的她准备退休了。现在她正努力把自己留下的摊子处理好。

霍姆斯小姐看着达萨尼和她妹妹。

"那个地方很美，"霍姆斯小姐说，"我知道你们听说过赫尔希公园。还有好时牌巧克力。好吃。"

两个女孩点点头。

霍姆斯小姐解释说，她们的第一步是填写申请表。她会把必要的记录准备好。霍姆斯小姐已经得到了她们母亲的准许，也找了赫斯特小姐写推荐信。

"你们想问什么问题吗？"霍姆斯小姐问。

"房间……是小木屋吗？"阿维亚娜问。在她的想象中，宾夕法尼亚乡村地区是大森林。

"我可没说你们是去野营的。"霍姆斯小姐说。

达萨尼没那么幼稚。她研究过表姐希娜上过的寄宿学校的宣传册。达萨尼想象赫尔希可能差不就是那个样子——大楼和宽广的草坪。

突然，达萨尼抽搐了一下。她的下颌骨疼。校长走过来仔细检查达萨尼的口腔，看到一颗断了的牙齿。达萨尼的下槽牙也有一颗龋齿。达萨尼好几年没看过牙医了。在赫尔希学校，这些都会不一样的。

"我需要你们两个好好想想，"霍姆斯小姐说，"祈祷吧。成功的机

---

① 纽约州州府。——译者注

会不大。"①

达萨尼把一只手的食指和中指交叉，又把另一只手的手指交叉。她把两只手举起来。

一个交叉为她自己，一个交叉为阿维亚娜。

达萨尼是家里女孩中第一个到达青春期的。她现在13岁了，男孩子开始注意她。达萨尼对男孩的态度在喜欢他们和想揍他们之间摇摆不定。她恢复了在巨人指导下的训练，地点就在隔壁街上。

香奈儿的食品券在6月底用光了，她要达萨尼找巨人要10美元。自从无上拿走了达萨尼挣的钱后，巨人一分钱也没给过达萨尼。达萨尼决定减掉一半，只要5美元，这样就不会显得"狮子大开口"。可她无论如何得张嘴要钱。

有的人做这种事比较在行，达萨尼却是无论多饿都坚守自尊。如果说香奈儿和无上小的时候也是如此，现在可一点也看不出了。**不开口要就没饭吃**。训练大约过半的时候，达萨尼鼓起勇气对巨人说她需要5美元。

"明天吧。"巨人说。

达萨尼眨眨眼。明天之前她一家人就需要吃东西。"他好像没听见我的话。"达萨尼说。

无上不在家，达萨尼开始和母亲顶嘴，在附近的游泳池待到很晚才回家。香奈儿抱怨说："她长大了。"一个名叫杰伊·杰伊（Jay Jay）的男孩引起了达萨尼的注意。他也13岁，也住在收容所里。孩子们坐在收容所门外的台阶上消磨下午的时光。保安一出现，他们就像鸽子一样

---

① 霍姆斯小姐的英文原话是让她们交叉手指，交叉手指是祈祷成功的手势。——译者注

四散开去，之后又回到原地。

7月中旬，所有8个兄弟姐妹又聚到了一起，走在哈勒姆灰色的天空下。香奈儿在考虑是否让无上回家。

我想你，宝贝，无上对香奈儿柔声说。我想和你在一起。

这些话香奈儿以前也听无上说过。他们经过一家当铺，他们家的Xbox电子游戏机就在里面。那台游戏机与手表、金链子和电视机摆在一起，都是被拿来换现金的。这些闪闪发亮的东西代表着绝望。

孩子们走上145街的路桥，驶过的汽车喷出废气，轮胎卷起砂砾。他们的人字拖啪嗒啪嗒地敲着地面。大家对回家的路了如指掌，不必抬头看。没有人注意矗立在雾蒙蒙的远方的帝国大厦。

过了桥后，他们走向哈勒姆收容所。在杂货店那里，帕帕看到了父亲。

无上左边额头缝了针，小臂包着纱布，脚踝也崴了——这都是和另一个无家可归者打架的结果。

"爸爸拄着拐杖！"帕帕说。

无上身上还散发着消炎水的味道，和他刚离开的医院里的味道一样。

"我太老了，打不动架了。"无上说。

香奈儿走向收容所，孩子们——现在又加上无上——跟在后面。

从他们俩在哈勒姆邂逅至今，已经将近11年了。香奈儿总是同意让无上回来。

巨人在找无上。

达萨尼不小心把真话告诉了他：她继父在西145街收容所的楼上。

香奈儿皱起眉头。

"所以我老跟你说，在这种地方，你不知道一个人存着什么心，你要问：'你问这个干什么？'如果他想要钱，你就说：'他不在。'"

巨人不想要钱。他想与无上对质。"你知道你丈夫在脸书上发了什么吗？"巨人从车里对香奈儿大喊。据香奈儿说，巨人与无上彼此不合，是因为有一次巨人要香奈儿来参加活动时带着水。香奈儿如果不带水，他会"在她头上拉屎"。（巨人否认有过这回事。）

作为报复，无上7月14日在脸书上发帖说，"布鲁克林之神"要用"大枪"在公园里把巨人打死。**你不知道你招惹的是谁，软骨头，**无上的帖子说。**黑人要来找你了。**

短信满天飞，从巨人的手机到香奈儿的手机，也从香奈儿的手机到无上的手机。谁都看得出来要出事。这两个男人起冲突是早晚的事。在无上家里只有"我是王！"，这是几年前无上在奥本收容所墙上写下的。

达萨尼别无选择，只能站在继父这边。她正式离开了巨人和他的Bartendaz团队。达萨尼在发给这位健身导师的最后一条短信中写道："人们说到Bartendaz的时候，想到的是我，不是你。"

不过，达萨尼不太信得过无上。无上仍在讨好达萨尼的妈妈，却还没搬回家来。达萨尼猜想无上的"脑子"会不会"有点毛病"。

不久前，无上在贝尔维尤医院的美沙酮戒毒项目中接受了评估。医生的结论是，他情绪失调，有"公共场所恐惧症"，因而容易恐慌。医生在评估中写道，无上的惊恐情绪可以长达10分钟，"主要在地铁这类拥挤场所发作"，还补充说，无上的恐惧症在公共场合更加严重。[6]

无上拒绝寻求心理治疗。2014年7月17日，无上和巨人发生冲突的3天后，一个黑人在斯塔滕岛被杀，这加深了无上的焦虑。那个黑人濒死的视频在网上疯传。无上点开视频，看到一名白人警官勒着那个黑人的脖子。那人拼命喘着气说："我没法呼吸了。"

无上呆呆地看着受害者那模糊的面容，深深地震惊了。

"那是我的朋友E。"

过去几年，埃里克·加纳（Eric Garner）卖过免税香烟给无上。这种烟叫"散烟",因为是从烟盒里抽出来的零散烟卷。讽刺的是,这种地下贸易是布隆伯格市长的反吸烟运动促成的。那场运动把一盒香烟的最低价格提到了 10.5 美元。[7] 在无上这样的人中,没几个能花得起那么多钱买烟,于是他们开始论根买从弗吉尼亚州走私过来的烟。

这为有 5 个孩子和两个继子女的加纳提供了谋生的手段。[8] 在斯塔滕岛北岸一条喧闹的地带,无上会花上 1 美元从加纳那里买两根散烟——最好是 Newport 或 Kool 牌的。加纳对老主顾格外照顾。

"有时我没钱,他仍会给我一支。"

无上一遍又一遍地放着那段视频,看着警官的白手掐在加纳棕色的脖子上。

杰伊·杰伊和达萨尼有了初吻。之后不久,杰伊·杰伊把达萨尼诱到了他家的公寓。他把达萨尼带到卧室,要她坐在床垫上。然后他让她躺下,脱掉衬衫。

女孩子就是这么怀孕的,达萨尼告诉自己。

达萨尼起身要离开,杰伊·杰伊揪住她的头发。

"你敢再这么着我就打掉你的牙。"达萨尼说完就跑掉了。

阿维亚娜对这个故事的叙述不那么像电影情节。

"他甩了达萨尼,找了另一个女孩。她放不开。"阿维亚娜说,指的是达萨尼不肯乱来。

不久,香奈儿和收容所的另一个住客大吵了一架,要求转走。13 天后,2014 年 8 月 11 日,香奈儿带着她亲生的 6 个孩子搬去了布朗克斯穷人区亨茨角(Hunts Point)的一家收容所。娜娜和哈利克仍和无上住在一起。

达萨尼的新家围着金属栅栏,栅栏顶上装着铁丝网,房子前面的街道单调破败。这条街有个恰当的名字，叫费尔街（Faile Street）[1]。达萨尼猜想自己是否已经因为不及格而被麦金尼开除了。她和阿维亚娜还没看到成绩单，也没接到校长的消息。霍姆斯小姐总说，**失败不是选项**。达萨尼猜想校长也许生病了。暑假前校长说过一句语意不祥的话："我不会永远在这里。所以你需要做对的事，做你必须做的事。"

2014年9月4日是开学第一天，两姐妹早早起床去上学。她们大了，达萨尼13岁，阿维亚娜12岁，可以自己乘车了。她们穿着新的polo衫和卡其布裤子，背着收容所捐赠的书包。达萨尼的三环活页夹按课程分好，课程标签写得整整齐齐："数学""社会研究""科学"。

姐妹俩冲过一条高速公路，坐上地铁，然后换一路地铁，再走一英里，到达麦金尼。一路上花的时间超过一个小时。她们飞跑进学校。校长办公室的门大敞着。

她走了。

"早上好，你们好吗？"迈克尔·沃克说，他就是霍姆斯小姐夜里在学校弹钢琴时引吭高歌的那一位。霍姆斯小姐悉心培养沃克接替自己坐上校长的位子。霍姆斯小姐退休后搬去了佛罗里达州的棕榈海岸（Palm Coast），但她仍然每天给沃克打电话指点他。霍姆斯小姐也缠着赫尔希学校的招生办公室不放，恳求他们把达萨尼和阿维亚娜一并录取。霍姆斯小姐知道，此事成功的可能性微乎其微。赫尔希学校的录取率只有10%。

在麦金尼，两姐妹还不知道自己有没有顺利升入下一个年级。她们眼巴巴地看着沃克。新校长让她们到食堂去，那里的几十个学生正在等待自己的命运被宣判。达萨尼的宿敌斯塔尔也在里面。

"我不懂。"斯塔尔的声音有些发抖。

在一个名单上，她通过了。在另一个名单上，她不及格。

---

[1] Faile 与英文的"失败"（fail）同音。——译者注

斯塔尔知道留级是什么滋味。她四年级时已经留过一次级。如果她再留级，就比同班的同学们大两岁了。阿维亚娜和斯塔尔一起去看第一个名单。"也许你没通过，但至少咱们同一级了。"阿维亚娜说，紧张地笑了一声。

"咱们才不会呢。"斯塔尔说。

"咱们"这个词立即拉近了几个女孩的距离。达萨尼也坚决不想留级。"我这辈子从没落后过。"她说。3 个女孩一起去了辅导老师的办公室，老师叫她们等着。她们围在斯塔尔的手机旁，听着里面播放的富裕帮（Rich Gang）的歌，斯塔尔用假指甲打着拍子。一个小时过去了，一个工作人员前来宣布消息。

达萨尼上了八年级。

达萨尼和阿维亚娜惊讶地捂住嘴，像双胞胎一样。

下一个是斯塔尔。

"你去 701。"工作人员说。

斯塔尔的脸垮了下来。谁都知道 701 是七年级的教室，这说明她留级了。

轮到阿维亚娜了，那人找到了她的名字：她也留级了。

每一个结果都像是无期徒刑判决。阿维亚娜一言不发。斯塔尔一动不动，如在梦中。她拿起达萨尼的辫子，温柔地将它们拢成一个马尾辫。斯塔尔的一个假指甲掉了。

阿维亚娜捡起那个绿色的假指甲，向自己的新教室走去。她站在门外，前额贴在墙上。她的嘴唇在颤抖，眼睛里满是泪水。她看着假指甲，想扣在自己的手指甲上。教室的门开了。

是赫斯特小姐。

老师把阿维亚娜带到她的座位，递给她一盒纸巾，然后对全班同学说："有时你只能换频道。这是哪里？"

"学校！"学生们回答。

赫斯特小姐试图让这个词的意思深入大家心中。

学校。不是家。

赫斯特小姐现在已经没有家了。

两个月前,她在 Bed-Stuy 的房东要重新装修那栋楼,把她赶了出来。一周后的 2014 年 9 月 11 日,那栋楼卖了 120 万美元(几乎比前一年的价格翻了一番)。[9] 赫斯特小姐把自己的东西打包,将大部分存入仓库。之后,她带着几个行李箱和 15 岁的女儿去了布朗克斯无家可归者接收站,加入了如今住在市立收容所,人数超过 6.4 万的纽约人的行列[10]。

赫斯特小姐知道,如果她把这些事告诉学生们,他们会非常伤心。她一直是他们的榜样,是成功离开公房区,进入专业阶层的人。但赫斯特小姐也知道,她在今天的收容所系统中并非特例。许多有工作的纽约人都遭到房东驱逐,无家可归。纽约市缺少平价住房是众多家庭进入收容所系统的首要原因。[11]

这天一大早,赫斯特小姐穿着一套正式西装走出她在曼哈顿住的那家收容所,看上去和往常一样沉着自信。

"我觉得我现在成了自己生活中的访客。"她悄声告诉我。

阿维亚娜在课桌后坐定,怔怔地看着老师。她不知道老师和她一样无家可归。

每个人"家里都有事",赫斯特小姐对学生们说。但你们到了学校,就必须集中精神,"注意听讲"。

"这里有这么多东西给你们,但你们的心可能不在这儿,"赫斯特小姐说,"我需要你们真的在这儿。"

一个月后,香奈儿告诉孩子们:"我们要搬到斯塔滕岛去了。"

她拿到了一张 8 条券,这是令人垂涎的联邦住房补贴,是用来帮助付房租的。这样一张券如同进入纽约市任何地方的门票。香奈儿只需选择一个地方租房子就可以了。

多少年来，香奈儿的住地一直由别人选择，不是拥挤的办公室里的官僚，就是收容所系统的管理人员。她如同棋盘上的一个卒子，被看不见的手挪来挪去。因为这种无法预料的随意性，香奈儿很容易拒绝为自己后来的失败承担责任。这成了她的一贯模式，总是把自己的麻烦归咎于他人。

但现在，棋盘上的那只手没有了，香奈儿需要自己决定下一步行动。她想做出明智的选择。

每当香奈儿闭上眼睛想象家的样子时，她只想得到一个地方：斯塔滕岛。6 年前，她就是在那里有了自己的第一个家。当时乔安妮刚去世，留下的遗产最终被香奈儿全部花光了。这次香奈儿不想再出错。

香奈儿很快在斯塔滕岛北岸找到一处出租房，离 6 年前她家住的地方不远。这个公寓比较小，房租也比较贵，每月 2 044 美元。不过房租大部分可以用 8 条券来付。[12]

10 月 16 日下着雨，孩子们站在人行道上。

"我搬过好多次家了。"达萨尼说。她今天心情很坏。她昨夜为了照顾患感冒的莉莉一夜没睡，而且自昨天以来，孩子们还水米未进。

"我要先选我的房间。"阿维亚娜说。

对几个小姐妹来说，能够选择是值得兴奋的事，因为她们很少有选择的机会。例如，上哪个学校就不由她们选择。

"你们不能去麦金尼上学了。"香奈儿说。

达萨尼不理会。她既然能从布朗克斯去麦金尼，就有办法从斯塔滕岛去。达萨尼已经在心中想好了路线：先乘渡轮，然后乘地铁。

无家可归者服务局的面包车拉着他们驶过韦拉札诺海峡大桥时，达萨尼睡熟了。

第 27 章

达萨尼醒了，听到了清脆的鸟鸣声。太阳出来了，街上绿树成荫。

达萨尼的新家在斯塔滕岛北岸斯特普尔顿（Stapleton）的月桂大道上，是一座方方正正的白色两家庭住宅。他们走上混凝土台阶来到前门，门上的邮箱旁用胶合板盖着一个洞。打开门是一条光线暗淡的走廊，能听到愤怒的狗吠声。爬楼梯上到二楼后，香奈儿怎么也找不到钥匙。她不知道把钥匙放在哪儿了。孩子们挤成一堆，兴奋得几乎要炸了。

香奈儿不找了，用身子猛撞上锁的门，然后又一次全力撞向屋门。第三次，门被撞开了。孩子们冲进去往四处散开。有起居室、一个厨房、一个卫生间和 4 个卧室。

每个人都在尖叫。"这是我的房间！""这个房子真大！""滚出我的房间！"莉莉歪歪倒倒地到处走，嘴里发出 eboo 的声音。达萨尼占了一间朝街的卧室，帕帕把每个犄角旮旯探了个遍。阿维亚娜伸手去拿她能找到的唯一一张 CD 唱片，那是诱惑合唱团最轰动的歌曲集。她把一台老旧的音响插入起居室的插座。

阿维亚娜按下播放键，躺在凉快的木质地板上，听着 Just My Imagination (Running Away with Me) 的歌声在公寓中回荡。她望着天花板，无声地随着唱。

香奈儿扫视着匆忙打包的那些衣服。她一下子似乎有些反应不过来。

就在此时，音响放出了 Papa Was a Rollin' Stone 这首歌。阿维亚娜放大了音量。她知道这首歌会令她母亲落泪。这首歌孩子们听了无数遍，对每个部分都了如指掌——第一声贝斯弦响，然后是踩镲的敲击，小提琴和圆号潮水般的乐声托起丹尼斯·爱德华兹（Dennis Edwards）圆润的声音。

> 那是 9 月 3 日
> 我总记得那一天，是的
> 因为那是我爸爸死去的那天 [1]

阿维亚娜和达萨尼正在跟着唱，她们的妈妈走了过来，挽住她们的胳膊。香奈儿对这首歌怎么也听不够。每次听到这首歌，她都想到自己的父亲桑尼小子。

> 我从来没机会见到他
> 听到的都是他的坏话
> 妈妈，我要你告诉我实话

大家都唱了起来——包括帕帕，他大声唱出了他自己的名字。[①]

> 爸爸是块滚动的石头
> 他走到哪里哪里就是他的家
> 他死后，给我们留下的只有孤独

今天，这里没有父亲。无上还没回来，娜娜和哈利克也没回来。家里唯一的男性是在公寓里跑来跑去的 7 岁的帕帕。帕帕很想打开前门到

---

① 英语中帕帕的发音和爸爸相同。——译者注

草坪上去。他之前大部分时间都住在收容所里，金属探测门和保安横亘在他与世界之间。现在，他可以随便走到外面去了。

孩子们跑下楼前的台阶时，太阳还挂在空中。他们的新家所在的街区有舒适的住房，也有破败的地块。一个油漆剥落的门廊上钉着一个牌子，上面大书：**不要陷入丧失赎回权的深渊**。这条街的心脏是月桂大道和戈登大道交叉处的一家杂货店，那里有一幅图案繁复的壁画，上面写着**安息吧**，FRANKIE FINGERS。这个街区将近一半的居民生活在贫困线下。[2]

达萨尼带着孩子们往北走，边走边记着街名。帕帕时而追赶一只蝴蝶，时而在土里找虫子。他从一座房子跑到下一座房子，按下每座房子的门铃。"我有监控！"一位年纪有些大的女人从窗口向他们大喝。孩子们经过一条车水马龙的高速公路，进了一家杂货店。帕帕偷了一个苹果。别的孩子可能会偷糖果，但帕帕觉得苹果是高级食品。9岁的玛雅喜欢西瓜。达萨尼喜欢葡萄，但她放不下身段去偷。

"他最后会落到快克毒窟里去的。"达萨尼谈到帕帕时说。

天晚了，帕帕开始闹腾。他打骂姐姐们，向路过的汽车扔石头。怎么也管不住他，直到他们来到上纽约湾，那里有个钓鱼的人站在嶙峋的岩石附近。

孩子们穿着衣服跳进水里，一边打水花一边大叫。这比任何市立游泳池都好。温暖的水是咸的。帕帕一次又一次扎进水里。

"自由！"达萨尼喊道，看着帕帕向曼哈顿的天际线游去。

11月17日，海鸥在渡轮上方盘旋。达萨尼没有雨衣，用一个垃圾袋盖着头和肩膀。刚醒来的她还有些睁不开眼。她去麦金尼上学需要坐公交车，然后坐渡轮，还要坐地铁。

达萨尼搬到斯塔滕岛已经一个月了。她妈妈坚持要她转到当地的学校，于是达萨尼、阿维亚娜以及娜娜一起转到了她们住的那条街上的

I. S. 49[①]上学。10 天前达萨尼被停学了，因为她和一个嘲笑娜娜戴的厚眼镜片的女孩打了一架。现在达萨尼想回麦金尼去。

达萨尼看着雾气弥漫的灰色水面。她知道去这么远的学校上学不是长久之计。但她必须试一试。只有麦金尼让她有家的感觉。

无上搬进了月桂大道的公寓，占据了后面的卧室，在那里花很多个小时研究警察野蛮执法的问题。他密切追踪"黑人的命也是命"运动。多年来，他一直在等待这个集结号，其间他读了《暗杀弗雷德·汉普顿：联邦调查局和芝加哥警方是如何谋杀一个黑豹党成员的》（*The Assassination of Fred Hampton: How the FBI and the Chicago Police Murdered a Black Panther*）这类的书。

感恩节前几天，大陪审团拒绝起诉在密苏里州弗格森（Ferguson）射杀了一名手无寸铁的黑人少年的白人警官。[3]接下来的那周，斯塔滕岛发生了同样的事。被指控造成埃里克·加纳死亡的警官没有受到起诉，甚至保住了文职工作。[4]数百人走上街头，游行到布鲁克林的巴克莱中心（Barclays Center），[5]导致布鲁克林篮网队在那里的比赛被迫中止，当时观看球赛的有英国的威廉王子和当时的凯特·米德尔顿（Kate Middleton）[②]。

无上对加纳致哀的方式比较安静。在湾街临时搭建的纪念点摇曳的烛光前，他肃立默哀。就在这里，在美容用品店前面，加纳曾经卖散烟给无上。刚刚过去的这个夏天，加纳也是在这里拒捕，被一个白人警官勒住脖子不支跪地。墙上用胶条贴着各种口号，包括：**抗争、抗争、抗争，为了再活一天**！

往南 5 条街，在"西部牛肉"（Western Beef）超市，香奈儿遇到了加纳的继父本杰明·卡尔（Benjamin Carr）。香奈儿在电视上看到

---

① I.S. 代表 intermediate school，是中学的意思。——译者注
② 米德尔顿后来成为威廉王子的王妃。——译者注

过他。大陪审团做出决定后，他在电视上要求人们不要打砸抢。他好心地开车送香奈儿回家。车在月桂大道上的房子前停下后，香奈儿给了他几美元作为报酬。他微笑着，但眼中满含悲伤。香奈儿把买的食品拿了进去。

"食物很多，足够全家人食用。"新分配来负责他们家的儿童服务管理局工作人员在 12 月 16 日的笔记中写道。无上和香奈儿以为他们终于逃脱了这个机构的监视，但 ACS 的触角无所不在。今天，这位社工想检查一下孩子们。她要求看一看阿维亚娜的腿和后背，但 12 岁的阿维亚娜开始在房间里跳着舞到处跑，还说："我父母没打我，所以我没有伤痕。"

工作人员记下哪张床属于哪个孩子，并记下他们共用 3 个卧室。其实他们并不真的这样睡。每天晚上都有不同的安排。

"把我的**杯子**拿来！"莉莉对达萨尼叫道，表示该睡觉了。达萨尼把杯子倒满（最好是牛奶，没有的话就倒果汁），同时几个妹妹把床垫拉到起居室，拼成一个大床。

"哪怕我们住在豪宅里，她们也要睡同一个房间。"香奈儿笑道。

孩子们打着鼾，四肢缠在一起，一个孩子的脚蹬在另一个孩子的脸上。莉莉只有抓着达萨尼的右耳垂才能睡着。谁都别想骗宝宝。耳朵必须是达萨尼的。

一天，我坐在起居室里，莉莉看着我说："我每次见到你，你都在**我家里**！"哥哥姐姐们大笑起来。这个刚会走路的孩子说得有道理。我总是在她家里，看电视，吃无上做的鸡翅，和乌龟玩儿。我刚刚在他们家的地板上裹着毯子过了一夜。

"我就是这样工作的。"我说，尽量让她觉得我不是在说疯话。

自从作为报纸记者进入达萨尼的生活以来，我慢慢地变成了"德里"①，成了和他们一家人"泡在一起"的人。我用笔记下笔记，那笔还能录音。达萨尼知道我在写一本书，需要和她的家人在一起待很长的时间。因此，我不再是传统的记者，而更像是"沉浸者"（immersionist）。对于这个新闻学专有名词的含义，大部分人都莫名其妙。莉莉却一语中的：我在她家里。

这并不意味着我总是受欢迎。每次我不肯给香奈儿现金，都要对她解释我的职业准则，把她听得腻烦不已。（后来几年里我有时会屈服，给她带来食物或提供其他帮助，特别是过圣诞节的时候。毕竟我做不到不近人情。）

但我也是记者。如果我问的问题太多，香奈儿会说我"好管闲事"。如果我不说话，我的脸又会暴露出问题，因为面部表情太多。

香奈儿告诉我，"在街上需要面无表情"，我却屡教不改。

香奈儿最喜欢笑话我"白人女孩"的声音，却又利用我的声音来帮她。她会让我替她给爱迪逊电力公司或任何找她麻烦的市立部门官僚打电话——条件是我不能把电话的内容写进报道里。香奈儿在旁边看着我要求电话另一头的人告诉我他上级的名字，我每次都免不了会停顿一下，然后解释说："不，我不是负责赛克斯女士的社工。"听到这里，香奈儿已是乐不可支。

香奈儿逼着我记住说唱歌手声名狼藉先生（The Notorious B.I.G.）的歌曲 Gimme the Loot 里声音高亢的强盗的歌词。有时，我们开着我的车在斯特普尔顿兜风，大声播放 Biggie② 的音乐。当我们迷路的时候，我会打开 GPS，里面导航的声音是最典型的白人的声音。香奈儿会即兴当起 GPS 播音，把导航提示改编为"嘿，骚货，我说了在罗斯福路上往右拐"或者"妈的，你又错过了，现在我们得重新安排他妈的路

---

① 作者名字安德里亚的简称。——译者注
② 声名狼藉先生的别名。——译者注

线"。香奈儿想发明一个叫"贫民窟 GPS"的应用,这样司机在车里就不用总是听呆板机械的白人的声音。

香奈儿满脑子的赚钱主意,我赶着一一记录下来。我观察香奈儿,她也观察我。她注意到了我的很多怪癖。她告诉我不要再揪指甲根部的皮,还说我有"担忧症"。香奈儿不止一次看到我满面哀戚。她经常给我出主意,教我怎么保住婚姻。我的婚姻破裂后,她又教我怎么做一个坚强的单身妈妈。她密切关注着我经受的磨难,注意到有些事没有种族和阶级之分。我哥哥与严重的酗酒问题斗争了几十年,曾多次被捕或被送进医院。

"你必须得自己想要保持清醒,"香奈儿告诉我,"那些疯子会来找你、劝你,如果你自己没有意愿,你就清醒不了。你必须受够了生病和疲惫才行。"①

达萨尼离开麦金尼时没有说再见。

11 月的那个雨天,她去麦金尼想重新入学,但她走那一趟毫无意义。麦金尼的工作人员已经知道,达萨尼在斯塔滕岛因为和欺负娜娜的女孩打架而被判了两个月的"学监停学"(superintendent's suspension)。因此达萨尼必须去一个"停学处"(suspension site)报到。

纽约市有 37 所这样的学校。[6] 这个系统被人称为"学校-监狱管道"。本学年被送来走过一遭的学生大约有 8 000 人,其中多数是黑人。达萨尼去的停学处是斯塔滕岛的洛雷托山(Mount Loretto)学校。这所学校是第一次镀金时代期间创立的,当时一位天主教神父为流浪儿的事业奔走,在此开办了美国最大的孤儿院之一。[7]

每天早上,达萨尼坐在洛雷托山学校的课桌后和其他学生一起看电脑。她说:"就是一群孩子看电影。"她不再对学校抱有希望。达萨尼

---

① 此处的"清醒"指的是不酗酒、醉酒。——编者注

和阿维亚娜都不再提赫尔希。她们觉得她俩谁也进不去。

2015 年 1 月 6 日，达萨尼终于被准许离开洛雷托山学校，回到了斯特普尔顿的学校。两天后，她妈妈的电话响了。

"有，我有两分钟的时间。"香奈儿告诉打电话的人。

香奈儿听着，点着头，哭了起来。她挂上电话，招手让达萨尼跟她走进卧室。

"你 25 号去赫尔希上学。"香奈儿说。

"**耶！**"达萨尼尖叫着，又蹦又跳，"**好耶！**"

香奈儿擦擦脸。

"我想让你过得更好，"香奈儿说，"这让人又难过又高兴，对吗？感觉难过，可又感觉高兴，对吧？"

达萨尼忍着不哭。

"你的宝宝会出头的。"达萨尼告诉母亲。

阿维亚娜坐在另一个房间里。她已经知道自己没被录取。香奈儿解释说，招生办想让阿维亚娜再考一轮。有的兄弟姐妹得申请好几次才能进去。还有的永远进不去。

接下来的两个星期，达萨尼和阿维亚娜形影不离。她俩都小心翼翼，都知道对方的想法。不久，赫尔希学校的欢迎资料寄到了，封面照片里一个小女孩在学习用牙线，还有一个穿西装的男孩在吹小号。

在学校的宣传册上，达萨尼看到一张照片旁边标着"高尔夫俱乐部"的字样，照片上一个黑人男孩站在小山包上。他穿着白裤子，把高尔夫球杆扛在肩上，眺望着远方。他的前方是一连串文字：礼貌、运动员精神、信心。

达萨尼掩藏住自己的兴奋。阿维亚娜佯作高兴。

孩子们一起去地铁跳舞挣钱，莉莉随着手提录音机播放的震耳欲聋的歌曲 Never Too Much 颠着膝盖。通勤的人们把 25 美分的硬币和钞票扔到一个购物袋里。孩子们一共挣了 62 美元。达萨尼走后，弟弟妹妹们不会再跳舞了。他们无法想象没有达萨尼的生活。

达萨尼的离去如同一面沉默的钟悬在他们头上。

还剩 3 个夜晚。

达萨尼和阿维亚娜在收拾厨房，谁也不说话。香奈儿站在料理台边。音响里放着碧昂斯的歌 Listen！

阿维亚娜的脸皱了起来。香奈儿赶紧来到她身边，达萨尼跟在后面。她们互相拥抱着站在那里，泪水浸湿的面颊贴在一起。她们彼此搂着，慢慢摇晃着身体。香奈儿开了个玩笑，大家很快都笑了起来。

这是她们赶走悲伤的方法。

第五部

达萨尼的离开

2015

第 28 章

城市逐渐远去。高速公路上有汽车开过。达萨尼从车窗望出去，看着树木和积雪的路坡。一个路牌出现了：

宾夕法尼亚欢迎你
独立州

达萨尼从小到大总是听到宾夕法尼亚这个名字。这是人们获得自由的地方。她妈妈小时候就曾来过这里，当时香奈儿乘大巴离开布鲁克林去匹兹堡。谢丽在 2013 年也来过这里和妹妹同住。香奈儿仍在说要搬到波科诺山区去，虽然没人信她的话。

已经 13 岁的达萨尼看着高速公路。

她本想悄悄地离开。"你知道萨尼要走了，对吗？"香奈儿对莉莉说。莉莉把小鼻子压到达萨尼脸上，嘟囔着说"不，不，不，不"。之后，莉莉用一块 Bazooka 泡泡糖捅了达萨尼的眼睛。

"她不懂，"达萨尼小声说，"还不懂。"

帕帕也不懂。他在公寓里跑来跑去，挥舞着有达萨尼名字的证书，上面写着"恭喜你被米尔顿·赫尔希学校录取"的字样。证书是和一件学校的 T 恤衫一起寄来的。T 恤衫现在穿在达萨尼身上。

为了避免告别，达萨尼给莉莉看卡通片《佩格和小猫》(*Peg + Cat*)

来转移她的注意力，趁她不注意悄悄走掉。台阶上，无上站在雪里，眼眶是湿润的。他紧紧拥抱着达萨尼说"我爱你"。他过去从来没这么说过。之后，他看着她离去。

"我嫉妒死了，"无上轻声说，"我要是能从头开始就好了。"

达萨尼没带行李箱，只带了一叠家人照片、一瓶香水和一个装着几十个硬币的黑色小钱包。香奈儿、阿维亚娜和娜娜跟她一起坐大巴去学校。她们看着 78 号公路变成乡村公路，从大片的玉米地中间穿过。达萨尼看到了农舍和指向天空的筒仓。她可以一直望到地平线，哪怕眯着眼使劲看也只能看到远方的山。看到奶牛后，达萨尼兴奋地叫起来，正如城市的老鼠可能把一个农村的孩子吓一跳。一切都那么不同。

很快，车窗外出现了房屋。达萨尼看到了一个特别奇怪、特别可爱的小镇，让她忍不住咯咯笑了起来。

即使对一个周游世界的人来说，赫尔希可能也显得奇怪。它坐落在宾夕法尼亚州中南部，人口 1.45 万，[1] 不像小镇，更像是个巧克力奇境。达萨尼首先注意到的是好时心形巧克力形状的路灯。路灯装饰着巧克力大道和可可大道的十字路口，那里的空气都是香甜的。烤可可豆的香味从当地的工厂飘散出来，正应了这个镇的自我描述："世界上最甜蜜的地方"。

达萨尼的眼睛亮了起来。她是吃糖果长大的，为此还坏了好几颗牙。什么也比不上糖果能立即给她带来欢乐。

这里到处都是糖果。顾客可以买到可可味的洗发水、巧克力加棉花糖味的蜡烛、里斯牌（Reese）花生酱味的巧克力热饮和装满可可的首饰。店员丝毫不带讥讽地对顾客说"祝您度过甜蜜的一天"。顾客可以先啜饮一杯巧克力马提尼酒或巧克力"曼哈顿"鸡尾酒，然后去巧克力大道烧烤店进餐。另外还有巧克力世界和巧克力疗养院，那里的治疗包括"搅拌可可浴"和"热巧克力裹肤膜"。

小镇的招牌是以巧克力为主题的游乐园，每年都会吸引超过 300 万名游客前来。[2] 最高的过山车爬到最高点时恰好在各家店铺的上方。一个摩天轮如同巨大的棒棒糖缓缓转动，对面的两个大烟囱上大书"赫尔希"。任谁经过这个小镇，都无法不注意到它对巧克力的依赖，以及它对一手建成这个帝国的人的恭敬。

不管往哪里看，都能看到米尔顿·赫尔希也在看着你——从一座青铜雕像那里，从一座喷泉那里，从来爱德（Rite Aid）连锁药店的门面上。米尔顿·赫尔希的最高神殿是创始人纪念馆（Founders Hall），那是他的学校高耸入云的中心。

很快，达萨尼就会站在那里等待被正式录取。她将看到米尔顿·赫尔希的肖像，肖像里的人身穿剪裁合身的西装，戴着高礼帽。达萨尼会认为他是有钱人，几乎富可敌国。没有人会想到米尔顿曾经穷过，或者想到他曾经和达萨尼一样，小时候渴望能吃到糖果。

米尔顿·赫尔希的童年是困苦的童年。[3]

他在南北战争爆发几年前出生在宾夕法尼亚州中部庄稼茂密的田野中的一所石头农舍。房子是他来自瑞士的曾祖父母建造的，他俩都是门诺派教徒。米尔顿自己的母亲范妮（Fanny）和父亲亨利（Henry）并不般配。范妮的父亲是一名改革门诺派（Reformed Mennonite）的主教，范妮从小就被灌输了俭省和克己的价值观。亨利喜欢吃喝玩乐，偏爱丝绸衣服。他自诩为作家，缺乏自律，无法谋生。他们穷到范妮不得不把邻居挤完奶的奶牛再挤一遍，挤干最后几滴奶的地步。[4]

米尔顿从小就喜欢带甜味的食品。黄油奶糖、薄荷糖、酸味水果糖球。对家境贫穷的孩子来说，糖果——米尔顿说的宾夕法尼亚荷兰方言叫 tzooker——是稀罕物。米尔顿的父亲为了发财，带着全家从一个镇搬到另一个镇，米尔顿前后上过 7 所学校。亨利卖过农机设备，种过果树，养过鳟鱼，但无不以失败告终。米尔顿有时会饿肚子，或者没有像样的鞋子。[5]

击垮赫尔希一家的事情发生在 1867 年。米尔顿唯一的妹妹、4 岁的萨丽娜（Sarena）患猩红热病亡，米尔顿的父母最终分开了。米尔顿 13 岁就辍学去打工。很快，他成为宾夕法尼亚州兰开斯特（Lancaster）的"罗耶冰激凌乐园"的一名学徒，在那里学会了做太妃糖的手艺。4 年后，米尔顿去了费城，想碰碰做糖果师的运气。1883 年，他来到纽约市。

对一个准备大展宏图的 26 岁的年轻人来说，没有哪个地方比镀金时代高峰期的曼哈顿更激动人心。在纽约这个对比惊人的城市，有肮脏污秽的廉租公寓，也有豪华奢侈的高级宅邸。一小撮大亨富可敌国——石油大亨约翰·D. 洛克菲勒（John D. Rockefeller）、钢铁大王安德鲁·卡内基（Andrew Carnegie）、银行巨头 J. 皮尔庞特·摩根（J. Pierpont Morgan）、航运和铁路大亨科尼利厄斯·范德比尔特（Cornelius Vanderbilt）。可能没人会想到，米尔顿·赫尔希这个只上过 4 年学的乡村糖果师以后会加入这些富豪的行列，成为全美首屈一指的巧克力大王。

几乎身无分文的米尔顿在"地狱厨房"①附近开了一家糖果店，经常接触到穷人。[6] 这是纽约市不为人知的一面，衣衫褴褛的儿童在"血汗工厂"里长时间劳作，或者在街上成群游荡，疾病缠身。殡仪馆里装满了他们小小的尸体。[7]

当时没有保护儿童权利的联邦法律。[8] 那个时代，人们仍然相信"孩子不打不成器"。1874 年发生在曼哈顿的 9 岁女孩玛丽·埃伦（Mary Ellen）受虐案代表着一个转折点。[9] 玛丽多年来经常遭到一个监护人的残酷殴打。当地的一个传教士想帮助玛丽，但没有哪个政府机构负责防止儿童遭到虐待。[10] 那位传教士于是向美国防止虐待动物协会（American Society for the Prevention of Cruelty to Animals）求助。协会的创始人帮

①　曼哈顿的一个区。——译者注

助把玛丽·埃伦的案子提到了州最高法院。大量新闻报道随之而来。玛丽因此得救。第一个专门保护儿童免受"残酷对待"的非政府组织也创立起来。[11]

彼时，纽约致力于拯救儿童的人们已经（通过孤儿列车和玛丽·埃伦案）播下了美国寄养照顾和儿童保护系统的种子。玛丽住在"地狱厨房"街区。米尔顿的糖果店就在几条街开外。出生在丹麦、专门挖黑幕的记者雅各布·A. 里斯（Jacob A. Riis）也正在这里写作他的第一本书。赫尔希和里斯在这个关键的10年里都目睹了同样的极端贫困，这塑造了后来的年月中他们各自的思想。

里斯的书《另一半人怎么生活》（*How the Other Half Lives*）引起公众哗然，催生了进步时代——那是一个社会活动和政治改革风起云涌的时期，米尔顿也积极投身其中。进步派人士想解决快速工业化、大规模移民、政治腐败和城市生活这些现代化进程带来的问题，建设一个更加美好的世界。

米尔顿觉得城市不适于人类生活，"尤其是对孩子"。[12] 3年后，他打包返乡，创办了兰开斯特黄油软糖公司。

他的父亲亨利曾对他说过，"要想赚钱，就要干大事"。[13]

巧克力仍然是包装精美的欧洲舶来奢侈品。最受追捧的巧克力口感丝滑，奶油味浓郁，说明里面加了牛奶。谁也不知道怎么能把这种珍馐的价格降下来。牛奶巧克力的保质期太短，用运货火车运送不现实。[14]

问题的根本在于化学。制作牛奶巧克力需要把两种相互排斥的成分融合在一起：牛奶中的水和可可脂里的油。[15] 只有瑞士一家公司掌握了这个秘密，美国的糖果制造商屡试不成。

喜欢做实验的米尔顿在1893年芝加哥世博会上购买了德国的巧克力制造机。他开始在他的兰开斯特工厂里尝试各种配方，可他想找一个更私密的地方。他在29英里以外找到了：他曾祖父母建造的那座石头农舍正要拍卖。1897 年，米尔顿花 10 311 美元买下了那块地，加建了一个奶牛场、一个炼乳厂和一套生产巧克力的设施。[16]

米尔顿出生的地方成了他的实验室。他每天晚上都在那里用水壶煮沸牛奶，把可可豆磨成粉，想方设法确定合适的配方。1900 年，他终于取得了突破。[17] 就在同一年，米尔顿把他的黄油软糖公司卖了 100 万美元，为赫尔希巧克力公司腾地方。[18] 在农舍附近新建的工厂里，流水线生产出一块块单独包装的巧克力，每块卖 5 美分。[19] 美国从此有了自己第一个大规模生产的牛奶巧克力品牌。米尔顿把一种奢侈的商品平民化了，被誉为"巧克力界的亨利·福特"。[20]

米尔顿 40 岁时成了家，娶了 25 岁的"姬蒂"凯瑟琳·斯威尼（Catherine "Kitty" Sweeney）。[21] 凯瑟琳是爱尔兰天主教徒，据说她爽朗大气，非常健谈，喜爱皮草。随着米尔顿巧克力帝国的扩张，米尔顿模仿吉百利巧克力家族在英国伯明翰附近建造的村庄，以自己的名字设计了一个新城镇。[22] 赫尔希小镇建成后设有一个图书馆、一家剧院、一个游泳池、一路电车，甚至还有一个动物园。米尔顿想让工人和管理人员和谐地共同生活，奉行进步价值观，同时避免任何"冒犯性的目的或行为"。[23]

很快，米尔顿和姬蒂就知道他俩生不了孩子。为了填补这个空白，米尔顿把自己的出生地——那个他在里面发明了牛奶巧克力的石头农舍——变为了一个新的实验室。他要在这里办一所创新性的孤儿学校。这将是米尔顿的终极实验，也是最令他自豪的遗产：一个穷孩子得以超越自己出身的地方。[24]

米尔顿自己成功了，他想让自己学校的学生也能成功。米尔顿说，学校要招收"贫穷、健康的白人男性孤儿"[25]——恰恰是他自己的形象。他开始这项工程时和他开始制作巧克力时一样，没有相关的专业知识。但他本能地知道这些孤儿需要什么。"那些孩子必须在成长期间感到自己有真正的家。"米尔顿在 1929 年告诉《布鲁克林每日鹰报》（*The*

Brooklyn Daily Eagle）。[26] 根据学校的契约，学生们将"吃普通健康的食物"，"穿整齐舒适的服装，没有特别的服饰"。学校的最终目标是训练年轻人"自食其力"。

1910 年，学校开张。第一批入学的 4 到 8 岁的孤儿每周上课学习算术、阅读和其他科目。[27] 他们在宿舍的生活与米尔顿童年时在农庄的生活差不多，要学习基督教经文和"金律"（Golden Rule）[①]，还要做家务，给奶牛挤奶，饭前要做谢恩祈祷。米尔顿和姬蒂在附近建了一座宅邸，让另一对夫妇做那些孤儿的"宿舍家长"。

按照米尔顿这个创造性的设想，这对受雇的夫妇会使那些男孩重新找到家的感觉。1915 年，姬蒂因一种神秘疾病不治而亡后，米尔顿没有再婚。他的财富不断增长，小镇的规模也在扩大。1923 年，《纽约时报》头版刊登了一条大新闻：米尔顿把他公司价值 6 000 万美元的股份给了他创办的这所学校。[28] 最终，他把全部家产都赠给了学校。

米尔顿对朋友说："一个人死的时候富有是一种罪孽。"[29]

达萨尼按下一个按钮，放出了米尔顿的声音。

"女士们先生们，晚上好。"米尔顿轻声说。

这是迄今所知米尔顿唯一的录音，取自 1938 年他 80 岁时接受的一次电台采访。在陈列着他的古董收藏的玻璃柜旁，米尔顿在录音机里用有些发抖的声音谈论孤儿的"性格培养"。

达萨尼仔细看着米尔顿的每一件遗物：他的蓝色天鹅绒座椅、他的桃花心木外壳收音机。香奈儿站在一旁，戴着一个写着**"黑人是上帝"**的徽章。她正紧盯着姬蒂的一幅油画，画中的姬蒂坐姿优雅，戴着齐肘长缎子手套的手里抓着皮草。香奈儿无法想象如此奢侈受宠是什么感觉。她爱极了姬蒂这个名字。

---

① 指重要的道德准则。——译者注

她们身后的走廊墙上挂满了每一届毕业班的照片——长长的一排照片上全是白人的脸，1968 那届开始出现黑人，近 10 年后，出现了女孩的面孔。

学校已经创立了一个多世纪，毕业生超过 9 000 人。[30] 其间发生了许多变化。"工业"一词被从学校的名字中除去了，正如制造业离开了宾夕法尼亚铁锈带。学校自己的财富突飞猛涨。为学校供资的信托基金拥有好时巧克力公司的控股权。这笔捐赠只能花在学校上，[31] 2015 年时的价值为 122 亿美元[32]（2020 年时超过了 176 亿美元）。米尔顿·赫尔希学校因此成为仅次于少数几所美国大学的最富有的学校。

米尔顿·赫尔希学校与依靠州政府资金运作的教育机构不同，它基本不受监管，[33] 建校以来大部分时间都默默无闻。20 世纪 80 年代，学校的学术课程趋弱，入校学生减少。[34] 新一代校领导更新了课程设置（不再要求学生给奶牛挤奶），花了超过 2.5 亿美元把校园整修一新。[35] 但学校最忠实的监察人——历届校友——开始担忧信托基金没有帮助到穷孩子，而是肥了董事会成员和当地开发商的腰包。2006 年，批评声浪达到高潮，因为那年信托基金花 1 200 万美元买了一个高尔夫球场，[36] 是那个球场估值的两三倍。获益者是董事会的一个董事。他原来买下那个高尔夫球场是为了投资，没想到却连年亏损。州总检察长开展的调查没有发现犯罪行为，但学校对董事会成员的薪酬和任期强行规定了新的限制。[37]

赫尔希学校广阔的校园无异于一个现代乌托邦。2 000 多名学生住在由学校拥有并管理的郊区式村庄里。[38] 每座房子由一对夫妇掌管，他们受雇照管住在房子里的 8 到 12 名孩子。最早的房子建在米尔顿出生的那座农舍周围。最新的房子好似"麦克豪宅"（McMansion）①，有篮

①　McMansion 这个单词由源自麦当劳的 Mc 和 mansion（宅邸）两部分组合而成，反映了这类建筑的特点，指的是批量建造、定位美国上层中产阶级的大户型建筑。由于这类建筑往往缺乏明确的建筑特点且装饰浮夸，这个词带有轻蔑的意味。——编者注

球场和宽敞的车库。

最低入学年龄是 4 岁，孩子们可以一年到头住在这里，从学前班入学一直待到十二年级。他们的宿舍家长如同替身父母，开车带他们去参加足球赛、看牙医，还辅导他们做作业。孩子们在校办理发馆里理发。他们一周中每天都换校服，学校还发给他们游泳衣、卡骆驰（Crocs）洞洞鞋、睡袍、袜子、拖鞋、礼服裙或西装和领带。如果他们的牙齿不整齐，很快就会戴上牙箍——所有这些费用都由信托基金承担。

赫尔希的学生是美国穷人群体的一个横断面。学生中近 44% 是白人，33% 是黑人，9% 是拉美裔。只有低收入家庭才能申请入学。学生的平均家庭收入是每年 17 207 美元，远远低于联邦贫困线。[39] 大部分学生来自宾夕法尼亚州，这是信托基金契约的要求。四分之一的学生来自外州，甚至远至艾奥瓦州、得克萨斯州、加利福尼亚州和波多黎各。

在这些孩子当中，达萨尼的困境并不稀奇。赫尔希的学生大约五分之一有无家可归的经历，近三分之一曾有一个家长坐过牢，二分之一目睹过吸毒或酗酒的行为。数百名学生通过来赫尔希上学避免了被寄养的命运，这是他们的家庭与儿童保护工作者达成的协议。[40] 学生们离开缺吃少穿的家，上了美国最富有的私立学校。[41]

达萨尼在这里可以做她过去想不到的事，比如打曲棍球。这名字听着就很高级：这项运动需要一片田野[①]。学校的设施可以与顶尖大学相媲美，有 8 个网球场、两个室内游泳池、一个能容纳 7 000 人的美式橄榄球场、一个滑冰场和一座有室内跑道的体育馆。学校的医疗服务包括 54 位儿科医生和设有 40 张病床的 24 小时诊所。学校的牙医也很忙。今年，达萨尼是 326 个有龋齿的新生中的一个，牙医一共要补 1 532 颗蛀牙（达萨尼有两颗）。

在创始人纪念馆附近，一座钟楼俯视着方形广场，身穿 polo 衫和

---

① 曲棍球的英文是 field hockey，其中 field 是田野的意思。——译者注

浆得笔挺的卡其布裤子的学生在广场上走来走去。他们的课外活动包括
课程辅导和钢琴课。到毕业时，学生们将学会游泳、开车和管理银行账
户。学生如果学习成绩跟得上，又遵守校规，毕业时会得到上大学的奖
学金。

学生们这样的经历由信托基金出资，每年每个孩子的费用是 84 886
美元。相比之下，菲利普斯·埃克塞特学校（Phillips Exeter Academy）[①]
的学费要少 45%，[42] 但那里的学费不包括矫正牙齿和生日礼物。这类开
支由美国精英学校的家长承担。家长给学校捐款能保证自己的下一代被
学校录取，保持自家的遗产持续下去。

赫尔希学校与这种"遗产学校"恰恰相反。毕竟，只有贫困家庭
的孩子才能申请。如果赫尔希毕业生的后代不再符合录取资格，那就说
明学校成功了。

"不应该让你家庭的收入决定你们的命运！"校长彼得·古尔特
（Peter Gurt）在大礼堂的舞台上声音洪亮地说。时值 2015 年 1 月 27 日，
达萨尼和 67 名其他学生正在参加入学仪式。

生在费城的古尔特 5 岁进入赫尔希学校，是在这所学校里成长起
来的。[43]"在这里并不轻松，"他扫视着台下的听众，"我们也不想你们
过得轻松。事实上，我们要逼着你们努力、奋斗、成长。我们为此而
骄傲。"

达萨尼坐在座位上，翻看着一个黄色的赫尔希欢迎包的内容。她发
现了一个清单，上面开列着学生需要干哪些活。每天有一项任务，比如
扫地或擦窗户。达萨尼觉得好笑。在家里，单子上所有的活她一上午就
能做完。

几分钟后，古尔特校长走到人群中和新生们打招呼。

"从现在开始一切都会好起来，"他微笑着对达萨尼说，"这一点你

---

① 美国著名寄宿制高中。——译者注

必须信任我们。"

"我信。"香奈儿说。

"我们大家都有各自理想的去处,"古尔特接着说,"我总是跟学生们这么说。仅次于理想的地方就是米尔顿·赫尔希学校。"

"她会特别喜欢这里,"香奈儿说,"她不会担心任何人,只关心**她自己**和学校作业就好了——"

"她想让我当体操运动员!"达萨尼脱口而出。

古尔特校长看着达萨尼。

"**你想当什么?**"他问。

一位身穿格子长裙的 37 岁白人妇女向他们走来。她的头发染着一绺绺的金色。她自我介绍说自己叫塔比莎·麦奎迪(Tabitha McQuiddy),是达萨尼的宿舍母亲(housemother)。

香奈儿微笑着上下打量塔比莎。

该走了。

"你看到你的外套了吗?"香奈儿问她女儿,把外套递给她,"如果**妈妈**不在这儿,达萨尼,外套就丢了,懂吗?"

塔比莎转向香奈儿。

"你放心,我会说同样的话。**你的外套在吗?**哪怕我管着 12 个孩子!"

达萨尼走开去和妹妹们一起探索大礼堂。香奈儿和塔比莎看着她们兴奋地跑来跑去。达萨尼站在一条砖砌的走道上。

"妈妈!看!是真的砖!"达萨尼大叫,"该把它漆成黄色!"[1]

达萨尼在斯塔滕岛的山脚下见过俯瞰公房区的豪宅。她的新家"赭

---

[1] 电影《绿野仙踪》中有一条黄砖路,是主角和朋友们寻找奥兹国巫师时走的路。——译者注

色学生之家"就是这样的豪宅。这座石头贴面的房子占地 10 365 平方英尺 [①]，设计风格是"带有农舍要素的新折中主义"，是米尔顿儿时住的农舍的大型现代版。

平坦的车道蜿蜒进入正门。访客按下门铃，悦耳的风琴声随即响起。塔比莎把面包车停在车库附近，带领达萨尼、她的两个妹妹和香奈儿走进旁门。所有学生都必须走这个门，进门后要先在小门厅里脱掉白天穿的鞋子。往里走是一条走廊，通往"来宾盥洗室"、一个锃光瓦亮的厨房和一个餐厅。

达萨尼从未住过这样的房子。有中央空调，还有游戏室，里面有一台巨大的电视、一个台球桌和一个乒乓球台。木制楼梯通往二楼，那里的墙上贴着**我们是个大家庭**的字样。一个玻璃展示柜里摆着住在赭色学生之家的女孩们的装框照片，旁边显眼的镜框里装着蚀刻的《十诫》。赫尔希学校自称没有宗教色彩，但基督教的经文到处都是。孩子们每个星期天必须参加教堂礼拜，晚餐前要做谢恩祈祷。

达萨尼和妹妹们以及香奈儿跟着塔比莎来到一个大储物壁橱前，里面装满了品牌洗漱用品，如妮维雅面霜、ACT 漱口水和普瑞尔洗发水。娜娜注意到一个透明盒子里好像装着美钞。

"那里面是钱吗？"娜娜问。

"是假钱"，塔比莎回答，并解释说她管理这个物资柜"像管商店一样"，教孩子们如何"管理生活，不要入不敷出"。

"妈妈！"阿维亚娜叫道，"她教她们计划用钱！"

香奈儿大步走过来。

"她需要 Secret 止汗除臭剂，"香奈儿说，把字尾的 t 咬得很清楚，"达萨尼需要高标准产品，因为她喜欢运动。达萨尼的体育非常好。"

"那不就是 Secret 吗，"塔比莎说，"她会得到的。"

---

① 约 963 平方米。——编者注

香奈儿读过《父母须知》，里面建议她与宿舍家长保持"积极的关系"，并"永远记住我们同属一个团队"。香奈儿不时对塔比莎露出微笑。

沿走廊往前走，就到了达萨尼与另一个女孩同住的卧室。达萨尼走进房间，看到左边自己的床和床上的一叠干净床单。达萨尼有自己的五斗柜和一个高高的木制大衣橱。她打开衣橱的门往里一看，张大了嘴巴。

"看到他们的衣橱多大了吗？"达萨尼对母亲说。

"别再说'他们'，"香奈儿说，"现在你在**这儿**了。"

"对，**我的衣橱**，"塔比莎附和说，"看**我的**衣橱多大！"

"是啊。"香奈儿说。她站在窗边，看着房子后面的森林。山上覆盖着白雪，达萨尼会在那里学滑雪橇。

"哇，"香奈儿低声说，"景色真美。"

"我有新灯，妈妈！"达萨尼欢快地叫着，打开了灯。

香奈儿仍凝望着窗外。

"你会看到大公鸡。"香奈儿几乎是在自言自语。她想象着各种动物从窗下经过。

几分钟后，香奈儿来到外面。她绕着房子走了一圈，向一楼的一个窗户里张望。她以为那是麦奎迪夫妇的卧室（其实是客房）。床没铺好。这令香奈儿有些窃喜。他们这里可算不上"整洁"的典范。

香奈儿笑嘻嘻地回到房子里。

大家聚在起居室。到告别的时候了。塔比莎站在她42岁的丈夫杰森（Jason）旁边。[44] 他们的儿子——11岁的特里斯坦（Tristan）和8岁的卡特（Carter）——很快就要放学回家了，一群赫尔希学校的女孩也会回来。

塔比莎抱着家里新得的小狗崽利奥。它是玛尔济斯犬和狮子狗的杂交品种。利奥和其他专门培育的狗一样，脾气好，不会让人过敏，基本上不掉毛，是狗界极品。

香奈儿亲着这个小东西。

"照顾好我的宝宝，好吗？"香奈儿对利奥说，"你真好闻。"

之后她转向塔比莎："你也是。"不清楚香奈儿的意思是塔比莎也应该照顾好达萨尼，还是塔比莎和她的狗一样好闻。

两个母亲互相拥抱。她们已经讨论了达萨尼的"4周适应计划"。香奈儿每周可以给达萨尼打一次电话，时间事先约好。头一个月不能来看达萨尼——与家人分离是为了帮助新生建立新纽带，尤其是与宿舍家长亲近起来。

与家人分离会带来各种各样的情绪：悲伤、负疚、迷惑、暴怒。有些孩子会反叛，希望自己捣乱就会被学校送回家。但学生们与家人分开的时间越长，成长得就越好。赫尔希学校的最终目标是让学生成为独立的人，"过上有意义、有成就的生活"。

虽未明言，但意思非常清楚。达萨尼要脱离贫困，就必须脱离她的家庭——至少脱离一段时间。

麦奎迪陪着香奈儿走向门口时，太阳已经西沉。达萨尼和妹妹们冲出门外。她们在草坪上散开，互相扔雪球，准确地狠狠砸向对方。打架总比哭泣更好受。

在回家的大巴上，阿维亚娜呆呆地看着高速公路。

"我不想达萨尼，"娜娜说，"你想她吗，妈妈？"

"不想，娜娜。我知道她很好。"

"她现在该吃晚饭了。"阿维亚娜说。

她们尝试想象达萨尼吃晚饭的样子。

第 29 章

达萨尼躺在床上没有睡意。[1]

达萨尼从来没有自己独自睡过觉，从来没有独占过一张床垫。她总忍不住伸手想摸到莉莉。"我不知道该怎么样一个人睡觉。"

外面，广阔的天空黑沉沉的，白雪闪着银色的光。赫尔希安静极了，任何声音都显得格外刺耳，无论是树枝的摩擦声，还是卡车引擎的轰鸣声。一切都感觉不同，连空气都不一样。几英尺外，达萨尼 14 岁的室友海伦娜（Helena）睡得正熟。她也是城市女孩，是从新泽西州的特伦顿（Trenton）来的。但海伦娜已经来了 5 年，她已经习惯了在寂静中睡觉。

达萨尼睡不着不单是因为没有莉莉。她感受到了在赫尔希学校上学的压力。"我相信我在这个学校能实现我的梦想，"达萨尼在 2015 年 1 月 27 日的日记中写道，"我相信如果我坚持奋斗，抵制纽约的那些东西，我会好的，会交到新朋友。"

达萨尼没有在日记中提到海伦娜或同一座房子里的其他 10 个女孩，害怕万一她们看到她的日记后与她作对。大家在晚餐时热情欢迎了达萨尼，然后低下头做谢恩祈祷。达萨尼不说话，吃得很快，好似食物会消失一样。

这在麦奎迪夫妇的意料之中。新生不习惯添饭或配菜。有时她们会护食，吃饭时把盘子搂得严严实实。或者她们会用餐巾把食物包走，攒着以后吃。

"我们每年都会经历这么一次，"达萨尼的宿舍父亲杰森说，"她们刚来的时候，得像上课一样教她们。"杰森和塔比莎给新生讲餐桌礼仪，教她们如何使用刀叉。"你们不必把食物藏起来，"杰森告诉她们，"你们不必护着食物。"

女孩们各有特点。麦奎迪夫妇注意到，达萨尼用餐刀切食物，然后用手把食物放进嘴里。达萨尼习惯了急急忙忙地吃街头食品。没有人用餐叉吃炸薯条或鸡翅，尤其是 8 个孩子分吃食物的时候。

麦奎迪夫妇不需要听达萨尼解释。他们当过 80 多个孩子的宿舍家长，那些孩子中有精明的城市孩子，也有从乡村来的。麦奎迪夫妇知道达萨尼会带来城市孩子的"生存技能"。达萨尼不怕生人，能适应人群，能快速做出决定，不受汽车喇叭或别人推搡的影响。不久后学校要组织一次去费城的旅行，达萨尼不会有问题。

但房子后面的森林就是另一回事了。对达萨尼来说，那是陌生地带。达萨尼宣称"我不碰虫子"，说自己决不去野营，"所以想都别想"。麦奎迪夫妇听达萨尼这样说毫不意外。他们想象得到，达萨尼与乡村孩子不同，她只会在房子附近活动。

从阿巴拉契亚（Appalachia）山区来的女孩在森林中会如鱼得水。这样的孩子也许从小就会用捕兽夹捕捉动物。对她们来说，树木和浆果与其说是"大自然"，不如说是任她们徜徉的一块画布。"她们向偏僻的乡村环境寻求解脱"，杰森说。为了找到在树林里游荡的学生，他几乎得大声唱约德尔调（yodel）[1]。

有些习惯是"乡村习惯"，有些是"城市习惯"。被问到储存食物是乡村习惯还是城市习惯时，杰森和塔比莎异口同声地说：

"是贫穷的习惯。"

---

[1] 瑞士阿尔卑斯山区的牧人呼唤朋友或羊群的歌调。——译者注

麦奎迪夫妇不仅彼此能完成对方说了一半的话，而且经常说同样的话。

塔比莎会说："那一次——"

杰森接过话："我们开车去缅因州——"

塔比莎接着说："路弯得好厉害。"

他俩的故事就这样讲下去，直到停下来彼此对望，像其他人照镜子一样。他们结婚14年了，却仍经常情意绵绵地互相凝视。他们和任何夫妇一样，也有意见出现分歧的时候，但他们从不公开争执。他们觉得，自己"作为专业家长"，有责任展示"一切都好"的形象。

"我们特别小心。"塔比莎说。

但有一天，他们放松了警惕。两人在餐厅里当着那些中学女生的面拌了几句嘴。争的是鸡毛蒜皮的小事，两人都不记得细节。那"不是吵架"，塔比莎补充说，不过是"我俩彼此不赞成当时对方的意见"。两人也许没再说话了，也许翻了个白眼。发生这种事时，夫妇俩通常会稍微平静一下，然后"把事情谈开"。但这一次，他们没能走到这一步。

整个房间静了下来。塔比莎回忆说，女孩们"就那么停下来直直地看着我们"。

对赫尔希学校的许多孩子来说，父母吵架带来的是灾难。近40%的学生遭受过家庭暴力。他们看到过争吵发展为互殴，然后是打911紧急救助电话，甚至会目睹死亡。学校最新的全优学生凯丰·阿斯玛尼（Kayvon Asemani）2006年入校前，他父亲在凯丰在家的时候试图杀死凯丰的母亲。[2] 他母亲从此陷入昏迷。

"我们看起来是一直没有嫌隙吗？"塔比莎问那些女孩。她们点点头。她们认为麦奎迪夫妇是"完美"的一对，这个词对于她们来说意味着没有冲突。麦奎迪夫妇假装总是意见一致，给女孩们展示的是一个不可能达到的理想形象。

孩子们需要看到真正的麦奎迪夫妇。

身材粗壮，满脸胡须的杰森戴着金属边框的眼镜，身穿法兰绒格子衬衫。他修剪草坪，给烧烤架点火，开着35英尺长的奔驰斯宾特带孩子们去野营，似乎很享受郊区父亲的角色。杰森喜欢的音乐从戴夫·马修斯（Dave Matthews）到麦可·布雷（Michael Bublé）的圣诞金曲。他能够用歌剧表演般的精准唱腔大声唱出那些歌曲。他端上自己做的"招牌鸡"时的兴高采烈和他哈哈大笑的声音无不显示出他的豪迈夸张。杰森不需要对讲机就能把声音传得很远。

塔比莎喜欢倾听。她通常在房间一个安静的角落织毛衣，或在厨房里烤饼干。受过教师专业训练的塔比莎祖上是宾夕法尼亚州的荷兰移民。她喜欢基督摇滚，穿着勃肯鞋（Birkenstocks）①和牛仔裤，很少化妆。她几乎从不高声讲话。如果塔比莎完全不说话了，女孩们就知道自己越界了。"一旦我非常、非常安静……就说明麻烦比我说话的时候更大。"

"千万不要对这个女人撒谎，"杰森说，"千万，千万，千万，千万，千万。她记得住每一个细节。"

塔比莎出生在宾夕法尼亚州东北部一个安静的小镇洪斯代尔（Honesdale），那里"所有人都互相认识"。她长大期间经常在湖边野营，烘焙"花生酱开花"饼干，饼干开花处是一个好时心形巧克力。塔比莎的父母都是老师，家里并不富裕，"但我们真正需要的东西不多，所以我们学会了用现有的东西应付"。她家几乎每个人都上了离赫尔希车程不远的黎巴嫩谷学院（Lebanon Valley College）。1999年10月，塔比莎在小学当二年级老师时，她最好的闺蜜结婚了。

塔比莎是新娘的主伴娘。杰森是婚礼上的歌手。杰森站在人群前，手持麦克风引吭高歌裸体淑女合唱团（Barenaked Ladies）的一曲摇滚

---

① 一种高品质鞋，以保护脚部和感觉舒适为特征。——译者注

歌谣：

> 我以为到了时机
> 我可以做回我自己 [3]

　　杰森还没出生，父母就分开了。做律师助理的母亲在康涅狄格州的费尔菲尔德（Fairfield）独自把他带大。他父亲很少露面。杰森小时候暴躁易怒。"我是个不合群的孩子。"他说。杰森 10 岁时发现自己能唱歌，情况就此发生了变化。剧院成了他宣泄情感的地方。20 多年后，杰森搬到洛杉矶，想在演员这个行当打开一片天地。同时，他的副业是在婚礼上献唱。

> 如果你叫我，我会回答

　　塔比莎对杰森露出微笑。这是她最喜欢的一首歌。很快他俩聊了起来。婚礼结束后，杰森不情愿地飞回了洛杉矶。4 天后，他又飞回来见塔比莎。3 个月后，他们订婚了。杰森搬到了塔比莎所在的兰开斯特，在当地歌剧院找到了一份搭布景的工作。在寻找婚礼场地时，他们开车经过了赫尔希镇。

　　"那是什么地方？"杰森指着赫尔希学校问。

　　塔比莎知道这所学校，因为她父亲曾在这里教过很短一段时间的书。她解释说，那里的学生在学校寄宿，有已婚夫妇受雇当学生的"宿舍家长"。

　　杰森和塔比莎对看一眼。

　　"对，我们**决不会**干那个！"他们两人都记得当时自己这么说。他们觉得那是"发疯"。

6 年后的 2006 年，塔比莎在 Craigslist 网站[①]上寻找宾夕法尼亚州的工作机会。那时，她和杰森住在西雅图。杰森做舞台背景设计，塔比莎在家里教育他们的两个儿子。附近没有家人，他们很想家。在 Craigslist 上的"教育"一栏下，塔比莎看到了一个米尔顿·赫尔希学校招聘宿舍家长的广告。申请者必须已婚，未成年子女不能超过两个。

起初，麦奎迪夫妇一笑置之。这正是他们曾说过不予考虑的工作。但随着他们了解的情况越来越多，他们不再发笑了。如果获得这份工作，他们两人的起薪加起来大约 8.1 万美元，生活费用也很低。学校把一切都包了：他们搬离西雅图的搬家费、他们在赫尔希的住房、他们的食物和水电费。学校自己有加油站，给他们开的面包车加油。他们的孩子虽然不能在米尔顿·赫尔希学校上学，但当地的公立学校排名很高。[4]

这些福利只是吸引力的一部分。对身为基督徒的麦奎迪夫妇来说，献身于帮助穷孩子是一种强有力的号召。宿舍家长中有很多人是福音派教徒，其中有些人曾在非洲传教。若是没有信仰或其他的利他主义价值观，在赫尔希学校的工作可能会令人精疲力竭，失去动力。典型的一天从早上 5 点钟开始，一直到晚上 10 点以后。大部分夫妇一次连续工作 12 天，休息 3 天后又是 12 天工作。学校每年都有大约 11% 的宿舍家长离职。

麦奎迪夫妇递交了工作申请，学校出钱让他们飞到赫尔希参加第一轮面试，并对他们进行了广泛的背景审查。在通过审查后，他们被雇用了，于 2007 年 10 月 1 日来到了赫尔希校园。

"咱们要全力以赴，"杰森对塔比莎说，"如果这份工作对咱们不合适，咱们就另找出路。"

7 年后，麦奎迪夫妇想起那时的事仍然心有余悸。

---

① 大型网上分类广告网站。——编者注

他们和所有新来的宿舍家长一样，完成了学校一个月的培训，其间担任"灵活家长"的初级职务，类似代课教师。某个学生之家的宿舍家长休息的时候，他们去做替补，边干边学。经过一两年的"灵活任职"，大部分夫妇都能毕业，自己管理一个学生之家。

麦奎迪夫妇的第一个周末任务是照看中学女生的学生之家。塔比莎和杰森带着欢快的微笑做了自我介绍。女孩们互相交换着眼神。新的宿舍家长和没经过测试的临时保姆一样，最容易引起反叛。

"我们活像新鲜的肉。"杰森说。

孩子们拒绝听话，也不肯打扫卫生。到星期六夜里，麦奎迪夫妇已经累坏了。然后是星期天。孩子们从教堂回来后，4个女孩出走了。

赫尔希如果有学生失踪，校方会发布内部紧急通告，所有工作人员会立即接到电话通知。失踪学生一般不会走远。几小时后，那4个失踪的女孩回来了。

"我以为他们会解雇我们。"杰森说。

这远远算不上他们做宿舍家长遇到的最大考验。两年前的2013年5月，他们的学生之家的一个女孩——14岁的阿比·巴特尔斯（Abbie Bartels）[5]——威胁说要伤害自己。[6]她上学前班的时候就来赫尔希了。随着阿比抑郁症加重，学校送她去过校园外两个不同的机构接受精神病治疗，然后给她放了假，理由是阿比"目前的需求高，超出了我们的安排"。[7]

赫尔希学校固然致力于为穷人家的孩子——许多这样的孩子都有心理创伤——服务，但学校不接受有所谓"严重感情和行为问题"的学生。[8]只有三分之一的学生接受心理治疗，14%的学生服用精神调理药物。[9]6月19日，阿比从一家精神病医院出院回家。阿比还想参加自己的中学毕业典礼，但赫尔希学校的管理方不准（甚至警告阿比的母亲，如果她们来，保安会把她们送出校园）。

为了阿比，麦奎迪夫妇带着两个儿子驱车前往阿比在宾夕法尼亚州斯蒂尔顿（Steelton）的家，专门为她举办了一次毕业典礼，叫出她的名字，把毕业证书递交给她。[10] 一周后——在家人的照料下，阿比已经几天没有吃药了——阿比在壁橱里上吊身亡。[11] 阿比的自杀引起了公众的愤慨。她家对赫尔希学校提起了诉讼，有线电视新闻网（CNN）对此事做了专题报道。[12] 阿比现在埋葬在赫尔希学校的公墓里。她的墓地由学校维护，离米尔顿·赫尔希的墓地不远。

批评赫尔希学校的人认为学校的校规过于严苛，[13] 但学校管理人员认为纪律对赫尔希"安全有序的环境"至关重要。所有新生都必须学习这些准则。学生手册上说，学校的校规是为了"帮助学生认识到控制自己感情和行为的必要性"。

错误行为分 5 类，称为"级"。在赫尔希学校的制度中，最轻的错误是 1 级，包括撒谎或顶嘴这类小的犯规行为。若重犯此类行为，错误就升至 2 级，可能会被施以 10 天禁闭。3 级错误是"严重的侵略性行为"或"不服管教"，以及斗殴致伤。犯了这种错误要关更长时间的禁闭或者做铲雪或清扫学校的谷仓这样的苦工，称为"补偿"。4 级是更严重的错误，如性侵或拥有毒品或武器。这种行为的后果包括取消大学奖学金、关 20 天禁闭和"审查"校籍，审查结果可能是将肇事学生开除。犯了 5 级错误则自动开除。

达萨尼来到赫尔希的那年，大约 10 个学生中有一个被开除或自愿离开。自愿离开的原因五花八门，从想家到不靠谱父母的心血来潮。[14]

在精英寄宿学校，假日通常是休息和与家人亲近的时间。在赫尔希学校，回家却可能造成学生生活的崩溃。他们在学校过的是安全、可预见的常规生活，回到家里却要面对与贫困如影随形的不确定。工作人员让每一个孩子带一箱食物回家以助一臂之力。每年都有少数孩子回家后就不再回来。

留在赫尔希既需要努力，也需要运气。最有希望的学生也可能因家里被房东驱逐或有人坐牢而半途而废。学校试图起到缓冲作用。学生手册上说，"我们要求父母给孩子爱和鼓励，并分享家中的好消息"。学生即使毕业了，也无法保证能上完大学。

杰森和塔比莎的目标是比较近期的。

杰森说："你们离开我们这个家时，要能够独立，能够照顾自己，清洁自己，洗干净自己，组织好自己……自己做饭，自己活下去，并……做你自己的人。"

"然后你们就可以走了。你们去哪儿并不重要。即使你们从这里辍学，不再回来——但愿不会有这样的事，那会令我非常难过——但如果你们真这么做了，只能回贫民区去上高中，那你们起码学会了生存的技能。"

达萨尼在赫尔希最初的几天计划得一丝不苟。她拿着她打印出来的时间表。

1 月 27 日早上 9 点，达萨尼要接受精神评估，10 点 15 分上电脑通识课，然后是午餐时间。入校第一周，达萨尼还要检查身体，接受学业测验，"听更多讲话"，去两次巧克力世界。达萨尼后来在日记中写道，她在巧克力世界坐着电车，了解"他们怎么做"好时巧克力。她很快又去看了牙医，牙医给她补了两颗蛀牙，后来还给她做了根管手术。

不过，达萨尼首先需要几套衣服。

时间表上 1 月 28 日那天标着：**欢迎来到衣物中心。**

学校的衣物中心占地面积超过 1.7 万平方英尺①，里面的架子一直顶到天花板，有两个试衣间和一个改衣部。达萨尼环顾四周。各种尺寸的衬衫和毛衣叠得整整齐齐。还有成排的西装上衣和整套西服。光是袜子就占了整整一面墙。

---

① 约 1 579 平方米。——编者注

达萨尼先得选两条皮带，一条棕色的，一条黑色的。她把每条皮带围在腰上，一个女人记下她的尺寸。然后达萨尼一件件地添置校服，选择了粉色、橙色、黄色和红色的 polo 衫，以及从周一到周五穿的卡其布裤子，每天一条。接下来是去教堂穿的正式服装：西服衬衫和裤子、一条百褶裙和相配的西装上衣。最后，达萨尼选了连裤袜、平跟鞋和一件人造皮草镶边的深灰色外套。在"休闲"服装区，她选的是李维斯牌牛仔裤和运动服、圆点短裤和闪亮的黑色洞洞鞋。在睡衣部，达萨尼选了带糖果图案的睡衣。

达萨尼在试衣间跑进跑出，穿着一件亮粉色速比涛（Speedo）连身游泳衣在店里走来走去。她活像个过圣诞节的孩子。她什么都想要粉色的——粉色浴袍、粉色冬装外套、粉色索康尼（Saucony）运动鞋、粉色拖鞋。

"看啊，看我的外套！"达萨尼回到学生之家，一边剪掉衣服上的标签把衣服收好，一边对塔比莎高兴地笑着。

"这是**我的**，"达萨尼每收一件新衣服都要说一声，"这是我的！这是我的！"

"对，是你的，"塔比莎答道，"对。对。"

达萨尼简直不敢相信这些东西都属于她了。此刻让人想起音乐剧《安妮》（Annie）里沃尔巴克斯爸爸（Daddy Warbucks）的秘书格蕾丝（Grace）给孤儿安妮看她的新家的那一幕。在 1982 年拍成电影的音乐剧《安妮》中，格蕾丝向女仆挥挥手，唱道："塞西尔会安排你的所有衣服！"安妮对女仆咧嘴一笑，大声唱道："我想我会喜欢这里！"[15]

就在上个月，新版《安妮》上映了。[16] 达萨尼没有看过这个版本。这次饰演安妮的是 11 岁的奎文赞妮·沃利斯（Quvenzhané Wallis），所谓的"黑皮肤安妮"。这一版《安妮》的盗版光盘已经能在纽约街头买到。无上仍在贩卖 DVD 光盘。

达萨尼整理新衣服的时候，一张盗版《安妮》的 DVD 正摆在她斯塔滕岛家中的起居室里。

达萨尼的弟弟帕帕伸手拿到那张光盘。他按下了播放键。他看着那个聪明勇敢的孤儿安妮,她令帕帕想到达萨尼,也想到他自己。

安妮痛恨自己的生活,计划逃跑。她最后得到了一位富有的市长候选人(由杰米·福克斯①饰演)的照顾。电影里的这个角色就是原来音乐剧里的沃尔巴克斯爸爸。安妮巡视着自己的新家——能俯瞰曼哈顿的一套顶层豪华公寓,唱道:"我想我会喜欢这里!"

3天后,帕帕离家出走了。

1月31日那天,唯一看到帕帕离开的是莉莉宝宝。[17]她挥着小手说:"我爱你。"帕帕对莉莉说了同样的话。

这是一年中最冷的时候,室外气温只有18华氏度②。7岁的帕帕没穿外套,没穿内衣裤,连袜子都没穿。他离家时穿着长袖棉布衬衫、灰色裤子和运动鞋。

帕帕跑了起来,经过街角的商店转向北边,脸冻得生疼。他要去哪儿自己也不清楚,虽然他后来告诉ACS的一位工作人员:"我看了电影《安妮》,我也想去寄养家庭。"

帕帕似乎不知道沃尔巴克斯爸爸的顶层豪华公寓与寄养系统之间的区别。他只知道自家公寓里冰箱是空的,还没有暖气。孩子们挤在厨房里取暖,炉子上的4个火眼开到最大。达萨尼5天前走了。没有她,似乎一切都感觉不一样了。就连ACS也注意到这一点,问香奈儿在达萨尼走后"过得"如何。香奈儿"叹口气"说:"那对她好。"

可是帕帕认为对他不好。过去有达萨尼罩着他。"她保护着家里所有人。"帕帕后来对我说。达萨尼不在,帕帕觉得受了欺负。那天早上,

---

① 美国著名黑人演员,曾获奥斯卡奖。——编者注
② 约零下8摄氏度。——译者注

哈利克把帕帕锁在了他们的卧室外面，抱怨说房间太乱了。听了这话，帕帕穿上鞋就离开了。

在街上，帕帕跑动着，使身体保持暖和。他调皮地跑着之字形，经过一堆堆肮脏的积雪。帕帕摔倒了，蹭破了一个手指关节。在戈登街，他跳过一道栅栏，穿过一个垃圾遍地的院子，又穿过公房区，来到汤普金斯大道的一个公交站。他上了公交车，在湾街下车后走进了家多乐（Family Dollar）超市。

帕帕在店里向一位白人女士要钱。她给了他20美元。帕帕用这笔钱的一部分买了一大包 Takis Fuego 玉米片。帕帕抱着那包玉米片沿着博伊德街走，在一个砖砌台阶那里停住了。一切都那么陌生，尤其是一个开着面包车的陌生人。他停下车问："你的父母呢？"

上午11点，香奈儿醒了。孩子们告诉她帕帕不见了。香奈儿以为帕帕在闹着玩。他们找了床下，找了楼梯间。香奈儿让哈利克去地下室看看，邻居的比特犬在地下室的黑暗处低声咆哮。"他不在那儿。"哈利克报告说。

香奈儿的心揪了起来。她往窗外一看，看到了一辆警车。

一英里多以外，帕帕迷路了。他总是在绕圈子。他想到渡轮码头去，那是他所知唯一暖和的地方。他还没找到渡轮码头，另一个陌生人又注意到了他。上午11点26分，一个后来被 ACS 称为"见义勇为者"的人打电话报警，说一个7岁男孩在街上游荡，"没穿冬天的衣服"。

警察找到帕帕时，他已经知道警察在"找我"。当时他正蹲在联合广场（Union Place）一段荒凉街道的一个台阶上。他无聊地蹲在那里，旁边的一张告示写着：**涂鸦罚款 600 美元，会起诉**。另一个招牌写着：**我们买金子**。

"你和谁在一起？"120分局的一名警官问他。

"我迷路了。"帕帕说。

警官问他家的地址，帕帕愣住了。帕帕一家搬到斯特普尔顿 3 个多月了。这是他的第 7 个地址——这相当于 7 岁的他一年就会换一个地址。他现在上的是当地的小学 P. S. 78。最近他引起了校长卢·布鲁斯基（Lou Bruschi）的注意。帕帕上学来得太早，远不到吃早饭的时间。他会在学校走廊里游荡，显得饥肠辘辘。最近他还曾两次企图出走。

有的学校会把这种事情交给 ACS 处理，但 43 岁的布鲁斯基见过太多处理不当的案例。他这个校长与众不同。布鲁斯基小时候上的就是他如今管理的这所位于内城区的学校。父亲是警察的布鲁斯基（他是白人）在斯特普尔顿长大，[18] 当时这个地方大部分居民都是意大利裔[19]。布鲁斯基是家里大学毕业的第一人。

今天，这个区的大部分白人都搬走了，布鲁斯基的绝大多数学生都来自贫穷的黑人或拉美裔家庭。[20] 许多学生有一个家长在坐牢，他们特别需要帮助。布鲁斯基通过力争，给这个有 668 名学生的小学争来了两名全职辅导老师和 4 名社工。

"每一件事都复杂透顶。"布鲁斯基说。

孩子们没有袜子，这也许看似小事。但他们的运动鞋会因此发臭，容易被人举报他们"个人卫生差"，而这样的举报会启动 ACS 的调查。布鲁斯基只能做他力所能及的事，给学生们分发干净袜子。关于帕帕，布鲁斯基想出了一个早晨安排他的办法，给了他一份办公室的"工作"，好占住他那精力充沛的脑子。"他的社会智力出奇地高，"布鲁斯基说，"他知道自己在经受痛苦。"

12 月，帕帕来上学时头皮上有一块 5 美分硬币大小的伤。[21] 他说父亲用皮带抽了他。学校通知了 ACS 后，帕帕又改口了。不久前，帕帕闹得实在太厉害，布鲁斯基只得让他停学。帕帕本应这周一回来上课的。

帕帕给了那位警官他学校的名字："P. S. 78。"

布鲁斯基接到电话时还在家里。他跳进汽车，开往里士满大学医疗中心，帕帕正被救护车送往那里（他手里还抓着那包玉米片）。学校的教务长已经到了医院。他们对这种事见得多了，知道会发生什么。如果帕帕的父母不露面，ACS 会接管这个孩子的监护权。

在 P. S. 78，ACS 的工作人员频繁来访。校方甚至有一份名单，标注着每天来访的不同的 ACS 人员。布鲁斯基说，在任何时候，他的学校都有大约 50 个学生在 ACS 的监督之下。[22] 学校所在的北岸共有 2 062 个孩子接受与 ACS 有合同关系的机构的服务，以防他们受到虐待或忽视——这个数字在全市位列第二。[23] 社工频繁换人，有 20% 的人进入 ACS 工作一年后就离开了。[24] 他们离职的原因经常是"精疲力竭"，可这个词从不用来描述孩子们，好像他们永远不会疲惫一样。

孩子们无法离职，不过他们有时会出走。

"没有外套，没有袜子，也没有内衣。"一个护士在中午 12 点零 6 分这样写道。记录中还说帕帕的指关节擦破了，而且皮肤干燥。护士给了帕帕一个冰袋、一条毯子、袜子和一些食物，一位警官在急诊室看着他。之后，那位护士给 ACS 打了电话，帕帕因此暴躁起来。他开始吐口水，扔东西，把床单从床上掀起，试图藏在下面。

在月桂大道，香奈儿在和警察说话。他们带来了好消息：帕帕是安全的。香奈儿请他们把帕帕从医院接回来，因为她自己不能去，把其他孩子丢在家里没人管。警官们同意了。[25] 到了医院后，警官们听说已经给 ACS 打了电话。护士写道，"据警察说，母亲和父亲都拒绝来急诊室"。之后她更新了记录，说 ACS"将派人来带走孩子"。一听到这个，帕帕炸了。他嘶声大叫，"威胁要伤害工作人员"。

香奈儿在家里惊慌起来。每当大事发生，她都告诉我，以便我报道。今天我到她家后，香奈儿要我开车带她和哈利克去医院。我们下午 3 点 27 分走进急诊室时，看到帕帕被手铐铐在床上。

被苯海拉明（Benadryl）镇定的帕帕眼神空洞而悲伤。香奈儿开始大骂医院的工作人员。布鲁斯基校长就站在附近，他身边的一位 ACS

社工转向香奈儿，说她身上闻着有"大麻"的味道。

香奈儿恶狠狠地瞪了那人一眼，说大麻"甚至不是"她"喜欢的毒品"——后来 ACS 用这些话作为针对香奈儿的证据。"我参加了美沙酮戒毒项目，"香奈儿补充说，"我不吸大麻。"

帕帕看着他妈妈和医生争吵，他的校长试图从中调解。布鲁斯基是急诊室的常客，认识这位医生。布鲁斯基觉得她的态度高高在上，动辄把自己的怀疑报告给 ACS。

香奈儿哭了起来。那位 ACS 的工作人员离开了医院，正前往月桂大道。他在那里发现 5 个孩子没有成人照管。他检查他们的身体，看有没有受伤，一个一个找他们谈话，问他们是否受过虐待。大点的孩子们说没有。当被问到"如果你做了不好的事会发生什么？"时，莉莉宝宝做出了不同的回答。[26]

"爸爸会打我，"莉莉说，还张开巴掌挥动着，"他把我放到床上。"

"然后呢？"那个工作人员问。

莉莉什么也没说。

第二天，香奈儿拿起电话，打给了在赫尔希的达萨尼。她们分别后还没通过话。香奈儿试过打电话，却只有留言机，听起来像是欢快的广告词："嗨，这里是麦奎迪先生和麦奎迪太太，还有赭色学生之家的女士们！"

女士们。

香奈儿喜欢这个词。她又拨了一遍号码，打开了免提。电话响了。

"喂？"达萨尼接起了电话。

香奈儿听不出自己女儿的声音了。

"嗨……呃……我能和达萨尼说话吗？"

"嗨。"达萨尼轻声说。

"嗨，宝贝！！！"

"嗨，妈妈！"

"嗨——"香奈儿柔声说，"你怎么样？"

"好。"

"你好吗？"

"嗯。"

"发生了什么？"

"没事啊。我在下象棋。"

"你在玩什么？"

达萨尼又说了一遍："象棋，妈妈。象棋的游戏。"

"哦，象棋，**象棋**，"香奈儿说，"哦，你学那个是好事。"

香奈儿说达萨尼的舅舅沙梅尔，也就是香奈儿和拉蒙特的哥哥，来看过他们。达萨尼心中一阵难过。她接下来想和莉莉说话。香奈儿说她在街上打电话，莉莉在家里。

"我在等你的电话。"香奈儿说。

"哦……我在玩游戏。"达萨尼说，没再提"象棋"这个词。

"嗯，那么你根本没想过我。"香奈儿说。

达萨尼的声音紧绷起来。她解释说几天前她曾请求准许她打电话，但麦奎迪先生提醒她过渡期的规矩是一周只能打一次电话。

"他跟你说我打电话了吗？"香奈儿问。

"嗯，他告诉我，你说你爱我。"达萨尼说。

香奈儿停住话头。

"你知道帕帕昨天出走了吗？"香奈儿把不应告诉学生坏消息的规定抛到了脑后。

"帕帕离家出走了？"达萨尼问。

香奈儿给她讲了事情的经过——帕帕如何失踪了两个小时，她自己怎么去医院接他。

达萨尼问帕帕是不是陷入了"麻烦"。

"没有，他没有麻烦，"香奈儿有些犹豫，"但你知道，明天我会因为他有很多麻烦……ACS明天会来。"

达萨尼知道这意味着什么。儿童保护机构会开展又一轮调查，判定她父母是否忽视了孩子们。社工会随时上门抽查，还有其他形式的检查，这种情形至少将持续几个月。

达萨尼把话题转向比较轻松的事情，说她去看电影了，现在每周有3美元零花钱。

"天哪，就那么点儿？"香奈儿说。

达萨尼又说了一遍数目。香奈儿说会给她寄一个爱心包裹，包括一个苹果平板电脑。达萨尼换了话题，告诉妈妈学校里有些学生是纽约来的，包括一个女孩，她"街头习气特别重，比我还厉害——"。

"她是霸凌的那种街头风格吗？"香奈儿问。

"她比我说脏话多，"达萨尼说，"她不停地说脏话。"

"那么你该躲着她点儿，"香奈儿说，"你要离她远点儿，因为你不想学到她的坏毛病。"

香奈儿现在掌握了谈话主导权，问达萨尼睡得好不好（好），是不是没吃猪肉（是），喜不喜欢她的宿舍家长（喜欢）和舍友（喜欢），有没有新衣服（有）。

达萨尼开始描述她的每件衣服。

"他们给你内衣了吗？"香奈儿问。

"嗯，内裤、胸罩和袜子。"

"止汗除臭剂呢？润肤乳呢？洗发水呢？"

"有。"

达萨尼似乎感觉到妈妈需要提点她，于是想到了一种自己没有的东西：护唇膏。赫尔希的气候与纽约的不同，达萨尼的嘴唇干裂了。香奈儿赶快抓住机会告诉她一个简单的办法：用凡士林。现在达萨尼恢复了女儿的角色。

"妈妈，你会在乎让一个女孩给我扎耳洞吗？"

"我会在乎。"

母女俩争了起来。

"听我说，"香奈儿说，"不要让任何人给你扎耳洞，不然你回来我就杀了你。我要自己给你扎耳洞。你要是想扎耳洞我们可以扎，但不要让她扎你的耳朵，懂吗？"

香奈儿从没试过靠打电话来控制女儿。

"麦奎迪夫妇知道吗？"

话一出口，香奈儿就意识到她露了底牌。麦奎迪夫妇掌握着所有权力。香奈儿远在斯塔滕岛能做什么呢？她只能打电话，而且每周只能打一次。

香奈儿让自己镇定下来。

"你有喜欢挨疼的怪癖吗？"香奈儿问，心里已经知道了答案。

"没有！"达萨尼说。

"那就别让她让你挨那种疼，因为那实在很疼。"

达萨尼的态度最终软了下来。地球上只有一个人当了她 13 年的母亲。没有别人像香奈儿那么了解她。

"我爱你。"香奈儿说。

"我也爱你。"达萨尼说。

"莉莉今天因为你哭了。"

"哦。"

"莉莉在看你的照片。她说：'我想萨尼。'"

达萨尼什么都没说。

"嗯，大家都好，"香奈儿说，"我们都给你鼓劲，希望你在那里尽最大努力。"

第 30 章

赫尔希已经不再是一个人，而是一个城镇。

但如果这个地方能通过逆向工程还原成人的形状呢？赫尔希若是一个十几岁的女孩会是什么样子？达萨尼想，她一定是个一本正经、循规蹈矩的金发女孩。

谁都不会说达萨尼是那样的孩子。她是纽约市的化身——迷人、无畏、狡猾、无礼。她深深浸淫于她的非裔母辈的文化之中，从玛雅·安吉罗（Maya Angelou）[1]那优雅的诗句（在学校里学会，在街头背诵）到妮琪·米娜（Nicki Minaj）[2]那激烈的歌词（在街头学会，在学校里背诵）。

达萨尼觉得赫尔希的居民和这个镇一样，"无趣"而且"白得要命"。他们喝星巴克那种"白人女孩喝的"拿铁，听宾·克罗斯比（Bing Crosby）[3]的《白色圣诞》（White Christmas）。他们一大早去跑步，却哪怕是一点小事都要开车。达萨尼把这些行为都视作白人的行为，"白"不仅是肤色，而且是一种命运。达萨尼长大期间一直听妈妈说"当白人更幸运"，无上却说所有白人都是"魔鬼"。

---

[1] 美国黑人作家、诗人、民权运动活动家。——编者注
[2] 著名说唱歌手。——编者注
[3] 美国著名歌星，《白色圣诞》是他的名曲。——译者注

达萨尼过去对郊区白人生活的唯一了解来自电视。麦奎迪夫妇说傻话的时候，达萨尼可以想象电视节目里那样的笑声配音，或者在他俩拥抱的时候出现集体的"啊……"声。

"他俩就像在演情景喜剧一样。"达萨尼说。她觉得他们好似漫画人物。麦奎迪夫妇对此有心理准备。达萨尼过一段时间才能了解他们，正如麦奎迪夫妇试图了解有色人种学生一样。这种了解仍在继续。

塔比莎第一次听到女孩们用"贝儿"代替"宝贝儿"的时候，以为她们发音发错了。

"我问，'贝儿'？"

"是啊。"女孩们说，翻了个白眼。

"哦，那不是一个词！"塔比莎坚持说，"咱们来好好谈一谈。"

在某些方面，麦奎迪夫妇会令达萨尼想到自己的父母。爸爸做饭，妈妈烘焙。他们信教。他们喜欢吃蔬菜。他们要孩子们查字典。他们的婚姻是外向（香奈儿、杰森）和内向（无上、塔比莎）的阴阳调和。

但是在其他方面，麦奎迪夫妇不一样。他们叫彼此"蜜糖"，不叫"宝贝"。他们不吸烟，也不吸毒。达萨尼从未见过他们读书，而无上总是手不释卷。无上和香奈儿因"自学成才"而自豪。麦奎迪夫妇上过大学。麦奎迪夫妇更加克制，不那么随心所欲。他们不会半夜三更突然大放武当帮的说唱歌曲，也不会在起居室里比赛跳舞。

达萨尼在新家听的歌曲是南方小鸡乐队（Dixie Chicks）的 Cowboy Take Me Away 混搭约翰·传奇（John Legend）的 All of Me。塔比莎和杰森每年都会创建一张新歌单，有时随意混合播放。

房子的其他方面一点都不随意，像某个小镇的万豪酒店大堂一样无懈可击。靠枕排放整齐，书架一尘不染。每天晚上的安排一成不变。塔比莎坐在角落里为房子里的每个女孩织围脖，下雨天就拿出装着她妈妈烤点心配方的盒子开始烘焙。

塔比莎最喜欢看一个孩子初次尝到蛋白酥的表情。达萨尼是最新的尝试者。她把这精致的点心放进嘴里，还没咬下去，它就像云彩一样化掉了。达萨尼睁大了眼睛。

蛋白酥总会令孩子们惊奇，麦奎迪夫妇却稳定可靠。他们如同达萨尼的时间表一样有准：孩子们早上 5 点 30 分起床，如果要上辅导课，就要起得更早。起床后她们穿好衣服，铺好床铺，整理房间。6 点钟，"团队杂务"开始。杰森在"每日表现跟踪表"上给她们的每一项任务打分。6 点 30 分，吃早饭，做祈祷。6 点 50 分刷牙。接下来的半小时自由活动，可以读书或下象棋。7 点 35 分，孩子们起身去上学。

周末同样安排得井井有条。星期六下午 1 点是"零食"时间，星期天上午 10 点 30 分是"熨好下周衣服"的时间。

"我们**靠的就是**时间表，靠常例，"杰森说，"像钟表一样。"

"这是我们赫尔希的规矩！"塔比莎说。

"我们就是这样！"杰森说，"孩子们，你们都知道该怎么做。开始吧！都写在黑板上了。按着单子去做。一、二、三、四——"杰森每数一个数字就"啪"地拍一下桌子。"她们知道 6 点吃晚餐。"**啪！**"她们知道会得到满满一盘子食物。"**啪！**"她们知道 8 点半上床。"**啪！**

这一项接一项的活动是赫尔希的脉搏。达萨尼经过多次重复，会将其吸收内化，直到她睡得好，吃得健康，感到安全。只有当她的这些需求得到满足后，才能指望她苗壮成长。这个理论是赫尔希思想的核心。米尔顿原来为信托基金制定的规约首先规定要提供食宿，然后才提到学习。心理学家亚伯拉罕·马斯洛（Abraham Maslow）在 1943 年按照同样的逻辑提出了一项开创性的理论——需求层次论（Hierarchy of Needs）。[1]

在教学中，马斯洛的层次经常被描述为金字塔形。底部是生存需求：空气、食物、饮水、住房、衣服和睡眠。没有这些，一个人很难再上一个层次："人身安全"。在那之后是"归属感与爱"，这个需求靠朋友和家人来满足。然后是"尊重"，包括自尊和对别人的尊重。

最后，金字塔顶端是"自我实现"——能够最大程度地发挥自身潜力，遵守道德，过有意义的生活。若没有金字塔下面几层的东西，是不可能到达顶端的。

达萨尼在自己母亲身上看到了这种情形。香奈儿即使在不吸毒、脑子清醒的时候，也一直忙于给孩子们提供食物和住处。所以香奈儿总是高度警觉，她的脑力被全部用在了维持生存上。处于如此境地的香奈儿无法充分发展，正如一辆油箱空空的跑车无法赢得赛车比赛。只有达到需求金字塔的顶端，香奈儿才能拥有"信心"和"创造力"这类品质。有了这样的品质，一个人才会相信自己的需求金字塔底部坚实牢固。香奈儿看不到金字塔的顶端，她在尽全力应付随时可能崩塌的底部。

赫尔希学校的第一个目标是重建这个失去了的金字塔，为达萨尼提供她母亲所没有的依靠。

开学第一天，达萨尼心情紧张。从在布鲁克林的那天早上，香奈儿不得不推她走上麦金尼的台阶以来，已经过了两年多。现在达萨尼必须自己推自己一把。

达萨尼知道自己聪明，但学习中一遇到困难她就会发火。数学是她最差的科目。达萨尼尽力不去想它，而是集中心神计划自己的着装。她有生以来第一次可以从 5 套崭新的衣服当中选择。她决定穿粉色的 polo 衫和淡黄色卡其布裤子，用发胶把辫子固定在脑后。然后她整理床铺，做她那份家务，吃早餐，然后跳上面包车沿着一条长长的蜿蜒道路驶往赫尔希的中学校园。

小山包顶上是赫尔希镇的地标——宏伟庄严的凯瑟琳大厦。

这座大厦以米尔顿妻子的名字命名，是大萧条期间建造的。当时巧克力销量下降，赫尔希的雇员需要工作，于是这座用钢材和砂砖建造的装饰艺术风格的大厦拔地而起。[2] 凯瑟琳大厦在小镇高处俯瞰着主题公园。

这就是多年前吸引霍姆斯小姐——达萨尼在布鲁克林的学校的校

长——注意的地方。她当时站在下面的主题公园里，眯眼向上看着说："那是什么？"现在，达萨尼站到了小山山顶，凝视着下方的主题公园。她看到各种过山车和其他游乐设施，眼中所见令她惊叹不已。很难说哪种情景更有震撼力——是一个穷孩子眼中的主题公园，还是一个布鲁克林校长眼中的宫殿式学校。

迄今为止，达萨尼已经上过8所学校，但她从未来过这样的学校：长长的走廊两旁排列着锃光瓦亮的储物柜，数百名学生快步走向教室，老师们在零食时间分发苹果和果仁燕麦棒。

达萨尼说，在学校里感觉安全，甚至"平和"。一切都更加安静，包括达萨尼自己的心情。她不再需要烦心通常的那些麻烦事，无论是莉莉的奶瓶还是无上的脾气。现在，达萨尼的一天中每一部分都由其他人替她决定。有人也许会觉得受到了限制，但达萨尼的感觉恰恰相反。

她感到自由。

就连她的"自由时间"也是安排好的，但达萨尼似乎浑不在意。"在赫尔希，到处都是自由时间。"她这样写道。

大部分新生都会经历某种"蜜月期"。他们远离了饥饿的烧灼感和枪声。这类威胁消失后，必然会出现一段暂时的平和。

达萨尼的头脑更加清楚，这绝非偶然。在抗击贫困中最为关键，也最易受贫困影响的人体器官是大脑。

贫穷带来紧张。所有孩子都在不同程度上经历过紧张。一个小女孩也许会对在诊所打针感到恐惧。一看到针头，她应对紧张的机制就马上被激活：她的心率加速，她的肾上腺素水平激增，她的身体进入了"打或逃"的模式。一旦威胁过去，理想情况中她会在一个关爱她的成人的帮助下回到她的生理基线。

但如果威胁日复一日总是存在呢？穷孩子一般都生活在长期的紧张状态之中。他们更容易面对暴力、饥饿、睡眠不足和疾病。[3]

像达萨尼这样的孩子可能会陷在"打或逃"的模式中无法挣脱，导致机体产生过量的皮质醇以及血糖水平激增。这可能使她的身体对胰岛素产生抵抗，造成糖尿病或肥胖。这也会加速动脉粥样硬化的出现，正是这种心脏疾病夺去了达萨尼54岁的外祖母的生命。这还会给正在发育的大脑留下"持久的损伤"。

当穷孩子考试成绩差或表现不好，在学校跟不上的时候，一般都认为是因为他们心志不坚，或"基因不好"。一个名为"贫困的神经科学"的前沿科学领域的研究却另有见地。

2013年，威斯康星大学麦迪逊分校的儿童心理学家塞思·波拉克（Seth Pollak）研究了他连续3年对来自不同经济背景的77名婴儿做的脑部扫描得到的扫描图。他重点研究了脑部受遗传因素影响较小，受生长环境影响较大的那些部分。最初，扫描图都是一样的。但是到4岁时，可以看出穷孩子大脑的"灰质"生长得较少，而这些部分恰好负责冲动控制、情绪性行为、解决问题、记忆，以及其他对学习至关重要的技能。[4]

长期紧张也会产生较多的皮质醇，[5] 这是一种能提高生存机会的激素。波拉克说，"泡在皮质醇里"能改变大脑的结构。孩子会变得过分敏感、过度活跃。这样的孩子会把小小的轻慢视为严重的侮辱，脾气上来后需要很长的时间才能平静下来。

波拉克认为这类行为并非不可逆，赫尔希学校也持此观点。赫尔希学校认同卡罗尔·德韦克（Carol Dweck）的工作。德韦克是斯坦福大学的心理学家，因率先提出"成长型心态"理论而著名。[6] 根据这一理论，大脑是可塑的。人通过自身努力、良好的策略和导师的帮助，可以变得更聪明。

来到赫尔希的孩子们一般都持相反的观点，德韦克称之为"固定心态"。他们认为智力是先天特征，如同眼睛的颜色一样无法改变。他们相信，自己会永远数学"不好"，或自己天生就"笨"。他们觉得这就是自己的命，而这种想法又来自另一种理念：穷人穷应该怪他们自己。他们穷，说明他们本身有缺陷，包括"无法改变的"智力。

德韦克的研究对这种想法提出了质疑。她的研究发现，孩子们如果相信自己的智力可以提高，他们就更愿意努力学习。努力学习能加强大脑的神经连接，使大脑得以"成长"。德韦克说，如果孩子们思索一道数学题，即使怎么也解不开那道题，大脑都会变得"更强"。因此，学习费力是好事。它不是蠢笨的表现，而是通往聪慧的途径。[7]

在赫尔希，成长型心态可以一字以蔽之："还。"

学校想让学生们从说"我数学不好"改为说"我数学**还**不好"。"还"这个字可以把他们带入一个连续的过程，其间他们要对错误坦然接受，而不是逃避躲闪。学校教学生们培养"成长型心态"，用这种心态支撑自己面对困难。

在数学课上，可以听到学生们彼此说："等一下！别泄气。我们可以感觉得到我们的脑子在长！"

达萨尼想念妹妹们。没有她们，她就黏上了住在走廊另一头的13岁女孩卡利（Kali）。卡利有金色的皮肤、棕色的卷发和闪亮的眼睛。她和达萨尼一样，也有一部分多米尼加血统。

另一个促成她俩友谊的因素是她们都是新生。卡利在费城郊外长大。她住的街区暴力肆虐，她和5个兄弟姐妹很少出门。卡利的妈妈是单身母亲，做着两份工作，一份是在沃尔玛超市上架货物，另一份是在酒吧当酒保。[8]

卡利最先听说赫尔希学校是从她上的公立学校里一个没被赫尔希录取的学生那里。"他们说学校很漂亮，有大房子，12个女孩住在里面，有一个宿舍妈妈和一个宿舍爸爸，"说到"爸爸"时，卡利顿了一下。她没见过自己的父亲。

达萨尼觉得卡利"真实"，不"虚假"。"虚假"是达萨尼对一个人最糟糕的评价。卡利听得多说得少，因此别人不觉得她是威胁。但她也不是好欺负的，不然达萨尼会觉得她无聊。卡利脑子快，喜欢哈哈大笑。她喜欢和好玩的人在一起。

关于达萨尼，卡利首先注意到的是"她个子矮，很厉害。她与众不同。她和我们宿舍的其他女孩不一样……她不是整天怨天怨地"。

达萨尼不爱抱怨，爱开玩笑。她几乎说什么都逗得卡利咯咯笑。"我想我俩的心态是一样的，"卡利说，"她不过是比我更直率。"

卡利会和达萨尼一起在赫尔希的主题公园坐过山车，坐过山车的标准是身高。只有最高的孩子——所谓的"快乐牧场主"（Jolly Ranchers）①——才能坐最惊险的过山车。身高刚过 5 英尺的达萨尼差一点就不够格。

比达萨尼矮的是年纪比较小的孩子："扭扭糖"下面是"好时牛奶巧克力"（Hershey's Milk Chocolates），然后是"里斯"孩子和"好时心形巧克力"。学会走路不久的孩子属于"好时微型巧克力"（Hershey's Miniatures）。

达萨尼和卡利很快在这个排序的启发下创造出了用巧克力类型来区分肤色的办法。

赫尔希学校里肤色最浅的孩子是"白巧克力"。棕色皮肤的学生是"牛奶巧克力"。肤色更深一些的是"黑巧克力"。"焦糖"专指拉美裔学生。

"我基本上是个 Rolo，"达萨尼告诉我，"这是一种焦糖心的牛奶巧克力。"

达萨尼床头上方挂着一张照片，照片中的阿维亚娜在微笑。照片下方的收纳架装着达萨尼的其他财产：她从家里带来的钱包、她的日记

---

① 这个名称和下面的名称都是好时公司出产的糖果名。——译者注

本、两本书，还有一个闹钟。

"他们教我怎么合理利用抽屉。"达萨尼在 2 月时告诉我。她站在她的大衣柜旁，打开柜门展示她的浴袍（总是放在左边）、她的毛衣（总是放在右边）和她的正式服装（总是挂得整整齐齐）。

塔比莎和杰森还教达萨尼别的事情。

如果来了客人，孩子们必须站起来。达萨尼做给我看，你"看着他们的眼睛"，伸出手来"和他们坚定地握手"，并用清楚自信的声音说，"你好，我叫……"。达萨尼一下子就学会了。她似乎很想取悦麦奎迪夫妇。她铺的床如军人的床那般整齐，她也一直都按时完成她负责的家务活。

别的事更困难些。赫尔希学校虽然源自一个糖果帝国，但学校的营养要求很严格，让新生远离垃圾食品，对他们的糖摄入量实行监督控制。达萨尼从来没有这么吃过，她特别馋奥利奥饼干和蘸甜酸酱的麦乐鸡块。

语言也是一个挑战。**话语有自己的生命**，学生之家的一张海报告诫说，**想好了再开口**。

对有些字词，麦奎迪夫妇学会了不再去管（塔比莎早就对"贝儿"屈服了）。别的字词则需要调整。不准说脏话，所以达萨尼学会了不说 F 打头的脏字，改说 fudge 或 fiddlesticks（真烦）。Damn 变成了 dang（该死），hell 变成了 heck（见鬼）。

然后是语法。

一天晚上，达萨尼说："我、卡利和——"

"谁？"杰森说。

"我和卡利和安吉在做——"

"谁？"

"达萨尼、卡利和安吉！"达萨尼说。

"**谁**——？"杰森继续逼问。

"卡利、安吉和我。"

"啊，好。我猜你是这个意思。"

女孩们都笑了起来。

"你排在最后。"塔比莎说，确定达萨尼能够记住。[①]

这个练习不单是关于用词的，还是为了扭转麦奎迪夫妇称之为"我先"的心理。"这是个自我的问题。"他们俩异口同声地说。穷孩子容易自高自大，这听起来或许很奇怪。社会一般将他们视为无助的受害者。就达萨尼所知，当她和弟弟妹妹们得到一盘炸薯条要 8 个人分的时候，大家说不上"自私"还是"无私"，都尽量去抢。

在赫尔希，食物多得吃不完。达萨尼可以看得到，吃得到。然而，让她通过把自己放在句尾来改换思维方式却完全是另一种挑战，尤其是当她不愿意的时候。

麦奎迪夫妇发现达萨尼无法预测，并且从某种意义上说是直言不讳。"她不为自己的行为方式找借口。"杰森说。但他又说，如果你以为她的满不在乎说明她事无不可对人言，那就错了。

"她仍然有些深层的东西不肯示人。"

达萨尼喜欢麦奎迪夫妇，但不对他们明说。她不是那种感情外露的人。但在杰森和塔比莎周末休息的时候，达萨尼就会情绪低落。

她的"灵活家长"（做替补的夫妇）和气友善，但他们做饭不如杰森。他们做的饭吃起来味道不一样。达萨尼总是想着麦奎迪夫妇和他们的两个儿子在某个地方吃着杰森做的饭。杰森永远不会把给自己家人做饭当作"工作"。

达萨尼观察着新来的马歇尔先生和太太。他们似乎知道所有的准

---

① 达萨尼最开始说"我"用了 me，最后纠正为符合语法的 I，并按语法把"我"放在了最后。——译者注

则。但他们真的什么都知道吗？达萨尼不相信麦奎迪夫妇告诉过他们关于她头发的安排。

达萨尼来赫尔希上学时，头上的辫子编得整整齐齐，是那种通常几个星期都不会乱的发型。她母亲怀疑赫尔希的理发馆可能做不了这么复杂的发型。于是麦奎迪夫妇保证，在给达萨尼改发型之前，一定先与香奈儿商量。他们知道，家长需要感觉自己能掌握一定的控制权。

现在麦奎迪夫妇不在，达萨尼做出了第一个反抗行为：她把辫子拆散了。两天后，麦奎迪夫妇回来看到达萨尼的头发，大吃一惊。

"妈妈说过不要那么做！"塔比莎说，"你为什么把辫子拆散了？原来那么漂亮。"

达萨尼耸耸肩，说她妈妈在电话上同意了。麦奎迪夫妇心生狐疑。他们要求达萨尼详细说明，于是达萨尼的说法变了。现在她说她把辫子拆散是因为"我愿意"。

"你给了4种不同的解释，显然你没有说实话，"塔比莎说，"咱们从头开始好吗？如果从一开始你就说实话，我不会生气。"

最后达萨尼承认，有些女孩嘲笑她的发型，说她的辫子"显老"。

"她们笑话我。"达萨尼说，泪珠在眼眶里打转。

塔比莎的态度软了下来。

"难以启齿，对吧？"她说。

她们的谈话转到了如何对待别人的看法上，谈到了"融入"意味着什么，被拒绝是怎样的感觉。"你为什么因此而难过？"塔比莎催问。达萨尼觉得这个问题问得很傻，别人的意见当然重要。

可是塔比莎取得了一个重要的突破：她让达萨尼开了口。达萨尼说得越多，情况就越清楚。达萨尼感觉自己失去了控制，所以她在重新争回控制权。她的头发只属于她自己——不属于她母亲，不属于麦奎迪夫妇，也不属于任何理发馆。

但她喜欢自己头发现在的样子吗？塔比莎问。达萨尼摇摇头。塔比莎说，达萨尼行动时没有考虑"后果"。塔比莎用的"后果"这个词达萨尼以后还会多次听到。现在达萨尼的头发更难看了，香奈儿又不在这里，不能给她编辫子。与此同时，赫尔希的理发馆接下来几周都预约满了。

"下一次我们这么办，"塔比莎说，"你把辫子拆散之前，咱们先谈一谈。我们不会不准你这么做。但咱们沟通一下有好处。"

塔比莎给学校的斯巴达美容院打了个电话，约了能约到的最早时间。

学校理发馆里的发型师大多是黑人，这令达萨尼感到安心。但他们必须赶时间，一天要给 62 个孩子理发。

在纽约，香奈儿给达萨尼编辫子要花几个小时。有特殊场合的时候，香奈儿会带达萨尼去哈勒姆的一家发廊，那里一个叫法蒂玛（Fatima）的发型师能花整整一天的时间给达萨尼编头发。时间越长，辫子编得越细——从一边耳朵到另一边耳朵能有 20 条辫子。

在赫尔希，一个小时就完事了。发型师给达萨尼编了 7 条粗辫子。她礼貌地微笑着，什么都没说。

不久后，达萨尼坐到了朱莉·威廉姆斯（Julie Williams）对面的摇椅上。41 岁的威廉姆斯是心理治疗师，在赫尔希校园里有个舒适的办公室。达萨尼旁边的桌子上摆着蜡笔、乌诺（Uno）纸牌和"感情"卡片，学生可以从那些卡片中找出最符合他们当时情绪的表情。

达萨尼和大部分孩子一样，对接受治疗心存抗拒，朱莉必须试图克服这种抗拒。朱莉桌子附近的一个标牌上写着：**你的墙是什么？沉默？笑声？玩笑？小声说话？恶言恶语？**

达萨尼一向注重词语。她每听一首歌，都会记住每一行歌词。她写作和阅读一样仔细（英语一直是她最喜欢的课）。达萨尼也知道话能伤人，特别是她妈妈说的话。达萨尼讨厌听人说"行动比言辞更响亮"，好像言辞不是行动一样。根据达萨尼的经验，引起打架的通常是某个人说的话。几乎没有什么比得上语言的威力。

用你的话语，朱莉一次又一次地对达萨尼说。接受朱莉的治疗使达萨尼想起她在布鲁克林的学校的那个金发辅导员罗克珊。朱莉也有阳光般明亮的微笑。她讲的是同样的办法，如深呼吸和"愤怒管理"。两人的区别在于朱莉是黑人。在这个白人为主的小镇里，认识一个能够说"知道喽"而不听起来可笑的大人还是很好的。

达萨尼喜欢朱莉不慌不忙安静倾听的方式。即使她俩不是在治疗中，只是站在室外的走廊里，朱莉也明显能让达萨尼放松。她俩两眼相对，朱莉点点头，给达萨尼一个微笑，就表示**我知道**。

作为治疗师，朱莉一般不谈自己的过去，而是把注意力聚集在赫尔希的学生身上。不过她不时会暗示自己有类似的经历，说"我也经历过一些事情"或者"我知道超越这些是有可能的"。

朱莉的童年在宾夕法尼亚州中部靠南的钱伯斯堡（Chambersburg）度过。那个小镇曾经以面粉制造为主业。朱莉的父亲吸毒成瘾，朱莉跟着父亲居住期间目击了一些她"本不应看到的事情"。11 岁时，朱莉搬去了自己的单身母亲那里。她母亲每天工作时间很长，朱莉和家里的另外两个孩子其实是"自己把自己养大的"。十几岁时，朱莉表现出了跑步的天赋。她梦想上大学，参加田径赛。高中最后一年，朱莉被位于佐治亚州亚特兰大的史贝尔曼学院（Spelman College）录取，那是历史上声名卓著的黑人学校。但就算朱莉付得起学费，也还有另一个困难：她怀孕了。[9]

17 岁的朱莉搬出母亲的家，住到了她即将出生的儿子的祖父母家里。他们表示可以帮着带孩子，好让朱莉去上大学，但条件是她不能再生孩子。接下来的 10 年里，朱莉一边打工一边读完了大学和研究生。有一次，她在一处无家可归者收容所上完夜班后直接去学校上课。朱莉在玛丽伍德大学（Marywood University）获得了社会工作的硕士学位，

2004 年被赫尔希学校雇用为治疗师。

朱莉认为达萨尼是"一个非常有趣、外向的姑娘"——这个女孩"想成功",而且"非常顽强"。[10] 孩子顽强虽然是好事,却增加了治疗的难度。为了生存,达萨尼学会了压制自己的感情,对给自己造成创痛的事情轻描淡写。达萨尼的心理"墙"的表现形式是一句"我挺好"。达萨尼经常这样说,无论是谈到她自己、她的家庭,还是他们经受的苦难。朱莉写道,达萨尼自带"镜头",透过这个镜头看去,"她过去经受的痛苦是正常的"。

朱莉要帮助达萨尼达到眼前的目的:建立"积极的同学关系",解决冲突,在学业上取得成功。达萨尼在数学方面比同级学生落后两个年级,所以学校派了一位辅导老师来帮她。

在班上,达萨尼削铅笔、翻书,动作干脆果断。下课铃响起后,她会跑到走廊里去拿苹果吃。达萨尼总是跟卡利在一起,她俩上同一门课——技术教育。

她们最新的作业是拍一部小电影。达萨尼构思好各幕情节,然后把一台佳能数码相机安在三脚架上,调整变焦镜头。

达萨尼选的背景是校园,卡利是电影的主角。她俩穿着一样的 T 恤衫,上面印着学校的话题标签和**坚持**与**逆境**的字样。

"开始!"达萨尼叫道。

在剪辑室里,卡利掌握了控制权,把自己的镜头都切掉了。电影的开头是几个大字:**达萨尼拍摄**。

"为什么只有我在里面?"达萨尼问。

"因为你不一样,你是明星。"卡利说。

达萨尼知道别人是这样看她的。她从来都是明星(她还记得自己 9 岁时香奈儿告诉她:"我最喜欢你,可是别跟别人说。")。达萨尼很自然地进入了明星的角色。在学校体育馆里,她和别人赛舞,引得人们聚拢来看她以头着地地旋转。

但是当明星是要费力气的。有时达萨尼想躲开众人的视线,溜到一个安静的地方去。"造了一座堡垒和一座雪城堡,"她在日记中写道,"写完了宗教是否会引起战争的作文。我发现宗教的确会引起战争。我原以为打仗是因为土地,而不是宗教(哇)。"

2月20日,学生们去费城的富兰克林研究所参观一个名为"动物里翻外"(Animal Inside Out)的展览。达萨尼眼睛一眨不眨地盯着一头巨大公牛的解剖结构。作为展品的动物被用一种叫作塑化的技术剥掉皮,但肌肉、内脏和韧带被完整地保留下来。达萨尼被迷住了。她接下来看了长颈鹿,然后是鸵鸟,然后是山羊。

周末,达萨尼有时会出门去红罗宾(Red Robin)餐厅吃晚餐,去赫尔希的体育馆看冰球比赛。整座房子的人一起行动,这个16人之家——12个女孩、2个男孩和他们的父母麦奎迪夫妇——如同阿米巴变形虫一般。他们有点像达萨尼自己的一家人。塔比莎在孩子们跳上面包车之前要清点人数,正如香奈儿在地铁站清点孩子们。

去费城博物馆参观的5天后,达萨尼写了一首诗,题目是《亲爱的妈妈》:

> 你带大了我和另外7个孩子
> 我们为此而爱你
> 你也许又严格又厉害
> 但我们依然爱你

几天后的一个晚上,达萨尼坐在观众席上听麦奎迪夫妇11岁的儿子特里斯坦用单簧管吹奏他自己作的一个曲子。

达萨尼像为自己的弟弟妹妹欢呼一样大声欢呼。她脑海里出现了弟弟妹妹们的样子——莉莉跟着蕾哈娜的音乐扭来扭去,阿维亚娜放声大笑,笑到肚子痛。达萨尼曾经藏着自己的日记不让弟弟妹妹看到,现在她写日记似乎是为了让他们读。

"想说情人节快乐。好想你们。"

在手工课上,达萨尼为弟弟妹妹们做了一个糖果机。她用砂纸把糖果机的木头边缘磨光滑,准备在玻璃罐里装满彩虹糖。达萨尼知道自己错过了哪些弟弟妹妹的生日。每个人的生日那天,她都会准时在日记里记上一笔。

"我全心爱你。"达萨尼在她母亲的生日那天写道。几天后,莉莉3岁了。

"生日快乐,我的小甜宝贝。"达萨尼写道。

除了写日记,达萨尼还想做点别的。她给家里寄了张明信片,明信片的开头写着:"给我美丽的一家。想念你们。"

赫尔希"有趣",达萨尼告诉家人,特别是巧克力世界,她在那里看到了"他们怎么做巧克力,你们一定要来看我,一定要来玩"。她要每个人给莉莉"替我送上一个吻,告诉她我很爱她"。最后她给无上写了一段。

"爸爸,我一直知道你爱我,哪怕你不说。"

两周后,无上来了一封信。

"和平,我最美丽、最强壮、最聪明的'小大地'达萨尼,"无上的信字迹工整,"我真心希望你收到这封信时身心都非常健康。一切都好吧?食物怎么样?那里的人、工作人员、学校设施、你的住处以及一切的一切都好吗?"

达萨尼过去从来没有收到过无上的信。无上从来不会亲口说出信中这些话。

"你知道我爱你、想念你,但我知道你是在那里争取一个成功的未来。永远高昂着头,集中精力!!**别沾**男孩子!孩子,我的意思是,等你毕业离开学校后,有足够的时间和男孩交往。先做最要紧的事。"

和无上 4 页纸的信一道寄来的还有一本《古兰经》和两本关于伊斯兰教的书。

"记住，伊斯兰是我们的文化，"无上写道，"是我们自然的生活方式。"

无上最后写道："我爱你，达萨尼。"签名是"你的父亲和爸爸，无上的神。"

达萨尼折好信，收了起来。

你的父亲和爸爸。

达萨尼仍然想知道自己的生身父亲拉梅尔怎么样了。听说他戒了毒，在一家鞋店工作。2013 年，拉梅尔曾短暂出现过一段时间，带达萨尼和阿维亚娜去过他在新泽西的公寓。拉梅尔和女朋友带着他们刚出生的孩子住在那里。那次见面让他们重温了过去的父女之情，然后拉梅尔又消失了。

拉梅尔没法与无上竞争，正如无上现在没法与杰森·麦奎迪竞争一样。什么都比不上在一起。

杰森站在炉子旁做肉酱三明治。他几乎和无上一样善于烹调，甚至可能做得更好。他们两人做的菜式不同，所以难说孰优孰劣。女孩们狼吞虎咽地吃完饭，洗干净盘子，去楼上淋浴。然后她们穿着一样的睡衣、睡袍和拖鞋下来。杰森检查他儿子的家庭作业，女孩们开始玩 Spit 纸牌游戏。

有时她们玩着玩着会吵起来。即使没有达萨尼的事，她也想劝架。杰森注意到了她的这种行为模式，告诉达萨尼要抵制她自己"总是做主"的心态。

如果由着达萨尼，所有争执她都要插手解决。家里人认为这是由达萨尼"霸道"的个性决定的，但达萨尼认为情况正好相反。她太小的时候承担了太多的责任，这造就了她的个性。

用专家（包括她以前的老师赫斯特小姐）的话说，她是个"家长化"

儿童。[11] 一个家庭无论是穷是富，只要家中混乱无序，经常发生令人痛苦的事，一般都是最大的孩子担起家长的责任。这样的孩子因此能够自立，头脑灵活，生存能力强。不过，一旦他们扮演起家长的角色，就难以重新回到儿童的行为方式中。与别的孩子相比，这样的孩子不服权威，不信任别人。他们经常难以建立长期的感情纽带，因为他们学会了自己照顾自己，而不是受人照顾。[12]

麦奎迪夫妇知道，如果他们对达萨尼逼得太紧或操之过急，达萨尼可能会突然失控，进入反叛模式。他们必须温和地慢慢推着她进入更符合她年龄的行为模式。达萨尼的霸道是一种伪装。

达萨尼看着小狗利奥。

"麦奎迪先生，利奥还会再长大吗？"她问。

"还能长一点儿，但长不了太多了。"他回答。

杰森回答问题时总是点点头，似乎在说"一切都好"。即使他不知道问题的答案，他的声音听起来也让人安心。

但有些事情达萨尼怎么也问不出口。

她注意到有些女孩在刮腿毛。这种事她本应问妈妈，但香奈儿不在这里。于是达萨尼决定自学。她拿着剃刀的手一抖，把两条小腿都刮破流血了。达萨尼赶快去找塔比莎，塔比莎不慌不忙地给达萨尼包扎好伤口，然后教她如何刮腿毛。

塔比莎就是这样，她倾向于让事情自然发展。有时，一个女孩非得自己先失败了才来寻求帮助。不久后，所有女孩都来找塔比莎求助。她们需要去试胸罩。她们来了月经。塔比莎早有准备。一天晚上，她主持了一次"八年级谈话会"。她点燃蜡烛，往细长的香槟酒杯里倒满苹果汁，在每个女孩面前放上一朵玫瑰花。然后，塔比莎倾听"她们想说的任何话"，无论是有关她们身体构造的问题，还是她们与男孩最近的纠缠。

赫尔希学校禁止学生在高中之前谈恋爱，但对异性的迷恋在生活中是免不了的。如果哪个女孩陷入了这种迷恋，麦奎迪夫妇希望知情。他们像任何家长一样，要审查前来追求的男孩。"等我们一起看美式橄榄球赛的时候，我们想见见他。"塔比莎会说。她偶尔会允许一个男孩来赭色学生之家吃晚餐。"那是一种开放的尊重。我不会因为你喜欢哪个人而把你拒之门外。我没有因为你是个十几岁的孩子就不让你表达感情。"

达萨尼的心思在别的事情上，比如加入田径队。马上就要举行测试了。

"我想当短跑运动员。"她在 3 月的一篇日记里写道。

几天后，达萨尼参加了田径队测试。赫尔希学校里体育好的学生很多，有些女孩已经训练了好几年。

"希望我能被接受，"达萨尼那天晚上写道，"（祈祷。）"

第 31 章

斯塔滕岛家事法院笼罩在毛毛细雨中。

这座新古典风格的大厦坐落在一个长满青草的小山包上，俯瞰着纽约港。它是上一个时代的骄傲遗存，但已经开始褪色。里士满阶地（Richmond Terrace）100 号 1931 年初建时是"儿童法院"，[1] 现在属于覆盖全市的儿童保护系统。[2] 每天进入它的金属大门的有法官、治疗师、律师、社工、寄养父母、保安人员、青少年陪同人员和为应对家庭破裂的问题而产生的其他行业的人。

石条阶梯通往赤陶砖铺地的入口，那里的一个标牌写着：**由于财政有限，夜间法院暂停**。每天早上，沿这些阶梯走上来的都是处于各种痛苦状态的母亲和父亲。有的疲累烦躁，有的沉默不语，有的两眼通红，有的啜泣不止。来这里的都是遇到麻烦的人，今天来这里的香奈儿也不例外。2015 年 3 月 27 日，香奈儿在法庭就座，法官出现后站起身来。

"太太，"法官说，"儿童服务管理局提出了关于你忽视你的孩子的请愿。"[3]

帕帕离家出走已经过去近两个月了。那次事件引起的调查最终导致 ACS 告上家事法院，指控香奈儿和无上作为父母忽视孩子。

今天，香奈儿一家重返儿童保护系统。这一系统相当复杂，就连律师也弄不太懂。香奈儿了解到，这一系统有 3 个主要行为方："调查员"（为 ACS 工作）、"法官"（主持纽约州的家事法院）、"提供商"（一些负责承包各种服务的私人机构，涉及的服务从提供治疗、开办教养孩子的课程，到寄养和收养，不一而足）。[4]

只消一个匿名举报，就能把一个家庭送入这个系统。[5] 举报人打的24小时热线设在纽约州府奥尔巴尼，管理热线的是儿童与家庭服务办公室，它负责监管州内的所有儿童保护机构，包括儿童服务管理局。有时举报人是匿名的邻居或前男友。有时打电话的人自报身份，是专业人员，负有举报任何疑似虐待或忽视的法律义务。这样的人可以是老师，也可以是治疗师，或者像帕帕的案子那样，是帕帕出走后被送去的斯塔滕岛医院的护士。

热线接线员记下投诉后会先做筛查。如果相关指控按照州社会服务法的规定能够"合理地构成"虐待或忽视儿童的行为，接线员就会通知那个孩子居住地的儿童保护机构。接到经筛查的投诉后，相关儿童保护机构必须在24小时内开展调查，在不超过60天的时间内给出结果。

ACS负责调查的人称为"儿童保护专员"，也就是通常说的案件工作者。经调查后，做出的指控或是"查无实据"，或是有足够证据成为"确有表现"。下一步要看案子的严重性。如果ACS认定一个儿童的安全有危险，就会提出名为"请愿"的投诉，寻求法院下令准许ACS对该家庭进行监督。案子最终呈交给家事法官。如果证据"占优势"——指控属实的可能性达到50%以上——法官就可以判定存在忽视或虐待行为。[6]

在儿童服务管理局2015年启动的54 302起调查中，大多数指控（72%）涉及忽视，[7] 而忽视与贫困密切相关。被指控的父母没有给孩子提供适当的住房、合适的衣服和食物，没有送孩子去学校，或者吸毒或酗酒——在创痛得不到治疗的世界中，毒品和酒精是常见的自我治疗方法。这些父母几乎都是有色人种。仅2015年一年，ACS就从父母身边带走了3 232个孩子，[8] 其中94%以上是黑人、拉美裔、亚裔或"其他种族"[9]。

这种情况并非纽约独有。在美国所有黑人儿童中，有一半以上在18岁之前至少接受过一次儿童保护机构的调查。[10]黑人儿童与父母永远分开的可能性是白人孩子的2.4倍。[11]他们离开父母后，只能加入全国超过42.7万人的寄养儿童大军。[12]如此巨大的反差使很多人将黑人父母——包括许多香奈儿这样的母亲——先入为主地视为罪犯。民权倡导者将这种做法称为简·克劳①。[13]

香奈儿环顾法庭四周，看到一些穿西装的陌生人。她试图辨认出哪些人是代表ACS的。自2月以来，ACS的工作人员来过她家里8次，看她厨房里是否有食物，还检查她孩子身上是否有伤痕或淤青。"孩子们似乎与父母很亲。"一位案件工作者在"调查进度说明"中注明。

帕帕尽了最大努力让他们停止调查。他觉得ACS的工作人员来家里全是他的错。他妈妈常说，他若是没有离家出走，这一切都不会发生。

"别生我的气。"帕帕低着头对ACS的工作人员说。

"他是被针对的那个孩子吗？"那位工作人员写下了这个问题。在ACS的用语中，"被针对"的孩子是替罪羊，是父母怒火的发泄口。有时一个孩子被挑出来当作发泄对象，因为他有多动症或有残疾。还有的孩子是因为他（她）令家长想起了过去的一段惨痛经历。[14]

7年前，帕帕出生后查出血液里有大麻成分，ACS第一次针对香奈儿和无上忽视子女提出了请愿。

那是2007年，香奈儿当时受布鲁克林家事法院管辖。法院发布命令，要香奈儿一家接受一段时间的监督。审案法官阿诺德·林（Arnold Lim）后来调到了斯塔滕岛。这次审理香奈儿案子的又是林法官。

法官说："我今天就可以分配给你一位免费律师，你也可以自己找

<hr>

① 这一叫法的缘起是吉姆·克劳法。儿童保护案中受指控的多为母亲，所以用女性名简代替吉姆。——译者注

律师。"林法官似乎没有认出香奈儿，她不过是在他的法庭上经过的数千名家长之一。

香奈儿也不记得林法官了。那么多年过去了，法官换人无数，法庭却固定不变，如同一个被遗忘的图书馆那样冰冷而沉滞。

林法官语速飞快，语气平淡，这是案子多得忙不过来造成的结果。这位 66 岁的法官出生在曼哈顿，父母是华人移民。[15] 他是纽约市第一位被任命为家事法院法官的亚裔美国人。2000 年上任时，他的经验已相当丰富——他最初是帮助精神病人的社工，后来在纽约市法律部做助理律师，负责起诉青少年犯罪案件，最后成为布鲁克林家事法院的法官。

今天，香奈儿若是在布鲁克林还好一些，那里有一个公益律所为大多数穷人父母提供服务。[16] 这样的律师一般都理想至上，不计报酬。他们的工作覆盖纽约市各区，只有斯塔滕岛除外。[17] 在斯塔滕岛，唯一免费的选择是 18-B 律师。18-B 是纽约州的法律，确立了为穷人分配律师的制度。18-B 律师由纽约市支付每小时 75 美元的薪酬，[18] 出了名地没有干劲。

林法官建议香奈儿接受一位 18-B 律师："因为所有来我这里申诉案子的律师都相当称职，知道自己在做什么，而且坦率地说，你自己找的律师说不定还缺乏这方面的专门知识。好不好？"

香奈儿瞪着法官。

香奈儿觉得，说"自己找的律师"缺乏"专门知识"简直荒唐可笑。她看过电视剧《法律与秩序》。她倒想问问有哪个有钱的白人母亲会自己不找律师，用公共律师。

但林法官不过是照本宣科，假设香奈儿可以任意选择。

香奈儿也不说破。

"好吧。"她说，同意"选择"分配给她的律师——一位名叫格伦·约斯特（Glenn Yost）的银发高个子男人。

"约斯特先生？"法官说。

"在，法官。"约斯特说，他现在必须说出自己委托人的名字。

"同意服务于，呃……"

约斯特没记住香奈儿，香奈儿却一直在观察这个白人律师。她看着他闯进法庭，一边说："谁付钱给我？因为我现在本应该在打高尔夫。"

香奈儿可以想象自己以同样的方式亮相的一幕。若是两人的角色翻转过来，她也会开那种玩笑。**我现在本应该在打高尔夫。**香奈儿和这位律师一样神气活现，只不过她没有法律学位，也不是哪个乡村俱乐部的成员。香奈儿喜欢表现自己，这位 51 岁的律师也不遑多让。约斯特戴的饰物合乎香奈儿的品位：一个大金戒指和一块金表，让人想到"足金"和"24K"的字眼。香奈儿的视线转向约斯特的皮带，他的腰里经常披着一把格洛克（Glock）手枪，不让人看到。他进法院大门的时候把手枪留在了保安那里。

几周后，当香奈儿终于看到那把手枪时，她的脸上绽放出了笑容。

"约斯特先生，你为什么带枪？"

约斯特的回答揭示了他与香奈儿的一段共同历史。

约斯特在纽约市警察署工作了 20 年。[19] 20 世纪 80 年代中期，他是个藏得很深的秘密特工，在东布鲁克林活动。[20] 他游荡的街区正是当时 9 岁的香奈儿和 10 岁的无上玩耍的街区。就在这段时间，无上发现他的小妹妹死在了柏树山公房区的台阶上。快克经济当时正爆炸性地发展，约斯特在那里是为了突击搜查这种毒品。他留着长头发，装作一个大量购买可卡因、海洛因和枪支的毒枭。

等到无上卷入快克贸易，和成千上万名其他非裔美国人一起被关入监狱时，约斯特已经逮捕了足够多的人，离开布鲁克林来到斯塔滕岛，被晋升为侦探。之后，他上了法学院，成为私人执业律师，同时担任法院任命的律师来"挣钱付账单"。

香奈儿对约斯特一无所知。她不知道他曾试水共和党政治，不知道他在斯塔滕岛的一处高档社区拥有一座房子，也不知道他业余时间是一个名叫"皮带"的摇滚乐队的歌手。香奈儿只知道约斯特和她一样讲究排场，到了虚荣的地步。

香奈儿光忙着观察约斯特，似乎忘记了自己和约斯特为什么会在这儿。

ACS 要求法院下令对香奈儿和无上进行监督，提出的理由包括香奈儿有吸毒的"长期历史"，她参加戒毒项目三天打鱼，两天晒网，她作为母亲没有看好孩子，造成帕帕出走。在请愿书里，ACS 说无上也忽视子女，因为他明知香奈儿有毒瘾（他把自己的美沙酮分给她吃过），却还让孩子们和她单独在一起。

眼下，ACS 想把孩子们暂且"假释"给他们的父母，这个词明白地显示了家事法院给人造成的刑事司法的感觉。把孩子"假释"意味着如果父母遵守法院命令，孩子们可以留在家里。换言之，父母必须同意社工更频繁地到访，并接受强制性毒品检测和其他形式的密切审查。

"底线是母亲是否在吸毒，"林法官说，"做一次头发毛囊检测就能排除任何问题，知道吗？所以，母亲应在 24 小时内做检测。"

回到家后，香奈儿闭口不谈刚才的事情。她不想让孩子们担心，特别是在赫尔希前途无量的达萨尼。

达萨尼入学不到一个月学习成绩就飞速提高，这多亏了辅导老师的帮助和每天定时做作业的纪律。现在她有些课程的成绩达到了 80 多分，超出所有人的意料，连她自己也没想到。

达萨尼无法相信自己的数学能得"良"，行为和努力能得"优"。

"我过去从来都是'差'或者'劣'"，达萨尼说，"我原来从来不做作业。"

达萨尼还记得自己在布鲁克林上六年级时想象的电子游戏"生或死"。游戏里数学老师是"超级恶棍"，他的数字都变成了刺猬，社工则扮演成海盗。如今这些障碍都没有了，包括在学校横行霸道的斯塔尔。

现在达萨尼是明星。她甚至进了赫尔希学校的田径队。得知自己入选时，达萨尼又蹦又跳，又叫又笑。

不过达萨尼最想要的奖励是回家，这是促使她在学校好好表现的动力。春假马上就要到了。

"我想家，"达萨尼说，"我想我的弟弟妹妹。"

4月1日，达萨尼坐上赫尔希学校租用的车队向纽约市进发。

达萨尼和104个学生一起坐在大巴上。她的背包里装着早就准备好的礼物——她在手工课上亲手做的糖果机已经打磨得光滑如镜。

城市在远方闪耀。达萨尼快到家了。日历显示，她从1月26日到4月1日已经离开了65天。

然而，时间有时不能这样算。它更多的不是流逝的天数，而是一系列逝去的时刻。莉莉也许学会了说新的词语，帕帕也许长了新牙。他们会原谅达萨尼的离去吗？

达萨尼穿着旧衣服，像是要装作穷人。她还记得她的六年级老师赫斯特小姐的故事，说自己拖着橙色的行李箱走出公房区。赫斯特小姐从大学回来时，邻居嘲笑她"假装白人"。达萨尼一直记得老师的话。

你们在生活中有时会觉得怪异，你会觉得自己与众不同。这样很好，就这样保持自己的本相不要变。

达萨尼不知道赫斯特小姐说"保持自己的本相不要变"是什么意思。达萨尼认为，学其他人的样子是"双面人"。她肯定不会"假装白人"。可是香奈儿与她通电话时已经注意到了她的变化。达萨尼不再像过去那样说"好牛啊"，而是说"**太惊人了**"和"**棒极了**"，香奈儿模仿着达萨尼对这些词的发音，用带鼻音的扁平a音。

"她过去根本不知道'惊人'这个词，"香奈儿说，"她原来说的是贫民区的话，现在说话高级了。"

达萨尼透过车窗寻找母亲的身影。她特别想拥抱妈妈，想感觉香奈儿怀中的温暖，但回家也有让她担心的地方。达萨尼知道香奈儿惯于压自己一头，每当达萨尼脱离她走得太远，香奈儿都要重新确立对达萨尼的控制。

香奈儿等着大巴开进港务局长途汽车总站。达萨尼能得"优"，她香奈儿就能准时（哪怕她没有手表）。香奈儿看着周围的其他家长，他们看起来有些紧张，甚至有些害怕。

香奈儿一定要管住女儿。达萨尼可能会因为骄傲而摔跟头。在香奈儿看来，一个女孩最危险的态度莫过于骄傲自大，只顾仰着脸走路，看不到地面。能生存下来的聪明女孩从来都保持着清醒的头脑，睁大着眼睛。香奈儿会提醒达萨尼记住规矩。她如果以为自己与众不同，或者比别人强，那是自找麻烦。

大巴进站了。车门开了。

孩子们冲进父母怀里。他们抱在一起又跳又叫，又哭又笑。达萨尼挤过乱哄哄的人群，扑到妈妈怀里。她抱着香奈儿的腰，看她是不是还那么胖，胖就说明她没事。香奈儿把下巴仰到她女儿的头上方，意思是达萨尼还是个孩子。

达萨尼拿出了糖果机。

"木头的部分是我做的。我刻的。我切的。我打磨的。我锯的。"达萨尼一边说一边演示糖果如何通过一个滑梯从罐子里滚出来。很快，她们坐上了地铁，达萨尼嚼着一块好时巧克力。

她看着她妈妈检查那个罐子。

"一辈子的糖果，妈妈。一辈子的糖果。"

在渡轮上，达萨尼和妈妈一起跳踢踏舞，拍着大腿，跺着脚上的运动鞋。她们下了渡轮，离家还有一条街的时候，达萨尼跑进了街角的商店。杂货店老板桑托万（Santoine）见到达萨尼高兴极了，从柜台的防弹玻璃隔断下方钻出来拥抱她。

"这个孩子！我真想她！"他微笑着说，"怎么样？那边的生活怎么样？你喜欢吗？"

"不怎么喜欢。"

"不怎么喜欢？"桑托万问。

"挺好的，"达萨尼改口说，"挺好的。"

香奈儿从冰箱里拿了一瓶 Colt 45 啤酒，然后把那个糖果机拿给桑托万看。

"你看她做的这个。看，桑托万！她自己做的，"香奈儿说，"这是达萨尼的第一个作品。"

香奈儿帮达萨尼在糖果罐里装满彩虹糖，桑托万试了试糖果机。之后，达萨尼沿着月桂大道走向她家那座两家庭房子的台阶，按响了门铃（她希望给弟弟妹妹们一个惊喜）。她刚刚走到前门。

"达萨尼！达萨尼！天哪，达萨尼！"

一大群小脚丫跑下楼梯。孩子们冲向达萨尼，3 岁的莉莉穿着纸尿布跑过来。

"天哪，你这么**胖**！"达萨尼尖叫着把莉莉抛向空中，"他们**喂你吃**了什么！"

达萨尼挠莉莉的痒痒，弄得她咯咯大笑。

达萨尼擦擦眼睛。她从不记得这么高兴过。阿维亚娜去拿达萨尼的礼物。达萨尼紧紧拥抱阿维亚娜，然后放开手。两人彼此凝视着。

孩子们自己给达萨尼做了礼物：一张大纸上画着画，写着每个孩子给达萨尼的话——"我们爱你，你那么有趣"，"我想念和你一起跟着'Never Too Much'跳舞"。

海报上莉莉的名字旁写着："嗨，萨尼，我爱你。"

哈利克写的是"干啥呢"。

帕帕写的是"最好的姐姐"。

最下面是阿维亚娜写的。

"我希望进你的学校。"

第一夜，肾上腺素高涨，他们久久不能入睡。每个人都只顾说，似乎听不到别人的话，除了阿维亚娜。她听得出她姐姐的变化。第一个迹象在达萨尼刚进门时就显现了出来，当时达萨尼问莉莉："他们喂你吃了什么？"（What are they feeding you?）

几个月前达萨尼不会这样说。她不会说 are，也不会在 feeding 后面加 g 这个后鼻音。

What they feedin' you?

如果姐姐只是改了说法，阿维亚娜倒也不在意。但达萨尼不仅自己说话不一样了，还纠正弟弟妹妹们一贯的说法。

阿维亚娜说："You don't gotta do that."。（你没必要这么做。）

达萨尼纠正她说："You don't *have* to do that."。

开始的时候，弟弟妹妹们听过就算了。达萨尼从来都是发号施令的那一个。领头人回来了，孩子们非常兴奋，不在意达萨尼咬文嚼字。可是到吃饭的时候，达萨尼坚持要用叉子，他们的兴奋劲儿下去了。阿维亚娜喜欢用手吃饭，被达萨尼冷脸瞪了一眼。更让弟弟妹妹们不满的是，达萨尼拒绝洗盘子。过去的达萨尼什么都干。整个家都是她在操持。

"过去她给我们收拾，"阿维亚娜告诉我，"现在她只管她自己，别的不管。"

新达萨尼遵守的是另一个家的规矩，每个孩子都必须自己收拾自己的东西。弟弟妹妹们看着达萨尼把自己的盘子拿到水槽那里，冲干净后放好，又坐回去。

"我们在赫尔希就是这么做的。"她说。

达萨尼想把自己学会的东西传授给弟弟妹妹。"我们是这样铺床的，"她说，"你必须把枕头包在毯子里面。"接下来达萨尼教他们如何打扫。"你必须跪在地上洗地板，跪着把地板擦干。"堆在地板上的衣服是另一个注意焦点。达萨尼给弟弟妹妹们演示如何叠衣服，正如塔比莎手把手地教她。衬衫放在一摞，裤子是另一摞。阿维亚娜学着叠，达萨尼笑她："你不能那么叠！"

阿维亚娜不敢相信姐姐成了这个样子。

"你变了！"她对达萨尼说，"你简直成了白人。"

阿维亚娜与人发生摩擦时大多默默承受，但12岁的娜娜不是这样。娜娜从不肯接受失败。即使她的视力越来越差，她也从不说自己是"盲人"。就在几周前，孩子们跑到外面去玩雪，娜娜没有去。"我不喜欢让雪打到眼镜上，"她告诉一个刚好来访的ACS工作人员，"那样看不清楚。"

那位工作人员注意到莉莉现在跟着娜娜睡。娜娜取代达萨尼，成了莉莉最依赖的人。娜娜天性不服输，嫉恨达萨尼的好运气。学校的记录显示，娜娜变得"内向、心不在焉"。她经常迟到。根据那份记录，这种情况开始的时间是"她姐姐去另一个学校上学的时候"。

娜娜也想去赫尔希上学，但无上坚持让她上专门为视力受损的学生办的学校。无上多次许诺要为娜娜找一所这样的学校。

一天，时近中午，姐妹们都在起居室。莉莉爬上了达萨尼的膝盖。莉莉拿着杯子，伸手去抓达萨尼的耳朵。娜娜怎么也忍不住心中的怨恨。达萨尼从家里逃离也就罢了。但她回来又抢走莉莉简直欺人太甚。娜娜低声说了些什么，别人都没听清。达萨尼顶回去，夸大了自己最近在赫尔希的进步。

"我在学十二年级的课！"

娜娜不说话了。她知道自己的聪明令达萨尼感觉受到了威胁。

"你有多聪明？"达萨尼说，"How *you* feel?"（你以为呢？）

阿维亚娜觉得，最后这个问题——没有动词do——像是过去的达萨尼说的。她的姐姐回来了。达萨尼又开始说脏话，又晚上不睡觉，又开始狼吞虎咽地吃Takis Fuego牌的辣椒青柠口味的玉米片。

转眼间，达萨尼故态复萌。

达萨尼回家快一个星期了。4 月 6 日，她正准备睡觉，突然听到一声尖叫。

"你要死了吗？"香奈儿喊道，"莉莉！**莉莉！**"

接下来发生的事感觉既快又慢。达萨尼跑去另一个房间。香奈儿抱着莉莉僵硬的身体。莉莉的嘴角渗出血来。[21] 她尿在了身上。她无法呼吸。无上在打 911。达萨尼赶快去拿毛巾。一辆救护车停下来。达萨尼和妈妈一起冲进救护车。车门关上。

莉莉突然发病。

救护车开进斯塔滕岛大学医院时，莉莉已经恢复了意识，但医生决定让她留院观察。达萨尼在莉莉床边守了一夜，香奈儿在旁边睡在一张椅子上。第二天早上，香奈儿让达萨尼看着莉莉，自己去做戒毒治疗。

电线一端贴在莉莉的头上，另一端连着机器。机器屏幕上显示出弯弯曲曲的线。莉莉看着电视，嘴里嚼着一块鸡肉。

外面有声音。莉莉转身去听，她总是竖着耳朵。

"关上这个米老鼠！"莉莉说。

"为什么？"达萨尼问。

"声音太大了。"

"你想让我关小音量？"

"嗯，"莉莉看向门口，"我听不见妈妈说的话。"

"妈妈没有说话。"达萨尼说。

香奈儿不在。一天过去了，然后又是一夜。医生认为莉莉也许有癫痫病，需要做更多检查。香奈儿一会儿来一会儿走，达萨尼始终守在妹妹身边。

达萨尼告诉我，她宁肯睡在病房的椅子上，也不愿意回月桂大道去。她没有说为什么，只说公寓里"无聊"——达萨尼愤怒的时候一般会用这个词。

达萨尼很快就要坐大巴回赫尔希了，她称呼赫尔希用的是另一个名字。

"还有 3 天我就回家了。"达萨尼说。

达萨尼对"家"的定义经常变化，并不固定。

在赫尔希，达萨尼想念无上做饭的香味、香奈儿挂在浴室里的植物、乌龟在桶里爬动的声音。可是现在，达萨尼回到了斯塔滕岛，其他东西突显了出来。她的卧室门掉了一个合页，斜斜挂着。前门还没修好。

无上没有了他不久前信中表现出的温柔。他沉着脸走来走去，香奈儿则总在喊累。他俩为了钱大声争吵。每个月底，家里都会没有吃的。

达萨尼离开前编了一套新舞，让弟弟妹妹们能挣点钱。孩子们扛着手提录音机来到布鲁克林巴克莱中心下面繁忙的地铁站里，跟着达萨尼在碧昂斯 Love on Top 的歌声中跳舞。

人们把硬币和纸币扔到一个购物袋里。一晚上下来，孩子们挣了60 多美元。香奈儿决定让专业人员给达萨尼编辫子，还要给达萨尼买新的防滑运动鞋用于田径队训练。在达萨尼上的赫尔希学校，这些东西都是免费提供的，但香奈儿不管。她要把所有的钱都花在她最大的孩子身上。

4 月 10 日，达萨尼返校两天前和阿维亚娜一起出了门。她们坐公交车，然后乘渡轮，再换地铁。一个孩子到处走得多了，在城里各处都能行动自如。没有哪个街区是不能去的。达萨尼总能找到一个锚点：一个熟悉的汉堡王或游乐场。在哈勒姆，达萨尼的锚点是 125 街上的美发沙龙。

就是在这条人来人往的街道上，香奈儿曾经用儿童车推着达萨尼和阿维亚娜经过。那时候，她俩紧紧抓着儿童车，睁大眼睛看着周围的人群。12 年后，她们自信地快步走在这个地方。达萨尼想要莫霍克发型的辫子。剩下的钱不够给阿维亚娜编头发了，但阿维亚娜似乎并不在意。光是跟着达萨尼她就很高兴了，好像这样她就能走上达萨尼的路。

下午快 3 点时，达萨尼看到了位于一家美容院地下室的法蒂玛编发发廊那没有标识的门口。这家发廊离无家可归吸毒者栖身的一个地下通道仅隔几条街。不久后，白思豪市长宣布要清除无家可归者的这处营地和其他 79 个聚集地。[22] 自从他上任以来，无家可归危机一直如影随形，这是白思豪应对这一危机的最新举措。

两姐妹跑下台阶，进入一个没有窗户的房间。来自塞内加尔的店主法蒂玛正在给一个 12 岁的尼日利亚女孩编辫子。

法蒂玛对达萨尼和阿维亚娜点点头，手指一刻不停。若论编辫子，谁都赶不上法蒂玛，反正赫尔希学校没人比得过。达萨尼微笑着在一旁落座。她需要从几种颜色的人工合成头发中选一种编进她自己的头发里。编一次头发要用 5 个小时。

尼日利亚女孩转向阿维亚娜。

"你上几年级？"

"六年级，"阿维亚娜说，有些不好意思，"我很奇怪吧？我应该上七年级，可还在六年级，你觉得他们应该让我升班的，对吗？"

"你本来应该上七年级，"达萨尼说，"可是你知道发生了什么。"

阿维亚娜缺的课太多了。现在阿维亚娜开始表演。她假装站在马桶上，好像赫斯特小姐在到处找她。

"她走啦？"阿维亚娜说着，假装看到老师走后大松一口气。

达萨尼咯咯笑了起来。那个尼日利亚女孩不觉得有什么好笑。"那不是该笑的事。"她说。

"可是我这么做可笑吧，"阿维亚娜说，"我知道我留级了。那个不可笑。"

达萨尼站起身来。

"我告诉过你这个笨蛋去上暑期班！"达萨尼摇晃着一把塑料勺子

说，"你偏不听！"

"你从一开始在学校就应该认真听讲。"尼日利亚女孩附和说。

"我听了！"阿维亚娜说，解释说她留级是"因为我落下了好多天课"。

"不是，是因为你数学不及格。"达萨尼说。

"**也**落下了好多天课，对吧？"

"是啊，我劝你去上暑期班，"达萨尼说，"可是你猜怎么着？你根本不听。"

"你知道我在哪儿吗？"阿维亚娜说，"你知道我们住在哪儿吗？！"

房间安静下来。

"哈勒姆！哈勒姆！哈勒姆！"阿维亚娜喊道，脸涨得通红，"你个笨蛋！你知道暑期班在哪儿吗？布鲁克林，布鲁克林，布鲁克林！妈妈说她不想让我每天早上6点钟去上学……被强奸，被大卸八块装在箱子里。你闭嘴！"

"你在说气话，"达萨尼说着走向妹妹，凑近她的耳朵，"他们把你带大，你看到他们就看到了你的未来。你很快就15岁了，然后呢？"

阿维亚娜快要哭了。

"到九年级不才15岁吗？"尼日利亚女孩徒然添乱。

阿维亚娜马上就要13岁了。在斯塔滕岛那个拥挤的学校里，她是年纪最大的六年级学生。阿维亚娜想不出一个自己喜欢的老师。她各门功课刚刚及格，很快就要参加会考了，这是全州学生都要参加的标准化考试。阿维亚娜无精打采地背出考试日期：4月14日、15日和16日。

达萨尼想纠正妹妹，说阿维亚娜参加的不是"**州级**考试"。

"我参加的是州级考试！"阿维亚娜不耐烦地说，"这里不是米尔顿·赫尔希！"

刚回到赫尔希的日子总是比较难过。

杰森做了最普通的家常饭——意大利千层面，希望缓解孩子们离家返校的心情。他说："她们很多人过去 5 天没吃也没睡。"

有些女孩回来后似乎松了一口气，另一些则一脸木然。达萨尼属于回来头几天的夜里哭着睡觉，白天肿着眼皮的孩子。在家里发生的事一般都留在家里。"我们不说自己的事。"达萨尼说。

之后，悲伤开始消散。

"返校了，"达萨尼在 4 月 13 日的日记中写道，"感到有信心。"

那天早上，达萨尼醒来后吃早餐，穿好衣服，做完自己那份家务，起身去上课——这一切都是在 7 点 35 分之前完成的。

同一天早上在斯塔滕岛，达萨尼的弟弟妹妹们起晚了。香奈儿给阿维亚娜烫直头发。这虽比不上发廊编的辫子，但聊胜于无。娜娜先出门，看她走路的样子就知道她的鞋太小了。阿维亚娜在校门口附近追上了她。现在 10 点半了。她们错过了免费早餐和头两节课。

"你去商店吗？"阿维亚娜问。

"嗯，可我已经吃完了我那份。"娜娜说，她的鞋带马上要散开了。

两姐妹对香奈儿送给达萨尼的新耐克防滑鞋惊叹艳羡。在赫尔希达萨尼的壁橱里，这双鞋被束之高阁，从未穿过。达萨尼告诉自己，她没法穿这双鞋，因为穿它们不合适。接下来的几周里，达萨尼在日记中没有提到弟弟妹妹们。

达萨尼把注意力转向了一个新团体。田径队里有 135 个男女学生，大家一起训练或比赛，每周 5 次。田径队分成 6 组：跨栏、跳高跳远、铁饼铅球、撑竿跳、短跑和长跑。达萨尼对自己属于哪一组心中非常有数。教练很快就注意到了她的速度，挑选她练习 100 米冲刺、4×100米接力和推铅球。达萨尼开始在日记中记录自己跑步的时间，例如"我100 米跑了正好 13 秒"。

达萨尼相信她的速度遗传自外祖母乔安妮。乔安妮在格林堡公房区学会了短跑，可是乔安妮从未接受过训练，更没参加过比赛。除了两年前的科尔盖特竞赛，达萨尼也没有参加过比赛。那次她跑步时没有袜子，现在达萨尼有了一套田径服、一个豪华背包和一套鲜黄色的队服。她是 8 个女短跑运动员中的一个。

"那么你是最快的吗？"杰森问她。

达萨尼点点头。

"真的吗？"杰森微笑着又问。

"嗯，有一个女孩更快，"达萨尼说，"但我和她只差这么一点。"她举起两根手指，指尖并在一起。

达萨尼的教练们从不夸人。他们想让短跑运动员努力训练，而不是依赖自己天生的速度。

轻易成功是成长的大敌。一个孩子必须学会走出自己的舒适区，为追求长期目标（成为专业短跑运动员）而抑制当下的冲动（腿疼时不再训练）。只有"坚毅"的人才做得到用短期牺牲换取长期成功。"坚毅"是赫尔希学校的又一个常用词。

坚毅说到底就是坚持。这个词流行多年，在美国政治、体育、电影和文学中都很常见。在 1977 年出版的童书《仙境之桥》（*Bridge to Terabithia*）中，主角杰斯·阿伦斯（Jess Aarons）是一个农庄里的男孩，他想成为班上跑得最快的孩子。书中写道："他从来没学过跑步，但他的腿对一个 10 岁的孩子来说算是长的，而且没有人比他更坚毅。"[23]

在流行文化中，坚毅被视为内在的品质。杰斯天生坚毅。但是在教育者心中，这个词有了新的含义。这主要是从 2013 年开始的。当时，宾夕法尼亚大学的心理学教授安杰拉·达克沃思（Angela Duckworth）做了一个 TED[①] 演讲，演讲原定的标题是"成功的关键是什么？坚毅"。[24]

---

① 美国一家非营利机构，名字由技术（technology）、娱乐（entertainment）、设计（design）的首字母组成，以 TED 大会著称。——译者注

那次演讲获得了 2 200 万次以上点击观看，[25] 在教育改革者中激发了一场运动。

据达克沃思说，成功不仅依靠才能或智商，也取决于"坚毅"。[26] 达克沃思把坚毅定义为实现目标的"激情"与达成目标的"坚持"相结合的产物。没有激情，就坚持不下去；没有坚持，激情仅是昙花一现。如果一个人二者兼备，他（她）就可以达成长期目标。

达克沃思说，人可以学会变得更加坚毅。她使用"坚毅等级"来衡量这种品质。最坚毅的人不因挫折而泄气，不因新主意而分神。在达克沃思的研究对象中，最著名的有西点军校的学员、参加拼写大赛的参赛者和手握重权的首席执行官，包括亚马逊电商创始人杰夫·贝索斯（Jeff Bezos）。

达克沃思的研究对象中还有一群人不那么出名——赫尔希学校的学生。她做了一项关于"策略自控"的试点研究，一度收集过关于赫尔希高中生学习习惯的数据。[27] 2014 年 8 月，达萨尼入校 5 个月前，赫尔希学校邀请达克沃思给工作人员做了一次讲座。

达克沃思上台前，校长致辞说："我认为，赫尔希先生是'坚毅'一词的真正创造人，他远早于其他人明白这个词的意思。"[28]

达克沃思的研究和米尔顿·赫尔希早期的观点不可思议地不谋而合。1924 年，米尔顿·赫尔希说："如果一个人不喜欢自己的工作，他就不会成功；如果他热爱自己的工作，就会做得又好又多。"[29] 3 年后，米尔顿对刊名十分恰当的《成功》杂志说："你一旦开始一项工作，就要坚持下去，直到打赢战斗。"[30]

米尔顿将这称为"塑造性格"。[31] 达克沃思称其为"养成坚毅"。达克沃思建议选择一件事并把它学好，这正是米尔顿在最初的信托契约中的要求。信托契约中说，如果认为一个学生"没有能力娴熟掌握一门行当"，即可以此为理由将其开除。

可是如何教学生达到娴熟呢？达克沃思给了一些建议。赫尔希学校的宿舍家长要尽力创造"最佳条件"，给孩子们灌输"刻意练习"的纪律性。奥运选手和职业音乐家都是这样精益求精的，孩子们也可以这么做。他们必须确定"延伸目标"——那些他们暂时无法做到的事。需要给他们提供即时反馈，让他们不停地重复。目标达成后，再确立一个新的"延伸目标"。

"这个学校的学生做多少刻意练习？"达克沃思问台下的听众。

对麦奎迪夫妇来说，光是让女孩们平平安安地度过从早餐到晚餐的时间感觉就是个"延伸目标"。在赭色学生之家里，没有技艺精湛的小提琴手，也没有奥运会滑雪运动员。这并非说这样的职业高度无法企及，西雅图海鹰队[①]的进攻截锋加里·吉列姆（Garry Gilliam）就是赫尔希的明星校友。[32]达克沃思也研究过那个球队。

但吉列姆来赫尔希时才7岁，达萨尼来的时候已经到了13岁这个关键的年龄。1994年，联邦政府启动了一项名为"转向机遇"（Moving to Opportunity）的社会实验，对5个大城市中4 600多个家庭开展了研究，发给其中860家住房补贴券，让他们从公房区搬到低贫困率的街区。近20年后，研究人员又回来调查这些家庭中孩子的发展状况。

13岁之前搬家的孩子过得比较好。他们中相当多的人上了大学，收入更多，不是单身家长。13岁以后离开公房区的孩子过得就不太好了。可能他们在成长环境中受到的干扰太大，也可能早期生活已经给他们留下了印记。[33]

"开头对一个男孩后来的生活影响巨大。"米尔顿·赫尔希曾这样说。[34]

达萨尼来赫尔希上学，带来了一种不在"坚毅等级"测量范围内的技能。这种技能在很多方面与达克沃思教的恰恰相反。

---

① 美式橄榄球队。——译者注

在布鲁克林街头，高"坚毅分"意味着能够管理未知，随机应变，敢于在毫无准备的情况下尝试新东西。这种坚毅不考虑未来，只注意现在。分心是工具，不是缺点。达萨尼版的坚毅使她时刻保持警惕，确保自己的生存。它无关事情"顺利"与否，而是要求完全顺应当下，绝不出岔子。

所有这些都与达克沃思喜欢说的一句话——"坚毅是把生活当作马拉松，而不是短跑冲刺。"——背道而驰。[35]

达萨尼喜欢跑步，但她是另一种跑法。她把自己说的话写下来。

我是练短跑的。

第 32 章

"向着命运冲!"教练说。

教练没有诗兴大发,她指着远处的一个女孩,那个女孩的名字就叫命运。

达萨尼盯着命运。她们此时在离赫尔希 20 分钟车程的帕尔迈拉地区高中。太阳挂在天上,轻风吹得草叶唰唰作响。长腿的女孩们在做拉伸动作和小跑,似乎谁都比达萨尼高。

达萨尼就位了。这是她第一次参加 4×100 米接力赛。这种比赛包括 4 名运动员、一根金色接力棒和一段跑道。每个运动员跑 100 米,然后把接力棒交到下一个运动员手中。全队的表现主要靠第一棒,一般都由跑得最快的选手跑第一棒。

今天,达萨尼是第一棒。她看着手中的接力棒。无论发生什么,她都不能掉棒。"我好紧张。"她告诉教练。

"你没事。"教练有些吃惊。达萨尼很少表露感情。"你很好。"

不远处,一个穿黄马甲的人举起信号枪。大喇叭里的声音在提醒所有官员注意。

"我好紧张。"达萨尼又说。

"嘘,"教练说,"集中精力。"

吹哨了,信号枪打响。达萨尼冲了出去。

"干得好!"教练大喊,"干得——"

她的话顿住了。

"啊，我的天哪。"

达萨尼如同飞起来一样，领先其他女孩，正在跑过转弯处。她跑在最前面。

"加油，达萨尼！"一个队友喊道。

"加油，达萨尼！"另一个女孩也大叫。

达萨尼在所有其他人之前跑到了命运那里。现在到了关键时刻——她们练了一遍又一遍的交接棒。达萨尼必须喊出自己队的暗号——"Hoyt！"——告诉命运棒来了。然后命运就要起跑，同时向后伸出左臂，好让达萨尼把接力棒放在她的拇指和食指之间。如果棒掉了，她们就失去了参赛资格。

"Hoyt！"达萨尼大叫着冲向命运张开的手。接力棒成功交接，命运冲了出去。

比赛继续进行，达萨尼走向场子中间，抱着自己发疼的肚子。

"如果我跑第一，我们全队就能赢。"她气喘吁吁地说，露出大大的笑脸。

达萨尼跑赢了，也疼得龇牙咧嘴。跑步会产生这种效果，它是快乐与痛苦的混合。胜利者冲过终点线时的表情是痛苦与狂喜的混合，与分娩后的母亲不无相似。达萨尼对赢得比赛的前景无比兴奋，几乎对肚子疼甘之如饴。比赛中观众为你欢呼的时候，很容易忘掉疼痛。

训练却是另一回事。训练的时候，达萨尼愁眉苦脸，抱怨叫苦，不集中精神，总是和别人说话。热身慢跑时，教练把她调到全队前面让她领跑，这样她就不会受干扰。但又出了别的问题：达萨尼跑得太快，把其他队友甩在后面。

"慢一点，达萨尼！"一个教练喊道。

有时达萨尼干脆不参加训练。31岁的教练福纳蒂·沃德（Fonati Ward）在其他孩子身上看到过同样的情形。对这样的孩子来说，田径有两个不同的意义。心情坏的时候，它是障碍；心情好的时候，它是通道。

"我过去就是这样看田径的。"沃德说。她 7 岁时离开特伦顿的家来米尔顿·赫尔希学校上学，后来成为短跑和中跑运动员。[1] 现在她是赫尔希负责学生宿舍的生活管理员，也教跑步，是校田径队 3 位黑人教练中的一个。

"疼！"另一次训练时，达萨尼说。

"大家都疼。"一个教练喝道。

她们总是这样说。

大家都疼。咬牙忍过去。

沃德教练不明白为什么"坚毅"这个概念现在这么火。这些东西她小的时候就知道了。沃德像达克沃思做分析那样为达萨尼细细解释。"你如果开始感觉不舒服，就说明你在进步，"沃德教练说，"你退步的时候，别人在努力，那样别人就比你进步大。"

有时达萨尼似乎感觉不到疼痛。她和人打架时，对方把她的辫子连根扯掉她都注意不到。但别的时候她又很胆小。达萨尼最不喜欢打针，把去诊所视为畏途。她妈妈知道这一点，所以她告诉达萨尼扎耳洞会疼。

达萨尼决不会自愿受疼，她成长中的大部分时间都是疼痛主动找上她。达萨尼无法控制自己什么时候吃饭，能穿多暖，能否睡足整夜。她有时一睁眼就感到牙疼、肚子疼或头疼。疼痛说来就来，恰似无上突然大发雷霆，拿出皮带抽孩子们。

成人可以吃止疼片。孩子只能另想办法。达萨尼的办法是想别的事情。她记得在格林堡公园练习引体向上的时候就是这样做的。"我会把脑子清空。"她说。她会盯着远远的一点，把思想放到那里。

"你能感觉到，你的身体感受到了疼痛，但你的脑子没去想它，"达萨尼说，"我就是这么干的。"

达萨尼不久前回了趟斯塔滕岛的家。回到赫尔希后，看得出来她变了些。

达萨尼似乎无法集中精力，这引起了各位田径教练的注意。他们给了所有田径队员一个锻炼清单，要她们在春假期间完成。达萨尼回来时，清单上的锻炼一个也没打钩。她又开始说脏话，好像要故意找麻烦。4月22日，达萨尼回到赫尔希的10天后，麻烦来了。

那天下午训练完毕乘校车回宿舍时，达萨尼探身越过一个女孩向车窗外吆喝。那个女孩抱怨说达萨尼震了她的耳朵。两人吵了起来，彼此骂"婊子"和"骚货"。

达萨尼扑向那个女孩，但被人拦住了。其他学生把达萨尼拉到校车司机那里，司机已经停下车，正用对讲机寻求帮助。校园保安通知了达萨尼的宿舍家长杰森。杰森走上山，来到校车停住的地方。

"这可真是个麻烦事。"司机对杰森说。达萨尼双臂交叉抱在胸前站在那里，听着司机的叙述。她插嘴纠正司机的话时，杰森命令她"安静"。一听这话，达萨尼转身就走。

"马上回来！"杰森说。

所有人都看着达萨尼不理睬杰森，气呼呼地向宿舍走去。杰森追上她的时候，她已经坐在后凉台的秋千上，呆呆地看着院子。杰森看得出达萨尼心情很差，不想说话。杰森自己十几岁的时候也是这样，发起脾气来不管不顾。

杰森过了一段时间后才开口。

"你想说说发生了什么吗？"他说。

"你不会相信我说的，所以……"

"自从你来到这里，我从来没有对你不尊重过，"杰森说，"我要求你同样尊重我。"

杰森等着达萨尼开口。他知道"如果她觉得她的话有人听，她会平静下来"。杰森想让达萨尼把她想说的都说完，也就是说他要听"她对这件事的看法"和"描述"，以及尽可能多的"我能够得到的事实"。达萨尼的治疗师经常说，达萨尼需要"用她的话语"。

杰森也想让达萨尼思考一下她自己在这次冲突中做了什么，想想如何换一个处理方式。

"你什么意思？"达萨尼问，"要我装假吗？"

"假"是达萨尼经常用的字。礼貌是"假"，因为它隐藏了真实感情。克制也是"假"。向人竖中指则是"真"。达萨尼只要真。她喜欢说："我就是这样。要么爱我要么恨我。"

杰森听着听着，突然领悟到一点。

达萨尼喜欢痛斥别人"假"。可是这一次，她在说她自己。她的意思是，遵守赫尔希学校的行为准则是"假"。

杰森看着达萨尼。

"你知道什么是语码转换吗？"他问。

赫尔希学校的每个人都听说过语码转换：在两种不同的语言或行为"代码"之间转换的能力。对达萨尼这样的新生来说，从城市来到乡村也许感觉变化极大。用赫尔希的一位行政管理人员的话说，他们像是"来到另一个社会的移民"。他们要学习另一种说话方式（达萨尼称之为"说白人的话"）和另一种行为方式（达萨尼称之为"装假"）。

语言学家研究的第一批语码转换者中有墨西哥裔美国人，他们对语言的混合产生了"西班牙英语"（Spanglish）。[2] 其实，每个人都有一定程度的语码转换。青少年在社交媒体上就是这样，他们发短信用一种语言，说话用另一种语言。律师或银行家也是这样，他们打电话谈业务时使用的语言不同于给孩子打电话时用的语言。甚至达萨尼原来在布鲁克林的老师赫斯特小姐也是，她能够在 ain't 和 isn't 之间随意转换。

"你特别反对装假，"杰森对达萨尼说，"不过我现在告诉你，你也在做你所谓假的事。"他举例说："你在家是一种人，因为你非常清楚什么会惹怒你爸爸。"

达萨尼明白杰森的意思。在家里，她对无上说话的时候会比较小心，但对妹妹们就更大胆、更骄横。杰森说，现在达萨尼需要学会在"这个规模上、这个环境中"的语码转换。"你在这里，就得在某种意义上变成另一种人。这不会减损你作为人的本质。它不过是你的另一种表现。"

杰森说，这个表现可以说成是更"像淑女"。

达萨尼认为这个词暗含的意思就是做白人，就是要她做"双面人"。达萨尼怀疑杰森是否真的明白在白人美国和黑人美国之间转换意味着什么。

达萨尼觉得和辅导员朱莉谈论这个问题似乎更合适。朱莉不光是非裔，还是在一个白人占绝大多数的镇里工作的黑人女性。她和达萨尼每周见两次面，两人成了好朋友。

"我不可能当两个不同的人，"达萨尼告诉朱莉，"我就是这样，你必须接受我这个样子。"

朱莉用达萨尼能理解的方式回答她：你还是同样的那个人，有着同样的感情和冲动，但你决定不再头脑一热就马上行动。"这不是当双面人。"朱莉说。

达萨尼思索着这番话。它听起来像是她上电影课时学的剪辑。有些场景要删掉，那样电影看起来会更好。她对自己的想法也可以这样做，删掉某些想法，不把它们表露出来。

但那些想法会留在她的心中。

达萨尼在校车上与人争吵的两天后，她的弟弟妹妹们在斯塔滕岛紧张地看着一位 ACS 主管检查他们的公寓。

林法官命令香奈儿做毒品检测已经一个月了。香奈儿根本没有做，希望把这事糊弄过去。这事一度真的没有再提。ACS 的"进展记录"显示，孩子们的父母基本没有进展。

"他们最近一次毒品检测是在什么时候？"那位 ACS 主管写道，"结果如何？"

无上站在起居室里，看着那位主管询问孩子们，并记下他们"脸上、手上等处没有伤痕／淤青"。主管要求见帕帕，但帕帕在睡觉。主管检查了他的房间，"以确认那个孩子还活着"。她在报告中写道，"他显然还活着"，并补充说，"这家需要床"。

过去一个月里，ACS 到访了 6 次，香奈儿没有一次在家。不过，负责她家的 ACS 工作人员玛丽索尔·金特罗（Marisol Quintero）发现孩子们的情绪不错。玛雅和哈达在做作业。阿维亚娜在扫地。莉莉在玩玩具。娜娜在看电视。帕帕夸口说他"在学校的表现好多了"。

无上也准备洗心革面。他制作了传单，宣传他业余理发的时间。他按时参加美沙酮维持项目，几乎一次不落，毒品测试也是阴性。但他妻子就不同了。

香奈儿说不定什么时候回家，过一会儿又走了。她告诉无上她在"市中心"，这是他们的密语，指布鲁克林——具体来说是指富尔顿街和珍珠街交叉处那家汉堡王的后门。那一小段人行道上麇集着吸毒者、乞丐、扒手、毒贩、性工作者、皮条客和其他在监狱和街头两地循环进出的人。

无上听到"市中心"，就猜想香奈儿在吸毒。每次被问到，香奈儿总是矢口否认。只有到她戒了毒以后，她才会说真话——通常是在反思时，用过去式。**是啊，当时我在吸毒。**无上懒得再问。他只是告诉香奈儿去戒毒所，去"自首"。

"你要从头开始，明白我的意思吗？新的跑道。一张白纸，记下从此以后你做的一切。现在你可以写你自己的故事……去找个工作。我找了工作。咱们做该做的事。然后咱们像过去计划的那样搬出纽约。"

有的时候香奈儿会依从他。她上个月加入了曼哈顿西奈山贝斯以色列医院（Mount Sinai Beth Israel）的一个戒除阿片类药物依赖的门诊项目。香奈儿去报名时，向接待的咨询顾问承认最近"用了阿片类药物"，说她用卖糖果的收入买毒品。[3] 几周后，莉莉发作了癫痫。第二天早上，香奈儿离开莉莉住的医院去参加戒毒项目。第二天——4 月 8 日——早上，她退出了戒毒项目。

同一天，ACS 将她家的情况交给了"预防性部门"，这是又一种形式的检查。香奈儿把儿童保护视为"三人组"，第一个是"调查员"（ACS），然后是"法官"（家事法院），第三个是服务"提供商"。扮演"提供商"角色的是 63 个与 ACS 签了合同的非营利组织。[4]

这些非营利组织的服务勾勒出了人在儿童保护系统中经过的轨迹：从——对依然完整的家庭而言——育儿课和治疗，到把孩子从原生家庭中带走并送入寄养系统或收养家庭。大部分父母仍然拥有子女监护权的时候就开始接受这类服务，香奈儿和无上即是一例。他们起初属于"预防"案件，虽然到底预防什么并无定论。一种解释是，ACS 通过帮助父母把孩子留在家中来预防家庭破裂。另一种说法是 ACS 要预防家长虐待或忽视儿童。第三种意见是 ACS 要预防所有上述情况，同时在新闻爆出相关的恐怖报道时安抚一下汹涌的民愤。

大多数家庭都能完成服务，孩子因此免于寄养。[5]（2015 年，就是达萨尼一家开始接受预防服务那年，完成服务的家庭中只有不到 2% 在后来的 12 个月中有孩子被从父母那里带走。）纽约市寄养儿童的人数过去 20 年来大为下降，[6] ACS 在预防方面的开支却几乎增加了两倍[7]。它对各项预防服务的投资曾被誉为全国典范。[8]

然而，若如 ACS 网站所言，预防的目的是"稳住处于危机风险之中的家庭"[9]，那么联邦政府就成了实现这一目的的拦路虎。2015 年，ACS 在寄养照顾上花了大约 5.32 亿美元，[10] 比花在预防上的钱多了一倍有余。ACS 预算的 44% 左右依靠联邦资金，[11] 其中绝大部分是拨给寄养和收养服务的，却不给预防。

换言之，在西奥多·罗斯福总统的里程碑式大会宣布美国的家庭

"不应因贫困而破碎"一个多世纪后，联邦政府如今用于拆散家庭（大部分是穷人家庭）的拨款却是用于维护家庭的拨款的 10 倍。[12]

现在负责维护香奈儿一家的机构是纽约弃儿所（New York Foundling）。它的信笺抬头写着："拯救儿童。维护家庭……自 1869 年起。"

纽约弃儿所起源于第一个镀金时代，那时把孤儿叫作"弃儿"，因为他们被抛弃在街头。[13] 3 位热心救助这些孩子的罗马天主教修女在曼哈顿东 12 街开办了一家孤儿收养院，取名为纽约弃儿所。弃儿所门口放了个藤摇篮接收新生儿。有些婴儿身上带着手写的字条。

"保护好这个小宝贝，"一位母亲写道，"如果事如我愿，我会报答你们。"[14]

后来的 150 年间，弃儿所跟随美国儿童福利制度一道发展，创立了孤儿列车运动的天主教分支，并发展成一个强有力的寄养和收养机构，同时也助长了把黑人孩子留在孤儿院中的种族主义政策。[15] 怀尔德案[①]对这种做法提出疑问后，一些确凿的证据被揭露出来。弃儿所的一位管理人员做证说，20 世纪 60 年代时，育儿室的修女会把"无法确定种族"的婴儿带到美国自然历史博物馆，由那里的一位人类学家检查婴儿的肤色、颅骨大小和其他特征，以便确认婴儿的种族。[16] 黑人婴儿被收养的可能性小得多。[17]

自那以后，弃儿所逐渐演变成 21 世纪的机构，在网站上许诺"让所有的儿童、成人和家庭都有机会充分发挥潜力"。[18] 弃儿所的总部设在葛莱美西公园（Gramercy Park）附近一座闪亮的 16 层楼里，是纽约市第二大寄养服务机构，[19] 年度预算高达 1.33 亿美元，[20] 大部分来自政府合同。

弃儿所与 ACS 协同为达萨尼家制订服务计划。ACS 定了 3 个主要

---

① 此处的怀尔德指前文提到的雪莉·怀尔德。——译者注

目标：父母二人要接受戒毒治疗，香奈儿要达到心理健康和"感情稳定"，要帮助"照顾孩子、做出决定"。按照这个方针，弃儿所让他们一家加入了一个以治疗为重点的项目，为他们安排了一位同为非裔美国人的"预防工作者"约翰。

约翰自己为这一家定的目标是"增加希望，建立信任，保持参与，持续努力"。他写道，他会"从这一家的现状出发"，靠幽默、语调、同情和赞扬来实现目标。

香奈儿与预防工作者打过多年交道。理想情况下，预防工作者是家庭与 ACS 之间的缓冲，一方面与父母建立信任，另一方面解决 ACS 的关切。但在香奈儿看来，约翰所属的私人机构（弃儿所）和玛丽索尔所属的公立机构（ACS）并无二致，都是上门家访，提问题，做检查。

尽管如此，约翰还是给香奈儿留下了很不错的印象。香奈儿说，他的个子高高的，声音温和，皮肤是和阿维亚娜一样的棕色，还有一口"漂亮的白牙"。在上门做"治疗性访问"时，约翰鼓励孩子们畅所欲言。他一脸和善地听孩子们描述帕帕出走的情形。孩子们想知道当时应该怎么做才能避免出现这个麻烦。

"我看得出你们都很难过，"约翰告诉孩子们，"但我相信你们如此痛苦是因为你们觉得自己有责任。"

约翰检视了公寓各处，把需要修理的地方记了下来。他后来写道，他看得出"这是个关系紧密的家庭"。

"我无法想象这一切多么难捱，"约翰对香奈儿说，"得让人来你家里。"

哈利克扫地，擦拭，出去倒垃圾。每次香奈儿和无上吵架时他都是这样。这个 13 岁的男孩表面上在打扫卫生，其实是在走一条不可能的钢丝——他既是无上第一次婚姻留下的忠实的儿子，又是香奈儿的继子。在眼看着生母死在楼梯上很久以后，他现在成了香奈儿"家中的男人"。

哈利克有时梦想为香奈儿建造一座豪宅。豪宅有宽大的楼梯和一盏大吊灯,就像电影《小鬼当家》(Home Alone)里那样。不过哈利克的豪宅里的楼梯会旋转"一圈又一圈",还有一部电梯。"如果你想坐电梯,就坐电梯。如果你想走楼梯,就走楼梯。"

哈利克开始变声了。他戴着水钻耳环,身上的棒球夹克衫饰有**布鲁克林**的字样,在斯塔滕岛会引起有些人的盯视。哈利克每次都瞪回去,眼神不躲不闪、坚定狠厉。不过他脸上仍流露出孩子气,他的眼睛有时会发亮,嘴巴咧开一个大大的笑容。

哈利克本应上八年级,但他留了一级,读写仍只有五年级水平。按照哈利克的"个别化教育计划"(individualized education program,简称 IEP)评估,他的数学最好。根据 IEP 评估,一个孩子可以被定为有"特殊需求"。这个标签能带来一些好处,但也是一种耻辱。直到不久前,香奈儿一直不肯让 8 岁的帕帕接受评估。

IEP 把哈利克的问题总结为"情绪紊乱",于是他被送到了斯塔滕岛上一所为有认知滞后、严重情感问题和其他困难的孩子开办的"75 区学校"[①, 21]。

难以想象哈利克的学校会把培养学生的"坚毅"作为目标,更无法想象学校会给哈利克打"性格分"。按照哈利克的 IEP 评估,他"在学习过于困难时会变得非常沮丧",可能会"干脆去睡觉","即使在他似乎游刃有余的情况下也会对自己的能力生出怀疑"。哈利克"如果能学会在受到别人挑衅时控制自己的情绪和行为,那将对他有好处"。

这年春天的一个下午,哈利克和一个同学吵架后发了火。他想离开教室,被老师扭住"摔到了地上",[22] 之后被送上了救护车。斯塔滕岛

---

① 纽约市共有 61 所 75 区学校,专门为有各类身体和精神残疾的儿童提供特殊教育,学校位于纽约各地,"75 区"并不是行政上的区划。——译者注

大学医院急诊室的一位助理医师诊断哈利克有"疑病症"。这意味着他可以出院，不必经过精神病医生的检查。

哈利克拿到了出院文件。

"你因悲伤反应（悲痛）接受了诊疗。"[23]

这种反应是对"悲剧性或悲伤事件"的"自然反应"。给出的例子包括"失去宠物"、"离婚"和丢失"个人财产"。

医院的出院指引说，哈利克如果感到"悲伤"，应该对"精神病医生、心理辅导员或支持小组"说出来。如果"悲伤反应"没有"你想象的那么快消失"，哈利克应"立即"就医。

哈利克自己出了院，坐公交车回了家。

达萨尼因为在校车上的那次吵架还在禁足中。学生之家的其他人都去参加周末远足了，达萨尼却不能去。她告诉自己没关系。

"我不喜欢虫子，不喜欢树林。岩石、脏水、短裤，都不喜欢。"

星期天早上，达萨尼拿起电话。香奈儿把所有孩子叫到一起接电话，除了还在睡觉的莉莉宝宝。

"跟达萨尼说嗨！"香奈儿说。

听到达萨尼的名字，莉莉睁开了眼睛。她要拿电话。

"嗨，萨尼，"莉莉说，"你为什么离开我？"

达萨尼试图解释。

"可是你走了，"莉莉毫不放松，"你没有给我弄奶。"

过了一会儿。

"我恨你。"莉莉说。

4天后，生日季开始了。达萨尼在日记里记下了这件事。她不再写"你"，好似弟弟妹妹们能看到一样。她现在使用第三人称。今天是阿维亚娜的生日。"她13岁了。真希望现在能见到她，但明天是5月的第一天，是学生之家一个朋友的生日。"

这年春天，达萨尼迎来了大爆发。她在 3 次赛跑中拔得头筹。她尝试了许多新事物，如划皮划艇（"再也不做了"）、射箭（"我射中了一个红心"）、一个"读了很多书的"星期二、攀岩、一次真人音乐剧《西区故事》（*West Side Story*）（"我觉得唱得太多了"）、一次幼年童子军野餐，还吃了自制的冰激凌。达萨尼鼓起勇气坐了赫尔希主题公园里最吓人的过山车"冲向天际"。"我觉得我要死了，因为我的脚挨不到地面。"5 月 14 日田径赛季结束时办了一个比萨派对，达萨尼用她母亲一贯嘲笑的词说，派对"棒极了"。

达萨尼在为上高中做准备。她一直以来都在想象这个时刻。达萨尼希望感到自己"被接受"。她想穿着最漂亮的裙子参加返校活动。她在争取参加啦啦队。一旦加入，她成为受欢迎的人物就板上钉钉了。

不过高中也带来了新一轮的变化。达萨尼必须去离现在的校园 2 英里以外的新校园。她要被分配去高中生住的另一个学生之家。可她已经习惯了麦奎迪夫妇。

"我不想走。"达萨尼说。

这种感觉通常会过去，正如心中的愤怒一样。达萨尼正学着通过捏橡皮泥来发泄愤怒。她的书包里带着两罐橡皮泥。这个办法是朱莉教给她的。朱莉"激励我去做我不想做的事"。达萨尼学会了在想骂人的时候停住问问自己："如果我说出来，会惹多大麻烦？"

达萨尼不仅必须"用自己的话语"，而且是用对的话语。不然她可以默不作声，伸手到背包里去紧紧捏住橡皮泥。达萨尼不认为这是语码转换，因为"转换"一词有欺骗的含义。朱莉称之为"换频道"，达萨尼觉得这么说比较好，和看电视一样。

如果 3 天后达萨尼能够"换频道"回到斯塔滕岛，她会看到警车开到她家门口停下来。她会看到弟弟妹妹们挤在窗前，然后缩回去躲起来。

"我是你的主人，骚货！"楼下邻居用他儿子的自行车砸破窗户后嘶喊道。整个早上，那个人一直在砸家具。一个砸坏了的五斗柜和两台平板电视被扔到前院。阿维亚娜和其他孩子听着，希望楼下的男孩们平安无事。"他把火全撒在孩子身上。"8岁的哈达说。

外面的台阶上，香奈儿在抽烟，头上一群麻雀在树枝间喳喳地叫。鸟叫得有些吵。警察到了。

香奈儿一边看着警官们检查被砸烂的东西一边说："只要开始砸电视，你就知道关系完了。"香奈儿瞟了一眼那个男人的妻子，她正在和一名警官交谈。

"他抓住了你，是吗？"警官问。

"嗯，我们动了手，我被割伤了。"男人的妻子捧着受伤的手臂答道。

"然后他骑上摩托车离开了？"

妻子点点头，说那辆摩托车是"全黑的"。

"妈妈，是黑色和**金色**的。"最小的男孩说。两位警官听后跳进车里，开车去寻找那男孩的父亲。

达萨尼的弟弟妹妹们拿着一个篮球走出门外。帕帕拍着球和大家一起经过一个白胡子男人身边，那人穿的T恤衫上印着**我还没死**。他抽着大麻烟，心不在焉地对孩子们露出微笑。一个小时后，孩子们回到家，看到两个男孩正站在他们家被砸坏的电视旁。

"看，帕帕，我能爬树！"一个男孩说。

"你爸爸怎么回事？"帕帕问。

"他把所有的玻璃杯都向我们砸过来。然后他一拳砸坏了电视。两台都砸坏了。你听到玻璃碎的响声了吧？就是他干的。"

一个男孩抬起腿来，给帕帕看割破的口子。

"我的腿就是这么破的。"

"该死。"帕帕听起来像个大孩子。他安抚地看向那个男孩，似乎在说："会没事的。"可是帕帕走开的时候摇着头。有些家庭真够倒霉的。"我替他糟心。"帕帕告诉我。

很快，砸坏的电视被运走了，打破的窗户被用木板封了起来。到 5 月底，达萨尼家已经有一半以上的孩子过完了生日。哈利克现在 14 岁了。该轮到达萨尼过生日了。

在这个生日之前，达萨尼过生日从来没有离开家过。她上次生日派对是两年前在谢丽家。那次，一切都像魔术一样完美——自家做的菜，孩子们赤着脚跳舞，还有从路玛超市偷来的蛋糕。

达萨尼还记得自己吹蜡烛时弟弟妹妹们围在她身边。香奈儿一边教她切蛋糕一边说，**不用切得一点不差。**

赫尔希学校的面包房每周做大约 50 个蛋糕。达萨尼必须给自己 14 岁生日的蛋糕挑一种口味，此外还有一张礼物"心愿单"。达萨尼从未做过这样的选择，所以她只拉了个短短的单子：她想要香草口味的蛋糕，还有一本填色簿、一些铅笔和一个手链制作套件。

达萨尼想在生日晚餐上吃 Chef Boyardee 牌子的罐头。她想念直接就着罐头吃的那种感觉。塔比莎叫了和 Chef Boyardee 最近似的菜：一盒加肉酱的意式饺子。5 月 26 日，餐厅里挂着横幅，飘着气球，女孩们适时地唱起生日歌。达萨尼吹灭了所有 14 根蜡烛，每吹灭一根后都停下来吸口气。

"好，"塔比莎说，"你想要角上的一块，还是想要中间的一块？"

"呃，请给我角上的一块，"达萨尼说，"谢谢。"

塔比莎切开蛋糕，她 11 岁的儿子特里斯坦宣布有 4 种口味的冰激凌可供选择：麋鹿踪迹（moose tracks）[①]、巧克力碎曲奇、咖啡豆和一种叫"布朗克斯轰炸机圣代"的口味。达萨尼有些局促地挑了"布朗克斯那种"。

达萨尼瞪大眼睛看着面前的一大堆礼物。她先看生日贺卡。一张卡

---

① 咖啡味中略带香甜的口味。——译者注

来自校长办公室，上面有电脑打印的古尔特先生的亲笔签名。另一张卡上有学生之家女孩里 10 个人的签名，还画着心、笑脸和 5 种字样的"我爱你"。

"生日快乐，最好的朋友。"卡利写道。

礼物是按照达萨尼的心愿单准备的，但加了料：一个豪华手链制作套件、几包金属外壳的铅笔和 SuperTips 牌的粗头颜色笔，还有一本 Techellations 成人填色簿，里面是几何图形，还附带一副 3D 眼镜。

晚上 7 点 50 分，香奈儿的电话到了。

"你猜怎么着？"达萨尼告诉妈妈，"他们给了我一个做手链的盒子，有线绳和珠子，你可以自己做手链……"达萨尼又介绍了她收到的其他礼物，说着说着语速就慢了下来，好像有个念头令她不安似的。

达萨尼不说话了，只是她妈妈不停地说。

两周后的一天，哈利克突然摔倒在地，鼻子喷出鲜血。[24] 他父亲赶快跑过来。哈利克的眼睛紧闭。

"你怎么了？"无上抱着儿子大喊。

哈利克动了动，低声说他"吸了 K2"。K2 是无上卷在香烟里抽的一种合成大麻。与大麻不同，K2 检测不出来。[25] 所以吸 K2 既能享受那种晕乎乎的快感，又能逃过 ACS 的检查。K2 还比大麻便宜，因此在街头很流行。

哈利克在厨房炉子旁边发现了扔在地上的大麻烟。他偷偷躲在卫生间里吸，结果昏倒了。现在，哈利克全身都在发抖。

"他要死了！"无上尖叫。

"没有，他不会死，"香奈儿说，"他就是吸晕了。"

香奈儿打了 911 后把水泼在哈利克脸上，然后把哈利克抱在胸前，开始背诵"法谛海哈"（Fatiha），这是香奈儿会用阿拉伯语背诵的唯一一段穆斯林祈祷词。无上对儿子大吼："我要揍死你！我要揍出你的屎来！你他妈吸那玩意儿干什么？"

急救人员到了，香奈儿爬进救护车，陪同哈利克去了里士满大学医疗中心。这是这一年1月以来她第四次有孩子被送进医院。香奈儿坐在急诊室里，眼皮沉得抬不起来。医院工作人员观察后认为她"处于吸毒的迷幻状态"，"无法正常活动"，于是报告了ACS。

凌晨3点左右，香奈儿回到家，告诉无上她几个小时后会回医院去。可是她失踪了，留下无上一个人在家里守着孩子们，也留下哈利克一个人孤零零地在医院。

哈利克醒了，觉得自己在做噩梦。他身上盖着被单。他四处看看拥挤不堪、空气沉滞的急诊室。一个女精神病患者躺在离他不远的一张病床上，双臂乱舞，嘶喊着"别缠着我！"。

此时，我接到香奈儿的短信后已经到了医院。哈利克的身体由电线连在一架哔哔作响的机器上。哈利克看着屏幕上3条不同颜色的线上上下下地动着。负责照料哈利克的医疗助理说，那些线监测着"他的脉搏、血氧和血压"。未成年人不能无人陪伴，所以这位医疗助理从早上7点就待在这儿了。

一位ACS的工作人员也来过，她注意到了香奈儿不在，并问哈利克发生了什么事。哈利克说他吸了"3口"卷了K2的香烟，是朋友给他的。那位工作人员追问细节时，哈利克说K2是"公园山的德尔克"（Durk from Park Hill）给他的。工作人员在笔记里拼出的名字是D-E-R-K，显然不知道哈利克没有这么个朋友，而利尔·德尔克（Lil Durk）是他最喜欢的说唱歌手之一。

哈利克拒绝吃饭。他想给香奈儿打电话，但香奈儿的手机关机了。医疗助理温柔地看着哈利克。

"我忍不住要说，"她说，"因为我作为母亲不得不说，你做的每一个决定都会以这样或那样的方式对你的母亲产生影响。"

哈利克看了一眼这个女人。她41岁，古铜色皮肤，头发剪得短短的。她的声音有一种抚慰人心的效果，三角形的金耳环在她说话时一摇一晃的。

"我只有两个孩子。我——我无法想象有 8 个孩子，"医疗助理开口说，"那得是个坚强的人，也得是个很有耐心的人。你每一次陷入麻烦，都是在考验她的耐心。我是在贫民区长大的，所以我不是那种老古板，知道吗？那些人并不真的知道其实是怎么回事。**我知道**是怎么回事。可是你知道吗？我做了我的选择。我做了我的选择。我不要变成那个样子。你懂我的意思吗？我做了我必须做的，才有了今天。"

哈利克的嘴巴噘向左边，他表示怀疑的时候就是这副表情。

"这不是童话故事，"那位医疗助理接着说，"我做的事都是反着来的。"

她在斯塔滕岛北岸长大，怀孕后从大学辍学。最终，她上了培养医疗助理的技校，生活才走上正轨。

"我仍然有点不敢相信我能在这里工作。"她笑呵呵地说。

哈利克用叉子有一下没一下地戳着盘中的食物。那个疯女人又开始叫嚷了。哈利克敢肯定自己见过她。今年 1 月帕帕进医院的时候，有个女人进了急诊室，和这个疯女人长得一样，偏执妄想的声音也一样——"放我出去！"

"**放我出去！**"

哈利克尽量不去理她。K2 尚未完全排出他的体外，令他烦躁易怒。

"你可以改变这一切，"医疗助理说，"因为你躺在这里有很多时间思考！"

接下来她抓住哈利克的被单作为强调：如果哈利克被逮捕，"那会影响你以后的工作……这是实实在在的！我知道你看着我，心想，'哦，这个女人'。但这是实实在在的。我——我不会对你撒谎。我根本不会对你撒谎"。

几英尺外，另一个病人号叫起来。这个人很快就开始乱打乱闹，把警察招到了急诊室。

"你已经有两方面不利于你了，"医疗助理接着说，"你是男的，又是黑人。**这不是明摆着吗?** 不会有大门魔术般地为你打开。你必须自己把门推开。"

那疯女人的病床周围的帘子被拉上了。她仍在哭叫。

"这纯粹是选择的问题，"医疗助理说，"我总是这么说。我们都有选择。"

"选择"这个词哈利克听过不知多少遍，是他听熟了的套话的一部分。正确的"选择"能让哈利克"克服困难"或"打破循环"，以"改变常规"，让其他人追随他的"脚步"。这些话听着很好，但都是抽象概念。

哈利克不善于抽象思维，他善于对具体事实做出反应。哈利克问医疗助理住在哪个公房区，还说自己住在斯特普尔顿。

"我不敢去那个地方。"那女人说。

帘子后面又响起了哭喊声。

"放我出去!"

哈利克翻了个白眼。"她为什么不吃药?"他说。

谁都找不到香奈儿。现在已经是中午 12 点 35 分，ACS 的人到了她家。只有无上在家看着莉莉。其他的孩子在上学，哈利克还在医院。

无上看着 ACS 的玛丽索尔。这次她是有备而来：护士观察到香奈儿在医院"无法正常活动"，最近的检测结果显示无上吸了大麻。

"这是我第一次犯规。"无上恳求说。他的医疗记录也证明了这一点：他在连续 18 个月的时间内接受了 53 次毒品检测，每次的结果都是阴性。[26]无上告诉玛丽索尔，他最近在一次烧烤时松懈了，抽了"几口大麻"。无上知道"错了"，发誓"再也不犯"。

ACS 关注的不是这个，而是香奈儿的违规行为：她不肯做毒品检测，也没有坚持参加美沙酮戒毒项目。衡量了各种选项后，ACS 的工作人员决定只让无上一人照管孩子。

ACS 提出紧急动议，请林法官暂时不准香奈儿回家。将近 4 年前的情况再次重演：2011 年，香奈儿因涉毒罪名被逮捕后曾被迫离开奥本收容所。

ACS 处理的案子经常只有一个家长。如果家中有两个成人，但只有一个是安全隐患，那么 ACS 一般会把这个人（在这个案子里是香奈儿）赶走，而不是把孩子们从家中带走。赶走一个家长几乎总是比拆散一个家庭造成的痛苦小。[27]

无上如果与 ACS 合作，就能保住孩子们。今天，他必须参加一次紧急法院会议。ACS 已经为孩子们做好了安排。无上在法院开会时，他家的预防工作者约翰会去接孩子们放学，"因为孩子们认识他，不会惊慌"，然后由一位主管带孩子去 ACS 的办公室，无上法院的事完了以后来接他们。

无上想找到香奈儿，但香奈儿的手机一直打不通。

大约下午 3 点，香奈儿来到医院。哈利克仍在观察中，我陪在他旁边。医院的大门关了，谁也进不来。事实上，哈利克病床附近那个好斗的男人闹得整座大楼都封闭了。现在那个病人的周围拉上了帘子，但哈利克仍然听得到他的声音。

"是他们打的我！"那人嘶吼着，"你们警察他妈的死定了！你们都他妈死定了！"陪着他的是个女人，也是满口污言秽语。来了一群人。有人按住了那人——他是白人。"我有心脏病！"他对警官们——其中有一名棕色皮肤的警官——大叫，"你他妈死定了，黑鬼。"

在外面，香奈儿等啊等。无上那些十万火急的信息她一条都没看到。

第 33 章

无上在法官面前起立。

"你知道吗，你的——"

林法官停顿了一下，好像不能确定是否应该说"妻子"。没人以为香奈儿和无上是结了婚的。

"孩子的**母亲**，"法官接着说，"把事情搞砸了，知道吗？"

无上懒得告诉法官香奈儿是哈利克的继母。

"所以，在她改过自新之前，"林法官说，"她不能回家。知道吗？"

"听到了。"

林法官解释说，他会"释放"孩子们，把他们交给无上，条件是无上必须"强制执行"法院针对香奈儿的临时保护令，让她"远离孩子们"。

"如果你没有做到，故意违背这个命令，我可以认定你藐视法庭，判你 6 个月监禁，"法官说，"另外，里士满县的区检察官也可以对你提起刑事诉讼，以你违反家事法院法官的命令为由要求判处你监禁。这是除了我对你做出的藐视法庭判决之外另加的。你明白吗？"

"明白，先生。"

"那么，如果孩子的母亲来敲门，想见孩子，你不能开门。如果她继续敲门，你有权打 911。我很抱歉这么说，但她会被逮捕。"

无上沉默地听着。他发给香奈儿的那些短信石沉大海。林法官说，法院令"不是说你不能和孩子的母亲联系。你只是不能让母亲接触到孩子们"。

"你明白吗？"法官问。

"明白，法官大人。"

香奈儿看到无上发来的那些短信时，已经太晚了。

"他们拿走了我的孩子，"香奈儿在斯塔滕岛的公寓外面告诉我，"他们要把孩子们分开……他们要把孩子们全都分开，伙计。"

香奈儿赶到法院时，会已经开完了。她在法院外看到了她的律师约斯特。约斯特在公文箱里翻出法院令交给香奈儿。法院给了她5天的时间，要她加入一个戒毒项目并接受毒品检测。香奈儿赶去ACS区办事处，她的孩子们在5楼的一个游戏室里。

香奈儿走进电梯，按下了标着5的键。她的心跳得很快。5在"百分之五国"的数学里意味着"权力"。现在ACS是有权力的那个。电梯上到5层，门打开了。

孩子们拥到母亲身边。帕帕不说话。玛雅吮吸着两根手指。香奈儿注意着他们身上的每一点小事，抚平他们的头发，告诉哈达"整理好裤子"。这些是任何母亲都会说的话。香奈儿也以同样自然的语调说出了下面的话。

"我没法把你们都带走。"

孩子们安静下来。其实她谁也带不走。孩子们必须等他们的父亲来。

电视上播放着卡通片。

"但我可以和你们都说一会儿话，"香奈儿故意装得若无其事，"我不会走。我就在附近。"她的声音非常平稳，令人放心。小一点的孩子们平静了下来。

但阿维亚娜知道是怎么回事。她年纪够大，记得她妈妈第一次离开家的情形。阿维亚娜走向香奈儿，身子靠过去。她俩的额头碰到一起。

"就像上次一样。"香奈儿悄声说。

"我知道。"阿维亚娜说。

外面天黑了。

"这会是我这辈子最长的一夜。"香奈儿说。

香奈儿无处可去。若是她妈妈乔安妮还活着，她会去乔安妮那里。若是谢丽没有失去房子，没有去匹兹堡，她也可以去谢丽那里。香奈儿的哥哥拉蒙特和沙梅尔还在布鲁克林，但是他们多年来与香奈儿关系冷淡。

香奈儿可以在地铁上过夜。但她最终选择了在格林堡的街上游荡。香奈儿没钱了。她很少用"没钱"这个词，虽然她听白人用过。他们会说，**我没钱了**，似乎在表示一种暂时的情况。一个艺术家喝不到 5 美元一杯的拿铁会觉得万念俱灰，对此香奈儿并不怀疑。很多纽约人有时会觉得"没钱"，他们随口说出这个词，并未想到它的词源：没钱（broke）意味着被压垮（broken）。

香奈儿向奥本收容所的方向走去，那里的街灯投下她熟悉的光晕。她在收容所的铁门前驻足停留。4 年前，ACS 第一次把她和家人分开的时候，她就站在这里。那时她来到收容所边上，知道她的孩子们就在里面。

今天，没有孩子住在收容所里。自去年起，市里花了超过 100 万美元翻修奥本，[1] 把它改成了成人收容所。香奈儿转过身去，溜溜达达地走进公房区。如果人们认为她处境艰难，就会对她关上大门。但如果她行若无事地出现，他们就可能同意让她在沙发上过夜。香奈儿在乔安妮儿时的一位朋友那儿住了几夜，然后住到一个男人那里，那人的儿子被 ACS 带走了。

白天，香奈儿在街头游荡。她无法思考，头脑一片混沌。她不断地给无上发短信，却得不到回复。除了她有病的膝盖，香奈儿整个人都麻木了。膝盖的疼痛如电击般向上冲。

一辆偷来的花旗共享单车（Citi Bike）帮了她的忙。公房区很少有人使用这种著名的共享单车，因为用一天需要付 101 美元的押金。[2] 今天这辆单车是香奈儿已故母亲的朋友"借"给她的。

"我都忘了我会骑车了！"香奈儿说。

她骑上车，膝盖就不疼了。

香奈儿沿着大西洋大道迎风骑行。她只要动着，悲伤就轻一些。突然，她看到了一个市中心的朋友。

"来呀，芭芭拉！"香奈儿喊道，"坐到车后座上来！"

从远处看，芭芭拉像个孩子。她又矮又瘦，笑起来声音尖锐急促。她自己的孩子被带走送入了寄养系统。[3] 现年 53 岁的芭芭拉无家可归，经常处于吸毒的亢奋状态。

"我这辈子从没骑过自行车！"芭芭拉怒声说。

"闭嘴，上车。"香奈儿说。

芭芭拉慢慢地爬上车座，立即和香奈儿一同摔倒在地上。

芭芭拉和香奈儿不同，她爱哭。她开始控制不住地哭泣，引得路人驻足观看。

"嘿，芭芭拉，**起来**。"香奈儿恨恨地说。

香奈儿现在最怕一个人独处。在这个意义上，芭芭拉是她的安慰剂。芭芭拉知道失去孩子是什么滋味，她也知道总是动着会有帮助。她会陪着香奈儿到处走。

她们的第一站是布鲁克林医院中心，那是达萨尼出生的地方，也是乔安妮去世的地方。香奈儿的膝盖疼得实在受不了了。晚上 9 点 47 分，她进了急诊室。护士记录显示，陪香奈儿来就医的是她的一位"阿姨"。

"你走了很多路吗？"一位住院医师检查了香奈儿的膝盖后问。香奈儿膝盖的软骨已经磨光，只剩骨头了。医生诊断她是"髌骨过分磨损", 而且"很可能有骨关节炎"。⁴ 医生说香奈儿必须换膝盖。这本是个坏消息, 但香奈儿觉得它似乎与自己不相干。那种感觉犹如在一场龙卷风夷平了她的房子后收到一封信, 说她需要换新屋顶。

住院医师给香奈儿打了一针消炎止痛的"痛力克"就让她出院了。香奈儿趁无人看见, 顺走了两条医院床单。今天夜里, 她和芭芭拉得露宿街头。她们走到格林堡公园。累得只想躺下。

突然, 一张床出现了。

在大部分人看来, 它的样子并不像床。严格来说, 它是一座雕塑, 用两个塑料化粪池拼成一颗开放的心的形状。雕塑的创作者是红钩区一个名叫 Stereotank 的设计室。这个设计室希望"用参与性的物品给使用者提供参与、娱乐和教育的机会, 借此让公共空间活起来"。⁵ 这座名叫"心座"(HeartSeat)的雕塑过去是一个"沉浸式"音响装置, 会发出心脏跳动的声音。

所幸现在雕塑是安静的。香奈儿想睡觉。

心形雕塑两半的下方各有一条长凳。合作创作这个项目的纽约建筑联盟在网站上将其描述为"用心的——实际与概念上的——'开放'拥抱公众, 同时可以遮风挡雨"。

香奈儿占了"心座"的一半, 芭芭拉占了另一半, 并排躺在同一颗心的两个心室里。她们彼此看不见, 但仍然可以聊天。芭芭拉觉得睡在这里比睡纸板箱强。香奈儿闭上了眼。

开始下雨了。

"到这边来,"香奈儿叫芭芭拉,"好冷。"

芭芭拉赶快跑到"心座"香奈儿的一边。她们蜷缩在一张潮湿的医院被单下。很快, 这两个无家可归的母亲睡熟了。

"我给你们打电话但没人接。"达萨尼在 2015 年 6 月 4 日的日记里潦草地写道。

达萨尼恢复了直接称呼弟弟妹妹们的做法，仿佛他们在读她的日记。今天是哈达的生日。她9岁了。然后就该是娜娜的13岁生日。

夏天马上要到了，14岁的达萨尼进了啦啦队。啦啦队很快就要开始训练，高中也要开始了。6月12日早晨，达萨尼跳下床，穿上她最喜欢的西装上衣和短裙，用一根白发带把头发拢在脑后。

还有几个小时达萨尼就要从赫尔希中学初中毕业了。她努力不去想那些要出席的家长。赫尔希的学生固然都来自穷困家庭，但也分三六九等。有些家庭买得起长途汽车票来参加毕业典礼，香奈儿买不起。

达萨尼还没听到家里的消息，还不知道她母亲被ACS赶出了家。她只知道不必在观众群中寻找香奈儿。下午1点27分，达萨尼紧张地微笑着走过舞台，台下别人的妈妈在为她欢呼，塔莎是其中之一。

在照相机闪光灯的闪耀下，达萨尼接过毕业证书。

在斯塔滕岛，时间已过中午。

哈利克在打扫。就在昨天，一个ACS的工作人员从医院把他接到了区办事处。那时，香奈儿已经和孩子们告了别，孩子们也跟着父亲离开ACS大楼回到了家中。他们挤在无上的卧室里看金州勇士队与克利夫兰骑士队篮球赛的电视转播。无上想等待一个合适的时机把香奈儿的事告诉孩子们。可是总等不到这样的时机，最后他干脆直说了。

"不准妈妈再进这个家了。如果她来，我就会被抓起来。"

孩子们睁大眼睛望着他，似乎在问，**然后呢？**

"然后你们都要被带走，"无上继续说，"分散到不同的寄养家庭里去。"

无上不粉饰太平。他想让孩子们明白形势的严重性。决不能再出错，包括他自己。他必须坚持参加戒毒治疗项目。孩子们必须听话。房子必须总是保持清洁。如果香奈儿试图回来，大家都知道会发生什么。

于是哈利克不停地打扫。现在快下午2点了。屋子里一股清洁剂味。莉莉跟跟跄跄地走来走去，一脸茫然。她妈妈的衣服摞成一堆。床单上还有妈妈的气味。

无上认为一切都是香奈儿的错。她本该"自首"去戒毒。无上对我说，是"她的错"。"她还不承认。如果她做了她该做的事，这一切本来是可以避免的。"

香奈儿的看法恰好相反。

她被迫离家是因为无上的（而不是她的）儿子哈利克吸了无上的（而不是她的）K2大麻烟，然后无上（而不是她）被检出大麻阳性。就ACS所知，香奈儿可能没有吸毒。他们还没拿到她的检测结果。

香奈儿以前也被赶出来过，但那是在她被指控犯了毒品罪，遭到逮捕之后。香奈儿开始纳闷，斯塔滕岛是不是和布鲁克林的规矩不一样。ACS和它服务的纽约市一样庞大。每个区的办事处必然反映所在区的特点。

6月15日，香奈儿来到斯塔滕岛的一家美沙酮诊所，对接待员说："他们带走了我的孩子。"

"欢迎来到斯塔滕岛，"那个女人答道，"欢迎来到这个种族主义破岛。"

那天下午晚些时候，香奈儿来到家里的公寓。她想拿些衣服，偷偷地抱抱孩子们。香奈儿不明白无上为什么不准她这么做。

香奈儿按下门铃，违背了法院的限制令。

"孩子们在家呢！"无上从窗口对她喊，"你不能上楼。"

"你说什么呢？"香奈儿大喊，"你不让我看孩子吗？"

"你根本就不该来！"无上也喊，然后从窗口消失了。香奈儿狠狠瞪着窗口。

无上在打911。

香奈儿惊呆了。她对无上只能想到三个字：他疯了。她低声说了一遍又一遍。"他疯了。他疯了。"

香奈儿想出了一个办法：她要夺回对孩子们的监护权，把无上赶出家门，把"他的孩子"哈利克和娜娜一起赶走。

明天是娜娜的生日。

"我什么都不给她。让他去管，让他去管，让他**感受**一下那种感觉。你他妈得出去想辙。让他去管。"

* * *

第二天早上，香奈儿走进家事法院。她带着一份文件，证明她已经加入了一个美沙酮治疗项目。她也做了尿检，结果还没出来。

"头发毛囊检测呢？"林法官问。

坐在香奈儿身旁的律师约斯特似乎不知该说什么。香奈儿靠过去小声提醒他。约斯特大声重复了香奈儿说的话："她今天就去做。"

这种腹语式的答话继续着。从她孩子们的年龄到 ACS 陈述中的漏洞，都是香奈儿引导约斯特作答，仿佛香奈儿躲在她西装革履的白人律师后面自己为自己辩护。香奈儿计划说服法官今天让她回家。如果她的毒品检测结果是阳性的，她会立即登记住院治疗。

林法官没有被说服。

"我倒是想让她回家，但没有头发毛囊检测结果不行。如果她不完全遵守治疗，或者检测结果不是阴性，那也不行，"法官说，"这是底线。"

头发检测可以最多查出 90 天前是否吸过毒，比尿检追溯的时间长得多（尿检也容易被做手脚）。[6]做头发毛囊检测需要拿一段接近头皮的头发来检测代谢物，可以测出人体从血液中吸收的微量毒品残余。[7]

但对非裔美国人来说，这种检测有个严重的缺陷，那就是联邦政府的研究人员和其他科学家口中的"发色偏向"。[8]黑人毛发中一般含黑色素较多，而黑色素吸收的代谢物多，有时甚至会从环境中吸收。[9]这意味着一个黑人哪怕没有吸毒，只要和一个吸快克的人在一个房间里待过，检测也可能会呈阳性。

眼下，香奈儿最大的担忧是时间。即使她做了头发检测，下次出庭也得等到 8 月 11 日，这意味着她的孩子们至少还有两个月见不到妈妈。约斯特请求法院重新考虑。林法官有些犹豫，说"夏天到了"，还提到自己有"休假安排"。

一听"休假"二字，香奈儿忘了该有的规矩。她本不应直接对法官说话，但她冲口而出。

"我有个 3 岁的孩子！我现在流浪街头！"

香奈儿哭了起来。

林法官要书记员看看日历上有没有更早的时间。情况也许在向着有利于香奈儿的方向发展。香奈儿的律师抓住机会更详细地陈述了香奈儿的困境："她没地方去。没有人帮助她。ACS 没有帮助她——"

ACS 的律师打断他的话："恕我直言，法官大人，这个局面不是 ACS 造成的！"

香奈儿踢了一脚那女人的椅子，嘟囔着："该死的肥婆。"

她总是一下子就发火。

在法庭会议结束，香奈儿平静下来后，她才想到了对是谁"造成"了这个"局面"这一问题比较慎重的回答，而这个局面牵涉的事情太多了，在 7 分 12 秒的法庭会议上是说不完的。按 ACS 所说，这个局面概括在《家事法院法》（Family Court Act）第十条中。根据这一条，因为香奈儿在"起码的照顾"方面的"失败"，没有提供"足够的食物、衣服、住房或教育"，所以她的孩子们受到了"忽视"。

但香奈儿认为，她自己的失败只是"局面"的终点。起点是什么呢？要回答这个问题，香奈儿得从过去说起，从南方她的祖辈说起，从她那来布鲁克林之前曾在第二次世界大战中打过仗的外祖父说起。香奈儿得说起外祖父把自己的战争故事埋在心中，夜间去打扫学校。她得说起她外祖父的孩子们出生的那家医院，这是那家医院变成奥本收容所很久之前的事。她得说起 20 世纪 60 年代乔安妮在布鲁克林向警察投掷石块，爱上桑尼小子。还有 20 世纪 80 年代的快克毒窟和她死于艾滋病的两个表姐，然后是香奈儿自己从高中辍学加入血帮，染上毒瘾，因为吸毒令她感觉一切都安静了下来。是谁造成了这一切？

"这不是 ACS 造成的，"林法官回答那位律师，"是母亲造成的。我 3 月 27 日要求她去做头发毛囊检测。那是 3 个月前。做了吗？"

"法官。"香奈儿开口说。

"站起来。"约斯特告诉她。

香奈儿站起来要说话。

"你知道吗？"林法官说，"你说什么都不重要。给了你 3 个月让你做毛囊检测。真的没有任何理由。女士，你造成了这个局面。我很遗憾。你知道我为谁感到遗憾吗？为你的孩子们。因为他们的确需要你。但是他们不需要吸毒的**你**。这是底线。"

"可是法官，我能说句话吗？我参加一个戒毒项目好几年了。我只是——"

"我下了令让你去做头发毛囊检测！"

"是的。"

"你没有做，"法官说，"除非你在医院里昏迷着，否则没有任何理由。抱歉。这说明你想隐藏什么。你不应该有任何想隐藏的东西。你本应该做头发毛囊检测。那样我们今天根本不会在这里。"

法官话毕，书记员确定了 7 月中旬的新出庭日期，那是 4 周之后。

香奈儿晕晕乎乎地离开法院。她走向 ACS 区办事处，去找负责她案子的工作人员。

如果说香奈儿是个强势人物，那么玛丽索尔·金特罗这位 45 岁的 ACS 案件工作人员和她可算是旗鼓相当。

玛丽索尔在皇后区长大，她那从哥伦比亚移民过来的母亲老是提醒家里的 6 个孩子"我们能住在纽约市，能有这些东西，是多么幸运"。[10] 玛丽索尔珍视自己的好运，上班时衣着光鲜，头发梳成油光水滑的马尾辫。在约翰·杰伊刑事司法学院（John Jay College of Criminal Justice）获得硕士学位后，她于1996年入职儿童服务管理局斯塔滕岛区办事处。

玛丽索尔让人觉得直率粗鲁，如同见怪不怪的警察。这也许是因为她已经在即时反应组（Instant Response Team）干了超过15年的时间。即时反应组专门负责赶往医院调查对儿童的严重犯罪——那种涉及折手断腿、性侵，甚至死亡的犯罪。

"我们的主要目标是保障受我们帮助的儿童的安全，"玛丽索尔后来写信告诉我，"但外部世界并不总是这样看。"

今天，香奈儿要求玛丽索尔解释为什么无上吸了大麻，ACS却放了他一马。

"他们为什么不让他负责？"香奈儿怒声问。

玛丽索尔解释说，无上正在参加戒毒治疗，只有大麻一项检测呈阳性。"如果你参加过戒毒项目，你就知道出现反复也是复原的一部分。"玛丽索尔告诉香奈儿。她俩的谈话被香奈儿偷偷录了音。

两人又争了一会儿，直到玛丽索尔换了话题。

"达萨尼学期结束后怎么办？"玛丽索尔问，"她夏天会待在这里还是——"

"我不知道她会待在哪儿。"香奈儿不耐烦地说。

香奈儿还没告诉达萨尼发生的事情。她该怎么说？赫尔希学校的手册鼓励父母"报告家里高兴的消息"。香奈儿既不"高兴"也不是"家里"。她每天在地铁和渡轮上过夜。

"我无家可归。"香奈儿告诉玛丽索尔，希望能引起她的怜悯之心。香奈儿听说ACS会给她这种处境的人提供紧急财政援助。

"好吧，是这样。我知道这话听起来冷酷无情，"玛丽索尔说，"但你是成年人了。你能找到办法。"

香奈儿在地铁上过夜。

有时她坐公交车，为的是看到窗外。好心的公交车司机让她不用买票就坐车。香奈儿选择行车路线最长的——比如 15 路——公交车。15 路从曼哈顿南端一直开到北端的哈勒姆区，中途停 66 站。[11] 不同的交通方式对应着香奈儿不同的情绪。地铁呼啸向前。公交车走走停停。渡轮漂浮而行。

林法官的话总是萦绕在香奈儿耳边。

你想隐藏什么。

的确。她仍然没去做头发毛囊检测。

香奈儿不肯说为什么，只说她害怕检测。香奈儿留的脏辫花了好几年才长起来。她相信她的辫子里锁着她的整个吸毒史。毒品的痕迹留在她的头发里、她的血液中，以及她的 Medicaid 医疗保险的档案里：自 23 岁起至今，香奈儿共参加过 12 个戒毒治疗项目，包括 3 个住院项目。她至少有 17 次毒品检测呈阳性。记录表明，最后一次检测是 3 年多以前做的。

"他们不让我忘记我的过去。"香奈儿说。

但这难道仅仅是她的"过去"吗？香奈儿看得出林法官另有怀疑，ACS 也是。当然，在布鲁克林市中心的街上，香奈儿的毒瘾尽人皆知。不然她为什么经常偷东西？否则她拿什么买毒品？这些问题香奈儿不想回答。

也许她应该屈服，去住院戒毒。也许她应该像无上说的，去"自首"。香奈儿在涉及刑事犯罪的问题上曾经自首过。从 1997 年她用瓶子砸了一个警察的头以来，香奈儿被逮捕过 8 次，罪名包括偷窃、藏毒、骚扰和三级袭击。因为她没有按时出庭，还对她发布了逮捕令。

别人花钱雇律师帮自己解除麻烦。香奈儿只能靠自己，所以要"自首"。香奈儿两度在赖克斯岛监狱服刑。获释后她感到"疲惫不堪"，但自由了。

6 月 19 日，香奈儿来到曼哈顿下东区西奈山贝斯以色列医院的戒毒中心报到。再过几分钟，她就会走进去告诉接收病人的咨询顾问，"我想把阿片类药物从我的生活中清除出去"。[12] 她如果做阿片类药物、可卡因和大麻的检测，结果都会是阳性。香奈儿心里很清楚。

香奈儿在门口犹豫着，抹了把额头。她看看手机，拨了达萨尼宿舍的号码。

达萨尼刚刚随麦奎迪一家去弗吉尼亚州度假 5 天归来。度假期间他们参观了洞穴，去水上公园坐了沿橡皮筒滑下来的水滑梯。达萨尼还参加了徒步旅行，爬了树。在度假期间照的一张照片上，达萨尼抓着两根树枝，穿着运动鞋的两脚蹬在树干上，一脸的春风得意。

如果达萨尼暑假回塔滕岛，她将在一个非常拥挤、通风不足、缺乏食物的公寓里度过夏天。香奈儿不在家，没人管得住无上的脾气。达萨尼已经和麦奎迪夫妇谈了这些。他们同意达萨尼留在赫尔希。很多学生都是全年住在学校的。

达萨尼接到香奈儿的电话时，事情已经成定局。

香奈儿先说事实：和 ACS 之间出了麻烦，香奈儿被下达了临时限制令，可能不准香奈儿回家。

"我只是想让你做好最坏的准备。我不是说一定会发生这样的事。知道吗？我在等着回法院去。"香奈儿说，又说她马上要加入一个戒毒治疗项目。她现在离门口只有几英尺远。"那样的话，你知道，我就可以让他们看到我在里面在做些什么，然后我就能快点回去。"

香奈儿口中的"回去"指的是"家"，也是达萨尼想去的地方。

达萨尼哭了起来。

"我现在有难，达萨尼，"已经一个星期无家可归的香奈儿说，"别呀！你至少得理解，和我配合一下……我在忙着，你不能跟我闹别扭。知道吗？你必须明白我是为你好。"

香奈儿的声音哽咽了。

"现在没有理由回家。这里没事可做，达萨尼。"

听了这话，达萨尼再也忍不住了。她要回家。她说赫尔希"无聊"（达萨尼愤怒的时候就用这个词）。

"我们哪儿都去不了！"达萨尼哭喊着，却一点没有说服力。

"你刚从弗吉尼亚回来！"香奈儿厉声反驳，"别像那些孩子一样！因为你知道你没去赫尔希的时候你**都有些什么**……你说赫尔希不好，它比你原来的地方好多了！我不懂你怎么可以如此不知感恩！我真烦了你。你怎么敢？过去你他妈的和六七个人睡一张床，现在你有了自己的地方，却这么没良心。"

香奈儿的脸涨得通红。

"这不公平，"香奈儿接着说，"对**我**不公平。"

电话那头是沉默。

"达萨尼？达萨尼！"

她女儿挂断了电话。几分钟后，香奈儿走进了戒毒中心。

在达萨尼的学生之家里，打电话没有隐私。座机在一楼的楼梯边，很容易听到别人家里发生的事。

到达萨尼挂断电话时，整座房子的人都在听。

"你没事吧？"卡利问。

"我很好。"达萨尼说。

塔比莎仔细看着她。她知道达萨尼不"好"，但目前她看起来没事。"有些孩子接到这种电话马上就崩溃了。"塔比莎说。达萨尼却一切如常，好似什么也没有发生。她做自己的那份家务，做谢恩祈祷，把自己的盘子拿到水槽那里。她玩纸牌。从她脸上看不出任何异常，从她的日记中也看不出来。

现在，她的日记本是空白的。

在斯塔滕岛，无上开始慌了。

你他妈得出去想辙。

这是香奈儿临走时留下的怨毒的话。香奈儿知道想辙弄钱是她的强项，无上不行。一切都在香奈儿名下：公寓的租赁合同、燃气和用电账单（香奈儿申请了这方面的公共援助）、全家的食品券。[13]无上现在一文不名。冰箱里的食物即将罄尽。无上的手机被停机了，他甚至不知道他的妻子刚刚进了戒毒所。

香奈儿不在，无上只能依靠他口中的"我的所谓预防工作者"。

约翰来访了7次，在弃儿所的记录里写下"家里食物不够"，而且前门坏了，他们只能"用一辆购物车堵住门，以防外人进来"。

有经济能力的家庭遇到困难时，亲戚朋友一般会提供物质帮助。他们会送来炖菜，或给医生打电话。他们的首要目的是减少处于困境的家庭的压力，因为当供电被切断或冰箱空空如也的时候，任何家庭都无法正常运转，更遑论参加心理治疗了。

但当穷人家庭进入儿童保护系统时，情形一般恰好相反。[14]父母必须参加心理治疗或学习如何教养孩子。学者多萝西·罗伯茨（Dorothy Roberts）曾指出，这种做法"掩盖了贫困家庭遭遇困难的制度性原因，把贫困首要归因于父母的缺点和疾病，而解决这些问题需要的是治疗而不是社会变革"。[15]

约翰没有带炖菜给无上，只是在6月18日来月桂大道时带了一张当地免费食品发放点的单子，还有一封参加家庭问题辅导班的推荐信。约翰和无上打过多次交道，知道他的脾气说来就来。如果正赶上无上情绪不好，约翰会被骂出门去。对无上要小心翼翼。

无上看了看约翰带来的单子。上面的免费食品发放点大多离得太远，步行走不到。无上没有地铁卡，出门还要带着7个孩子。他看着约翰。约翰脸上的轻松微笑暗示着无上难以想象的特权，例如牙齿保健和大学文凭。在约翰的世界里，一个男人喂饱自己的孩子不是什么了不得的大事。

无上盯着手里的食品分发点清单，越看越气。他很想破口大骂，但他忍住了。无上把约翰请到屋里。将近两个月前，ACS 做了一次"房屋评估"，发现两扇门"斜挂在合页上"。天花板上霉菌蔓延，洗衣机经常漏水，水流得厨房地板上到处都是。

约翰跟着无上进了门，注意到这套公寓"需要维修"。但最紧迫的问题是孩子们没有饭吃。没有食品券，因为福利办事处没有把孩子们的公共援助转到无上名下。全家只剩一盒牛奶、一包方便面、几个鸡蛋、几片火鸡熏肉和一点松饼粉。

无上以为弃儿所物资充足，紧急关头能够拿出食物来。弃儿所在当地的办事处的确显得财大气粗。就在无上家两条街开外，弃儿所摩登的 5 层大楼坐落在一个修剪整齐的小山包上，俯视着褪色的公房区。这座耗资 1 450 万美元建造的楼房有一个冥想室、几个篮球场，还有 24 个卧室供怀孕女孩、年轻母亲、离家出走的孩子和现代社会的其他弃儿使用。[16]

无上开不了口求人，特别是对另一个男人开口。他宁肯挨饿。

"我需要帮助。"无上说。

约翰在笔记中写道，看得出无上"心情沮丧"。约翰自己也是父亲。他对无上说，他只能"想象"为"怎么给孩子们弄到吃的而担心"是什么滋味。

约翰答应第二天会送来两张礼品卡——一张 10 美元的赛百味卡和一张 10 美元的麦当劳卡。第二天下午，无上等啊等。他查不了手机，因为手机仍处于停机状态。约翰请了病假，但无上不可能知道。[17]

时间缓慢地一点点过去，好似在嘲笑无上。他断定约翰是吹牛。无上最恨说话不算话。

"约翰以后不能再进这个家。"无上告诉哈利克。

几小时后，哈利克在 Instagram① 上发了一张照片，照片上他拿着一支小手枪，枪口对着镜头。哈利克在照片下方写道："敢惹我就一枪崩了你。"

第二天晨，牛奶喝光了。无上早早起床，把东西整理好。

"我要去抢劫。"他告诉哈利克。

哈利克不知该怎么回答。

"我不知道该说什么，因为没有吃的。我说：'好。'"哈利克后来告诉我，"我还说：'注意安全。'"

无上出门前，拿了一包没开包的纸尿布和一些纸巾。几分钟后，早上 7 点 52 分，无上拿着尿布和纸巾走进了布罗德街上一家叫"岛屿食品市场"的商店。[18]

无上心中权衡着两个选择。他可以抢商店，但他觉得那种事太可耻。他也可以请店主买他的东西，但店主可能会拒绝。结果无上把这两个选项合而为一。

"你要是不买这些纸巾我就杀了你。"无上对店员说。店员后来告诉警察，无上用一个看似"黑色手枪"的东西指着他。店里的摄像头录下了接下来无上和店员的一场笨口拙舌的争论。无上最后放弃了，夺门而出。很快，警笛声传来，4 辆警车响着刺耳的刹车声停住。几个警官跳了出来。

无上知道必须站着一动不动。

他离湾街只有几步之遥。上一年夏天，埃里克·加纳就死在那里，他是被一个警官勒死的，那个警官目前仍在职。现在，无上能否活命取决于他是否应付得了这些警察，"控制他们"。

"趴到墙上！"一个警官喊道。

---

① 美国著名图片分享社交网站。——编者注

无上扔掉手中的袋子，慢慢举起双手。

他们问他有没有枪。他说没有。他们搜了他的身，什么也没发现。

无上被戴上手铐脚镣带到警车那里。他双脚被脚镣锁着，只能小步小步地挪，努力不让自己摔倒。无上从来不明白为什么给人戴脚镣。在加纳活动的这个地区，有哪个戴手铐的黑人男子会企图从一群白人警察的枪口下逃走？似乎戴脚镣的唯一目的是让人感觉自己是奴隶。

警车的门开了。无上知道，他最好的机会是说服开车的警察。现在还不太晚。那个警察控制着警车。他可以向南转，开往月桂大道，而不是向北转，开往警局。也许那位警官自己也有孩子。明天就是父亲节了。

"我的孩子们自己在家里呢，"无上试探着说，"他们自己在家里。你们要是把我关起来，谁来照顾我的孩子呢，伙计？这不是什么大事。我没伤害任何人。我什么也没做。"

那个警官在120分局门口停了车。手铐勒得太紧，把无上的手腕磨得生疼。他被指控犯了威胁、骚扰和拥有武器罪（虽然没有找到武器），要在牢中过夜。准许无上打一个电话，但他无法通知孩子们，因为他们没有电话。香奈儿的手机又被戒毒中心收走了。

无上恳求警佐开恩，但得不到理睬。似乎他们只注意他的身体——手用来按手印，脸用来照收监照。无上被带进一间浅棕色的囚室，里面已经挤了4个人。地上有一摊摊的尿液。墙上贴着各种名字。之后，无上又被带到楼下的另一间囚室。他在冰冷的水泥地上躺下来，尽量不去看抹在地上的粪便。他的手因为戴手铐被勒麻了，现在针扎似的疼。

他脑子里总是转着同样的念头。

我什么都没做，不应该坐牢。不过是一点误会，一次小争吵。你知道，我需要控制情绪。但即使如此！我有孩子要照顾，这么对待我是不对的。

无上自言自语地说出声来了。

但凡这些人有一点人性，这一切就都不会发生。

夜色降临，孩子们仍在等待。他们饿得焦躁起来。阿维亚娜给他们分吃了最后的松饼。哈利克吃完了方便面。妹妹们觉得哈利克这样很自私。可是哈利克年龄最大，他说了算。哈利克提醒其他孩子，如果 ACS 的人来，他们得跑到后面的卧室里关好门。

孩子们知道如何变成隐形人。

莉莉哭了起来。

"别出声，"哈利克不停地说，"因为我们不能自己在家待着。"

他们仍然只有自己。他们看着前门。接下来的事取决于谁从那个门走进来。如果开门的是无上，那么明天的父亲节孩子们就还有父亲。碗柜里还有一些松饼粉。

如果开门的是儿童服务管理局的人，这个家就完了。

他们听着，等着。

7 个孩子就这么睡着了。他们不知道，仅仅 2 英里外，无上正在囚室里试图闭眼睡觉。他们也不知道他们的母亲在 8 英里以外一个陌生的房间里翻来覆去，忍受着阿片类药物脱瘾带来的冷热交加。

这个散落的家庭的最后一员是西边 170 英里外的达萨尼。

达萨尼也只能自己一个人睡，她的室友回家过暑假了。

第 34 章

达萨尼睡在没有月光的夜空下。入夜后的树林淹没在黑暗中，赫尔希深不见底的夜晚使达萨尼迷失。

早晨带来了光亮，但很多事并不清楚。达萨尼完全不知道她继父因试图抢劫一家杂货店而遭到逮捕。她也不知道法官在第二天早上取消了对无上拥有武器的指控，释放了他，让他在 ACS 得知此事之前安全地回到了孩子们身边。达萨尼同样不知道她母亲两天后会离开戒毒中心，再次回到街头，没有家，也没有手机。

达萨尼一直被蒙在鼓里，好似她 6 月底的一天在电影院看电影时身处黑暗之中一样。那天是看电影的日子，麦奎迪夫妇选择了皮克斯动画工作室新出品的动画片《头脑特工队》(*Inside Out*) [1]。达萨尼从来不指望喜欢任何东西。对电影她宁可从一开始就排斥，以免自己以后尴尬。食物也是一样。达萨尼一看到外国菜就皱起鼻子，一口没尝就说"恶心"。不过左宗棠鸡或虾炒饭不在此列。达萨尼认为这些和炸鸡一样，是美国菜，是她想念的食物。

达萨尼离开家才 5 个月，但她谈到自己的童年时口气已经变了。她知道自己长大得太快。她不明白父母为什么不遵守他们信仰的"百分之五国"禁酒禁毒的教义。达萨尼过去看到香奈儿闭着眼睛张着嘴，说她只是"累了"。

但来到赫尔希后，达萨尼开始承认她妈妈在"吸"，这个暗语是吸毒的意思。达萨尼也开始更多地谈及无上的暴力行为。时间的流逝并未抹去记忆。这是达萨尼不愿看新电影的又一个原因。它们演的她已经看到过——而且不由得她不看。

"我已经看了一半我不该看的世界。"达萨尼说。

电影开始了。主角莱利是个 11 岁的女孩。她家搬到了一个新城市，把她的生活全打乱了。电影观众进入了莱利的大脑，她主要的情绪——欣喜、悲伤、愤怒、恐惧和厌恶——都是电影中的角色，都在争夺对莱利的控制。最后，莱利在全心爱她的父母和稳定的家庭的帮助下，允许自己的各种情绪共存，终于掌控了局面。

"很棒的电影，"达萨尼在日记中写道，"还是想回家。"

进入夏天后，这个愿望如同一只鸟儿，盘旋在达萨尼头上。达萨尼从来没有经历过这样的夏天。这个夏天她要在赫尔希学校的夏令营度过，那里有一个奥运标准的游泳池和水上滑梯。达萨尼会上跳舞课和艺术课。她会品尝泰式料理和得州-墨西哥菜。每个星期五，她会参加池边派对，孩子们在游泳池里扑腾，扑腾到肚子饿了好吃比萨和冰激凌。在赫尔希，饥饿是令人兴奋的时刻。

在斯塔滕岛，饥饿是需要设法克服的困难。

有几个办法。孩子们可以在街角杂货店逡巡，对桑托万做出可怜巴巴的样子，这样他就会给他们糖果和薯片吃。可是现在学校放假了，他们需要的不只是零食。夏天的周一到周五，他们可以每天在学校吃两顿饭——早饭和中饭，孩子们称之为"免费免费"。他们会冲到离家最近的学校食堂去，抢先排在队伍前面。剩下要解决的是晚饭。情况好的时候，无上会给他们做晚饭。

可是这些天，厨房里什么都没有。

自从无上在监狱里过夜以来，两个多星期过去了。ACS 似乎不知道他被捕的事。[2] 又过了 4 天，预防工作者约翰才送来他答应给无上的礼品卡，还带了一些食物。接下来的那个星期，约翰又上门来讨论推荐参加治疗的事。无上炸了，大吼："滚出我的房子！"约翰害怕自己的人身安全有危险，退出了这个案子。

7月8日，无上前往拥挤的福利办事处申请紧急援助。他看着眼前的LDSS-2921表格，他生活中所有的痛苦都被集中在这个小长方格内。表格上的问题是："以下哪些是你的经历？"表格中列出的各项包括"遭受家庭暴力""没有住处""火灾或其他灾难""即将被房东驱逐"等。无上在"没有工作"、"没有食物"和"没有托儿照顾"这几项的小方格里打了钩。他还勾了"其他"，尽管可能是重复陈述。"其他"的小方格旁边有一条一英寸长的横线供填写陈述。

"单身父亲，带着8个孩子，需要食物！"[3]无上用他最工整的笔迹写下这些字句，超出了那条一英寸长的横线。他的孩子们不是新进入系统的。他们自出生起就开始接受食品券。问题是，他们的食品券给了不在家的家长。那么，眼前的解决办法似乎很简单：福利机构应该发放紧急食物援助——这是法律规定[4]——直到无上能拿到所有孩子的食品券。无上今天还带来了法院令，证明他对孩子们有单独监护权。

令人难以置信的是，他的申请居然被拒了。[5]

电脑在LDSS-3938表上打出了对无上的判决。表上"不合格"一栏旁边打了一个钩，后面的字句是"由于项目规定"。无上没有违反任何规定。说起来，其实是福利机构没有跟上情况发展。这个月孩子们的食品券已经发给了香奈儿。无上唯一的办法是找到（失踪的）香奈儿，向她道歉（因为香奈儿违反法院令想回家时无上打了911），并安排和她在附近的超市见面，一起购买食物（还要劝她不要跟着他回家）。

这么麻烦的事，无上甚至无法打电话给香奈儿开始行动起来。香奈儿的手机被偷了。

此刻，人们也许以为负责这个案子的ACS工作人员会来为孩子们出头，对福利办事处讲明情况，请他们发发慈悲。可是这种事没有发生。"我不会去公共援助办事处，"ACS的案件工作者玛丽索尔在对香奈儿转述自己不久前与无上的谈话时说，"我告诉他：'我会给你写一封信。你自己去寻求公共援助。'他又不傻。他会走路。他识字。"

今天，无上两手空空地离开了福利办事处，他欠的 131.15 美元的房租由福利办事处直接给了房东。无上放弃了对弃儿所和 ACS 的最后一点希望。

香奈儿对付案件工作者更讲究策略。

两个星期前，香奈儿离开戒毒所，再次住进东布鲁克林的收容所。她要在下一次出庭之前把该做的事都做了。她做了头发毛囊检测，加入了一个新的戒毒治疗项目。7 月初，她走进斯塔滕岛的 ACS 办事处找玛丽索尔。"我不想到了该死的法院的时候这个女的又出什么幺蛾子，"香奈儿告诉我，"这下她没法说我没找过她了吧。"

接待员按铃呼叫了玛丽索尔。高跟鞋踩在地上的声音很清脆，越来越响。门开了。香奈儿问玛丽索尔她好吗。"我很好，你好吗？"玛丽索尔听起来有些不耐烦。

"你好吗？"这句话如果真的是作为问题提出来，香奈儿的真实回答会包括如下事实：她住在无家可归者收容所里，就在她的生命开始的那个街区，[6] 离谢丽的房子——房子的窗户现在已经被钉死——只有短短一段路。每天夜里，香奈儿都在曾经是 P. S. 63 的那座破旧砖房里入睡。如果香奈儿 15 年前选择留在谢丽身边，她也许能从这所高中毕业。

但香奈儿目前的处境绝非她所愿，很像这所现在成了无家可归者收容所的学校。这里的有些保安原来在奥本收容所工作过。那天夜里她一进来，他们就认出了她，似乎是说，**你回来啦？** 她总是回来，从不往前走。

"嗯，"玛丽索尔说，"至少你不是睡在渡轮上，对吧？"

香奈儿真想一拳打在玛丽索尔脸上，但她忍住了，只是提醒玛丽索尔下一次出庭的日期。

"是 7 月 17 日吧？"玛丽索尔问。

可能玛丽索尔不堪重负，管的案子太多，记不住每个日期。ACS 的案件负责人每人平均同时监督近 10 个家庭。[7] 只今年一年，玛丽索尔就大概加了 252 小时的班。[8] 儿童保护管理局光是加班费今年就要发放超过 2 900 万美元。[9]

可是香奈儿也不堪重负。她饥饿、痛苦、缺觉、脱水，住的收容所如此危险，她甚至不得不在头发里藏着一个刀片。香奈儿没有手机，没有笔，甚至没有写在掌心的提醒，但她把出庭日期牢牢刻在了脑子里。

再有 7 天，她一定能回家。与此同时，香奈儿不肯按照 ACS 的规定，在冷冰冰的环境中，在陌生人的监督下和孩子们见面。她觉得这样的见面有损家长权威，而且每次见面结束后的分别也会让孩子们难过。

"你不和孩子见面会给人留下不好的印象。"玛丽索尔说，还说她最近给了无上一些罐头食品、大米和奶粉。

不要以为这是长期供给，那些食物只是为了"帮他**度过**这一关，知道吗"。玛丽索尔补充说："因为如果你让我们看到你照顾不了这些孩子，那么系统就要介入了。一定要明白这一点，懂吗？那样我们就要带走你的孩子。我们不会什么都替你干了还让你管孩子。你必须**自己**想办法，对吗？"

"对。"香奈儿说。

玛丽索尔似乎安心了，觉得自己尽到了责任。她还更进了一步，"恳求"当地的一个免费食品发放点给无上提供食物。听到这话，香奈儿全身都绷紧了。她不懂 ACS 或弃儿所为什么没有"小额现款"作为应急。玛丽索尔回答说"情况变了"，预算砍了很多。香奈儿心想，那这会影响谁呢？她当时不知道有关数字——弃儿所的总裁兼首席执行官这一年的薪酬是 572 902 美元[10]。

无论如何，香奈儿决不会把着食品券不放。不管她多生无上的气，"我始终是母亲"。等 3 天后香奈儿领到食品券，她会去"西部牛肉"

超市购物，然后乘出租车把食物送到月桂大道。

孩子们可以扒着窗户看到她。

有时孩子们会假装香奈儿还在家。

哈达穿上妈妈的衣服，扭着胯走来走去，好像刚"下班"。

"你们好啊。"她拿腔拿调地说。

莉莉是另一种说法："**大家好**。"

阿维亚娜学得更像："你们要吃**零食**吗？"

香奈儿从不空着手回家。她总会带点好吃的回来——什锦果仁、糖果、燕麦棒、曲奇饼干。可是现在她不在了，达萨尼也走了。家里的人越来越少。

也许是因为这些，无上把一条流浪比特犬带回了家。他觉得，比特犬凶名在外，其实很温柔，就像他自己一样被世人误解。

无上给这条狗取名阿基拉，这个名字来自电影《阿基拉和拼字大赛》（*Akeelah and the Bee*）[11]。电影讲的是一个贫穷的 11 岁黑人女孩成为拼字大赛明星的故事。孩子们和谢丽一起看过这部电影，幻想着自己有一天也能逃脱目前的处境。现在达萨尼做到了。家里的下一个阿基拉会是谁？每次孩子们叫狗的名字的时候，无上都希望他们能再次燃起斗志。

在街上，阿基拉戴着尖锥项圈跟着主人在人行道上吃力地走。回到楼上，它像炮弹一样在公寓里上蹿下跳地散播着爱。它用头拱莉莉，和哈利克玩叼骨头游戏。夜里，它爬到香奈儿的空床上睡觉。（香奈儿听说家里有了新宠物，翻了个白眼说："你没东西给孩子们吃，还要养**狗**？"）

无上在门上写着："小心勿入。'**狗**'会咬人！"

门的另一面，无上用黑色记号笔写了一首语义复杂的颂诗，颂扬武当帮。这些日子他都是去免费食品发放点领取食物，同时也在找工作。

他在简历上介绍自己"干劲十足"。无上想为两个儿子树立榜样。他仍在谈论哈利克加入海豹突击队的打算。

这并不是说无上放弃了街头生活。他把海军陆战队看作一种合法的帮派。海军陆战队的战士们冲进外国的某个地方,以兄弟情谊的名义杀人。他们挥舞着枪支与战利品合影。不久后,哈利克在 Instagram 上发了一张照片。在照片里,他的父亲双手握着两把小手枪。照片里的无上表情漠然,眼睛深不见底。他嘴唇紧闭,叼着一根大麻烟。哈利克给照片的配文是"真正的 G",用 G 来代表帮派成员(gangsta)。无上后来说,他让哈利克拍那张照片是因为自己"思想不成熟"。但无上也颇为自己的那个形象自豪。

"就像武士精神,"无上对我说,"武士必须战斗。"

做武士意味着你"不是懦夫",因为你"宁肯站着死,不肯跪着生"。吸大麻烟"使你'听从'内心"。它令你保持"酷"的状态,这个概念不仅指社会地位,也是温度的表示——它是一剂清凉剂,可以平息激烈的争论,压下爆发的脾气,安抚在暴烈的环境中度过的童年。

时值 2015 年 7 月的仲夏时分。这个夏天不同于无上记忆中的任何夏天。两周前,一个白人至上主义者在查尔斯顿(Charleston)一家历史悠久的教堂中开枪打死了 9 名正在祈祷的黑人。[12] 黑人社会活动者发起了一场纪念埃里克·加纳的运动,一些美国白人则以捍卫邦联旗帜相对①。又一场美国内战似乎山雨欲来。在得克萨斯州的公立学校里,社会研究课的新课本对奴隶制在南北战争中的作用尽量轻描淡写,[13] 一本地理书把奴隶说成是从非洲"移民"过来的"工人"。[14]

在给自己的孩子们讲过去的历史时,无上会毫不掩饰地详细叙述奴隶制那病态的残暴:"把孕妇的肚子剖开用脚踩胎儿。把一个人的四肢捆在 4 匹马上,然后打马狂奔,把人撕成 4 块。把人埋在土里,只露出

---

① 指美国内战期间的南方联盟国。——编者注

头，在他头上抹上糖浆，看着蚂蚁把他活活吃掉。阉割。"

不久后，无上在网上贴出一张漫画。在漫画中，一支枪把一颗子弹射入了一个警官（被画成一头猪）的头。无上为照片写的说明好似战斗召唤："同时攻陷每个州的警察局，棒极了。"最后这个词——"棒极了"——无上在达萨尼从赫尔希回家休假之前从来没用过。

没有香奈儿和达萨尼，母亲的角色落到了阿维亚娜和娜娜身上。她俩召开了一次家庭会议，制定了一个时间表。哈利克和玛雅必须去暑期班。其他人要遵守严格的时间安排。星期一和星期三，他们去当地的游泳池游泳。星期二和星期四，他们去当地的图书馆。星期五，他们在房子前面干枯的草坪上玩。星期六，他们看电视。星期天，他们做家务，把整个公寓打扫干净。

每个星期，孩子们都遵循着这个安排。屋里的暖气片上堆着 17 本从图书馆借来的书。洗的衣服晾在一扇破窗户上方，不远处的墙上用标记笔写着约翰的电话号码。公寓里热得像蒸笼一样，孩子们只能打开冰柜，"让冷空气吹到我们身上"，娜娜说。孩子们知道不能去烦无上，他现在脾气更坏了。无上发脾气时，莉莉就开始唱她看卡通片《小老虎丹尼尔》（*Daniel Tiger's Neighborhood*）[15] 时学会的一首歌。

"你生气想咆哮的时候，深呼吸"——莉莉深吸一口气，眼睛睁得大大的——"然后数到四！"她使劲把气吐出来。

阿维亚娜担起了做晚饭的责任，把菜油和黄油涂在平底锅上。她记住了无上是怎么做的，先把切碎的洋葱和柿子椒放进去，然后放盐、阿斗波粉、蒜粉、洋葱粉，如果有肉就放肉。

阿维亚娜想着达萨尼。

达萨尼想着阿维亚娜。

她俩可以好几个星期不交谈，却仍然心心相通。达萨尼新换了日记本，里面满满两页写着"爱"和她妹妹的名字。在阿维亚娜名字下方，达萨尼写着"不要让任何东西阻挡你，妹妹"，还有"家是一切"和

"愿❤把我们永远连在一起"。

达萨尼说,她在赫尔希最好的朋友是"我、我自己,和我"。

不过如果有谁能算是达萨尼的朋友的话,那就是卡利。卡利知道丢下一个妹妹是什么滋味。卡利和两个妹妹第一次申请赫尔希学校的时候,谁也没被录取。后来卡利被录取了。她的一个妹妹第三次申请后终于被录取,明年秋天就要入学。

卡利回家过暑假了。她与达萨尼通过脸书保持着联系。她们很快就要离开麦奎迪夫妇管理的学生之家去上高中,两人被分配到了不同的高中宿舍。

达萨尼总是想着电影《头脑特工队》。"愤怒"的角色是个红色的人,发了脾气真的会爆炸。但如果他控制住发脾气的冲动,他就会是有用的,可以推动像正义这样的事业。

最近,每次达萨尼生气时,她的宿舍父亲只需说"让你愤怒的人……",达萨尼就能接上下半句:"……控制着你。"有时达萨尼会说,"什么呀,麦奎迪先生",并像一个惯会翻白眼的少年一样翻着白眼。

就连达萨尼也承认自己变了。她上次和人打架已是5个月前。这创了她的纪录。

香奈儿身穿干净的白衬衫按时来到法院。她最近一次毒品检测是一周前做的尿检,检测结果干干净净。[16] 没有可卡因。没有阿片类药物。连大麻也没有。香奈儿已经想象得到自己走进家门时孩子们的表情。

香奈儿迎着阳光走上法院的台阶。她注意看着周围那些西装革履的人。她想起有人说过,在斯塔滕岛,全看"你认识谁"。香奈儿突然看到一个亚裔男子,以为他是林法官。

"嗨,林法官!"香奈儿大声喊叫。那人尴尬地笑笑,没有停下脚步。香奈儿的律师还没到。不过为防万一,香奈儿找来了另一位律师:戈德法因,就是帮助给孩子们建立信托基金的那位法律援助协会的律师。

香奈儿每次遇到麻烦都打电话给他。戈德法因成了香奈儿各种情绪的宣泄对象，或是激动兴奋的赞扬，或是脏话连篇的怒骂，或是对"白鬼子"建制机构的嘲讽，这些情绪有时会在同一通电话里发泄个遍。

今天，香奈儿希望戈德法因作为一个穿西装的白人到场，这本身就能对法院发出一个信号，说明她认识"对的人"。香奈儿和戈德法因一起走进法院，接着儿童服务管理局的4位代表和法院分配给香奈儿的律师约斯特也到了。约斯特抱怨说这地方"闻着像死狗"。

很快，他们站到了法官面前。下面发生的事对香奈儿来说好像不是真的。法官的嘴巴在动，可是他没有说香奈儿可以回家。法官说香奈儿的头发毛囊检测检出了可卡因和吗啡的痕迹。玛丽索尔只字未提香奈儿尿检正常，也不说香奈儿在与ACS的工作人员见面和合作方面做出的努力。

玛丽索尔反而造成了相反的印象。她抱怨说香奈儿的手机一直"不工作"，称香奈儿缺席了她新加入的戒毒治疗项目。玛丽索尔没有任何记录证明她此言的真实性。[17]尽管如此，法官仍然判决香奈儿不能回家。她需要等到8月下一个出庭日。

香奈儿炸了。脏话从她口中喷涌而出。她一脚踢向一个垃圾桶，被保安拉出了法庭。香奈儿崩溃大哭，哭得喘不过气来。一个女人走上前去想安抚她。

"又不是永远。"那女人说。

"是，对我来说是！对我的孩子来说是！我的孩子会他妈的心灵受损。**是**他妈的永远。和孩子分离就是永远。"

香奈儿假定面前这个白皮肤的女人从来没有失去过孩子。

"你有没有扔下你的**狗**去度假过？"香奈儿问，"你知道你把狗留下是他妈的什么感觉吗？"

"嗯。"那个女人承认。

"想象一下把他妈的 8 个孩子留下的感觉。"

香奈儿的话不经大脑，滔滔不绝。她想炸毁这座大楼。她想"踢烂玛丽索尔该死的臭脸"。她想整个斯塔滕岛被大火烧掉，把法院、警察以及杀死加纳的整个种族主义制度全部付之一炬。正好是在这天，纽约市同意付给加纳的家人 590 万美元来了结这桩错误致死案。[18] 然而，勒死他的警官仍在上班。[19] 这两个事实同时存在最起码让人感觉别扭。对香奈儿来说，它们证实了现行制度就是为了保护白人，伤害黑人。

"嘿，你勒了人家的脖子，勒死了他！"香奈儿在法院台阶大声嚷道，没有针对任何具体的人，"你甚至不认为那是杀人！嘿，还让你继续上班？"

警官可以杀人。ACS 的工作人员可以误导法官。他们都不受惩罚。

"现在你对法官说，**她的手机不工作**？你不告诉法官我整个星期每天都来你的办公室？你不告诉法官我去过？如果我他妈的吸毒成瘾，我怎么会到你的办公室做本该是你做的事。你应该来找我。可我在找你。到处追着**你**。和你定见面的时间！这些破事都是你应该做的！"

玛丽索尔推开了门。

"玛丽索尔，离我远点儿！"香奈儿对她说，"因为我恨不得扭断你的脖子。离我远点儿——"

"我想和你谈谈。"玛丽索尔说。

"因为你该做的事都没有做，玛丽索尔——"

"听着，有一件事我不容许——"

"你没有尿检！"

香奈儿试图走开，并且说："他们都他妈在撒谎！"

"没有！没有！没有！没有！"玛丽索尔说。

一群人聚拢过来。

"这个骚货不肯签放行单！"香奈儿尖叫。

人们在围观。

"她骂我！"玛丽索尔说，"不许骂我——"

"不，离我远点儿！"

两个女人对峙着。

"不许骂我！"

"滚开！"

"不许骂我！"

"离我远点儿！"

香奈儿又说了3遍，让玛丽索尔"离我远点儿"。她这样做是出于直觉，她知道她的话也许会被某个旁观者用手机录下来。对香奈儿来说，这是一个黑人的唯一保护。

约斯特不见踪影。戈德法因把香奈儿拉开。

"她干什么都行，"玛丽索尔说，"但我不容许她骂我。我不会骂**她**，她也不能骂**我**。我知道她难过。她应该难过。那些是她的孩子。"（玛丽索尔在第二天存档的案情笔记中只字未提她自己的行为，只说香奈儿对她"开始叫喊咒骂"。）

戈德法因试图让香奈儿平静下来，对她说起过去说过的话。是的，这个制度很烂。不，不能无视制度的力量。"我们得一步一步来，"戈德法因说，"我需要再告诉你一遍我的电话号码吗？"

香奈儿气呼呼地大声背出了他的电话号码。戈德法因微笑起来，香奈儿的记忆力总是让他吃惊。

"新出了个儿童影片《头脑特工队》……"戈德法因开口说。

香奈儿听不见他的话。她还在想着玛丽索尔，说玛丽索尔是"臭混蛋"。

"她的工作做得不好，好吧？"戈德法因说。

"可是谁都看不到！"

"但哪个更重要呢？是解决这个问题？还是——"

"抽她**屁股**。"香奈儿恨恨地说。

"好吧，"戈德法因说，"能把它列为第二件事吗？"

香奈儿看看他。光是想想这个瘦瘦的男人抽任何人屁股的情景就让她露出了笑容。

"好吗？"戈德法因说，"咱们把它列为第二件事。等我们解决了眼前这件事马上就干。"

"谢谢你今天来，乔希。"

"你得帮我，"戈德法因说，"你得帮我来帮你，好吗？"

达萨尼的思绪飘向弟弟妹妹们。她把这些念头挥开，像赶走黄昏的蚊子。

可是记忆一次又一次地浮现——阿维亚娜爽朗的笑声和莉莉柔软的小脸。不和他们通话太难受了，还不如拿起话筒打电话。8月1日，达萨尼终于拨了家里的电话号码。话筒里传来一个她不熟悉的声音。

"你是谁？"达萨尼问。

"哈利克，笨蛋。"

"你怎么听起来像大人，哈利克？"

"我不知道。"

达萨尼撇撇嘴。

"记住，哈利克，我永远比你大。"

"才不是。你不比我大。"

"你比我大 5 天，"达萨尼说，"但我永远比你快。"

话筒从一个孩子传到另一个孩子手中，因为达萨尼指名要和他们每一个人说话。娜娜评论说达萨尼"听起来像白人"。最后，达萨尼和帕帕说上了话。

"你为什么最后一个找我？"他说。

听到帕帕的声音，达萨尼感觉心都要化了。达萨尼用最温柔的声音告诉帕帕，她看到了他新理发后的照片。帕帕问他们什么时候能见到她。达萨尼还没想出怎么回答，话筒又交到了另一只小手里。

"嗨，达萨尼。"莉莉说。她听起来完全不一样了。莉莉过去从来不叫达萨尼的全名，总是叫她"萨尼"。这表明莉莉或者是长大了，或者是和达萨尼没那么亲了。

"你想我吗？"达萨尼问。

"嗯。"

"你现在多大了？"

挂断电话后，达萨尼陷入了沉默。

她就要离开麦奎迪夫妇去一个新的学生之家了。面对未知，抓住熟悉的东西会令人安心。在理想情况下，给家里打个电话能稳住达萨尼的心神，让她记起自己所属的地方。

但达萨尼感觉与家里的联系断了。

太阳偏西时分，达萨尼走向她的新家"摩根学生之家"的大门。她拉着3个袋子，步履沉重。

达萨尼十分警惕，脸上一丝表情也没有。

"如果你露出感情，就等于表现出软弱，"达萨尼说，"我不对任何人表露感情。"

大部分宿舍家长都需要训练才对付得了达萨尼这样的孩子。宿舍家长要研读手册，参加会议，观看专家制作的关于"童年早期磨难"的幻灯片。

乔纳森（Jonathan）和梅利莎·埃克斯（Melissa Akers）的知识来源更深。[20] 他们出生在纽约市公房区的穷人家庭。如果他们那时知道赫尔希学校，他们也够得上来这里上学的资格。他们和赫尔希的校友一样，是他们所说的"从贫困中毕业的"。

对达萨尼的纽约，乔纳森了如指掌。他住过很多地方，从斯塔滕岛北岸到他亲戚住的哈勒姆西班牙区。不过，乔纳森根子上是布鲁克林人，和达萨尼一样。

乔纳森是在达萨尼的外祖母乔安妮的时代长大的。那时，送奶工人还把牛奶送上门，像"罗马贵族"（Roman Lords）这样的帮派在布鲁克林公房区横行。乔纳森和5个兄弟姐妹在卡纳西长大（就是乔安妮和香奈儿睡在玛歌地板上的那个公房区）。乔纳森的父亲是卡车司机，但他好赌，又染上了可卡因毒瘾。他妻子向天主教信仰寻求庇护安慰，把乔纳森送进了一所教会学校。[21]

"我母亲努力维持着这个家，我父亲却想把它打散。"乔纳森说。他母亲有躁狂抑郁性精神病。

乔纳森成了家里的"黏合剂"，是维持着一切的孩子。他记得自己8岁时每天早早起床给父母煮咖啡，尽管他讨厌那种味道。咖啡煮好后，乔纳森擦地板，给地板打蜡，试图把一切弄得整整齐齐。"我总是想讨好他们。"

10岁时，乔纳森在清新空气基金（Fresh Air Fund）的资助下第一次去纽约市外旅行。他记得在某个安宁的地方住在一家白人那里，他们带他去参观位于华盛顿特区的史密森学会。回到纽约后，乔纳森仍然好运不断。一对犹太夫妇赞助他参加悠悠球比赛，开车带他去城里各处参加锦标赛。

高中毕业后，乔纳森找到了另一条离开布鲁克林的途径。他参了军，被派往越南打仗。乔纳森带着3处弹片伤回到国内，又住进了公房区，和已经与他父亲分手的母亲住在一起。乔纳森在一家临时工介绍所找到了工作，在那里注意到了美得惊人的波多黎各女孩梅利莎。他俩都是负责招聘临时工的工作人员。

梅利莎比乔纳森小16岁，却和他有很多共同之处。两人都是天主教徒。两人都跟酗酒的单身母亲同住。

"我记得很小的时候就觉得生活肯定不止这些，"梅利莎说，"肯定不能只是这些。"

* * *

乔纳森带梅利莎去看音乐剧《我和我的女孩》(*Me and My Girl*)。梅利莎带乔纳森去看音乐剧《猫》(*Cats*)。他们在时代广场的万豪酒店吃饭，坐马车穿过中央公园。

两人很快就结婚了，离开了各自的母亲，最终也离开了纽约市。他们生了一个女孩，给她取名杰咪(Jamae)。这个名字取了乔纳森·埃克斯和梅利莎·埃克斯两人姓名的首字母，"外加一个 e 代表额外的爱"。他们想给孩子一个平静的生活。1999 年 4 月，他们住在赫尔希附近的一个小镇。一天，他们看到了报纸上米尔顿·赫尔希学校招聘宿舍家长的整版广告。

来赫尔希学校工作的每一对夫妇都有自己看问题的视角。麦奎迪夫妇了解中产美国，却不了解城市贫困。埃克斯夫妇经历了城市贫困，却对乡村的情况一无所知。从被雇用的那天起，他们就开始了学习历程。

乔纳森觉得赫尔希学校的有些学生被宠坏了。他们需要学会做最基本的家务。"我是从布鲁克林来的！"他说，"我从 8 岁起就做这些事了。自己熨衣服、做饭。"

过了 16 年有余的时间后，埃克斯夫妇在赫尔希学校成了偶像一样的存在。很多雇员是他们培训的，包括把他们二人视为楷模的麦奎迪夫妇。埃克斯夫妇给这份工作平添了风采，提出了各种朗朗上口的口号。他们遵守 3 个 F："坚定（Firm）、公平（Fair）和快乐（Fun），而且按此顺序。"星期天是"灵魂星期天"，吃炸鸡，在炉边闲谈。埃克斯夫妇喜欢说："如果你不喜欢你**得到**的结果，那就看看你**付出**了什么！"

梅利莎是"埃克斯妈妈"，乔纳森是"先生"。在他们管理的学生之家里，每个女孩都有绰号，比如"小蜜蜂"和"小松鼠"。所有女孩都是"摩根妈妈"。

达萨尼走近前门，看到外面有个干擦写字板。

"欢迎来到摩根妈妈之家！"

这行字下面用花体字写了 13 个名字。

达萨尼找到了自己的名字。

"我是摩根妈妈的**女儿**。"她有些不确定地说。

达萨尼按下了门铃。

第35章

门猛地打开，乔纳森·埃克斯站在那里。

达萨尼微笑，乔纳森也对她微笑。

现年63岁的乔纳森留着整齐的灰白色唇髭，头发理成军人式的平头，浅褐色的眼睛，眼角处有鱼尾纹。他和平常一样衣冠楚楚，穿着条纹polo衫和带褶西裤。乔纳森在赫尔希学会了打高尔夫球，在布鲁克林学会了打保龄球。两个地方在他身上共存。他前一刻还在引用尼采的话，紧接着就转用"贫民区"的语言。与其说这是语码转换，不如说是两者共存。有些黑人觉得他"想当白人"，有些白人觉得他"城市贫民味太浓"。对此乔纳森总是坦然回答："这就是我。"

达萨尼立刻就喜欢上了乔纳森，叫他先生。达萨尼喜欢乔纳森周身散发的平静气场。埃克斯先生的妻子与他不同，是个健谈、热情的拉美裔女性，喜欢亲吻人，亲昵地叫人"蜜糖"和"甜心"。

达萨尼看着埃克斯太太如何用她那银铃般的笑声温暖四座，如何舞动着双手，似乎在勾勒看不见的焰火。47岁的埃克斯太太长得很美，一头闪亮的棕色长发，不时用做过法式美甲的手去撩头发。今天她穿着一件奶油色丝质衬衫、熨过的牛仔裤和一双白色厚底凉鞋。

梅利莎常说自己是"有女人味的女人"。达萨尼从来没有和这样的人一起住过。在某种意义上，达萨尼觉得这位纽约来的宿舍母亲比前一个宿舍母亲——荷兰裔，来自宾夕法尼亚，并且很少化妆的塔比莎——

更加陌生。没办法比较埃克斯太太和香奈儿。香奈儿宁肯去钓鱼，也不愿意涂指甲油或刮腿毛。可是达萨尼想念妈妈，所以她喜欢让光彩照人的埃克斯太太把她的心思转移开。

"嗨，甜心！"梅利莎用欢快的语调对达萨尼说，"你准备好了吗？好了，现在就要开始了！高中部！"

"高中部"听在达萨尼耳朵里犹如糖果一样令她兴奋。赫尔希的高中学生可以自己走去校园。如果表现好，每年可以得到2万美元的奖励作为大学学费的积蓄。最不同寻常的福利是高二结束后学生们要转入"过渡生活"模式。他们要住在没有宿舍家长的房子里（不过房子里有一个成年人），给他们定预算，让他们自己管理银行账户，自己买食物，自己做饭，甚至给他们一辆汽车让他们共用。

埃克斯太太把达萨尼带到她的卧室，从卧室窗户看出去是一片玉米地。"看起来真豪！"达萨尼冲口而出。埃克斯太太微笑着打开了达萨尼挂衣服用的大壁柜。达萨尼的新室友已经整理好东西出去了，于是达萨尼开始整理自己的衣服。她对自己收拾整理的能力已经很有信心。

一个小时后，达萨尼在起居室找了个座位，和住在房子里的其他女孩一起开第一次会议。

站在妻子身边的埃克斯先生问："你们中间多少人知道你们为什么在这里？"

女孩们不作声。

"不管你们是在这里待了一段时间还是刚来，有些时候你们会想放弃，说：'这不值得。'"

埃克斯先生把空白卡片发下去。

"在这种时候，你们需要拿出你们的'为什么'卡。"他说。

埃克斯的这个主意来自《活出生命的意义》（*Man's Search for Meaning*）[1]一书。这本1946年出版的书是犹太人大屠杀的幸存者维克多·弗兰克尔（Viktor Frankl）的回忆录。埃克斯先生告诉女孩们："书中讲了你如何看着全家人死去，却仍然有活下去的理由。"

房间里一片寂静。

"如果你的**为什么**足够重要，就可以忍受几乎任何一种生活。"埃克斯先生特别清楚地强调这句经典名言^①中的关键词。

每个女孩必须在自己的卡片上写下"为什么"。

达萨尼全部用了大写字母：WHY。

在卡片的另一面，达萨尼必须解释她的"为什么"——她来赫尔希上学的理由。这样的话，埃克斯先生说，"日子难熬的时候"，她可以拿出她的"为什么"卡提醒自己。

忍受几乎任何一种生活。

达萨尼早就这样做了。她是实干者。她对"任何一种生活"比"为什么活"知道得更清楚。她父母教给了她如何解密每个字的含义。埃克斯先生说的 endure almost any how（忍受几乎任何一种生活）中 how 这个词的首字母界定了达萨尼的生活之路：无家可归（homelessness）、贫民区（hood）、赫尔希（Hershey），现在是高中（high school）。达萨尼已经超过了自己的母亲，她母亲上到九年级就辍学了。

达萨尼的"为什么"流出笔尖。

"得到好的教育。改变我家的状况。"

香奈儿是威廉姆斯大道 116 号"单身妇女收容所"的新住客。住在这里的女人与其说是单身，不如说是被切断了关系——与她们失去了的孩子切断了关系，许多孩子被送进了寄养系统；与她们失去了的男人切断了关系，许多男人进了监狱。一个女人的儿子在赖克斯岛监狱坐牢期间自缢而亡。另一个女人是妓女，一只眼睛装着玻璃假眼。

---

① 尼采的原文是："一个人知道自己为什么活，就可以忍受任何一种生活。"——译者注

室内没有空调，气温超过 90 华氏度①。香奈儿向保安投诉，但保安不理不睬。香奈儿睡觉时脱光了衣服，仍然热得睡不着。第二天晚上，她穿上拖鞋，用被单裹着赤裸的身体，就这样走到大厅站在那里。

"女士，你不能这个样子下楼！"一个保安连忙移开视线厉声说。但严格来说香奈儿是穿着衣服的。她对规则很熟悉，能够做到不致违规的极限。既然收容所热到让人只能光着身子睡觉的地步，那她就站在这儿，身体重心一会儿放在这只脚上，一会儿换到另一只脚。她的话没人听，但她的身体别人不可能看不见。香奈儿喜欢自己的大块头，能够堵住人行道，挡住人的路。她溜溜达达地走向娱乐室，身体曲线在被单下忽隐忽现。

第二天，他们给她房间送来了一台移动式空调，但香奈儿的情绪并未因此而好转。她总也忘不了 ACS 的事，一想就是几个小时。她恨透了管她案子的玛丽索尔。

至少你不是睡在渡轮上，对吧？

玛丽索尔没有奚落香奈儿，不过是在描述她的情况。专业阶层的人就是这样看香奈儿的。香奈儿是睡在渡轮上，没有明确的来处或去处的女人。她是无须注意的人，所以人们移开目光，只盯着自己的手机和书。

香奈儿不想让玛丽索尔再管她的案子。但是收容所的其他女人告诉香奈儿趁早别费那个力气，因为和案件工作者作对是浪费时间。玻璃眼女人说，你"玩不过这些人"。香奈儿要想回家，就必须按 ACS 的要求做。她必须参加孩子们的"探视"，这个做法一听就是冷冰冰的制度，也的确如此。

"我觉得这个'探视'会引起不健康的情绪，"香奈儿对我说，"孩子们会愤怒，我不希望那样。现在他们挺好。我可以和他们打电话。他

---

① 约 32 摄氏度。——译者注

们平静是因为他们看不到我。但如果他们看到我，就会有所感觉。然后帕帕就会捣乱，我不想看到莉莉哭，我也不想有那些感觉。"

香奈儿不想有任何感觉。她麻木地去与 ACS 会面，怪天怪地就是不怪自己。她自认无可指摘，但当她陷入抑郁时，又会 180 度大转弯。她会说自己是"无业游民""无用之人""蠢人"。

"我连自己的孩子都保不住，还有什么用？"

香奈儿去参加斯塔滕岛大学医院的美沙酮戒毒项目，路上要花半天的时间。公交车从梅森-狄克逊线下穿过。香奈儿在东安小丘（Dongan Hills）下车，就在高档社区托特小丘（Todt Hill）边上。

这是纽约市 5 个区的最高点，海拔 404 英尺。[2] 这里有一个乡村俱乐部、一家私立学校，法院分配给香奈儿的律师约斯特的豪宅也在这里。托特小丘没有人行道，也没有路灯，像香奈儿这样的步行者无法涉足。香奈儿在山影里走向诊所，一路上注意到殖民时期风格的房屋"造得像种植园的房子"。她总是在美国的现在中寻找它的过去。

8 月 11 日，法庭会议再次召开，但 ACS 忙于处理别的事情，案子只得暂停审理。

香奈儿放弃了希望。"你只能**听**他们说话。所以他们叫它**听证**。"她不再去参加戒毒治疗，也不回任何人的电话。香奈儿吃不下饭，裤子松松地挂在消瘦的腰上。她说想自杀。

8 月 29 日，警察来到收容所。一个女人在附近的百老汇交汇（Broadway Junction）地铁站跳到铁轨上自杀了。[3] 警察认为也许死者是香奈儿，因为那女人的遗物里有香奈儿的饭票。

警察搜查了香奈儿的储物柜。一个住在收容所的女人自告奋勇跟着警察去辨认尸体。她回来后宣布，死者是刚转来收容所的另一个人。

那天香奈儿很晚才回来，玻璃眼女人看着她说："我们以为你死了。"

达萨尼的桌子非常整洁。她的闹钟设在早晨 5 点 30 分，闹钟旁是一个装着削好的铅笔的笔筒，上方挂的镜框镶着她的初中毕业证书。一块软木板上钉着家人的照片和两份日历，一份是啦啦队活动的日历，一份是学校活动的日历。这个学期达萨尼修了9门课，包括探索性电子媒体、环境科学和美洲文化。

每过一天，达萨尼就在日历上画上两笔把那天划掉，并在旁边写下自己的最新目标。首先，她想脱离"努力"（striving）这个评价学生表现的最低等级。9月初，她升到了"进步"（achieving），获得了可以晚些时候上床睡觉的奖励。达萨尼写下了自己的下一个目标：达到"突出"（excelling）。

9月29日早晨，达萨尼按时起床吃早餐，在埃克斯先生旁边坐下。他的咖啡杯上印着：**失败不是选项**。达萨尼和其他11个睡眼蒙眬的女孩一起背诵了主祷文，安静地吃着早餐。埃克斯先生拿过夹纸板，看着当天的安排。足球，行进乐队，课外辅导，曲棍球，啦啦队练习。

达萨尼一向喜欢唱反调，而不是给人加油，喜欢挑动不和，而不是促进啦啦队手册里说的"学校精神"和"积极争先的态度"。达萨尼仔细地逐字研究过那份手册。

斯巴达啦啦队的队员在比赛时要保持女性形象。达萨尼讨厌穿裙子，叫自己的女生朋友们"儿子"。但是，啦啦队训练一开始，她便全情投入（对她妈妈说啦啦队"不是运动"的话置之不理）。啦啦队的杂技动作令达萨尼感到兴奋，她把啦啦队的队规背得滚瓜烂熟：不准嚼口香糖，不准文身，不准扎耳洞，不准涂指甲油，而且"**必须戴蝴蝶结，这是制服的一部分**"。

啦啦队员哪怕不在场上也是啦啦队员，随时随刻都要表现出"模范式的个人行为"。达萨尼特别喜欢啦啦队员之间的姐妹情谊，喜欢她们动作整齐划一，高喊着"胜利真甜！"之类的口号。她喜欢她的巧克力色加金色的制服，以及颜色相配的彩球和蝴蝶结。

早餐完毕。现在是"每日礼拜"时间。外号"小蜜蜂"的金发女孩读出《圣经》的箴言 12:18。

> 说话浮躁的，如刀刺人
>
> 智慧人的舌头，却为医人的良药

小蜜蜂读完了。埃克斯先生环顾四周。

"你们从这句话里学到了什么？"

达萨尼开口发言。

"我们说的话应该医治创伤，不是，呃，贬低别人。"她轻声说。

"你呢，阿什莉？"

阿什莉是达萨尼的新室友。这个 14 岁的白人女孩家在费城西北方向的工业城市罗耶斯福德（Royersford）。[4] 她是五年级来到赫尔希的。现在她上了优秀学生榜，参加了唱诗班，是曲棍球队队员，还是田径队队员。阿什莉讲到自己家里的时候，会怀着憧憬夸大其词：她的单身母亲正在和一个医生交往，那医生保证要让她们母女搬到一座"大"房子里"安顿下来"。这个计划还没落实。

阿什莉和达萨尼一样，把桌子整理得井井有条，追踪自己实现目标的进展。她的桌子上方贴着"坚持下去"和"最善良的心受过最深的痛苦"这类字条。

阿什莉觉得达萨尼内心有些东西深藏不露。

"她说她不信上帝，但我觉得她信。"阿什莉告诉我。

3 天前，她们打扮起来参加返校日，涂上了鲜艳的口红，对着照相机做鬼脸。达萨尼穿着一件粉色绸缎长裙，那是从学校的"灰姑娘衣橱"中数百件捐献的长裙中挑出来的。现在它属于达萨尼了，挂在她的房间里，挨着她的卡其布校服。她得把校服熨平了才能穿去上学。

达萨尼开始熨校服的时候已经快 7 点了。埃克斯先生走过来拿起熨斗，教达萨尼正确的熨烫方法。他喷了一点水蒸气，这样百褶裙的褶就更平整了。埃克斯先生骄傲地昂起头。

"你熨得像专业的一样。"达萨尼逗他说。

"看看多不一样！"埃克斯先生说，"要做就把它做好！"

不可否认，达萨尼和埃克斯先生关系亲近。达萨尼对他说自己想在哥伦布日那个周末回家。埃克斯先生回答说租的大巴已经满座了，报名的最后时限也已经过了。

不过，像任何纽约人一样，埃克斯先生想知道达萨尼具体住在哪里。

"斯塔滕岛，"达萨尼含糊其词，"但我们**不住在公房区**。"

埃克斯先生问她的详细住址。

"公园山。"达萨尼说了北岸另一个街区的名字。

"是吗？我原来在那块儿待过。"埃克斯先生说。

"真的吗？"达萨尼说。

"嗯，"他说，"顺便告诉你。那是公房区。"

天花板和墙上油漆剥落。雨水从屋顶上一滴滴漏下来。无上仔细考虑着他的选项。

无上从未在租赁合同上签过名。这个公寓是租给他的妻子香奈儿的，但香奈儿不在了。租金主要靠 8 条券——也在香奈儿名下。无上不知道怎么能找到地产管理人娜塔莉亚·特雷霍斯（Natalya Trejos）。（她领英账户的个人介绍中列举的任务包括"与当地法警办公室协调驱逐事项"[5]。）无上也没有房东的电话号码。他甚至不知道房东是何许人。

香奈儿的租赁合同上写着，房东是 GRI 89 Laurel 有限责任公司。[6] 这家公司的创始人之一是亚历山大·戈罗霍夫斯基（Alexander Gorokhovskiy）。这个 30 来岁的华尔街银行家很快将建立起超过 10 亿美元的私人信贷资产证券组合。[7] 一份业内出版物称他为"私人债务世界冉冉升起的新星"。戈罗霍夫斯基在 2013 年花 351 500 美元买下了月桂大道 91 号（就是达萨尼家现在住的地方）。[8] 这所房子的市价 5 年间涨了 70%。[9] 之后，他把房子转给了 GRI 89 Laurel 有限责任公司。在香奈儿的租赁合同上，戈罗霍夫斯基、一个叫史蒂文·拉德盖瑟（Steven Rudgayzer）的公司律师，以及另外两人被列为"代理人"。香奈儿把他们视为"房东"。

上一年 10 月香奈儿一家搬过来的几周前，市房屋检查员给这家有限责任公司开了罚单，因为它没有按法律要求安装一氧化碳检测器，还任由"整个公寓蟑螂泛滥"。房东立即解决了这些问题。可是现在，也就是 9 个月后的 2015 年 7 月，公寓天花板上长满了霉斑，房顶漏水，门被打破，烟雾检测器也坏了。无上不知道该怎么办。

ACS 和弃儿所都知道这个公寓的状况，但原来的负责人离开了——约翰退出了这个案子，玛丽索尔离开是因为正常原因。她的工作是做初步调查，[10] 通常 60 天后出了结果就算完成了。在这个案子中，调查"显示出"孩子们被忽视了，这意味着达萨尼一家要转由另一个人负责。

"**没有食物。**"新分配来负责无上家的弃儿所工作人员在 7 月 24 日写道。

显然，ACS 犯了错误：给达萨尼一家制定的预防方案不合适。药不对症。[11] 弃儿所的工作人员告诉 ACS 的一位主管，这家真正急需的是物质帮助。那位工作人员说，这家有"具体需求"，如"托儿照顾、食物供应和食品券、早期干预、日常需要等"。如果满足不了这些，光是提供治疗将无济于事。8 月 10 日，ACS 同意改用"一般预防方案"。

7 天后，同一位弃儿所工作人员再次来访，注意到孩子们"睡在坏了的床垫上"，但"尽管环境混乱，情况仍算不错……每个人都努力维持着"。ACS 也新派了工作人员，送来了烟雾检测器和食物，还答应要订购新床。无上告诉 ACS 的工作人员，他不知道如何联系房东。那位工作人员建议无上打市里的服务热线 311。

后来的几年里，无上的脑子里总会回放接下来发生的事情。他把这些事发生的先后顺序记得牢牢的，如同回放录像一样。他会放慢速度，一帧画面一帧画面地仔细审视每一刻。如果把事情发生的顺序打乱，去掉一两个关键的细节，结果会不会就有所不同？

一连串事件始于 2015 年 8 月 29 日，正值炎热的盛夏时分。[12] 那天是无上的 38 岁生日。他打开炉子，没有燃气。他拧开水龙头，只有冷水。这意味着孩子们没法洗澡。没有燃气，无上就没法做饭。他试着用一个旧电炉代替，可是要做意大利面，光是烧开水就需要两个小时。燃气账单还在香奈儿名下，全家的福利案卷也在她名下。此时距无上要求解决这一问题已经过了近两个月。

孩子们想办法凑合。为了洗澡，他们得在浴缸里放满冷水，然后加上开水。水在两个孩子洗完后就脏了。无上给 ACS 发了短信。一周后，仍然没有燃气。负责他家的弃儿所工作人员在记录中写道："他感到无助。"这位工作人员没有忘记自己的治疗师角色，使用了"加油鼓劲的言辞来增加希望"。

接下来的一个月里，孩子们轮流洗澡，每 3 天轮到一次。不巧的是，他们无法及时清洁个人卫生这个当口正好赶上开学，学校的辅导老师会仔细查看忽视儿童的迹象。

开学头 3 天，孩子们没去上学。无上被越来越多的问题弄得焦头烂额。现在浴室脸盆也出了毛病，它与墙里生锈的水管脱开，掉到了马桶旁的地上。家里的几个床垫散架了。天花板上的霉斑越来越大，漏水依然严重。

9 月 12 日，ACS 的工作人员带来了给孩子们买衣服的礼品卡。但公寓的条件仍然每况愈下。无上连续 14 个星期恳求福利办事处提供帮助，但仍未收到食品券。

无上打了 311，对纽约市房屋维护及发展局提出了 7 条投诉，报告了塌掉的脸盆、房中的霉菌、失灵的一氧化碳检测器、漏雨的屋顶和坏掉的窗户护栏。[13]

无上第二天——9月14日——又去福利办事处陈情，说自己有"紧急"困难。无上这次带来了弃儿所一位主管写的一封信，说明无上拥有对孩子们的唯一监护权，并"请求你们协助"把孩子们的福利转到他名下。"孩子们需要食物，也有其他具体需求。"那位主管在抬头印着**纽约弃儿所——不放弃任何一人**的信笺上写着。福利办事处再次拒绝帮助无上，无上就此向州政府提出了上诉。[14]

9月15日下午，阿维亚娜用无上的手机给妈妈发了一条短信："妈妈是我。"她还写道："你能来给我们做头发吗？因为明天要上学了。"

没有回复。阿维亚娜又发了一条短信："你能马上来给我们做头发吗？因为……明天要上学了，我们需要做头发。"

还是没有回复。

4小时38分钟后，阿维亚娜发了第三条短信："我们不能梳着两条马尾辫那种邋遢发型去上学，我们需要真正的发型。"然后她问："妈妈，你能至少给爸爸一些钱，好给我们做头发吗？"无上自己也发短信请求："我找你找了3天，想让你过来……你的孩子们非常需要你。"

香奈儿在监狱里。她重操旧业，又干起了非法买卖。她在T.J. Maxx[①]偷了119.99美元的商品想卖钱，被抓了现行，直到获释出狱后才看到那些短信。香奈儿生怕无上不信她的话，特意拍了一张自己出狱的表格发给他。

"我爱你，"香奈儿发短信给分居的丈夫，"我但愿能有你所需要的一切有哪个男人会照顾8个孩子我爱你是这样的男人是孩子们和我的主人永远不要忘记我爱你和平刚到一个床位。"

孩子们尽量打扮整齐后去上学了——除了帕帕。他被转到了一个专门接收有行为障碍的孩子的学校，需要坐校车上学，但校车还没来。眼

---

① 美国低价百货连锁店。——编者注

下，帕帕只能和莉莉待在家里。

那天下午，无上在网上搜到了当地市议会议员黛比·罗斯（Debi Rose）的网站。她是斯塔滕岛第一位当选的非裔市议员。无上给她写了一封电子邮件：

> 和平黛比·罗斯小姐，我是你斯塔滕岛选民中的一员……我没有热水没有燃气我是单身父亲每天独自照料 7 个孩子我得不到公共援助我去寻求公共援助但我的孩子们还是没有热水和燃气我真的需要帮助。[15]

无上没有得到回复。两天后的 9 月 18 日，房屋检查员前来检查公寓，这是对无上不久前打 311 投诉做出的回应。家里没人，他们在门上留了一张名片。

一周后，燃气仍付阙如，浴室的脸盆仍躺在地板上。ACS 的一位主管试图替这个家庭给监管 8 条券类住房的机构的房东部打电话，但根据她的记录，她"在电话上等了 20 多分钟"。（香奈儿的房东说他们在近一年的时间内没有接到过任何市政机构关于那处房产的投诉。）

每天早上，帕帕都会穿好衣服，给自己倒一碗麦片，然后站在二楼窗边吃早餐。他想确保自己不致错过校车——他的校车还从没有来过。

9 月 23 日，帕帕仍在等校车，弃儿所的工作人员来做了最后一次家访，正式"结束"预防服务。她注意到无上"到了爆炸的边缘"。翌日早晨，帕帕站在窗边。他穿着一件鲜黄色的 T 恤衫，上面印着**精彩真好**的字样。

"楼下有一辆校车！"一个孩子叫道。

帕帕望出去。那是另一个孩子的校车。

第 36 章

无上已经发了数十次警报——发短信、发电子邮件、打电话，还走很长的路亲自到福利办事处去。他觉得自己迷失在了城市的荒野中，他的声音没有人听，他的脸没有人看。

只有当学校的一位辅导老师提出关切后，才有人开始注意。那位辅导老师向 ACS 报告说，孩子们似乎"不是特别干净"，另一位辅导老师证实了这个说法。

10 月 1 日，ACS 来家访，对孩子们进行了询问。10 月 2 日，房屋检查员来访，无上让他们进了公寓。第二天，燃气恢复了。两天后，无上收到了福利办事处发放的紧急资金，包括 3 812 美元的食品券，作为"追溯性"福利[1]。这些是自 6 月以来本应发给孩子们的，仿佛这些钱能够抹去他们过去 4 个月挨的饿。

ACS 在法庭上把这些一股脑匆忙采取的措施作为证据，说明他们履行了职责。他们说，孩子们处境艰难，但不是因为相关方面——无论是 ACS，还是福利办事处、弃儿所、房东、市议员、311 热线、房屋局或天然气公司——不作为。他们说，该负责任的是无上。他忽视了公寓的"危险"状况，因此也忽视了他的孩子们。那些孩子"蓬头垢面、污秽肮脏、身有异味、臭气熏天"。[2]

无上参加戒毒治疗的记录是全勤，[3] 但这没有任何用处。到 10 月 6日，他的命运就已经被决定了。[4]

上午 10 点，房屋检查员按响了无上家的门铃。他们这次来是为了评估公寓的状况。

狗吠叫起来。无上睁开眼睛。除了睡在他身边的莉莉，其他孩子都上学去了。后来，无上才记起房屋局说过要来检查。外面站着的还有一位 ACS 的工作人员。她记录下来无上没来开门，便转头去了家事法院。ACS 正准备向法院提出紧急请求。

检查员在无上家的门上留了一张通知，上面写着"今天一位房屋检查员来过，要检查您的公寓"。他们列出了与无上打 311 热线投诉的 3 件事相对应的 3 个投诉编号。后来在法庭上，无上打 311 热线的事实未被提及。相反，ACS 营造的印象是他们发现孩子们无人照料，上学迟到，家里一塌糊涂，"窗户没有护栏"，脸盆"从墙上脱落"，天花板"终日漏水"，他们的父亲听到门铃声连门都懒得开——这一切迹象都表明一场灾难即将发生，而 ACS 正尽力防患于未然。

ACS 要求把孩子们从家中带走。

林法官问 ACS，既然无上和孩子们的家"一塌糊涂"，为什么不能让他们进入市收容所系统。他们应该符合住收容所的资格。ACS 的律师反驳说，无上"现在**有**住房，可以修理"。换言之，问题是无上的忽视：他忽视了住房，因此也就忽视了孩子们。

林法官拨了无上的电话号码，打开免提。电话直接进入了语音留言模式。

"此刻这成了一个安全问题，"ACS 的律师对林法官说，"这些孩子一身肮脏去上学。他们完全没有热水。他们的卧室里没有灯。这些事他本来是可以补救的。"[5]

听了这话，林法官准许 ACS 那天夜里先把孩子们接走。

下午 1 点，两个 ACS 的工作人员坐上了一辆银色福特 Windstar 面包车。不一会儿，她们就开车穿过北岸，把孩子们一个一个地接上。

"出了什么事？"哈利克问那两人。

"我们以后会告诉你。"两个女人中的一个答道。她们打开收音机，彼此聊起天来。哈利克注意着她们说的每一个字，希望能找出线索。

面包车开到的时候，阿维亚娜正在上体育课。老师叫她去校长办公室。此时是下午 1 点 45 分，最后一堂课就要下课了。娜娜已经从社会研究课上被叫了出来，正坐在办公室里。在座的还有学校的校长、一位校长助理和"ACS 女士"。

娜娜首先想到的是她爸爸出事了。阿维亚娜坐下后，两姐妹咯咯地笑起来。她们紧张的时候总是这样。

"严肃点。"ACS 女士说。

"好吧。"两姐妹说。

"我们要把你们带到一个地方去，你们都会在那里过夜。"ACS 女士说。明天，孩子们要去"法院"。

"为什么？"两姐妹问。

"我现在不能告诉你们，但今天夜里你们不能见你们的家长。"

"好吧。"

"你们有什么问题想问吗？"

"我有，"阿维亚娜说，"我的衣服怎么办？"这是她能想到的唯一问题。ACS 女士回答说，孩子们要去住的地方会提供衣服。

"我们都去吗？"娜娜问。

"是的。"

两姐妹跟着 ACS 的工作人员走出学校，上了面包车。她们发现哥哥已经在车上了，又咯咯笑了起来。哈利克叫她们安静。

"我们要去某个地方。"哈利克警告说。他们的下一站是 P. S. 78，在那里，吮着大拇指的玛雅和面无表情的哈达上了车。帕帕已经被另一辆面包车拉走了。

*　*　*

　　狗又叫了起来。无上再次睁开眼睛。这次敲门声经久不息。门那边传来一个惊慌失措的声音。

　　"他们把孩子们带走了！"他的妻子尖叫。

　　香奈儿刚刚从法院过来。她知道她不该来这里，但无上的手机关机了。无上打开门，香奈儿像打机关枪一样吐出一连串互不关联的字句，包括"房子太脏"和"你错过了那次约见"，还有"脸盆、热水"。

　　无上抱起莉莉跌跌撞撞地走到外面，香奈儿还在喋喋不休：ACS说"你一直在躲避约见"，孩子们上学迟到，香奈儿被怀疑偷偷来访，"瞎眼的孩子在照顾其他孩子"，孩子们看起来"肮脏"，和他们的住处一样。

　　无上像受了骗一样瞪圆了眼睛。几个月来，他的住房破败失修，没人帮他照管孩子，他在福利办事处屡屡碰壁。ACS对这些视若无睹也就罢了，但他们最后一分钟采取了补救措施后跑到法院去说他一家人"肮脏"，这让无上怒火中烧。他们的意思是无上在最佳条件下选择了肮脏污秽的生活。若真说起来，实情恰恰相反。

　　孩子们的确得轮流洗澡，但他们的衣服都洗得干干净净，几个女孩的辫子也烦劳一个邻居编得整整齐齐。公寓的确破败不堪，可全家人仍然保持着屋子的清洁，绕着掉在地上的脸盆走。哪怕是如今，地板都是一尘不染，厨房台面也擦过。

　　"他们撒谎！他们睁着眼**说瞎话**！"无上大吼，"他们每次来这里，房子都是干净的！"

　　"我知道，爸爸，"香奈儿柔声说，"我知道，我知道，我知道。"

　　香奈儿试图劝住无上，怕他吓着莉莉。几分钟后，无上冲上法院台阶。案子审理已经休庭。无上看向香奈儿。"听我说，伙计。你不能怪我，伙计。我累了，伙计。"他说着，转向莉莉让她做证：检查员来的时候他们是不是在睡觉？

刚会走路的莉莉点点头。

香奈儿说："我没有怪你。"她有些紧张。如果 ACS 看到她和莉莉在一起，那又是一条罪状。最安全的办法是继续待在公共场所。无上选择了汤普金斯维尔公园（Tompkinsville Park），那是湾街上破破烂烂的一段。那里就像他们的第二个家。无上来回走着，妻子和女儿在一旁看着。他的双手在颤抖。他需要一支烟。他站的地方恰好挨着埃里克·加纳的丧命之地。

ACS 随时会打电话来。无上心念电转。他仍然觉得他能够劝说 ACS 让莉莉留在他身边。

下午 2 点 54 分，无上的手机响了。

"喂。"无上接起电话，听了一会儿。

"你们已经接到了哈利克和所有人吗？"他问。

沉默。

"今天夜里他们去哪儿？……他们都在一起还是会分开？"

无上的面容扭曲了。ACS 要求立即得到莉莉的监护权。

"你知道，你知道，你知道——你在伤我的心，知道吗？"无上哽咽了，"我怎么可能那么做？不，不行！我明白你的意思但我怎么可能那么做？告诉我，我怎么可能那么做？"

过了一会儿。

"我的宝宝不会跟你们走！她爱她的爸爸！她只认得她的爸爸！你们怎么能够把一个小孩子从她爸爸身边带走？"

沉默。

"你回答不了我的问题！"

两分钟后，无上挂断了电话。他必须在一小时内交出莉莉。

莉莉看着父亲，一声不吭。

他们回到了月桂大道，站在公寓的台阶上。香奈儿已经走了，ACS

的人还没来。不清楚莉莉是否懂得发生了什么。她才 3 岁，是个少言寡语的孩子。

莉莉仍然看起来像个娃娃，胖胖的脸蛋，噘着的小嘴像心的形状。莉莉没有一点"蓬头垢面"的样子。她穿着一尘不染的粉色套头衫和洗得干干净净的牛仔裤，脸上抹了润肤霜。她一看就很干净。但莉莉在过去的几分钟里一直在忙着把自己收拾得更干净。她用一块湿纸巾擦着额头和脸蛋，一次又一次地从一个水瓶里蘸水。

无上盯着莉莉新编好的辫子。

"看啊，头发做好了，"他说，仿佛 ACS 的人还在听着，"看啊。我不是——我不是瞎说！我尽量让孩子们体体面面的！"

3 岁的莉莉又把纸巾塞进瓶子，然后拧干。她擦着右边的脸蛋。

"你看到他们来带走孩子的动作多快了吧？"无上愤愤地说，"要是派人来修热水和燃气也那么快就好了！"

莉莉让爸爸擦擦鼻子。

父女二人非常亲，连相貌都很像，有着同样忧郁的眼睛和轻柔的眉毛，同样腼腆的笑容。香奈儿不在，他俩更亲了，也许这就是刚才妈妈和她说再见时莉莉并没有哭闹的原因。莉莉习惯了香奈儿离开，但她父亲不同。她和爸爸很少分开，他俩一起睡午觉，一起吃饭，一起散步。

无上教莉莉："他们问你什么事，你都说：'我不知道，去问我爸爸。'"无上确信 ACS 一定会歪曲莉莉的话，正如他们告诉法官他的孩子们"肮脏"一样。

"就这么跟他们说：'我是小孩子，**什么**都别问我。'"无上提醒莉莉，"'你不能跟小孩子谈话。'"

她父亲拉着阿基拉的狗绳去了街角商店，莉莉小跑着跟在后面。无上拿出福利卡，里面有补发的几千美元的食品券。无上无法相信能突然到手这笔天降横财，也无法相信钱到的时机如此残酷。他给孩子们买了各种食物，装了满满 3 个购物袋，准备送到 ACS 的面包车里。他给莉莉挑了两样特别的零食：一包奇多（Cheetos）芝士条和一瓶新奇士（Sunkist）橙汁。莉莉把它们抱在胸前，跟着父亲回到台阶那里。

下午 3 点 50 分，银色面包车在他们面前停下。

开车的是一位 ACS 的主管。无上拿掉了阿基拉的狗绳，命令它坐下，莉莉躲在父亲的影子下。

"好吧，你得上车。"无上终于说。

莉莉僵住了。无上把一只手放在她小小的肩膀上，仿佛在帮她稳定心神。

"需要给你厘清一下明天的安排吗？"那名案件工作者问。

阿基拉偷偷地走向无上，把脸贴在他的腿后。无上的手仍放在莉莉的肩膀上。他们 3 个就这么站着，组成了连狗带人的"三人组"。

"不需要，我到了法院会澄清一切！我会澄清一**切**。会有你们好受的……因为这件事根本不应该发生。我只错过了一次就这样？……我对你们所有人都有话说。好几个星期我没有水没有燃气！"

莉莉一动不动。

无上抱起女儿放进车里。莉莉的小嘴抿得紧紧的。没有儿童安全座椅。案件工作人员随后上车坐到莉莉身边，伸手去够莉莉座位上的安全带，然后拉上了门。

无上使劲眨了一下眼。他向前冲了一步，好似被一只无形的手推了一把。"赶快滚。"他咕哝着，按住膝盖保持平衡。

面包车的引擎空转了一会儿。他望向车内。

莉莉紧抱着她的橙汁和零食，好似抱着救生衣。

"宝宝明天见！"他用最有男子汉气概的声音说，"我明天把你接回来。**尽快**！"

面包车开走了。

孩子们等着莉莉。他们听到了各种不同的说法。ACS 找不到她。

ACS 找到了她。她正在路上。她到了，进屋了。

过了一会儿，无上来到 ACS 办事处。他又给孩子们买了些零食。

"无论发生什么，都要在一起。"他离开之前嘱咐他们。

孩子们翻找着零食。

"你们饿了吗？"一个 ACS 的工作人员问。

孩子们点点头，很快就吃上了麦当劳的汉堡包。天黑后，他们上了一辆面包车，开过大桥去了曼哈顿下东区。车停在第一大道 492 号前，这座外墙贴了陶砖的楼房后来被孩子们称为"牢房"。它原来是贝尔维尤医院的太平间，现在是将要被寄养的孩子的紧急接收中心，是布朗克斯无家可归家庭接收站的孩童专用版。

从外面看，两个地方都很现代化。里面的程序也非常相似。4 个较大的孩子必须经过"扫描"。他们走过金属探测门，他们的外套和背包也经过了搜查。哈利克不得不交出手机。他们的爸爸买的零食也得上交，于是孩子们赶紧把零食吃掉。之后，他们被领到娜娜口中的"大儿童室"，加入了这个月来过这里的 364 个儿童的行列[6]。到年底时，有将近 4 000 名儿童在这家以 ACS 的一位著名专员的名字命名的尼古拉斯·斯科佩塔儿童中心（Nicholas Scoppetta Children's Center）住过。

20 世纪 30 年代，斯科佩塔自己也是寄养儿童。[7]他 5 岁时被从曼哈顿小意大利区的家中带走。他离家的第一夜在一个叫儿童收容所的地方度过，和弟弟挤在一张折叠床上。[8]后来斯科佩塔告诉《观察家报》（The Observer）："给我造成创痛的几件事中包括我被迫与 2 岁和 5 岁的弟弟分开。我们过了差不多一年才又相见，我弟弟如果不说我都认不出他是谁。"[9]近 60 年后，斯科佩塔于 1996 年被朱利安尼市长任命为儿童服务管理局的第一位专员，任务是推进改革。[10]

然而，这家以斯科佩塔的名字命名的中心现在是个令人生畏的地方。[11]一天中任何时候都有从婴儿到 21 岁的人来入住。灯永远亮着，令人难以安眠。许多孩子只在这里待几夜，找到寄养家庭就会离开，而其他孩子——通常是十几岁的孩子——可能会待上几个月。闹事捣乱的孩子有时被送到街对面的贝尔维尤医院做精神病干预，被打上一针镇静剂，如氯羟安定（Ativan），或者抗精神病药物，如氟哌啶醇（Haldol）。[12] 若有孩子逃跑，ACS 就去警局报失踪，警察找到人后再把人——有时戴着手铐——送回来。[13] 13 个月的时间里，从中心逃跑的孩子接近 1 600 人次。[14] 谁也不想待在"牢房"里。

莉莉紧跟着哥哥姐姐们，他们正等着分配床铺。现在是晚上 10 点 30 分。孩子们因离家的震惊而忘记了疲惫。他们安静地等着。突然，一个工作人员来把莉莉和帕帕与其他孩子分开。他们俩必须到另一层楼去睡觉。

"我很害怕，因为我以为再也见不到他们了。"阿维亚娜在后来给我的信中写道。她那封信长达 7 页，详细叙述了发生的这些事情。她的叙述与她继父的女儿娜娜的 6 页叙述严密吻合。

两个女孩和哈达以及玛雅被分配到同一层，松了一口气。哈利克被送去了男孩住的楼层。很快，年纪较大的几个孩子被带到护士办公室做体检。哈利克第一个进去，15 分钟后出来。下一个是娜娜。护士查了她的身高、体重、心率、耳朵和眼睛。然后护士按压娜娜的腹部，问她疼不疼。娜娜说有点疼。听了这话，护士让 13 岁的娜娜做孕检。

娜娜还是处女。然而她照做了，结果是阴性。阿维亚娜是最后一个，检查完毕已是午夜。工作人员给了她们几姐妹一些吃的。娜娜写道，"食物好像是 3 天前做的"。她只吃了纽结形盐饼干，喝了果汁。她们被带到卧室，工作人员给了她们储物柜、洗漱用品和一个装着两套运动服和其他衣服的帆布袋。

她们最终入睡时已是凌晨 1 点，一个个累得筋疲力尽。5 个小时后，工作人员叫醒了孩子们。该去法院了。

孩子们迷迷糊糊地穿上运动服，上了一辆面包车开往斯塔滕岛法院。他们到达后被一个 ACS 的工作人员带进了一个房间，去见法院新分配给他们的律师安东尼·莫里萨诺（Anthony Morisano）。

几步开外，在林法官的法庭上，无上和香奈儿坐在他们各自的律师身旁。这一天，他们家房屋的惨状被掩过未提。法官的焦点转移了：他要他们两人都做毒品检测，尽管无上之前4次尿检都是阴性（律师们谁也没有把他的尿检报告带到法庭来）。他家的案子明天还会继续审，孩子们暂且继续由ACS监护。

"对我来说，把孩子与父母分开并不是值得骄傲或者高兴的事，"林法官告诉香奈儿和无上，"我明白这会给孩子们带来严重的后果。但你们作为父母负有绝对的义务，必须确保孩子们在你们的照顾下是安全的。所以，如果需要你们毒品检测呈阴性，需要你们接受相关服务，你们必须去做。因为这是法院的案子。"

孩子们现在到了ACS办事处。阿维亚娜说他们在等待"下一步"。他们吃了巧克力曲奇饼干作零食。最后，一个工作人员告诉他们，他们得在曼哈顿那座楼里再过一夜。孩子们起身离开。他们走到外面，经过家事法院。

无上在台阶顶部看到了孩子们。他们都穿着同样的褐红色运动服，连莉莉也是。他们一个跟着一个走向面包车，无上不敢相信地瞪大了眼睛。他觉得孩子们像是囚犯。

走在街上的哈利克抬头看到了父亲。

"他们把她关进**监狱**了吗？"哈利克对父亲喊道，他口中的"她"指的是香奈儿。

无上还没来得及回答，面包车就拉着孩子们绝尘而去了。

无上去做了毒品检测，第二天一早就来到了法院。他不会再给ACS任何留住他孩子的借口。什么都挡不住他按时来到法院。

如果自己的生活被拍成一部电影，那么无上完全想象不到后来发生的事情会如此曲折，会有如此强烈的阴谋色彩。10月8日上午10点左右，他正坐在家事法院的台阶上。一个白人女保安向他走来。无上认出她是林法官那个法庭的。

"来吧，"她说，"准备审理你的案子了。"[15]

她示意无上跟她走。但她没有把无上带去家事法院，而是带到了隔壁的刑事法院。

无上一进门，就被警察团团围住。

"你被捕了。"一个警官说。

"为什么？"他问。

"法庭拘捕令。"那个警官说。起初，无上不记得有什么拘捕令。他求那些警官放他走，不然他就要错过他在家事法院的开庭时间了。警察完全不理，给无上戴上手铐，把他送进了一间囚室。

果不其然，在隔壁的家事法院，无上的案子宣布开始审理。

ACS 一上来就宣布了一个惊人的最新消息：前一天，ACS 的"调查顾问"做了一次"犯罪背景调查"，发现了无上在杂货店的那件事。6 月 20 日被捕时，他被指控犯了"四级拥有武器罪（这意味着他拥有火器）、三级威胁他人罪、二级骚扰罪"。

律师又说，无上最后只是以威胁和骚扰的罪名遭到拘留，因为拥枪的指控取消了。但律师的这些话几乎没有产生任何效果。

无上的形象已经定型。

火器类的武器。

8 月 12 日无上没有到庭，所以法庭发出了拘捕令。律师把话题转向了无上的毒品检测，除了美沙酮（这是他用的合法药品），其他检测结果为阴性。

突然，林法官宣布说："呃……我刚接到法警的报告，这名父亲眼下正在收监。他正在办手续。那么把孩子们归还给父亲的申请就此无效……他也许会被保释。也许不会。要看他的历史。"

隔壁的无上被从囚室带到了一位法官面前。无上解释说，他来到家事法院是为了争回他的孩子，却因为没有出席另一场听证会而被逮捕，可他当时要照顾孩子，实在没有办法。法官对他心生怜悯，无须保释就释放了无上。但等他赶回家事法院时，会议已经结束。

林法官准许了 ACS 的请求，孩子们继续由 ACS 监护。孩子们将进入寄养系统，加入这一年近 1.5 万名寄养儿童的行列[16]。为他们家安排的下次开庭时间是两个月后。

"知道会把孩子们安排在哪里吗？"林法官在会议结束前问。ACS的律师回答说他们正在"想法把他们集中到一家，或者把尽可能多的兄弟姐妹放在同一家。这是我们的重点。我们真的想让他们都在一起"。

之后，孩子们的律师安东尼·莫里萨诺开口了。

"我觉得这些孩子彼此关系非常密切，"他说，"所以我认为如果此刻把他们分开会令他们非常痛苦。"

第二天一大早，孩子们起床穿好衣服。ACS 把他们从儿童中心送到了他们在斯塔滕岛的学校，并且已经通知了那里的老师。

"你需要什么尽管和我们说。"阿维亚娜的老师说。

阿维亚娜最需要的东西老师给不了：准许她回家。她在月桂大道的家与学校只有一街之隔。

月桂大道家的门铃响了，这次无上开了门。又是市里的房屋检查员，他们是来检查房子的，这是自无上一家近一年前入住以来的第一次检查。他们这次发现了 14 处违规，包括天花板漏水、浴室脸盆破碎、两扇门受损，烟雾检测器也全部不工作。[17]

这天下午晚些时候，阿维亚娜和弟弟妹妹们回到"牢房"，正在做作业，吃晚餐。突然，他们被带到了一个无人的房间，让他们坐下。

孩子们沉默着。

无论发生什么，都要在一起。

阿维亚娜记得，一个女人宣布说儿童服务管理局"为我们所有人找到了一个家"。阿维亚娜听后大松一口气，想跳舞，又想哭。"我们所有人"的意思一定是所有孩子都去同一个家。

然而事实并非如此。那位工作人员的意思是，所有孩子都要去寄养家庭，而不是"所有人去同一个家"。好消息是，每个孩子都会至少有一个伴。他们将被分到斯塔藤岛的 3 个家庭。哈达和玛雅去第一个家，娜娜和阿维亚娜去第二个家。阿维亚娜一听到自己的名字，马上打断了那女人的话。

"没有莉莉我是不会去的。"

"我能把话说完吗？"那女人说。

阿维亚娜、娜娜和莉莉去第二个家。

帕帕和哈利克去第三个家。

哈利克嚼着牙花子。哈达和玛雅开始哭泣。

"会没事的。"娜娜告诉 9 岁和 10 岁的两个妹妹。她们从没离开过家人。娜娜想不出别的话，只能无视一切现有证据，不断重复同样的 4 个字。"会没事的。"

玛雅和哈达离开了，其他孩子要求用电话。他们打电话给他们的父母。谁也没接电话。他们知道的唯一一个其他的电话号码是我的。晚上 9 点 45 分，他们给我打了电话。

"他们把我们分开了。"娜娜说。她压低了声音，听起来很害怕的样子。帕帕和哈利克是下一批。已经让他们去打包了。

"我得挂了，"娜娜悄声说，"他们在准备走了。"

两个男孩离开后，剩下的三姐妹被带到一辆面包车上。凌晨 1 点左右，她们停在了斯塔藤岛的新家前。

莉莉老是听到"家"这个词，以为她们要回月桂大道去。她以为又会见到爸爸了。然而，站在门口的是个陌生人。莉莉哭了起来。

此时，两名 ACS 的工作人员已经驱车前往赫尔希。她们有问题要问达萨尼。

第六部

"忍受任何一种生活"

2015—2016

第 37 章

校园成了一座鬼城。哥伦布日的周末，几乎所有人都离校了。达萨尼属于无处可去的那类孩子。今天，这些孩子聚在学校的纪念礼堂里看电影《坚不可摧》（*Unbroken*）[1]。

电影讲的是路易斯·赞佩里尼（Louis Zamperini）的真实故事。赞佩里尼小时候很穷苦，但他擅长跑步，参加了 1936 年的奥运会，然后作为陆军航空兵的投弹手参加了第二次世界大战。战争期间，他的飞机坠毁。他乘救生艇在太平洋上漂流了 47 天，之后被日本海军俘虏，成为战俘。[2]

如果你的为什么足够重要，就可以忍受几乎任何一种生活。

埃克斯先生两个多月前说过这样的话。现在，达萨尼盯着银幕。她以前看过《坚不可摧》，知道下面的情节。重型轰炸机在空中轰鸣，瞄准轰炸目标。日本人还击，打中了飞机上的一个美国兵。路易斯扑过去帮助那个负伤流血的战友。

突然，大喇叭叫起了达萨尼的名字，要她马上到办公室去。

"哦——，你遇到麻烦了。"一个朋友说。

达萨尼走出礼堂，银幕上的轰炸仍在继续。赫尔希学校的一个接待员在外面等她。

"有人要见你。"接待员说，带着达萨尼走进一个会议室，里面有两个女人等在那里。

"嗨，达萨尼。"

"嗨。"

"我们是儿童服务管理局的。"

达萨尼看着她们。一个是 ACS 的案件工作者，另一个是她的上级。她们先和达萨尼寒暄了几句，问她在学校过得如何，然后转向了比较困难的话题。[3]

她们想知道香奈儿和无上是不是"打"孩子。达萨尼之前被许多社工问询过，知道如果给她们一些能写下来的材料，她们一般就不会穷追不舍。达萨尼回答说，"他们取消我们的权利"，"有时候拍我们一下，但他们不会真的打我们"。达萨尼补充说，无上对有的孩子偏心，对帕帕过分严厉。

无上"真应该把生活理一理"，达萨尼说。

下面发生的事在达萨尼的记忆里如同被随机打了马赛克，全是句子的片段和杂乱的事实。达萨尼听到她们说"失去监护权"和"寄养照顾"这样的字眼，说她的弟弟妹妹们被"带走了"，因为房子"条件恶劣"，说"水管爆掉""墙壁肮脏"。不过，孩子们"没事"。他们会被"成对"分开。

从这往后，达萨尼的记忆一片空白。

ACS 的记录显示，"那孩子"开始"哭泣"。ACS 的工作人员住了口，给达萨尼"一分钟的时间释放感情"。

达萨尼记得自己说的下一句话是，"如果那样——如果你们把他们分开，那么把宝宝和她们中的一个放在一起吧"。

达萨尼解释说，宝宝有 3 个妈妈：达萨尼、阿维亚娜和娜娜。（案件工作者注意到，达萨尼没有把香奈儿列为"她们的妈妈"。）达萨尼补充说，她来赫尔希之前教过妹妹们如何照料莉莉。决不能把她们分开。

"这个孩子说那些孩子是彼此唯一的所有。"案件工作者写道。

达萨尼等她们问下一个问题。

"你妈妈和爸爸有工作吗？"

在赫尔希学校，达萨尼一直在学习"为今后的事业做准备"。大厅里一张闪亮的海报上，学生们专注地看着一辆汽车发动机的内部结构。高中学生可以选择主修烹饪、工程、建筑、法律。他们可以"开启通向有成就感、满足感的生活的旅程"，这需要"专业"——埃克斯先生用这个词来代表语码转换。你不是与过去决裂。你只是在谈吐上更像你未来的样子。

达萨尼觉得这两个 ACS 的工作人员谈吐还算专业。但"你父母工作吗？"这个问题令她作呕。ACS 跟踪了她家 11 年，对她家的生活记录得详尽无遗，从家里食品柜里的食物到家人们睡觉的安排，无所不包。这两人肯定知道香奈儿和无上没有工作。不清楚 ACS 为什么要达萨尼确认她 6 个月没有见面的父母的工作状况。要达萨尼这样做不过是让她明确说出她父母的失败。

"没有，"达萨尼低声说，"他们不工作。"

两个女人给了达萨尼一张名片。她们解释说，达萨尼可以打卡上的电话号码找到她的弟弟妹妹们。她们要达萨尼放心，说孩子们都好。ACS 甚至"带他们去购物"，并且可以帮助他们申请去赫尔希学校上学。

"你没事吧？"一个工作人员问。

"没事。"达萨尼说。

儿童保护工作者、警官，甚至侦探要求与学生见面，这种情况在赫尔希学校司空见惯。这些人来访是因为出了严重的问题，例如一个亲戚被谋杀，或父母失去了监护权。学校的社工和治疗师尽量给孩子提供安慰和帮助，但无法阻止这类来访，有时甚至不能在场。今天早上，赫尔希学校的一位社工对 ACS 保证说，她会联系埃克斯夫妇和达萨尼的辅导老师。但今天是假日，他们都不在。

ACS 的工作人员起身离开，告诉达萨尼和她们保持联系，还说一切都会"好"的。

达萨尼走出房间，茫然地沿着走廊回到放电影的礼堂。她不知道过了多久。她也许只离开了几分钟，也许是几小时。唯一的线索是她推开礼堂大门，正好看到饰演路易①的演员被带到其他战俘面前挨打。这说明过去了 92 分钟。

达萨尼坐下来，好似什么都没发生过。

她知道从此一切都将不复从前。

朋友俯过身来问出了什么事。

"我的辅导员。"达萨尼说。此话的含义是"私事"。

她们看向银幕。

现在，路易斯被关在东京附近的战俘营，管理他们的下士是个施虐狂。镜头转向数十名美国和英国战俘。

"必须教会这个人什么叫尊重！"那下士咆哮说，"你们每个人都得给他脸上一拳。"

战俘们感到震惊。路易是他们的战友。他们拒绝动手，哪怕面对遭受酷刑的威胁也不肯，直到路易发话。"来吧，"他说，伸出脸去让他们打，"干完了就完了。"

那些人一个一个地挥拳，把路易打倒在地。

达萨尼晕晕乎乎地回到宿舍。埃克斯夫妇、她的治疗师朱莉、她最好的朋友卡利——她信任的所有人都出门去过假日长周末了。

达萨尼可以去健康中心找一个她不认识的辅导老师谈一谈。不过达萨尼决不会这样做。她看着儿童服务管理局名片上的电话号码，却下不了决心拨打电话。

---

① 路易是路易斯的昵称。——译者注

她自己的电话倒是响了。达萨尼接起来，听到了妈妈的声音。

香奈儿坐在曼哈顿联邦广场附近的一家星期五餐厅（TGI Fridays）里。她睡眠不足，眼睛哭肿了。她刚刚听法律援助协会的律师戈德法因说 ACS 的人去见了达萨尼。

"她们把所有事都告诉我了，妈妈。"达萨尼说。

"所有事"这个词让香奈儿感到要呕吐。

香奈儿求过 ACS 不要找达萨尼。达萨尼在赫尔希过得很好，也不打算回纽约。如果知道 ACS 对她的请求置之不理，香奈儿会抢先给达萨尼打电话。

现在香奈儿拼命想弥补。

"她们关于我说了些什么？"香奈儿说，"达萨尼？"

电话断了。达萨尼宿舍的电话每几分钟就会被切断一次——达萨尼说"就像监狱里一样"。这是为了确保每个女孩都有足够的时间给家里打电话。

香奈儿又拨了一遍。

达萨尼接起来，声音有些发抖，显得冷漠。达萨尼说，ACS 带走了孩子们是因为家里条件太差。她说说停停，仿佛有人在旁听。她还说，ACS 计划把弟弟妹妹们全部送到赫尔希。

香奈儿如遭雷击。她不明白 ACS 怎么能不经父母同意就做出这样的计划，居然还和孩子们谈到此事。香奈儿决不会同意让自己那几个年龄还小的孩子现在就进入寄宿学校。她仍想把孩子们要回来。她不知道那些工作人员还对孩子们说了什么。**她们就是这样切断家庭纽带的**，香奈儿想。她从达萨尼的声音中听得出来。

香奈儿给出了最有力的分辩理由。她开始解释，说 ACS "骗了爸爸"，在法院外逮捕了他。

电话再次被切断。

达萨尼不知道该信谁。后来她把 ACS 的电话号码存进手机，放到了"弟弟妹妹"的标签下。

达萨尼对家里的消息闭口不谈。但是在接下来的一周里，她变得桀骜不驯起来。

达萨尼在班上说脏话，对别人竖中指，领零食时插队。"我们先来的！"一个男孩说。达萨尼朝着他挥起了拳头。为此，达萨尼被定为犯下了2级错误，这属于严重违纪行为，可能危及她获得大学奖学金的机会。

"你不明白我经历的事情！"达萨尼对埃克斯太太说，"你从来没有经历过我经历的事情。"

"甜心，"埃克斯太太说，"你也不知道我的故事。我要是告诉你，恐怕你要给我拿一盒纸巾。"

达萨尼讨厌听埃克斯太太说"甜心"。

"我失去了我的弟弟和妹妹！"达萨尼说，"我不知道他们在哪里。他们被带走了。"

这类消息在摩根学生之家并不罕见，那里的电话铃经常响起，报告某个学生家里出事。埃克斯夫妇负责12个女孩，但这12个人各自又与许多其他人的生活相关联，组成了她们的危机网络。任何一天都可能有一个孩子在这里哭泣，就像眼下的达萨尼一样。

埃克斯太太试图安慰达萨尼，她丈夫也来帮忙。达萨尼再次竖起同样的高墙："你们不知道我经历了什么！"听到此言，埃克斯先生严肃地看着她。

"我不知道你的感受。但有一点我是知道的，好吗？我对你的痛苦感同身受。因为我有过同样的痛苦，"埃克斯先生说，"我父亲55岁就死于吸毒和酗酒。我们都有自己的故事。但我们对这些事情该怎么办？它们会让我们成长吗？还是会埋葬我们？"

达萨尼的弟弟妹妹们在努力求存。

自他们被分开以来，已经过了 4 个夜晚。现在他们被分到 3 个寄养家庭里，由弃儿所监督，就是在 ACS 带走他们之前提供"预防"服务的那个机构。

哈达和玛雅去了斯塔滕岛北岸一个胖胖的女人家里。弃儿所的工作人员来访时，发现这两个女孩"紧张但非常有礼貌"。她们把床铺得整整齐齐，像医院那样把床单角整齐地折紧。她们记着哥哥姐姐的话："听话，有礼貌。"

阿维亚娜、娜娜和莉莉也谨守规矩。她们的寄养家庭在哈达和玛雅东边几英里处，在两个兄弟北边，只隔着 5 条街。哈利克的寄养母亲说他"有礼貌"，异常整洁。哈利克不停地打扫，他弟弟却不停地捣乱。

来到寄养家庭的第二天，帕帕在后院地上挖了个洞，灌满水，开始向邻居的房子扔泥巴。帕帕想回家。

"你能感觉到他们在夜里哭着找你。"香奈儿说。

香奈儿自己睡觉时噩梦连连。她和无上多次要求和孩子们见面。10 月 13 日，无上告诉他在美沙酮诊所的辅导师说，他"要疯了"，"在街上走着走着就想打人"。辅导师问他有没有与 ACS 和弃儿所负责他案子的工作人员见过面，无上的回答是"我要把她们两个都杀了，我说到做到"[4]。辅导师向 ACS 报告了无上的死亡威胁。

3 天后，香奈儿打电话给一位 ACS 的主管，就是那个去赫尔希见达萨尼的女人。

"你的孩子们很棒。"那位主管说。

"谢谢，"香奈儿说，开了手机的免提，"我费了很大力气培养他们长成这个样子。"

她们开始辩论对这件事的处理方法。香奈儿想知道 ACS 为什么要向刑事法院告密，让他们逮捕无上。

"你们怎么能这么干？"

那位主管不能苟同。

"这事是不是干错了？"香奈儿问。

"我——我对此无能为力。"

"但它错了，它错了。是**大错特错**……你自己心里明白。"

"好吧，"主管说，"我不是不同意你的话。可它超出了我们的控制。"

她劝香奈儿把注意力放在自己身上，恢复戒毒治疗，遵守其他要求。仅仅 3 天前，香奈儿测出酒精阳性。几周前，她还测出阿片类药物阳性。

"他管他的事。你管你的事。"主管说。

"但我们是**一家人**，"香奈儿说，"你们这是分而治之。这是威利·林奇（Willie Lynch）那套把戏，我不准这种事发生在我家身上……就是这么回事，你比我更清楚，因为你和我一样是非裔美国人。"

香奈儿提到威利·林奇，含意众所周知。据说林奇是 1712 年来到弗吉尼亚的一个英国奴隶主。[5] 他发表了一篇演讲，介绍他控制奴隶的手法：作为社会控制手段，应该像驯马一样"驯服"奴隶，要把奴隶的家庭拆散。历史学家说这篇演讲是伪造的，但它仍然经常被引用，从 1995 年路易斯·法拉汉（Louis Farrakhan）[①] 对百万人大游行的讲话[6] 到说唱歌手肯德里克·拉马尔（Kendrick Lamar）2015 年发行的唱片 *To Pimp a Butterfly*[7]。

香奈儿知道，指控一个黑人"采用威利·林奇的手法"是很大的侮辱，比叫人汤姆叔叔[②] 严重多了。但这正是她的意思。ACS 夺走了她的孩子，在身体上和精神上都是这样。她仍然忘不了达萨尼在电话上的声音。

---

① 美国伊斯兰民族组织领导人。——译者注
② 出自小说《汤姆叔叔的小屋》。——译者注

"你们怎么能去告诉达萨尼那些事？"香奈儿问那位主管。

"你以为我们告诉了达萨尼什么？"

"你们告诉她孩子们被从家里带走了。他们不在房子里了……她还是个孩子！你们为什么告诉她这些？"

"因为达萨尼需要知道，"主管说，"她担负着很多责任。她等于是弟弟妹妹们的家长。她爱他们就像她是他们的母亲一样。"

"我知道。"香奈儿说。

"好吧，那么——"

"那么，你觉得她不会像一个母亲那样伤心吗？"

"我知道她会伤心。所以我们才去当面告诉她，而不是干巴巴地通知她。我们没有那么冷漠。"

"那么你们告诉她以后，有没有查问她的行为和她的情况？"

"自星期二以来吗？"

"自星期二以来。你们有没有查问过她后来的情况？"

"没有，我本人没有。我们和她谈了话。我们问过她需要什么。"

香奈儿要求了解更多细节。

"她需要知道她的弟弟妹妹们都好，"主管说，"谁还能比我们更能告诉她这些情况？只有我们。所以我们才去见了她。这就是为什么我觉得，我们都觉得，必须当面告诉你女儿。不能让她从律师那里听说——"

"她为什么不能从她母亲那里听说？"

"呃，我不知道，"主管说，"你为什么不打电话告诉她？"

"你——你赶在了我前面！你赶在了我前面！"香奈儿说，"我不懂他们怎么可以允许你去那里打扰一个 14 岁孩子的学业，这个孩子已经很不容易了。我不懂。"

"她觉得我们打扰她了吗？"

香奈儿难以相信 ACS 得从她口中了解达萨尼目前的状况——达萨

尼和人打架被记过，啦啦队活动不能上场，不能再打电话，上课难以集中精神。香奈儿刚想把这些情况总结一下，就听那主管说："我觉得你女儿——如果她感到难过，可能是因为她的弟弟妹妹——"

"可能是因为我们从未被**分开过**！"香奈儿炸了，"我们——我们全家人一直在一起。真是，你们都有什么毛病？"

"那你更应该振作起来，这样你们才能家庭团聚，"ACS 的主管说，"除了达萨尼。因为达萨尼需要待在那里，直到毕业。"

"她**会**的。"香奈儿怒声说。

"好啊。"

"我对我的孩子们……有安排。我有打算。"

香奈儿挂上电话，感觉无力无助。

赫尔希的天阴沉下来。隆隆的雷声滚过玉米地。大雨紧接着倾盆而下，造成交通迟滞，人行道积水。暴雨抽打撼动着达萨尼宿舍的窗户。

屋子里，起居室暖烘烘的。壁炉里的火烧得噼啪作响，壁炉架上摆放着两个瓷制天使，挂着一幅绘有法国农舍的丙烯画。这是达萨尼最平静的时候。学校放学了，晚餐还没开始。她坐在她最喜欢的扶手椅里，挨着 17 岁的卡谢（Caché）。卡谢在画流行歌手拉娜·德雷（Lana Del Rey）的画像，画得复杂而精细。几英尺外，15 岁的安杰尔像平常一样坐在棋盘边，把腿搁在花布沙发的扶手上。

柠檬鸡的香味传来，说明晚餐时间到了。达萨尼拿着盘子来到取餐台边，看着那些烤蔬菜。她还是不能全心接受赫尔希学校的健康饮食。她如果只拿一个面包、一点米饭和一份肉，不知行不行？埃克斯先生像是读懂了她的心思，朝沙拉做了个手势。

达萨尼皱起鼻子。

"别苦着脸。"他说。

"我高兴！"达萨尼欢快地说。

"通知你的脸。"

"已经通知了我的脸。"

表面上看，达萨尼似乎一切如常。弃儿所的工作人员听学校说，"达萨尼至少在外表上正在适应她父母经历的混乱"。

达萨尼连续 9 天没有犯错。如果她坚持到星期五，就能重新获得在本季最后一次校队比赛中参加啦啦队表演的权利。不过达萨尼内心一点也不快乐。她想到莉莉夜里可能会哭。她感到母亲般的焦虑，但她不像香奈儿那样噩梦连连。

"我睡觉的时候只看见黑，"达萨尼说，"我不做梦。我梦见的是黑。"

儿童服务管理局的人来访后，达萨尼拒绝与辅导老师交流。她太难过了，不愿意说话。达萨尼愤怒的另一个原因是，ACS 的人来的那个周末，朱莉和埃克斯夫妇一样，也不在学校。达萨尼感到自己被抛弃了。于是达萨尼拒不参加接下来的两次治疗。后来朱莉亲自来找达萨尼，在教室外等着她，达萨尼这才恢复了对朱莉的信任。

最近，朱莉试图把达萨尼的注意力转移到她自己能够控制的事情上。达萨尼可以参加田径队和啦啦队的活动。她可以在学习中争取获得好成绩。她可以"为了他们"，为了弟弟妹妹们取得成功。"让他们看到即使你在生活中遇到了小挫折，你仍然可以继续前行"，达萨尼记得朱莉曾这样说。谈到朱莉时，达萨尼说："她主要就关心这一点。向前走，永不回头。"

达萨尼吃完晚餐，把盘子拿到水槽边。

除了阵阵雷声和隐隐的小提琴声，整座房子安静平和。埃克斯夫妇的女儿正在练习维瓦尔第（Vivaldi）的 D 大调协奏曲，准备参加演奏会。别的女孩在做作业，埃克斯太太走来走去，一边检查他们的进度，一边分发威氏水果软糖。

达萨尼坐在电脑前，搜索着私刑的历史。她拿了一包糖，几乎没有抬头。并非所有人都像达萨尼这样全神贯注。

"咱们的小蜜蜂刚才在看电视剧《迷失》。"埃克斯太太告诉丈夫的时候，那个女孩正偷偷地站在门边。

"**她**自己都迷失了！"埃克斯先生低声笑着说。

他们特别怜惜小蜜蜂。她刚来到赫尔希时说话都不敢大声，总是低头看着地板。她的昵称和所有人的昵称一样，是埃克斯太太随口叫开的，比如"小蛋糕！""亚亚！""抱抱！"。达萨尼现在的昵称是"妮妮"。

如今，小蜜蜂不再害怕接触别人的视线。她直勾勾地看着她的宿舍家长寻求同情。

"你想处理这件事吗？"埃克斯太太问丈夫，"去拿戒尺来！"

小蜜蜂不说话。

然后他们都大笑起来。

第二天清晨，太阳还没升起来达萨尼就醒了。她每天要走超过 2 英里的路去上学，路上会经过玉米地，看得到远方的谷仓。达萨尼和其他"努力"级的学生一起，必须走路上学。要求她们每天早上长途跋涉是为了刺激她们好好表现，赢得埃克斯先生面包车上的一个座位。但达萨尼不再想脱离"努力"级，她不再想自己的目标，也不再在日历上追踪自己实现目标的进展。

她过一日算一日。

太阳出来了。达萨尼眯着眼望着地平线。它看起来活像达萨尼在奥本收容所看电视时看到的非洲野生公园。那时她在布鲁克林上学，只需走几条街。从那时到现在仅仅过了两年。达萨尼还记得当时自己上学时低着头走得飞快。

在这里，达萨尼抬头望去，扑入眼帘的是苹果园和加拿大鹅，紫红色的糖槭树衬着蓝天更显娇艳。

赫尔希的高中部全是生面孔，共 947 个学生，大部分达萨尼都不认识。达萨尼和她最好的朋友卡利形影不离，随时准备保护卡利不受威胁。

"如果有哪个女孩欺负到你脸上，必须顶回去。"达萨尼说。

高中部的助理校长塔拉·瓦罗茨基（Tara Valoczki）密切观察着达萨尼。她负责对付赫尔希最刺头的学生。她会把他们请到办公室，让他们发泄情绪或讲自己的故事——达萨尼总是欣然接受这样的邀请。

达萨尼喜欢塔拉，部分原因是她自己与这位住在郊区的 36 岁白人母亲如此不同。达萨尼知道的事埃克斯先生也都知道，但塔拉对达萨尼说的任何事都听得津津有味。

当达萨尼提到"街头信用"这个词时，塔拉显出了好奇的神色。

"那是什么？"生长在赫尔希本地的塔拉问。

达萨尼解释说，街头信用是一个人在街头的好名声，必须不惜代价来维护。[8]

达萨尼说话时，塔拉听得眼睛一眨不眨，似乎一个字也不想漏掉，这让达萨尼感到满意。"她需要被倾听，"塔拉后来告诉我，"她需要知道我在认真听她说话……我觉得，除非与一个孩子建起彼此信任的关系，否则无法对她产生影响。"

周末前，达萨尼赢回了参加啦啦队的权利。她穿上为今晚比赛准备的服装，对面的干擦板上是她写的一句话："如果啦啦队容易，他们就改叫它美式橄榄球了。"达萨尼上了开往附近帕尔迈拉的校车，斯巴达队要在那里和美洲狮队一决高下。20 分钟后，赫尔希的美式橄榄球队员和啦啦队员进入了另一个美国。

帕尔迈拉是个工人阶级居住的小镇，把美式橄榄球看得至高无上。镇里居民几乎全是白人。[9] 啦啦队员们在场上奔跑腾跃，金发上扎着粉色蝴蝶结，随着摇滚乐队 AC/DC 的歌曲 Back in Black 的节奏挥舞着彩球。随着气温降到 41 华氏度[①]，1 000 多名观众坐满了被探照灯照得通

---

① 5 摄氏度。——译者注

明的体育场。观众们盖着毯子，啜饮着热巧克力。

"女士们先生们，请起立，"司仪宣布，"肃立，奏国歌。"

达萨尼站在那里，抬起右手按住左肩。她不仅是啦啦队员，现在还是"飞者"——做特技动作时被抛到空中的人。今天晚上，达萨尼必须表演一个她还不熟练的新伸展动作。天气太冷，啦啦队员们都没脱运动服，呼喊着标准的啦啦队口号做热身练习。

> 我们最棒！
> 我们无敌！
> 赫尔希高中
> 必定第一！

口号喊对了。到比赛的第三节时，赫尔希校队已经遥遥领先。该达萨尼做特技动作了。

集中精神，达萨尼告诉自己。

3个女孩举起达萨尼，扶着她的脚。诀窍是直视前方，千万不能往下看。稍不平衡就会令全组人摔到地上。达萨尼死死盯着前方，眼神与教练相接。她慢慢举起手臂，完成了整套动作，还不忘加上一个微笑。

"她做到了。"教练说。

达萨尼跳到地上，一脸胜利的喜悦。她高兴得忘乎所以，把一切仪态都抛到脑后，还做出自己狂野的加油动作——佯装弹吉他的动作混合以时髦小鸡舞（funky chicken）的舞步。其他啦啦队员都停下休息了，只有达萨尼自己旋转着满场飞。

"看她多带劲。"教练说。

达萨尼的弟弟妹妹们穿着新衣服，头发梳得整整齐齐，脸洗得干干净净。这是他们被分开的10天后。今天下午，孩子们要在弃儿所第一次和父母见面。

孩子们冲向彼此，紧张而兴奋。

"你们都知道你们寄养妈妈的名字吗？"娜娜声音亢奋。

"谢莉小姐。"

"沃尔特小姐。"

"南妮小姐。"

一位工作人员把他们带进一个房间，里面有玩具、游戏和绘画用具。孩子们平静下来后，彼此交换信息。他们的寄养家庭都有电脑和热水淋浴。他们每周都有零花钱。哈利克得到了一部新手机。阿维亚娜的浴室有地暖。

"你们都有车吗？"玛雅问。

"有，一辆大奔驰。"哈利克说。

楼上，香奈儿和无上在另一间会议室里落座。在与孩子们见面之前，他们必须和弃儿所负责寄养照顾的工作人员以及 ACS 的两位工作人员开一次"过渡会"。那两位 ACS 的工作人员选择通过电话参加会议，因为无上不久前对她们发出了死亡威胁（无上后来撤回了威胁，并表示了悔意）。

今天主持会议的是弃儿所新分配给香奈儿家的主管琳达·洛（Linda Lowe）。在新泽西州郊区长大的洛 56 岁，在弃儿所工作了 5 年。[10] 她身材高瘦，攀岩运动让她练出一身精壮的肌肉。她上班的服装规规矩矩，穿着西装上衣和平底皮便鞋。闪亮的金色卷发围在她脸颊两旁。香奈儿还不知道琳达的学历——琳达毕业于常春藤盟校 [1]——就认定这个主管是"又一个白鬼子"。

---

① 美国东北部 8 所著名大学组成的联盟，成员包括哈佛大学、耶鲁大学、普林斯顿大学、哥伦比亚大学、宾夕法尼亚大学、康奈尔大学、布朗大学、达特茅斯学院。——编者注

琳达开口了。她的声音不高，如同与朋友闲聊一样随和放松。香奈儿猜想也许她吸烟。香奈儿和琳达见过几次面。这个女人有好多令人意想不到之处。她随口爆粗话，拿自己开玩笑。"我听 NPR，但我也听霍华德·斯特恩。还能有比这更极端的吗？"[①]

琳达一直追踪着香奈儿孩子们的情况，向香奈儿报告好消息：他们比大部分寄养儿童都更乖、更整洁。哈达甚至"用病床紧折床单四角的方法铺床，非常令人惊讶"，琳达手下的一位工作人员写道。

琳达多次对香奈儿说："我们的目标是让你们一家团聚。"

这种话香奈儿以前也听过。她这辈子至少与十几个案件工作者打过交道，[11] 但琳达身上有些东西似乎与众不同。就在几天前，这位弃儿所主管在街上遇到了无上。他看起来很饿的样子，于是琳达打开了钱包。琳达知道不该这么做，但她又知道应该这么做。没有绝对正确的回答。这就是"社会工作"的悖论，这两个词的组合本来就难免让人觉得别扭。

琳达听从自己的内心，给了无上 20 美元。

这类违规行为赢得了香奈儿的信任。她看得出琳达"脑筋灵活"，这是生存的关键。

"看来她过去生活不易。"香奈儿说。她的直觉没错。

琳达在新泽西州布兰奇伯格（Branchburg）的一个高尔夫球场上长大。她那在华尔街做股票交易员的父亲经常殴打妻子和他们的 5 个孩子，在他们身上被衣服遮盖的地方留下淤青和肿痕。他喝酒越多，打人就越凶。琳达 8 岁时，父亲打断了她姐姐的鼻梁。

"他打人时我会拦着。"琳达说。一次，她父亲转向她说："我需要

① NPR 是美国全国公共广播电台的缩写，霍华德·斯特恩是电台脱口秀主持人。——译者注

帮助。"

他从未得到帮助。周围富裕的邻居知道他在家里打人，但没人说话。那时和今天一样，白人家庭一般不会进入儿童保护系统。琳达还记得自己七年级时一起特别严重的事件。"他把我从起居室的一头扔到另一头。我姐姐和两个朋友就坐在外面的门廊上。我记得自己马上就出去了，假装什么都没发生。"

直至今日，琳达都很容易受惊。她也知道，如果让她选择，她决不会愿意离开父亲去寄养家庭。"在感情上，虐待没有红线。你会忘记疼痛。出于某种原因，你总是崇拜那个人，永远如此。我想说，直到最后我都崇拜他……每个小孩都是这样想的。他们想回家。他们想要自己的妈妈和爸爸。他们想被爱。"

琳达因此同情受她监督的那些父母。他们犯的错与她父亲的行为相比可以说是小巫见大巫。被问到如何应付自己的工作时，琳达耸耸肩。

"情况虽然令人发指，但你会爱上其中的一些孩子，"琳达说，"我觉得当你和他们在一起时，你不会感到悲伤。"

孩子们在楼下等着。哈达拿一张纸画了一朵红玫瑰。莉莉梳着新编的辫子跑进房间。

突然，香奈儿走了进来。

"嗨，宝贝儿！"她柔声说，把莉莉举到空中。孩子们跑向他们的母亲，紧紧围在一起。香奈儿一个一个地仔细检查他们。她确定哈达的耳朵发炎了。她给阿维亚娜挤掉了脸上的一个粉刺。她教给玛雅穿套头毛衣的技巧。香奈儿忙着照顾孩子们，无上则给孩子们带来了东西，把成袋的维生素、牙刷、薄荷茶和糖果分给他们。

无上一脸难过。几分钟后，他离开了，说要去给大家买晚餐。

孩子们跑到篮球场上，两位工作人员在一旁观察。从现在起，每次会面都会产生一份电脑打出的报告。今天的报告说，香奈儿"显得情绪稳定、条理清楚"，并"穿着得体"，但无上"非常安静、漠然"，"对孩子们并未表露感情"。

在工作人员听不到的地方，香奈儿转向娜娜说："跟这些人说话要小心。我告诉你。说话要小心。"[12]

娜娜因为新得到的零花钱和其他待遇而非常兴奋，这令香奈儿感到受伤。

"你好像在这里很开心，我在想，"香奈儿说，"你愿意留在这儿吗？"

"不，"娜娜说，"我想回家。"

会面结束前不久，无上给孩子们带回了芝士汉堡和炸薯条。他们狼吞虎咽地吃着晚餐。琳达交给香奈儿一叠医疗许可单。香奈儿不明所以。ACS 既然拿到了孩子们的监护权，为什么还需要她的准许？

琳达让香奈儿去看父母手册，里面解释了她的权利。

孩子们需要看新的医生、牙医和治疗师。莉莉的门牙蛀坏了。娜娜的眼睛必须检查。他们需要打疫苗。一听这个，香奈儿勃然大怒。她和无上都坚信打疫苗会让孩子生病。香奈儿确信无上不会签字。不是的，琳达说，他已经签了。

琳达观察着香奈儿的表情，在报告中写道，"他们显然非常紧张"，无上"也许是出于害怕才签字的"。

香奈儿现在一页一页地在医疗许可单上签名。在阿维亚娜的名字下面，香奈儿签下自己名字的首字母，表示同意让阿维亚娜接受精神病和心理评估以及心理治疗。在另一张表上，香奈儿写下了"不能吃猪肉"。

阿维亚娜想阻止妈妈继续签字。香奈儿看看女儿，试图让她放宽心。"我们活着就是为了你们，知道吗？"香奈儿说，"我们在努力，在尽一切努力把你们要回来。"

孩子们该走了。

帕帕冲向妈妈。

"你想见我的南妮吗？"帕帕说的是他的寄养母亲。"就是那边那辆宝马！"

3 辆没有熄火的汽车等在环形车道上。

香奈儿觉得这些女人似乎很富裕。她猜想她们收养她的孩子赚了大钱，但许多寄养家长对此不能苟同。给的钱一般都不够，而且无论给多少钱，接受寄养儿童都不是件容易的事。[13]

寄养儿童分 3 类：有"正常"需要的、有"特殊"需要的和有"超常"需要的。

这些标签决定了寄养家长的津贴。[14] 第一类的津贴最低（一个 7 岁孩童大约每天 23 美元），第三类的津贴最高（约 62 美元）。有特殊需要或超常需要指的是有医学、行为或精神健康方面的问题。为了照顾这样的儿童，寄养家长可能需要额外训练才能具备"治疗性"家庭的资格。

达萨尼的弟弟妹妹们全部被安置到了治疗性家庭中，他们的寄养家长照顾每个孩子的平均月收入是 1 900 美元。这些孩子在寄养系统中待一天，就要按每个孩子 93 美元付款给弃儿所。综合起来，为了照顾香奈儿和无上的孩子们，每个月的花销超过 3.3 万美元——每年近 40 万美元。

弃儿所的主管琳达经常算这个账。如果给一个贫困家庭指派一个全职助理，以防止出现可能导致忽视孩子的问题，那么少花很多钱就能保持这个家庭的完整，使之免于分离的痛苦。全职助理可以帮助那个家庭填写医疗表格，确保按时参加学校活动，放洗澡水。

琳达坚信，无上爱他的孩子们，但他实在应付不来，所以才失去了他们。如果另有一个成人在场就不一样了，就能影响家长的行为。

"如果我在街上开着车看到一辆警车，我就会当心开车的速度，留意我有没有遵守交通规则，"琳达说，"我也许会把脚放在刹车上。"

ACS 有一个类似的项目，叫"预防性理家服务"，但只有 470 个家庭加入了这个项目（不到这一年进入预防服务的家庭的3%）。[15] 按照该项目，一位助理会来到家里，"在家庭遭遇压力或危机期间维持家庭的正常运作"。要达到获得这种帮助的资格，家长中的一个必须有残疾或有医生诊断证明。

根据法律，ACS有责任告知家长有这样的服务。[16] 无上被诊断患有恐慌和心境障碍，香奈儿的膝盖严重受损，但不知为何ACS并未提出为他们提供这项服务。（ACS以保密为由不肯讨论香奈儿家的案子。）然而，把一个家长认定为"残疾"会带来一种耻感。达萨尼的父母对这个标签十分反感，他们甚至不肯申请残疾福利，宁愿放弃每月几百美元的收入。

"你好吗？"帕帕的寄养母亲问香奈儿。

"你看起来像我妈妈！"香奈儿试图讨好南妮小姐。

"我的孩子来了！"南妮看着哈利克说，"他是我的帮手。"

香奈儿只能想象哈利克为这个女人干了多少打扫的活。弃儿所也注意到了这一点，报告说哈利克"喜欢保持厨房清洁"。香奈儿却另有解释。哈利克不是想"保持"厨房清洁。他想要的是清洁的厨房带来的平静。

香奈儿站在车道中央，看着一辆又一辆车开走——带着莉莉、阿维亚娜和娜娜的面包车，带着哈利克和帕帕的黑色宝马，玛雅和哈达安静地坐在有皮革内饰的本田CR-V里。

他们走后很久，香奈儿还站在那里。太阳西沉时，她和无上步行离开了。

"对于孩子们卫生状况的关切……"香奈儿的律师约斯特读着ACS提交的一份法院报告。他在关于哈利克的一段那里停了一下。约斯特读道，哈利克的学校"对家里没有抓紧纠正他的行为表示关切"。

"那又怎么样——说我们没揍他吗？"香奈儿说，"可是我们要是揍了他，他们就会找 ACS！"

约斯特收起报告。他的结论很简单：香奈儿必须照 ACS 说的做。她已经离开收容所，回到斯塔滕岛和无上住到了一起。

但要遵守 ACS 的要求，香奈儿就必须上学习班，学习如何教养孩子，如何管理愤怒情绪。她必须准时去和孩子们见面，把公寓修好，接受精神健康评估，加入新的戒毒项目，并通过检测证明没有使用被禁物质。香奈儿有 15 个月的时间做这些事情。如果她没能做到，法院可能就会终止她作为母亲的权利，让别人收养她的孩子们。

这被称为家事法院的"死刑"，并且在 1997 年克林顿总统在任时成为儿童福利法的核心之一。[17] 也是在那个时期，刑法变得更加严厉，美国政府还颁布了其他一些不利于有色人种的政策。后来希拉里·克林顿和乔·拜登竞选总统时，犯罪法案成了他们甩不掉的包袱，但《收养和安全家庭法案》（Adoption and Safe Families Act）得到的注意却少得多。[18] 按照这一法案，当一个孩子受寄养照顾达到 15 个月时，州儿童保护机构（除了极少数的例外情况外）必须采取行动结束父母对孩子的亲权，[19] 否则联邦政府将不会给州报销寄养服务的费用。

推动结束父母亲权并加快收养过程时，正值超过 50 万名儿童滞留在寄养系统中 [20]（自那以来寄养儿童的人数下降了 24% [21]），但克林顿签署的法案给这个问题带来了新的维度：2015 年，超过 6.2 万名儿童因为父母的亲权被终止而成为孤儿，却没有被收养。[22] "我们现在正在以空前的速度摧毁家庭，其中黑人家庭的占比超过了他们在人群中所占的比例。"纽约大学法学院家庭保护组织（Family Defense Clinic）的联席主任克里斯·戈特利布（Chris Gottlieb）说。他还说，这个制度"把永久性切断父母与孩子之间的纽带作为胜利来庆祝"。

香奈儿此时还不了解这段历史，也不知道她家在其中的位置。她只知道自己的案子里的细节让她怒不可遏。ACS 把她的孩子们带走之前不到两个星期，负责她家的预防工作者曾在报告上写道："家中看不出虐待或忽视的迹象。"

香奈儿告诉她的律师，要说该做什么，她该把ACS告上法院，告他们无端抢走她的孩子们。

约斯特摇了摇头。

"你告不了ACS。谁都赢不了。"

他给香奈儿上了一堂简短的法律课，解释说家事法院的标准不同。它与刑事法院不一样，后者要求证明一个案子需要"排除合理的怀疑"（beyond a reasonable doubt）。在家事法院，ACS只需展示"证据优势"（a preponderance of evidence）即可。约斯特将其比作"使天平倾向于检方"的"一根羽毛或一个曲别针"。

约斯特让香奈儿看一看"正义天平"的雕像。几乎每个法庭里都有这样一座雕像。香奈儿点点头。她看到过好多次这个雕像。

约斯特说，只要一点点就能造成天平的倾斜。

香奈儿怒视着约斯特。

"你们都是该死的软蛋，你们律师都是，"香奈儿说，"你不为我说话。你应该跟法官对着干！"

"你看电视看得太多了。"

香奈儿发火了。

"为我说话！"她吼道。

"给我为你说话的理由！"约斯特吼回去。

第 38 章

达萨尼好几个星期没和妈妈通话了。

完全出于巧合,香奈儿和她的律师那次见面后不久,达萨尼也学到了正义天平。她坐在赫尔希学校的模拟法庭上,看着一座正义女神的青铜雕像。

世界各地的法庭都有这个雕像的某个版本。正义女神可以追溯到古埃及,她在那里的名字是玛亚特(Maat)。在古希腊,她是忒弥斯(Themis),[1] 是主司法律与秩序的女神。在赫尔希,正义女神眼上蒙着布,显示她的不偏不倚。她的手中拿着剑,显示她的雷霆行动。她手提一架天平,天平的两个托盘代表每个案子的正反两方。

达萨尼现在最喜欢法律课。

她的老师戴夫·柯里(Dave Curry)把教室变成了实验室,装了一个有泡沫塑料贴墙的审讯室,贴了一张最新的联邦调查局通缉海报,还有一个完整的犯罪现场。达萨尼跨过警戒线,进入了她自己制造的《犯罪心理》电视剧现场——一个被翻得乱七八糟的公寓、一个被谋杀的假人,以及各种证据标识。达萨尼将学习如何提取指纹,如何搜寻线索。

不过达萨尼首先必须学习基本知识,例如轻罪与重罪的区别、辩护律师与检察官的区别。达萨尼要当检察官。她喜欢进攻,发起和结束争论是她的长项。达萨尼想站在法律正确的一边,不像她妈妈。她近来不肯接她妈妈的电话。

一天早上，柯里问："缓刑和假释有什么不同？"

"缓刑会记录在案吗？"坐在前排的达萨尼问。

"绝对会。"柯里答道。

学生们提问时经常夹杂着个人的担忧。许多学生都有一个家长或兄长在坐牢。几分钟后，达萨尼又举起了手。她想知道软禁是怎么回事，话题因此转到了电子脚环上。柯里解释说，电子脚环装有卫星定位器，警察可以追踪假释犯。

"如果你拿下来戴到别人脚上呢？"达萨尼问。

"那可就犯法了。"柯里笑道。哪怕只是忘了给脚环的电池充电都可能被捕。"人们通常在睡觉时充电……他们上床后，把自己插上电。"

学生们哄堂大笑。

一个白人女孩举起手。

"我能讲一个，呃，故事吗？"

"当然。"柯里说。

"好吧。我爸爸——他就有那个。他出了监狱，被假释了，他不应该接近我和我哥哥，可是他还是来了。我那时候大概 4 岁。他把脚环切断了。接着，大约两分钟后，一大群警车就把我家围住了。那些人冲进了屋里。我心想：'发生什么事了？'"

"够吓人的。"柯里说。

"我吓死了。我和哥哥一起躲到了床底下。"

下课了，达萨尼的一天继续进行。英语课，美洲文化课，几何课。

同一天下午在斯塔滕岛，阿维亚娜和娜娜放了学往寄养家庭走去。她们住在一座 3 层的两家庭房子里，墙上贴着雪松板和铝墙板，后院还有个游泳池。她们从来没有住过这样的房子。她们 48 岁的寄养母亲谢莉·伯德（Sherrie Byrd）在照顾莉莉的同时还在房子里开着一家托儿所。

莉莉和伯德太太开始亲近起来。可是今天两姐妹回家时发现伯德太太在哭。

"莉莉要走了。"她们的寄养母亲说。

阿维亚娜呆住了。

伯德太太解释说，一位"舅妈"表示要照管香奈儿的 3 个年纪最小的女儿——哈达、玛雅和莉莉。这叫"亲属寄养"，意思是一个密友或亲戚愿意让一个孩子寄养在自己家里，正如香奈儿的妈妈乔安妮照管自己妹妹玛歌的外孙女。

今天，这个自愿当寄养母亲的家人是香奈儿的哥哥沙梅尔的长期女友琼（Joan）。她和沙梅尔生了一个儿子。达萨尼他们一直叫她琼舅妈。琼 42 岁，住在布鲁克林，是一名数学教师。

阿维亚娜想知道莉莉具体什么时候离开。

"今天吗？"

阿维亚娜无法想象莉莉等不到明天就要离开了。

"嗯，就是现在，两分钟后。"伯德太太说。

莉莉看向姐姐们，宣布她要回"家"了。

"你不是回家。"阿维亚娜说。

这是 5 周内莉莉第四次与家人分离。她先是被从父亲身边带走，然后在儿童中心与姐姐们分开。在那以后，她在斯塔滕岛与两个哥哥和两个最小的姐姐分开。现在她又要走了，去布鲁克林。

她才 3 岁。

"我是要回家，"莉莉说，"我是的。"

她的小脸皱成一团。

"别哭，莉莉。"阿维亚娜说。

两位弃儿所的工作人员来到门前，他们已经接到了满脸惊惧的玛雅和哈达。伯德太太请大家来到起居室坐下，请她们吃比萨。大人聊天时，娜娜和阿维亚娜溜到了外面。

无论发生什么，都要在一起。

她俩爬上面包车，蹲在后面想藏起来。

"出来。"一位工作人员说。

阿维亚娜和娜娜看着几个妹妹上车。

她们挥手看着面包车远去。

7天后，达萨尼到了纽约宾州车站（Penn Station）。她是回来过感恩节假期的。

达萨尼乘Q线地铁到了布鲁克林的密德伍德。她几个最小的妹妹现在住在她们叫琼舅妈的那个女人那里。达萨尼有6个月没见妹妹们了。谁都别想让她留在赫尔希过假期——ACS不行，埃克斯夫妇不行，她妈妈也不行。他们也没有试图劝她留下。

香奈儿靠短信了解几个女儿的行踪，因为她不被准许在没有监督的情况下与孩子们见面。琼舅妈知道这一点，告诉过香奈儿她必须遵守规则。

晚上9点，达萨尼在科特柳路下了地铁。她得等沙梅尔舅舅来接她。达萨尼不熟悉布鲁克林的这个地区。她冷得发抖，跟着手机上放的碧昂斯的歌哼唱着。半个小时过去了。

突然，他们来了。哈达和玛雅向她跑来。她们扑向达萨尼。三姐妹手臂交织，组成一个小帐篷。

"你戴眼镜了！"玛雅说。

"你长这么大了！"沙梅尔说，把达萨尼拽进怀里给了她一个拥抱。他解释说莉莉在家睡觉。达萨尼看着妹妹们，伸手从背包里拿出了她的初中毕业证书。女孩们赞许地点头。她们也马上要转到布鲁克林的一所学校上学了。三姐妹在人行道上跳起了舞，齐声唱着：

你肯定扭身跨步不如我

Milly Rock 舞步不如我

性感走步不如我

跳舞就是不如我 [2]

香奈儿看着手机。没有短信。

* * *

3天后，达萨尼和3个最小的妹妹坐着琼舅妈的车开过韦拉札诺海峡大桥。这是自从孩子们被从父母身边带走后达萨尼第一次和所有7个弟弟妹妹见面。她们从斯塔滕岛的高速公路下来，开进斯塔普尔顿，然后驶入弃儿所的环形车道。达萨尼跟着妹妹们进入大楼。等在那里的弟弟妹妹们看着达萨尼大步走进来，轻松地向他们打招呼说："嗨，各位！"

他们的尖叫声响彻了整个楼层。孩子们跳着，跺着脚，拥抱着。达萨尼兴奋得几乎没有注意到门边的工作人员。那位工作人员写道："听到的只有房间里传出的笑声和欢乐的声音。"

另一位工作人员的笔记显示香奈儿迟到了一个小时，"没有任何解释"，还说她"没有给孩子们带来任何游戏或零食"。香奈儿没有看到案卷笔记。她需要通过律师要求查阅，可法院分配给她的律师约斯特没有提这个要求。香奈儿已经在寻找私人律师了，她想找一位愿意无偿受理她的案子的律师。

在弃儿所，香奈儿扳着达萨尼的身子，转向正在记笔记的女人。

"这是负责你的案子的人，我想换掉她。"香奈儿说。

弃儿所的主管琳达在房间里出出进进。她祝贺帕帕成为当月好学生，也祝贺哈利克的成绩有所提高。琳达对待香奈儿非常小心。香奈儿不准任何人告诉她该怎么带孩子。但是当她在见面期间大声斥责孩子们的时候，琳达能够用一个眼神或握住香奈儿的手表达她的意思。"任何人，无论大人还是小孩，都不喜欢被呵斥，"琳达说，"那样**非常侮辱人**。"

如果别人纠正香奈儿的行为，香奈儿通常会勃然大怒，但她对琳达比较客气。她不能见着谁就跟谁斗。

孩子们跑来跑去，互相开玩笑，梳头发，有时还突然跳起舞来。他们仍在寄养的蜜月期，和达萨尼刚到赫尔希学校的头几个星期差不多。汽车、干净的衣服、没有霉斑的墙壁和装得满满的冰箱，这些物质上的新奇感尚未消散。

见面快结束时，一个陌生人出现在了门口。

"这是我的谢莉妈妈。"娜娜指向她的寄养母亲。

房间安静了下来。工作人员是 10 天前把莉莉从伯德太太家带走的。本来莉莉和伯德太太已经亲近起来，可是现在当伯德太太伸手抱莉莉时，这个 3 岁的孩子蹲到了地上。

莉莉把两只小手合在一起，仿佛在鼓掌。她仍旧蹲在那里，目光紧张地在她妈妈和伯德太太之间打转。

"大姑娘！"伯德太太激动地说，"大姑娘！你瞧你！"

令莉莉更加迷惑的是，她的新寄养母亲琼舅妈也来了。

莉莉不再看伯德太太。

"别装得好像你不认识她！"香奈儿说，"谢莉妈妈对你很好。"

香奈儿不断试图减轻孩子们的负疚感，特地对他们的寄养母亲表现出善意。达萨尼没有这么圆滑。她对伯德太太自我介绍时只冷淡地说："嗨，我是达萨尼。"

"你好吗？"伯德太太问。

"好。"

伯德太太转向莉莉，然后又转向她仍在照顾的两姐妹。她喜欢叫娜娜"我美丽的小蝴蝶"。

"那是我的**女孩！**"伯德太太满面笑容地看着娜娜和阿维亚娜。

"我的妹妹？"达萨尼咳了一声。

该离开了。

孩子们在弃儿所大门口打闹，尖叫着互相拉扯头发。这是他们告别的方式。

开车回家的路上，达萨尼看着窗外。

"我不想再回这儿来了。"她轻声说。

第二天早晨，北岸是阴天，云层遮住了太阳。中午左右，一个63岁的白人妇女走在莱茵大道上。³ 她穿着一件淡紫色西装上衣，面容恬静，看来是在过正常的一天。当她路过一家熟食店时，一个身穿连帽衫的黑人少年从后面向她走来。

少年一拳把那位妇女打得向前摔倒在地。这个场景被熟食店的监控摄像头拍了下来。他似乎不想抢那位妇女的钱。这次袭击的唯一目的就是袭击——这是一种叫"打昏游戏"（Knockout Game）的随机暴力行为。目的是对一个陌生人突然动手，一拳将其打晕。

新闻报道说，袭击者一般是黑人青少年。⁴ 受害者经常是老人、移民和犹太人。最近这种袭击密集发生，连阿尔·夏普顿（Al Sharpton）牧师① 都站出来谴责这种行为。⁵ 报道这种袭击的头条新闻引起了社会恐慌。

今天这场"打昏游戏"的受害人跌倒在地，开始哭泣发抖。打人的男孩和两个朋友一起逃跑了，后面紧追着斯塔滕岛警局的一个志愿"协警"。那人抓住了一个男孩，但袭击者逃脱了。

《斯塔滕岛前进报》（Staten Island Advance）刊出了头条新闻**对妇女的袭击激起对"打昏游戏"的关注**，还在报社网站上公布了监控摄像

---

① 黑人民权运动领袖。——译者注

头拍下的视频。⁶警方正在搜索肇事者，他的脸在视频中清晰可见。

这个人是达萨尼异父异母的弟弟哈利克。

第二天，哈利克没去上学，希望警察会对搜索失去兴趣。哈利克从来没干过这种事。他自己也说不清为什么要这么做，只说他没钱了，朋友们说他要是敢打人就给他 50 美元。他想打一个男人，但他们让他去打一个老太太。

"我不会把她打昏。"哈利克对他们说。

"打昏她。"他们说。

哈利克想着能得到的钱。

"我心里不想把她打昏，因为她是女的。"哈利克后来告诉我。所以哈利克用小臂打了那位妇女一下，顺势推倒她，"显得好像把她打昏了一样"。然后"她就那样跌倒了"。

对于接下来发生的事，哈利克的记忆短促而迅速。他看到警察蜂拥而至，一个警官抓住了他的朋友。他躲到一辆汽车后面，脱掉连帽衫塞进运动裤里，"这样他们就不知道是我"。他跑到附近的一个公园去找他的新朋友。

"警察来了！把我藏起来！"

哈利克从藏身的地方回到了寄养家庭，南妮小姐在家里开了一个托儿所。哈利克在家里与在街上判若两人。南妮小姐说他很讨人喜欢，"帮了我很大的忙，始终都很有礼貌"，是个"讲理"的孩子。南妮小姐认为家里有哈利克是自己的"幸运"。⁷

唯一的问题是南妮最近在哈利克和他弟弟帕帕合住的卧室中发现了大麻。她把这事报告给了弃儿所。如果再有这种情况发生，哈利克就得参加青少年戒毒项目，还可能被迫离开南妮的家。

这也意味着离开帕帕。光是想到这一点就令哈利克心痛难忍。他保证从此不碰毒品。

与此同时，要求警察逮捕打昏案肇事者的压力越来越大。《斯塔滕岛前进报》的读者看到监控视频后义愤填膺，在报纸网站的评论区拉响了警报。一位读者写道，应该把这 3 个男孩的家庭享受的"**州福利停发 31 天**"。其他读者因报纸没有强调受害者和袭击者的种族而怒火中烧。

"应该写明'11 岁黑人男孩袭击白人老年妇女！'"一位读者写道，"《斯塔滕岛前进报》，你们再淡化黑人对白人的犯罪，就等着看人们退订报纸吧。"对此有人回复说："他们不能实话实说，因为那不符合'白人特权'理论。"

这条评论下的第三个人写道："那个小黑孩的嫩屁眼需要在监狱里被狠狠**鸡奸**……"

几天后，达萨尼在宾州车站登上了大巴。但她只是身体离开了纽约。她无法关上手机，手机不停地收到短信和脸书的更新通知。

她不能像赫斯特小姐那样，拖着橙色行李箱走出公房区，摆脱过去的牵绊，走向未来。在赫斯特小姐成长的那个时代，摆脱比较容易，"拔掉"指的是电线插头。

但达萨尼拔不掉。她看着一条又一条的信息，知道弟弟妹妹们遇到了困难——哈利克在 Instagram 上贴出了自己抽大麻烟的照片，娜娜发来短信说自己在学校遭到了霸凌。与弟弟妹妹们相距 3 小时的路程有如雪上加霜。达萨尼只能远远看着，如同家里着了火，但她来得太晚，只能眼睁睁看着自家的房子陷入火海。

达萨尼想，如果她留在纽约，这一切就不会发生。她还认为，她选择赫尔希学校的那一刻就是选择了她自己，抛弃了弟弟妹妹们。

一天早上，达萨尼在赫尔希学校附近的一家小餐馆里问我："我离开家后才发生了这些事。是不是这样？"

她用叉子戳着盘子里的松饼。

"我在家的时候他们被带走了吗？没有。我在家的时候我妈妈被赶出家门了吗？没有。我离开家以后就发生了这些事，所以我不想来这个破学校。"

达萨尼似乎忘了，她母亲2011年被赶出奥本收容所的时候她自己是在家的。达萨尼生香奈儿的气，因为她逼着她来赫尔希。达萨尼也生我的气，因为我没有反对香奈儿的决定。

没人提醒达萨尼，11个月前她得知自己被赫尔希学校录取时喜极而泣。她在申请书中说她想"离开我的家庭"和家庭的"干扰"。然而今天，达萨尼身上完全没有了写下这些话的那个女孩的痕迹。

话说回来，达萨尼不可能预见后来发生且不断发生的干扰。

2015年12月7日，一名侦探拿着打昏案录像的拷贝来到斯塔滕岛哈利克的学校。[8] 此时离袭击发生已经过了12天。学校的一个保安看了录像，认出了哈利克的脸。

14岁的哈利克有生以来第一次被逮捕。他被戴上手铐带到了120分局——就是6个月前他父亲抢劫杂货店未遂后进的警局。侦探开始讯问哈利克，哈利克否认打了那位老妇人。他们告诉他有录像为证，他仍然拒不承认。

警察叫来了弃儿所的主管琳达。琳达和负责哈利克的工作人员一起来到警局。两个女人看了录像，清楚地看到打人者是哈利克。如果没有如此确凿的证据，她们无论如何是不会相信的。

琳达知道自己和受害者有共同点。她也是上了年纪的白人女性。任何一天，都能在北岸看到她这样的人穿着西装上衣走过。

琳达要求见哈利克，一位警官带她去了。琳达发现哈利克的一只胳膊被"链子锁在一根水管上"。

"我永远出不去了，"哈利克告诉琳达，"这就是我的未来。"

哈利克此时已经坦白了罪行，当时没有律师在场。他面临殴打罪的指控，必须在拘留所过夜。据警方说，哈利克"没有表现出对自己行为的愧悔之意"。不过哈利克表现出的并不一定是他内心的感受。那天晚上，他在牢里默默地痛骂自己。

不要打昏老太太。太蠢了，因为你被抓起来就不能进海军的海豹突击队了……你必须有清白的记录，必须上学……你再也不能进海豹突击队了。

哈利克坐在牢里想明白了这一点。标着**海军**的门现在关上了，他必须另想办法"从这里出去"。

对哈利克来说，"这里"不只是监狱和监狱外帮派互斗、毒品泛滥的北岸。"这里"是一块没有边界的领土，是白人决定的黑人居住地。它是哈利克在父亲脸上，甚至是他自己脸上看到的失败。一个工作人员问哈利克他希望别人如何"看他"，哈利克回答说那不重要。社会已经把他看作"窃贼、麻烦制造者和愤怒的人"了。

哈利克告诉那位工作人员，"一个黑人青年很难得到别人另外的看法"。

哈利克对于"这里"无能为力——除了离开。他思索着他的选项。如果得到恰当的训练，哈利克也许能引起美式橄榄球球探的注意。他花了很多时间在西布赖顿（West Brighton）的一个公园里打球。或者他可以当说唱艺人。他是听着武当帮的说唱长大的，武当帮是北岸救赎的终极榜样。不过武当帮属于他父亲那一辈的时代。

哈利克喜欢的说唱歌手奇夫·基弗（Chief Keef）是个十几岁的少年，在芝加哥长大。9 哈利克把芝加哥叫作芝拉克（Chiraq）①。这一年的复活节周末，芝加哥有 45 人死于枪击，10 这个绰号也不胫而走。哈利克不必去芝拉克，因为基弗把芝拉克带到了纽约。在 Faneto 那首歌里，基弗唱道，他"开车穿过纽约"，计划"炸掉新泽西"。11

哈利克可以先做一张混音专辑。他"认识人"，能"把它推出来"。

---

① 芝加哥得到这个绰号是因为发生在这个美国第三大城市的抢劫、谋杀和暴力比战时的伊拉克还多，在芝加哥街头行走如同走在战争中的伊拉克。——译者注

第二天，哈利克出庭。法官念在他是初犯，撤销了指控。哈利克必须给受害者写一封道歉信，度过 60 天的观察期，其间严格实行宵禁。

如果再犯，他可能被送去管教所，也就是青少年监狱。

圣诞节快到了，所有孩子的日子都不好过。

举止有礼变成了情绪波动和大吵大闹。他们不再注意守规矩，不再尽力把床铺成医院病床那样四角紧折。他们在斯塔滕岛的弃儿所聚会时，相关记录说他们"非常亢奋"也"非常焦虑"。夜里他们睡不着觉。小一点的孩子要找妈妈。

孩子们开始意识到真相。他们也许会永远待在寄养家庭里。

香奈儿的所作所为也丝毫无益。家人见面的时候，她要么不来，要么迟到。她没来那次恰好赶上哈利克被捕。那天，帕帕把办公室的百叶窗扯落在地。也是在那次见面会中，13 岁的阿维亚娜退回到了小孩子的行为模式。她不听工作人员制止，一个劲地往桌子上爬。娜娜也憋着一肚子火。

"每个人都说一切都会好。但那是什么意思？"娜娜说，"我只想回家。"

娜娜对弃儿所说，如果她回不了家，那么她希望她妹妹莉莉还能受她"监护"。莉莉转去布鲁克林已经 3 个星期了，这段时间她对琼舅妈家中的生活适应得并不顺利。[12] 9 岁的哈达和 10 岁的玛雅总是质疑舅妈的权威。一位案件工作者写道，她们想给莉莉洗澡、喂饭，想哄她睡觉，好像莉莉是"她们的孩子"。舅妈不同意，哈达就发脾气跑开。舅妈告诉哈达只要"专心当小女孩"就可以了。

弃儿所的案件记录显示，孩子们经常互相照顾，像是彼此的家长。为解决这个问题，负责的工作人员给孩子们制定了行为目标。哈利克的目标是"准许"他的寄养母亲"照顾"他弟弟。孩子们必须开始"去家长化"，这个过程与成长逆向而行。他们必须学会当孩子。

然而，他们却开始反叛。

接下来的那个星期，哈利克家里丢了两个平板电脑。寄养母亲说是他偷的。如果她报警，哈利克的缓刑观察就完蛋了。于是弃儿所表示可以给哈利克的寄养母亲报销丢失的平板电脑的钱。她接受了一张 280 美元的支票，同意不报警，但哈利克必须离开。

12 月 14 日，哈利克把自己的东西打好包，告别了弟弟。他要去另一个寄养家庭，就是他妹妹玛雅和哈达住到布鲁克林琼舅妈那里之前的那家。

这种搬家被称为"转"到一个新"地点"。每次搬家都令孩子们想到过去。他们会重温第一次经历撕裂时——他们的家破裂时——的感受。

帕帕在学校开始表现不好，娜娜也是一样。一位案件工作者写道，娜娜"对老师极其傲慢无礼"。

阿维亚娜做着自己熟悉的事——烘焙食品。她过去在厨房里跟着妈妈转，学会了如何调制做糕饼的面糊，看着玉米面包发酵时渐渐胀大。

阿维亚娜在寄养家庭里烘焙妈妈原来做的曲奇和蛋糕。她很快就产生了一个念头：在学校组织一次烘焙义卖。她想把义卖得来的钱捐给一家动物收容所，因为她记得"无家可归的滋味，知道那种日子多么难过"，她"为所有的流浪猫狗感到伤心"。

烘焙义卖大获成功，共筹集到 902 美元。《斯塔滕岛前进报》刊登了一篇报道，配有一张阿维亚娜的照片，照片里的她满面笑容，和一条被救助的比特犬在一起。[13]

家里两个孩子相隔 8 个星期上了同一家报纸的头条。一个是救赎的故事。另一个是破坏的故事。读者不可能知道两个主角之间的关系，因为哈利克的身份没有被公布，而阿维亚娜的姓被搞错了，成了汉德勒。

不过，这依然是阿维亚娜最自豪的成就。她希望这能给赫尔希学校招生办的人留下好印象，如同给弃儿所的主管琳达留下的印象一样。琳达代表阿维亚娜给一家慈善机构写了一封信，希望得到赠款买一个平板电脑。

琳达写道："如果你们知道这个家庭和他们经历过的一切，你们会为这个小姑娘的坚强而感到惊讶。"

琳达还补充说："一个孩子愿意给予而不是索取是非常了不起的。"

圣诞节那天，达萨尼在一个陌生的房间里醒来。埃克斯一家放假离开了，达萨尼的室友也不在。放假期间，达萨尼住进了另一个学生之家。

达萨尼走下楼梯，一棵亮闪闪的圣诞树映入眼帘。壁炉上挂着没有写名字的装礼物的长袜和塑料花环。壁炉架上，一个陶制圣诞老人眨着一只眼，旁边是圣诞老人的太太，两人都用手捧着肚子。屋里的装饰如同商店橱窗一样完美，只是没有礼物，不过面包车很快就会送来包好的礼物。

达萨尼觉得自己似乎进入了别人的生活。她的手机一闪一闪的，表示有未接电话。平安夜时娜娜一直在找达萨尼，发来短信说："晚安。我知道你得睡觉。圣诞节快乐。"

接着娜娜加上一句："你是个婊子。"

达萨尼滚动查看着娜娜发来的愤怒的短信，看到一张照片里 13 岁的阿维亚娜举着马提尼酒杯，杯里是带泡沫的橙色液体。"阿维亚娜在喝酒精饮料。"娜娜的短信说。

在达萨尼和两个妹妹通电话时，她俩向达萨尼确认她们有酒精饮料。她们开始咒骂达萨尼，达萨尼要求和她们的寄养母亲说话。"你得盯着她们，"达萨尼告诉伯德太太，"因为她们对人出言不逊。"

达萨尼和妹妹们在成长时学会了注意这类行为。她们谁敢对香奈儿说话不客气，就会承受母亲的怒火。人在街头靠的就是尊重。

达萨尼对赫尔希学校的女孩容忍度更低，尤其是她的新白人室友。

起初，阿什莉似乎是个可以交朋友的人。她和达萨尼都来自被撕裂的家庭，都发现了同样的宣泄口——成为田径队的短跑队员。然后有一天，阿什莉找不到她的快乐牧场主糖果了。接着她的唇膏也不见了。她说是达萨尼偷的。埃克斯夫妇翻遍了达萨尼的东西，什么都没找到。不过自那以后，一切都变了。

　　现在是 2015 年 12 月 28 日。打扫屋子时，达萨尼和阿什莉在厨房里吵了起来。在事态升级之前，达萨尼报告了埃克斯太太，她把她俩拉进了办公室。

　　达萨尼看着阿什莉。

　　"我知道你经历了许多，"达萨尼说，"但我也是。我会把我的愤怒发泄在你身上。"

　　"你们不应该互相发泄愤怒，"埃克斯太太说，"你们是**姐妹**。"

　　达萨尼听烦了赫尔希的学生彼此是姐妹这种话，特别是因为她真正的妹妹还没被录取。达萨尼不承认一个说她是小偷的白人女孩是"姐妹"。

　　"我的姐妹已经够多了，"达萨尼说，"我不需要又一个姐妹。"

　　她拒绝拥抱阿什莉，但同意和她握手。

　　埃克斯夫妇认为这就是进步。达萨尼在赫尔希学校上学快一年了。她还没打过人。

　　达萨尼尽量不去想弟弟妹妹们。她努力学习，法律课得了个"优"。在英语课上，她在学习不同类别的语言。

　　达萨尼用铅笔写道，口语是"一种地方方言，只有一群人能说能懂。口语包括俚语"。

　　她接着写，客观语言"谈事实"，而主观语言"受一个人的情绪、偏见和意见的影响"。她还把"完全是原话意思"的"字面"语言和使用"文字手法在读者脑海中营造一个形象"的"比喻"语言区分开来。

如果让达萨尼用比喻来描述 2016 年 1 月 7 日发生的事情，她会说她的愤怒如同一块巨大的黑云在不断聚积。黑云太大就一定会变成倾盆暴雨。

达萨尼的愤怒有很多来源，可以追溯到多年以前。达萨尼的亲生父亲拉梅尔一直缺席。香奈儿和无上的毒瘾始终戒不掉。他们两人互相大打出手。作为无家可归儿童，达萨尼成长期间穷困潦倒。她要担起照顾 7 个弟弟妹妹的重担，现在弟弟妹妹们又被强行拆散。因为弟弟妹妹们被拆散时达萨尼不在，所以达萨尼的怒气就发泄到了另一些人头上。

承受达萨尼的愤怒的是赫尔希学校的工作人员和学生。"我会把火发在他们身上，但我心里想的是我的家人，"达萨尼说，"我的怒气超出了应有的程度。"

用字面语言来讲，1 月 7 日的事情的经过是这样的：田径队训练结束后不久，一个名叫英诺森斯（Innocence）的女孩惹到了达萨尼。两人吵了起来。达萨尼失去了对自己身体的控制。她扑向英诺森斯，拳头雨点般地砸到英诺森斯的脸上，直到其他学生把她俩拉开。

达萨尼被留校察看，不准用电话，不准参加田径运动会的比赛。可她仍然不加收敛，在学校打了一个男孩，出言侮辱数学老师，对埃克斯夫妇顶嘴。一周之内，达萨尼被记了 5 次过，引起了校长的注意。在创始人纪念馆，校长走向她。

"你侮辱了所有人以后感觉如何？"古尔特校长说。

达萨尼仍与辅导老师朱莉以及高中部助理校长塔拉会面，但她似乎谁的话都听不进去。最严重的事发生在 9 天后，达萨尼吃完晚餐收拾的时候。她抓起一把小牛排刀，开玩笑地向同宿舍的一个女孩比画着。

"别，达萨尼，不要。"另一个女孩说。

达萨尼仍然挥舞着刀子。在她的室友阿什莉将情况报告给埃克斯太太后，达萨尼开始在厨房里摔盘子。

埃克斯太太有时候帮助达萨尼，有时候和达萨尼起冲突。她俩的个性都很强，都容易情绪激动。达萨尼很想躲开埃克斯太太，但规则不允许。达萨尼被训斥的时候，必须待在埃克斯夫妇的办公室，这令她七窍冒火。

达萨尼的治疗师出了个主意：每次在办公室听训时，就默默地以 2 为单位倒数，那样心情就能平定。100，98，96。这样达萨尼会觉得自己能控制局面。埃克斯夫妇可以把她留在办公室里，但他们"不能阻止我在脑子里倒着数数"。

达萨尼在办公室也可以来回踱步。他们不会阻止她踱步。达萨尼的身体和头脑只属于她自己。

但是今天晚上，所有的办法都消失了。达萨尼冲过埃克斯夫妇的办公室，跑进自己的卧室。埃克斯太太追过来时，达萨尼砰的一声把门关上了。

埃克斯太太推门而入，和达萨尼争论起来，声音越来越大。保安人员被叫了过来。

不管达萨尼怎么说，事实是住在房子里的其他人被她吓坏了。每当一个学生令他人感到不安全时，就必须对该学生进行精神评估。达萨尼今晚要在学校的医疗中心度过了。

埃克斯夫妇对达萨尼解释了这个安排。

达萨尼一脸的麻木不仁。

"你离开之前可以和我们一起祈祷吗？"埃克斯太太问。

达萨尼耸耸一边的肩膀。

埃克斯先生和埃克斯太太跪在达萨尼面前，握住她的手。他们闭上眼睛。达萨尼沉默地听着。埃克斯夫妇祈祷完毕睁开眼睛，才看到达萨尼在流泪。

达萨尼现在处于行为"整复"状态，这是赫尔希版的禁足。

她要清洁马厩，打扫落叶，干其他的"累活"。这个老式做法是米尔顿·赫尔希的遗产，那时他收养的孤儿要给奶牛挤奶。达萨尼庆幸自己免了这个活。她觉得铲马粪已经够辛苦的了。

"真恶心！"达萨尼说。

在纽约，达萨尼的弟弟妹妹们现在分散到了4个地方——斯塔滕岛的3个寄养家庭和琼舅妈在布鲁克林的家。香奈儿仍然和无上一起住在月桂大道。14岁的哈利克有时会在深夜时分来找他们。

哈利克常常饿着肚子或者兜里没钱。香奈儿和无上能找到什么都会给他，比如一包薯片或几美元。哈利克有时会去坐渡轮，和其他躲在那里的寄养儿童一起在两边的码头之间来来回回，直到黎明。

似乎没人管哈利克。

"你们怎么能把他们带走又不管他们？"香奈儿提到ACS时说。

香奈儿的情况不好。她吃不下，睡不着，体重骤减了20磅，牛仔裤穿在身上松松垮垮的。她的嘴唇干裂起皮。她和无上都在靠毒品缓解痛苦。[14]不久后，香奈儿就测出阿片类药物阳性。

ACS要他俩加入一个为"有精神疾病化学物质上瘾者"（mentally ill chemically addicted）办的项目。香奈儿和无上拒绝了，理由是他们没有精神疾病。无上告诉弃儿所的一个工作人员，"儿童保护制度完全失灵了，人们将承担后果"。

无上私下里承认他和妻子抑郁了。谁不会呢？有时，香奈儿像流浪女一样不自觉地自言自语。她脑子里在不应该的时候会突然忆起一些片段——帕帕的笑容、莉莉咯咯的笑声。

静止不动的时候，香奈儿更痛苦难熬，所以她一天之中不断在动。1月19日，她穿着一件满是污渍的薄外套在布鲁克林市中心闲逛。她冻得发抖，觉得有人在看她。

是麦金尼的老师赫斯特小姐。

自从那个开学日，达萨尼坐到赫斯特小姐教室的金属课桌后，3年多过去了。今天，赫斯特小姐正要去乘D线地铁，因为她搬离了布鲁克林。

在收容所住了一年后，赫斯特小姐攒够了首付的钱，在布朗克斯她常去的教堂附近买了一个小公寓。她再也不用当别人的房客了。

赫斯特小姐很容易就能在布朗克斯找到工作，不必每天费力——单程约耗时 90 分钟——通勤到麦金尼来。但她不肯。

赫斯特小姐对我说："这是我与布鲁克林最后的联系，我不想放弃。"

不过地铁通勤实在太累人了，或许这将是赫斯特小姐在麦金尼工作的最后一年。

这些赫斯特小姐都没有告诉香奈儿，因为她知道自己的困难对方听了羡慕还来不及。所以她没有出声。赫斯特小姐怕香奈儿不愿意别人看到自己落魄的样子，因此决定由香奈儿自己选择是否径自走过。

"嘿，赫斯特小姐！"香奈儿大叫。

两人有些不自在地拥抱了一下。

"你好吗？"赫斯特小姐说。

"不太好。"香奈儿答道。

两人都不肯说出心里的想法。赫斯特小姐被香奈儿的样子吓了一跳，猜想她是不是无家可归了，因为"那样就太糟了，知道了就必须帮一把"。香奈儿确信赫斯特小姐在评判她，似乎是说，**瞧，你这个蠢货！看看你把自己弄成什么样子了。**

香奈儿没有告诉赫斯特小姐孩子们去寄养家庭的事。她只是要了赫斯特小姐的电话号码。她的手哆嗦着把号码存入手机。

之后，她们再次拥抱了对方。

第 39 章

达萨尼望向窗外。时间是 2016 年 1 月 25 日。赫尔希的树木银装素裹。一场严重的暴风雪侵袭了美国东北部，把道路、汽车、房屋和人埋在厚厚的雪下。[1]

阿维亚娜在斯塔滕岛醒来，看到的是同样的皑皑白雪。大雪覆盖着枫树大道上她的寄养家庭的 3 层楼房，也覆盖着她弟弟妹妹们寄养家庭的房屋：往南 5 条街帕帕住房的台阶，往西 2 英里哈利克住房的草坪，莉莉、哈达和玛雅现在住的琼舅妈在布鲁克林的家的屋顶——这些地方全都盖满了雪。大雪覆盖了纽约市所有 5 个区，包括香奈儿和无上住的月桂大道上的房子。

在那里，香奈儿拿起一双鞋。她从未有过合适的靴子。下雪时，香奈儿尽量踩着别人的脚印走，以免湿了脚。"穷人不想要白色圣诞节。"她说。

香奈儿走出门，去做她几年来的第一份工作：纽约市的紧急扫雪工。香奈儿好言哄着弃儿所的主管琳达开车送她去 Walgreens 连锁药房，还让琳达替她付了 24.5 美元的证件照费用。

刺骨的寒冷中，男男女女聚在一起等待给他们分发雪铲。其中有些人香奈儿认识，是一起坐过牢的。他们摆姿势自拍，一脸兴奋。有犯罪记录的人很难找到工作。很快，香奈儿就铲起了雪，不去管膝盖传来的疼痛。

同一天下午，达萨尼也在铲雪。她必须把宿舍周围铲干净，争取早日解除禁足。最近，埃克斯夫妇看到达萨尼有了进步。她在学着表示歉意和谢意。在纽约，达萨尼很少这样做。说"对不起"是软弱的表现。说"谢谢"意味着你需要帮助。

达萨尼的骄傲和自立支撑着她走到今天，现在却拖了她的后腿。这些特点干扰了——如虔诚的基督徒埃克斯先生所说——"她生活的疗伤部分"。埃克斯先生希望达萨尼"允许自己变得脆弱，能真正面对给她造成如此大伤害的那些事情"。

达萨尼以后还会多次听到"变得脆弱"这个短语。她对此有些怀疑。脆弱与她在街头学到的恰好相反，因为在街头"你得时刻保持警惕"。埃克斯先生说，现在达萨尼必须摆脱这个习惯，还举了他自己的例子。他不再感到自己年轻时住的布鲁克林公房区对自己有什么恩惠，他"摆脱了原来的部落"。

2月，埃克斯夫妇解除了达萨尼的禁足，刚好让她赶上看美式橄榄球的超级碗比赛。电视上，Lady Gaga 在唱国歌，令摩根学生之家的女孩们为之着迷。达萨尼对美式橄榄球毫无兴趣，但她看到电视屏幕上啦啦队的表演时两眼放光，半场休息时碧昂斯上台表演也令她兴奋。

在斯塔滕岛，达萨尼的妹妹们也在看超级碗。

自从弃儿所把莉莉带走，与阿维亚娜和娜娜分开来，已经过了两个多月。两姐妹在努力适应没有莉莉的生活。枫树大道上的家里和她们同住的还有另一个寄养儿童、她们的寄养父母伯德太太和她丈夫埃尔维斯，以及他们的两个已经成人的孩子和其中一人的女朋友。

阿维亚娜和娜娜喜欢伯德太太，但她们感到这所房子里有危险。她们不知道详细情况，不知道伯德太太 31 岁的儿子 3 周前曾被捕，被指控藏有可卡因。[2] 她们也不知道，根据伯德太太后来提出的诉状，她丈夫"多年来"一直在身体和感情上虐待她。[3]

她们也不知道一个最令人毛骨悚然的秘密——18 个月前，一个孩子在这里溺水而亡。⁴ 死者是个 3 岁男孩，是伯德太太托儿中心的孩子。男孩的母亲是伯德太太的雇员，她在后院的游泳池里发现自己的儿子脸朝下浮在水中。⁵

男孩死后 5 天，州调查员吊销了伯德太太的托儿所执照，⁶ 但她在房子里又另办了一家托儿所。"伯德妈妈托儿所"最近收的孩子中就有莉莉。

阿维亚娜和娜娜听说这段事后，仍旧不改对伯德太太的感情。在这个意义上，她们是忠心的。她们来到伯德太太家时被生活打击得体无完肤。她接受了她们，用她的开曼群岛口音、她温暖的笑声和她做的咖喱鸡和炖豌豆抚慰她们。这个女人疼爱莉莉，莉莉被带走时她掉了眼泪。两姐妹说，问题不是伯德太太，而是她家里的男人。

今天晚上，超级碗即将结束时，埃尔维斯·伯德走进了屋里。⁷ 他开始抱怨垃圾桶放得不是地方，门口摆满了鞋。

两姐妹逃到二楼的一间卧室，但伯德先生闯了进来。阿维亚娜冷笑着低声嘟囔了一句。

"你有话对我说吗，小骚货？"阿维亚娜记得伯德先生这样说。

伯德先生逼到阿维亚娜面前。按照弃儿所的调查笔记，他对着这个 13 岁女孩"脸对脸地大吼"。阿维亚娜冲上三楼找手机，娜娜追在后面。之后，伯德先生动了手。他一把搡在几乎失明的娜娜胸口，跟着阿维亚娜进了卧室。弃儿所的调查员写道，他开门的力道很大，"门的合页都掉了下来"。

伯德先生把家具满屋乱扔，一拳把墙打出一个洞，还打破了一盏灯。阿维亚娜回忆说伯德先生的大儿子也加入了进来，他"狠狠地"推搡娜娜，骂她们是"贫民窟崽子"。两姐妹看着伯德先生把她们的东西扔到地上，咆哮说他不想让她们住在他家了。

最后他的妻子出手干预了。她抓住丈夫，不让他打阿维亚娜。伯德太太护着两姐妹跑到外面滴水成冰的寒夜中。她们三人开始漫无目的地乱走。走了几条街后，阿维亚娜给无上打了电话。无上叫她打911。他自己也给警察打了电话，把伯德太太的地址给了他们。

警察来时，阿维亚娜吓得说不出话。提交虐待报告的警官写道，她"拒绝回答任何问题"。警方没有逮捕伯德先生，因为据弃儿所的笔记，他妻子和两个寄养儿童身上都没有"伤痕和淤青"。

两个女孩仍然感到不安全，伯德太太就带她们在一家希尔顿酒店住了一夜。翌日早晨，伯德太太提出了申请，要得到针对她丈夫的保护令，但两天后又撤回了申请。那时，阿维亚娜和娜娜已经去了一个新的寄养家庭。面包车停在了离她们在月桂大道的家不远的公房区。

根据工作人员的观察，两姐妹"非常不情愿下车"。她们失去了伯德太太，为此非常自责，说当初要是没有打电话报警就好了。

那个工作人员安慰两姐妹，说她们"做得对"。她们去了新家的公寓，那里ACS的一位工作人员正等着询问在伯德家发生的事情。

孩子们每次接受询问都会回忆起过去。她们为伯德太太害怕，正如她们为自己的妈妈害怕一样。她们新来的这个公寓拥挤不堪，寄养母亲把自己的床让给了阿维亚娜和娜娜，自己睡沙发。

"我们知道她只想要钱。"阿维亚娜说。

几天后，两姐妹拨了达萨尼的号码。她的手机又能用了。

"你现在听起来真像白人。"她异父异母的妹妹娜娜说。

达萨尼来赫尔希上学已经有一年了。对14岁的她来说，最冒犯她自尊的就是听人说她说话"像白人"。达萨尼想告诉妹妹们她们听起来很"愚蠢"，因为"她们不会说话"，虽然达萨尼自己在赫尔希有时也有这种感觉。

如果达萨尼说'bout而不是about，就会被纠正。"你必须说对每一个单词……整个单词。"达萨尼时刻提醒自己这一点，同时努力提高自己词汇的质量。

在新学的字词中，她最喜欢"惹恼"（irk）这个词。她的两个妹妹现在就在惹恼她。达萨尼打开免提，翻了个白眼。她们几个同时开口，笑着，闹着，讲着关于男孩子的事。

"我们需要你打一个女孩。"阿维亚娜说。

"为什么？"达萨尼问。

原来娜娜在学校被人欺负了。

"等一下，等一下，等一下，"达萨尼说，"有人偷袭了你？……是谁？……什么时候？这是什么时候发生的？……好吧，明白了。我不会……呃……我复活节假期会回家吗？"

还没定。

"你最好回来。"阿维亚娜说。

谁也不想把伯德先生的暴力行为告诉达萨尼。达萨尼只知道娜娜和阿维亚娜去了新家。挂断电话后，达萨尼有些闷闷不乐。也许妹妹们说得对。"我在赫尔希会变得和白人一样，可我不想当白人，"达萨尼对我说，"我想回家。"

达萨尼也跟她妈妈这样说过，但香奈儿的回答是，已经没有"家"了。如果达萨尼离开赫尔希搬回纽约，就只能进入寄养系统。

然而，对达萨尼来说，"家"并不只是一个地方。

"家是人。是和我在一起的人。是和我一块长大的人。说实话，那才是真正的家。那是从第一天开始就支持我的家。它不一定是头上的一个屋顶……在赫尔希，我觉得自己是个外人，觉得我不属于这里。在纽约，我骄傲，我感觉很好，我感觉别人接受我。"

达萨尼希望不管去哪里都能感到自在。这意味着她能像她妹妹那样自由地说话，而不是被人纠正不能说 ain't，要说 isn't。

"我老得纠正我自己。这让我觉得我不能做真正的自己。我说话的时候总得注意，一直都是。"

达萨尼在赫尔希的导师大多是黑人：埃克斯先生、达萨尼的辅导老师朱莉、达萨尼的啦啦队和田径队教练。他们各自以不同的方式试图挑战只有"做白人"才能成功的观念。

达萨尼对他们的话半信半疑。"我不是说我**不会**成功，但我会保持我的街头传统。"

达萨尼有个初步的想法。她想主修工商管理，要成立一个家族成员经营的音乐制作公司。娜娜会画画。玛雅善于用色。哈达天生文笔好。她们三人可以设计广告。阿维亚娜擅长表演。"她可以假装，直到她取得成功。"[①] 她们的母亲可以去各处宣传，利用她的街头智慧拉投资者。

达萨尼在等待合适的时机把这个计划告诉家里人。

赫尔希主题公园每年冬天都空寂无人。没有在铁轨上叮叮当当爬上高处再猛地俯冲下来的过山车。

"冲向天际"（Skyrush）、"华氏度"（Fahrenheit）、"大熊"（Great Bear），这些过山车达萨尼都坐过。她不再像别的孩子那样，每当过山车急转弯就兴奋尖叫。那些孩子知道，过山车到站后他们就能下车，调匀气息，重获平衡。

达萨尼生活的过山车却永远没有到站的时候。3 月 14 日，她又和另一个女孩大打了一架。达萨尼把对方伤得非常厉害，被记了第 3 级的违纪——"严重的侵略性行为"。这是她最严重的一次违纪。复活节假日期间，她必须住到"干预所"（intercession）去，那是犯了错误的学生的临时住所。达萨尼满腔怨恨，对埃克斯夫妇说她想永远离开他们管理的学生之家。

达萨尼认为谁都有错，除了她自己。

---

① 这是一句格言，这里的意思是通过模仿自信、胜任力和乐观等心态，追求并实现成功。——编者注

和她打架的那个女孩有错："不对我无礼，你就不会惹起我的怒火。"

埃克斯夫妇有错："他们要是想帮助我成功，我现在早该成功了。"

她父母也有错："他们不听劝。他们懒。他们一点儿也不帮我。"

校方却另有看法。事实上，助理校长塔拉找了达萨尼的母亲，让她帮学校为达萨尼制订一份新的"行为计划"。这是赫尔希学校"完整的儿童"方针的一部分。塔拉把对孩子的生活最有影响力的所有大人——老师、体育教练、宿舍家长，可能的话还有孩子的家人——找到一起，把这些迥然不同的成人组成一个协作团队。

除了香奈儿和塔拉外，达萨尼的团队还包括她的辅导老师、她在田径队的新教练和埃克斯夫妇。眼下他们担忧的是达萨尼总是找同一个女孩打架。塔拉写道，达萨尼看起来"非常躁动"，还说她"不肯直视我的眼睛，抖腿，各种烦躁的小动作"。

塔拉看着达萨尼。

"给我讲讲你为什么不能走开。"塔拉说。

达萨尼听腻了这个问题。她在街头长大，她的本能是保护自己。她已经给塔拉解释过很多次了。"如果有人走到你女儿面前，给你女儿脸上一拳，"达萨尼说，"你会告诉你女儿怎么做？"

"告诉老师。"塔拉回答。

"你看，我不是那样，"达萨尼说，"我会打回去。"

达萨尼知道这话听起来和她母亲说的一样。但在打架这件事上，达萨尼信任自己的母亲。香奈儿说过，保护自己就是保护自己的名声。达萨尼离开了布鲁克林，但这不意味着她失去了她的街头信用，她必须"捍卫"自己的街头信用。

塔拉对如何"捍卫"街头信用做出了她能做出的最有力的反驳："你走开才更能捍卫你的信用。"

达萨尼觉得这话也许用意不错，却是愚蠢的废话，正是赫尔希本地人说的那种话。达萨尼猜想塔拉这辈子恐怕从来没有遇到过必须用自己的身体来捍卫自己生命的情况。

回到宿舍后，达萨尼"非常悲伤，而且无精打采，什么都不想做"，她的室友阿什莉说。"她就光坐在那儿。"

达萨尼总是想着她14岁的弟弟哈利克殴打斯塔滕岛那位年老妇女的事。哈利克似乎注定这辈子会麻烦不断。

"我不想他出事。"达萨尼对阿什莉说。

"上帝会安排好一切。"阿什莉说。

达萨尼想相信这话是真的。有时她会低头祈祷。达萨尼猜想上帝"就在某个地方。我们只是找不到他"。她如果闭上眼，也许上帝就会出现。

在奥本收容所外的人行道上布道的牧师说过，**你可以信赖他会照看你**。"信赖"意味着相信自己看不见的东西。达萨尼从来做不到。

达萨尼只信赖自己看得见的东西——她的手机、她的啦啦队、她最好的朋友卡利。达萨尼和卡利现在住在不同的宿舍，但关系却更加紧密。14岁的卡利不久前刚戴上牙箍，最近一次她回家时想瞒着不让人发现。她怕别人嫉妒。他们让她笑一个，她笑了他们又说她丑。

"他们只是生气而已。"卡利轻声说。

卡利明白，因为她心里也怀着愤怒。愤怒把她和达萨尼紧紧连在一起。卡利说，达萨尼也是个"愤怒的人"。

"两个愤怒的人在一起，不会谈让人愤怒的事，"卡利说，"你会谈让你高兴的事。因为只有在这个时候你才能高兴。"

谁也解释不了哈利克为何变得如此暴烈。

他经常无缘无故地打人。最近一次的受害者是74路公交车上的一位66岁的妇女。几个青少年往车后部走的时候她正在打电话。

"我听不见你说话，这些孩子太吵了，"她在电话上对她女儿说，"真讨厌。"[8]

哈利克后来告诉警察，那个女人的"无礼"声调"惹怒了我"。[9]她挂上电话后，哈利克一拳打在她眼睛上，把她的眼睛打肿了。几周后，2月7日，哈利克在一家熟食店外面打了一位妇女，然后抢了她的钱。[10]不久后，一位老师说他"毫无理由"就打得一个同学"鼻子流血"。[11]

在一次有人监督的见面中，香奈儿恳求哈利克别再打人了，因为"他不是在暴力家庭里长大的"，还说"如果他在家里，就不会有这样的行为"。哈利克的寄养母亲也感到惊讶。她对负责哈利克的社工说，哈利克好像两个不同的孩子。他在家里"不停地干家务活"，但"在街区却表现得非常暴力"。[12]

哈利克在街头的胡闹在2月25日下午达到高潮，看来是受了帮派成员的激将。哈利克被指控在海兰大道下了公交车，突然出手打了一个无辜的人，紧接着又上了公交车离开。警察追上那辆公交车时，哈利克试图爬窗逃走。[13]

3月18日哈利克被召到家事法院时，是从布鲁克林一个叫"男孩城"（Boys Town）的少年犯拘留所过去的。他面临3项袭击罪指控和6项与抢劫有关的指控，其中有6项是重罪。[14]哈利克歪坐在等候室的椅子上，脸上毫无表情。就在两天前，"男孩城"的工作人员在他房间里发现了一个刀片。[15]

无上和香奈儿早早到了法院，负责哈利克的弃儿所工作人员和法院指派给哈利克的律师也到了。律师是位白人妇女，画着很浓的眼线，站在那里耸着肩膀，抱着一堆文件夹。她看起来疲惫不堪。

香奈儿看了一眼律师，马上发出一连串指示："你必须用证据向他们说清楚，本来我们家是**完好**的。这个家被拆散了。**因为家被拆散**，这个孩子受到了同伴的压力，所以他才做了一些不好的事。"

香奈儿指点律师在法庭上该怎么说的时候，无上转向儿子。

"你应该知道不能这么干。"无上低声狠狠地说。

哈利克盯着地板。

"你不是野蛮人，"他父亲说，"野蛮人是没有自我意识，像野兽一样生活的人。也就是说他们没有良知，你懂吗？"

"懂。"

"你说你懂，但你并没有表现出来。你应该懂得不能打一位女士！……你居然打了一位年纪大的女士？哥们儿，你到底是怎么想的？"

"可是她冲着我来——"

"你可以走开！"无上厉声道。他看着儿子，试图点醒他，却没有多少时间。他还问了哈利克今天的"百分之五国"数学和"百分之五国"的其他教义。

"每个行动都有一个……什么？"无上问。

"一个后果。"哈利克说。

"一个后果，"他父亲重复道，"一个奖赏或一个惩罚。"

几天后，无上将面对他自己的后果。他加入了一个住宿戒毒项目，决心彻底摆脱毒品。第二天——3月22日——早晨，哈利克回到狭小的法庭去听法官对自己的处置。

法庭一片安静。

海伦妮·萨科（Helene Sacco）法官瞟了一眼满面惧色的哈利克。香奈儿跳起身来，进入了律师的角色。"他从来都是个好孩子。"香奈儿开口说。萨科法官耐心听着，问哈利克袭击人的行为是何时发生的。ACS的律师回答说："很短一段时间内。"此言似乎帮法官做了决断。法官判决让哈利克回到寄养系统中去，对他进行"严密案件管理"，对他实施严格宵禁。哈利克如释重负，露出了笑容，向萨科法官保证会"好好表现"。

香奈儿和哈利克由负责哈利克案子的工作人员陪同离开法院。香奈儿叫那位案件工作者J. Lo，因为她有着和流行音乐天后詹妮弗·洛佩兹（Jennifer Lopez）一样的金色卷发和古铜色皮肤。他们走向缓刑办公室，香奈儿笑逐颜开。她好久没有在法庭上成功过了。J. Lo对香奈儿微笑，哈利克走在她们旁边，脚步又轻快起来。

他们经过了一辆雪佛兰科尔维特（Corvette）跑车。

"你应该开这么一辆。"香奈儿说。她穿的 T 恤衫上，**布鲁克林**这个词潦草地写在一个摆出帮派手势的女人身上，那女人有一头淡金色的头发，白色的胸脯上写着**哥们儿**。

"我不喜欢科尔维特。"哈利克说。

谈话转向哈利克的脾气和他发火的原因。J. Lo 说，可能是因为"脚印"事件给他留下了创伤。

几年前，哈利克住在奥本收容所的时候，在学校常常受人欺负。那些欺负他的学生经常嘲笑他无家可归，是穷人。一天，一个男孩穿着流行的添柏岚皮靴踹了哈利克的脸。哈利克低着头回到奥本，脸颊上留下了那个男孩的脚印。那是被打败的终极象征。

脚印消失了，但仅仅是从哈利克的脸上。

哈利克对 J. Lo 点点头。她说对了。当时他被踢倒在地，受到羞辱——是的，"受了创伤"——因为，哈利克说，"我走开了"。

"所以我必须自卫。"

* * *

要改变达萨尼的行为，赫尔希的团队必须找出导致她爆发的"扳机"——任何令她失控的想法、话语或行动。

一个不利情况是，达萨尼讨厌"扳机"这个词，它令她想起枪声。结果这个词本身成了扳机。它扰乱了"听不到枪声"的赫尔希的和平。它把达萨尼带回了布鲁克林的街头。但不论是在赫尔希还是在布鲁克林，造成达萨尼爆发的"扳机"都是一样的。

不对我无礼，你就不会惹起我的怒火。

在赫尔希，达萨尼的团队想打破这个模式。达萨尼控制不了另一个女孩的行为，但必须学会控制自己的怒火。团队想让她"用她的话语"

控制住自己，若是不行，就"走开"。

以此为目的，团队起草了一份"行为协定"让达萨尼签字。这是学校帮助问题学生的最后一招。每一份协定各有不同，反映所涉孩子的具体需求。有些孩子愤怒时需要独处。达萨尼需要发泄。

达萨尼的协定概述了这样的策略：她开始感到不高兴的时候，必须走开，去一个"安全空间"，如塔拉的办公室。受到达萨尼信任的成人必须给她至少5分钟的时间让她说话。达萨尼需要发泄自己的不满。她发泄完了才能听得进别人的话。

几天后，达萨尼给塔拉留了条消息："我是达萨尼。感觉急躁。需要和你谈话。待了几分钟。回去上课了。"

塔拉安排让达萨尼给她妈妈打电话。工作人员事先告诉了香奈儿制定行为协定的事，也对她说了，达萨尼的表现是好是坏都会有后果。香奈儿必须向达萨尼强调这一点。

有时让家长参与会适得其反。但这一次，塔拉愿意冒险一试，因为她知道达萨尼听她妈妈的话。

塔拉交给达萨尼一个苹果平板电脑，让她给妈妈打视频电话。电话打过来的时候，香奈儿正要去哈勒姆参加她新加入的戒毒项目。她在手机屏幕上看到了女儿容光焕发的脸。

"你看起来比在纽约市好多了。"香奈儿说。

达萨尼扑哧一笑。她把平板电脑拿近一些，看着妈妈。香奈儿的体重肯定减轻了。她显得有些疲惫，笑得也有些吃力。

"你看起来挺舒服，"香奈儿说，"但你必须学会控制脾气。"

达萨尼马上自辩，对她妈妈说了她打架后对塔拉说过的话："要是不想挨打就别打我的脸。"

香奈儿的反应与塔拉明显不同。

"你怎么能让她打你的脸？"

香奈儿听着女儿详细叙述打架的过程。慢慢地，她的嘴角扬起，露出微笑。她从来都很欣赏她女儿的力气。

"那谁被惩罚了？"香奈儿问。

"我们俩都被惩罚了！他们给了我一个3级违纪，因为我还手了——"

"因为你打人像个**男人**，"香奈儿骄傲地说，"这就是原因。"

"那不是我的问题！不能打我的脸！"

香奈儿笑了起来。

"可是你打人像男人，明白吗？力量不一样。"

"男孩们都这么说！"达萨尼说，"他们说：'我的天，你打人像男人一样！'"

"你打人的力量不一样，"香奈儿接着说，"因为咱们比一般女人强壮。你要知道这一点。你要知道咱们力气大得像马一样。你需要知道这个，你必须控制自己，因为我跟你说，咱们会把人**打伤**的……"

香奈儿跑题了。

"但是我不支持你那么做。"香奈儿记起了赫尔希学校为达萨尼制定的行为协定。"如果你表现好，我不介意让你每个假期都回来。但如果你老犯错，那我他妈为什么要让你回家？"

"这么说我如果表现好就能回家？"达萨尼不敢相信地说，"我觉得我需要回家一趟！我说话开始像白人了！我说话的语法都开始对了！"

"我知道，我知道，宝宝，"她妈妈柔声说，"所以我们会来把你偷走。"

每次偏离赫尔希学校要她表达的意思时，香奈儿都试图把话头扯回来。她不习惯这样教育孩子。

"嘿，我得走了，"香奈儿终于说，"我的项目两点半就要结束了。"

"好吧。"

"听着。我每天都会给你的宿舍打电话，好吗？但咱们的约定是你从现在开始要守规矩，不能再打架闹事。因为我真的需要你从那里毕业，做你要做的事。我真的，真的需要你做到这一点，为了我……也为了你。"

达萨尼不作声。

"你明白吗？没有人有你这么好的机会。你有福了。我跟你说。你要用你的福气。要聪明地用。现在看不出回报，但宝贝儿，最后会有回报的。你会非常高兴你坚持下来了。你会亲吻我皱巴巴的脚趾头——"

达萨尼笑起来。

"不，我不会！"她说。

"你会亲吻我皱巴巴的老脚趾头走过的土地。你会感谢上帝……你不必吃这里的东西。"

香奈儿把手机镜头转向停在 125 街附近的流动免费食物站"救援大巴"。"看到这辆大巴车了吗？"她说，"我吃这辆大巴车的饭……每天我都到这儿吃这辆大巴车发的饭。汤和面包。你看到了吗？看到那些人了吗？"

"看到了。"

"那儿是我在的地方，"香奈儿说，"你不想和我一起在那儿，好吗？"

达萨尼难过极了。

"做你该做的事，"香奈儿说，"好好上学，孩子。听到了吗？"

"听到了。"

"因为我没有，所以我想让你有，"香奈儿说，面容抽搐起来，"我在为你流血流泪……我流的是有力量的泪。这些不是痛苦的泪。"

达萨尼抹掉腮边的泪珠，点点头。

"听见我说的了吗？"香奈儿说，"我爱你。"

第七部

达萨尼的道路

2016—2021

第 40 章

"嘿,宝贝儿!"埃克斯太太说着把达萨尼拉进怀里,"你好凉啊!"

她摸摸达萨尼的脸蛋。2016 年这个冬日的气温降到了冰点以下。达萨尼从来不在乎天气,她刚从外面进来,连外套都没穿。毕竟,她曾穿着破了的运动鞋走在雪中。

达萨尼背着一个沉重的双肩包,两条背带上印着**布鲁克林**的银色字样。埃克斯太太听达萨尼报告她一天的情况,先是坏消息(她的一次小测验没及格),然后是好消息(她上了世界文化和科学这两门课的优等班)。达萨尼和平常一样,说话像打机关枪,从冷战说到共产主义。埃克斯太太插不上嘴,只有点头的份儿。

达萨尼总是说个不停,她的新田径教练叫她"一点点",因为教练"一次只能忍受她一点点时间"。在学生之家,埃克斯夫妇仍然叫她"妮妮"。但达萨尼听着唯一顺耳的昵称是"穆卡"——这是她外祖母给她取的,她妈妈也这样叫她,在和她最母女情深的时候小声叫她穆卡。

即使远隔 170 英里,也能感觉到香奈儿的力量。几天前,她怒气冲冲地给埃克斯太太打电话。香奈儿第二次在赫尔希学校申请材料中的家长同意表上签了字(第一批表格被阿维亚娜的学校弄丢了),把申请材料送去阿维亚娜的学校。学校工作人员看到香奈儿后叫她离开,说保护令不准香奈儿在没有 ACS 监督的情况下和她的孩子们见面。若是香奈儿只想偷偷看一眼女儿倒也罢了，可她这次有急事，是为了阿维亚娜的未来。

香奈儿在电话上开始向埃克斯太太诉苦。香奈儿认为 ACS 在对她的孩子们不利，他们要破坏阿维亚娜申请赫尔希学校的事，还想阻挠达萨尼的教育。香奈儿质问，赫尔希学校 10 月份的时候为什么允许 ACS 在达萨尼的弟弟妹妹们被带走后来见达萨尼？

埃克斯太太试图解释学校的政策，说学生们需要"知道""某些事情"。

"等等，"香奈儿说，"你同意这样？"

她马上把矛头转向埃克斯太太，说她不明白"在纽约市作为黑人和穷人"是什么滋味。

埃克斯太太答道，她自己就是从纽约市来的，而且"我丈夫是非裔"。埃克斯太太还有很多话可以说，例如她自己在公房区度过的童年、她作为棕色皮肤的波多黎各人的经历。不过她知道什么时候该忍住不说。

愤怒的母亲经常打电话，原因恰如她们的痛苦多种多样。她们失业了，她们毒瘾复发了，她们入狱了或者出狱了，她们被房东驱逐了，她们进医院了，她们的食品券用光了，她们又怀孕了。这些事情的任何一件都会令一个母亲想念不在身边的孩子，尤其是如果那个孩子是老大，是最强的，有足够的能力首先脱离家中的环境。

埃克斯太太受过应付这类电话的训练。她始终语气平静，措辞委婉。她的目的是帮助打电话过来的家长"平息怒气"。如果电话上谈得好，孩子就得到了保护。谈得不好，孩子可能就会离开学校。有时家长根本不打电话，干脆来学校把孩子领走。

在外人眼中，这样的做法似乎很自私。但在家长看来，自己是在要回孩子。赫尔希学校的校长是被自己的寡母送到赫尔希上学的。他经常告诉家长们，他们能够做的最"无私"的事就是让他们的孩子到赫尔希上学。赫尔希学生的家长中许多人一辈子只有失败。他们唯一的成就是他们的孩子，可他们必须把孩子交出来，好似一座做了一半的雕塑，要交由另一个艺术家来完成。

电话上，香奈儿出乎意料地没有揪住埃克斯太太不放。

"不是你，埃克斯太太，是这个制度，"香奈儿说，"他们想剥夺我作为母亲的角色。"

达萨尼生活中的成年女性在争夺对达萨尼的掌控权，但最有权威的是埃克斯先生。达萨尼非常喜欢他。一看到他，达萨尼就露出笑容，和他碰胯作为打招呼的方式。

"先生！我今天没说脏话！"

"嗯，那好。你不应该说脏话。"

"啊哈哈哈！"达萨尼尖声叫着，滑稽地模仿大笑的声音。埃克斯先生觉得她这样很有趣，也学着她尖声假笑。

一次，达萨尼离开了一个星期。她回来后说："我想你了，先生！"达萨尼觉得埃克斯先生又好玩又奇怪。他能从一种语言模式转到另一种，"用贫民区的语言"和她拉近关系，但在正式场合，"他说话特别一本正经，用的都是大词"。

埃克斯先生告诉达萨尼，这不是忘本，而是文化灵活的标志。埃克斯先生可以进入任何他想去的世界。他如同一个探险家，从一个地方到另一个地方，从东布鲁克林的公房区到赫尔希学校的高尔夫球场，有时这种转换发生在一周之内。哪怕埃克斯先生因此感到不自在，他也不说。他只属于他自己选择的群体——他的妻子、他的孩子们和他们的基督教信仰。这就是自由。

"你不是别人，"埃克斯先生告诉达萨尼，"你不是你父亲，你也不是你的妹妹们，你只是独一无二的你。"

独一无二就是与众不同，这是达萨尼擅长的，不过有人看着的时候她更来劲。那些人可以是熟人，如她的妹妹们，也可以是陌生人，如"茶事"（A Tea Affair）的女士们。2016 年 4 月 15 日，埃克斯太太带女孩们到这个高档场所去吃正式茶点。

这家豪华茶馆在兰开斯特附近。兰开斯特是米尔顿的发迹之地，他和他的新娘姬蒂曾在那里举办奢华派对。今天，达萨尼走进茶馆，发现里面的长餐桌盖着雪白的桌布，上面摆放着精致的茶杯和放在挑花小饰巾上的茶食：柠檬覆盆子松饼、黄瓜三明治和盛在精致小碗里的焦糖布丁。

埃克斯太太给了每个女孩一条珍珠项链和一朵绢花或蕾丝花别在头发上。达萨尼不肯摘下头上厚厚的黑色运动发带，她的让步是把红花别在发带上。

达萨尼小心地坐下。自我介绍开始了，每个女孩报出名字时必须在后面加上"女士"二字。

"咪咪女士！"

"塔玛雅女士！"

大家转向达萨尼。

"我不叫'女士'，我叫达萨尼。"

"撕裂"（rupture）来自拉丁文的 ruptura。[1] 此词的原意是肢体的断裂、骨头的碎裂，是一种破裂、"一种爆裂"。同一个拉丁词根还衍生出了其他表示猛击造成创痛的意思，比如突兀（abrupt）、爆发（erupt）。

但一个家庭的撕裂是以另一种速度发生的。事件本身——10 月 6 日下午 7 个孩子坐上面包车——只不过是撕裂的开始。好几个月之后，撕裂仍在继续。孩子们彼此间的分离不是一次性的。分离不是一个事件，而是一种持续、无休止的状态。

孩子们被噩梦缠绕。[2] 9 岁的玛雅总是梦见一只独角兽。独角兽是女孩子幻想中的温顺动物，是粉色睡衣上的可爱图案。但在玛雅的梦中，独角兽发怒了，向她直冲过来。

8 岁的帕帕脑子里听到了陌生人的声音，威胁说要在他睡着后掐死他。自从他哥哥被指控偷了两个平板电脑，离开他们的寄养家庭后，已经过去 12 个星期了。帕帕只能在有人监视的见面会上见到哈利克。4 月 18 日，帕帕跑向他哥哥。

"我爱你！"帕帕尖叫着想拥抱哈利克。

哈利克把他推开。一个工作人员的记录说，哈利克不想见家人，因为"他们不想看到我"。那位工作人员想告诉哈利克事实并非如此，但哈利克走开了，嘴里嘟囔着说："谁都不懂。"

阿维亚娜最近总是一副漠然的表情，不笑也不怒。她妹妹娜娜的情绪更加外露。娜娜会突然哭泣。所有人都为了一点小事笑话娜娜——她眼睛不好，她鼻涕结痂了，她满脑子幻想。他们说她"鬼鬼祟祟"，说她"没事找事"，还说她"撒谎成性"。但没有人怀疑娜娜和莉莉宝宝的亲密关系。

娜娜仍然自认为是莉莉的第二个妈妈。见面时她能感觉到莉莉不对头。一天下午，莉莉尿了裤子。在其他人找替换衣服时，娜娜弯下腰安慰莉莉，在莉莉嘴上亲了一下。

成人们交换了一下眼神。一个工作人员写道，亲吻嘴唇是"不合适的感情"。琼舅妈开始纠正娜娜的这个习惯，告诉她要亲妹妹的"脸蛋"。娜娜震惊了。她总是亲莉莉的嘴，正如她亲她的娃娃的嘴。

"这是我妹妹！"娜娜说。

娜娜和阿维亚娜现在搬到了第三个寄养家庭：布鲁克林一个 38 岁的发型师的公寓。那个发型师脾气不好，但至少她家里是干净的。无上提醒两个女孩好好表现。无上说，如果这个女人敢动她们一根手指头，她们"应该砸烂她的家"。

两姐妹都想离开寄养系统。在弃儿所的帮助下，娜娜申请了一个盲人儿童寄宿学校，阿维亚娜则等待着赫尔希学校的录取决定。她们的新寄养母亲告诉她们，周末她要一个人在家。所以她会把两姐妹随便送到哪个亲戚那里，有时两个孩子要睡沙发。

每个星期天，发型师都带她们去教堂。香奈儿和无上出于宗教原因提出反对，但她置若罔闻。这个寄养母亲的另一桩罪过发生在娜娜被纽约特殊教育学院（New York Institute for Special Education）在北布朗克斯办的盲人学校录取后。娜娜想在 2016 年 5 月做了视网膜手术后去上学（娜娜做手术时无上在旁陪同，给女儿打气）。但几周后，弃儿所接到一封信，[3] 写信的是应娜娜寄养母亲的要求给娜娜做了检查的一位医生[4]。那位医生说娜娜"在法律意义上不是盲人，不需要上盲人学校"。

听到这个，无上炸了。他可以预料，以后娜娜的视力会越来越差，会导致学习成绩直线下降。（后来那位医生的诊断被推翻了。[5]）与此同时，ACS 仍用娜娜的视力问题作为例子，来证明无上"监护不力"，说他女儿受他照顾时，他没有给女儿提供"合适的眼镜"。

无上给弃儿所的主管琳达发了条短信，说他想"杀光屠尽你们所有这些妖魔鬼怪"。

达萨尼的弟弟妹妹们每人都必须接受精神病方面的评估。随着评估进程的展开，他们的档案越来越厚，贴上了各种标签，标注着各种编码。对孩子们的评估结果包括 V61.20（"亲子关系问题"）、V61.8（"兄弟姐妹关系问题"）和 V61.21（"受到家长忽视"）。

给孩子们做出的诊断包括"行为障碍""对立违抗性障碍""破坏性情绪失调障碍""间歇性暴发性障碍""去抑制性社会参与障碍""适应障碍伴焦虑心境"。

毫无疑问，这些孩子需要帮助。不过孩子一旦被诊断出有精神病，寄养家庭得到的财政津贴也会增加——每个孩子每月能多得 1 200 美元。

儿童保护系统的治疗师遵守严格的程序，对所有人一律问同样的问题。他们的笔记显示，刚满 4 岁的莉莉"从未企图自杀""没有犯罪记录"，而且"不喝酒、不吸烟、不吸毒"。和其他官僚系统一样，在儿童保护系统内，有些工作人员精明强干，有些人却尸位素餐。

帕帕来做心理评估时，临床医师的笔记显示他"情绪愉快，打了招呼，面带微笑"。医师要帕帕画几张画。帕帕非常喜欢画画，很起劲地画了起来。然而，医师把帕帕的画描述为"下笔冲动""潦草粗略"，而且"画得不好，严重歪曲真实"。

医师写道，帕帕在一张画里画了一个人，"面部五官不合比例，手臂张开如同翅膀，四肢长短粗细不均。大头连着身体，没有脖子"。那人的嘴大张着，装饰着医师认为是"格栅似的东西"。

医师得出结论说："画作性质诡异，也许反映了某种精神病思维。"

报告只字未提帕帕自己对这幅画的解释。帕帕不知多少次画过这个形象，这是他用蜡笔画的他爸爸的样子。帕帕自豪地画出无上，画中人如同无上的名字一样至高无上。无上的大头装着他伟大的脑子。他的嘴巴通常是张开的，嘴里的东西在外人眼中像是格栅。但帕帕认为他画得很清楚，那是无上的金牙。[6] 那些如同牙箍的金牙是无上最宝贵的财产。

帕帕的画显示的是尊严，不是精神病。

生日季给孩子们带来了他们以前从未见过的丰富礼物。帕帕 9 岁生日的礼物是一辆新自行车和去一次水上游乐园玩。娜娜 14 岁时，吃了一顿自助海鲜大餐，在发型屋编了辫子，还做了美甲。娜娜和弟弟妹妹们还参加了课外班，比如西非舞蹈和拳击。

但什么也填补不了没有父母的空虚。在一次有人监视的见面会上，莉莉跑到妈妈身边。香奈儿看着自己的小女儿。过去的一年里，香奈儿在手机上反复放着萨姆·史密斯（Sam Smith）的歌：

我能否躺在你身旁

在你身旁

确定你一切都好 [7]

  香奈儿和莉莉把脸贴在一张木头长桌的桌面上，两人额头相触，闭上眼睛。香奈儿深深地呼吸着，想留住莉莉的气味。

  "我想你，妈妈。"莉莉悄声说。

  她们就那么待着，假装睡着了。

第 41 章

新生儿需要什么?

这个问题在达萨尼宿舍的起居室里回荡。每个女孩必须写出回答——"尿布""一个安全的家""奶""一个父亲"。她们把这些写在提示卡上,把卡片叠成"优先塔"。然后她们就会知道哪些是新生儿最重要的需求。

达萨尼心情不错。

"婴儿什么都需要因为他没有钱!"她大声嚷道。

今天的练习是赫尔希学校塑造性格的课程的一部分,由每个学生之家的宿舍家长来教。宿舍家长每月组织一次这样的学习会,一般围绕 4 个主题:身心健康、自给自足、成长心态和社交智慧。学校将社交智慧定义为"能够应付多种环境,管理复杂关系,并具有共情心"。

该答题了。和达萨尼一组的是个苗条的黑发女孩,她俩为了不受打扰去了旁门的小门厅。"莉莉已经不是婴儿了,"达萨尼说,"她是婴儿的时候头是秃的。她需要**头发**,那是她需要的。还需要牙。秃头宝宝!她老是哭。呸。"

另一个女孩似乎不知该怎么办,于是达萨尼揽过了责任,开始在提示卡上写起来:"高脚椅""奶瓶"。她的队友写下了"奶嘴"。

"你看……这就是为什么我不会生孩子,"达萨尼最后说,"他们需要的东西太多了。"

埃克斯太太四处走动着，检查各组答题的进展情况。提示卡必须粘在一起形成一个塔，达萨尼干着干着泄了气。

"我放弃了。"她说。

"你不能放弃，"埃克斯太太说，"那是你的宝宝。"

"太难了。"

"你们俩必须一起合作！那些是你们的宝宝的需求。"

"我让宝宝哭到睡着，"达萨尼说，"我对我妹妹就是这样，不然她就被惯坏了。"

"你不能那么做，"埃克斯太太说，"婴儿是有需求的。"

离达萨尼上次回家过感恩节快6个月了，其间发生了许多糟心事，但达萨尼仍有5门课得了"优"，包括法律课和工商课。不过达萨尼的标准化测验分数较低，所以她必须留下来上暑期班。她也没有获得参加州田径赛的资格，她200米短跑的速度差了零点几秒。

"我在跑道上玩得太多了，所以我没有集中精神，"达萨尼说，"到跑的时候，我又抱怨。"

达萨尼听起来长大了，更加沉着。她似乎很乐意反思自己，出了问题愿意承担责任。达萨尼感觉得到自己在变。"我知道我有潜力，"她对我说，"谁都这么说……我有我外祖母的基因。乔安妮外祖母体育好。我继承了我妈妈的思维和沟通能力。我可以做宣传工作。"

5月24日，达萨尼情绪饱满地走去学校。再有两天她就满15岁了。午饭后，达萨尼去上她最喜欢的一门课——"成功的习惯"。她正在剪辑她拍的一个视频时，被老师打断了。

有位社工要见达萨尼。

达萨尼走进会议室，看到了弃儿所负责她家的主管琳达·洛。

接下来发生的事非常怪异，几乎像做梦一样。达萨尼看到了芭芭拉——就是上一年夏天和香奈儿一起在心形雕塑里过夜的那个无家可归的女人。达萨尼知道芭芭拉是她母亲在"市中心"的朋友，那地方是无家可归的瘾君子的麇集之地。

突然，达萨尼明白了：香奈儿一定在这儿。达萨尼在屋里到处跑着寻找母亲。果不其然，她发现香奈儿蹲在一扇门后面。

"我想藏起来！"香奈儿笑着一把抱住扑过来的达萨尼，"嗨，宝贝儿！嗨，宝贝儿-儿。"

"你化了妆！"达萨尼大叫，"为什么？"

她妈妈瘦了，头发长了，向后梳成一条条细细的脏辫。香奈儿涂着银色眼影，椭圆形的耳环垂到肩头，身穿一条黑色长款连衣裙和相配的凉鞋。达萨尼怀疑她妈妈是不是又开始偷东西了。

看到达萨尼的样子，香奈儿同样吃了一惊。达萨尼长高了，臀部丰满起来。她笔直地站着，手插在口袋里，穿着一件品蓝色 polo 衫，头发向后梳成一个光亮的发髻。她已经不是小孩子了。

香奈儿温柔地摸着达萨尼的脸颊。

"瞧你脸上长的痘痘，粉刺脸安妮。"香奈儿抹着眼泪说。她环抱着达萨尼，手臂像鸟窝似的把达萨尼圈在里面。大家静了一刻，然后达萨尼看向芭芭拉。

"去抱抱芭芭拉，给她一个吻。"香奈儿说。她没有问弃儿所她能否带芭芭拉一起来，因为一定不行。所以那天早上她突然带着芭芭拉出现在弃儿所团队面前，介绍说芭芭拉是她的"精神支持"。琳达懒得和她争论。

芭芭拉戴着"猫王"埃尔维斯·普雷斯利（Elvis Presley）式的巨大飞行员太阳镜，穿着一件阿迪达斯连帽衫。她对达萨尼微笑，露出没牙的牙龈。她俩曾经一样矮小，但现在不是了。"你能把我打昏，是不是？"芭芭拉笑出了声。

坐在一边的琳达穿着她惯常穿的牛津布衬衫、长裤和便士乐福鞋。她身旁是弃儿所的一位案件工作者和达萨尼在赫尔希学校的社工。（赫尔希学校的工作人员准许我也在场。）琳达刚开始做笔记时，香奈儿伸手抓了一下达萨尼的左乳。

"你干什么？"达萨尼大窘跳开。

"你长奶了！"

"你干什么！"

"我就是想检查检查你。"

达萨尼双臂护在身前。

"让我看看你的屁股！"香奈儿说。

她俩互相抓起来。琳达已经对香奈儿有足够的了解，明白她有些行为的含义。香奈儿无论是爱还是怒，都通过动作来表达。有时她会越界，但达萨尼完全能够顶回去。

琳达在笔记中写道，达萨尼看到她妈妈"非常高兴"，她俩"总是黏在一块儿"，达萨尼"看起来非常快乐健康"。

"让我看看你的屁股长大了没有，朱迪！"香奈儿唱道（借用了电影《新美国故事》的台词[1]）。

"长大了！"达萨尼说，"长大了——"

香奈儿抓住女儿的手，把她转过去看她后面。她俩都在笑。

"是啊，如果你再做一个那个——"香奈儿说着，暗示地扭了一下胯。

一听这话，达萨尼就知道她妈妈关注着她的脸书。香奈儿在模仿达萨尼发在脸书上的一个最厚脸皮的视频，视频里达萨尼夸张地扭着臀部跳舞。达萨尼觉得可以随便从赫尔希发这样的东西，因为埃克斯夫妇不可能每个小时都巡查12个女孩的社交媒体账户。

"我什么都没做！"达萨尼抗议说。

"好吧，好吧，"香奈儿说，"你再做一个那样的视频，我就对你不客气。"

香奈儿伸手去拿装着巧克力生日蛋糕的盒子，蛋糕是给达萨尼的。

今天早上开车来的时候，琳达要香奈儿把蛋糕放在膝盖上拿稳。达萨尼看看盒子里。蛋糕压瘪了。

"你弄坏了。"达萨尼说。

"坏得厉害吗？"琳达不敢去看。

"很厉害。"香奈儿说。琳达开始不满地咕哝说自己花了多大的力气订蛋糕。达萨尼看得出她妈妈和这位弃儿所的主管相处融洽，因为她俩像姐妹一样吵嘴。

香奈儿把蛋糕放下，走向达萨尼。

"祝你生日快乐，"她唱道，"来和妈妈跳个舞。"

"我长大了。"

"来吧。你还记得咱们是怎么跳的吧。"

"嗯，那时候我 8 岁。我现在 15 岁了。"

"来吧，和妈妈跳一个。"香奈儿昵声说。

她老是伸手去摸达萨尼。

"你不是小宝宝啦？"香奈儿说。

"不是了！"

"你是我的宝宝。你永远是我的宝宝。"

芭芭拉在角落里打盹儿。每过一会儿，她就睁开眼睛溜出房间。离接待员不远的一个碗里装满了好时心形巧克力。芭芭拉抓了一把心形白巧克力回来，悄声对我说："这是我**最喜欢**的。"

"别翻我的书包！"达萨尼对她妈妈说。

"你说谁呢？"香奈儿说，拿出一个沉重的活页夹啴的一声放在桌上。活页夹的封面是达萨尼和阿维亚娜的照片。

谁也不想说出坏消息。

阿维亚娜进入寄养系统后学习成绩下降了。今天，赫尔希学校的一个工作人员通知弃儿所的团队，阿维亚娜的申请被拒了。她来不了赫尔希了。

琳达慎重地把这个消息存在心里，不想在达萨尼马上要过生日时让她难过。"你的成绩单怎么样？"琳达欢快地问。

"你的作业呢？"香奈儿打断了琳达。她俩一起检查达萨尼书包里的东西。达萨尼为了准备辩论，研究了格罗弗·克利夫兰总统，还为准备另一场辩论研究了人工智能问题。

香奈儿翻着一个笔记本，里面是达萨尼亲手写的诗。

"这不是诗。"香奈儿说。

"是诗，"达萨尼说，"是自由体诗，也就是说不用押韵。"

"好吧。"香奈儿说。

达萨尼翻了个白眼。

她妈妈开始大声朗读每一首诗。心怀仇恨的人"不值得理睬，所以我会走开不会哭"。田径"是我的生命"。在跑道上跑"好过在街道上跑"。

香奈儿转向一首短诗。达萨尼解释说它叫"俳句"。

为活着而骄傲
我笑着享受生活
尊重给我的呼吸

香奈儿把最后一句念错了，把"呼吸"的名词形式 breath 念成了动词形式 breathe。达萨尼小声纠正她。香奈儿接着念起了关于赫尔希学校的一首诗。达萨尼在诗里说，在学校是"生活中真正的挣扎"，说她"宁愿和野生动物一起生活"。

香奈儿停下来。

"听着，我跟你说，好多孩子想来这里——"

"我写这个的时候——那时我不想待在这儿。"达萨尼说。

"我知道，"她妈妈说，"可我是怎么说这个地方和你的？"

"你说对我好。"

"我是怎么说的？不能什么？"

"不能回头也不能回家。"

"对，"香奈儿说，"你没有家了，没法回头。"

香奈儿只能待几个小时。根据法院令，每次见面都要有人监督，而弃儿所团队必须在入夜之前回到纽约。

"这本书讲的是什么，《杀死一只知更鸟》（*To Kill a Mockingbird*）[①]？"香奈儿拿起达萨尼快看完的一本书。

香奈儿很自豪，自己最近读完了在街上找到的两本小说：《贫民萨姆历险记》（*The Adventures of Ghetto Sam*）和《瘾君子》（*The Dopefiend*）。她没把这事告诉达萨尼，只听达萨尼讲述哈珀·李（Harper Lee）写的这本小说的情节：一个名叫阿蒂克斯的白人鳏夫如何帮助一个被错误指控犯了强奸罪的黑人汤姆·鲁宾逊的故事。

"我想我们看过电影。"香奈儿说。

显然，她感到自己插不上话。香奈儿九年级时辍学，她的长女现在已经超过她了——在场的人对这个事实都心照不宣。

达萨尼似乎感觉到了妈妈的不安全感，说这本书"无聊"。

琳达扬起一条眉毛。可能达萨尼在试图拉近自己与母亲的距离。

"你觉得这本书无聊？"琳达难以置信地问。

"我只有睡觉前才读这本书。"达萨尼不松口。

"那么就从一个成人的角度来读，"琳达说，"你会喜欢的。"

达萨尼不理睬琳达。重要的是她妈妈，特别是弟弟妹妹们不在的时候。达萨尼说出他们的名字，用这个办法让他们在场。她说莉莉一定胖

[①] 此处的"杀死一只知更鸟"既是书名，也是香奈儿关于书内容的发问。——编者注

了，因为琼舅妈老给她吃"外面的食物"。她说娜娜又"犯了固执"，还说哈利克在脸书上拉黑了她。

香奈儿看着女儿。

"哈利克没有上脸书。哈利克在监狱里。"

几周前，5月6日，哈利克在斯塔滕岛家事法院的拘留室里从暖气片上拆下一根铁管，用铁管打了一个法警。按照弃儿所的案件记录，哈利克被戴上手铐脚镣，以便警官"控制住"他。两天前，哈利克在一个戒备森严的拘留所过了15岁生日。今后几个月他都会在狱中度过。

这种消息香奈儿本应瞒着达萨尼，不过达萨尼听了之后并未表露出什么情绪。

很快，达萨尼和香奈儿玩起了打架。达萨尼可能在许多方面都比她妈妈强，但香奈儿在打架方面仍占上风。香奈儿用身体紧紧顶着达萨尼，达萨尼把她推开。

"妈，我比你有劲！"

听了这话，香奈儿要和女儿比赛掰手腕。

达萨尼有些犹豫。"你总是自不量力！"她学着妈妈常说的话。

"准备好了吗？"香奈儿说。

两人面对面坐下。

"一、二、三……"香奈儿说，"**开始！**"

达萨尼根本不是对手，这一点她俩都清楚。香奈儿给女儿留面子，握着她的手停在半空，没有按到桌子上。

"你还算有劲，"香奈儿撇撇嘴说，"但你永远不会比我有劲。"

下午2点40分，见面快结束了。此时埃克斯太太走了进来。她还从未与达萨尼的母亲见过面。

"嗨！"埃克斯太太露出大大的笑容。

香奈儿上下打量着她，吃惊地看到她如此美貌。埃克斯太太莞尔一笑就解除了香奈儿的防备。香奈儿想和埃克斯太太拉近关系，正如她想和弃儿所的寄养母亲搞好关系一样。达萨尼离开房间后，香奈儿打开了话匣子。

"我在空荡荡的房子里走来走去。"香奈儿说。她仍然和丈夫一起住在斯塔滕岛。他们设法保住了 8 条券房租补贴，希望孩子们会回来。

"那么多床。有时我睡在这个房间，有时我睡在那个房间。"

最糟心的细节香奈儿不会告诉别人：上个月，4 月 7 日，房东给她下了驱逐通知。[2] 香奈儿仍在用房租补贴券付房租，但她现在是按月续租，房东随时有权把她赶走。

无上和香奈儿也不争气。他们多次违反房客守则。[3] 无上和楼下的租客打架，甚至有人打电话叫来了警察。2 月，香奈儿和一个房东起了争执，结果那人去当地警局提出了骚扰投诉。（香奈儿没有被通报姓名，也没有被指控。）

今天，香奈儿谈的是别的事——没有人理解她失去孩子的痛苦，他们总是告诉她要利用这段时间"想想我自己"。

"可是我做不到。因为我自己就是孩子们。"

"是啊。"埃克斯太太说。

"我没有自己。那**就**是我自己。"

埃克斯太太学会了只和来访的家长谈轻松的话题。她转换话题说："你这次来得正好。你看到你的宝宝了吗？她的样子是不是**棒极了**？"

达萨尼走了回来。

"嘿，妮妮！"埃克斯太太脱口而出，"你好吗，亲爱的？"

"好。"

"好！你**肯定**？"

"嗯。"

"看到妈妈很高兴？"埃克斯太太接着问。

"是啊。"

"是吗？"

听到埃克斯太太最后那个"是吗？"，香奈儿的身子一下子绷紧了。

达萨尼能感到气氛紧张起来。她试图让大家放松，拿（不在场的）埃克斯先生开起了玩笑。"我们要是没系安全带，正开着车的他一下子就会停下来！"达萨尼一边说，一边表演着埃克斯先生猛踩刹车后女孩们往前栽的样子。

"哦，"香奈儿说，"那比起过去被逮捕的时候好多了。"

房间里安静下来。

香奈儿开始讲述她年轻时坐警车的经历。"他们以前没有座位。就把你往后面一扔，然后你在后面说狠话，比如'快点开，好让我去办该死的收监手续'，于是他们就开得飞快，然后嗞——"香奈儿模仿着刹车的声音，"然后所有人都飞到前面去了——砰！啪！"

埃克斯太太无言以对。

"现在好多了。"香奈儿此言一出，大家都知道她不仅是以前被逮捕过。

谁都不知道说什么好。

"你还会撞到头吗？"达萨尼试图站在她母亲这一边。

"不了，现在他们有一个——像面包车一样的，里面有隔断，好像你在一个小……"

"盒子。"达萨尼说。

香奈儿点点头。她难为情起来。"你们可能谁都没去过那种地方，"她看着埃克斯太太和琳达，"你们可能宁愿死也不愿去那种地方。"

只有芭芭拉明白香奈儿的意思。去年秋天，她俩因为在丝芙兰（Sephora）化妆品店偷东西一起被捕，两人挨在一起被警车送到中央拘留所。芭芭拉点点头，手撑着下巴。达萨尼低下头，又摇了摇头。

大家又开始有些不自在地聊起来。琳达的注意力转向了达萨尼的宿舍母亲。弃儿所主管的工作是评估任何担任父母角色照顾孩子的人，埃克斯太太也在其列。

达萨尼抱怨每天要走 45 分钟的路去上学。

"我们也觉得这有些奇怪。"琳达看着埃克斯太太说。

"要走 45 分钟的路！"达萨尼说。

"是 30 分钟。"埃克斯太太说。

"得给你弄辆自行车之类的。"香奈儿说。

"是啊！"达萨尼指向埃克斯太太，"她瞎说！"

琳达抓住不放。

"从她们**睡觉**的地方……到**这里**——要 30 分钟？"她问。

"差不多吧，"埃克斯太太说，"如果她们慢慢走，和朋友聊天，溜达着要 45 分钟。"

香奈儿宣布她要给达萨尼买一辆自行车。

"可是，女士！"达萨尼对妈妈说，突然住了口。她本想说"妈妈"。

达萨尼看看埃克斯太太，然后看向她妈妈。

"你看？我在这个学校待的时间太长了，对你都叫'女士'。"达萨尼对香奈儿说。

埃克斯太太紧张地笑起来。

"不是，"香奈儿的声音低得听不清，"这说明你回家太少了，都不记得我的名字了。你刚才叫了我差不多 50 次'女士'。"

该离开了。

香奈儿拿起达萨尼的书包背在身上，还戴上达萨尼的遮阳帽舌。

"你这是干吗？"达萨尼问。

"呃，我要去上课，"香奈儿假装是自己的女儿，"我没工夫跟你们这些人浪费时间。"

她逗趣地装作要走开。

"可是已经下课了，"达萨尼说，"放学了。现在我要回宿舍。我应该走了一半路了。"

香奈儿摘下遮阳帽舌。

"回去做什么？"香奈儿把遮阳帽舌贴在鼻子上。

她深深地吸气。

"就是躺在沙发上看能不能睡着。"达萨尼说。

香奈儿温柔地把遮阳帽舌戴在女儿头上。她们往门外走，在前台停住脚，等着香奈儿翻看一盒燕麦棒。

"你想和我回家吗，宝宝？"埃克斯太太问达萨尼。

达萨尼用鼻子蹭着她的宿舍母亲。

"你可以和宿舍妈妈一起回家。"埃克斯太太说。

她们走到外面，达萨尼赶到前头去带她们参观校园。

"这是南，"达萨尼说，"那边是北。"

"那是西。"香奈儿指着创始人纪念馆。达萨尼佩服她妈妈居然记得那座建筑物的名字。香奈儿带达萨尼来报到入学是 16 个月前的事了。

"再见！"香奈儿向跑走的达萨尼喊，"爱你！"

"我也爱你！"达萨尼喊道，她的声音产生了回响。

香奈儿看着女儿的侧影。

"她好看。"

"她很好看。"琳达说。

"是啊，她看起来挺高兴。"香奈儿说。

"她见到你真的很高兴。"琳达说。

"是啊，"芭芭拉附和道，"她爱她的妈妈。"

"我想这会让她高兴到月底，"香奈儿说，"因为我关心她。他们弄得好像我是个恶人一样，好像我不关心一样。"

"谁？"琳达问。

"儿童服务管理局，"香奈儿说，"但不是你，洛小姐。你对我好。洛小姐对我好。"

她们穿过停车场，走向 ACS 的银色面包车。风很大，琳达加快了脚步。香奈儿没那么着急。很快，她们的车经过了达萨尼去赫尔希上学时看到的标牌。

标牌上的字句改了。对宾夕法尼亚州的描述不再是**独立州**。它有了一条新格言：

宾夕法尼亚州：追求你的幸福。

第 42 章

达萨尼的情绪起伏很大，从快乐到空虚，再到她过去从未有过的感觉。

离母亲来看她已经过去 3 个月了。达萨尼现在是赫尔希高中二年级的学生。她很快就有一年的时间没有回家了。她打散辫子，去了健身房。

达萨尼独自跳着舞，滑过一尘不染的光洁地板。她随着节奏蓝调的乐曲跳着自创的舞步——部分街舞，部分芭蕾舞。达萨尼用摄像机录下自己跳街舞 poppin 和 lockin 的动作，然后用脚尖直立，做出苦练许久的芭蕾舞单足旋转。

那个曾经在奥本收容所练习跳舞，滑过公共浴室地板的小女孩一去不返了。那时达萨尼喜欢的是艾丽西亚·凯斯那欢快的声音。现在她喜欢妮琪·米娜那更加冷硬的歌声。

"你为什么总是这么愤怒？"一天下午她最好的朋友卡利问她。

达萨尼避而不答。她宁愿通过社交媒体表露心声。在社交媒体上，达萨尼毒舌评论女孩，大肆贬低男孩，毫无顾忌地放声大笑，有时甚至哭泣。达萨尼在脸书上告诉世界她是双性恋。她认为女孩忠心，但喜欢无事生非，让人累心。男孩比较简单，但自私、不可靠。达萨尼宁肯单身，愿意孤身独处。

达萨尼 11 月 4 日发的一个帖子说："我想我大概是世界上最悲伤的开心人和最刻薄的好心人。"

时值 2016 年总统大选前夕。赫尔希周边的县在那次大选中以压倒性多数投票支持特朗普。[1] 达萨尼的同龄人还不到投票的法定年龄，但他们在社交媒体上痛斥特朗普是种族主义者。达萨尼发了一个关于特朗普反移民立场的帖子。她此前对政治不感兴趣，但特朗普的崛起让她有了不一样的想法。

达萨尼在英文老师贝克（Baker）先生——就是那位在课上教语码转换的白人老师——的袜子上看到了特朗普的竞选口号。学生们惊呆了。他们去质问贝克先生时，他搬出了特朗普像念咒一样反复宣讲的口号。达萨尼冷冷地重复："他要让美国再次**伟大**。"

感恩节假期，达萨尼终于回家了，但一切都不复从前。哈利克不在，他正在上州一处看管严密的拘留所服刑，刑期 18 个月。[2] 帕帕不想再参加兄弟姐妹的见面会（他仍住在斯塔滕岛的寄养家庭里）。达萨尼的妹妹们全部搬去了布鲁克林——阿维亚娜和娜娜住在那个发型师那里，哈达、玛雅和莉莉仍和琼舅妈在一起。

弃儿所那位赢得了全家人信任的主管琳达走了。她换了工作，去宾夕法尼亚州管理一个寄养机构。琳达离开的几周前，曾想过给孩子们写信，因为她没有机会与他们告别。

"真奇怪。本来时刻牵挂的事突然和自己没关系了，可谁都像没事人一样，"琳达给我发短信说，"我忘不了。我每天都在想他们。"

弟弟妹妹们和达萨尼疏远了，特别是阿维亚娜和娜娜。她们的寄养母亲强迫她们每次和香奈儿通电话都要开免提。怒不可遏的香奈儿发短信告诉那位寄养母亲，她不过是个临时"看孩子的"。接到这个短信后，寄养母亲定了新规矩，不准任何与香奈儿关系密切的人进家门，包括达萨尼。[3]

当阿维亚娜和娜娜终于安排和达萨尼在布鲁克林一家大力水手炸鸡店见面时，那位寄养母亲坚持陪她们一起去。她给自己买了一份饭，一点儿吃的都没给几个女孩买。她解释说，她们只能坐一会儿，因为接下来她们要去教堂看戏。没有请达萨尼一起去。

有的时候，嘈杂的餐馆好似突然静了下来。人们还在谈话，但听不见他们在说什么。一切都静止了。达萨尼人在这里，却又游离在外。妹妹们如同木偶一样被拉着离她远去。

达萨尼神游天外。只是在听到娜娜把香奈儿称为"后妈"时，她才失去了镇定。她们一起住了这么多年，娜娜从来没用过这个词。

"她养大了你！"达萨尼说。

寄养母亲叫停了见面，带着达萨尼的两个妹妹出了门。达萨尼独自站在人行道上给妈妈打电话。香奈儿勃然大怒。根据弃儿所的笔记，香奈儿给那位寄养母亲发了"威胁性"的短信。那位寄养母亲的回应是申请针对香奈儿的保护令。

几个月后，那位寄养母亲会带阿维亚娜和娜娜去红龙虾餐厅吃饭，"纪念"她们一起居住的一周年。她告诉两个女孩，她想收养她们。

阿维亚娜与达萨尼断了联系。

达萨尼家庭的撕裂跟着她回到了赫尔希。

她学习成绩下降，还满口脏话。她威胁要离开赫尔希。如果不能如愿，她就打出去。12月14日，达萨尼在脸书上宣布：**终结将至**。

香奈儿从远处看着这一切。

她女儿还有两年半就毕业了。这在一个女孩的生命中只是弹指一挥间。香奈儿希望达萨尼能看到时光如何飞速而逝。达萨尼很快就会戴上毕业帽，穿上毕业袍。她家里的女性长辈没有一个有过这样的机会——她妈妈没有，她外祖母乔安妮没有，她曾外祖母玛格丽特也没有。

达萨尼将会是第一个。

"你不必喜欢赫尔希，"香奈儿多次对达萨尼说，"你只需要在台上走过时保持微笑。"

但达萨尼看不到那么远。香奈儿知道这一点，因为她也一样。她小时候被送到宾夕法尼亚州那次，也是为了回家而故意大闹。

香奈儿想吓唬达萨尼："你正站在薄冰上，冰面会裂开，你会淹死。"达萨尼翻了个白眼。香奈儿说在纽约"没有家"，只有"野草、公房区和生孩子"，但达萨尼对这些话充耳不闻。

埃克斯先生用最地道的贫民区俚语劝达萨尼："我知道你不想和那些贩毒的男孩混在一起。那些人没有生活，没事干，就知道勾引小姑娘。"但达萨尼不为所动。

所有的劝告恳求都无济于事。达萨尼对学生和老师一律粗暴无礼，短短 4 个月内因为行为不当受到 21 次训诫。到 1 月底，达萨尼已经到了被开除的边缘。

弃儿所的两个工作人员开车去赫尔希评估情况，回来后报告说，达萨尼"认识到她享受的特权，但她有时想家"。

就在那天，达萨尼在脸书上警告说她"要打一场架，离开学校"。

这个警告在 5 个半星期后成真。3 月 7 日下午，达萨尼和卡利走在放学回家的路上，看到了一个 14 岁的学生。她是八年级的学生，很想出风头，与达萨尼在篮球赛和曲棍球赛上起过几次冲突。

"那就是我想打的女孩。"达萨尼大声说。

那女孩回答说她也打算把达萨尼"打一顿"。她的朋友们笑起来。之后达萨尼听到那女孩说"蠢货"。

卡利有些害怕。

"咱们走，"卡利对达萨尼说，"走吧。"

那个八年级学生解下腰带交给旁边的朋友，走向达萨尼。"不要！不要！不要！"卡利说。

那个女孩冲过来时，卡利抱住达萨尼的腰想拦住她。不知怎么的，也许是碰巧，那个八年级女孩踢到了卡利的肚子。达萨尼最好的朋友疼得脸皱成一团。

"卡利挨了打，我有那么一种感觉，"达萨尼后来说，"我就——我什么都不知道了。"

在手机录下的视频中，达萨尼在打那个14岁女孩。等赫尔希学校的保安人员赶来拉架时，那个女孩的嘴唇被打破了，鼻子被打出了血，一只眼睛也被打肿了。达萨尼回了家，身上的黄色polo衫沾着那女孩的血迹。学校还在调查此事时，打架的视频就在脸书上传开了。

赫尔希学校通知警方说一个未成年人受伤。达萨尼面临袭击的指控（指控后来被撤销了）。[4]她被送到健康中心，禁止进入校园。几天后，赫尔希学校的一位行政主管联系了弃儿所，要求他们给达萨尼在纽约市找一个寄养家庭。

香奈儿从弃儿所那里听到了消息。这次她要赶在所有人之前联系到达萨尼。香奈儿给健康中心打了电话。达萨尼来接电话。

"嘿，宝贝儿，"香奈儿说，"我要告诉你一件事。"

"什么？"

"你被学校开除了。"

"妈，你什么意思？"

"他们开除了你。"

电话那头沉默了一会儿。

达萨尼最终开了口："呃，有一个好处。我能经常见到你了。"

香奈儿努力压着火气。她这些孩子里只有达萨尼离开公房区，到了100多英里以外的安全地带。"我本想保护你，不让你遇到那些残酷的事情，"香奈儿说，"现在我得担心你哪一天被人用刀捅到脸上。"

达萨尼搜寻着合适的话。至少有一段时间，她在赫尔希学校努力过，想争取成功。

"我为了你努力过。"达萨尼说。

"大概这就是问题，"香奈儿说，"我希望你成功，但你不想。"

"我也想。"达萨尼说。

"唉，现在完了，亲爱的。全完了。"

第 43 章

一辆银色小面包车来接达萨尼。

达萨尼等在健康中心。一位工作人员把她的东西打了包，赫尔希的衣服大部分都没有装进去。

大约中午时分，两个弃儿所的工作人员下了面包车，走进健康中心。达萨尼长期以来的辅导老师朱莉来告别，她紧紧拥抱了达萨尼很长时间。

"记住我教你的。"朱莉说。

达萨尼抹着眼泪点点头。她会记住如何让自己保持平静：在心中数数，调整呼吸。知道哪些是引爆自己的"扳机"。最重要的是，达萨尼会记住朱莉反复说的：**用你的话语**。

达萨尼走到外面，眯着眼看向太阳。她被单独隔离了两个多星期，无法与同学们联系。不允许她告别，哪怕与卡利告别都不行。面包车开走时，达萨尼打开手机，在脸书上宣布了自己的离去。

她写道："女孩们，我会想念你们。"

后来回顾这一刻的时候，达萨尼才开始明白发生了什么。她知道她"抑郁了"，她知道这个词的临床含义。在赫尔希的时候，达萨尼否认自己有抑郁的症状。达萨尼说，哪怕当时学校给她开了抗抑郁的药，她也不会吃。

达萨尼坚称她的抑郁不是问题，只是对一个无法解决的问题的反应。她的家庭被拆散了。达萨尼一直觉得自己应该对此负责。她选择了离开家，不仅抛下了弟弟妹妹们，还抛弃了最需要她的人——香奈儿。

"我觉得我做了错事，"达萨尼后来对我说，"好像我扔下了她……我觉得我在错误的时候离开了她。我觉得我离开得太早了。好像她没有——没有为我的离开做好准备。"

达萨尼停了一刻。

"可是我非常失望，因为我以为她应付得了，但其实她应付不了。然后我一走，就发生了**这种事**。所以我应该——我应该留下来才对。如果我留下来，说实话我们可能就不会落到这个地步。"

达萨尼反复说着同样的话。

我离开得太早了。她没有为我的离开做好准备。

达萨尼知道，她离开赫尔希学校会被看成是自毁前途，是一种学业自杀。但对达萨尼来说，在赫尔希取得成功需要经历另一种死亡。她将失去甚至杀死自己生命中一个基本的部分。

"他们像是想让你变成另一个人，"达萨尼说，"如果我按照我自然的方式说话，他们就觉得我有问题。"

达萨尼从车窗望出去，窗外掠过树木、谷仓和奶牛。

她一次又一次地想起她母亲。**她没有为我的离开做好准备**。可能达萨尼也没有做好准备，但她会有做好准备的那一天吗？从母亲那里离开也是离开曾经的达萨尼自己。

面包车经过小镇，达萨尼看到标志牌上写着"谢谢来访赫尔希"。

过了一会儿，她睡着了。

＊　＊　＊

城市的喧嚣惊醒了达萨尼，车流时走时停，到处是汽车喇叭的响声。达萨尼看着窗外，车子开过斯塔滕岛北岸，停在一座草坪修剪得很整齐的3层房屋前。

一位语声轻柔的女人来到门前。她是达萨尼的新寄养母亲丹尼丝（Denise）。这位非裔美国人是老师，在特殊教育领域工作。她接收寄养儿童已经 20 年了。[1]

丹尼丝把达萨尼带到一个整洁的房间。达萨尼和一个名叫卡里斯玛（Charisma）的 14 岁女孩同住。走廊那边的一个房间里住着另外两个寄养儿童：一个十几岁的母亲带着她的小女儿，丹尼丝的成年女儿也住在这里。这个全部由女性组成的家庭一共 6 个人。

达萨尼四处看看。她知道被寄养是没有办法的办法。妈妈对她说过很多次，**没有家可回了**。达萨尼仍然会想起她近乎失明的妹妹逃离伯德先生的那一幕。

可是这个家感觉是安全的。家里安静清洁，饭食有营养，家务活有安排。起居室墙上挂着装了框的照片，对面是个精致的瓷器柜。女孩们轮流做晚餐，每人每周能挣到 20 美元的零花钱。56 岁的丹尼丝完全是埃克斯夫妇或麦奎迪夫妇的翻版。她喜欢做寄养母亲，时不时会给孩子们一个拥抱，提醒她们什么时候需要做什么事。

达萨尼告诉我："她想让我们遵守规则，当好孩子，以后能成功。"

几天后，丹尼丝带达萨尼去购物中心买衣服。达萨尼要去南边超过 3 英里以外的苏珊·E. 瓦格纳高中上学。

如果把赫尔希比作一条河，那么瓦格纳就是大海。这所高中有 3 300 多名学生，比整个赫尔希学校的人都多。[2] 保安非常严密，保安人员在走廊里巡逻以防学生打架。瓦格纳是纽约市公立学校中重复停学案例最多的学校。

达萨尼在瓦格纳属于少数——该校学生中有 11% 是黑人。3 月 28 日，她在学校大楼里到处找她第一堂课的教室。她不知道该往哪儿走，感觉迷失了方向。瓦格纳学校的巨大嘈杂声"闹得我头疼"。

第二天，达萨尼去了一个她比较熟悉的地方：弃儿所。这次她的身份不是来访者。她和弟弟妹妹们一样，正式成了寄养儿童。达萨尼不耐烦地等着弟弟妹妹们的到来。

阿维亚娜和娜娜没有来，自从那次在大力水手炸鸡店见面后她们就不再与达萨尼联系。年纪较小的妹妹们——玛雅、哈达和莉莉——也没来。香奈儿迟到了。哈利克在坐牢。无上被禁止进入弃儿所，因为弃儿所怀疑他在一次家人见面时带了枪（他对此矢口否认）。

只有 9 岁的帕帕。他带来了一张装在镜框里的他自己的照片，还有他为香奈儿做的一张生日贺卡。帕帕在贺卡上写着："我很爱你，我会每天给你打电话。我希望你下周能来，好让我们都爱你。"

自从帕帕和其他孩子被从家里带走以来，18 个月过去了。无论多少治疗似乎都无法推翻家里人的一致说法——是帕帕毁了这个家。父母和兄弟姐妹一次又一次地对帕帕说，要是他没有离家出走，他们本可以继续在一起的。

这种说法把帕帕视作罪魁祸首，好似他父母从未吸过毒，但谁都不觉得有什么不对。受过训练的专业人士无论怎么劝都无法打消帕帕心中的愧疚。那种愧疚与达萨尼的感觉相似：他们离开了家，家就垮了。

帕帕越来越频繁地发脾气。他经常哭泣，睡不好觉。

帕帕对一位社工说，"我笑不出来，因为我的生活很悲伤"。10 个月前，弃儿所不顾帕帕父母的反对，开始给帕帕吃治疗注意缺陷多动障碍的药。香奈儿和无上不相信帕帕有什么问题，他们觉得 ACS 不过是想控制他们的儿子。香奈儿说他们想"给他吃药，让他变笨"。帕帕已经比较能集中精神了，但他经常困倦、易怒。父母没接他的电话，他就觉得他们不爱他了。香奈儿错过了一次见面会，他就认定妈妈在躲着他。

真相其实与帕帕毫无关系。

3 周前，香奈儿 39 岁生日那天，她和无上被房东驱逐了。此前他们在住房法院打了很久的官司。在被驱逐之前，这对夫妇就已经焦头烂额了。ACS 的要求令他们疲于奔命——要上学习班学习如何教养孩子，要接受心理辅导，要学习愤怒管理，还要做毒品检测。

香奈儿和无上被驱逐的那天早上，他俩抓紧时间把一切能打包的东西都装起来。香奈儿把乌龟给了一个邻居，无上把阿基拉送给了街上杂货店的店主。他们又无家可归了。

香奈儿终于走进弃儿所的大门，向她的长女和最小的儿子伸出了手。

一位绰号叫"茶"的弃儿所案件工作者写道，帕帕见到母亲后"极为激动"。"茶"的任务是负责帕帕和哈利克，现在又加上了达萨尼。"茶"的观察笔记会录入电脑档案，然后转交给 ACS。这些笔记被分成不同类别，例如每个孩子的"社交情绪表现"和香奈儿的"教养技能进步"。

在"讨论描述"一栏中，"茶"记录了会面中的紧张气氛。香奈儿说她对达萨尼离开赫尔希学校感到失望，担心达萨尼"回来后和不良分子混到一起"。母女二人吵了起来，"茶"出声干预，请香奈儿"不要再提这件事"，说"达萨尼已经在这儿了，这才是最重要的"。

达萨尼喜欢这个案件工作者。她看起来镇静自若。她不试图"装白人"——这是达萨尼的母亲对任何黑人最恶劣的评价。"茶"能和香奈儿说一样的话，会用"话痨"（ratchet）和"弱鸡"（punk）这样的词。她的肤色是和达萨尼一样的棕色。她也和达萨尼一样强壮。"茶"从来都昂首挺胸，和达萨尼钦服的所有女人一样。

达萨尼凝望着窗外的斯特普尔顿公房区。"茶"写道，她似乎"沉浸在梦中"。的确，达萨尼在回忆她过去认识的一些男孩，不知道他们是不是还住在那里。

就在这次见面之前，香奈儿曾在渡轮上见过女儿。渡轮是流浪者、毒贩和寄养儿童的一个聚集点。香奈儿觉得没有人照顾达萨尼，更别说保护她了。而香奈儿总是——在街上——给女儿提供保护。香奈儿说达萨尼需要"宵禁"。

达萨尼回答说她的寄养母亲规定了宵禁。"茶"也为达萨尼说话，说她的寄养母亲的确规定了宵禁。这令香奈儿更受刺激。

"茶"在记录中写道，香奈儿的怒气越来越大，达萨尼"用帽子遮着脸来隐藏自己的情感"。见面结束后，香奈儿远远地跟着女儿。法院令禁止香奈儿在无人监督的情况下与达萨尼见面。

半小时后，香奈儿打电话给"茶"，报告说达萨尼在公房区游荡，可能有危险。"茶"开车在斯特普尔顿到处找，发现达萨尼在街上和两个男孩在一起。达萨尼保证会坐公交车回家。听了这个，"茶"开车离开了。

45分钟后，"茶"的电话铃又响了。是香奈儿，她说达萨尼"还在公房区"。

"你应该开车带她回家。"香奈儿厉声说。

"那是违背机构政策的。""茶"答道。

香奈儿没办法了。如果她接近女儿，就违反了法官的保护令。如果她遵守法官的命令，就没法保护达萨尼。

没有家人，达萨尼便开始寻找新的亲近之人。

几千名十几岁的孩子在瓦格纳高中的走廊里川流不息。学生们今天你和我好，明天我和他好，变化不定。多年前，达萨尼的母亲给她讲过在学校吃得开的三招。**穿得飒。学习好。能打架。**

达萨尼个子仍然不高，才5英尺。她棕色的眼睛闪闪发光，面庞雍容大气，丰满的嘴唇像妈妈，高高的颧骨像爸爸。她模仿流行的式样把长辫子挽成松松的发髻。达萨尼知道自己没法穿得飒，因为她最好的衣服都留在了赫尔希。"学习好"也比较难。达萨尼来到瓦格纳时，高二学年已经过了一半多，而且这里的课程和赫尔希学校完全不一样。

但达萨尼能打架。她给自己取了个名字，叫迪迪（Deedee）。她在脸书上自称"前职业橄榄球联盟外接手"，还说自己是"舞者、双性恋、单身"。另外还加了一句警告:"你不伤害我,我就不会伤害你。"达萨尼加入了学校的运动队,打夺旗橄榄球(flag football)。不出几天,达萨尼就交上了新朋友。她把她们的照片贴在网上,标签是"最好的"和"姐妹"。

达萨尼知道,和她疏远了的妹妹阿维亚娜可能会看到这些照片。她俩曾经自称双胞胎,能够替对方补上说了一半的句子。现在她们连话都不说,她们只有脸书。达萨尼用双胞胎的秘密语言发出了清楚的信息,她俩的纽带无人可比、不可替代。

不过,达萨尼对新结识的女孩们也表现出了姐妹般的忠诚,自告奋勇保护她们。她似乎摩拳擦掌地渴望打架。达萨尼在赫尔希学校井然有序的环境中生活了两年多,其间只打过几次架。一打架保安就会立刻前来干预,紧接着护士会带来消毒巾、抗生素软膏和冰袋。

街头可没有这些东西。4月15日,达萨尼在斯特普尔顿公房区附近和一个大块头的白人女孩对上了——这个十几岁的女孩刚把达萨尼新交的最好的朋友打了一顿。"对我来说,这是忠诚问题。"达萨尼说。

围观的人群聚拢过来。

达萨尼在人行道上来回走着,身穿一件她设法从赫尔希带回来的白色运动衣,衣服背后印着她的名字。她用一条头巾包住头上的辫子,以防被人扯住。达萨尼的对手比她高也比她胖,两人完全不在一个量级。但达萨尼夷然不惧,她对大伙儿说这个女孩"满口喷粪",现在要和她好好"算账"。

"来啊,骚货。"达萨尼举起拳头。那女孩一拳打来。她俩打作一团,滚向旁边的栅栏。那女孩拉掉达萨尼的头巾去抓她的头发。

"放开她的头发!放开她的头发!"一个自封为裁判,正在拍视频的女孩大叫,"不能揪头发,伙计!"

太晚了。达萨尼有几根辫子被生生扯掉了,头上鲜血直流。她的拳头如雨点般落在那女孩身上,直到别人把她俩拉开。裁判要求暂停3分钟。两人像拳击台上的拳击手一样分开休息，胸脯剧烈地起伏。朋友们检查着两人的伤情。

达萨尼被扯掉的几根辫子掉在地上，像只死鸟。一个男孩弯下腰捡起一根。裁判宣布两个女孩都没被指甲抓到。她似乎很欣赏达萨尼，对她说："你坚持住了。"达萨尼和那个女孩刚刚再次交手，就听有人嚷："警察来了！"

达萨尼跑进她新交的最好的朋友住的公寓——她就是为了保护这个朋友才打这场架的。一群孩子聚在门外，威胁着达萨尼的朋友。两人寡不敌众，于是达萨尼给她妈妈打了电话。

香奈儿在电话上命令达萨尼待在屋里。之后，香奈儿打电话给达萨尼的寄养母亲，要她去接达萨尼。丹尼丝不肯，害怕遇到危险。香奈儿带着一根棒球棒和一桶漂白剂从布鲁克林去了渡轮码头。等她赶到斯特普尔顿公房区时，人群已经散去。香奈儿和达萨尼毫发无伤地离开了。

两天后，达萨尼登录脸书，把那场打架的视频贴了上去，吸引了近4 000人观看。达萨尼一战成名。接下来的几个月里，她打了一架又一架，赢得了"无敌迪迪"的称号。

达萨尼母亲的反应是有时骄傲，有时愤怒，全看在什么人面前。当着社工的面，香奈儿会痛斥达萨尼，警告说她可能被逮捕，甚至被打死。在脸书上，香奈儿却扬扬得意。

"你真行。"香奈儿在一个打架的视频下留言。她借用拳王迈克·泰森（Mike Tyson）的名字，开始叫她女儿小迈克。

达萨尼的寄养母亲却是惊惧交加。她不懂达萨尼为什么要在街头冒生命危险。丹尼丝试图禁足达萨尼，但这只让达萨尼更加愤怒。她摔门、骂脏话、拒绝做家务，说在厨房干活是她的一个"扳机"，因为那让她想起童年。

一天夜里，达萨尼因打架去了医院，丹尼丝开车从医院接她回家。路上，丹尼丝对达萨尼说："我不知道该把你怎么办。"

"你说得好像我有过好的行为榜样一样，"达萨尼回答说，"我从来没有好的行为榜样。所以你以为我该长成什么样子？"

在随后的很多年里，丹尼丝一直都记得这次谈话。"行为榜样"取代了"妈妈"，因为达萨尼说不出口**我从来没有一个好妈妈**。达萨尼其实不缺行为榜样：外祖母乔安妮、香奈儿的教母谢丽、达萨尼的老师赫斯特小姐、她的辅导老师朱莉。但谁也取代不了她的母亲。

"没人知道她的痛苦，"丹尼丝告诉我，"我不是说我知道。但这些孩子带着这么多问题来到我这里，你只要听听就知道……她爱她的母亲，从来不说自己母亲的坏话。她只是说：'事情就是这样。不要指望更多。'"

2017 年 3 月 30 日，就在香奈儿带着棒球棒赶来斯塔滕岛营救女儿的两周前，林法官判定香奈儿和无上忽视子女，结束了因帕帕离家出走而开始的调查。香奈儿和无上当时刚被房东驱逐，没能参加听证会。在听证会上，ACS 根据香奈儿过去参加戒毒项目的记录，做证说香奈儿在上一年曾吸食海洛因。

ACS 现在把为孩子们制定的"永久性目标"从家庭团聚改为了收养。因此，ACS 将对他们的父母提出新的诉讼，寻求终止亲权。

达萨尼不肯去参加治疗和愤怒管理。她告诉负责她的社工，她在"享受自由"，但"茶"担心"离开寄宿学校后的自由"可能会打乱达萨尼的"教育目标"。

达萨尼勉强同意与一位社会治疗师见面。那位治疗师给了她一项艰巨的任务：她必须给她"未来的自己"和她"过去的自己"写信。达萨尼只同意做一半：给未来的自己写信。

她不想重温过去。

阿维亚娜也碰到了同样的障碍。

她不想回首过去。她接受第一个治疗师治疗时就试过这样做。那位治疗师是一名非裔美国人，阿维亚娜对他怀有近乎崇拜的感情。他很有技巧地让阿维亚娜打开心扉，问的问题都很温和，还逗得阿维亚娜开怀大笑。他知道何时推阿维亚娜一把，何时退后。但他后来换了工作，完全退出了阿维亚娜的生活。他的离去令阿维亚娜非常难过，弃儿所甚至改变了阿维亚娜的治疗目标。现在她的目标是"消化失去原来的治疗师这个事实"。

一个不利的情况是，阿维亚娜的新治疗师是位白人女性，却学着黑人说"我明白你的感受"（I feel you）。阿维亚娜听了只觉得可笑。阿维亚娜听到过白人使用黑人的其他用语，例如"明白"（I gotchu）、"牛逼"（the bomb）和"真飒"（fly）。

但"我明白你的感受"这句话不一样，它表示感受到某种特别的经历——只有非裔美国人才有的困境。最后，阿维亚娜告诉她的白人治疗师不要再说"我明白你的感受"，并且用最直白的语言做了解释。那位治疗师写道，阿维亚娜"认为任何人都无法明白她的感受，除非与她有同样的经历"。

阿维亚娜不想有任何感受。一个有感情的女孩是脆弱的，会被压垮。阿维亚娜要反其道而行之。如果有谁说她看起来"很愤怒"，她会说"我就长这样"。她谁的话都不听，自称为"老板"。老板是有权力的人。

"你应该学我，"阿维亚娜对一个妹妹说，"什么都不要感觉。没有感情。什么都不重要，只有我、我自己和我。"

然而，每次有人离开，无论是老师调动还是治疗师辞职，阿维亚娜都会再次痛感失落，伤口被重新撕开，又一次陷入原来的悲伤。每次 ACS 来视察她最新的寄养家庭，检查浴室有无霉菌，都是对阿维亚娜的提醒，让她知道这样的审视永无尽头，会跟着她从一个寄养家庭到另一个寄养家庭。阿维亚娜尽量不想这些，只管当下。可是每当她听到"收养"这个词时，她都抑制不住会同时想到过去和未来。她这一刻刚在想不知道自己会去一个什么样的家，下一刻又会忆起自己的家被拆散的时候。

一旦被收养就一切都成定局了。

几个月后，孩子们听案件工作者说他们会被收养，不由得惊慌起来。玛雅、哈达和莉莉仍由琼舅妈照顾。她们和琼舅妈产生了感情，但很不喜欢"收养"这个词。3个孩子里最大的是11岁的玛雅，她担心"妈妈不再是妈妈了"。她10岁的妹妹哈达想知道还能不能见到自己的妈妈。一位案件工作者回答说这"取决于"舅妈。两姐妹提出了一个妥协办法：她们同意被舅妈收养，条件是她们仍叫她"舅妈"，香奈儿仍然是"妈妈"。

她们是香奈儿生的。香奈儿到死都是她们的妈妈。香奈儿知道，她咽下最后一口气时想到的会是她们，正如她们咽气时会想到她。

什么也改变不了这一点，无论是时间的流逝，还是"收养"这个词。收养把香奈儿的孩子们降到了孤儿的地位。没有妈妈的孩子就是孤儿。

可是任何人看到莉莉宝宝都知道她不是孤儿。5岁的莉莉一看到香奈儿走上山到弃儿所来参加见面会，都会冲出大门扑向她的妈妈。

香奈儿迟到了，莉莉的幼儿园毕业仪式也没有邀请她参加，不过这都没有关系。莉莉拼命跑向香奈儿，一位社工只得追着她跑，以免她被车撞到。

香奈儿过去是，现在仍然是她们唯一的妈妈。

4月初，帕帕来到弃儿所参加家庭见面会。他脸上带了伤。另一个男孩把他从学校楼梯上推了下去。

达萨尼开始取笑9岁的弟弟，说他是"弱鸡"，说他"软弱"。案件工作者"茶"叫达萨尼别说了，但达萨尼不听，说他们的"父母能打架，所以他们所有人都应该会打架"。

"别烦我!"帕帕大声吼道,打了达萨尼的胳膊。达萨尼警告他住手,但帕帕又打了一拳,于是达萨尼反手给了帕帕一拳。

帕帕开始用拳头打墙。工作人员叫来了他的治疗师,把帕帕带到另一个房间让他平静一下,结果适得其反。弃儿所的笔记显示,帕帕的"火气越来越大"。他用头撞墙,直到头上撞出了大包。一个工作人员拦着帕帕不让他出门时,帕帕一拳打在他肚子上。

"让我死!"帕帕哭喊着。

帕帕威胁说要从窗口跳楼。他用家具打破了窗玻璃。此刻救护车已经在来的路上。工作人员把家具拿走,帕帕就用头和拳头去砸窗玻璃。

救护人员冲进大楼,和他们一起来的还有 4 位警官。他们制住了帕帕,把他绑在担架上。上了救护车后,帕帕拼命挣扎,用手铐砸玻璃。他们告诉帕帕,他要是再闹就只能给他打镇静剂。

救护人员的记录显示,帕帕安静了下来,发出"哼哼的咕哝声"。[3]帕帕害怕打针。那天晚上,帕帕出了院,被交给了他的寄养母亲。

几周后又出了一次事。帕帕的寄养母亲想稍微休息一下,准备把帕帕送去一个"暂缓家庭"临时住几天。就在帕帕被送走之前,他试图冲进街上的车流。

里士满大学医疗中心的一位精神病医生对帕帕做了病情评估。评估报告说"病人被急救人员用担架抬进来,他开始对工作人员叫喊,用脚踢家具,还跳到家具上"。

"操你妈的警察!"帕帕大叫,用拳头猛砸金属和有机玻璃。这次,工作人员给他注射了镇静剂氯丙嗪。"我不在乎我的命,"帕帕告诉他们,"我不想活了。"问他为什么,他说"因为生活没有意义"。

帕帕被转入一家专门治疗有问题的寄养儿童的住院机构。他在那里住了一个月,给他用了 5 种药物。5 月 25 日,帕帕威胁要自杀,结果再次被送到一家医院的精神病病房。

这是达萨尼 16 岁生日的前夕。

达萨尼无心庆祝。自从帕帕第一次入院，达萨尼就没有见过他，也不肯谈论此事。她从一个诗歌网站上摘了一段话贴在脸书上："到了某个时刻，谈论已经不再能让你好受一些。你只能闭口不言，筑起高墙，隐藏自己的心。"

达萨尼刚刚因为说脏话被瓦格纳停学。她对包括 ACS 在内的所有权威满心愤恨。达萨尼根本不理睬家事法院发布的"保护令"。她不会和她妈妈分开。为昭示此意，现在她俩在家人见面结束后肩并肩一起离开。社工如果反对，香奈儿正好有话等着：只有这样才能保护她女儿的安全。

达萨尼在街头成了靶子。谁都想和她打架，包括男孩。其中一个男孩是达萨尼在斯特普尔顿的老对头"泡泡"（Bubbles）的表亲。两年前的夏天，泡泡打了达萨尼的妹妹们，而达萨尼当时在赫尔希上学，无法保护妹妹。

如今达萨尼回来了。泡泡的表亲想要挑事。星期六晚上，他计划参加达萨尼也准备去的一个派对。派对主人是当地的传奇人物，13 岁的唱片骑士[①]福希曼（Fussyman）。福希曼 10 岁起就开始打碟了，甚至去白宫表演过。[4]斯特普尔顿的一面砖墙上，一幅 40 英尺高的壁画上画着他的面容。[5]

达萨尼知道这位唱片骑士的名字是福希（Fussy）。在他脸书网页上的一张照片里，他穿着一件一本正经的西装上衣，戴着金丝框眼镜，和善地微笑着。配文写着"直接来自斯塔滕"。福希的经纪人是他母亲（"他小时候是个挑剔的宝宝"[②, 6]）。福希每个月都在布罗德街举行派对，由他母亲监督。孩子们每人只需花 5 块钱就能参加派对，听福希打

---

① 即 DJ。——编者注
② 英文的"挑剔"（fussy）和福希的名字是同样的拼法。——译者注

碟。派对的规则尽人皆知：禁止携带毒品、酒精或武器。

流言开始传开，说表演之后达萨尼会挨打。传言说会动刀子，可能会"划几刀"，泡泡的表亲放的话最狠。如果达萨尼不来派对，对方就赢了。但如果达萨尼来派对，她需要足够多的人抵御危险。所以达萨尼告诉她认识的每个人，让他们都来。

香奈儿听到消息，心感不安。仅仅几周前，她刚带着棒球棒和漂白剂来救女儿。

这次，香奈儿带着更厉害的武器上了渡轮。5 月 27 日傍晚，香奈儿在包里带了一把拆散了的"点三八"左轮手枪，是从一个匿名朋友那里借来的。[7]

渡轮在北岸靠岸时，气氛紧张。香奈儿走到布罗德街。紧闭的门后传出音乐的嘭嘭声。香奈儿在外面等着，和福希的母亲聊着天，听她炫耀福希在白宫表演的情形。几辆警车停了下来。大约晚上 9 点，音乐声停了，大门打开，一大群十几岁的孩子涌到街上。泡泡的表亲在向达萨尼挑衅，然后他看到了香奈儿。

"等我看到你没和你妈在一起的时候！"那个男孩过了马路，向这边叫嚷。

香奈儿带着达萨尼和她的朋友们沿着街走，迎头碰上了另一伙对头。其中一人威胁要往香奈儿脸上吐口水。

"你敢这么和我母亲说话？"达萨尼大吼。

"对，我就是这么和你母亲说话——"

达萨尼一拳打过去，一把指甲刀猛地从那个女孩的口袋里掉了出来。有人捡起来用它划伤了另一个女孩的肩膀。情势眼看着要失控，香奈儿把一个玻璃瓶摔到地上，炸裂声瞬间响起。所有人都愣住了。香奈儿阻止斗殴还是有一手的。

"你给我听着，"香奈儿和达萨尼一起走开时低低地怒声说，"我包里带的东西能让我坐牢，所以你赶快回家。"

晚上大约 10 点 40 分，母女俩正在公交车站等车，泡泡的表亲又出现了，还带着几十个孩子。他声称有"吐司炉"，意思是他有枪。

"我们**都**有吐司炉，"香奈儿厉声说，"我现在就有。"

就在此时，一辆警车开了过来。

"她有枪！"泡泡的表亲对警察大喊，"她有枪！"

第 44 章

香奈儿被从一个拘押地转到另一个拘押地。当地警局。法院拘留室。开往赖克斯岛监狱的狱车。

她戴着手铐脚镣，行动迟缓。金属栅栏把狱车分隔成一个个小间。一名警员把香奈儿带到一个小间里，小间的窗户上钉着铁栏。汽车开动了。香奈儿的身体随着每一次停车猛烈晃动着。她听到另一个从没去过赖克斯岛的囚犯在小声说话，声音中流露出恐惧。汽车开上进入监狱的那座窄桥时，所有人都沉默下来。

他们如同乘着一艘幽灵船跨过东河，锁链镣铐哐啷作响。汽车停在赖克斯岛监狱的女监。"到处都是门，"香奈儿说，"门哐啷啷地关上又打开，关上又打开。"进去以后，狱警要香奈儿脱光衣服。她必须蹲下身子，咳嗽，并分开屁股两边让狱警检查她是否藏有毒品和武器。检查完毕后，发给了她一套囚犯用品：一身棕色运动服、几条内裤、一件胸罩、一双鞋、一个绿色塑料杯、一把牙刷、一条毯子和一张床单。

香奈儿就这样进入了罗斯·M. 辛格中心（Rose M. Singer Center），人称罗西中心。10 多年前，就是在这里，一个狱友用针和墨水在香奈儿的肱二头肌处文下了**红夫人**三个字。今天夜里，香奈儿睡的小床挨着另一个无家可归的女人。那女人刚刚被捕，她犯的事登上了《纽约邮报》（*New York Post*）头版**地铁杀人狂：精神病人在大中央车站刀伤孩子母亲。**[1]

香奈儿很好奇，她一直想弄明白"他们为什么要这么做"。被攻击的受害者是个带着小婴儿的 31 岁的母亲。据《纽约邮报》报道，她不想坐在那个无家可归的女人旁边，那女人因此发了怒，把那位母亲的脸划了个大口子，缝了 30 针。

谁都叫香奈儿躲着那个杀人狂，但她不听，很快和那人聊了起来。那人成了赖克斯岛监狱关押的著名犯人之一。这类犯人中还有杰拉尔丁·珀金斯（Geraldine Perkins）。她的男朋友把她 6 岁的儿子泽米尔（Zymere）活活打死，她却袖手旁观，事后过了好几个小时才带儿子去医院。珀金斯（原来接受过 5 次 ACS 调查）承认犯了过失杀人罪。泽米尔死后，儿童服务管理局专员辞职下台，3 名雇员被解雇。[2] 另一个著名犯人是蒂奥纳·罗德里格斯（Tiona Rodriguez）。她在"维多利亚的秘密"内衣店偷窃被抓住时，警方发现她的包里装着她刚产下不久的新生儿的尸体。2018 年年初，罗德里格斯被定罪闷死了她 8 磅重的婴儿。[3]

这些犯罪成为头条新闻，促使 ACS 加紧了监管。香奈儿知道自己这个母亲和她们不一样，不能把自己和有心理障碍的反社会者归为一类。她刚刚犯的罪与她们的罪行相比是小巫见大巫。

根据逮捕香奈儿的警官写的报告，香奈儿对警官说："我是有枪，在我包里，是为了阻止这些孩子欺负我女儿。"那位警官没有发现子弹。而且警官也许是出于对香奈儿的怜悯，说那把手枪是空气枪（香奈儿说警官说得不对）。最后香奈儿被指控拥有"仿真手枪"。

可以说香奈儿去斯塔滕岛是为了夺回对她女儿的"拥有"。她想让达萨尼感受到"一个母亲的力量"，让达萨尼看到"我为了保护她不惧怕做任何事"，看到"我和她站在一起面对她的所有敌人，让她知道我是她的姐妹，我是她的母亲、她的看守人"。

现在，被看守的反而是香奈儿了，她在罗西中心度过了 5 个漫长的夜晚。她一次又一次地打电话给达萨尼。

达萨尼在电话上说："我在为你祈祷，妈妈。"

"哦，现在你祈祷了？我进了赖克斯岛。你要是再这么下去，早晚也会到这里来。"

"不，我不会去那里！"

"是的，你会的！"

她们每天都这么吵。香奈儿想让女儿不再打架。她甚至威胁说要给ACS打电话，要求把达萨尼送到教养院去。

"如果你把我关起来，那你还能见到哪个孩子？"达萨尼问。"因为我是唯一能违反规定的，我是唯一能不听话的。几个小的不行，她们必须守规矩，她们只能那样。我不用，我想见你就见你，他们不能告诉我说我不能见你。哪怕他们告诉我也拦不住我。所以，你要是把我关起来，大一点的孩子里你还见得着谁？"

达萨尼戳到了香奈儿的痛处：阿维亚娜和娜娜不想见她们的母亲，小一点的孩子们总是错过家人见面会，两个男孩子被关了起来。

还剩下谁？

香奈儿答不出来。

"你不是九年级就辍学了吗？"达萨尼不依不饶。

"我的教育与你有什么关系？"香奈儿问。

"我比你高一年级！"达萨尼说，"整整一年级。你有街头知识。对，没错。你有街头信用，但问题是，呃，你有——37岁了吧？年龄会变，语言会变，一切都会变。"

香奈儿觉得恰恰相反。一切都不会变。

"这是个循环，"她在监狱的电话上告诉女儿，"它已经发生过，以后还会发生。"

5周后的7月1日，达萨尼在脸书上收到一个加好友的请求。是她妹妹阿维亚娜。她俩8个月没说话了。

"妹子。"达萨尼写道。

"嘿。"阿维亚娜回答。

她们小心翼翼地开始交谈。阿维亚娜问达萨尼在干什么。阿维亚娜此时连达萨尼生活的基本情况都不知道。她不知道达萨尼还住在斯塔滕岛，还在原来的寄养母亲家。自从到瓦格纳高中上学以来，达萨尼有两门课不及格，必须上暑期班，否则就无法从十年级毕业。

阿维亚娜催促达萨尼加她为好友，达萨尼答道："我已经加了，妹子。"

听到这话，阿维亚娜的姿态彻底软了。

她问："你什么时候来看我？"

达萨尼想表现得冷静沉着，用缩略语回复说："我不知道，你得告诉我。"①

"好。"阿维亚娜写道。

阿维亚娜在脸书上看到达萨尼的辫子被扯掉，头皮都露了出来。阿维亚娜想知道姐姐是不是还在打架，因为"我刚刚看到你和一个白人肥婆打架，你怎么把头都打破了"。

是的，达萨尼答道，她还在打架。

"你还是处女吗？"阿维亚娜问。

"你问这个干什么……？？？"

"我不能问吗？"

"不是，他妈的怎么回事……你是处女吗？"

"是。"阿维亚娜写道。

"好吧，你真了不起。"

"你也了不起。"

她俩的对话突然开始，又突然结束。达萨尼最后在脸书上写下"爱你"二字。

---

① 作者这里的缩略语指的是"我不知道"（I don't know）被缩写为 IDK。——编者注

"我也爱你。"阿维亚娜回复说。

一个薄雾笼罩的 9 月的早晨，渡轮在斯塔滕岛靠岸。达萨尼穿着印有**布鲁克林**字样的 T 恤衫上了渡轮。她的头发剃了一半，如同武士的发型，辫子被扯掉的地方刮得干干净净。自她在斯塔滕岛打的那第一场架以来已经过了 5 个月。

达萨尼看向水面。

你必须为了受教育而战斗。

这是达萨尼爱戴的布鲁克林校长霍姆斯小姐说过的话。霍姆斯小姐搬去佛罗里达州后与达萨尼失去了联系。上个周末，有人在脸书上发了个帖子。

"安息吧，霍姆斯小姐。"

达萨尼觉得没着没落，好像"心沉到了底"。65 岁的霍姆斯小姐被发现死在佛罗里达州棕榈海岸的家里，显然是因为心脏病发作。[4] 她没有配偶，没有子女。她留下的只有她的学校。

"我是她最喜欢的学生之一。"达萨尼告诉我。

这天早上达萨尼早早地出了门，打算旷课。她下了渡轮后会乘地铁到布鲁克林，然后走去麦金尼。这是她对霍姆斯小姐致敬的唯一办法，因为"我不参加葬礼"。自 6 岁时扑进外祖母乔安妮敞开的棺材以后，达萨尼再也没有参加过葬礼。

远处经过的驳船在水上激起涟漪，留下长长的剪影。东边是自由女神像。达萨尼脸上现出了惊叹的神情。她小时候从奥本收容所窗口望向帝国大厦时就是这种表情。达萨尼每看到一座大厦，都想象自己站在顶上。她欢快地说，她想参观自由女神像。她一直都想"爬到王冠上去"。

达萨尼的手机亮了，脸书上全是回忆霍姆斯小姐的帖子。霍姆斯小姐是"武士"，是"斗牛犬"，但心也很软。她做的巧克力方块蛋糕是最好吃的。她是工作狂，派她最喜欢的学生去买带辣酱的中式炸鸡。"中学学生见到她会吓得发抖,却仍然想把一切都告诉她。"戏剧课老师这样写道。这些记忆都放在 #ProudMcKinneyAlumnus 和 #YoureNotFromMckinneyIf 这样的话题标签下。大家在回忆中无一例外地谈到了学校另一位赫赫有名的女性赫斯特小姐的逸事。

达萨尼大声读出脸书上的一些帖子。"如果赫斯特小姐没告诉过你枪声是她在马西公房区的闹钟,你就不是麦金尼的学生……如果你从来没听过赫斯特小姐说'哦我的天哪天哪!',你就不是麦金尼的学生。"

达萨尼的脸上漾开笑容。她回到了她如鱼得水的地方。她肩上背着在赫尔希上学时背的书包,书包带上写着**布鲁克林**。达萨尼知道,霍姆斯小姐如果知道她被赫尔希学校开除了会非常伤心。去赫尔希学校上学是霍姆斯校长的主意,是她为了让达萨尼逃离寄养系统想出的办法。霍姆斯小姐早说说过香奈儿会失去她的孩子们。

3 个月前,香奈儿从赖克斯岛监狱获释。她仍然无家可归,和无上一起住在布鲁克林一家收容所里。10 天前,他们家在 ACS 的案子发生了重大转折:ACS 提出请愿,要求终止香奈儿和无上的亲权。他们可能会失去与孩子们见面的权利,甚至无权和孩子们说话。ACS 正在为审判做准备。如果法庭判决遂了 ACS 的愿,孩子们就会被收养。

同一天,林法官接到了关于达萨尼的两份法院报告。ACS 的报告说,达萨尼"在寄养家庭里适应得不好"。弃儿所的报告却说,她"在寄养家庭里适应得很不错"。

达萨尼想彻底离开寄养系统。她说她宁肯像两个弟弟那样"被关起来"。就在头一天晚上,达萨尼和寄养母亲的女儿大吵了一架。对方对达萨尼说,"你以为这房子里你说了算吗,可付账单的不是你"。达萨尼反唇相讥:"付账单的也不是你妈!是**寄养服务**。"

渡轮靠上曼哈顿码头时,达萨尼还因为此事怒气未消。不过她进入布鲁克林后情绪好了起来。太阳出来了,照得高楼大厦闪闪发光。她妈妈对这些大楼牢骚满腹,达萨尼却觉得它们很漂亮。她们俩虽然都没用绅士化这个词，却都深切感受到了这一过程的影响。

香奈儿新近抱怨的对象是弗拉特布什大道上的福利大楼。就在两周前，布鲁克林的一位白人艺术家开始在那里画一幅醒目的壁画，在大楼正面墙上画满黑白人像，还标出大个小子和斯派克·李等人的名字。[5]香奈儿看着那个女人画设计图，其间有时还停笔和领福利的人聊天。

"我们画就是**涂鸦**，"香奈儿说，"你们画就是**壁画**。"

达萨尼从格林堡公园穿过，先经过公房区，然后是奥本收容所。

"我不住在这儿了。"达萨尼一边说一边走过自己曾经和死敌斯塔尔打架的那段人行道。那些事感觉好像是"几百年前的事了"。

达萨尼走进麦金尼，看到她原来的老师赫斯特小姐也在那里，眼睛红红的。新校长沃克先生一夜没合眼。老师和学生们满怀悲痛地久久拥抱在一起，低声交谈。人们在校长办公室进进出出，达萨尼坐在霍姆斯小姐曾经给她吃东西的那张圆桌旁。

沃克先生看着达萨尼。他想知道她为什么不在赫尔希上学了。

"我转学了。"达萨尼撒谎。

沃克先生追问更多细节。

"因为我不喜欢那里。"达萨尼最后说。她腼腆地问自己能不能"转到"麦金尼来。

达萨尼知道这事办不到。沃克先生的心思不在这里。电话铃声不断。过了一会儿，达萨尼拿起一支笔在一张报事贴上写下几个字。她起身离去时，把报事贴贴在了校长办公室的墙上。

上面写着达萨尼的名字，后面画着一颗心，然后是"麦金尼"。

达萨尼在舌头上打了洞，头上绑着红色大手帕作为对血帮的致敬。

16岁的达萨尼和她妈妈一样，加入了血帮在布鲁克林的一个分支。达萨尼在脸书上炫耀有多少人拜倒在自己的石榴裙下。她多次被停学，打起架来不要命，一个保安人员拉架的时候甚至伤到了她的肩膀。在达萨尼贴出的一个视频中，她把一个十几岁的男孩打得倒在地上。那个视频被观看了 6 500 多次。

达萨尼离开赫尔希已经 9 个月了。她回到了自己曾经失去的城市。达萨尼觉得她妈妈应该为此骄傲。但达萨尼初次尝试吸大麻的时候，香奈儿气炸了。

2017 年 12 月，香奈儿在电话上嘶吼："你本应是领头的！"

达萨尼挂断了电话。她喘着粗气盯着地面。之后，她对已经挂断电话的母亲连珠炮似的怒吼出声。

"你说什么我本应是领头的？"达萨尼大喊，仿佛香奈儿还在听着。"我是他们的母亲！我给他们梳头，穿衣服，送他们上学，泡奶粉，干了多少年？你指望我在高中干什么？这是我第一次有自由……你甚至不是他们的母亲！他们有了问题来找我。莉莉找我，不找你。帕帕被人欺负了给我打电话！"

达萨尼边哭边说。

"我一直是他们的母亲！什么都是我做！我整个童年都在照顾他们。而你整夜在街上游荡，偷东西。在地铁上你眼睛翻上去在那儿睡觉，别人都在看你，而你就坐在我旁边，我是你的孩子！"

达萨尼仍然不肯说她妈妈吸毒成瘾。有些话始终说不出口，就连达萨尼现在说的这些话她也不会当着她妈妈的面说。达萨尼在对自己头脑里的香奈儿发火，正如香奈儿过去大骂她不在家的丈夫，对着空气大喊大叫，好像无上能听到她的话一样。

达萨尼经过了很长一段时间才说出这样的话。在赫尔希学校，她仅仅暗示心中的愤怒，在手机通讯录上把她妈妈的号码标为"不成熟的妈"。但是要她列举她妈妈的失职，达萨尼做不到。如果她在赫尔希高高在上地数落香奈儿，就坐实了弟弟妹妹们说的：达萨尼离开了。她选择了更好的命运。她打破了他们无论发生什么都要"在一起"的承诺。离开是最大的背叛。

达萨尼回家后，这一切都变了。她和亲人重新建立起了联系。她的愤怒也变成了说得出口的话。

这是我第一次有自由。

到了现在，达萨尼才开始明白在赫尔希学校发生的事。她告诉别人她"转学了"。从她的角度来说，这是实话。她自己决定离开赫尔希，通过打架斗殴离开赫尔希。无论是对是错，选择都是她自己做的。达萨尼看到她妈妈一语成谶。她又回到了公房区，看不到出路。

于是达萨尼陷得更深，同意当血帮在斯塔滕岛的"代表"。这样做会带来危险，但达萨尼满不在乎。她感到血帮给她的保护比任何收钱照顾她的成人都更可靠，无论那些成人是社工，还是寄养母亲、校长或学校辅导老师。达萨尼认为，那些人相当于赫尔希学校的公共服务版，对她提同样的要求，却给不了她同样的好处。

赫尔希校园豪华舒适，食物丰富，衣服充足。学校生活节奏稳定，课上要求严格。这一切都一去不返了。达萨尼不再抱怨赫尔希，不再嘲讽学校的校规或笑话学校的工作人员。她不再指责埃克斯太太造成了她们之间的不愉快。拉开距离后看得更清楚。达萨尼终于认识到，她和埃克斯太太发生冲突是因为她俩都有一个难得的特点。

"她实话实说，"达萨尼说，"我们俩太像了。"

有时达萨尼满心痛悔。她会想，如果她选择留在赫尔希学校，她的生活将会多么不同。她回忆起是自己决定和那个八年级女孩打架的，就是那次打架导致她被开除。

"你知道，有时我后悔打了她。"达萨尼对我说。"因为我觉得我的机会"——她稍顿片刻——"可以更好……不过，事情已经这样了。我回不去了。我只能记着这件事继续往前走，改变我的行为。"

在 Instagram 上，达萨尼贴出了自己在赫尔希学校啦啦队时一张满面笑容的照片。她在照片下方写道："想回去。"还加上了两颗带翅膀的粉红色的心。达萨尼想念她的朋友卡利。卡利现在在赫尔希学校上高三，将会顺利毕业。她俩每天都互通短信。卡利很快将被费城的天普大学录取，她想主修建筑工程学。

达萨尼也深刻感受到埃克斯先生不在身边。她说："我想死他了。"好像人们都在离开。有时他们忽然消失，等达萨尼快忘掉他们时又重新出现。哈勒姆的健身大师巨人就是这样。他离去后又回来了短短一段时间，重新唤醒了被达萨尼埋葬的记忆和那种熟悉的渴望，渴望一个父亲般的人物能够留下来。

每次都是这样：达萨尼回到某个男人的掌控下，他似乎能理顺一切。达萨尼被他的魔法治得服服帖帖，直到他再次离开。

最近，这样的男人是达萨尼的亲生父亲拉梅尔。他回来了。当年拉梅尔和香奈儿把两个女儿扔给孩子的外祖母乔安妮，两个人去管理快克窝点。15 年过去了，拉梅尔现在 51 岁，已经戒了毒，在泽西市一家鞋店做销售员。他和女朋友以及他们的孩子住在一起。拉梅尔来过几次斯塔滕岛的家事法院，表示想得到达萨尼和阿维亚娜的监护权。

这不是拉梅尔第一次重新露面企图弥补自己过去的错误。达萨尼对他不敢轻信。但每次拉梅尔出现，父女间的亲情都是无法否认的。达萨尼毫无疑问是拉梅尔的孩子。他俩有着同样明亮的笑容，同样瘦削有力的身材。他俩说话和走路同样飞快。他俩跟着米克·米尔（Meek Mill）的歌说唱，配合得天衣无缝。

"你在你妈肚子里的时候我就对你说唱了。"拉梅尔笑道，达萨尼也笑了。他们假装拳击，跳霹雳舞，使劲拥抱。他俩之间好像有电流流过，这一刻把他们连到一起，下一刻又把他们分开。

达萨尼在布鲁克林的一次见面中对拉梅尔大叫："你扔下了我！"

拉梅尔也吼道："我爸爸也扔下了我！"

"那么你应该从他那里得到教训。"达萨尼说。

达萨尼已经把自己的决定告诉了弃儿所。她不愿意被她自己的父亲"收养"。他来得太晚了。

达萨尼学会了监禁的另一个名称。她在脸书上写下"释放哈利克"几个字，所有人就都知道她的弟弟在坐牢了。

哈利克仍然在押，待过好几个少年拘留所。那些拘留所的名字都很好听，比如"庇护的臂膀"（Sheltering Arms）、"地平线"（Horizons）、"男孩城"、"儿童村"（Children's Village）。去年，哈利克在"十字路口"（Crossroads）拘留所短暂逗留期间，有一次咒骂的声音太大，引得一位健身教练过来干预。原来他是达萨尼过去的导师巨人。巨人和哈利克击掌致意，闲聊了几句。

"达萨尼怎么样了？"巨人问哈利克。

达萨尼住在斯塔滕岛，但她尽力了解所有弟弟妹妹的最新情况。她乘地铁到布朗克斯那家病院去看帕帕。她去弃儿所与莉莉、哈达和玛雅这几个小妹妹见面，虽然她们经常迟到。

阿维亚娜和娜娜依旧对她态度冷漠。

"她们会回来的。"香奈儿总是对达萨尼这样说。香奈儿也这么说无上。无上在另一种意义上也离开了。他最后一次见到孩子们是 8 个月前。弃儿所怀疑他去的时候带了一把枪，所以禁止无上再与孩子们见面。无上的胡须现在已经花白。他走起路来步子缓慢。他如同一个反过来的幽灵——身体还在，内里却是空的。

深夜时分，香奈儿能听到无上像婴儿一样哭泣。他哭的时候用枕头捂着嘴，以防声音传出。有时，无上在睡梦中低语或啜泣。一天夜里，他吵醒了香奈儿，大喊："我的孩子！我的孩子！"

无上确信 ACS 会得逞，会永远带走他的孩子们。虽然他和香奈儿上完了教养孩子和愤怒管理的学习班，却似乎无济于事。无上去了住宿制戒毒所戒除毒瘾也没有用。上个月，ACS 请求法院终止香奈儿和无上的亲权，陈述的理由中包括他们"无法保证住房"。

感恩节第二天早上，香奈儿和无上转到了皇后区远洛克威（Far Rockaway）的另一处无家可归者收容所。香奈儿在街上保持着面子，总是微笑着，笑得两腮发疼，像个"傻瓜、小丑"。香奈儿过去嘲笑这样的人，说他们摆出的是"头朝下的苦脸"。

别人试图给她鼓劲，说她乐观，说她是对别人的"激励"。

听到这些话时，香奈儿一向都面带微笑地心想："等我把我的孩子们要回来，那时候你们就该看到我愁眉苦脸了。"

达萨尼愿意相信母亲的承诺。

所有人都"会回来"。总有一天全家人会团聚。可是要等多久呢？达萨尼只能从自己的所知中寻求安慰。

达萨尼是香奈儿生的第一个孩子。阿维亚娜几乎可以算是达萨尼的双胞胎姐妹。香奈儿和阿维亚娜共同构成了达萨尼的原生家庭，她要回归的也是这个家庭。达萨尼对这一点很笃定。她已经赢回了她母亲，很快阿维亚娜也会回来。

阿维亚娜与寄养家庭的关系日益紧张。她的寄养母亲——布鲁克林的那名发型师——告诉弃儿所，阿维亚娜"每天都挑战她的权威"。2017年秋，阿维亚娜转到了皇后区一个新的寄养家庭。一位弃儿所的工作人员写道，自那以后，阿维亚娜的"情绪和行为稳定了下来"，她"比过去快乐了"。

法院还在审理他们家的案子。孩子们必须宣布自己的意愿。3个年纪最小的女孩同意被琼舅妈收养。娜娜还在考虑是否让那个发型师收养自己。最大的几个孩子——达萨尼、哈利克和阿维亚娜——都计划在寄养系统中"长到岁数"，然后回到自己父母身边。

还剩帕帕。3年前，他看了电影《安妮》后没穿外套就跑出了家门。帕帕不只是出走，也是奔向某种向往。他想象能找到一个收养自己的家庭，找到一个真正的沃尔巴克斯爸爸，像电影结束时那样有个幸福的家。

然而帕帕进了精神病院。他才11岁，但他的精神病记录令许多收养父母望而却步。没有人愿意收养他。那个看了《安妮》后出走的男孩现在是唯一生活得像孤儿的孩子。

2017年12月3日，达萨尼在脸书上贴出了3个新朋友的照片，照片的上方写着"永远的家庭"。照片中的几个人摆出帮派的手势。

达萨尼现在16岁了。她知道和她生分了的妹妹阿维亚娜看了这个会生气。

达萨尼写"永远的家庭"，要表达的意思恰恰相反——没有什么是永远的，包括家庭。姐妹可以替代，正如人可以换血，血并非像妈妈总说的那样"浓于水"。照片里的达萨尼围着一条红色头巾，这是对血帮忠诚的表现。一个家庭已经准备好取代另一个家庭了。

达萨尼有一年多没和阿维亚娜见面了。上次她俩通短信是5个月前。不过达萨尼知道如何打破她妹妹的沉默。达萨尼贴出"永远的家庭"照片2小时35分钟后，阿维亚娜上了脸书，点击了一个数字手的形状。那只手对她姐姐挥着。

达萨尼也点击挥手。

"嘿，姐们儿。"15岁的阿维亚娜写道。

接下来是两人的密集对话。她们同意下个周末在皇后区的一个地铁站见面。两人都有些紧张，于是阿维亚娜发来了详细的指引。达萨尼必须乘A线地铁在百老汇交汇地铁站下车，然后转J线地铁去皇后区方向，"坐到终点站，下车走上楼梯，然后在旋转栅栏那里和我会面"。

达萨尼不熟悉皇后区。她问下车那站是什么名字，这令阿维亚娜担心起来。不能有任何不确定。两人最后商定在百老汇交汇地铁站见面。那肯定错不了。

"明白了，姐们儿。"阿维亚娜写道。

12月10日下午，阿维亚娜离开她在皇后区的寄养家庭，达萨尼离开她在斯塔滕岛的寄养家庭。两人都查看了一下手机。

"我上车了。"阿维亚娜写道。

"我也是。"达萨尼回复。

下午1点28分，她俩相隔已经只有几分钟。两辆地铁都到站了，两姐妹各自下了车，却找不到彼此。

阿维亚娜发短信说她已经到了。达萨尼发短信说她正在上楼梯。阿维亚娜说她要下来。不，达萨尼回复，她要上来。你在哪儿，达萨尼问。阿维亚娜在旋转栅栏那里。到滚梯这边来，达萨尼发消息说。

对话停止了。整个车站都停止了。

两姐妹飞奔着扑入彼此的怀中。

她们说不出话，只是像刚越过一条看不见的国界的难民一样紧紧拥抱着。

路过的人都在看她们。

"少管闲事！"被妹妹紧紧抱着的达萨尼对周围吼了一嗓子。达萨尼被抱得喘不过气来。没有人是这个拥抱法。"你抱得太紧了！放开我！放开我。"

两人谁也没放手。

她们就这样站了好几分钟。她们已经知道下一步去哪儿了。A线地铁会开过来，带她们去布鲁克林市中心，香奈儿正等在那里。

车来了，是她们的外祖母曾经打扫过的地铁。车进站，车门开了。

第 45 章

达萨尼和阿维亚娜再也不会分开了。她俩彼此做出保证：**无论发生什么，都要在一起。**

但她俩住在两个区，之间隔着宽阔的水面。她们偶尔坐渡轮互访，每天都通短信。她们一起憧憬未来，想象达萨尼离开斯塔滕岛，阿维亚娜离开皇后区，想象她们一起回到出生地布鲁克林重新建起家庭。

眼下，达萨尼暂住在 15 岁的玛丽（Marie）家。玛丽住在新布赖顿（New Brighton）一个拥挤的街区，离达萨尼在斯塔滕岛原来住的那条街不远。

达萨尼和玛丽是上一年夏天通过达萨尼在赫尔希的一个朋友认识的。那个女孩放假回家，卷入了麻烦，结果在布鲁克林打了一架。玛丽在旁边看着达萨尼站出来帮那个赫尔希的学生打架。谁也打不过达萨尼，就连喜欢打架的玛丽也不行。结果，她俩成了分不开的好朋友。

达萨尼旷课和玛丽一起消磨时间。玛丽的继父贩卖大麻，哥哥是当地帮派 400s 的高级成员。玛丽的妈妈白天玩电子游戏，照顾自己两岁的孙女。玛丽家里偶尔会发生暴力行为，造成 ACS 来访。

但最大的威胁是看不见的。

2018 年 4 月 4 日晚，无上的手机响了起来。他现在和香奈儿一起住在哈勒姆的一个收容所。一个近亲从监狱打来电话，说达萨尼有生命危险。

"他们发了对她的追杀令。"那个年轻人告诉无上。

脸书上有达萨尼的一张照片，她在照片中和玛丽以及玛丽哥哥的朋友们站在一起。那些男孩举起4根手指，表示对400s帮的支持。玛丽的哥哥是这个帮派的"大佬"，而达萨尼的近亲，也就是从监狱里给无上打电话的那个人，是当地与400s帮竞争的另一个帮派的著名成员。

这样达萨尼就有可能是卧底。那位亲戚告诉无上，400s帮听说了达萨尼和对头帮派的关系，计划杀掉达萨尼。达萨尼必须立即离开新布赖顿。

达萨尼的手机响了，此时她正坐在玛丽的床上。达萨尼接起电话，听到了妈妈的声音。她沉默地听着。直到此刻，达萨尼一直都天真地以为自己超脱于当地帮派的竞争之上。她只对布鲁克林血帮负责。

达萨尼听从母亲的命令，挂上电话就回到了自己的寄养家庭。她藏在地下室里，取消了脸书上那张照片有关自己的标签。她回想起拍照片的那天，玛丽的哥哥发了脾气。

"自从你来了她就变了。"玛丽的哥哥厉声说。他要达萨尼离玛丽远点，不然"我就让你心里充满恐惧"。

"我的心照常跳动，"达萨尼怼回去，"不会因为任何人停跳一拍。"

第二天，达萨尼走出家门，说她会离开一段时间。她的寄养母亲丹尼丝给玛丽的妈妈打了电话，玛丽的妈妈把死亡威胁的事告诉了丹尼丝。丹尼丝马上通知了弃儿所的工作人员"茶"，"茶"打电话报了警。相关信息一点点增加："茶"向弃儿所报告说"帮派成员在当地安排达萨尼和别人打架，看达萨尼能否打赢"。达萨尼作为"无敌迪迪"大名远扬，这使她成了靶子。

那天晚上，达萨尼躲在哈勒姆我的公寓里。她知道她这样做给我带来了风险，而我则担心她有生命危险。第二天早晨，达萨尼给"茶"打了电话。"茶"来我这里接到了她。达萨尼将住到布鲁克林最东边的"好牧人"（Good Shepherd）收容院去。"茶"告诉达萨尼这只是暂时的。

达萨尼先在那里住几天，弃儿所会为她另找一个寄养家庭。

香奈儿禁止达萨尼和玛丽说话。失去玛丽如此猝然，被杀的威胁如此惊人，搬去布鲁克林如此突兀，达萨尼过了几天才感到心碎的痛苦。

后来的几个月过得糊里糊涂。

"好牧人"的其他女孩来来去去，有的回了自己的家，有的去了寄养家庭，但达萨尼一直住在那里。她猜想没人要她，因为她"太难管了"。

15 岁的娜娜也觉得自己没人要。不久前，她和那个布鲁克林发型师大吵一场后夺门而去。后来下起了雨，发型师却锁上门不让娜娜进屋。视力越来越差的娜娜拖着一个装满衣服的垃圾袋从一个寄养家庭转到另一个寄养家庭。

看到娜娜的样子，有人也许以为她是流浪儿。但在寄养系统干过一段时间的人一看她的垃圾袋就知道她是寄养儿童。寄养儿童一般都没有行李箱。

香奈儿还在寻找新的律师，她仍然决心赢回对孩子们的监护权。她只要在街上碰到律师就上前搭讪，拿到他们的名片存好。他们从来不回她的电话。谁也不想跑到斯塔滕岛去接一个涉及 8 个孩子的公益案子。

在此期间，娜娜漂泊不定。帕帕和哈利克被关着。谁也无法解释达萨尼为什么还住在"好牧人"收容院。不过至少她回到布鲁克林了。

达萨尼能感觉得到自己脚下的根。她住在东纽约，她妈妈就是在这里长大成人的。香奈儿曾在托马斯·杰斐逊高中上学，就是达萨尼现在上的民权高中这座楼（大家现在仍然把这所高中称作"杰夫"）。往西几英里，盖茨大道和富兰克林大道交叉处是乔安妮外祖母的公寓。从那里再走两条街，就是香奈儿现在碰巧被安排居住的无家可归者收容所。

香奈儿和无上分开了。他们婚姻的解体是慢慢发生的。起点是孩子们被带走的那一刻。"是从家里开始的，"香奈儿告诉我，"家里没人。

愤怒就这样开始聚集。他们带走了你所有的孩子，你只剩下个空壳……我俩互相指责是对方造成了孩子们被带走，都火冒三丈。"

然后是无法抑制的悲伤。"我的痛苦，他的痛苦，孩子们的痛苦……毁了我们。我们全靠孩子才保持了理智，孩子们让我们向前看。我们一事无成，没有未来。孩子就是我们的未来。"

无上现在住在哈勒姆一处单身男性收容所里，香奈儿则回到了自己初为人母时住的街区。香奈儿的收容所恰好不仅离达萨尼近，离阿维亚娜也不远。不久后，阿维亚娜回到布鲁克林，住进了第五个寄养家庭。

地理位置如此凑巧，令香奈儿精神为之一振。她确信她已故的母亲乔安妮起了作用。是乔安妮和上帝合谋打败了纽约市的那些机构。那些机构可以阻挡香奈儿重获监护权，但谁也拦不住她做她女儿的母亲。只不过香奈儿和女儿们见面的时间很短。她给她们编头发，带她们去麦当劳，塞给她们几美元。

香奈儿3个最小的女儿哈达、玛雅和莉莉也住在布鲁克林。2018年10月10日，她们在监督下和妈妈见了面。

"妈妈，什么时候开庭？"莉莉问。香奈儿刚要回答，弃儿所的一个工作人员就打断了她。香奈儿不能和孩子们讨论自己和ACS的官司。

香奈儿把孩子们叫到一个角落，说要给她们看她手机上的照片。女孩们围到香奈儿身边后，香奈儿打开短信开始打字："开庭在10月31日。告诉他们你们不想被收养。这是你们最后的机会，不然你们就再也见不到我了。"女孩们在母亲的暗示下假装看照片，但弃儿所的工作人员产生了怀疑，她走向她们，她们散开了。

8天后，阿维亚娜去见达萨尼。阿维亚娜走到收容院时，天已经黑了下来。一群青少年聚在那里准备打架。两姐妹被一扇窗户隔开。达萨尼想保护妹妹，但"好牧人"的工作人员拒绝放达萨尼出去。达萨尼开始砸窗户、扔家具。她越闹越凶，工作人员只得叫来警察。

阿维亚娜看着姐姐被戴上手铐推进救护车。那个月早些时候，阿维亚娜也有过同样的遭遇。她和寄养母亲争吵后被送到了急诊室。

阿维亚娜对警察尖叫，警察威胁要用电击枪给她一下。救护车把达萨尼送到了伍德哈尔医院（Woodhull Hospital）医院的急诊室，她在那里被观察了一个周末。医院拥挤不堪，达萨尼只能睡在走廊里的一张轮床上。

整个周末，"好牧人"、ACS或弃儿所没有一个人来看达萨尼。只有她妈妈来了，还带着一袋麦当劳的食品。

香奈儿不用问就知道买什么：加酸甜酱的麦乐鸡。这一向是达萨尼的最爱。

2019年2月28日，达萨尼和阿维亚娜一起走进布鲁克林市中心的一家文身店。

几小时后她们才出来，胳膊一阵阵刺痛。阿维亚娜的左小臂上文了一颗心，心里面文着**香奈儿**的字样。达萨尼的左小臂文了一朵红玫瑰，下面文的名字是**乔安妮**。

达萨尼逃离斯塔滕岛快一年了。她现在在东布鲁克林的一所高中上高四。学校离她住的收容院只有一条街。要不是因为她口中的E先生，她早就辍学了。E先生是助理校长让·艾蒂安（Jean Etienne）。出生在海地的他在这所学校已经工作了19年。[1]起初，他与达萨尼针尖对麦芒，还因为达萨尼不守校规停过她的学。但艾蒂安也看到了达萨尼的潜力。

"她有我们所谓的内在动力。"艾蒂安说。这位57岁的助理校长开始指导达萨尼，在自己办公室里腾出一块地方让达萨尼学习。

达萨尼今年就要18岁了，这是她作为家里老大的一个里程碑。最小的莉莉宝宝也快8岁了。他们的命运很快就将确定。一家人被拆散3年多后，ACS要求取消无上和香奈儿的亲权的案子终于要开庭了。

3月13日，达萨尼和阿维亚娜逃学乘渡轮去了斯塔滕岛。她俩沿着湾街急匆匆地走向家事法院的台阶。她们从未错过一次开庭，今天开庭的时间马上就要到了。

林法官已经离开，是去年 12 月退休的。她们家的案子转给了艾利森·哈曼简（Alison Hamanjian）法官。这位法官的法庭四周安着木头墙板，面对着纽约港。哈曼简法官声音轻柔，语调平稳，把每一个细节都说得清清楚楚。香奈儿喜欢这位法官，达萨尼却没有放下戒心。

达萨尼仔细扫视着法庭，里面坐满了律师：孩子们的 5 位律师、市机构的 3 位律师，还有代表香奈儿和无上的 3 位律师。他们中有一位 71 岁的著名律师，名叫戴维·兰斯纳（David Lansner）。[2] 他同意免费接下香奈儿的案子。

这个拖了 4 年的案子最引人注目的发展就是兰斯纳的加入。兰斯纳因起诉儿童保护系统而出名。通过证明穷人父母被剥夺了公民权利，兰斯纳为他们争得了大笔赔偿金。这位律师从业 47 年，专门从事家庭法、婚姻法和民权法领域的诉讼，备受一些人崇敬，却遭到另一些人痛恨。自 1991 年起，他和妻子卡罗琳·库比契克（Carolyn Kubitschek）一起开了一家私人律所。他们经常免费替人打官司，在州法院和联邦法院都出过庭。他们促成的改革改变了儿童服务管理局。

兰斯纳出了名地爱炫耀，好争辩。他对每一个细节深究不放，令其他律师不胜其烦。他每接到一个新案子，都如同面对一张空白的画布，会对每一项动议、每一份法院令、每一个陈述的"事实"提出疑问。

香奈儿对他的总结更加直白："我找到了我的比特犬。"这是她最喜欢的犬种。

找到兰斯纳用了好几年的时间。香奈儿不可能用得起私人律师。另外，虽然她住在布鲁克林，她的案子却是在斯塔滕岛受理。纽约市只有斯塔滕岛这个区没有替穷人父母打官司的公益律所。香奈儿咨询过纽约大学的家庭保护组织。她也曾向法律援助协会的律师戈德法因求助，但戈德法因对"忽视儿童"问题并不精通。

上一年 10 月，眼看着开庭日益临近，香奈儿慌了手脚。法院指派给她的律师约斯特 3 个月没和她联系了，这是约斯特的酬金记录显示的。（约斯特告诉我，他给香奈儿发过一封每月一次的标准函，寻求建立"委托人-律师联系"，但他拿到的地址是错的。）香奈儿病急乱投医，找到了为父母利益发声的团体"站出来"（Rise）的创始人诺拉·麦卡锡（Nora McCarthy）在曼哈顿的办公室。"站出来"出版一份杂志，上面的文章都是儿童保护系统中的父母写的。

麦卡锡见到香奈儿后，觉得她是"典型的受制度压迫的父母，只是因为她不肯屈服"。[3]麦卡锡开始为香奈儿找律师，其中包括兰斯纳。麦卡锡提到了《纽约时报》的那个系列报道，激活了兰斯纳的记忆。兰斯纳想帮助这个家庭，是"因为达萨尼"。兰斯纳还说，"她证明了这个制度弊病丛生"。[4]但兰斯纳已经处于半退休状态，不再接受新的审判案件。他决定先等等，看有没有别的律师愿意帮忙。没有一个人站出来。

今天，兰斯纳在法庭上提出了一项动议，引起了轩然大波。他要求法院取消原来的命令，让达萨尼和她的弟弟妹妹们立即回到母亲身边。他说，那些孩子被寄养，无端遭受了痛苦，这些本都是可以避免的。

首先，让这一家参加的预防服务不对症——基于治疗的方案满足不了他们的具体需求，例如帮助恢复发放给孩子们的食品券，或安排更换窗户上的护栏。孩子们被带走后，兰斯纳说，法院又违反法律，没有向父母和孩子们采证，有时还不准他们出庭。

尽管如此，香奈儿还是遵守了 ACS 的大部分要求：她的毒品检测结果是阴性，她也完成了所有必须参加的学习班课程。兰斯纳的策略是分阶段寻求监护权，先争取让两个最大的女儿——达萨尼和阿维亚娜——回到母亲身边。

法庭里挤得水泄不通，法院指派给香奈儿的律师约斯特连坐的地方都没有。约斯特曾经告诉香奈儿，"没人能告 ACS"，还说正义的天平对香奈儿不利，因为"事情就是这样"。现在，他站在那里，满脸茫然。

香奈儿法律援助协会的律师戈德法因怀着审慎的乐观态度看着眼前的情形。机缘巧合之下，戈德法因 5 个月前遇到了兰斯纳。那天对市政厅来说是个尴尬的日子。

2018 年 10 月 5 日，白思豪市长去公园坡的基督教青年会[①]锻炼，那是他常去的健身房。为了他这项日常活动，专职司机基本上每天早上都开着 SUV 把市长从瑰西园送到公园坡的健身房，路上一般需要 40 分钟。[5]白思豪正在垫子上做伸展运动时，一个名叫纳西琳·弗劳尔斯·阿德塞贡（Nathylin Flowers Adesegun）的无家可归的黑人妇女走上前来问他，为什么他的廉价住房计划拨给无家可归者的住房的数量这么少。[6]

"我在健身呢，"市长说，"现在我没法回答。"

"你能看着我的眼睛告诉我为什么——"

"我在健身。"市长不耐烦地打断她。

这是 2013 年依靠鼓吹社会公义的竞选纲领当选的市长，就是他让 12 岁的达萨尼上台参加他的就职典礼。当时，新任公益维护人蒂什·詹姆斯[②]宣誓就职时，身穿新大衣的达萨尼为她捧着《圣经》。詹姆斯宣誓完毕后拉着达萨尼的手高高举起。

达萨尼一度成为纽约市最出名的儿童。詹姆斯对人群宣布，达萨尼是"持久的希望"和"永恒的乐观精神"的灯塔。达萨尼代表着白思豪发誓要解决的危机，詹姆斯说她会盯紧白思豪。如果市长没做到，詹姆斯对人群说，"你们可以放心，达萨尼和我会站出来的"。

5 年后，詹姆斯离开了原来的职位，成为纽约州的州检察长。与此同时，白思豪的公众支持率降到了 42%，比两年前跌了 18 个百分点。[7]

---

① 基督教青年会是基督教非政府性质的国际社会服务团体，根据社会人群（特别是弱势群体）的需要，从事各种社会服务工作，如社会康乐、社区服务、就业服务等。——编者注

② 蒂什是利蒂希娅的简称。——译者注

白思豪于 2017 年再次当选，但他在很多方面令人失望：公校系统的种族隔离现象依然存在；公共住房系统运转严重不灵，不得不请联邦政府出手干预；警察署亟须改革。[8] 白思豪也做出了一些成绩，比如实现了学前幼儿园的普及，提高了市属工作者的最低工资水平，为所有公立学校学生提供免费午餐，为被驱逐的房客提供免费法律咨询，确立了带薪病假。然而，市长的筹款手段疑点重重，引发了多起法律调查，这些问题的存在令上述成就黯然失色。

白思豪仍在推行建造或维持 30 万户廉价住房的计划，但他与房地产开发商达成的交易牺牲了纽约市低收入人口的利益。[9] 最突出的是，他没能解决无家可归危机。目前纽约市的无家可归者人数已经超过了7.2 万 [10]（白思豪就任时这个数字接近 6 万）。

白思豪不以为意，正在筹款准备竞选总统。几周后，布鲁克林有人恶作剧，在市长的健身房外贴了一张告示：**进入此处就表示你同意不参加 2020 年的美国总统竞选……**[11]

上一年 10 月那个无家可归的女人突然对白思豪发难是经过细心策划的，抗议者当时就站在健身房外，由戈德法因指挥。香奈儿的新律师戴维·兰斯纳碰巧刚锻炼完，也加入了抗议人群，呼喊着要求正义的口号。

白思豪离开公园坡的基督教青年会时，他和阿德塞贡相遇的视频已经发到了网上。阿德塞贡成为无家可归危机的新代表，担起了达萨尼早已放弃的角色。

达萨尼望向法庭那头，从她母亲看向兰斯纳，再看向其他律师。她一个一个地观察着那些律师——他们的服装、他们的做派、他们的声调。达萨尼觉得 ACS 的首席律师"粗鲁无礼"，不过她也知道，律师摆出那种架势是他们的职业要求。

达萨尼仍然想当检察官，当电视剧《犯罪心理》里面的那种检察官。她一定会比法院指派给她的律师做得好。那个律师是个一脸疲惫的白人妇女，总是带着愠怒的表情。她和达萨尼几乎没见过面。但现在，这个律师要指导达萨尼和阿维亚娜回答她们生活中最重要的问题之一：她们想回到母亲身边吗？

两姐妹和律师凑在一起讨论。律师给她们列出了选项：达萨尼和阿维亚娜可以留在寄养家庭，享受金钱补贴、免费住房、上大学的补助和其他福利。或者她俩可以抛下这一切，回到她们母亲身边，而这意味着回归贫穷和无家可归状态。

律师反复说："你们会住到收容所去。"两姐妹商量后小声告诉她们的律师，然后律师站起来对法官陈述。"她们理论上想回家，"律师说，"但她们需要知道家是什么样子。她们需要知道她们要去哪儿。她们想看看她们的母亲居住的地方。"

达萨尼皱起眉头。这个律师把她刚才的话掐头去尾，还漏掉了关键的意思。达萨尼想回家不是"理论上"的。兰斯纳似乎知道达萨尼内心的想法，问法官能不能让达萨尼自己说话。兰斯纳这是兵行险着，因为他没有指导过达萨尼。他只代表达萨尼的母亲。

香奈儿想让她女儿说话。她知道这可能弄巧成拙，因为不知道达萨尼会说些什么。不过香奈儿认为，这个法庭里的所有人，包括她称为"兰斯纳先生"的白人大律师，都不应该比她自己的孩子说话更有分量。

达萨尼还没开口，她的律师就插嘴了。

"没有理由听达萨尼说，"那女人不耐烦地说，"我已经和达萨尼谈过了。"

这位律师如果了解达萨尼，可能就不会说这种刺激她的话了。在街头，谁敢说"没有理由听达萨尼说"，那就是找架打。但法庭的规则和街头不一样。

达萨尼做着深呼吸，整理着自己的思绪。她手臂上刚刚文下她外祖母的名字。乔安妮是第一个在生活中指导达萨尼前行的人，其他的人还有谢丽、赫斯特小姐、霍姆斯小姐以及治疗师朱莉。

用你的话语，朱莉总是说。

弃儿所的律师说要开一个"改变目标的会议"。一听这话，兰斯纳跳了起来。

"法官大人，这个机构从一开始就搞砸了这个案子！"兰斯纳大声说，"现在他们还想继续他们的官僚做法。这个孩子就坐在那里，却没人想听她怎么说。"

兰斯纳指向达萨尼，达萨尼瞪眼看着法官。法官让达萨尼的律师决定。她们有两个选择：要么让律师代表达萨尼发言，要么让达萨尼自己说话。

在达萨尼看来，律师是拿钱说话的人。这个女人来这里是因为工作。达萨尼来这里却是因为生活。达萨尼后来说，她想让法官看到并听到"我说的话"，"我说那些话是我的感受。那是我心里的话"。

一个几乎不认识达萨尼的律师很难促成同样的效果。

"她能**告诉**法官我的感受吗？"达萨尼后来对我说，"我自己能告诉法官我的感受。我的嘴不是白长的。"

但达萨尼在法庭的辩论中保持着安静。ACS明确表示了立场：让孩子们回到香奈儿和无上身边是不安全的，因为他们两人没有参加为吸毒上瘾的精神病人办的班。香奈儿和无上的律师出示了他俩最近几次毒品检测阴性的记录，但无济于事。ACS怀疑香奈儿仍在吸毒，依据是她在上次法庭会议期间昏昏欲睡。

ACS的律师说："老实说，鉴于上周这位母亲在法院的表现——"

这时达萨尼举起了手。

法庭顿时大乱。好几个人同时喊叫起来，就连约斯特也大声反对ACS"关于我的委托人的轻蔑说法"。约斯特过去从未如此激烈地为香奈儿辩护过。争吵达到高潮时，达萨尼的律师站起来告诉法官，她17岁的委托人想说话。

达萨尼站起身。

"我只想说一点。那天——我妈妈睡着的那天？她总是打瞌睡，因为她起得早——你们明白吗？——她早早地起来安排我们上学。"

法庭一片安静。

"她打瞌睡是因为她做了**很多**事情。她给我们买吃的。她给我编头发。很多事。所以她打瞌睡！"

在座的每个人——法官、达萨尼的母亲、ACS 的律师、法警——都把目光集中在这个年轻女孩身上。她穿着黑色的连帽衫，头发拢在脑后，眼睛炯炯有神。随着达萨尼声音的提高，她的身体同步动了起来。她挥动着右臂，用手势强调每一句话。她觉得自己成了检察官，受审的不是她妈妈，而是纽约市。

"我住的那家机构？我不应该在那里住 11 个月。那个地方本应是临时安置处，我的案件工作者是这么告诉我的。我在那里应该只住两三个月。我已经住了 11 个月，看着不同的女孩来了又走，来了又走。

"我想回家，到我**母亲**那里去。"

法官点点头。

"我厌倦了。你明白我的意思吗？厌倦了住在这类机构里。我的学校就在我住的那家机构所在的那条街对面。在我住的机构，"达萨尼第三次重复"机构"这个词，"有一个大牌子写着'好牧人服务'。我放学都得提前赶快**跑**，好不让别人知道我住在这样一家机构里，和一帮女的住在收容院里。"

哈曼简法官看着达萨尼。

"我知道，"法官说，"我也希望你明白，法院正在，呃——我暂时找不出更好的词——充分了解这个案子，为你和你的弟弟妹妹们找到合适的解决办法。毫无疑问，你是爱你母亲的，你母亲也是爱你的。还有一点也毫无疑问，那就是等我们退出你们的生活后很久，你们仍然是一家人。"

"我们被拆散了,怎么能是一家人?"达萨尼喊道,"我妹妹昨天满8岁了,我连她的面都不能见,我们怎么能是一家人?那不叫一家人!"

乔安妮外祖母总是播放路德·范德鲁斯的歌《房子并不是家》,达萨尼至今仍记得那首歌的每一句歌词。乔安妮曾经有过快克毒瘾,是单身母亲,但她经过努力奋斗,终于有了自己的家。达萨尼觉得她自己的母亲也有可能做得到。

那天晚上,达萨尼自己回到了"好牧人"。两天后,工作人员没有提前通知就把达萨尼送到了北布朗克斯的一家机构。达萨尼比过去更孤独了,与生活中让她安定的人——她母亲、她妹妹阿维亚娜和她的高中导师 E 先生——隔开了两个小时地铁的距离。

现在,达萨尼能不能毕业都很难说。兰斯纳怒不可遏,提出紧急动议指控弃儿所报复达萨尼在法庭上的发言(弃儿所否认这一指控)。

3 天后,香奈儿接到了她一生中最让她高兴的电话。

ACS 让步了。ACS 将交出对达萨尼和阿维亚娜的监护权,让她们回到母亲身边。除了惯于对对手紧追不舍的兰斯纳,谁都没想到事情会发展得如此迅速。ACS 同意这个星期就把两个女孩的监护权转给香奈儿。

达萨尼将离开收容院。阿维亚娜将离开寄养家庭。香奈儿将离开乔安妮最后的家附近的收容所。她们 3 人将走进布朗克斯的接收中心——重走一遍 15 年前她们第一次无家可归时走过的路。那时候,达萨尼刚会走路,阿维亚娜还是婴儿,香奈儿还是一名 24 岁的年轻母亲。

现在,她们将回复从前,作为一家人进入收容所系统。

2019 年 3 月 27 日,太阳悬挂在万里无云的晴空中。

达萨尼已经打好包,准备去东 151 街的接收中心。以往的经验告诉她,今天会是漫长的一天。她狼吞虎咽地吃下两块松饼,登上了一辆小面包车。司机开着车在布朗克斯穿行，让她打开收音机，震耳欲聋地放出肖恩·门德斯（Shawn Mendes）的歌曲 There's Nothing Holdin' Me Back。

达萨尼看着窗外，车子正接近布隆伯格市长任期内建造的那座 7 层楼建筑。当时它预示着一个崭新的高效时代的到来。达萨尼的心揪了起来。她有时仍会想起奥本收容所那黑暗的走廊和那些不怀好意的男人。她口袋里装着一个尖利的指甲锉作为保护自己的武器。她看着手机，男友不断发来表达爱意的短信。那男孩比达萨尼小一岁，爱达萨尼爱得发疯。对男友的示爱，达萨尼翻了个白眼，"好像我在乎似的"。

但达萨尼这些天在乎的事多了起来。她的手机上，香奈儿的标签从"不成熟的妈"变成了"熊妈妈"。妹妹阿维亚娜现在是"小血帮"。达萨尼仍然忠于血帮，但只是远远地关心。她不想和她母亲一样。她不想犯罪。

气温升到了 44 华氏度①，预示着春天的临近。达萨尼等在门口，看着人们拖家带口走上来，经过 9 年前她救出乌龟的那个垃圾堆。乌龟还活着，斯塔滕岛的一个朋友在照顾它。香奈儿计划有了住处后就把乌龟接回来。

上午 11 点零 4 分，达萨尼看到了她母亲。香奈儿推着一小车干净的衣服。她虽然睡眠不足，但仍笑容满面。香奈儿花了将近一上午的时间在她住的布鲁克林收容所附近洗衣服。她决心干干净净地开始生活中新的一章。

香奈儿和两个女儿在一位社工的陪伴下走上斜坡。她们等在长长的队伍中，慢慢向金属探测门移动。记者原本是不能进入大楼的，但保安人员忙得不可开交，也就挥挥手让我进去了。不过他们的警惕性还是很高，发现并没收了达萨尼的指甲锉，气得达萨尼狠狠瞪着他们。

接下来是 12 个小时的奔波。香奈儿和两个女儿去了 5 个不同的楼

---

① 约 6.7 摄氏度。——译者注

层，每一层都是她们的重游之地。第一站是大厅，给她们分配了一个号码，达萨尼记在心中：L382。她知道，这个号码会被多次叫到。如果她们错过一次，一切就都会耽误下来。然后，她们坐电梯去了ACS位于接收中心5楼的办公室。

香奈儿坐下来。她太累了，忘了今天是个周年纪念日：4年前的今天，2015年3月27日，她第一次被召到斯塔滕岛家事法院。她在林法官面前起立的时候，从未料到即将降临的灾难。

香奈儿看向两个女儿——她们都长成大孩子了，但还是那么天真。她们的身体长成了女人，脸却仍然像婴儿一样柔软。阿维亚娜在母亲旁边的椅子上坐下。两个女孩很快就睡着了。和通常一样，阿维亚娜睡得像石头一样沉，达萨尼睡得如树叶那么轻，每次听到叫号，她的眼皮就轻颤一下。她在听着叫她们的号。

"4楼接待处现在为L370号服务。"机器合成的声音宣布。

达萨尼把连帽衫的帽子拉到头上。

一个5岁的小女孩正在她旁边玩造房子。小女孩抱着一个绒毛玩具，是个七彩猫头鹰。她叫它奥利。

那个小女孩长长的辫子垂在脸上，眼睛里充满了好奇，像个小达萨尼。小女孩说，奥利会住在她放在达萨尼身旁椅子上的粉色外套里。她把外套的袖子折成房间：一个厨房、一个卧室、一个地下室。

"这是奥利的窝！"小女孩对爸爸说。她爸爸是波多黎各人，38岁，眼神中透着疲惫。今天早上他们被布朗克斯的房东驱逐了，因为房东不再接收房租补贴券。他们从来没有过无家可归的生活。

爸爸微笑着看女儿把一个苹果放在奥利头上。

"我们要回家了吗？"小女孩问站起身来的爸爸。

"不是，他们叫我们的号了。"

房间里好几个婴儿在大声哭叫，达萨尼在座位上换了个姿势。

终于叫到 L382 了，达萨尼跳起身，拉着母亲去做第一轮面谈。她们从 3 楼上到 4 楼，然后又回到 5 楼——每一站都是同样令人疲累的等待。

清洁工扫着地，屏幕上闪着号码，每个号码都代表着一段创痛。房间里的孩子们没有一个知道自己今夜会睡在哪里。"我来了 3 个小时了！"一个女人尖声大叫，但没人理会她。

达萨尼和阿维亚娜自娱自乐，模仿电子鼓的声音，即兴说唱起关于男孩的歌词。两姐妹看着她们的母亲拥抱一个叫"珍宝"（Precious）的女人，她俩是乔安妮时代的老相识。

"拜拜，宝贝。"

"拜拜，臭臭。乖乖的。"

这里的人大多是黑人或棕色皮肤的人。达萨尼和阿维亚娜看向一个瘦弱的白人母亲。她正追着她刚会走路的孩子满屋跑，边追边拼命用手梳理头发。达萨尼和阿维亚娜想到了同一个词，异口同声地说了出来。

"快克。"

她俩知道吸了快克之后所有的表现——乱蓬蓬的头发，四处乱看的眼神。

达萨尼和阿维亚娜创造了一种两人心意相通时使用的秘密握手法。她俩摸摸自己的头，然后用手指在空气中爬动直到接触到对方的手指。回到 ACS 所在的楼层后，她俩开始就阿维亚娜的"胖女孩"饮食习惯拌嘴，两人的逗趣引得全屋人哈哈大笑。

"你们是姐妹吗？"一个女人问。

"很悲哀，是的。"达萨尼说，阿维亚娜跳起来大喊："我**刚要那么说！**"两人哈哈大笑，用秘密握手法握了手。

到夜色降临时，她们才前往"出发厅"，等待被分配到某个收容所。房间里乱作一团。小孩子累得大哭大闹，父母喊得精疲力竭。香奈儿扫视着人群，她看到了年轻时的自己。这些妈妈大多看起来饥肠辘辘、精神萎靡。

一个女人听说她被分配到了一个离她工作的地方很远的收容所，对工作人员大喊："我要啐到你脸上！"

晚上9点17分，香奈儿终于被叫到了柜台那里。两个女儿一左一右凑在她身边，等待对她们的判决。她们被分配到了布鲁克林一处家庭收容所，给了她们一个两卧室单元房。地点在布朗斯维尔附近，与香奈儿的出生地隔了7条街。

她们彼此望了一眼，都如释重负。达萨尼在手机上找到了那个收容所的地址。收容所离达萨尼的学校坐地铁只要一站路，有一路公交车直达阿维亚娜的学校。

三人消化了这个消息后，各自做出了典型的反应。

阿维亚娜有些担心。

"我们能自己做饭吗？"

达萨尼暂时不下定论。

"到了就知道了。"

香奈儿一脸乐观。

"一切都会好的。你们看着吧，一切都会好的。"

她们等车等了90分钟。无家可归者服务部门负责派车把每个家庭送到收容所。有些家庭来得太晚，只能登上外面的一辆黄色校车，那辆车的引擎在寒冷中空转着。小孩子裹着毯子站在那里，冷得发抖。他们会被送到仅供过夜的收容所。

达萨尼小时候有过多次这样的经历。

但今晚不同。夜里10点51分，她们的车终于到了。达萨尼跳起身，香奈儿扣好外套的扣子，阿维亚娜收拢自己的东西。

三人一起走出了门。

* * *

2020 年 8 月 5 日，一辆面包车停在帕帕在布鲁克林的寄养家庭门前。自从第一辆面包车把帕帕和家里的其他孩子带走由 ACS 监护以来，已经过去了近 5 年的时间。

帕帕现在 13 岁了。他上了车，平静地系好安全带。今天是他最后一次有人监督的家庭见面会。下周，如果他母亲的毒品检测结果为阴性，帕帕就可以开始回家的过渡期了。他们会先从周末会面开始，为香奈儿重获帕帕的完全监护权做准备——当时阿维亚娜和达萨尼就是这样的安排。

车子往弃儿所开去，帕帕看向窗外。他和负责他的社工都戴着口罩，虽然帕帕不再害怕新冠病毒。即使是在今年春天的大流行高峰期，住在皇后区一家州立精神病院的帕帕也躲过了传染。他最想要的就是回家。

回到母亲身边后，达萨尼的表现才好起来。她在学校认真学习，通过上暑期班和助理校长 E 先生的辅导挽救了自己的成绩。"她自己想毕业，这样我才有可能帮助她。"艾蒂安说。他学会了区分一个孩子的潜力和创伤，那些创伤会突然爆发，令这个孩子无法集中、出离愤怒。

艾蒂安说，这些创伤根植于美国根深蒂固的不平等，包括"设计"得不利于有色人种孩子的教育制度。不过艾蒂安相信，只要得到关心她的人的支持，达萨尼在任何地方都能成功。"她需要的只是这个，"艾蒂安说，"她需要爱。"

达萨尼满 18 岁的 3 个月后，成了家里第一个从高中毕业的人。2019 年 8 月 29 日，达萨尼戴着白色毕业帽，穿着毕业袍，从舞台的一头走到另一头，接受她的毕业证书。她望向台下的观众，看到了母亲和阿维亚娜。阿维亚娜正疯一样跳上跳下。

"那是我姐姐！"阿维亚娜大叫，引得旁边的人纷纷转头看她。

有好几个星期的时间，达萨尼都像身在云端。她说："作为家里第一个做到这一点的人，我觉得我终于做了件有意义的事……我知道等阿维亚娜毕业时我会表现得像个小丑……别人会说：'她得离开体育馆！'因为我会大喊大叫。我不管。因为那是我妹妹。"

达萨尼又过了一年才下定决心申请大学，她给艾蒂安发了个短信请求帮助："早上好……我是达萨尼·科茨。我相信我做好了上大学的准备。我知道我能全力以赴，努力学习，达到我力所能及的成功。"

达萨尼仍然和母亲以及阿维亚娜一起住在布鲁克林的收容所里。新冠病毒暴发后，她们在自己的房间里隔离。每天夜里只听到救护车汽笛长鸣。冷藏车里装满了尸体。之后，5 月 25 日传来了乔治·弗洛伊德（George Floyd）被害的消息，给布鲁克林的街道带来了新的声音。[12]

"没有正义就没有和平！警察是该死的种族主义蠢驴！"达萨尼呼喊着口号。弗洛伊德死后第二天是她的 19 岁生日。达萨尼、阿维亚娜和数千名其他抗议者聚集在巴克莱中心。[13] 6 年前埃里克·加纳被杀后，人们也是在那里游行的。

加纳之死仍余波未平。加纳和弗洛伊德都死在围观者面前，都死于前来处理轻罪的白人警官之手。两人死前都在不断说着 3 同样的个英文单词：**I can't breathe（我无法呼吸）**。

在达萨尼成长时学的"百分之五国"的数学中，3 是个特殊的数字。它代表"理解"，意思是把一切看得清清楚楚。现在，网上在疯传又一个视频，让全世界看到又一个黑人说着同样的话死去。但这次的感觉不同——至少达萨尼认为不同。

她母亲则没那么肯定。香奈儿看到过警察使用野蛮暴力，竞选总统失败的白思豪市长却放任自流，为警察说话。[14] 6 月的一个晚上，香奈儿离开抗议人群，站到了布鲁克林家事法院的台阶上。她透过窗户看到大厅中有一个电子屏。屏幕上闪动着数百个名字，每个名字旁边有一个儿童保护案件的编号。每个名字都是一个孩子。谁来为他们游行呼号呢？

2020 年 5 月初，香奈儿第一次参加了"黑人家庭很重要"（Black Families Matter）的会。领头人乔伊丝·麦克米伦（Joyce McMillan）是位黑人母亲，也是活动家。她在 1999 年被 ACS 夺走了对自己孩子的监护权，两年半后才重获监护权。麦克米伦发起了一场废除儿童保护制度的运动。[15] 她把这个制度称为"家庭监管制度"。她制作的海报上写着这样的标语：

他们在布朗斯维尔边界也把孩子分开

有些警察被称为社工

从种植园到现在，拆散黑人家庭一直能带来利润

每当香奈儿想到自己的家庭被拆散，她想到的都是 8 个孩子不仅在公众所知的"制度"中求存，而且要承受一种神圣纽带的撕裂。香奈儿在其他母亲脸上看到了她自己悲伤的皱纹。"我看到了很多和我一样的黑人家庭。"

香奈儿说，受伤最深的是她的儿子们。

几个月后的 2020 年 9 月，斯塔滕岛北岸的一处监控视频显示一个年轻人接近了一辆白色奔驰车。这是一次与帮派有关的谋杀。那人——他的脸被连帽衫遮住了——用一把 9 毫米口径的半自动手枪对车里的两个年轻男子开枪，打死了其中一人。

侦探花了四个半月才抓住了嫌犯，指控 19 岁的哈利克犯了谋杀罪。

达萨尼将在《纽约邮报》上读到她异父异母的弟弟被捕的消息。无上得知消息后竭力保持着镇定。无上说，他儿子就算是无辜的——哈利克自称无罪——也不可能无罪释放，因为这个制度不公正。香奈儿有同感。"他下次再走在街上时该五十几岁了。"她说。

当年，哈利克被寄养一个月后动手打人，生平第一次进了监狱。那时才 14 岁的哈利克就想到了自己的命运。**我永远出不去了。这就是我**

的未来。

如果 ACS 没有拆散他的家庭，哈利克的未来不会如此。他父亲对此深信不疑。

"我在家的时候，他上学上得好好的，"无上说，"他计划加入海军海豹突击队，加入海军陆战队。他有时候和人有些小冲突，但他从来没有被逮捕过。我能控制他，我对他有影响力。你明白我的意思吗？我和他一起出去，我们谈过很多，那是一个男孩生命中最有益的部分：到了晚上能够和他的**父亲**聊一聊。这样他就知道他作为男孩子干的一些事对不对？你明白我的意思吗？他能知道他走的是正道，他做的是正确的事，这可以帮助他建立信心。孩子屈服于同龄人压力就是这么来的，因为他们没有自尊，没有信心。那是因为他们没有父亲。"

哈利克进入寄养系统后才开始与父亲疏远，最后更是完全失去了联系。

"对孩子们来说最重要的是我在场，"无上说，"他们夺走的正是这个，让我无法在场。"

莉莉宝宝 8 岁了，她生命一半以上的时间都是在琼舅妈的照顾下度过的。琼舅妈也依然拥有对 14 岁的哈达和 15 岁的玛雅的监护权。

莉莉自己在写歌，她长大后想当歌手。家里最爱读书的哈达画素描画得非常好。玛雅仍然骄傲自尊，她计划将来做美甲生意。她神气地说她会"当企业家"。

她们 18 岁的姐姐娜娜仍住在寄养家庭。根据 ACS 的一份法院报告，她已经 13 个月没有看过医生，30 个月没有看过牙医，好几年没有接受过治疗师的治疗了。

香奈儿的律师兰斯纳写信给 ACS 说："如此的漠不关心如果是表现在任何父母身上，足以认定其忽视儿童。"

娜娜的眼疾恶化了，她的生活却正常进行。她很快就将从高中毕业，她打算进入曼哈顿社区学院主修心理学。她想帮助受过创伤的儿童。

"可惜我小的时候没有人替我发声。"娜娜说。她现在认为自己的童年是失能的童年："我想帮助那些受环境影响的儿童和青少年。这些孩子无法掌控有些事情，或者从未学会如何掌控，为什么他们就只能输在人生的起跑线上？"

香奈儿把全部精力放在了改过自新上。她在新冠病毒大流行中找到了机会，成为应用服务 Postmates 的送货员。她花 600 美元买了一辆二手轻便摩托车以便送货。她对所有人说她完全戒掉了毒品。2020 年8 月 11 日，她证明了自己：她的毒品检测结果为阴性，符合法官的要求。

这为帕帕回家打开了大门。4 天后的星期六早晨，香奈儿坐公交车去接儿子。帕帕口袋里带着一盒纸牌，像过去一样和妈妈玩纸牌游戏 Pitty Pat。他们手拉手回到了收容所。

达萨尼和阿维亚娜等在那里，帕帕飞扑到她们怀中。不一会儿，他们都坐上了去皇后区长岛城（Long Island City）的地铁。赛克斯家族要在皇后大桥公园举行烧烤派对。

阳光从云缝中洒落下来。达萨尼带着帕帕走下绿草如茵的斜坡，后面跟着阿维亚娜和香奈儿。他们身后是公房区，前面是波光粼粼的东河。

所有人都会来：玛歌姨妈、她的两个孙辈、她已故姐姐乔安妮的孩子和孙辈，还有别的侄男甥女。琳达姨妈在清理烧烤架，一台便携式录音机大声放着一位布鲁克林说唱新星睡圣（Sleepy Hallow）的说唱乐。

今天是乔安妮怀孕的外甥女、琳达 25 岁的女儿卡琳达的"性别揭秘"派对。达萨尼和阿维亚娜小时候和乔安妮外祖母一起住在盖茨大道时，卡琳达常来找她们玩儿。

卡琳达怀的是男孩还是女孩？大家都要猜。对赛克斯家族来说，最令人兴奋的莫过于新生命即将降生的消息。每一个新生命都扩大了家族的圈子。达萨尼仔细看了看卡琳达的肚子。

"是男孩。"达萨尼宣布。

阿维亚娜不同意，说是女孩。两人开始争吵谁猜得对。

帕帕走开了。

赛克斯家族的其他成员上次见到帕帕时，他还是个淘气的5岁男孩，在迎接新生儿的派对上追着气球到处跑。现在他比香奈儿都高了，身材粗壮，面容严肃。从他穿的衣服一看便知他是受管制人员：一条酒红色的裤子和相配的T恤衫。

帕帕漫无目的地溜达到派对边缘，他那褐红色的身影显得特别突出。舅舅姨父们张开臂膀拥抱他。他们温和地对香奈儿点头致意。他们见过这类情形——年轻人离开系统回归家庭。这种事急不得。

太阳逐渐西斜。随着音乐节奏鲜明的轰鸣，帕帕开始放松。他偶尔会跳几步舞，对在烧烤架那边忙活的香奈儿叫"妈妈"。香奈儿的女儿们仍在琢磨那个紧迫的问题：卡琳达的宝宝是男孩还是女孩？

宝宝的父母有时会在"性别揭秘"派对上放一个花纸礼炮或烟雾弹，宣布答案。赛克斯家族决定采用放烟花的形式。如果烟花是粉色，就是女孩。如果是蓝色，就是男孩。

时间到了。全家人围成一个圆圈，看着宝宝的父亲点燃火柴。卡琳达露出了微笑。达萨尼屏住了呼吸。

一声爆响，烟花绚烂绽开，现出一片蓝色。达萨尼胜利地高高跳起。她是对的。她一遍又一遍地大喊着3个字：**是男孩！**

烟花直冲云霄。每个人都能看到这个新生命的到来。全家人都在看，大家都仰望着天空。香奈儿笑容满面。帕帕也笑开了。阿维亚娜噘着嘴，气不过她姐姐每次都赢。

达萨尼知道其实没关系。无论男孩还是女孩，都是一个新的生命。

后　记

我通往达萨尼之路始于离布鲁克林几百英里的华盛顿特区，在我儿时家中的书架上。那是 2012 年 1 月，我带着我的两个女儿——4 个月的克拉拉和 3 岁的阿瓦——从纽约回娘家。一天晚上，我到书架上去找书看。

我的高中年刊之间塞着一本精装书，是阿历克斯·克罗威兹（Alex Kotlowitz）1991 年的经典著作《这里没有孩子》（*There Are No Children Here*）[1]。书中讲述了在芝加哥一处公共住房区长大的里弗斯（Rivers）家两兄弟法罗（Pharoah）和拉法耶特（Lafeyette）的故事。从我翻开这本书至今，已经过去 20 年了。那处公房区也拆除了，美国进入了新世纪。

但对法罗这样的孩子来说，到底发生了多少真正的变化？

在我重读克罗威兹这本著作时，我的脑海中反复浮现出这个问题。在互联网上随便一搜，结果确认了我的直觉：每 5 名美国孩子里就有 1 人生活在贫困中，[2] 和 20 年前克罗威兹出版《这里没有孩子》时的贫困率一样。事实上，美国 2012 年的儿童贫困率仅次于罗马尼亚，在富裕国家中居首位。[3]

我 2007 年开始在《纽约时报》调查部工作，主管编辑是克里斯蒂娜·凯（Christine Kay）和马特·珀迪（Matt Purdy）。我提出最终形成这本书的报道建议时，美国正处于一场觉醒之中。不久前，在大衰退的阴影下，抗议者发起了"占领华尔街"运动，"茶党"运动也是在那个时期兴起的。我们正进入一个民粹情绪高涨的时代，此刻报道贫困恰逢其时。

报道贫困问题一向都困难重重。记者面对着政党政治的噪声——关于"自力更生"和美国政府规模的激烈辩论。我的编辑克里斯蒂娜出身于匹兹堡的一个工人家庭，在《纽约时报》一步步升到了现在的位置。她觉得克服读者先入为主的观念最是困难，例如认为穷人缺乏"个人责任感"。

"我只写孩子怎么样？"我提议。

毕竟，孩子是局外人——他们的存在和贫困都不是他们自己造成的。无论如何也不能说美国的贫穷儿童（2012 年人数为 1 600 万[4]）应该为他们自己的福祉负责，或者说他们穷是他们自己的错误选择所致。孩子们挣扎在美国政治的边缘，他们没有投票权，他们的声音很少被听到。

达萨尼第一次和我谈到自己是"隐形人"时才 11 岁。她把感觉别人看不见自己这样一件痛苦的事想象成对自己有利的事，想象自己有"超级能力"。

达萨尼讲的不仅是她个人的经历。她也是在描述一种公共关系：她自己与她生活的城市的关系，无家可归者与有房住的人的关系，黑人劣势与白人特权的关系。看得见和看不见的两个世界——两种人——的相遇塑造了达萨尼的童年。

我属于哪一类人从来没有疑问。人们也许会纳闷我是如何获得达萨尼一家的"信任"的。其实信任一词无法充分反映记者与消息来源者之间那种错综复杂的关系。信任至多是一个不断发展的进程，有起有落，全看当天发生了什么事。

这是生我养我的女人教给我的经验之谈。我母亲是智利移民，曾在华盛顿特区一家为拉美裔提供免费服务的诊所做过多年的精神健康主管。她有一项出色的天赋：倾听。

她的有些病人得了艾滋病，命不久矣。有的病人是从萨尔瓦多内战中逃出来的难民。他们身上带着酷刑留下的伤疤。我来自智利的几个舅舅很幸运逃脱了这样的命运，他们逃离了智利，定居在了美国。

讲故事是我们这些流亡在外的人的生命线，故事一定要有人听。我最早的记忆包括我母亲在夜深时弹着吉他唱比奥莱塔·帕拉（Violeta Parra）的《感谢生活》（Gracias a la vida）。

> 感谢你，生活，给了我如此之多
> 你给了我听力，带给我巨大的力量

在我对达萨尼的一次早期采访中，她指指她母亲香奈儿说："她老是说我话太多！她说等我长大了，我就**知道**我为什么话太多了，因为现在我不知道为什么。"

香奈儿纠正她："你不知道为什么话多**不好**，因为最好的老师都是听别人说。"

我却想说："达萨尼，请说下去。"

我花了几个月的时间寻找像达萨尼这样的孩子——一个能把自己在贫穷中长大的经历形诸言辞的女孩。起初我撒了很大一张网，去了很多地方，如新泽西州的卡姆登（Camden）、宾夕法尼亚州的斯克兰顿（Scranton）和密歇根州的范布伦县（Van Buren County）。专家们鼓励我找一个"有代表性"的孩子，其家庭能反映人口趋势 [5]——最好是单身母亲带着（不同生父的）两个孩子，做着低薪的半职工作。

如果按照这些要求去找，我怎么也不会找到达萨尼。达萨尼的父母是结了婚的，长期没有工作，养着许多孩子。可是当我来到奥本收容所时，我最关心的不是找一个符合人口趋势的人。我最想找到一个能给这个故事注入活力的孩子。2012年10月那个阳光灿烂的下午，她就那么直直地看着我。

达萨尼精力旺盛。她早熟、大胆、喜欢冒险。11岁的她已经能够以深刻感人的方式清楚地表达感情。她是对自己生活的敏锐观察者——连成人都很少能做到这一点。这些特质不仅难得，而且对任何记者的工作来说都非常重要。

在我报道的人中，大多数人都从未与记者谈过话。我们做记者的有责任解释我们是干什么的。可以这样描述我们的工作：我们去不熟悉的地方。我们花许多时间和把我们视作外人的人待在一起。我们观察，我们倾听，我们试图理解。

"理解"（understand）一词来自古英语 understandan，[6] 字面意思是"站在之中"。理解并不意味着达到某种终极真理。我认为，理解意味着我们接触到新的、以前没有见过的东西，因而受到刺激，感到渺小，经历觉醒，甚至发生改变。我和达萨尼处了8年。如果这期间我做了什么的话，那就是站在了她的生活之中。

2012年我们刚认识的头几周，我向达萨尼一家解释了我与他们相处的准则：我在为《纽约时报》写报道，除非有人告诉我有些事是"隐私"，否则我看到什么都会写在文章里，会让很多人看到。我会把他们的话录音以确保准确无误。报纸上最后刊出的文章不应令任何涉及其中的人感到惊讶，因为我在报道刊出前会核实每一个事实，给相关的人留出回应时间。我和《纽约时报》都不会因为报道他们家的故事而付给他们钱。我给了香奈儿一叠我发表的作品，请她给我写过的任何人打电话查问我是否公正。

达萨尼从一开始就非常积极，我甚至猜想：她这样做是不是为了取悦她母亲？她以后会不会后悔？孩子不像成人那样拥有做出明智决定的智慧和能力，那么我对一个孩子负有何种道德义务？

如果我看到了某件事情，令我想跳出记者的角色范围出手干预，我该怎么办？

奥本收容所不准外人进入，所以我和达萨尼的家人很多时间都是在街上——听音乐，在公园里坐着，在杂货店旁边待着。香奈儿主动向别人解释我为什么和他们在一起。我不反对她把我称为"朋友"，但我鼓励她把我在写报道的事告诉任何她信任的人。

我和达萨尼一家建立关系没有清楚的路线图。反正在《纽约时报》的记者手册里找不到，手册里只规定了专题报道的传统准则。在题为"与消息来源的个人关系"的小节中有这么一条老古董："例如，一个市政厅记者如果每周和一位市议员打高尔夫球，就可能造成一种过从甚密的印象……"[7]

按报社规定，我可以在餐馆给达萨尼的家人买饭。天气转冷后，我们也时常去餐馆见面。他们一家用《纽约时报》提供的摄像机每天拍下视频日记，描述每一天的"高点"和"低点"（我自己的家人在晚餐桌上也这样做，只不过没有摄像机）。我也让香奈儿和无上记录下他们房间的状况。当地的一个非营利组织格林堡 SNAP 以信息自由的理由帮我提出了查阅市记录的要求。

和我一起工作的是《纽约时报》的资深摄影师露丝·弗雷姆森。为了不引起市机构的注意，我们在达萨尼的学校麦金尼度过了大量时间，而这需要校长保拉·霍姆斯的同意。霍姆斯小姐起初有些犹豫，但她相信新闻报道的力量，所以允许我们一年内自由出入麦金尼。

最终，露丝和我通过防火梯偷偷进入了奥本收容所，但却触响了警报。我们悄悄溜过 4 个保安的监视，终于到达了达萨尼家的房间。我事先通知了法律援助协会。他们同意，万一达萨尼一家因为违反收容所的规定而被驱逐，他们会代表达萨尼一家打官司。

所幸没人发现我们。

《纽约时报》于 2013 年 12 月刊登了我一共分为 5 部分的系列报道。

不过很显然，我仅仅触及了达萨尼故事的表层。在我接下来撰写本书的 7 年里，是达萨尼及其家人勇敢而坚定的决心支持了我。我们的关系几经转折，有时紧密，有时疏远。我能够依赖的是我对达萨尼一家的尊重，和他们对我的尊重。

他们从未问过我的职业准则，但我可以想象从他们的角度听到这些准则后的感受：我有住处，他们无家可归。我有食物，他们经常挨饿。而我的工作是写他们，写他们的贫困。

许多记者都曾面对过类似的难题。我发现学者倒是看得比较清楚，他们仔细思考过自己工作的伦理问题。这方面的终极范例是米切尔·邓奈尔（Mitchell Duneier）的《人行道王国》（Sidewalk）里长达 25 页的"方法说明"。[8] 这本书是里程碑式的民族志，记叙了纽约曼哈顿格林威治村的街头小贩。

我的导师之一是已故的李·安·富基（Lee Ann Fujii）。这位民族志研究者研究了波斯尼亚和卢旺达种族灭绝的受害者。我俩在多次交谈中比较了我们各自与信息来源者的关系。用李·安的话说，这种关系涉及一种"权力不对称"。对于这种权力失衡，没有显而易见的解决办法。

李·安在 2012 年写道："我们必须时时提醒自己，我们作为研究者进入另一个人的世界是特权，不是权利。在伦理的两难之中挣扎是我们为享受这种特权而付出的代价。"[9]

我的一个应对办法是建立一个慈善基金，帮助达萨尼一家和像他们一样处境的人。本书写完之后我才把此事告诉他们。我将把本书收益的一部分捐给这个基金会。更多信息请访问 www.andrea-elliott.com。

我的存在对达萨尼的生活有何影响？毫无疑问，登上《纽约时报》头版对任何一个纽约人来说都有重大影响，尤其是一个默默无闻的穷孩子。

同样，不管登上《纽约时报》能起到多大作用，都敌不过达萨尼生活中贫困的力量。如果说有什么给我的编辑和我留下了最深的印象，那就是情况实际上基本没有改变。

在纽约街头跟踪达萨尼的生活时，我会尽力淡入背景之中。可以说，任何记者都难逃注意，特别是一个在黑人为主的社区中活动的白人。

香奈儿注意到了两种模式。其中一种是，我的种族在街头可以成为一道壁垒，令人感到踌躇或对我的动机产生怀疑。（我在迈阿密报道拉美裔移民时情况正好相反，那些移民把我和他们共同的文化视为一个标志，说明我是可以信任的人。）

香奈儿注意到的第二种模式是，在家事法院或福利办事处这类地方，白人工作者看到我的肤色，会优待香奈儿一家，也许是因为他们觉得一个大人物（我）在旁边看着。我相信有过这种情形，不过我总的观察印象是，香奈儿一家在纽约市相关机构里无力无助、无人理睬。

《纽约时报》的系列报道在达萨尼被赫尔希学校录取的事上有没有起作用？赫尔希学校也许觉得录取达萨尼能让学校在媒体上露脸，但我花了好几个星期才说服学校的行政管理人员同意让我进入学校。他们从不准许记者在学校长时间逗留，那样带来的风险比收益大得多。

在我看来，以道德伦理的名义拒绝对穷人伸出援手是享受特权的人的姿态。我多次看到香奈儿把身上最后 1 美元送给另一个无家可归者。经济下行时期，最有慈善精神的经常是最贫穷的美国人。[10]

开始写作本书后，我偶尔会给达萨尼家一点帮助，给他们买食物或给现金让他们买尿布等物品。我带着蛋糕和礼物去庆祝他们家中成员的生日，正如他们为我庆祝生日。

手机是报道的必要工具，所以《纽约时报》给达萨尼一家提供了手机——这个安排后来由我本人出资。我有时开车带香奈儿或无上去赴约，他们的这类活动经常正好是我报道的内容。他们无家可归的时候，我有几次出钱让他们在廉价旅店里栖身。我固然帮了他们几次，但更多的时候我没有帮忙。

那么，达萨尼一家为什么容许我和他们待了 8 年呢？一个可能的答案是，他们想让自己的故事得到报道。另一个可能的原因是他们了解了我的工作。达萨尼看到，我问过她的那些问题都反映在了《纽约时报》的报道中。

也许一个更简单的解释是我总是出现。在他们一家的经验里，大部分人都正好相反。直至今日，香奈儿挂电话时都说不出"再见"二字（她选择说"和平"）。

几乎没有什么能比一个总是出现的人更重要了。

穷就要受监视。[11] 关于达萨尼这种家庭，政府机构的记录汗牛充栋，相关文件装满了堆在我办公室的十几个纸箱。

我花了好几年才找齐这些记录，因为每一批记录都会引出一个新的秘密。我与达萨尼一家相处也是一样。每当我以为我的报道工作可以结束了的时候，又会发生别的事情，揭露出新的一层。

这一系列的揭秘构成了本书的内容。达萨尼开始时是收容所系统中一个无家可归的女孩，最后成了儿童保护系统中的寄养儿童。每个系统都有不同的标签，对应不同的困境。但在跟着达萨尼的路往前走的过程中，我看到了这些系统如何相互作用，相互重叠，也认识到"无家可归"和"寄养儿童"这些标签更像是同义词，而非含义不同。

出生在穷人家中的同一批孩子在这些系统中循环往复，无法突围。[12] 达萨尼的"贫困"仅仅是理解她生活条件的出发点。她生活的每个方面都免不了贫困的影响，从幼时的照顾和教育到住房和医疗。从达萨尼一家经常遭遇个人和制度性的种族歧视中可以看出，贫困与种族是分不开的。

达萨尼的故事中埋藏着她祖先的故事和他们经受的各种苦难，从北卡罗来纳的奴隶制到布鲁克林的种族隔离。所有这些故事都盘根错节、密切交织。

写一个孩子的故事免不了触及其他人的童年——达萨尼的父母是被自己的童年经历塑就的，他们至今仍摆脱不了童年的影响。社会不认为香奈儿和无上曾经也是孩子，这样就可以心安理得地把他们的问题怪罪到他们自己头上了。

正是出于这样的原因，我在 2012 年问《纽约时报》我的主管编辑："我只写孩子怎么样？"

致　谢

　　我最深切地感谢达萨尼和她的家人——香奈儿、无上、阿维亚娜、哈利克、娜娜、玛雅、哈达、帕帕和莉莉。他们对我的信任是我的荣幸。我感谢他们让我待在他们中间，感谢他们鼓起勇气同意我讲述他们的故事。

　　我也要感谢达萨尼的其他亲属让我得以写成本书。我跟踪达萨尼的生活时，多亏了拉梅尔、拉蒙特、沙梅尔、谢丽、希娜、贾斯蒂娜和乔希的帮助。我还要感谢玛歌、琳达、斯诺、卡琳达、威弗利和乔帮我拼凑起他们的家史。

　　在精神上，我要感谢已故的琼·乔安妮·赛克斯。愿她安息。

　　感谢达萨尼生活中那些不畏艰难的教育工作者。感谢他们信任我的工作，也感谢他们教会了我很多：已故的保拉·霍姆斯校长对我敞开了学校的大门；杰出的教师赫斯特和她的女儿维克多利讲述的她们自己的故事为本书添彩；P. S. 278、民权高中、P. S. 78，尤其是麦金尼的工作人员，包括迈克尔·沃克、卡伦·贝斯特和已故的弗兰克·海沃德让我看到了纽约市公立学校中每天都在发生的小小奇迹。

　　我十分感激奥本收容所的住客们。他们耐心接受采访，记下他们房间的状况。感谢已故的乔治亚娜·格罗斯修女，她在我的早期报道中发挥了关键作用。感谢在达萨尼的故事中出现的许多纽约人，包括公民克普、芭芭拉、斯塔莱莎、博妮塔、巨人、琼和达萨尼的寄养母亲丹尼丝。感谢已故的伊万·J.休斯敦，他给了我数小时宝贵的时间帮我重建琼恩·赛克斯从军的历史。

感谢米尔顿·赫尔希学校的莉萨·斯卡林（Lisa Scullin）冒险在本书的撰写中帮我一把。也感谢杰森和塔比莎·麦奎迪夫妇以及乔纳森和梅利莎·埃克斯夫妇这两对出色的赫尔希学校宿舍家长让我进入他们的生活。感谢赫尔希的学生们，特别是卡利。

我的研究从一群学者的指导中受益匪浅，我把他们视为我的智囊：谢尔登·丹齐格（Sheldon Danziger）、简·沃德弗格（Jane Waldfogel）、克里斯·戈特利布、格雷格·邓肯（Greg Duncan）和卡伦·斯塔勒。本书数易其稿，他们每个人都审阅过不止一稿。欧文·加芬克尔（Irwin Garfinkel）、克里斯·怀默（Chris Wimer）、罗伯特·多尔（Robert Doar）、阿洛克·舍曼（Arloc Sherman）和已故的李·安·富基在学术上的指点也对我大有帮助。

法律援助协会的乔舒亚·戈德法因对我的报道工作提供的帮助数不胜数。尤其感谢他对达萨尼一家的坚定支持。也要感谢他原来的同事、法律援助协会的史蒂文·班克斯和简·苏珍·博克（Jane Sujen Bock），还有"无家可归者联盟"的帕特里克·马基（Patrick Markee）。

感谢戴维·兰斯纳、卡罗琳·库比契克、诺拉·麦卡锡、琳达·洛、戴维·托比斯（David Tobis）和理查德·韦克斯勒（Richard Wexler），还有ACS的安德鲁·怀特（Andrew White）和斯蒂芬妮·根德尔（Stephanie Gendell）帮我对儿童保护系统获得更深刻的了解。也感谢HRA、DHS、HPD、DOE和NYCHA的官员。他们的合作和贡献改善了我的报道工作。

若没有克雷格·休斯（Craig Hughes）坚持不懈的出色研究，本书根本无法成书。休斯8年来一直推动这个项目，在我最困难的时候鼓励我继续努力。对克雷格的妻子凯瑟琳·特拉帕尼（Catherine Trapani），我想说祝福你。杰茜卡·科比特（Jessica Corbett）和卡申·康罗伊

（Cashen Conroy）花了好几个月核查本书的事实，厥功至伟。我永远感激他们。对书中的任何错误我负全责。

我也要感谢不知疲倦的莉莉·史密斯（Lily Smith）。她围绕这个项目忙了 5 年。她把访谈内容记录下来，去法院查询记录，做研究。埃琳·马修森（Eryn Mathewson）在 2017 年也是这么做的。感谢拉塞尔·塞奇基金会（the Russell Sage Foundation）的克莱尔·加布里埃尔（Claire Gabriel）和凯蒂·威诺格拉德（Katie Winograd）。她们研究的史料非常宝贵。感谢蕾切尔·斯旺斯（Rachel Swarns）给我讲解了追踪非裔美国人家谱的困难。感谢家谱学者黛安·理查德（Diane Richard）耐心细致地帮我发掘赛克斯家族的历史。

感谢萨姆·弗里德曼（Sam Freedman）审阅了本书的各版草稿，很久以前，正是他那精彩绝伦的新闻课程激励我走上了这条道路。感谢我的同事、传奇人物杰森·德帕尔（Jason DeParle）和尼娜·伯恩斯坦（Nina Bernstein），他们两人对本书最初几稿提出了至为重要的意见。也要感谢下面的读者：里卡多·纽拉（Ricardo Nuila）、萨拉·奥尔孔（Sara Olkon）、凯西·帕克斯（Casey Parks）、莫西·斯克里特（Mosi Secret）、阿帕娜·桑达拉姆（Aparna Sundaram）（和她的儿子罗恩）、梅斯敏·德斯汀（Mesmin Destin）、蒂姆·戈尔登（Tim Golden）、塔利玛·莱文（Tarima Levine）、劳拉·韦德斯–穆尼奥兹（Laura Wides-Muñoz）和马克西姆·罗斯库托夫（Maxim Loskutoff）。书中留下了他们意见的痕迹。

感谢我敬爱的《纽约时报》编辑、已故的克里斯蒂娜·凯。是她决定发起那组系列报道，本书即从中脱胎而来。她的精神在书中永存。也感谢《纽约时报》英勇无畏的摄影师露丝·弗雷姆森和我一起奋战，感谢出色的记者丽贝卡·鲁伊斯（Rebecca Ruiz）做的早期研究，感谢迪安·巴奎特（Dean Baquet）和马特·珀迪对达萨尼的故事的投入和他们在我请假撰写本书期间显示的巨大耐心。感谢吉尔·艾布拉姆森（Jill

Abramson），关于达萨尼的系列报道是在她的领导下诞生的。

感谢我坚强的经纪人蒂娜·本内特（Tina Bennett）。她自始至终关注引导着本书的写作。她对我的信心从未动摇，她的才能数不胜数。感谢我出类拔萃的编辑凯特·梅迪纳（Kate Medina）。她眼光远大，早在我之前即已看到达萨尼的故事可以成书。感谢我在兰登书屋出版社无与伦比的团队：吉娜·森特莱洛（Gina Centrello）、诺亚·夏皮罗（Noa Shapiro）、马修·马丁（Matthew Martin）、安迪·沃德（Andy Ward）和阿维德·巴希拉德（Avideh Bashirrad）。制作方面有埃文·卡姆菲尔德（Evan Camfield）、本杰明·德雷尔（Benjamin Dreyer）、丽贝卡·贝尔兰特（Rebecca Berlant）和玛吉·哈特（Maggie Hart）。设计方面有保罗·佩佩（Paolo Pepe）和乔·安妮·梅奇（Jo Anne Metsch）。宣传方面有玛丽亚·布莱克尔（Maria Braeckel）、苏珊·科科伦（Susan Corcoran）和伦敦·金（London King）。销售方面有芭芭拉·菲隆（Barbara Fillon）和阿耶莱特·杜兰特（Ayelet Durantt）。我深深感激奋进公司的多里安·卡奇玛（Dorian Karchmar）。

本书能够成书，多亏以下机构的慷慨支持：新美国基金会（New America）、爱默生基金会（Emerson Collective）、拉塞尔·塞奇基金会、哥伦比亚人口研究中心（the Columbia Population Research Center）、怀廷基金会（the Whiting Foundation）、雅多艺术中心（Yaddo）、麦克道尔基金会（MacDowell）、洛根非虚构写作项目（the Logan Nonfiction Program）、Marble House Project、All Our Kids。我感谢理查德·布兰德（Richard Brand）多年来的睿智建议。感谢以下为本书奔走宣传的人：埃米·洛（Amy Low）、戴维·梅西（David Macy）、伊莱娜·理查森（Elaina Richardson）、莱拉·戈伦（Lela Goren）、我一生的导师西格·吉斯勒（Sig Gissler）和无与伦比的博伊金·柯里（Boykin Curry），他那宽广的胸怀如无垠的大海。

达萨尼的故事是对家庭力量的证明。我若没有我的家庭会一事无成。

感谢我亲爱的父亲罗伯特（Robert）。他推动民权的努力和他实现社会公义的激情在我幼小的心灵中留下了印记。感谢我的母亲玛丽亚·格洛丽亚（Maria Gloria），她是我的北极星（也是南极星）。感谢托马斯（Thomas）、巴勃罗（Pablo）、埃丝特（Esther）和我的侄子外甥们对我始终的爱。感谢蒂姆（Tim）和我一起养大了两个出色的女儿。

对阿瓦和克拉拉，我想说，你们是我生活的动力。

.

注 释

信息来源与方法

　　本书建立在始于 2012 年、长达 8 年的研究之上。这个项目实施期间，我报道了达萨尼一家的日常生活。在他们的准许和帮助下，我还查询了他们上几代的家史以及他们与政府机构打交道的详细情况。我也读了大量学术文献，依靠一个学者智囊团帮助我了解相关情况的历史背景。

现场报道

　　我跟踪达萨尼的生活，记了大量笔记，把大部分对话都录了音，把我目击的许多事用手机拍摄成短视频和照片。达萨尼的家人也通过自己拍摄视频、照片和录制音频来帮我记录他们的生活。一共有 132 小时的音频和 28 小时的视频。这些音视频帮我更好地描述事件细节，把对话一字不漏地记录下来。

　　本书描述的事件中有几次我不在场。在这些情况中，我通过采访尽可能多的人来尽量忠实地还原当时的情况。我描述某人的思想过程时，都征得了本人的证实，相关段落也事先请本人过目。本书出版之前，我给达萨尼和阿维亚娜读出书的内容，和她们一起一段一段地检查各段的基调、使用的措辞和叙述的准确性。我也与娜娜、哈利克、帕帕、玛歌和其他人一起审查过书中某些部分，并请无上和香奈儿阅读本书。他们没有发现事实方面的错误，但提了一些澄清事实的小建议。

信息来源的名字

几年来，我采访了 200 多位大人和几十个孩子。为了保护这些孩子的身份，我没有用他们的姓。只有达萨尼和阿维亚娜在书中用了全名。达到成人年龄的她们对此表示了同意。对于她们同母异父和异母异父的弟弟妹妹们，我用了昵称。本书中提到的几个成人用了他们的街头诨名，包括达萨尼的生身父亲拉梅尔、达萨尼的舅舅沙梅尔和达萨尼的姨姥爷"飞快"。达萨尼生活中的大部分人都知道我是记者，但并非所有人都愿意接受采访。在一些情况中，我没有提当事者的名字（包括 2015 年打电话被香奈儿录音的那位儿童服务管理局的主管）。

找寻记录

为写作本书，我获得并阅读了多个政府机构和其他来源的 14 325 份记录。这些文件一部分涉及城市服务的历史、政策与监管（例如纽约州对奥本收容所的检查报告），但绝大多数记录是有关达萨尼一家的。

她家的记录包括儿童保护案件卷宗、法院记录、出生证和死亡证、学校成绩单、住房和驱逐记录、911 热线记录、刑事法院和监狱的记录、工资和就业文件，还有 Medicaid 医疗保险、医院和戒毒治疗的记录。香奈儿和无上在这方面的研究中出了大力。他们提交了数十份《信息自由法》申请表，把得到的记录给我看。

为记录达萨尼家与纽约市福利机构、无家可归者服务部门和儿童保护机构的互动，我除了亲自观察，还辅以采访达萨尼的家人和查阅她家在相关机构的案件卷宗。为追踪赛克斯家族的家史，我和家谱学者黛安·L. 理查德一起分析了早至 18 世纪第一个十年的数百份记录。为拼凑出琼恩·赛克斯的从军经历，我的研究员克雷格·休斯和我查找了美国退伍军人事务部的记录和其他信息来源。

关于本书研究的更多细节见下面的注释。

缩略语表

ACS：儿童服务管理局
DHS：无家可归者服务局
DOC：惩教局
DOE：教育局
HPD：房屋维护及发展局
HRA：人力资源管理局
IRS：国税局
MTA：纽约大都会运输署
NYCHA：纽约市房屋局
NYPD：纽约市警察署
OTDA：临时和残障援助办公室
SSA：社会保障总署

1. Letter from James Baldwin, cited in Robert McParland, *From Native Son to King's Men: The Literary Landscape of 1940s America* (Lanham, Md.: Rowman and Littlefield, 2017), p.74.

序　言

1. 对这个场景的描述基于对孩子们和他们的父母所做的访谈、我的直接观察，以及儿童服务管理局（ACS）和纽约弃儿所对他家立案的儿童保护案件记录。纽约州法律不准ACS和弃儿所的工作人员对此案发表评论，但那些工作人员回答了关于他们各自机构的一般性问题。

2. Nina Bernstein, "New Center for Foster Children Echoes Changes in an Agency," *New York Times*, June 1, 2001.

第 1 章

1. 除非另有说明，否则书中引用的达萨尼的话全部来自对她的采访或我的亲眼所见。

2. Themis Chronopoulos, "'What's Happened to the People?': Gentrification and Racial Segregation in Brooklyn," *Journal of African American Studies* 24, no. 4 (2020), pp. 549–72; Vivian Yee, "Gentrification in a Brooklyn Neighborhood Forces Residents to Move On," *New York Times*, Nov. 27, 2015; New York University Furman Center, "Focus on Gentrification," *State of New York City's Housing and Neighborhoods in 2015* (New York: Furman Center, 2016), pp. 4–24.

3. Yee, "Gentrification in a Brooklyn Neighborhood"; Jana Kasperkevic, "A Tale of Two Brooklyns: There's More to My Borough than Hipsters and Coffee," *The Guardian*, Aug. 27, 2014.

4. 在 2012 年美国 10 个最大的城市中，纽约市的不平等最为严重。对 2012 年人口普查数据的分析来自皇后学院社会学系的安德鲁·贝弗里奇（Andrew Beveridge）和苏珊·韦伯-施特尔格（Susan Weber-Stoger）。

5. 4 个机构管理着纽约市的市立收容所系统：无家可归者服务局（DHS）监管纽约市主要的收容所系统，人力资源管理局（HRA）负责家暴受害者和艾滋病人及艾滋病病毒携带者，青年与社区发展局管理离家出走和无家可归的青少年，房屋维护及发展局（HPD）管理因失火或市里下达的迁移令而失去住房的个人或家庭。

    计算纽约市收容所住客人数有不同的方法，不过任何计算方法都顶多只能算个大概。DHS 在网站上每日发布"收容所人口普查"，但它的数字不包括其他机构管理的收容所中的住客，也没有计入 DHS 监管的某些收容所，如过夜留宿点、短期住所的长期住客、专为街头流浪者服务的低门槛收容所，以及申请进入家庭收容所却尚未确定是否"合格"的个人。提供收容的其他机构以前不公开报告它们管理的收容所的人数，自 2011 年起才按照法律要求公布数字。

    我对纽约市无家可归人口的估计与 DHS 的官方数字不同，因为我根据市长办公室发布的收容所月度报告，把所有 4 个市属机构管理的收容所中的人数都算进来。我的数字和 DHS 的数字都不包括露宿街头或"借住"在别人家中的无家可归者。无家可归者联盟的政策主任吉赛尔·鲁蒂埃（Giselle Routhier）和法律援助协会的公职律师乔舒亚·戈德法做了更多分析。

6. "贫困线"（又称"贫困门槛"）是一个人或一个家庭满足基本物质需求所需的最低收入。落到贫困线下意味着收入少于花在食物、住房和衣服等生活必需品上面的费用。对贫困线的估算各有不同，但大部分专家认为联邦政府的"官方贫困标准"（OPM）已经过时。这个标准在 20 世纪 60 年代由莫莉·奥珊斯基（Mollie Orshansky）设计，是根据食品价格和一个家庭的预算花在食物上的份额（大约是全家开支的三分之一）来确定的。然后，把如此计算得出的美元数乘以 3，得出的数字就是基本需求的总费用。直至今日，OPM 仍使用家庭预算的三分之一用于食物这条标准，尽管食品价格下降了，而住房和托儿的费用上升了。

    在数十年研究的基础上，美国人口普查局于 2011 年发布了一份"贫困补充标准"（SPM），考虑到了 OPM 没有包括的家庭资源和开支，以及政府提供的非现金福利和不同地区生活成本的差别。纽约市采用了类似的方法，于 2007 年在迈克尔·R. 布隆伯格市长的主持下率先确立了自己的贫困标准。按此标准，2013 年，纽约市一个四口之家的贫困线是年收入 31 156 美元。收入低于这一数额的 1.5 倍的纽约人被定为"接近贫困"。如此算来，纽约市的接近贫困率是 45.9%。（截至最新相关报告发布的 2018 年，仍有 41.3% 的纽约人接近贫困。）

    上述分析由哥伦比亚人口研究中心联合主任简·沃德弗格和哥伦比亚大学贫困与社会政策中心联合主任克里斯·怀默提供。Also see the *New York City Government Poverty Measure* reports for 2017 and 2018 from the Mayor's Office for Economic Opportunity;

Gordon M. Fisher, "The Development and History of U.S. Poverty Thresholds—A Brief Overview" (U.S. Department of Health and Human Services, Jan. 1, 1997); Liana Fox, "What Is the Supplemental Poverty Measure and How Does It Differ from the Official Measure?" Economic Housing and Statistics Division, Census Bureau, Sept. 9, 2020.

7. 纽约市警察署（NYPD）。

8. "Undermanned Hospital Dismal and Crowded," *Daily News*, Nov. 18, 1951.

9. DHS.

10. Suzanne Spellen, "Past and Present: Decades of Change for Fort Greene's Cumberland Street Hospital," *Brownstoner*, July 14, 2015.

11. DHS.

第 2 章

1. 除非另有说明，否则一切有关麦金尼学校的事实均由校长保拉·霍姆斯于 2012—2013 学年提供。

2. 纽约市房屋局（NYCHA）。

3. 教育局（DOE）。

4. DOE.

5. *Charter Schools-Implications for Students with Disabilities* (Washington, D.C.: National Council on Disability, 2018), pp. 47–48.

6. 2013 年 2 月 13 日，这句话张贴在成功学院网站上，放在"成功学院格林堡分校"的标题下。

7. Craig Steven Wilder, *A Covenant with Color: Race and Social Power in Brooklyn* (New York: Columbia University Press, 2000), pp. 212–14.

8. 2012 年，纽约市公立学校体系有 110 万学生。"New York City Department of Education Teacher Incentive Fund Grant Program 2013–2018: Teacher Career Lattice," *Application for Grants Under the TIF General Competition* (Washington, D.C.: U.S. Department of Education, 2012), p. 18.

9. Ford Fessenden, "A Portrait of Segregation in New York City's Schools," *New York Times*, May 11, 2012.

10. 成功学院发言人。

11. 对费丝·赫斯特的采访。

12. Jay-Z, "Where I'm From," *In My Lifetime, Vol. 1* (Roc-A-Fella, 1997).

13. 对费丝·赫斯特的采访。

14. 除非另有说明，否则对于香奈儿·赛克斯的一切描述，包括她说的话和她生平的事实，均来自对她的采访或我的直接观察。

15. 他们一家的现金援助和食品券由 HRA 提供。幸存者福利金由联邦政府的社会保障总署（SSA）提供。HRA 和 DHS 的记录。

16. HRA 的数据。

17. 关于香奈儿和无上犯罪前科的所有情况均基于他们在惩教局（DOC）、刑事法院和 ACS 的记录，还有对香奈儿和无上的采访。

18. 关于香奈儿和无上参加的戒毒项目，包括检测结果的所有信息都来自他们在有关项目中的记录，以及他们的家事法院、Medicaid、HRA 和 ACS 记录。

19. 所有关于香奈儿和无上就业的信息均来自他们在 DHS、ACS、HRA 或 SSA 的记录。

20. 联邦通信委员会的一个项目。

21. DHS 和纽约州临时和残障援助办公室（OTDA）的检查报告。

22. 他们一家在 DHS 的案件卷宗。

23. DHS 的数据。

第 3 章

1. *Lawmakers: Women of the New York State Legislature* (New York: Legislative Women's Caucus of New York State, 2017), p. 53; "Constance Baker Motley: Judiciary's Unsung Rights Hero," United States Courts, Feb. 20, 2020.

2. John J. Gallagher, *The Battle of Brooklyn* (Boston: Da Capo Press, 1995).

3. 纽约市公园及娱乐局网站。

4. 这一段和下面一段基于多个资料来源，主要是：Seth M. Scheiner, *Negro Mecca: A History of the Negro in New York City, 1865–1920* (New York: New York University Press, 1965), pp. 1, 4; and Roi Ottley and William J. Weatherby, eds., *The Negro in New York: An Informal Social History, 1626–1940* (New York: Praeger, 1969), p. 13。

5. Ottley and Weatherby, *Negro in New York*, pp. 13–15, 19–22.

6. Edgar J. McManus, *Black Bondage in the North* (Syracuse: Syracuse University Press, 2001), p. 209.

7. McManus, *Black Bondage*, p. 16.

8. Wilder, *Covenant with Color*, pp. 19, 33.

9. Harry A. Ploski and James De Bois Williams, eds., *The Negro Almanac: A Reference Work on the Afro-American* (New York: Bellwether Publishing, 1983), p. 541.

10. Edwin G. Burrows, *Forgotten Patriots: The Untold Story of American Prisoners During the Revolutionary War* (New York: Basic Books, 2008), p. 203.

11. Benedict Cosgrove, "The Grisly History of Brooklyn's Revolutionary War Martyrs," *Smithsonian Magazine*, March 13, 2017.

12. Art Commission of the City of New York, *Catalogue of the Works of Art Belonging to the City of New York*, vol. 2 (New York: Gilliss Press, 1920), p. 28. 这块石碑已经不在纪念碑原来的地方了。

第 4 章

1. 警方报告和对乔希、拉蒙特、香奈儿、达萨尼和她的弟弟妹妹们的采访。

2. 美国国税局（IRS）。

3. 入住收容所的要求见：New York Codes, Rules and Regulations, Title 18, Section 352.35: "Eligibility for temporary housing assistance for homeless persons."。

4. 纽约市社区服务协会和道格拉斯·埃利曼（Douglas Elliman）房屋中介公司的销售员齐亚·奥哈拉（Zia O'Hara）的分析估算。

5. Tracy Gordon, Richard C. Auxier, and John Iselin, *Assessing Fiscal Capacities of States: A Representative Revenue System-Representative Expenditure System Approach, Fiscal Year 2012* (Washington, D.C.: Urban Institute, 2016), pp. 44–45.

6. 除非另有说明，否则关于纽约市社会服务体系的所有数据均为 2012 年秋天的数据，由提到的各个机构提供。

7. *Vital Statistics of New York State*, Department of Health: "Table 2: Population, Land Area, and Population Density by County, New York State-2012."

8. Citywide HRA-Administered Medicaid Enrollees data for September–November 2012, accessed via New York City's "Open Data" website: opendata.cityofnewyork.us, April 8, 2021.

9. 另外，社会保障总署还为 42.6 万身有残疾或 65 岁以上的纽约人提供"补充保障收入"（SSI）。

10. DOE 和 DHS 都记录学年中任何时候住房情况不稳定的公立学校学生的人数。这样的学生被称为"临时住所学生"，包括借住在别人家中或住在汽车旅馆这类临时住所的学生，也包括住在市立收容所里的学生。

11. ACS 除了保护儿童，还负责管理青少年司法服务以及儿童早期照顾和教育。

12. 2012 年 12 月，纽约市的寄养儿童 53% 是黑人，30% 是拉美裔，12% 是"其他 / 未知"族裔，4% 是白人，1% 是亚裔。ACS 的数据。

13. 2012 年，纽约市儿童人口为 1 785 358 人，其中 449 001 人是白人。2012 年人口普查数，公民儿童委员会对人口普查局"美国社区调查 1 年估计，2005—2019"的分析。

14. 2012 年人口普查数据。

15. 2012 年，按财政平均数来算有 46 609 000 名美国人领取了食品券福利。数据来自美国农业部。

16. 同上。

17. ACS 和 DOE 的记录。

18. 他们一家的 ACS 案件卷宗。

19. New York Codes, Rules and Regulations 432.1(a) and Section 412 of the Social Services Law (for the definition of "child abuse"); Section 1012(f) of the New York Family Court Act (for the definition of "neglected child").

20. Kareem Fahim and Leslie Kaufman, "Girl, 7, Found Beaten to Death in Brooklyn," *New York Times*, Jan. 12, 2006.

21. Sewell Chan, "Rise in Child Abuse Reports Has Family Court Reeling," *New York Times*, Jan. 12, 2007; Glenn Blain, "Gov. Paterson Signs Nixzmary's Law," *Daily News*, Oct. 9, 2009.

22. 2012 年，ACS 开展了 54 952 场调查，只在 1%（554 例）的情况中提出了"只有虐待"的指控。同期，ACS 调查的所有案件中发现 5.8%（3 168 例）既有虐待也有忽视。ACS 的数据。

23. Michele Cortese and Tehra Coles, "Poor and at Risk of Losing Their Kids: Moms and Dads Under ACS Investigation Deserve More Legal Help," *Daily News*, Dec. 14, 2019; Kathryn Joyce, "The Crime of Parenting While Poor," *New Republic*, Feb. 25, 2019.

24. "与儿童成为伙伴"保留的记录，由达萨尼家提供。

第 5 章

1. Jan Rosenberg, "Chapter 9: Fort Greene, New York," *Cityscape* 4, no. 2 (1998), pp. 179, 188, 192; Julie Lasky, "Fort Greene, Brooklyn: Riding the Wave of Gentrification," *New York Times*, Nov. 6, 2019. 对桃金娘大道南北住户的人口分析来自人口普查局 2014—2018 年的美国社区调查数据。

2. Winifred Curran, "Creative Destruction: City Policy and Urban Renewal in Fort Greene, Brooklyn" (master's thesis, Hunter College, The City University of New York, 1998).

3. 人口普查局 2014—2018 年的美国社区调查数据。

4. "绅士化"一词是德裔英国社会学家、城市规划师露丝·格拉斯（Ruth Glass）在 1964 年发明的。Jane Solomon, "When and Where Did the Word Gentrification Originate?," KQED.org, May 18, 2014. 关于 gentry 的词源：迈克尔·韦斯（Michael Weiss），康奈尔大学语言学系。

5. "81 Adelphi St, Brooklyn, NY 11205," Zillow.com, accessed Feb. 20, 2021.

6. Prithi Kanakamedala, "P.S. 67 Charles A. Dorsey School," placematters.net, Place Matters, City Lore, accessed Feb. 26, 2021.

7. 即使在 1827 年后，纽约仍有几十名黑人奴隶住在无视废奴令的南方人家里。Wilder, *Covenant with Color*, p. 19. 关于逐渐废除法，见：Eric Foner, *Slavery and Freedom in Nineteenth-Century America* (New York: W. W. Norton, 2015), p. 44。

8. Suzanne Spellen, "Building of the Day: 270 Union Avenue," *Brownstoner*, Feb. 21, 2012.

9. "Board of Education," *Brooklyn Daily Eagle*, April 15, 1847.

10. Karen M. Staller, *New York's Newsboys: Charles Loring Brace and the Founding of the Children's Aid Society* (New York: Oxford University Press, 2020), pp. 248–50; Leslie M. Harris, *In the Shadow of Slavery: African American in New York City, 1626–1863* (Chicago: University of Chicago Press, 2003), p. 280.

11. Scheiner, *Negro Mecca*, p. 20.

12. 同上，p. 34。

13. Carla L. Peterson, *Black Gotham: A Family History of African Americans in Nineteenth-Century New York City* (New Haven: Yale University Press, 2011), p. 286; Harold Xavier

Connolly, "Blacks in Brooklyn from 1900 to 1960" (Ph.D. dissertation, New York University, 1972), pp. 67, 348.

14. Robert Swan, "The Black Belt of Brooklyn," in Charlene Claye Van Derzee, ed., *An Introduction to the Black Contribution to the Development of Brooklyn* (New York: New Muse Community Museum of Brooklyn, 1977), p. 99.

15. "Wealthy Negro Citizens," *New York Times*, July 14, 1895.

16. "The Census for 1890 reported 71 homes owned by Brooklyn Negroes as opposed to 21 for Manhattan Negroes." Scheiner, *Negro Mecca*, p. 34.

17. New York City Landmarks Preservation Commission, *Fort Greene Historic District Designation Report* (New York: New York City Landmarks Preservation Commission, 1978), p. 17.

18. Connolly, "Blacks in Brooklyn," p. 348.

19. Connolly, "Blacks in Brooklyn," pp. 52–58.

20. "The Brooklyn School Opening," *New York Globe*, Dec. 1, 1883; "Events in Brooklyn: Summary of the Week's Local News," *Brooklyn Daily Eagle*, Nov. 25, 1888.

21. Kanakamedala, "P.S. 67 Charles A. Dorsey School."

22. Suzanne Spellen, "Building of the Day: 1634 Dean Street," *Brownstoner*, April 4, 2011.

23. Peterson, *Black Gotham*, p. 370.

24. Janet Upadhye, "Principal Brings School Back from the Brink of Closure," DNAinfo.com, March 17, 2014.

25. 2011–2016 Demographic Snapshot data accessed via New York City's "Open Data" website: opendata.cityofnewyork.us, Oct. 9, 2018.

26. 最终,P. S. 67并未关闭。关于考虑关闭它的消息, 见: Philissa Cramer, "Dozens of Elementary and Middle Schools Told They Might Close," *Chalkbeat New York*, Oct. 3, 2012。

27. "Susan Smith McKinney Steward, M.D., 1870 (1847–1918)," New York Medical College, accessed Feb. 26, 2021; David Gordon, "Black Woman Doctor Honored," *New York Times*, May 19, 1974.

28. "205 DeKalb Avenue," Trulia.com, accessed Feb. 4, 2021.

29. Leonard Benardo and Jennifer Weiss, *Brooklyn by Name: How the Neighborhoods, Streets, Parks, Bridges, and More Got Their Names* (New York: New York University Press, 2006), p. 57.

30. New-York Historical Society, *Abstracts of Wills on File in the Surrogate's Office* (New York: New-York Historical Society, 1900), pp. 336–37.

31. Benardo and Weiss, *Brooklyn by Name*, p. 72; Peter Wyckoff of Brooklyn, Kings County, had seven slaves according to the 1800 census, per "New York Slavery Records Index," CUNY Academic Commons, 2017.

32. Benardo and Weiss, *Brooklyn by Name*, p. 103; Jan Van Ditmarsen of Flatbush, Kings County, had four slaves according to the 1698 census, per "New York Slavery Records Index," CUNY Academic Commons, 2017.

33. Benardo and Weiss, *Brooklyn by Name*, p. 67; "Heads of Families at the First Census of the United

States Taken in the Year 1790" (Washington, D.C.: Government Printing Office, 1907), p. 97.

34. Benardo and Weiss, *Brooklyn by Name*, p. 71; "Heads of Families at the First Census," p. 98.

35. Benardo and Weiss, *Brooklyn by Name*, p. 106; *The Cortelyou Genealogy: A Record of Jacques Corteljou and of Many of his Descendants* (Lincoln, Neb.: Press of Brown Print. Service, 1942).

36. "New York Slavery Records Index," CUNY Academic Commons, 2017, pp. 484, 490–93, 496, 497, 499, 502, 505; that Peter Stuyvesant was director-general of the Dutch West India Company's New Netherland colony: "Part 1-Early Settlement and the Rise of Slavery in Colonial Dutch New Jersey," Montclair State University, montclair.edu, accessed Feb. 20, 2021; that these were the men for whom the neighborhood and streets were named: Benardo and Weiss, *Brooklyn by Name*, pp. 13, 29–30, 77.

37. Joshua Sands; see "Heads of Families at the First Census," p. 96; "Brooklyn Gets School," *New York Times*, March 10, 1960.

38. Luther Vandross, "A House Is Not a Home," *Luther Vandross* (Epic, 1982).

39. "Public School Children (5–14 Yrs Old) with Asthma," New York City Environment and Health Data Portal, the city's Department of Health and Mental Hygiene.

40. Walter Dean Myers, *The Glory Field* (New York: Scholastic, 1994).

第6章

1. 对霍姆斯和她的表亲本杰明·贝利的采访。

2. 非裔美国人的传统灵歌。

3. Ashley Hupfl, "Five Things to Know About Mayoral Control," City and State New York, June 13, 2016; Abby Goodnough, "Mayor Links Teacher Pay to Control of Schools," *New York Times*, March 9, 2002.

4. New York City Department of Transportation, *Cycling in the City: An Update on NYC Cycling Counts* (New York: New York City Department of Transportation, 2013), p. 2.

5. Rachel S. Friedman, "The Construction Boom and Bust in New York City," *Monthly Labor Review* 134, no. 10 (2011), pp. 16–21.

6. DOE.

7. 对霍姆斯的采访。

8. "Brief History of Gracie Mansion and Its Conservancy: 1799–Present," Gracie Mansion Conservancy, accessed Feb. 26, 2021.

9. 2012年第三季度，纽约市的房屋空缺率是2.1%。2013年第三季度的房屋空缺率是2.4%。Ilaina Jonas, "U.S. Economy May Be Nipping at Apartment Sector," Reuters, Oct. 3, 2012; Dawn Wotapka, "New York City Rents Pass $3,000 Mark," *Wall Street Journal*, Oct. 1, 2013.

10. "Brief History," Gracie Mansion Conservancy.

11. Michael M. Grynbaum, "New York Plans to Ban Sale of Big Sizes of Sugary Drinks," *New*

York Times, May 30, 2012.

12. Michael Barbaro and David W. Chen, "Bloomberg's Latest on Terms: 3 for Him, but Only 2 for Everyone Else," *New York Times*, Oct. 25, 2010.

13. Jennifer Steinhauer, "With Mayor Out, the People Move In; New York Finds Many Uses for Gracie Mansion," *New York Times*, June 11, 2004.

14. 同上。

15. Michael Barbaro, "Preparing Gracie Mansion for a New (Live-In?) Mayor," *New York Times*, Aug. 27, 2013.

16. Steven M. L. Aronson, "Amazing Gracie Mansion," *Architectural Digest* 60, no. 11 (November 2003).

17. 2003 年 5 月，布隆伯格拨款 2 500 万美元 "在曼哈顿下区各处创造新的绿色空间并改善公园"。Press release, "Downtown Parks Receive \$25 Million," New York City Department of Parks and Recreation website, June 10, 2003.

18. DHS.

19. 2013 年，无家可归家庭在收容所居住的平均时间为 13.5 个月。DHS 的数据。

20. Kate Taylor, "Mayor Offers Ideas for Why Homeless Numbers Are Up," City Room, *New York Times,* Aug. 23, 2012.

21. 他们一家的 DHS 记录。

22. 对从 2004 年到 2013 年市级和州级检查报告的分析。发布违规通知的机构包括 DHS、OTDA、HPD 和纽约市健康与心理卫生局。

23. 奥本收容所的记录是根据《信息自由法》要求获得的。作为对这个男孩的 "顾客投诉" 和其他投诉的回应，市长办公室的一位发言人在 2013 年告诉我，DHS "没有相关方的签字同意，无法提供任何保密信息"。

24. 纽约市警察署官员。

第 7 章

1. 关于词汇差距的大小，甚至这一概念本身，辩论仍在继续，但是一项研究发现，"母亲大学毕业的孩子每天接触到的字词比其他孩子多 3 000 个左右，这样到孩子 4 岁时，我们的抽样中（社会经济地位）最高和最低的群体之间就相差 400 万个字"。Jill Gilkerson et al., "Mapping the Early Language Environment Using All-Day Recordings and Automated Analysis," *American Journal of Speech-Language Pathology* 26, no. 2 (2017), p. 261.

2. David W. Chen, "De Blasio, Announcing Mayoral Bid, Pledges to Help People City Hall Forgot," *New York Times*, Jan. 27, 2013.

3. Michael Scherer and John Wagner, "New York Mayor Bill de Blasio Adds His Name to the Democratic Presidential Field," *Washington Post*, May 16, 2019.

4. Javier C. Hernández, "From His Father's Decline, de Blasio 'Learned What Not to Do,'" *New York Times*, Oct. 13, 2013.

5. Javier C. Hernández, "A Mayoral Hopeful Now, de Blasio Was Once a Young Leftist," *New York Times*, Sept. 22, 2013.

6. Jaclyn Diaz, "David Dinkins, New York City's 1st Black Mayor, Dies at 93," NPR.com, Nov. 24, 2020.

7. Chen, "De Blasio, Announcing Mayoral Bid."

8. 2013年2月，纽约市各机构管理的5大收容所系统住着56 911人，绝大多数（50 353人）住在 DHS 的收容所里。

9. Sam Roberts, "City's Sheltering of Out-of-Town Homeless, and Mayor's Remark, Stir Debate," *New York Times*, March 17, 2013.

10. Joe Coscarelli, "School-Bus Drivers to End Strike, Give Up on Bloomberg," *Intelligencer*, Feb. 15, 2013.

11. Langston Hughes, "Harlem," *Montage of a Dream Deferred* (New York: Henry Holt, 1951), pp. 71–72.

第 8 章

1. DHS.

2. OTDA 官员。

3. 这次停学从未写入教育局的记录，但我是亲眼看到的。

第 9 章

1. 除非另有说明，否则所有关于达萨尼儿时的描述均来自我的各种采访，采访对象有她的母亲、她的生身父亲、她的继父、她的两个姨祖母（玛歌和琳达）、她的两个表姐（斯诺和卡琳达）、她的舅舅拉蒙特和香奈儿的教母谢丽·亨伯特。

2. 乔安妮的出生证。

3. United Press International, "Last Patient Gone from Cumberland," *New York Times*, Aug. 25, 1983; Barbara Basler, "City to Shift Homeless Families to a Brooklyn Site," *New York Times*, Nov. 8, 1985.

4. 对玛歌的采访。

5. John Louis Flateau, "Black Brooklyn: The Politics of Ethnicity, Class, and Gender" (Ph.D. dissertation, The City University of New York, 2005), p. 30; Wilder, *Covenant with Color*, pp. 23, 61, 178.

6. 除非另有说明，否则琼恩和玛格丽特·赛克斯所有的生平资料均来自琼恩的军中服役记录、他在民间资源保护队的记录、他的社保记录、他的死亡证、玛格丽特的出生证和对琼恩原来雇主的采访，此外还有对赛克斯夫妇孩子中的 3 位和赛克斯夫妇两个孙辈的访谈。

7. Curran, "Creative Destruction," p. 31.

8. 同上。

9. Thomas J. Campanella, *Brooklyn: The Once and Future City* (New York: Princeton University Press, 2019), pp. 368, 370.

10. "Mayor Names Moses to Planning Body," *New York Times*, Nov. 23, 1941.

11. Robert A. Caro, *The Power Broker: Robert Moses and the Fall of New York* (New York: Vintage Books, 1975), p. 318.

12. 同上，p. 510。

13. Campanella, *Brooklyn: The Once and Future City*, p. 375.

14. Joseph Martin, Dominick Peluso, and Sydney Mirkin, "The Housing That Your Jack Built Is Now Tobacco Road," *Daily News*, Feb. 19, 1957.

15. Campanella, *Brooklyn: The Once and Future City*, p. 379.

16. 乔安妮的出生证。

17. 对乔安妮童年时代的描述基于对赛克斯家族 5 位成员的采访，包括乔安妮的姐妹玛歌和琳达，以及乔安妮儿时的朋友琳达。

18. 对玛歌和乔安妮儿时的朋友琳达的采访。

19. 奴隶们在 1619 年在旧康福特角（Old Point Comfort）下船。第二次世界大战中，部队于 1944 年在弗吉尼亚州的汉普顿罗兹（Hampton Roads）上船。Beth Austin, *1619: Virginia's First Africans* (Hampton, Va.: Hampton History Museum, 2018), p. 7; Ivan J. Houston, *Black Warriors: The Buffalo Soldiers of World War II: Memories of the Only Negro Infantry Division to Fight in Europe During World War II* (Bloomington: iUniverse, 2009), pp. 21–23.

20. 对伊万·J. 休斯敦的采访；Houston, *Black Warriors*, p. 23。

21. 琼恩的出生证和死亡证。

22. Abby Callard, "Memoirs of a World War II Buffalo Soldier," *Smithsonian Magazine*, Nov. 6, 2009.

23. 对休斯敦和对美国陆军遗产与教育中心的高级历史学家迈克尔·E. 林奇（Michael E. Lynch）的采访。

24. Houston, *Black Warriors*, p. 34.

25. 同上。

26. 对休斯敦的采访；Houston, Black Warriors, p. 23。

27. Gail Buckley, *American Patriots: The Story of Blacks in the Military from the Revolution to Desert Storm* (New York: Random House, 2001), pp. 258–59.

28. Equal Justice Initiative, *Lynching in America: Targeting Black Veterans* (Montgomery, Ala.: Equal Justice Initiative, 2017), p. 4; Chad L. Williams, "Vanguards of the New Negro: African American Veterans and Post–World War I Racial Militancy," *The Journal of African American History* 92, no. 3 (2007), pp. 347–70.

29. 韦斯利·赛克斯的第一次世界大战征兵卡。

30. "Six Witnesses Fail To Implicate Any of Lynching Party," *The News and Observer*, Dec. 29,

1919.

31. Irving Cheek, "Outsider Linked Up with Lynching," *The News and Observer*, Dec. 31, 1919.

32. "What the Playmakers Are Doing," *Goldsboro Daily Argus*, Jan. 14, 1922.

33. 搜寻非裔美国人的祖先经常会发现，150 年前，用记者妮科尔·埃莉斯（Nicole Ellis）的话说，"黑人没有被当成人"。1870 年的人口普查首次包括了非洲人后裔的名字。在那之前，黑人只是奴隶主登记的"财产"，存在于庄园记录、奴隶劳动时间安排、遗嘱和其他文件中。为追踪赛克斯家族的祖先，我聘请了家谱学者黛安·L. 理查德帮我找到并分析了数百份可追溯到 18 世纪第一个十年的历史记录，包括赠予契约、法院记录、出售单据、遗嘱认证记录和 19 世纪的人口普查记录。Nicole Ellis, "Descendants: A *Washington Post* Original Series," *Washington Post*, Feb. 25, 2020.

34. Heather Andrea Williams, "How Slavery Affected African American Families," Freedom's Story, TeacherServe, National Humanities Center, accessed Feb. 26, 2021.

35. "Murder in Wayne: Tragedy in Colored Family in Granthaus Township," *Wilmington Morning Star*, May 1, 1910.

36. 同上。

37. 琼恩在一家药店当了两年送货员，后来当了 8 年的季节性农场工人。民间资源保护队的记录。

38. 同上。

39. 同上。

40. 对休斯敦的采访。

41. "African Americans in World War II: Fighting for a Double Victory," The National WWII Museum, accessed Feb. 26, 2021; Chelsea Brasted, "America's Oldest Living WWII Veteran Faced Hostility Abroad-and at Home," *National Geographic*, May 11, 2020.

42. 直到 1943 年 3 月，陆军部才禁止在娱乐场所实行种族隔离。1944 年 7 月，陆军部命令在联邦政府的车辆上解除隔离。Buckley, *American Patriots*, p. 260; Ira Katznelson, *When Affirmative Action Was White: An Untold History of Racial Inequality in Twentieth-Century America* (W. W. Norton, 2005), p. 90.

43. "The Courier's Double 'V' for a Double Victory Campaign Gets Country-Wide Support," *Pittsburgh Courier*, Feb. 14, 19.

44. Robert W. Kesting, "Conspiracy to Discredit the Black Buffaloes: The 92nd Infantry in World War II," *The Journal of Negro History* 72, no. ½ (1987), p. 4.

45. Michael E. Lynch, *Edward M. Almond and the U.S. Army: From the 92nd Infantry Division to the X Corps* (Lexington: University Press of Kentucky, 2019), p. 63.

46. "African Americans in World War II," The National WWII Museum.

47. 对琼恩在军中服役的描述来自美国退伍军人事务部的记录（包括琼恩的退役表）、民间资源保护队的记录和圣路易斯的国家档案馆，还有对休斯敦和林奇的采访，他们二人帮助我分析了这些记录。

48. Ploski and Williams, *Negro Almanac*, p. 541.

49. 南北战争后，国会于 1866 年 7 月 28 日通过法律，成立了两个非裔骑兵团和 4 个步兵团。

"The Proud Legacy of the Buffalo Soldiers," National Museum of African American History and Culture, nmaahc.si.edu/blog-post/proud-legacy-buffalo-soldiers, accessed Feb. 26, 2021.

50. "Buffalo Soldiers," History.com, A&E Television Networks, Dec. 7, 2017.

51. 同上。

52. 在 1944 年 6 月 6 日的诺曼底登陆中，有 4 414 名盟军官兵阵亡，包括 2 501 名美军官兵。另外有数千人负伤或失踪。The National D-Day Memorial Foundation; Office of the Press Secretary, "Fact Sheet: Normandy Landings," The White House, June 6, 2014.

53. 除非另有说明，否则关于休斯敦和第 370 团途经意大利的详细描述均基于对休斯敦的采访和他的著作 Black Warriors, pp. 26–29, 38–39, 55。

54. Smithsonian Institution, *World War II Map by Map* (New York: Dorling Kindersley, 2019), p. 240.

55. 琼恩的退役表。

56. 对休斯敦和林奇的采访。

57. 对玛歌、琳达和拉蒙特的采访。

58. Hondon B. Hargrove, *Buffalo Soldiers in Italy: Black Americans in World War II* (Jefferson, N.C.: McFarland, 1985), p. 192.

59. 他们解放了卢卡（Lucca）、蓬特雷莫利（Pontremoli）和几个较小的镇和村子。Houston, *Black Warriors*, pp. 58–75, 185.

60. 对伊万·J. 休斯敦的儿子伊万·A. 休斯敦的采访。他与别人合作制作了关于休斯敦当水牛兵服役的纪录片 *With One Tied Hand*（United States: Pacific Film Foundation, 2016）。

61. Langston Hughes, Arnold Rampersad, and David Ernest Roessel, *The Collected Poems of Langston Hughes* (New York: Vintage Books, 1995), pp. 303–304.

62. Bob Marley and the Wailers, "Buffalo Soldier," *Confrontation* (Island Records, 1983).

63. 琼恩的退役记录。

64. "G.I. Bill of Rights," *National Archives Foundation*, 2021.

65. Katznelson, *When Affirmative Action Was White*, p. 113.

66. Edward Humes, "How the GI Bill Shunted Blacks into Vocational Training," *The Journal of Blacks in Higher Education*, no. 53 (2006), pp. 94–98; Lizabeth Cohen, *A Consumers' Republic: The Politics of Mass Consumption in Postwar America* (New York: Random House, 2004), pp. 166–69.

67. 同上。

68. Katznelson, *When Affirmative Action Was White*, p. 114.

69. Isabel Wilkerson, *The Warmth of Other Suns: The Epic Story of America's Great Migration* (New York: Random House, 2010), p. 9.

70. John R. Logan, Weiwei Zhang, and Miao Chunyu, "Emergent Ghettos: Black Neighborhoods in New York and Chicago, 1880–1940," *American Journal of Sociology* 120, no. 4 (2015), pp. 1067, 1082, Figure 5; Bureau of Community Statistical Services, *Brooklyn Communities: Population Characteristics and Neighborhood Social Resources*, vol. I (New York: Community Council of Greater New York, 1959), p. 100.

71. 1930 年，全美至少有 22 个工会不接受黑人会员。到 1950 年琼恩·赛克斯在布鲁克林工作时，仍有 9 个工会禁止非裔美国人加入，其他工会则通过投票反对接纳黑人，或采用对黑人的入会申请置之不理的办法将黑人排除在外。Ray Marshall, "The Negro and Organized Labor," *The Journal of Negro Education* 32, no. 4 (1963), pp. 375–76.

72. 1950 年的人口普查数据。

73. 琼恩的社保记录。

74. 同上。

75. 1950 年，黑人清洁工的年收入是 1 480 美元，白人机械师的年薪是 2 518 美元。两者相差 1 038 美元。20 年的时间里，计入通货膨胀因素，这个差距到了 25 391 美元（相当于 2019 年美元价值的 192 350 美元）。分析由怀默在明尼苏达大学根据通过 IPUMS 获得的 1950 年人口普查数据做出。

76. "Afro-American Realty," *New York Times*, July 27, 1904.

77. Wilder, *Covenant with Color*, p. 121.

78. 同上，p. 129。

79. 同上，p. 196 ; Connolly, "Blacks in Brooklyn," pp. 165–75。

80. "Introduction, Mapping Inequality: Redlining in New Deal America," University of Richmond Digital Scholarship Lab, University of Richmond, accessed Feb. 26, 2021.

81. Wilder, *Covenant with Color*, pp. 212–14.

82. Bruce Lambert, "At 50, Levittown Contends with Its Legacy of Bias," *New York Times*, Dec. 28, 1997.

83. 根据 1950 年的人口普查，70 875 名退伍军人获得了在纽约和新泽西州东北部郊区购房的贷款，以种族区分，这些房贷只有 631 笔是给非白人退伍军人的。1950 年的人口普查数据；Lizabeth Cohen, *A Consumers' Republic*, p. 171。

84. Tracy Jan, "White Families Have Nearly 10 Times the Net Worth of Black Families. And the Gap Is Growing," *Washington Post*, Sept. 28, 2017.

85. 对玛歌和其他家庭成员的采访。乔安妮·赛克斯的出生证明提供了佐证。

86. Campanella, *Brooklyn: The Once and Future City*, p. 375.

87. 1932 年 4 月 7 日，富兰克林·德拉诺·罗斯福总统在电台讲话中告诉听众："在这个艰难的时代，需要制订计划，要以经济力量中那些被遗忘、没有组织，但不可缺少的单位为基础，需要制订像 1917 年那样的计划，自下而上地发展，而非自上而下，要再次将信心寄托在位于经济金字塔底部被遗忘的人身上。""Radio Address re a National Program of Restoration," April 7, 1932, Franklin D. Roosevelt, Master Speech File, 1898–1945, File 469, Franklin D. Roosevelt Presidential Library and Museum.

88. Edward Weinfeld, "Purpose of Houses Changed by War to a Workers' Project," *Brooklyn Daily Eagle*, Aug. 16, 1942.

89. Wilder, *Covenant with Color*, pp. 188–89.

90. Wilder, *Covenant with Color*, p. 177; Connolly, "Blacks in Brooklyn," pp. 148–49, 155–56.

91. 对约翰·柳佐的采访。

92. 对彼得和约翰·柳佐的采访。

93. 各州的规定有所不同。纽约市要求福利工作者"不经通知上门确定父亲是否住在家里。如果有证据证明家中有男性居住，案件即结案，不再发放福利支票"。Alma Carten, "The Racist Roots of Welfare Reform," *The New Republic*, Aug. 22, 2016.

94. "History of Parks' Swimming Pools," New York City Department of Parks and Recreation website, accessed Feb. 24, 2021; Google Maps.

95. Lilly Tuttle, "Civil Rights in Brooklyn," Museum of the City of New York, Oct. 25, 2016; Tamar W. Carroll, *Mobilizing New York: AIDS, Antipoverty, and Feminist Activism* (Chapel Hill: University of North Carolina Press, 2015), p. 50; Flateau, "Black Brooklyn," pp. 50–51.

96. Hansi Lo Wang, "New York's 'Night of Birmingham Horror' Sparked a Summer of Riots," *All Things Considered*, NPR, July 18, 2014; Walter Rucker and James Nathaniel Upton, eds., *Encyclopedia of American Race Riots*, vols. 1 & 2 (Westport, Conn.: Greenwood Press, 2007), pp. 73–74, 478–79.

97. Lorraine Boissoneault, "Martin Luther King Jr.'s Assassination Sparked Uprisings in Cities Across America," *Smithsonian Magazine*, April 4, 2018.

98. Martin Luther King, Jr., interview with Mike Wallace, *60 Minutes*, Sept. 27, 1966.

第 10 章

1. 对玛歌的采访。

2. 对玛歌、琳达和赛克斯家族另一个成员的采访。

3. Craig Baerwald et al., *At Home in Brownsville Studio: A Plan for Transforming Public Housing* (New York: Hunter College Masters of Urban Planning, 2014), p. 18; Kim Phillips-Fein, "The Legacy of the 1970s Fiscal Crisis," *The Nation*, April 16, 2013.

4. "因为超出人口比例的男性非裔美国人在制造业就业，所以 1980 年后美国制造业的衰落对他们的打击尤其沉重。" Kenneth G. Dau-Schmidt and Ryland Sherman, "The Employment and Economic Advancement of African-Americans in the Twentieth Century," *Articles by Indiana University Bloomington's Maurer School of Law Faculty* 1292 (2013), pp. 102–103; William Julius Wilson, *The Truly Disadvantaged: The Inner City, the Underclass, and Public Policy* (Chicago: University of Chicago Press, 1990), pp. 42–43, 135; Gerald Taylor, "Black Factory Workers 'Profoundly and Disproportionally' Felt the Pain of Job Losses," Alliance for American Manufacturing, Oct. 6, 2016.

5. Wilson, *Truly Disadvantaged*, pp. 12, 42, 135, 148.

6. 同上，p. 3。

7. 同上，pp. 7–8, 109–15；Robert Greenstein, "Prisoners of the Economy," *New York Times*, Oct. 25, 1987。

8. Wilson, *Truly Disadvantaged*, pp. 7, 17.

9. William Julius Wilson, *The Declining Significance of Race: Blacks and Changing American*

Institutions (Chicago: University of Chicago Press, 1980), pp. 1–2, 154.

10. William Julius Wilson, "Social Theory and the Concept 'Underclass,'" in David B. Grusky and Ravi Kanbur, eds., *Poverty and Inequality* (Stanford: Stanford University Press, 2006), p. 106.

11. Wilson, *Truly Disadvantaged*, p. 3.

12. 同上，p. 61。

13. Frank Van Riper, "Ford to City: Drop Dead," *Daily News*, Oct. 30, 1975.

14. Robert D. McFadden, "Edward I. Koch, a Mayor as Brash, Shrewd and Colorful as the City He Led, Dies at 88," *New York Times*, Feb. 1, 2013; Ronald Sullivan, "A City Hospital in Fort Greene Will Be Closed," *New York Times*, Aug. 11, 1983.

15. 对谢丽和玛歌的采访。

16. 谢丽在里士满县向纽约州最高法院提起的一份诉讼的法院记录。

17. 对玛歌和琳达的采访。

18. 玛歌的社保记录。

19. 对谢丽、玛歌、香奈儿和其他家庭成员的采访。

20. 法院记录。

21. 纽约市档案馆。

22. 法院记录。

23. 对玛歌的采访。

24. 对乔·罗宾逊的采访。

25. 对玛歌的采访、乔安妮的 HRA 记录。

26. 1983 年，香奈儿在霍华德海滩的 P. S. 146 上学。DOE 的记录。根据 1980 年的人口普查，霍华德海滩的居民 99% 是白人。Virginia Byrne, "Howard Beach Blacks Have Mixed Emotions About Living There," AP News, Feb. 8, 1987.

27. "DEA History, 1980–1985," U.S. Drug Enforcement Administration, accessed Feb. 26, 2021; Albert Samaha, "Cheaper, More Addictive, and Highly Profitable: How Crack Took Over NYC in the '80s," *Village Voice*, Aug. 12, 2014.

28. 根据不同的信息来源，快克的价钱介于每克 2.5 美元到 5 美元之间。3 美元的价格来自：J. H. Lowinson, P. Ruiz, R. B. Millman, and J. G. Langrod, eds., *Substance Abuse: A Comprehensive Textbook*, 4th ed. (Philadelphia: Lippincott Williams and Wilkins, 2006), p. 112。

29. 对香奈儿、玛歌和罗宾逊的采访。

30. 对香奈儿和玛歌的采访。

31. Eric J. Nestler, "The Neurobiology of Cocaine Addiction," *Science & Practice Perspectives* 3, no. 1 (2005), p. 5.

32. "Just Say No," History.com, A&E Television Networks, May 31, 2017.

33. Dave Chappelle, "Sticks & Stones," August 2019, Pilot Boy Productions, 2019.

34. 根据 1986 年的《反毒品滥用法案》，贩卖 5 克快克的强制性最低量刑为 5 年监禁，与贩卖 500 克可卡因粉的量刑相同，所以出现了所谓的"100 比 1 的差别"。吸食快克的瘾君子大多是白人，但因快克坐牢的绝大多数人是非裔美国人。快克"美国穷人更容易得到，而许多穷人是非裔美国人。相反，可卡因粉贵得多，一般是富裕的美国白人用的毒品"。Deborah J. Vagins and Jesselyn McCurdy, *Cracks in the System: Twenty Years of the Unjust Federal Crack Cocaine Law* (Washington, D.C.: American Civil Liberties Union, 2006), p. i. See also Jamie Fellner, "Race, Drugs, and Law Enforcement in the United States," *Stanford Law & Policy Review* 20, no. 2 (2009), pp. 264–65; "Crack Cocaine Myths and Facts," Criminal Justice Policy Foundation, accessed Feb. 23, 2021.

35. 如果因使用快克而造成身体伤害或死亡，强制性最低量刑是 20 年监禁（1986 年《反毒品滥用法》）。

36. 1990 年，非裔美国人占美国总人口的 11%，却占监狱人口的约 46%（全国监狱总人口是 715 649 人，其中 331 880 人是黑人）。拉美裔占美国总人口的 9%，占监狱人口的约 13%（95 498 人被监禁）。也需要指出，美国原住民只占美国总人口的 0.7%，却占监狱人口的约 0.9%（6 471 人被监禁）。相比之下，非拉美裔的美国白人占美国总人口的 76%，占监狱人口的约 38%。换言之，1990 年，美国每个种族或族裔群体中的每 1 000 人中，坐牢的有 1 个白人，就有 11 个黑人、4 个拉美裔和 4 个美国原住民。Louis W. Jankowski, "Number of Inmates/Residents in State and Federal Correctional Facilities, by Race and Hispanic Origin, June 29, 1990," *Correctional Populations in the United States, 1990* (NCJ 134946, Washington, D.C., 1992), p. 50, table 4.7; 1990 census data.

37. Associated Press, "U.S. Has Highest Rate of Imprisonment in World," *New York Times*, Jan. 7, 1991.

38. 同上。

39. 对香奈儿的采访。

40. 乔安妮的 DHS 记录。

41. 《纽约州宪法》。

42. 对戈德法因的采访。

43. Joel Blau, *The Visible Poor: Homelessness in the United States* (New York: Oxford University Press, 1992), p. 86; Jonathan M. Soffer, *Ed Koch and the Rebuilding of New York City* (New York: Columbia University Press, 2010), p. 280.

44. Deirdre Carmody, "The City Sees No Solutions for Homeless," *New York Times*, Oct. 10, 1984.

45. Blau, *Visible Poor*, p. 99.

46. "The Callahan Legacy: Callahan v. Carey and the Legal Right to Shelter," Coalition for the Homeless, accessed Feb. 26, 2021.

47. 同上。

48. 同上。

49. Mitchel Levitas, "Homeless in America," *New York Times Magazine*, June 10, 1990; Kim Hopper, "Homelessness Old and New: The Matter of Definition," *Housing Policy Debate* 2, no. 3 (1991), pp. 774, 798.

50. Marian Moser Jones, "Does Race Matter in Addressing Homelessness? A Review of the Literature," *World Medical & Health Policy* 8, no. 2 (2016), pp. 139–56.

51. Tracy Chapman, "Fast Car," *Tracy Chapman* (Elektra, 1988).

52. Patti Smith, *Just Kids* (New York: HarperCollins, 2010), pp. 85–86.

53. 琼恩的死亡证、对玛歌和琳达的采访。

54. 对玛歌的采访。公共住房记录和香奈儿的 DOE 记录提供了佐证。

55. Benardo and Weiss, *Brooklyn by Name*, p. 3.

56. 对罗宾逊的采访。

57. 对香奈儿和玛歌的采访。

58. Samaha, "Cheaper, More Addictive, and Highly Profitable."

59. Donatella Lorch, "Record Year for Killings Jolts Officials in New York," *New York Times*, Dec. 31, 1990.

60. Fox Butterfield, "U.S. Crime Rate Rose 2% in 2001 After 10 Years of Decreases," *New York Times*, Oct. 29, 2002; Mayor's Office press release, "Mayor Bloomberg and Police Commissioner Kelly Announce 2013 Saw the Fewest Murders and Fewest Shootings in Rorded City History at NYPD Graduation Ceremony," City of New York, Dec. 27, 2013.

61. 香奈儿的 DOE 记录。

62. 香奈儿的 Medicaid 记录。

63. 对罗宾逊的采访、监狱记录。

64. 对香奈儿和玛歌的采访。

65. 对香奈儿和玛歌的采访。

66. 对香奈儿和玛歌的采访。

67. Gretchen Gavett, "Timeline: 30 Years of AIDS in Black America," *Frontline*, Public Broadcasting Service, July 10, 2012.

68. 对玛歌和其他家庭成员的采访。

第 11 章

1. Nina Bernstein, *The Lost Children of Wilder: The Epic Struggle to Change Foster Care* (New York: Vintage Books, 2002).

2. Larry Wolff, "The Battered-Child Syndrome: 50 Years Later," *Huffington Post*, Jan. 4, 2013; C. Henry Kempe et al., "The Battered-Child Syndrome," *Journal of the American Medical Association*, 181, no. 1 (1962), pp. 17–24.

3. Joyce, "Crime of Parenting While Poor."

4. Richard Severo, "Church Groups See Danger in Child-Care Bias Lawsuit," *New York Times*, March 16, 1975.

5. Michael Oreskes, Suzanne Daley, and Sara Rimer, "A System Overloaded: The Foster-Care Crisis," *New York Times*, March 15, 1987.

6. Janine Jackson, "Reexamining 'Crack Baby' Myth-Without Taking Responsibility," Fairness & Accuracy In Reporting, July 1, 2013.

7. Vann R. Newkirk II, "What the 'Crack Baby' Panic Reveals About the Opioid Epidemic," *The Atlantic*, July 16, 2017.

8. Maia Szalavitz, "'Crack Babies' Don't Necessarily Turn into Troubled Teens," *Time*, May 28, 2013; "Crack Cocaine Myths and Facts.".

9. Lynn M. Paltrow, David S. Cohen, and Corinne A. Carey, *Year 2000 Overview: Governmental Responses to Pregnant Women Who Use Alcohol or Other Drugs* (Women's Law Project, National Advocates for Pregnant Women, October 2000), p. 16.

10. David Tobis, *From Pariahs to Partners: How Parents and Their Allies Changed New York City's Child Welfare System* (New York: Oxford University Press, 2013), p. 21.

11. Lizette Alvarez, "The Life and Love of a Single Father," *New York Times*, Nov. 29, 1995.

12. Lizette Alvarez, "A Mother's Tale: Drugs, Despair and Violence," *New York Times*, Nov. 27, 1995.

13. Joyce Purnick, "Elisa's Death: A Year Later, Hints of Hope," *New York Times*, Nov. 21, 1996.

14. *Time*, Dec. 11, 1995.

15. David Firestone, "Giuliani Is Forming a New City Agency on Child Welfare," *New York Times*, Jan. 12, 1996.

16. Timothy Ross and Anne Lifflander, *The Experiences of New York City Foster Children in HIV/AIDS Clinical Trials* (New York: Vera Institute of Justice, 2009), p. 66.

17. 乔安妮的 HRA 和 NYCHA 记录。

18. 福利改革的头 3 年，至少 200 万美国人离开了福利系统，虽然并不清楚这些人（大多数是单身母亲）当中有多少回到了工作场所。估计这方面情况的一个标准是就业数据。同期，从 1996 年到 1999 年，无业单身母亲的人数减少了 77.3 万（从 348.6 万降至 271.3 万），而有工作的单身母亲人数增加了 88.3 万（从 615 万增至 703.3 万）。研究表明，"脱离福利者"中一半以上找到了工作，但在不稳定的低薪劳动力市场中经常很难保住工作（这种情况在福利改革之前也有）。就业人数连续 3 年增长，这在相关法律签署之前就开始了，不全是福利改革之功。对劳工统计局数据的分析由预算与政策优先中心（CBPP）负责数据分析与研究的副主任阿洛克·舍曼提供。CBPP 对美国卫生与公众服务部和美国众议院筹款委员会汇编的数字的分析由舍曼提供。

19. 乔安妮的 HRA 记录。

20. 乔安妮的纽约大都会运输署（MTA）记录。

21. 乔安妮的 HRA 记录。

22. 对克拉伦斯·格林伍德的采访。

23. 2000 年至 2018 年，住在贝德福德–斯代文森的白人占比从 2000 年的 2.4% 飙升到 2018 年的 30.1%——增加了 11.5 倍。"State of the City 2019: Bedford Stuyvesant BK03 Neighborhood Profile," New York University Furman Center for Real Estate and Urban Policy, accessed Feb. 26, 2021.

24. 对香奈儿和另一个前血帮成员的采访。

25. 香奈儿的社保记录。

26. *Boyz N the Hood*, directed by John Singleton (United States: Columbia Pictures, 1991).

27. Chris Hedges, "Old Colors, New Battle Cry," *New York Times*, Jan. 31, 2000.

28. Daniel Browne, Mark Woltman, and Tomas Hunt, *Old Problem, New Eyes: Youth Insights on Gangs in New York City: A Report by Public Advocate Betsy Gotbaum* (New York: Office of the New York City Public Advocate, 2007), p. 4.

29. 对香奈儿的采访，也见 2000 年至 2001 年纽约市警察署发布的《黑帮手册》，当时的警察署长是伯纳德·B. 克里克（Bernard B. Kerik）。2021 年 2 月 27 日从 publicintelligence. net 网站获得。

30. David Segal, "Citizen Cope's Record Year," *Washington Post*, Jan. 28, 2002.

31. 拉梅尔只是他的街头名。关于拉梅尔生平的一切信息均来自对他和香奈儿的采访以及拉梅尔的犯罪记录。

32. 香奈儿的戒毒记录。

33. 乔安妮的 MTA 记录。

34. 达萨尼的医院记录。

第 12 章

1. 沙梅尔的犯罪记录。

2. 香奈儿的 DHS 记录。

3. Maxwell, "This Woman's Work," *Now* (Columbia, 2001).

4. 香奈儿在奥德赛收容所的记录。

5. 乔安妮的 MTA 记录。

6. 纽约市警察署的家庭事件报告。

7. Daniel Browne, Mark Woltman, and Daliz Pérez-Cabezas, *Turned Away: The Impact of the Late-Arrival Placement Policy on Families with Children* (New York: Office of the New York City Public Advocate, 2008), pp. 5, 7 ；对戈德法因的采访。

8. For data through September 2011, "figures for homeless families, children, and adult family members reflect end-of-month census data" taken from DHS, HRA, and NYCStat shelter census reports. "New York City Homeless Municipal Shelter Population, 1983–Present," Coalition for the Homeless, p. 3, accessed Feb. 26, 2021.

9. Coalition for the Homeless Advocacy Department, "New York City Homeless Municipal Shelter Population, 1983–Present," p. 8.

10. 2001 年，在《福布斯》杂志"世界上最富有的人"名单中，布隆伯格位列第 82 名，见："#29, Bloomberg, Michael Rubens," *Forbes*, accessed Feb. 23, 2021。

11. 除非另有说明，否则关于布隆伯格生平的所有资料均来自：Eleanor Randolph, *The Many Lives of Michael Bloomberg* (New York: Simon and Schuster, 2019); Dean E. Murphy, "Bloomberg a Man of Contradictions, but with a Single Focus," *New York Times*, Nov. 26, 2001; Adam Nagourney, "Bloomberg Edges Green in Race for Mayor," *New York Times*, Nov. 7, 2001; Michael Barbaro, "The Bullpen Bloomberg Built: Candidates Debate Its Future,"

New York Times, March 22, 2013; Michael Barbaro and Kitty Bennett, "Cost of Being Mayor? $650 Million, If He's Rich," *New York Times*, Dec. 29, 2013。

12. Winnie Hu, "New Yorkers Love to Complain, and Hot Line Takes Advantage," *New York Times*, Dec. 1, 2003.

13. Leslie Kaufman, "Officials Tour Cruise Ships in a Search for Shelter Space," *New York Times*, Nov. 21, 2002.

14. 同上。

15. Jennifer Steinhauer, "Mayor's Style Is Tested in Sending Homeless to Old Jail," *New York Times*, Aug. 16, 2002.

16. Leslie Kaufman, "Mayor Urges Major Overhaul for Homeless," *New York Times*, June 24, 2004.

17. DHS 和无家可归者联盟。

18. 维拉司法研究所做了一项研究，分析了 1998 年离开收容所享受长期房租补贴的无家可归家庭在接下来 5 年间的情况。这些家庭中只有 11.5% 回到了收容所。Nancy Smith et al., *Understanding Family Homelessness in New York City: An In-Depth Study of Families' Experiences Before and After Shelter* (Washington, D.C.: Vera Institute of Justice, 2005), p. 12, table 5.

19. Christin Durham and Martha Johnson, *Innovations in NYC Health & Human Services Policy: Homelessness Prevention, Intake, and Shelter for Single Adults and Families* (New York: Urban Institute, 2014).

20. Dina Temple-Raston, "Bloomberg Vows to Make Chronic Homelessness 'Extinct,'" *New York Sun*, June 24, 2004.

21. 布隆伯格任期内，他的政府在收容服务上面花了近 50 亿美元，增加了 7 500 个单位或床位。市长办公室，2013 年。

22. 市长办公室，2013 年。

23. Samantha M. Shapiro, "The Children in the Shadows: New York City's Homeless Students," *New York Times*, Sept. 9, 2020.

24. 对戈德法因的采访。

25. 同上。

第 13 章

1. 关于无上生平的所有资料均来自对他的采访以及他一生中的各种记录，包括儿童保护、法院、监狱、警察、Medicaid 和 HRA 的记录。

2. 最大的 4 个孩子早年的详细资料来自对他们的父母和其他亲戚的采访，以及他们在学校、医院、家事法院、ACS、HRA 和 DHS 的记录。

3. 娜娜被诊断为患有家族性渗出性玻璃体视网膜病变。娜娜的医疗记录。

4. 基莉亚·戈登的尸检报告。

5.   Bradley R. Gooding, "Poor Righteous Teaching: The Story of the FBI and the Five Percenters," *Ex Post Facto* (2001), pp. 57, 70; Autodidact 17, "Allah, the Father's Assassination: 48 Years Later," *New York Amsterdam News*, July 13, 2017.

6.   Robert Tanner, "'Five Percent' Adherents Spread Faith-or Fantasy," *Los Angeles Times*, Jan. 3, 1999; The RZA, *The Wu-Tang Manual* (New York: Penguin, 2005), p. 43; Tai Gooden, "Showtime's New Wu-Tang Docu-Series Highlights How 5 Percent Nation Influenced the Group," *Bustle*, May 10, 2019; Simon Vozick-Levinson, "Erykah Badu on Covering Drake, Duetting with André 3000, Her New Mixtape," *Rolling Stone*, Jan. 12, 2016.

7.   Lin-Manuel Miranda, "My Shot," recorded 2015, Atlantic Recording Corporation, track 3 on *Hamilton* (Original Broadway Cast Recording).

8.   香奈儿和无上的结婚证书。

第14章

1.   他们一家的 DHS 记录。

2.   ACS 的记录以及对香奈儿和无上的采访。

3.   Gail L. Zellman et al., "A Search for Guidance: Examining Prenatal Substance Exposure Protocols," *Maternal and Child Health Journal* 6, no. 3 (2002), pp. 205–12; Oren Yaniv, "Weed Out: More Than a Dozen City Maternity Wards Regularly Test New Moms for Marijuana and Other Drugs," *Daily News*, Dec. 29, 2012.

4.   达萨尼的 DOE 记录。

第15章

1.   乔安妮的 MTA 记录。

2.   对香奈儿、达萨尼、琳达和玛歌的采访。

3.   香奈儿的 HRA 记录。

4.   乔安妮的紧急救护院前护理报告。

5.   乔安妮的死亡证明。

6.   乔安妮的死亡证明以及随附的医疗报告。

7.   Keren Bachi et al., "Vascular Disease in Cocaine Addiction," *Atherosclerosis* 262 (2017), pp. 154–62.

8.   对香奈儿、玛歌、无上、达萨尼和她弟弟妹妹们的采访。

9.   乔安妮的 MTA 记录。

10.   同上。

11.   对香奈儿和拉蒙特的采访。

12.   Steven V. Roberts, "Bias Is Charged in Housing on S.I.," *New York Times*, Jan. 20, 1967.

13. Elizabeth Bennett, "Creating Racial Equity in New York City's Most Segregated Borough," *Grantmakers in the Arts Reader* 31, no. 2 (2020); Mireya Navarro, "Segregation Issue Complicates de Blasio's Housing Push," *New York Times*, April 14, 2016; analysis of census data by author and U.S. Army Major (ret.) Danny Sjursen.

14. Eleanor Randolph, "'Forgotten Borough' Steps Toward Divorce," *Washington Post*, Dec. 5, 1993.

15. Joseph Berger and Ian Urbina, "Along with Population and Diversity, Stress Rises on Staten I.," *New York Times*, Sept. 25, 2003.

16. Matthew Bloch et al., "An Extremely Detailed Map of the 2016 Election," *New York Times*, July 25, 2018; Alice Park et al., "An Extremely Detailed Map of 2020 Election," *New York Times*, Feb. 20.

17. Joshua Jelly-Schapiro, "Wu-Tang's RZA on the Mysterious Land of Shaolin: Staten Island," Literary Hub, Oct. 12, 2016.

18. Wu-Tang Clan, "C.R.E.A.M.," RCA Records, *Enter the Wu-Tang*, 1993.

第 16 章

1. 他们一家的房屋租赁合同和 HRA 记录。

2. 香奈儿在斯塔滕岛大学医院的记录。

3. "Opioid Overdose," Centers for Disease Control and Prevention, accessed Feb. 25, 2021; Helena Hansen and Julie Netherland, "Is the Prescription Opioid Epidemic a White Problem?" *American Journal of Public Health* 106, vol. 12 (2016), pp. 2127–29.

4. 香奈儿的社保记录。

5. 达萨尼的"语言艺术学生反应手册的三年级早期成绩评估"。

6. John Surico, "De Blasio's Homelessness Reset: Advantage Lessons Learned," *Gotham Gazette*, April 4, 2014.

7. Mosi Secret, "Clock Ticks for a Key Homeless Program," *New York Times*, May 31, 2011; Mireya Navarro, "In New York, Having a Job, or 2, Doesn't Mean Having a Home," *New York Times*, Sept. 17, 2013.

8. Mosi Secret, "A New First Stop for Homeless Families," City Room, *New York Times*, May 3, 2011.

9. DHS 2013 年的数据。

10. 根部休克是"一个人对于自身感情生态系统全部或部分遭到破坏的创伤应激反应"。Mindy Thompson Fullilove, *Root Shock: How Tearing Up City Neighborhoods Hurts America, and What We Can Do About It* (New York: New Village Press, 2004), p. 9.

11. 2010 年，奥本收容所是纽约市的 4 个"下一步"家庭收容所之一，为长期滞留在收容所系统的家庭提供"密集案情管理"。这个方案开始于 2007 年，当时确定了在市立收容所住了 5 年以上的近 50 个家庭。Julie Bosman, "A Shelter for Families in Need of a

Push," *New York Times*, March 21, 2010; DHS press release, "DHS Unveils Reform Package Centering on Work and Self-Sufficiency," April 25, 2007.

12. 州检查报告。

13. Jorge Rivas, "Brooklyn Is the Second Most Expensive Place to Live in the U.S.," *Colorlines*, Sept. 7, 2012; Cate Corcoran, "Brooklyn Second Most Expensive Place to Live," *Brownstoner*, Sept. 6, 2012.

14. 对奥本收容所住客的采访。

15. 香奈儿在奥本收容所的案件卷宗，"顾客投诉"记录。

16. 市雇员工资名单数据。

17. 对斯塔莱莎和她母亲博妮塔的采访。

18. 美沙酮是 20 世纪 30 年代在德国研发的，于 1964 年被文森特·多尔（Vincent Dole）、玛丽·尼斯旺德尔（Mary Nyswander）、玛丽·珍妮·克里克（Mary Jeanne Kreek）和他们在洛克菲勒大学的两位同事率先用于治疗海洛因成瘾。Herman Joseph and Joycelyn Sue Woods, "Changing the Treatment Direction for Opiate Addiction: Dr. Dole's Research," *Substance Use & Misuse* 53, no. 2 (2018), p. 181; "Fifty Years After Landmark Methadone Discovery, Stigmas and Misunderstandings Persist," The Rockefeller University, Dec. 9, 2016. For how methadone works, see Richard A. Rettig and Adam Yarmolinsky, eds., *Federal Regulation of Methadone Treatment* (Washington, D.C.: National Academies Press, 1995), pp. 18, 42–43, 93.

19. 他们一家在奥本收容所的记录。

20. 他们一家在奥本收容所的记录和对他们一家的采访。

第 17 章

1. 香奈儿在奥本收容所提交的顾客投诉报告，他们一家的 DHS 案件卷宗。

2. 对香奈儿的采访以及纽约市警察署和刑事法院的记录。

3. 对戈德法因和纽约大学法学院家庭保护组织联席主任克里斯·戈特利布的采访。

4. 家事法院的庭审记录。

5. 香奈儿的 DHS 和社保记录。

6. 对香奈儿的采访。

7. 莉莉的医院记录。

8. 对希娜和谢丽的采访。

9. 达萨尼的 DOE 记录。

10. 2011–2012 City-wide Progress Report accessed via New York City's "Open Data" website: opendata.cityofnewyork.us, June 11, 2019.

11. Cramer, "Dozens of Elementary and Middle Schools."

第 18 章

1. 2013 年 1 月至 8 月，包括格林堡在内的 88 分局辖区有 6 人被谋杀。副署长办公室，公共新闻。

2. 贝弗里奇和韦伯-施特格尔的分析。

3. Richard G. Sims, "School Funding, Taxes, and Economic Growth An Analysis of the 50 States" (National Education Association Research Working Paper, Washington, D.C., 2004), p. 1; Lance Freeman, *There Goes the 'Hood: Views of Gentrification from the Ground Up* (Philadelphia: Temple University Press, 2011), p. 99; "The Cost of Local Government in Philadelphia," PEW Charitable Trusts, March 20, 2019.

4. Quentin Brummet and Davin Reed, "The Effects of Gentrification on the Well-Being and Opportunity of Original Resident Adults and Children" (Federal Reserve Bank of Philadelphia Working Paper No. 19–30, Philadelphia, 2019), p. 1.

5. 对英格丽德·古尔德·埃伦的采访。

6. Themis Chronopoulos, "African Americans, Gentrification, and Neoliberal Urbanization: The Case of Fort Greene, Brooklyn," *Journal of African American Studies* 20 (2016), p. 303.

7. 同上，p. 310。

8. Peter Watrous, "Here's Branford," *New York Times Magazine*, May 3, 1992.

9. *She's Gotta Have It*, directed by Spike Lee (United States: Island Pictures, 1986).

10. Chronopoulos, "African Americans, Gentrification," p. 310.

11. Nelson George, "'I Feel Like a Native Son,'" *New York Times*, June 19, 2005; Stephen Brown, "Richard Wright: Inspired by the Neighborhood," Patch.com, Feb. 16, 2011.

12. Diane Cardwell, "City Has a $100 Million Plan to Develop Downtown Brooklyn," *New York Times*, April 15, 2003.

13. *My Brooklyn*, directed by Kelly Anderson (United States: New Day Films, 2013).

14. 贝弗里奇和韦伯-施特格尔的分析。房地产的变化由 Miller Samuel Inc. and Douglas Elliman 公司提供。

15. 同上。

16. Stacey A. Sutton, "The Spatial Politics of Black Business Closure in Central Brooklyn," in Mia Bay and Ann Fabian, eds., *Race and Retail: Consumption Across the Color Line* (New Brunswick, N.J.: Rutgers University Press, 2015), p. 210.

17. Chronopoulos, "What's Happened," p. 549.

18. Suzanne Spellen, "From Redlining to Predatory Lending: A Secret Economic History of Brooklyn," *Brownstoner*, March 30, 2016.

19. Colvin Grannum, "Inclusion Through Homeownership," in Christopher Herbert, Jonathan Spader, Jennifer Molinsky, and Shannon Rieger, eds., *A Shared Future: Fostering Communities of Inclusion in an Era of Inequality* (Cambridge, Mass.: President and Fellows of Harvard College, 2018), pp. 355–56; Dennis Holt, "Report: 2011 Was a Boom Year for Brooklyn Real Estate," *Brooklyn Daily Eagle*, April 6, 2012.

20. Joe Coscarelli, "Spike Lee's Amazing Rant Against Gentrification: 'We Been Here!,'" *Intelligencer*, Feb. 25, 2014.

21. Sam Roberts, "Striking Change in Bedford-Stuyvesant as the White Population Soars," *New York Times*, Aug. 4, 2011.

22. Show directed by Steven Bortko, featuring Guy Fieri, Page Productions, aired Nov. 4, 2006 on The Food Network.

23. ACS 的记录。

第 19 章

1. 112 featuring The Notorious B.I.G. and Mase, "Only You (Bad Boy Remix)," *Only You (Remix)* (Bad Boy Entertainment, 1996).

2. Dana Ford, "Notorious B.I.G. Autopsy Released, 15 Years After His Death," CNN, Dec. 7, 2012.

3. 除非另有说明，否则赫斯特所有的生平资料均来自对她的采访。

4. *Hart v. Community School Board of Brooklyn*, New York School District #21, 497 F.2d 1027 (2nd Cir., 1974).

5. 纽约州立大学科特兰分校工作人员。

6. 杜鲁学院的数据库。

7. 对香奈儿和玛歌的采访。

8. Wayne Toppin's Queens County Criminal Court records; Courtney Dentch, "Two murdered in separate Hollis disputes," QNS.com, March 27, 2003.

9. 贝茨学院的工作人员。

第 20 章

1. Camp Homeward Bound, Coalition for the Homeless.

2. Alicia Keys, "Girl on Fire," *Girl on Fire* (RCA, 2012).

3. 2013 年，布鲁克林的高级心理医疗和行为健康服务诊所给享受 Medicaid 的病人发车费。据州卫生局说，通过 Medicaid 报销交通费是非法的。

4. 对哈利克的采访。

第 21 章

1. 截至 2016 年，纽约市的长期政策是，一个家庭若是被收容所除名或失去资格，必须去接收办事处重新申请进入收容所，申请时所有家庭成员都必须到场。法律援助协会。

2. 19 世纪第一个十年晚期，致力于"拯救孩子"的慈善机构的工作和雅各布·里斯的重要著作《另一半人怎么生活》激起了公众对纽约市流浪儿遭受的苦难的愤怒呼声。公共舆论在塑造"进步运动"的议程方面起到了重要作用。1909 年，首次关爱未成年儿童的白宫会议召开。这次会议产生了"母亲抚恤金"运动，它开创了美国的联邦现金援助方案，为现代福利国家奠定了基础。我为确定这方面行动的先后顺序参考了各种资料，包括：Irwin Garfinkel and Sara S. McLanahan, *Single Mothers and Their Children: A New American Dilemma* (Washington, D.C.: Urban Institute, 1986), p. 101; Dorothy Roberts, *Shattered Bonds: The Color of Child Welfare* (New York: Basic Books, 2009), p. 174; Libba Gage Moore, "Mothers' Pensions: The Origins of the Relationship Between Women and the Welfare State" (Ph.D. dissertation, University of Massachusetts, 1986), p. 1; and *Proceedings of the Conference on the Care of Dependent Children Held at Washington D.C., January 25, 26, 1909* (Washington, D.C.: U.S. Government Printing Office, 1909), p.5。

3. John E. Hansan, "Poor Relief in the Early America," Social Welfare History Project, Virginia Commonwealth University, accessed Feb. 26, 2021.

4. David M. Schneider and Albert Deutsch, *The History of Public Welfare in New York State, 1867–1940* (Montclair, N.J.: Patterson Smith, 1969), p. 8.

5. Robert Ernst, *Immigrant Life in New York City, 1825–1863* (Syracuse, N.Y.: Syracuse University Press, 1994), p. 187, appendix II, table 7.

6. Staller, *New York's Newsboys*, pp. 78–79.

7. 同上，p. 81。

8. "与今天不同，19 世纪中期熙熙攘攘的纽约街头在很大程度上是孩子的世界。" Christine Stansell, "Women, Children and the Uses of the Streets: Classes and Gender Conflict in New York City: 1850–1860," *Feminist Studies* 8, no. 2 (1982), p. 312.

9. Timothy J. Gilfoyle, "Street-Rats and Gutter-Snipes: Child Pickpockets and Street Culture in New York City, 1850–1900," *Journal of Social History* 37, no. 4 (2004), p. 855.

10. Robert G. Waite, "'Street Arabs, Gutter Snipes, Waifs': The Problem of Wayward, Abandoned and Destitute Children in New York City, 1840–1920," *New York History Review*, July 11，2012.

11. Mark Twain and Charles Dudley Warner, *The Gilded Age: A Tale of To-day* (Hartford: American Publishing Company, 1873); Tracy Wuster, "'There's Millions in It!': *The Gilded Age* and the Economy of Satire," *The Mark Twain Annual* 11, no. 1 (2013), p. 1.

12. Michael D'Antonio, *Hershey: Milton S. Hershey's Extraordinary Life of Wealth, Empire, and Utopian Dreams* (New York: Simon and Schuster, 2006), p. 86; Edward T. O'Donnell, "Are We Living in the Gilded Age 2.0?," History.com, June 15, 2018.

13. "From George Washington to James Duane, 10 April 1785," Founders Online, National Archives, accessed Feb. 26, 2021.

14. Daphne Eviatar, "Suffer the Children," *The Nation*, May 10, 2001.

15. Staller, *New York's Newsboys*, p. 18.

16. Rebecca S. Trammell, "Orphan Train Myths and Legal Reality," *The Modern American* 5, no.

2 (2009), p. 4.

17. 1872 年，查尔斯·洛林·布雷斯写道："对于所有精神方面的警告或帮助之词，愚昧的罗马天主教都答以冷冰冰的官样文章，暗示说某些外在行动令灵魂符合造物主的旨意。" *The Dangerous Classes of New York, and Twenty Years' Work Among Them* (New York: Wynkoop and Hallenbeck, 1872), p. 154.

18. 同上，p. 234。

19. Trammell, "Orphan Train Myths and Legal Reality," p. 6; Joyce, "Crime of Parenting While Poor."

20. Brace, *Dangerous Classes of New York*, p. 245.

21. Bernstein, *Lost Children of Wilder*, p. 198; Stansell, "Women, Children and the Uses of the Streets," pp. 320, 327; Staller, *New York's Newsboys*, pp. 19–20.

22. *Proceedings of the Conference*, p. 5.

23. Trammell, "Orphan Train Myths and Legal Reality," p. 8; *Proceedings of the Conference*, p. 20.

24. *Proceedings of the Conference*, p. 35.

25. William C. Hunt, U.S. Department of Commerce, *Thirteenth Census of the United States Taken in the Year 1910*, vol. 1: *Population 1910: General Report and Analysis* (Washington, D.C.: Government Printing Office, 1913), p. 135.

26. Andrew Billingsley and Jeanne M. Giovannoni, *Children of the Storm: Black Children and American Child Welfare* (New York: Harcourt, 1972), p. 72.

27. *Proceedings of the Conference*, p. 115.

28. Children's Bureau, Administration for Children and Families, U.S. Department of Health and Human Services, "Centenial Series: An Evolving View of Childhood," *Children's Bureau Express* 12, no. 4 (2011).

29. Carolyn Ann Williams-Roberson, "Granville Stanley Hall on the Education of the Elementary School Child" (Ph.D. dissertation, Loyola University Chicago, 1994), p. 52.

30. Ellen Key, *The Century of the Child* (New York: G. P. Putnam's Sons, 1909).

31. *Proceedings of the Conference*, p. 193.

32. Garfinkel and McLanahan, *Single Mothers and Their Children*, pp. 97–99; *Proceedings of the Conference*, p. 9.

33. Garfinkel and McLanahan, *Single Mothers and Their Children*, p. 99; Moore, "Mothers' Pensions," p. 157; U.S. Department of Labor and the Children's Bureau, *Mother's Aid, 1931: Bureau Publication No. 220* (Washington, D.C.: Government Printing Office, 1933), p. 10.

34. 对玛歌的采访。（HRA 找不到乔安妮 1987 年以前的福利记录。）

35. Garfinkel and McLanahan, *Single Mothers and Their Children*, p. 87.

36. Garfinkel and McLanahan, *Single Mothers and Their Children*, p. 111.

37. Gene Demby, "The Mothers Who Fought to Radically Reimagine Welfare," NPR.com, June 9, 2019; Moore, "Mothers' Pensions," p. 114.

38. Jason DeParle, *American Dream: Three Women, Ten Kids, and a Nation's Drive to End Welfare* (New York: Penguin Books, 2004), p. 89.

39. Gilbert Crouse et al., *Welfare Indicators and Risk Factors: Thirteenth Report to Congress* (Washington, D.C.: Office of Human Services Policy, U.S. Department of Health and Human Services, 2014), pp. II-12, table IND 3a.

40. Howard Oberheu, "Studies of the Characteristics of AFDC Recipients," *Social Security Bulletin* 40, no. 9 (1977), p. 18; Gordon W. Green, Jr., Renee H. Miller, and John F. Coder, "Money Income and Poverty Status of Families and Persons in the United States: 1975 and 1974 Revisions," *Current Population Reports*, series P60-103(RV), advance report (Washington, D.C.: U.S. Government Printing Office, 1976), pp. 9-10.

41. "The Truth Behind the Lies of the Original 'Welfare Queen,'" *All Things Considered*, NPR, Dec. 20, 2013.

42. Josh Levin, *The Queen: The Forgotten Life Behind an American Myth* (New York: Little, Brown, 2019).

43. 乔安妮的 HRA 记录。

44. Paul Lopatto, "New Yorkers Receiving Cash Assistance: A Nearly 60-Year Low?," New York City Independent Budget Office, Aug. 20, 2019.

45. *Aid to Families with Dependent Children: The Baseline* (Washington, D.C.: U.S. Department of Health and Human Services, 1998), p. 64, Table 4.2.

46. DeParle, *American Dream*, p. 4.

47. "The Personal Responsibility and Work Opportunity Reconciliation Act of 1996," Office of the Assistant Secretary for Planning and Evaluation, U.S. Department of Health and Human Services, Sept. 1, 1996.

48. Center on Budget and Policy Priorities, *Policy Basics: Temporary Assistance for Needy Families* (Washington, D.C., Center on Budget and Policy Priorities, 2020), p. 4.

49. Rebecca L. Scharf et al., "The Wages of Welfare Reform: A Report on New York City's Job Centers," *Scholarly Works* 54, no. 4 (1999), p. 473.

50. Mayor Rudolph Giuliani, "Reaching Out to All New Yorkers by Restoring Work to the Center of City Life" (speech, New York, N.Y., July 20, 1998), accessed via nyc.gov.

51. Helen Strom and Afua Atta-Mensah, *Culture of Deterrence: Voices of NYC Public Assistance Recipients* (New York: Safety Net Project, Urban Justice Center, 2014).

52. 1996 年，每月约 1 200 万人领取现金福利。到 2001 年，这个数字减少了一半以上，到了 560 万左右。Crouse et al, *Welfare Indicators*, p. A-7, table TANF 2.

53. Nina Bernstein, "Manhattan: New Welfare Report," *New York Times*, Aug. 24, 2001.

54. Lynne Fender et al., *Assessing the New Federalism State Update No. 12: Recent Changes in New York Welfare and Work, Child Care, and Child Welfare Systems* (Washington, D.C.: Urban Institute, 2002), pp. 4–5.

55. Adam McCann, "States with the Most and Least Medicaid Coverage," *WalletHub*, accessed Feb. 26, 2021; E. J. McMahon, "NY Ranks High in Welfare Benefits," Empire Center for Public Policy, Aug. 19, 2013.

56. 法律援助协会和无家可归者联盟。

57. 他们一家的 DHS 档案卷宗。

第 22 章

1. 耐克公司。
2. 对巨人的采访和他的犯罪记录。
3. Kia Gregory and Damien Cave, "Troubled Life in Malcolm X's Shadow Comes to a Violent End," *New York Times*, May 10, 2013.
4. 对孩子们的采访。

第 23 章

1. 这一章基于对无上的采访，以及他的学校、ACS、刑事法院、戒毒和医疗记录、他父母的儿童保护记录、他祖母的死亡证明和他妹妹的尸检报告。
2. 无上祖母的死亡证明。
3. *Homicide Analysis 1983* (New York: Crime Analysis Unit, Office of Management Analysis and Planning, NYPD), p. 2.
4. Lizette Alvarez and Cara Buckley, "Zimmerman Is Acquitted in Trayvon Martin Killing," *New York Times*, July 13, 2013.
5. Karen Grigsby Bates, "A Look Back at Trayvon Martin's Death, and the Movement It Inspired," NPR.com, July 31, 2018.
6. Christopher Dunn, "Stop & Frisk During the Bloomberg Administration 2002–2013" (New York: New York City Liberties Union, 2014) ed. Jennifer Carnig, p. 1.
7. Dunn, "Stop & Frisk During the Bloomberg Administration," pp. 4–5.
8. Joseph Goldstein, "Judge Rejects New York's Stop-and-Frisk Policy," *New York Times*, Aug. 12, 2013.
9. 同上。
10. NYForDeBlasio, "New Yorkers for de Blasio TV Ad: 'Dante,'" YouTube, Aug. 8, 2013, video.
11. 无上在 Cornerstone of Medical Arts Center 的记录。

第 24 章

1. 对（死去婴儿的母亲）艾莎·惠特洛克（Aisha Whitlock）、达萨尼、她的弟弟妹妹们、香奈儿和纽约州官员的采访，911 电话记录和州检查报告。
2. OTDA.

3. 同上。

4. OTDA 2013 年 11 月 15 日的检查报告。

5. 对香奈儿和孩子们的采访、警方记录。梅西百货商店拒绝评论。

6. 香奈儿的犯罪记录。

7. *Education of Homeless Children & Youth: The Guide to Their Rights* (Washington, D.C.: National Law Center on Homelessness and Poverty, 2011), p. 4.

8. "Election 2013: New York City Mayor," *New York Times*, Nov. 6, 2013.

9. Matt Flegenheimer, "How Bill de Blasio Went from Progressive Hope to Punching Bag," *New York Times Magazine*, Aug. 6, 2019.

10. Andrea Elliott, "Invisible Child: Girl in the Shadows: Dasani's Homeless Life," *New York Times*, Dec. 9, 2013.

11. Chester Soria, "De Blasio Picks City Govt Vet to Be Deputy Mayor for Health and Human Services," *Gotham Gazette*, Dec. 12, 2013.

12. 布隆伯格的一位高级助理。

13. Colin Campbell and Ross Barkan, "Bloomberg Defends Homeless Policies While Calling Dasani Story 'Extremely Atypical,'" *Observer*, Dec. 17, 2013.

14. Howard Wolfson and Linda Gibbs, "Bloomberg's Real Antipoverty Record," *Wall Street Journal*, Dec. 17, 2013.

15. 据怀默对人口普查数据的分析，纽约市的贫困率在 2002 年是 20.1%，2005 年降到 19%，次年升至 19.2%，然后又有下降，大衰退之后的 2009 年再次上升。2010 年，纽约市贫困率回到了 20.1%。

16. HRA 的数据。

17. "看不见的孩子基金"由位于纽约芒特基斯科（Mount Kisco）的 CLC 基金会管理。

18. 对霍姆斯的采访。

19. Ross Barkan, "Dasani Drama: New York Times Denies Public Advocate Played Role in Dasani Story," *Observer*, Jan. 2, 2014.

20. NYC Mayor's Office, "2014 New York City Inauguration," YouTube, Jan. 1, 2014, video.

21. 对达萨尼和香奈儿的采访。

22. Andrea Elliott and Rebecca R. Ruiz, "New York Is Removing over 400 Children from 2 Homeless Shelters," *New York Times*, Feb. 21, 2014.

23. 2014 年 1 月，纽约市各机构管理的 5 大收容所体系有 59 690 人，其中近 5.3 万人住在 DHS 的收容所里。

第 25 章

1. 香奈儿给我看的帕帕学校的信。

2. 香奈儿的 HRA 记录。

3. 查阅香奈儿的 HRA 记录后发现，市福利机构没有通知她参加任何与就业有关的约见。

注　释　　597

4. William Neuman, "De Blasio Finds Biggest Win in Pre-K, but Also Lasting Consequences," *New York Times*, Oct. 31, 2017.

5. Matthew Chayes, "Long-time Critic Named to Head NYC's HRA," *Newsday*, Feb. 28, 2014.

6. "Meet the Commissioner," Department of Social Services, City of New York.

7. Mayor's Office press release, "With Three Appointments, Mayor de Blasio Builds Out Leadership Team Dedicated to Expanding Opportunity For More New Yorkers," City of New York, Feb. 28, 2014.

8. 对香奈儿的采访。

9. 关于戈德法因生平的一切资料均来自对他的采访和新闻报道。

10. Kelsey Stein, "Federal Appeals Court Orders New Sentencing for Alabama Death Row Inmate Convicted in 1991 Execution-Style Shooting in Talladega," AL.com, July 16, 2014.

11. 同上。

12. 副署长办公室，公共新闻。

13. Music archives, *The Village Voice*, "Josh Goldfein," Nov. 10, 1998–May 16, 2006.

14. Liz Pappas, *Not Reaching the Door: Homeless Students Face Many Hurdles on the Way to School* (New York: New York City Independent Budget Office, 2016), pp. 4–5.

第 26 章

1. 米尔顿·赫尔希学校的工作人员。

2. Daniel Bergner, "The Battle for New York Schools: Eva Moskowitz vs. Mayor Bill de Blasio," *New York Times Magazine*, Sept. 3, 2014.

3. Al Baker and Javier C. Hernández, "De Blasio and Operator of Charter School Empire Do Battle," *New York Times*, March 4, 2014; Eliza Shapiro, "City's Charter Movement Gets the Albany Day It Wanted," Politico, March 5, 2014.

4. Thomas Kaplan and Javier C. Hernández, "State Budget Deal Reached; $300 Million for New York City Pre-K," *New York Times*, March 29, 2014.

5. 成功学院的发言人。

6. 无上在贝尔维尤医院中心的医疗记录。

7. Joseph Goldstein, "A Cigarette for 75 Cents, 2 for $1: The Brisk, Shady Sale of 'Loosies,'" *New York Times*, April 4, 2011; Ryan Jaslow, "NYC Raises Smoking Age to 21, Sets Cigarette Pack Minimum Price at $10.50," CBS News, Nov. 19.

8. Rich Schapiro and Dareh Gregorian, "Eric Garner's 1-Year-Old Daughter Will Never Be Accepted into His Family: Widow," *Daily News*, July 3, 2015; Al Baker, J. David Goodman, and Benjamin Mueller, "Beyond the Chokehold: The Path to Eric Garner's Death," *New York Times*, June 13, 2015.

9. 赫斯特原来在贝德福德–斯代文森住址的房地产交易记录。

10. 2014 年 9 月，纽约市各机构管理的 5 大收容所系统共收容了 64 759 人，其中超过 5.7

万人住在 DHS 的收容所里。

11. 2014 年，据 DHS 说，被房东驱逐是人们进入收容所的头号原因："驱动纽约市无家可归问题的首要动力与美国其他城市类似：贫困和缺少平价住房。" Mayor's Office, "Turning the Tide on Homelessness in New York City" (Office of the Deputy Mayor for Health and Human Services and the Department of Social Services, 2017), p. 3.

12. 他们一家的 HPD 记录。

第 27 章

1. The Temptations, "Papa Was a Rollin' Stone," *All Directions* (Gordy, 1972).

2. 月桂大道 91 号在斯塔滕岛的人口普查第 29 区，这个区的 4 674 户家庭中有 45% 的收入低于 2014—2018 年的联邦贫困线。对 2014—2018 年数据的分析来自人口普查局的美国社区调查。

3. Monica Davey and Julie Bosman, "Protests Flare After Ferguson Police Officer Not Indicted," *New York Times*, Nov. 24, 2014.

4. J. David Goodman and Al Baker, "Wave of Protests After Grand Jury Doesn't Indict Officer in Eric Garner Chokehold Case," *New York Times*, Dec. 3, 2014.

5. Christopher Robbins, "Photos: Protesters Attempt 'Royal Shutdown' Outside Barclays Center," *Gothamist*, Dec. 9, 2014.

6. DOE spokesperson; Anna Sussman, "Suspension Trap," Type Investigations, April 28, 2011.

7. David Bird, "Grim Life of Newsboys in the 1800's Depicted in Trade Center Show," *New York Times*, Dec. 12, 1997.

第 28 章

1. World Population Review data, 2021.

2. Tsz Yin (Gigi) Au et al., *2016 Theme Index and Museum Index: Global Attractions Attendance Report*, ed. Judith Rubin (California: Themed Entertainment Association and AECOM, 2017, p. 31.

3. 我对赫尔希生活的描述基于对米尔顿·赫尔希学校历史学家苏珊·阿尔杰（Susan Alger）的采访和以下两本书：D'Antonio, *Hershey* and James D. McMahon, Jr., *Milton Hershey School* (Charleston, S.C.: Arcadia Publishing, 2007). See also *The Man Behind the Chocolate Bar: An Introduction to Milton S. Hershey 1857–1945* (Hershey: The Hershey Story, The Museum on Chocolate Avenue)。

4. D'Antonio, *Hershey*, p. 14.

5. 同上，pp. 21–26。

6. 对阿尔杰的采访；D'Antonio, *Hershey*, p. 50。

7. Jacob A. Riis, *How The Other Half Lives* (New York: Charles Scribner's Sons, 1890).

8. Child Welfare Information Gateway, "About CAPTA: A Legislative History" (Washington, D.C.: U.S. Department of Health and Human Services, Children's Bureau, 2019), p. 1.

9. 关于玛丽·埃伦的年龄有不同说法。她的案件事实来自：Eric A. Shelman and Stephen Lazoritz, *The Mary Ellen Wilson Child Abuse Case and the Beginning of Children's Rights in 19th Century America* (Jefferson, N.C.: McFarland, 2005); Lela B. Costin, "Unraveling the Mary Ellen Legend: Origins of the 'Cruelty' Movement," *Social Service Review* 65, no. 2 (1991), pp. 203–23; Sallie A. Watkins, "The Mary Ellen Myth: Correcting Child Welfare History," *Social Work* 35, no. 6 (1990), pp. 500–503。

10. Lela B. Costin, Howard Jacob Karger, and David Stoesz, *The Politics of Child Abuse in America* (New York: Oxford University Press, 1997), pp. 207, 219.

11. 纽约防止虐待儿童协会。

12. Charles W. Lobdell, "Hershey," *Liberty Magazine*, Sept. 13, 1924, p. 48.

13. "Milton Snavely Hershey in Philadelphia, 1876–1882," Hershey Community Archives, Sept. 6, 2018.

14. D'Antonio, *Hershey*, pp. 48, 95–96.

15. D'Antonio, *Hershey*, p. 95.

16. 对阿尔杰的采访。

17. 据阿尔杰说，赫尔希在 1900 年卖出了第一块"好时巧克力"。第二个突破发生在 1903 年，赫尔希在约翰·施马尔巴赫（John Schmalbach）的帮助下完善了他的牛奶巧克力配方。D'Antonio, *Hershey*, p. 107.

18. D'Antonio, *Hershey*, p. 90.

19. 同上，p. 114。

20. John Luciew, "The Hershey Co. Prepares to Break Ties with Iconic Past to Ensure Survival," PennLive.com, June 2, 2010.

21. D'Antonio, *Hershey*, pp. 80–81, 145.

22. Jonathan Birchall, "Hershey's legacy is a sweet story," *Financial Times*, Dec. 4, 2009.

23. D'Antonio, *Hershey*, p. 116.

24. "But the school was his proudest achievement." Daniel Golden, "What Were Milton Hershey's Wishes? Question Hinders His Wealthy School," *Wall Street Journal*, Aug. 12, 1999.

25. Hershey Industrial School Deed of Trust, 1909, provided by Scullin.

26. Alexander Gottlieb, "An Old-Fashioned Millionaire," *Brooklyn Daily Eagle*, Feb. 17, 1929. (All other references to "Gottlieb" in the notes are to Chris Gottlieb of NYU.)

27. 对阿尔杰的采访；D'Antonio, *Hershey*。

28. "M. S. Hershey Gives $60,000,000 Trust for an Orphanage," *New York Times*, Nov. 9, 1923.

29. D'Antonio, *Hershey*, p. 128.

30. 除非另有说明，否则关于赫尔希学校的所有事实均为 2015 年（达萨尼入学那年）的事实，由学校行政管理人提供。

31. Hershey Industrial School Deed of Trust.

32. 到 2020 年，信托基金增长到 17 587 508 487 美元。国税局 2015 年和 2020 年的 990 表（联邦非营利报税表），米尔顿·赫尔希学校和学校信托基金。

33. Mark Rosenman, "The Chocolate Trust: Deception, Indenture and Secrets at the $12 Billion Milton Hershey School," *Philanthropy News Digest*, June 5, 2015; D'Antonio, *Hershey*, p. 250.

34. D'Antonio, *Hershey*, p. 250.

35. 同上。

36. Bob Fernandez, "Hershey School's Purchase of Golf Course Helped Investors," *Philadelphia Inquirer*, Oct. 3, 2010.

37. Paul Smith, "Attorney General Announces Milton Hershey Trust and Milton Hershey School Reforms," FOX 43, May 8, 2013; Nick Malawskey, "Pennsylvania's Attorney General: No penalties, but Reforms for Hershey Trust," PennLive.com, May 9, 2013.

38. 除了米尔顿·赫尔希学校的高级管理人莉萨·斯卡林提供的数据之外，对学校的描述还基于我的直接观察和对达萨尼·赫尔希的宿舍家长、学生、校友、行政管理人员、教师、教练以及其他工作人员的采访。

39. 按照 2015 年的人口普查数据，2015 年，四口之家的联邦贫困线是 24 257 美元。

40. 对斯卡林的采访。

41. Bob Fernandez, "No Candy-Coating Lack of Charity at Hershey School," *Philadelphia Inquirer*, Nov. 6, 2016.

42. 2014—2015 学年，菲利普斯·埃克塞特学校的学费是 46 030 美元。"Phillips Exeter Academy Financial Report 2015," p. 6.

43. 对斯卡林的采访。

44. 关于麦奎迪夫妇的生平资料均来自对塔比莎和杰森·麦奎迪的采访。

第 29 章

1. 达萨尼在赫尔希上学期间，我去看过她 14 次。书中描述的大部分场景都是我亲眼所见。这个和几个其他场景是根据对达萨尼的采访重构的，并且在可能的情况下得到了她的日记、短信、电子邮件、照片和视频的佐证。进一步的佐证来自 ACS 的案情笔记和对学校学生及工作人员的采访。

2. 赫尔希学校的行政管理人员。

3. Barenaked Ladies, "Call and Answer," *Stunt* (Reprise Records, 1998).

4. 2007 年，在《匹兹堡商业时报》对宾夕法尼亚州的 498 个公立学区的排名中，德里镇学区排在第 23 位。"Three of Top School Districts in State Hail from Allegheny County," *Pittsburgh Business Times*, May 23, 2007.

5. 关于阿比·巴特尔斯的详细情况基于法院记录、我与巴特尔斯家的律师的通信、新闻报道以及对学校一位高级行政管理人员的采访。

6. 赫尔希学校的一位高级行政管理人员引用的法院记录：*Wartluft v. Milton Hershey Sch.*,

Civil No. 1:16-CV-2145 (Middle District, Pennsylvania, 2020。

7. 同上。

8. 2015 年达萨尼进入赫尔希时，学校的网站说不接受有"严重感情和行为问题"的学生。到 2020 年，学校的网站宣布，学生绝不能有"可能会干扰赫尔希学校的教室活动或学生之家生活的严重行为问题"。

9. 对斯卡林的采访。

10. 对赫尔希学校一位高级行政管理人员的采访，巴特尔斯家的一位律师提供了佐证。（由于诉讼仍在继续，赫尔希学校不允许麦奎迪夫妇就此案发表评论。）

11. 赫尔希学校一位高级行政管理人员引用的法院记录：*Wartluft v. Milton Hershey Sch*。

12. Bob Fernandez, "Judge Dismisses Case Against Hershey School in Girl's Death," *Philadelphia Inquirer*, March 19, 2020; "14 year old Abbie Bartels hung herself one year ago after being banned from graduation," YouTube, July 4, 2014; *Anderson Cooper 360*, CNN, July 1, 2014.

13. 批评赫尔希学校的人中最著名的是里克·福阿德（Ric Fouad）。身为赫尔希校友的他成立了非营利组织"保护赫尔希的儿童"，寻求对赫尔希进行改造。

14. 对斯卡林的采访。

15. *Annie*, directed by John Huston (United States: Columbia Pictures, 1982).

16. *Annie*, directed by Will Gluck (United States: Columbia Pictures, 2014).

17. 我对帕帕离家出走的叙述基于对帕帕的采访，他出走第二天重走前一天路线的录像，以及对帕帕的父母、姐妹和学校校长的采访，此外还有里士满大学医疗中心的记录、ACS 的调查笔记和我自己在医院对帕帕的直接观察。

18. 对卢·布鲁斯基的采访。

19. Alan S. Oser, "Stapleton," *New York Times*, June 6, 1982; Michael J. Fressola, "Beyond Meatballs and Big Ang: The Italian Tale of Staten Island to Be Examined at CFA," SILive.com, Sept. 23, 2014.

20. 2014—2015 学年，P. S. 78 的学生中有 43% 是黑人，49% 是拉美裔。全体学生中有 93% 生活在贫困中。2011–2016 Demographic Snapshot data accessed via New York City's "Open Data" website: opendata.cityofnewyork.us, Oct. 9, 2018.

21. ACS 的记录。

22. 对布鲁斯基的采访。ACS 不披露他们在该学校正在处理的案件数目，但 ACS 的一位官员说，2016 年至 2019 年间，P. S. 78 平均每年报告了 31 起怀疑虐待或忽视儿童的情况。在任何一年中，这个数字意味着学校每 25 个学生中就有一个被怀疑有此情况。这还不包括 ACS 处理过的案件或入学时正由 ACS 处理的案件。

23. 2015 年，纽约市与 ACS 有合同关系的预防性服务机构共管理着近 5 万名儿童。达萨尼一家居住的北岸"斯塔滕岛 1 号社区"有 2 062 个孩子参加了预防性服务。这是全市第二高的数字，仅次于东纽约社区的"布鲁克林 5 号社区"，那个社区有 2 215 个孩子参加。

24. 平均来说，ACS 的案件工作者在第二年又有 9% 离职，第三年有 3.5% 离职。案件工作者的在职时间中位数是 4~5 年。ACS 的数据。

25. ACS 和医院的记录。

26. ACS 的记录。

第 30 章

1. A. H. Maslow, "A Theory of Human Motivation," *Psychological Review* 50, no. 4 (1943), pp. 370–96.

2. "Milton S. Hershey: The Man Behind the Chocolate," Milton Hershey School's website, accessed March 2, 2021; D'Antonio, *Hershey*, p. 197.

3. Johannes Haushofer and Ernst Fehr, "On the psychology of poverty," *Science* 344, no. 6186 (2011), pp. 862–67; Martha E. Wadsworth et al., "An Indirect Effects Model of the Association Between Poverty and Child Functioning: The Role of Children's Poverty-Related Stress," *Journal of Loss and Trauma* 13, no. 2-3 (2008), pp. 156–85; Catherine DeCarlo Santiago, Martha E. Wadsworth, and Jessica Stump, "Socioeconomic Status, Neighborhood Disadvantage, and Poverty-Related Stress: Prospective Effects on Psychological Syndromes Among Diverse Low-Income Families," *Journal of Economic Psychology* 32, no. 2 (2011), pp. 218–30; Daniel Brisson et al., "A Systematic Review of the Association Between Poverty and Biomarkers of Toxic Stress," *Journal of Evidence-Based Social Work* 17, no. 6 (2020), pp. 696–713.

4. Jamie L. Hanson et al., "Family Poverty Affects the Rate of Human Infant Brain Growth," *PLOS ONE* 8, no. 12 (2013) ；对波拉克的采访。

5. Christopher F. Sharpley, James R. McFarland, and Andrzej Slominski, "Stress-Linked Cortisol Concentrations in Hair: What We Know and What We Need to Know," *Reviews in the Neurosciences* 23, no. 1 (2011), p. 112.

6. Carol S. Dweck, *Mindset: The New Psychology of Success* (New York: Random House, 2006).

7. 对德韦克的采访。

8. 对卡利的采访。

9. 对朱莉·威廉姆斯的采访。

10. 达萨尼在赫尔希上学期间，我没有参加过她的任何辅导课，也没有和她谈过那些课。我对达萨尼与朱莉·威廉姆斯关系的描写基于 2020 年对达萨尼和朱莉的采访，那时达萨尼与朱莉的治疗关系已经结束 3 年。这个引语来自朱莉的"心理治疗总结"，是达萨尼给我的，不是赫尔希学校提供的。

11. Linda Burton, "Childhood Adultification in Economically Disadvantaged Families: A Conceptual Model," *Family Relations* 56, no. 4 (2007), pp. 329–45; Gregory J. Jurkovic, *Lost Childhoods: The Plight of the Parentified Child* (New York: Routledge, 2014), pp. 51, 53.

12. 对儿童精神病学家利·德弗兰西斯·利斯（Lea DeFrancisci Lis）的采访。

第 31 章

1. Department of Citywide Administrative Services, City of New York.

2. 对于负责调查疑似虐待或忽视儿童的情况、监督家庭并提供包括寄养在内的服务的公共系统，专家有时称其为"儿童福利"，有时称其为"儿童保护"。我在本书中称这一系统为"儿童保护"，以免与一般的福利系统搞混。

3. 2015 年 3 月 27 日的家事法院笔录。

4. Tobis, *From Pariahs to Partners*, p. 5.

5. 对儿童保护倡导者、律师和 ACS 官员的采访。

6. 直至 2020 年，纽约的家事法院都使用这一证据标准。关于这一标准的改变，见：Chris Gottlieb, "Major Reform of New York's Child Abuse and Maltreatment Register," *New York Law Journal*, May 26, 2020。

7. ACS 提供的数据。

8. 同上。

9. 同上。

10. 来自对 2015 年人口普查数据以及一个关于忽视和虐待案件的联邦数据库的研究。Hyunil Kim et al., "Lifetime Prevalence of Investigating Child Maltreatment Among US Children," *American Journal of Public Health* 107, no. 2 (2017), p. 277.

11. Christopher Wildeman, Frank R. Edwards, and Sara Wakefield, "The Cumulative Prevalence of Termination of Parental Rights for U.S. Children, 2000–2016," *Child Maltreatment* 25, no. 1 (2020), p. 33.

12. U.S. Department of Health and Human Services, *The AFCARS Report: Preliminary Estimates for FY 2016 as of Oct 20, 2017* (Washington, D.C.: Office of the Administration for Children and Families, Children's Bureau, U.S. Department of Health and Human Services, 2017), p. 1.

13. Stephanie Clifford and Jessica Silver-Greenberg, "Foster Care as Punishment: The New Reality of 'Jane Crow,'" *New York Times*, July 21, 2017.

14. "Childhood Maltreatment Among Children with Disabilities," Centers for Disease Control and Prevention, U.S. Department of Health and Human Services, Sept. 18, 2019; Alice Kenny, "The Cinderella Phenomenon: When One Child Is the Target of Abuse," ACEsConnection, July 10, 2020.

15. 所有关于阿诺德·林法官生平的资料均由法官本人经过他原来的一位助理用电子邮件的方式提供给我。

16. 纽约市有 4 个公益律所："布朗克斯辩护者"、"布鲁克林辩护服务"、"家庭代表中心"和"哈勒姆街区辩护者服务"。穷人父母可以得到其中一个律所的免费服务，或由加入了指定律师计划（18-B Panel）的私人律师辩护。孩子也可得到免费律师，这样的律师主要来自法律援助协会，但也来自"帮助儿童律师"、"儿童法律中心"或 18-B Panel（私人从业律师）。对律师戴维·兰斯纳的采访、2012 年版《纽约律师协会指南》。

17. 在很少的情况中，"斯塔滕岛法律服务"在虐待和忽视儿童的案件中为穷人父母辩护，但 2015 年时香奈儿没有这个选择。

18. 按照纽约市指定律师计划办公室一位行政管理人员的说法，费用标准是州里定的，由市里出钱。

19. 纽约市警察署发言人。

20. 关于格伦·约斯特生平的所有资料均来自对他的采访以及公共记录和新闻报道。

21. 对莉莉发病的叙述基于对达萨尼、香奈儿和其他家庭成员的采访，还有我在医院的直接观察。

22. Jennifer Fermino, "Exclusive: Mayor de Blasio Takes Tour of Filthy, Needle-Ridden Bronx Drug Den-Vows to Clean Up Homeless Encampments," *Daily News*, Sept. 4, 2015.

23. Katherine Paterson, *Bridge to Terabithia* (New York: Harper Collins, 2008), p. 4.

24. 对安杰拉·达克沃思的采访。应她的要求，TED 把她演讲的标题改为"坚毅：激情与坚持的力量"。演讲录像的时间是 2013 年 4 月。TED.com。

25. 截至 2021 年 2 月 23 日，达克沃思的演讲在 TED 网站上已经被观看了 22 730 579 次，在 YouTube 上被观看了 7 564 020 次。

26. 对达克沃思的采访；Angela Duckworth, *Grit: The Power of Passion and Perseverance* (New York: Scribner, 2016)。

27. 对达克沃思的采访。

28. Milton Hershey School, "'Grit' Presentation at Milton Hershey School," YouTube, Aug. 14, 2014.

29. Lobdell, "Hershey," p. 48.

30. Milton Hershey, quoting his mother; Carter Nicholson, "Hershey—the Friend of Orphan Boys," *Success*, October 1927.

31. 赫尔希社区档案。

32. 2017 年，吉列姆离开海鹰队，加入了旧金山 49 人队。"Offensive Lineman Garry Gilliam Signs With San Francisco 49ers," Seahawks.com, April 18, 20.

33. Raj Chetty, Nathaniel Hendren, and Lawrence Katz, "The Effects of Exposure to Better Neighborhoods on Children: New Evidence from the Moving to Opportunity Project," *American Economic Review*, 106, no. 4 (2016).

34. 这句引语出现在 1924 年 4 月的《麦克卢尔杂志》(*McClure's Magazine*)上。

35. Angela Duckworth, "Grit: The Power of Passion and Perseverance," TED.com, April 2013.

第 32 章

1. 对福纳蒂·沃德的采访。

2. Erica J. Benson, "The Neglected Early History of Codeswitching Research in the United States," *Language & Communication*, 21, no. 1 (2001), p. 28.

3. 香奈儿在西奈山贝斯以色列医院的记录。

4. 2015 年，儿童服务管理局与 57 个非营利组织签订合约，由它们提供面向家庭的 180 项预防服务。这些非营利组织中有些也提供寄养服务，包括住宿项目和治疗性家庭寄养服务。共有 63 个非营利组织为 ACS 提供预防或寄养服务，或二者兼有。ACS 的官员。

5. 70% 到 80% 的家庭成功完成了预防性服务，这说明这些家庭达到了服务的一项或多项目标。ACS 的数据。

6. ACS 的数据。

7. 同上。

8. 对戈特利布和捍卫父母权利的组织"站出来"的创始人诺拉·麦卡锡的采访。2011 年，ACS 开始执行 11 个基于证据的预防性服务模式，它们是全国最大规模的这类项目。ACS 因此而成为"扩大儿童福利领域的先驱"。Fernando Clara, Kamalii Yeh García, and Alison Metz, *Implementing Evidence-Based Child Welfare: The New York City Experience* (New York: Casey Family Programs, 2017), p. 7.

9. "Description & History," ACS website, accessed March 2, 2021.

10. 5.32 亿美元的数字是寄养服务（494 060 000 美元）和寄养扶助（37 546 000 美元）加在一起四舍五入的总额。*Report of the Finance Division on . . . the Fiscal 2017 Preliminary Mayor's Management Report for the Administration for Children's Services* (New York: New York City Council, 2017), p. 3.

11. *Report on the Fiscal Year 2015 Executive Budget for the Administration for Children's Services* (New York: New York City Council, 2014), p. 2.

12. 对儿童保护改革全国联盟执行主任理查德·韦克斯勒的采访，引用的文件是：*Title IV-E Spending by Child Welfare Agencies, Child Trends*, December 2018, p. 2。

13. 《牛津英语大词典》，2021。

14. Glenn Collins, "Glimpses of Heartache, and Stories of Survival," *New York Times*, Sept. 3, 2007.

15. New-York Historical Society Museum and Library, "Guide to the Records of the New York Foundling Hospital 1869–2009," NYU Digital Library Technologies, New York University, Dec. 5, 2019.

16. Bernstein, *Lost Children of Wilder*, p. 149; David Rosner and Gerald Markowitz, "Race, Foster Care, and the Politics of Abandonment in New York City," *American Journal of Public Health*, 87, no. 11 (1997), pp. 1844–49.

17. Rosner and Markowitz, "Race, Foster Care," p. 1848.

18. "Our Why," New York Foundling website, accessed March 2, 2021.

19. ACS 的数据。

20. IRS Form 990 (federal nonprofit tax return) for 2015, New York Foundling, "Total expenses," p. 1.

21. "District 75," DOE website, accessed March 2, 2021.

22. 哈利克在斯塔滕岛大学医院的记录。

23. 同上。

24. 这段叙述基于 ACS 的记录和对哈利克、他的父母和弟弟妹妹的采访。对哈利克接下来在医院的经历的描述基于我亲眼所见和 ACS 的记录。

25. "Synthetic Cannabinoids (K2/ Spice) DrugFacts," National Institute on Drug Abuse, National Institutes of Health, U.S. Department of Health and Human Services website, June 2020.

26. 无上的 Medicaid 和戒毒记录、对无上的采访。阴性结果是在 18.5 个月期间检测出来的，从 2013 年 10 月到 2015 年 3 月。

27. 对 ACS 的官员和戈特利布的采访。

第 33 章

1. DHS 根据《信息自由法》的要求提供的数据。

2. Lyft 发言人。

3. 对芭芭拉的采访。

4. 香奈儿的医院记录。

5. 引自 Stereotank 网站。Stereotank 是马塞洛·埃尔特盖（Marcelo Ertorteguy）和萨拉·瓦伦特（Sara Valente）创立的设计工作室。

6. Gennaro Selvaggi, Antonio G. Spagnalo, and Anna Elander, "A Review of Illicit Psychoactive Drug Use in Elective Surgery Patients: Detection, Effects, and Policy," *International Journal of Surgery* 48 (2017), pp. 161–62.

7. Pascal Kintz, Alberto Salomone, and Marco Vincenti, eds., *Hair Analysis in Clinical and Forensic Toxicology* (London: Academic Press, 2015), pp. 6–7, 47–48.

8. James A. Bourland, "Hair Pigmentation Literature Review" (presentation to the Drug Testing Advisory Board Meeting, Rockville, Md., Sept. 3, 2014), p. 6; Chad Randolph Borges, "Roles of Drug Basicity, Melanin Binding, and Cellular Transport in Drug Incorporation into Hair" (Ph.D. dissertation, University of Utah, Department of Pharmacology and Toxicology, 2001).

9. Leah Samuel, "Hair Testing for Drug Use Gains Traction," *Scientific American*, Nov. 1, 2016.

10. ACS 不允许玛丽索尔·金特罗讨论达萨尼家的案情，但玛丽索尔提供了关于她的生活与工作的资料。

11. M15 East Harlem–South Ferry route, MTA.

12. 香奈儿在西奈山贝斯以色列医院的记录。

13. 如香奈儿的公寓租赁合同、HRA 的记录和电费账单所示。

14. 对戈特利布和包括麦卡锡在内的其他儿童保护专员的采访。

15. Dorothy Roberts, "Why Child Welfare Is a Civil Rights Issue," *The Family Defender* 3, no. 2 (2009), p. 7.

16. "Stephen's Legacy Lives On," LIHerald.com, Dec. 2, 2009; "Mother and Child Program," New York Foundling, accessed Feb. 23, 2021.

17. 约翰告诉我他打电话请了病假，但弃儿所没有这项记录。

18. 这段叙述基于对无上的采访以及警方和刑事法院的记录。

第 34 章

1. *Inside Out*, directed by Pete Docter (United States: Walt Disney Studios Motion Pictures, Pixar Animation Studios, 2015).

2. 他们一家的 ACS 或弃儿所记录均未显示负责他们家案子的工作人员知道无上在 2015 年 6 月 20 日被捕的事。按照 2015 年 10 月 7 日的一份家事法院笔录，3 个多月后 ACS 才得知无上被捕的事。

3. 无上的 HRA 记录。

4. New York Codes, Rules and Regulations 351.8(c)(3) & 351.8(c)(4).

5. HRA 的一位发言人说无上的要求被拒绝是 "因为他没有遵守资格要求"，即无上错过了一次强制性药物滥用评估的约见，而那是 "联邦法律和州法律的要求"。无上的确错过了一次药物滥用评估，但这不是拒绝批准他的食物援助紧急申请的理由。HRA 政策指令 #12-29-ELI 规定："申请时，社会服务机构应评估报告的紧急状况。如果看到存在紧急需求，必须在当日予以处理，如有可能当日解决。"

6. 香奈儿被分配到布鲁克林的威廉姆斯大道 116 号的 HELP 妇女中心，此地是 1980 年关闭了的 P. S. 63 的原校址；David Bird, "Shelter for Men Opened by City at Brooklyn Site," *New York Times*, Oct. 22, 1981。

7. *Child Welfare Indicators Annual Report 2015* (New York: The Council of the City of New York, 2015), pp.1–4.

8. Citywide payroll data (2015) accessed Nov. 13, 2020, via New York City's "Open Data" website: opendata.cityofnewyork.us.

9. 从 2015 财年到 2019 财年，ACS 支付的加班费翻了一番，从 2015 年的 2 950 万美元到 2019 年的 6 000 万美元。Analysis of 2021 reports from the city's Finance Division and *Fiscal 2020 Preliminary Mayor's Management Report for the Administration for Children's Services* (New York: The Council of the City of New York, 2020), p. 14.

10. IRS Form 990 (federal nonprofit tax return), New York Foundling, 2015.

11. *Akeelah and the Bee*, directed by Doug Atchison (United States: Lionsgate Films, 2006).

12. Debbie Elliott, "5 Years After Charleston Church Massacre, What Have We Learned?" NPR. com, June 17, 2020.

13. Joe Heim, "What Do Students Learn About Slavery? It Depends Where They Live," *Washington Post*, Aug. 28, 2019.

14. Michael Schaub, "Texas Textbook Calling Slaves 'Immigrants' to Be Changed, After Mom's Complaint," *Los Angeles Times*, Oct. 5, 2015.

15. *Daniel Tiger's Neighborhood*, created by Angela Santomero, aired Sept. 3, 2012, in broadcast syndication, on PBS Kids, 9 Story Media Group.

16. 在我参加的一次见面中，香奈儿在斯塔滕岛大学美沙酮维持治疗项目的辅导员给香奈儿看了前一周的检测结果。

17. 要获得香奈儿的记录，ACS 需要向香奈儿的戒毒诊所提交一份有香奈儿签字的《健康保险携带和责任法案》（HIPAA）表格。6 月 24 日，香奈儿签了一份 HIPAA 表格，允许她的诊所与弃儿所的预防工作者交谈。7 月 6 日，香奈儿见到了玛丽索尔，后者（在香奈儿录了音的对话中）没有提到香奈儿的 HIPAA 表。一周后，香奈儿 7 月 13 日出庭的那天早上，玛丽索尔告诉香奈儿她没有签署必要的表示同意的表格。

18. J. David Goodman, "Eric Garner Case Is Settled by New York City for $5.9 Million," *New York Times*, July 13, 2015.

19. 丹尼尔·潘塔莱奥（Daniel Pantaleo）在加纳死后又继续工作了近 5 年，直到 2019 年被解雇。Ashley Southall, "Daniel Pantaleo, Officer Who Held Eric Garner in Chokehold, Is

Fired," *New York Times*, Aug. 19, 2019.

20. 埃克斯夫妇的所有生平资料均来自对乔纳森和梅利莎·埃克斯的采访。

21. 对乔纳森·埃克斯的采访；Greg Donaldson, "Hoops in the 'Hood Brings Brownsville a New Concept," *New York Times*, Aug. 8, 1993。

第 35 章

1. Viktor Emil Frankl, *Man's Search for Meaning* (Boston: Beacon Press, 2006).

2. United States Geological Survey, U.S. Department of the Interior.

3. "Woman Killed After Plunging in Front of Moving Subway Train in Brooklyn," *Daily News*, Aug. 30, 2015.

4. 对阿什莉的采访。

5. Natalya Trejos's LinkedIn profile, accessed via LinkedIn.com on Nov. 23, 2020.

6. HPD 的记录。

7. "Rising Stars 2020," *Private Debt Investor*, Oct. 1, 2020.

8. Property transfer tax documents for lot 3, block 562, in Staten Island, New York, June 4, 2013.

9. 2013 年，这所房子的售价是 35.15 万美元（Office of Richmond County Clerk）。到 2018 年，房子升值到 59.6 万美元（New York City's Department of Finance, Market Value History）。

10. ACS 的数据。

11. 兰斯纳和弃儿所负责达萨尼家案子的主管琳达·洛的分析。ACS 的官员在采访中说，即使是基于治疗的预防项目也有责任帮助满足相关家庭的具体需求，如获得政府福利和解决住房问题。

12. 我对这些事件的描述基于对无上和孩子们的采访、他们的短信和我的亲眼观察，还有他们家在 ACS、弃儿所、DOE、HRA 和 HPD 的记录，以及香奈儿的电费账单和 DOC 的记录。

13. 无上的 311 电话记录和香奈儿的 HPD 记录。

14. 2015 年 9 月 14 日，HRA 的一位工作人员拒绝了无上申请"食品券"（补充营养协助计划，简称 SNAP）的紧急请求。在无上的 HRA 记录中，那位工作人员写道，"你将得到本月的定期 SNAP 福利"，并指出孩子们的食品券将发给一个 11 位数的 HRA "案件号"。所有领取福利的人都有一个案件号，但 9 月 14 日那个工作人员说的案件号是香奈儿的，而无上 3 个月没有收到食品券了。据 HRA 的一位发言人说，无上申请公共援助的要求最终在两周后的 2015 年 9 月 30 日得到了批准。

15. 无上于 2015 年 9 月 16 日下午 5 点 39 分发给市议员黛比·罗斯办公室的电子邮件。被问及此事时，罗斯的发言人说她每天收到的电子邮件数以百计，不记得看到过无上的邮件。

第 36 章

1. HRA 的记录。
2. 家事法院 2015 年 10 月 6 日的笔录。
3. ACS 的记录。
4. 我对 10 月 6 日之前和当天所发生的事件的描述基于对无上、香奈儿和孩子们的采访，阿维亚娜和娜娜的书面记叙，我在 2015 年 10 月 6 日那天的亲眼所见，家事法院的文件和笔录，他们一家在 ACS、弃儿所、HRA、HPD 和 DOE 的记录，以及无上的戒毒和犯罪记录。
5. 家事法院 2015 年 10 月 6 日的笔录。
6. ACS 按照《信息自由法》的要求提供的数据。
7. Sam Roberts, "Nicholas Scoppetta, Former Foster Child Who Led Child Welfare Agency, Dies at 83," *New York Times*, March 24, 2016.
8. Nicholas Scoppetta, interview by Terry Gross, *Fresh Air*, NPR, July 22, 1997.
9. Julie Kracov, "Foster the Children: Nicholas Scoppetta Makes Sure the Kids are Alright," *Observer*, Observer Media, Oct. 24, 2013.
10. Steven Lee Myers, "Advocate with a Heart," *New York Times*, Jan. 12, 1996.
11. Heather Holland, "Kids Went Missing 1,600 Times from One City-Run Children's Facility," DNAinfo, Sept. 15, 2014.
12. Michael Fitzgerald, "Is New York State Responsible for Some Long Stayers at the City's Temporary Foster Home? City Child Welfare Commissioner Thinks So," *The Imprint*, March 28, 2019; Susan Edelman and Rachel Petty, "'Disturbed' kids at city foster-care center 'drugged' at hospital," *New York Post*, July 31, 2016.
13. Holland, "Kids Went Missing 1,600 Times."
14. 同上。
15. 对无上的采访，他的被捕后来得到了林法官在家事法院所说的话的证实。
16. 2015 年，纽约市每日寄养儿童的平均数是 11 098 人，共有 14 949 名儿童至少在寄养系统中待过一天。ACS 的数据。
17. 他们一家住房的所有检查和违规报告均由 HPD 的法规执行司提供，由 HPD 的一位发言人证实。

第 37 章

1. *Unbroken*, directed by Angelina Jolie (United States: Universal Pictures, 2014).
2. Laura Hillenbrand, *Unbroken: A World War II Story of Survival, Resilience, and Redemption* (New York: Random House, 2010).
3. 这一幕是通过对达萨尼的采访并根据 ACS 的记录重构的。
4. ACS 的记录和对无上的采访。

5. Willie Lynch, *The Willie Lynch Letter and the Making of a Slave* (Ravenio Books, 2011); William Jelani Cobb, "Is Willie Lynch's Letter Real?," Ferris State University, May 2004.

6. "Minister Louis Farrakhan, 'Million Man March,' (16 October 1995)," Voices of Democracy, University of Maryland, accessed Feb. 10, 2021.

7. Kendrick Lamar, "Complexion (A Zulu Love)," *To Pimp a Butterfly* (Top Dawg Entertainment, Aftermath Entertainment, Interscope Records, 2015).

8. 对达萨尼和香奈儿的采访；Elijah Anderson, *Code of the Street: Decency, Violence, and the Moral Life of the Inner City* (New York: W. W. Norton, 1999)。

9. 2015 年的人口普查数据。

10. 洛的所有生平资料均来自对她的采访。

11. ACS 的记录。

12. 我能够参加这次会面是香奈儿和无上要求的，他们说我是一个"朋友"，虽然他们家的弃儿所主管洛注意到我也是个记者。不出几个月，ACS 和弃儿所都禁止我参加会面，尽管洛在案件卷宗里指出我"与孩子们的关系非常紧密"，还说"埃利奥特女士正在写一本书，纽约弃儿所并未准许她在书中牵涉弃儿所"。

13. 2018 年的一项研究建议纽约市把寄养费用增加 54%。Haksoon Ahn et al., "Estimating minimum adequate foster care costs for children in the United States," *Children and Youth Services Review* 84 (2018), p. 62.

14. 关于寄养儿童的标签、付给纽约市寄养父母的津贴和付给寄养机构的资金的所有信息均由 ACS 提供。

15. ACS 的数据。

16. "有资格接受理家服务的家庭中的个人或负责的成年人应被案件工作者告知此种服务的性质……"，引自：New York Codes, Rules and Regulations, Title 18, section 460.2。

17. Katharine Q. Seelye, "Clinton to Approve Sweeping Shift in Adoption," *New York Times*, Nov. 17, 1997.

18. Todd S. Purdum, "The Crime-Bill Debate Shows How Short Americans' Memories Are," *The Atlantic*, Sept. 1.

19. 根据联邦法律，除了有限的例外之外，当一个孩子"在州负责的寄养系统中度过了最近 22 个月中的 15 个月"，或法院做出了某种判决时，州必须采取行动终结父母的亲权。Adoption and Safe Families Act of 1997, 42 U.S.C. § 1305 note (1997).

20. *The AFCARS Report: Final Estimates for FY 1998 through FY 2002 (12)* (Washington, D.C.: Administration for Children and Families, Children's Bureau, U.S. Department of Health and Human Services, 2006), p. 1.

21. 1998 年，美国共有 7 140 万儿童，其中 55.9 万受寄养照顾。到 2015 年，这个数字降到了 427 444（全美儿童总数是 7 360 万）。关于 1998 年和 2015 年美国儿童人口的数据，见："POP1 Child Population: Number of Children (in Millions) Ages 0–17 in the United States by Age, 1950–2019 and Projected 2020–2050" (Federal Interagency Forum on Child and Family Statistics, accessed through childstats.gov)。关于 1998 年和 2015 年寄养儿童的数据，见：*The AFCARS Report: Final Estimates for FY 1998 through FY 2002 (12), and The*

AFCARS Report: Preliminary FY1 2016 Estimates as of Oct 20, 2017 (23) (Washington, D.C.: Administration for Children and Families, Children's Bureau, U.S. Department of Health and Human Services, 2017), p. 1。

22. *The AFCARS Report: Preliminary FY1 2016 Estimates as of Oct 20, 2017*, p. 1.

第38章

1. 在埃及，她的名字是玛亚特；罗马人叫她正义女神。Randy Kennedy, "That Lady with the Scales Poses for Her Portraits," *New York Times*, Dec. 15, 2010.

2. iAmDLOW, "Do It Like Me Challenge prod by @Nun-MajorBeats," YouTube, Sept. 29, 2015.

3. 对这次袭击的描述基于对哈利克的采访，还有他的警方记录、家事法院记录和 ACS 的记录以及新闻报道。

4. Thomas Sowell, "Thugs Target Jews in Sick 'Knockout' Game," *New York Post*, Nov. 19, 2013; Associated Press, "Deadly 'Knockout' Game Gains National Prominence," Syracuse. com, Nov. 22, 2013.

5. Georgett Roberts and Michael Gartland, "Al Sharpton Condemns 'Knockout' Attacks," *New York Post*, Nov. 23, 2013.

6. Eddie D'Anna, "Watch: Assault on Woman Prompts 'Knockout Game' Concerns," *Staten Island Advance*, Nov. 25, 2015.

7. ACS 的记录。

8. 对哈利克被逮捕的叙述基于对哈利克和洛的采访，以及警方、ACS 和弃儿所的记录。

9. Dan Hyman, "Chief Keef vs. Chicago: Why the Rapper Has Become Public Enemy No. 1," *Billboard*, July 30, 2015.

10. Per Liljas, "Feds Step In After 45 People Shot in Chicago over Easter Weekend," *Time*, April 22, 2014.

11. Chief Keef, "Faneto," *Back from the Dead* 2 (Glo Gang, 2014).

12. 对琼的采访和弃儿所的记录。

13. "Dreyfus Intermediate Students Pay It Forward," SILive.com, Jan. 15, 2016.

14. 一个月前,2015 年 12 月,无上检测出大麻阳性。2016 年 3 月,无上进入一家戒毒中心。同月,香奈儿检出阿片类药物阳性。同年 8 月,家事法院的笔录显示,香奈儿告诉一位戒毒辅导员她鼻吸海洛因已经两年了。香奈儿否认说过这话。

第39章

1. "East Coast Digs Out from Epic Blizzard," CBS News, Jan. 24, 2016.

2. 小埃尔维斯·伯德的刑事法院记录。

3. 谢莉·伯德的民事法院记录。

4. Marc Santora and Nate Schweber, "Drowned Boy, 3, Climbed Fence to Get Into a Pool," *New York Times*, July 25, 2014.

5. 同上。

6. Greg B. Smith, "Exclusive: New York City Day Care Violations Can Slip Through the Cracks, Leading Parents to Think Their Kids Are Safer than They Are," *Daily News*, Feb. 11, 2016.

7. 这段叙述的根据是 ACS、弃儿所和警方的记录，以及对无上、阿维亚娜、娜娜和谢莉·伯德的采访。据 ACS 说，埃尔维斯·伯德承认"他冲到阿维亚娜面前告诉她不准对他无礼"，砸了家具，也许还推了娜娜，但他否认咒骂了两个女孩。他的儿子小埃尔维斯·伯德告诉 ACS 他在此事发生后才进来。ACS 的调查结论是监护不够。ACS 的调查记录。

8. 哈利克的法院记录。

9. 哈利克的信。

10. 哈利克的法院记录。

11. ACS 的记录。

12. ACS 的记录。

13. 哈利克的法院记录。

14. 哈利克的法院记录。

15. ACS 的记录。

第 40 章

1. "撕裂"一词于 15 世纪进入英语语言体系，来源是中古法语或盎格鲁-诺曼法语，最终可追溯到拉丁文的 ruptūra。Analysis by Michael Weiss and Nicholas Zair, Cambridge University Faculty Classics.

2. 玛雅和帕帕的弃儿所记录。

3. 娜娜的弃儿所记录。

4. 对娜娜和阿维亚娜的采访。

5. 对娜娜的采访。

6. 对帕帕的采访。

7. Sam Smith, "Lay Me Down," *In the Lonely Hour* (Capitol Records and Method Records, 2014).

第 41 章

1. *ATL*, directed by Chris Robinson (Warner Bros. Pictures, 2006).
2. 住房法院的记录。
3. 对香奈儿、无上和房东的采访。

第 42 章

1. Matthew Bloch, Larry Buchanan, Josh Katz, and Kevin Quealy, "An Extremely Detailed Map of the 2016 Election," *New York Times*, July 25, 2018.
2. ACS 的记录。
3. 对阿维亚娜、香奈儿和达萨尼的采访。
4. ACS 的记录。

第 43 章

1. 对丹尼丝的采访。
2. 有关瓦格纳高中的情况由教育局提供。
3. 我对在 4 月和 5 月发生的导致帕帕入院的事件的叙述基于 ACS 的记录和里士满大学医疗中心的记录。
4. Paul Williams, "DJ Fussyman Music Mogul in the Making," *Living Staten Island*, Early Fall 2017.
5. NYC Arts Cypher, "Cypher Fest: Surprise! Portrait with DJ Fussyman," YouTube, Oct 13, 2016, video.
6. 对福希的母亲蕾克玛·弗里兰（Lakema Freeland）的采访。
7. 对香奈儿的采访。

第 44 章

1. May 29, 2017, *New York Post* Covers Archive; Tina Moore, Nick Fugallo, and Max Jaeger, "Homeless Woman Accused of Rage-Filled Subway Slashing," *New York Post*, May 28, 2017.
2. "3 ACS Employees Fired, Independent Monitor Ordered After Probe of Zymere Perkins Case," CBS Local, Dec. 13, 2016.
3. Press release, "DA Vance: Tiona Rodriguez Pleads Guilty to Killing Newborn Son Found in Her Bag at Herald Square Victoria's Secret," Manhattan District Attorney's Office, Jan. 17, 2018.

4. 对贝利的采访。

5. Pamela Wong, "Brooklyn Artist Katie Merz Chosen to Create 80 Flatbush Mural," *Bklyner*, Sept. 22, 2017.

第45章

1. 让·艾蒂安的所有生平资料均来自对他的采访。

2. 兰斯纳的所有生平资料均来自对他本人、戈特利布和其他儿童保护专员的采访以及新闻报道，包括：Leslie Kaufman, "City Often Took Children Without Consulting Court," *New York Times*, Oct. 28, 2004. See also *Nicholas v. Williams*, 203 F. Supp. 2d 153 (E.D.N.Y. 2002)。

3. 对麦卡锡的采访。

4. 对兰斯纳的采访。

5. J. David Goodman, "What's Keeping the Mayor from Going Green? His Gym Routine," *New York Times*, June 2, 2017.

6. Kathleen Culliton, "'I'm Doing My Workout,' Mayor Tells Homeless Woman Seeking Help," Patch.com, Oct. 5, 2018.

7. Quinnipiac University Poll, April 3, 2019; Quinnipiac University Poll, May 17, 2017.

8. Alex Shephard, "Bill de Blasio Has Failed," *The New Republic*, June 2, 2020; Luis Ferré-Sadurní, "New York City's Public Housing Is in Crisis. Will Washington Take Control?," *New York Times*, Dec. 25, 2018; Nikita Stewart, "New York's Toughest Homeless Problem," *New York Times*, May 30, 2019; Flegenheimer, "How Bill de Blasio Went.".

9. Flegenheimer, "How Bill de Blasio Went"; Andrew Rice, "How Are You Enjoying the De Blasio Revolution?" *New York Magazine*, Dec. 28, 2015; Nikita Stewart, Jeffery C. Mays, and Matthew Haag, "Facing Homeless Crisis, New York Aims for 1,000 New Apartments a Year," *New York Times*, Dec. 12, 2019.

10. 2019年3月，纽约市立机构管理的5大收容所系统收容了72 520人，其中超过6.3万人住在DHS的收容所。

11. Jeffery C. Mays and William Neuman, "De Blasio for President? 'Nah,'" *New York Times*, May 10, 2019.

12. Derrick Bryson Taylor, "George Floyd Protests: A Timeline," *New York Times*, March 28, 2021.

13. Edgar Sandoval, "Protests Flare in Brooklyn over Floyd Death as de Blasio Appeals for Calm," *New York Times*, May 30, 2020.

14. Henry Austin, Suzanne Ciechalski, and Tom Winter, "New York Mayor Bill de Blasio Defends Police After Video Shows NYPD SUV Driving into Protesters," NBC News, May 31, 2020.

15. Eileen Grench, "NYC Child Welfare Officials Helped Get Her Fired over Social Media Posts. Activism Got Her Back on the Job," *The City*, Feb. 11, 2021.

后记

1. Alex Kotlowitz, *There Are No Children Here: The Story of Two Boys Growing Up in the Other America* (New York: Anchor Books, 1991).

2. "Information on Poverty and Income Statistics: A Summary of 2014 Current Population Survey Data," U.S. Department of Health and Human Services, Office of the Assistant Secretary for Planning and Evaluation, Sept. 16, 2014.

3. 2018 年，美国的儿童贫困率位居世界第四，排在以色列、智利和罗马尼亚之后。2012 年的情况见：Peter Adamson, *Measuring Child Poverty: New League Tables of Child Poverty in the World's Rich Countries*, Innocenti Report Card 10 (Florence, Italy: UNICEF Innocenti Research Centre, 2012), p. 3, Figure 1b。2018 年的情况见 "Poverty Rate," Organisation for Economic Co-operation and Development, accessed April 12, 2021, via data.oecd.org。

4. 美国贫穷儿童的人数近年来有所下降，2019 年降到了 1 050 万。2020 年新冠病毒大流行期间，儿童贫困率再次上升。1 600 万的数字来自 2012 年的人口普查数据。1 050 万的数字来自：Deja Thomas and Richard Fry, "Prior to COVID-19, Child Poverty Rates Had Reached Record Lows in U.S.," Pew Research Center, Nov. 30, 2020。新冠病毒大流行期间的信息见：Priyanka Boghani, "How Covid Has Impacted Poverty in America," *Frontline*, Dec. 8, 2020。

5. Children's Defense Fund, *Child Poverty in America 2012: National Analysis* (Washington, D.C.: Children's Defense Fund, 2013), p. 2. Also see Arloc Sherman, Danilo Trisi, and Matt Broaddus, *Census Data Show Poverty and Inequality Remained High in 2012 and Median Income Was Stagnant, but Fewer Americans Were Uninsured* (Washington, D.C., Center on Budget and Policy Priorities, 2013), p. 8; Lindsay M. Monte, "Multiplied Disadvantage: Multiple Partner Fertility and Economic Wellbeing into the Great Recession" (paper presented at the Population Association of America Annual Conference, Boston, Mass., May 2014), p. 1.

6. Brent Vine, University of California, Los Angeles Department of Classics and Program in Indo-European Studies.

7. "Ethical Journalism: A Handbook of Values and Practices for the News and Editorial Departments," *New York Times*.

8. Mitchell Duneier, *Sidewalk* (New York: Farrar, Straus and Giroux, 1999), pp. 333–57.

9. Lee Ann Fujii, "Research Ethics 101: Dilemmas and Responsibilities," *PS: Political Science & Politics 45*, no. 4 (2012), pp. 722.

10. Bill Chappell, "Some Americans Boosted Charitable Giving In Recession; The Rich Did Not," *The Two-Way*, NPR.com, Oct. 6, 2014.

11. Virginia Eubanks, *Automating Inequality: How High-Tech Tools Profile, Police, and Punish the Poor* (New York: St. Martin's Press, 2017).

12. "Research on the Intersection of Families, Housing, and the Child Welfare System," U.S. Department of Housing and Urban Development, Office of Policy Development and Research, Aug. 3, 2012.